U0455555

学术共同体文库

中国政法大学县域法治研究中心 主办

杨玉圣 主编

吴励生　1957年出生于福建省莆田市，1983年毕业于北京广播学院文艺系。先后在广播电台、报纸副刊、文学刊物任编导、记者、编辑等职，曾长期担任《警坛风云》杂志社副主编。系福建省作家协会第四届理事、第五届全省委员会委员，冰心研究会首届副秘书长、二届常务理事，国家二级作家。2005年迄今，从事独立批评与研究，先后在冰心文学馆、中国政法大学法学院社区自治研究中心、复旦大学社会科学高等研究院任兼职研究员，担任《社会科学论坛》《中国学术评论》等刊物学术编委。近年逐渐从跨学科研究向"以问题为导向"的中国思想与中国研究领域转型，并有相关思想系列论文问世。代表性著作有《思想中国》、《解构孙绍振》（合著）以及三卷本《吴励生文集长篇小说卷》等。

# 文与学反思录

Reflections on
China's Literature and
Academia

吴励生 著

社会科学文献出版社
SOCIAL SCIENCES ACADEMIC PRESS (CHINA)

# 目　录

## CONTENTS

# 文与学的裂变和整合（代序）

　　叶勤（以下简称叶）：提起现在的中国文坛，一个普遍的看法是"走入困境"，文学作品的创作、出版乃至阅读都越来越局限于小圈子之内，失去了对公众的影响力。这种失去，不仅是与20世纪80年代文学的影响力相比较而言，而且也是与当前其他人文社会科学的影响力相比较而言的，例如经济学、法学、历史学，甚至影视作品对公众的影响力，都处在一个上升的阶段，这与文学影响力的下降正好形成一个鲜明的对比。德国汉学家顾彬更是毫不留情地说，中国作家的问题在于他们自身，他和中国的小说家往往无话可说，因为他们没有什么思想。

　　吴励生（以下简称吴）：顾彬与中国诗人接触得比较多些，他对小说家的看法难免有些片面，不过他说的问题确实存在。有不少小说家也正在反思这个问题。2008年年初，湖北作家陈应松在上海发表演讲，题目是《文学的突围》。他认为当代文学陷入了这样一些困境：第一，新世纪文学是"终结集体话语"的时代，是"个性化"的时代，这使得文学的格局变得非常狭小，与社会的风雷激荡、风云际会不相称，与时代产生了巨大的隔阂。第二，20世纪80年代是文学的黄金时期，那些作家所达到的高度，现在已很难逾越，他们掌握了话语权，占据了文学市场，还掌握了行政资源，留给后来者的生存空间很小。第三，目前整个文学价值判断体系失衡，作家们无所适从，文学现在没有了它的终极意义，也没有了它永恒的价值。他提出的突围办法是回到文学的原点，即生活、人民、艺术、境界、思想等，要走出狭隘的自我中心主义，走出体制化的生存状态，参与到人民的生存中去。

　　另外，在三月底，莫言在与台湾作家张大春对话时也认为，相对于台湾作家专门从事写作面临生存危机来说，大陆作家因为有各级作家协会补贴，所以没有太多来自生存方面的压力，反倒过于养尊处优。他还认为："与台湾作家们一起说话，明显感觉到我们在文学传统方面是断掉的，而他们则传承得很完整。另外，在对西方文学的了解和接受层面上，我们也晚了二十年。整体看来，我们缺少台湾作家技术方面的训练，没有像他们那样在一部小说中植入好的艺术构思，没有那么严密、典雅的语言，我们把小说名声败坏得很厉害。"

叶：陈应松和莫言都属于"体制内"的作家，有位"体制外"的作家也对这个问题提出了自己的看法，这就是杨恒均的《中国再也不需要小说了》。他认为中国为什么出不了好的小说，是因为作家的想象力相对于现实枯竭了。他引用汤姆·格兰西的说法：小说和现实的区别在于小说必须合情合理。可是面对中国的现实，面对山西黑砖窑里的童工，面对挣扎在城市里的农民工，我们能够给出合情合理的解释并找出发生这一切的根源吗？因此，他断言，生活在这样一个所发生的事件完全超出了正常想象力的国度里，作家是写不出合情合理的小说的。

不过，也有学者对中国文学的出路持不同看法。摩罗在 2007 年第 4 期的《探索与争鸣》上发表了《中国现代小说的基因缺陷与当下困境》，他认为中国现代小说是一种精英文化，从诞生之日起就脱离民间，脱离底层，随着文学在政治生活中日益边缘化，21 世纪的中国小说只有一条路可走，那就是干脆更加精英化，走小众化之路，从西方现代小说和现代文学、希伯来文化和古希腊文化中寻找精神资源，填补其精神缺陷。

吴：所以说首要的问题是认清中国文学到底困在何境，否则各种各样的观点很容易混淆视听，让人无所适从。上面几位作家、学者的看法都有一定的道理，但都没有意识到最关键的问题。我们不妨以具体作家的作品为例，来探讨一下这个问题。我最近比较关注擅长写官场小说的福建作家杨少衡，我认为他的创作让人看到了中国文学走出困境的一些有益尝试。

叶：官场小说在汉语小说中有相当悠久的历史了，至少可以上溯到晚清，据陈平原的统计，晚清小说中以官场为表达对象并于书名中点明官场的就有 19 种之多，可以说是蔚然成风。直到现在，官场小说还是很受国人欢迎，其实 20 世纪 80 年代的"改革者小说"也可以说是官场小说的一个亚类型，至于后来那些被直接称为"官场小说"的《国画》等作品，更是掀起了席卷南北的阅读热潮。这种现象，一方面固然说明官场文化在中国社会的源远流长与铺天盖地，另一方面也说明公众对官场的普遍性不满亟须找到一个发泄的渠道，甚至还隐隐约约折射出普通民众对官场的窥探乃至艳羡的扭曲心态。

吴：是的，我们的官场文化造就了官场小说这个独特的文学传统，但这个传统同时也是一个很大的包袱。鲁迅称谴责小说是辞气浮露，笔无藏锋，黑幕小说更是等而下之，有谩骂之志而无抒写之才。这个评价不仅适用于晚清官场小说，也适用于新时期的官场小说。许多作品以尖锐的讽刺手法将官场官事描绘成一幕幕的闹剧，虽然嘲讽得痛快淋漓，但批判的力度因漫画化、夸张化的艺术手法而有所减弱。另外，从社会影响的角度看，许多官场小说不仅迎合读者对官场的偷窥欲，而且实际上是在不断地重构那种膜拜权力的日常意识形态。这一点也是官场小说必须自我救赎的"原罪"之一。

叶：杨少衡的"新官人小说"能够在这种传统重负下开拓出新局面，这就让评论者很有言说的欲望了。他是怎样避开艺术上和意识形态上的种种陷阱，将官场小说建构为一个具有艺术价值的文学类型的呢？

吴：杨少衡自称是一个经验型的写作者，多写自己熟悉的人和事。他在当选福建省作家协会主席之前，曾长期担任基层党政官员，所以写起基层官场和官人来得心应手。但他能够取得当前的艺术成就的真正原因不仅在于他对这类题材的熟悉程度，更在于他对官场小说这种类型的突破。这种突破一是体现在他所塑造的"新官人"形象上，他的主人公绝非"清官""贪官"等脸谱所能概括，而是在官场体制中挣扎着实现自己抱负——尽管有些抱负不够冠冕堂皇——的官人，这就避免了漫画化、夸张化的描写；二是体现在语言方面，他擅长用幽默来软化尖锐的嘲讽，从而突破传统官场小说的讽刺惯例，同时也表现出一种基于理解的同情的立场。

叶：除了你说的这两点外，我认为杨少衡对传统官场小说的突破还有一个很重要的原因，就是他选择了自己最擅长的中篇小说作为突破的载体。中篇小说本来就是一种特别讲究叙事结构、谋篇布局的文体，杨少衡在这些方面做了很多尝试，比如选择哪种叙述视角、叙述语调，以便控制叙述者与主人公之间的"距离"，从而影响读者对该人该事的理性认知或感性认同。又如他喜欢设置官场与商场或媒介场的双主人公，以便形成两种场域话语的碰撞和冲突，不仅推动情节的发展，也更加全面地描写了当下中国的现实状况，再加上峰回路转的情节，出人意料的结局，作者自己或同情，或理解，或谴责，或嘲讽的态度隐藏其间，这就使他的"新官人小说"充满了异常丰富的情感维度，不仅是小说中人的，还有叙述者与作者的，几种情感相互错位，才能让读者体验到饱满的审美享受。

吴：所以杨少衡的艺术成就并不在于他选择了官场作为题材，而在于他从官场题材中开发出的艺术形式和艺术手法。由此看来，陈应松、杨恒均的主张与莫言关于大陆作家缺乏技术训练的看法要结合起来才行，否则即便如陈应松所说，回到原点，回到人民，关注时代的风云际会，或者如杨恒均所说，写了黑砖窑，写了贪污腐败，就会是好小说吗？恐怕未必。被鲁迅批评过的谴责小说、黑幕小说就是一个例证。事实上，晚清各种类型的小说，包括政治小说、科学小说、侦探小说，甚至武侠小说和言情小说都存在这方面的问题。当时的小说家与读者都过于强调小说改造社会、改造国民性的功用，使处在探索期的中国现代小说在艺术方面显得相当生硬。

叶：其实陈应松对当前文学困境的判断，即终结集体话语的个性化写作会导致文学的格局狭小，本身就是有问题的。我们的个性化写作是针对那种假、大、空的集体话语的反叛而产生的，这种假、大、空的集体话语即便在普通大众中也早就失去了公信力，更不用说在精英群体中。我们肯定不能再回到这种集体话语上去。那么现在的个性化写作出了什么问题？我认为问题在于还不够"个性"，对个体心理、对千姿百态的人性的探索还不够充分，至少脍炙人口的名篇还不多。西方小说是经过了长篇大论的心理描写，还有意识流小说之后，才发展出海明威的冰山风格的。所谓冰山，就是藏在水下的比露出水面的要多得多。中国现代小说在这方面所做的探索显然还远远不够。并且，这也正是我们无法深入反思"文革"及类似灾难的原因之一，因为深入的反思不仅需要揭开历史的真相，而且需要以艺术的手法对人性的奥秘进行揭示。西方对"二战"的反思产生了多少伟大的作品，难道不是对个体心理的深入探索吗？在中国，即使经过了新时期文学三十年的历程，仍然缺少深刻而且有感染力的个体经验，缺少了这种个体化的经验，哪怕以充满巨变、波澜壮阔的时代为题材，小说也只能成为空洞的历史记录。

吴：确实有不少人对个性化写作的认知存在着偏差，尤其是关于个性化写作能否表现时代的问题。如果我们还把"集体话语"以一种较为中立的含义，用它来指称一个时代、一个社会、一个民族的集体经验的话，那么这种集体话语与个体话语之间的关系就不再是对立的了。换句话说，个性化写作并不必然排斥对时代的表现，其作品完全可以兼而有之。所谓个性化，指的就是一个独特个体与众不同的感觉和心理活动，而这种感觉和心理活动是很难抹去时代的痕迹的。像杨少衡小说中的官人，大部分都感受到传统官场结构与新兴的经济结构对官人的双重宰制，面对这个双重宰制，他们做出了不同的选择，这就是个性。

叶：但杨恒均关于当下中国小说无法反映中国现实的看法可以说代表了相当一部分读者的看法，这部分读者对于小说的要求就是能够通过小说来认识社会。按照这个标准来看，有一点他是说对了，即现在的大部分作家对他们生活于其中的现实缺乏准确的认知。造成这一点的原因显然不是作家的想象力相对于现实的枯竭，而是他们对现实视而不见，听而不闻。

吴：陈应松和莫言的说法确实触及了一些问题，主要是关于作家的体制化生存。作家的体制化生存就意味着体制化的写作，是不可能写出好小说的，关于这一点在中国的历史上有太多的例证。但是现在的问题是，这种体制已经有所松动，至少对于作家来说，体制化生存并不像以前那样是唯一的生存状态，可为什么还是出不了好作品？更具体一点说，像杨少衡这样生活在官场体制中的作家，为什么又能够写出好小说来？

叶：我想这恐怕与体制的惯性有关。体制虽然有所松动，但体制化生存对思想与精神造成的影响仍将存在一段相当长的时间。体制禁锢了人们的思想，也扼杀了人们思考的能力。就比如对"文化大革命"的反思，说了多少年了，至今出不了真正深入反思的作品，除了外在条件的限制，比如因言获罪之外，更根本的原因恐怕在于我们丧失了反思的能力。对于那段历史的反思，往往止于对人性阴暗面的描摹，或是将人性的失控归咎于时代的疯狂。他们没法深究，那个疯狂的时代是怎么造成的？人性的失控与鼓励人性失控的机制形成之间，到底是一种什么样的关系？而杨少衡的成功，就在于他尝试用小说的方式来思考官场体制与官人的人性和情感之间是一种什么样的互动关系，在他的小说里，官场体制与官人的人性和情感，以至整个社会文化和社会心理结构之间，是一种相互勾连的复杂关系。

吴：的确，在杨少衡的小说里，我们感受到的不是一个个孤立的官场，而是存在于当下社会中的官场，或者说是存在于一个以经济发展为首要标准的"现代化进程"中的官场。透过他的"新官人小说"，我们会发现经济结构对官场结构的冲击与渗透是当前中国社会最值得关注的存在。与之相比，官场结构与人心结构即你说的社会文化与社会心理结构的相互勾连则是一个更加源远流长，也更加根深蒂固的存在。那么，根据你对他的小说的阅读，他是怎么做到这一点的？

叶：我认为他是通过对题材的精心选择来做到这一点的。我们知道他写过一个"县长系列",包括《尼古丁》《林老板的枪》《金粉》《蓝筹股》《县长内参》《该你的时候》六个中篇,其中《林老板的枪》还获得了2004～2005年度的人民文学优秀中篇小说奖。他为什么喜欢把主人公安置在县级党政机关里?我想这就是他的精心选择。与乡镇一级比起来,县一级的政府有着更为庞大的官僚机构和更为复杂的利害关系,因而更能凸显官场的结构;与市或省一级的政府机构比起来,县级政府又常常需要处理农民、农村和农业问题,需要面对乡土的而非都市化的中国,而乡土结构才是中国社会的根基所在。再者,杨少衡所写的多为沿海地区,难免要涉及新兴的资本势力对于官场结构和乡土结构的冲击与渗透,以及市场规律与官场潜规则和乡土中国的血缘与地缘关系的较量。正是因为具备了这种富于穿透力的艺术眼光,杨少衡才能艺术地再现官场结构与其他社会结构相互层叠、相互渗透、相互勾连的错综复杂的状况。

吴:说得不错。讨论到这里,我们基本上可以回答开头提出的那个问题了,即当下的中国小说困在何境?我认为困就困在没有意识到小说应该具备双重叙事。小说叙事绝不仅仅限于文学性叙事,它还有一重社会性叙事。所谓文学性叙事,就是小说关于人性、关于心理、关于情感的叙事,对此文学理论家孙绍振先生做了非常深入的研究,有兴趣的话可以读一下他的《文学性讲演录》。至于社会性叙事,则是小说关于时代、关于社会,或是关于某种特定的生活状态的叙事。文学性叙事要求的是作家独特的感受力,而社会性叙事要求的是作家对社会的认知能力以及信仰的能力。具体地说,就是一个优秀的作家必须回答这些问题:我们生活在一个怎样的社会里?我们又能够想象出一个怎样的理想社会?为了接近这个理想,我们应当做一些怎样的努力?等等。就杨少衡而言,他长期生活在基层官场,对这种体制有足够的认知,同时,他又有身为一名作家必须具备的独特感受力,两相结合,才能创作出优秀而且为读者所关注的小说。

叶:人们通常都认为当下中国小说在社会性叙事方面的欠缺是对新时期之前的"革命文学"的矫枉过正,但"革命文学"与其说是过于强调社会性叙事而忽略了文学性叙事,不如说是文学性叙事与社会性叙事并不能获得对时代、对社会的认知,以及对人性、对个体心理的审美。因此,新时期文学对此前叙事传统的反叛,从一开始就存在误区:我们的社会性叙事传统其实是中断了好几十年而不是过于强大。我们在重新学习文学性叙事的同时,也应该重新学习社会性叙事,而不能老是陷入两种叙事非此即彼或此消彼长的怪圈之中。

吴：是的，对于小说而言，社会性叙事与文学性叙事二者缺一不可。大约 10 年前，《大家》杂志曾发起一个"凸凹文本"的文学试验，就是跨文体写作，为什么要跨文体呢？因为感觉到我们的文学在叙事方面出现了危机，在艺术容量、思想容量等方面都不够用了，所以才要跨文体，要采用各种各样的办法来增加小说容量，但取得的成效并不大。为什么呢？这是因为忽略了社会性叙事的方面，没有社会性叙事支撑的文学性叙事是无力的、苍白的，或者用陈应松的话说，与时代产生了巨大的隔阂。

叶：事实上，文学性叙事也不可能完全脱离社会性叙事。从西方现代小说的发展历程来看，它在叙事方面的探索无一不与社会性叙事的演变息息相关。比如叙事主体的分裂，在叙事中不断地变化叙述人、变化视角、变化距离，对叙事行为的叙事，展示而不是遮掩叙事客体的建构过程，以及叙事时间与空间的断裂、破碎、压缩、延伸、拼接等，均与后现代社会的诸种特质有着直接的关系，或者更准确地说，与后现代思想家为我们所提供的社会性叙事有直接的关系，例如对宏大叙事的质疑、多元主义的兴起，对本质主义的质疑、历史主义的解读，对权力 – 话语建构机制的探讨等，都对现代小说中文学性叙事的转向产生了决定性的影响。所以中国小说要走出困境，就不能再被"要社会性叙事还是要文学性叙事"的伪两难选择迷惑，而必须在两个方面同时探索才行。

吴：更进一步地说，问题的关键还不仅在于同时探索社会性叙事和文学性叙事，而是如何促成这两种叙事之间的互动。光强调小说叙事的双重性不足以让中国小说走出困境，更重要的是这两种叙事如何才能互相交流与对话。换句话说，我们的理论界能够为文学界提供什么样的社会性叙事的理论框架？我们的作家又是否意识到社会性叙事对于文学性叙事的影响？并且，是否能够以他们的文学性叙事来改变理论界的社会性叙事？事实上，当代许多哲学、社会学的新思潮就起源于文学，因为如你所说，文学家对时代脉搏的跳动应该是最敏锐的，所以文学才能成为影响力最广、最深远的一门艺术。要想让中国小说走出困境，理论界与创作界就不能再各说各话，而必须在社会性叙事与文学性叙事之间建立一种良性的对话机制，使这两种叙事能够形成实质性的相互影响，再贯彻到小说的创作与评论中去，使小说重新获得公众的关注。

叶：是的，在作家、评论家和读者三者之间也应该形成一种良性的反馈与互动机制，让读者也参与到对作品的评价以及对评价的监督中来，否则的话，文学就跳不出小圈子内互相吹捧与读者流失的恶性循环。要做到这一点，首先要建设一个公正合理与健全的评价机制，这又得由评论界做起，追根溯源，还得从理论界做起。这里评论家的作用就很重要了，首先，他们是沟通理论界与创作界的桥梁，他们对于具体作品的评论从某种意义上来说，就是把作家对时代的感受提供给理论家，同时也把理论家对时代的解释提供给作家。对于理论家来说，这种感受是建构其理论的原材料之一；对于作家来说，这种理论解释势必会影响其肉身感受，进而影响其叙事。其次，负责任的、公正的、有质量的小说评论还可以引导读者的阅读兴趣，从而成为沟通作家与读者的一个中介。这一点在出版物数量越来越多、文化消费方式也越来越多样化的今天是非常重要的，作品首先要获得关注，才谈得上影响和反馈。

吴：但现在评论家的学术功力很成问题，而真正有能力的理论家又不介入具体作品的评论。所以，我一直强调文学史、文学理论和文学评论三驾马车要相互打通并影响文学创作，眼下我在写作陈平原学案研究之二，题目是《文学史、文学与历史的话语重构》，大致说的就是这个意思。文学史重构必须介入到文学评论之中，才可能出现全新的文学。

叶：换言之，要在文学性叙事与社会性叙事之间建立起良性的对话机制不是单靠作家之力就能完成的，它需要整个知识界的共同努力，从各个方面添砖加瓦，打造一个作为发展基础的认知平台。所以历史上的大师，无论是思想大师还是文学艺术大师，往往都集中在一个时代内出现，就是因为这个时代提供了一个有高度的认知平台。在这个平台的高度上，学术界、文艺界从各个方面、各个角度来考虑这些问题，提出各种各样可能的解答。作家也参与其中，对这个社会形成自己的认知和自己的信仰，再加上身为艺术家的独特感受，才有可能在作品中实现社会性叙事与文学性叙事的完美结合。一个最典型的例子就是"五四"，思想家、学者、作家群星闪耀，社会性叙事与文学性叙事相辅相成，共同探索中国社会的出路。

吴：不仅如此，"五四"的经验还说明了一点，那就是叙事学的发展也必须立足于我们自己的传统。正是因为有了胡适、鲁迅这些人从类型学、主题学、文体学等各个角度对中国传统小说的研究，才直接开启了现代汉语小说的第一个高峰。这说明无论是社会性叙事还是文学性叙事，包括对这些叙事的研究，都不能离开我们自己的传统，而单靠移植西方经验取得成功。就像杨少衡笔下的"新官人"，我们从中可以看到传统官人的许多影子，当然也有颠覆传统官人的东西，但绝不会是西方官员的影子；他在写作中要突破的类型陈规也主要是针对传统官场小说而言的，而不会是西方的哪种类型小说。

叶：所以摩罗认为中国小说只能向西方文学和西方文化中寻找精神资源的论断也是有问题的，无论中国小说要走精英化还是大众化的道路，都必须找到自己的问题、反思自己的问题、解决自己的问题，而不是依赖西方资源，否则我们只要把西方小说翻译成中文就够了。

吴：就此而言，我很欣赏陈平原对晚清和五四小说以及从古典到现代的通俗文学的叙事模式和类型学方面的研究。他是从内部研究出来的，是对我们自己的叙事传统的研究与反思，而不是像国内许多学者那样，完全根据西方叙事学理论来指点中国小说，臆断小说叙事应该这样、应该那样，根本就是隔靴搔痒，也不可能对创作产生实质性的影响。不过陈平原主要关注的是晚清与"五四"，对于"五四"之后的研究并不多，而中国小说要想在叙事方面真正有所突破，现当代文学史的研究以及基于其上的文学理论研究都是非常重要的。要说寻找资源，就应该到这里面来寻找，而不是向外寻找。

叶：鲁迅曾经对中国古典小说做过类型学的研究，陈平原继承了这个研究传统并有所推进；胡适、顾颉刚等人做过的主题学研究，现在却后继乏人，至少缺乏有分量、有影响的研究成果。相应地，五四时期有许多作家从传统文学中寻找合适的题材，通过对经典形象的重新书写来表达新的人性内涵与时代思潮，像鲁迅的《故事新编》，施蛰存的《将军的头》《石秀》等心理分析小说，还有郭沫若的《屈原》《王昭君》等历史剧。这些作家不仅是用"新瓶装旧酒"的方式来尝试新的文体或新的艺术形式，更重要的是，通过重新塑造中国的经典形象不仅回答了什么是传统中国，也回答了什么是五四时代的中国。但是当代作家对于什么是传统中国与什么是现代中国的回答令人失望，恐怕与这个研究传统的中断也有关系。

吴：所以我很关注杨少衡的"新官人小说"，就是因为他的小说部分地回答了这些问题，官人在中国文化中是一个有着丰富内涵的经典形象，从中可以看出几千年的传统，也可以看出当下社会结构的变化与冲击。至于什么是传统中国与什么是现代中国，前者需要叩问的是人文传统为何，后者需要叩问的是我们的知识传统在哪。前者需要寻找中国的经典形象，这个经典形象不仅需要真正有分量的作家形成合力，以一种主题学写作的方式分别塑造我们的经典形象，而且还需要中国现代哲学高度的支撑；后者则必须真正深入到我们的生存结构进行反思，才有大文学的可能性。

叶：由此看来，主题学研究的传统应该重新接续起来。正如学术界需要范式建构，才能形成真正的学术共同体；同样，文学界也需要找到共同的主题，例如你刚才所说的中国经典形象的塑造，才有可能形成合力，共同达到某个高度，为世界级大师的出现提供丰厚的土壤。我们看西方的许多经典作品，经常涉及对同一个经典形象的反复书写，例如浮士德的故事，从德国民间传说《浮士德博士》到英国作家马洛的《浮士德博士的悲剧》，再到歌德的诗剧《浮士德》和托马斯·曼的长篇小说《浮士德博士——由一位友人讲述的德国作曲家阿德里安·莱韦屈恩的一生》，浮士德的形象几经演变，而每一次都对应着时代精神的变迁。

吴：其实更富于启发意义的例子是西方现代主义作家和作品，乔伊斯的《尤利西斯》不用说，比如加缪的《西西弗神话》、卡尔维诺的《寒冬夜行人》等，他们的哲学趣味和追求是极为明显的，要不就是经典神话、传说后面隐含着他们内在的民族精神，要不就是他们在经典中寻找对现实世界意义的理解。《寒冬夜行人》的叙事很有意思，书中人物在读书中常常会从这本书的某个段落自动跳到另一本书的某个段落，读着读着又会跳到另一本书的某个段落，无论文字、语言、故事，就这样从一本跳到另一本以至反复，最后人们意识到其实他们读的都是同一本书，作者们写作的也一样是同一本书。这其实是对文本世界的隐喻，同时也是对意义世界的隐喻，同时也是对西方世界种种叙事的隐喻。再比如卡夫卡的《万里长城建造时》和博尔赫斯的《交叉小径的花园》《长城与书》等，均是一种知识和想象。前者在对中国经典故事的推演和想象中，也一样隐含着他们西方对东方的理解；后者对中国的经典想象就更加离奇，甚至似是而非，但不可否认的是其隐含着他对这个世界的迷思。也就是说，无论是回到哪种经典，它又是如何演化，极为重要的便是作家对这个世界的理解和观察，并对重构当下的生活产生内在的影响。

叶：我明白你的意思了。回到经典并不是为了所谓的"传承传统"，更不是像当下的"国学热"那样消费传统，而是为了认清什么是传统中国，然后对这个传统中国做出有效的反思，从而建构一个可以让我们安身立命的现代中国。这就有赖于作家的主体性发挥，尤其是要表达作家个人对这个世界的感知，在寻找经典形象的过程中凸显重构当下生活的重要性。就此而言，有两本书在目前的"孔子热"与"庄子热"中显得卓尔不群，那就是李零的《丧家狗：我读〈论语〉》，还有张远山的《庄子奥义》，这两本书都是旨在重新书写经典，重新认识传统中国，并进而重构生活的严肃而认真的写作。可惜的是，我们的评论家对此做出了什么像样的评论？面对这个问题异常丰富的时代，他们已经丧失了评论的能力。

吴：这不单是评论家的欠缺，也是整个知识界的欠缺，或者我们可以用卡尔维诺曾经说过的文学与哲学的区别来说明。他说哲学家的眼光试图穿过世界的暧昧不清，发现观念关系、秩序规则，世界就被简化了，变得可以被理解和描述；文学家刚好相反，他们洞察到哲学家解释的世界在被简化中僵化了起来，教条正在抽空意义，于是他们就执意要拆解哲学家为世界规定了的跟棋盘似的秩序。秩序被冲破了，世界恢复了生动和丰富，但意义又出现了混乱，这时哲学家们又赶了回来，秩序和意义还是要重新被确定和清晰起来……不得不指出的是，我们的思想家从晚清"五四"以后，既不能提供出真正能够让大多数人认可的生存秩序，又不能提供出真正经得起时间检验的值得为之不断奋斗的价值理想。我们的作家更不用说，有文无学成了常态，五四新文化运动之后，渐渐地，文与学基本被统一在一个简单的意识形态里，文学家基本消失了，最后只剩下了工匠。因此，除了哲学家们必须为当下的主体性中国做观念和秩序的贡献外，作家既有文又有学已经是起码的要求，否则我们的生活世界只能永远暧昧不清，又如何拆解哲学家们提供的意义和秩序，又何谈世界的生动与丰富呢？因此我以为，从这个意义上说顾彬先生其实是对的。

因此，我近年特别关注中国学术与思想活动的交互演进，无论是传统的文史哲相关范式转换，还是现代的哲学社会科学领域的具体转型或创新，均在我的关注范围内，且均力求能做出一些深入考察和力所能及之重思。说白了，兹事体大，事关中国的全社会变革乃至思想学术变革本身。

最后要为即将出版的拙著《文与学反思录》说两句，其实光看书名即知其为上述具体批评与研究的基本结晶，特别想说和应说的是：近年由杨玉圣先生领衔、建设与推动的"学术共同体论坛与文库"，值得学界相关同人以及有着共同追求的学术人脱帽致敬！尤其幸运的是，拙著被列为"学术共同体文库"之一，并获得以玉圣教授为执行主任的中国政法大学县域法治研究中心慷慨提供的出版资助，同时得到社会科学文献出版社人文分社总编辑晓莉博士的大力支持，深为感戴之余我要借付梓之际一并表示由衷的谢忱！

（原载《滇池》2008 年第 6 期，2015 年秋日于聚龙小镇自适斋重订）

# 新道统、新道学与人间秩序的终极关怀

## ——读余英时著《朱熹的历史世界》兼谈新道论

　　读罢余英时皇皇巨著《朱熹的历史世界》（上下册，72万字），启发意义确实重大：比如宋学与道学的区别，以及在道学的形成过程中深刻地揭示了与哲学的区别，"道学既然'内圣'与'外王'兼收并蓄，它的内涵便远远超出了形而上的'道体'。道学与哲学之间不能划等号，这是不证自明的"①，"从整体动向观察，道学的兴起毫无疑问代表了北宋儒学发展的最后阶段。……从宋初开始到仁宗朝大盛的古文运动是第一阶段，首先以'三代'为号召，提出全面重建秩序的要求。第二阶段以政治改革的姿态出现，发轫于庆历（1041—1048）而归宿于熙宁变法；王安石的新学则代表了这一阶段的儒学主流"②。又比如，无论是宋学还是道学，最为重要的则是对人间秩序的关怀，或者毋宁说，重建人间秩序始终是儒者或者持不同观点的理学家们的共同使命，"初期道学家如张载、二程的最大的关怀非他，即是古文运动、改革运动以来儒家关于人间秩序的重建。但是面对着新学的挑战，他们为自己规定了一项伟大的历史使命：为宋初以来儒家所共同追求的理想秩序奠定一个永恒的精神基础。王安石虽然一再强调他的变法行动背后有'道德性命'为之支撑，在道学家如程颢的眼中，他的'道德性命'仍然是佛教的，……如果进一步考察安石的'道德性命'之说，他似乎并不需要一个包罗万有的'天道'或'天理'来为人间秩序的实现作客观的保证。这一点与他不盲从'天命'有很密切的关系。……在批评老子的'道'时，他说老子只见到'道'的自然部分，即'万物之所以生'，而看不见

---

① 余英时：《朱熹的历史世界》（上），生活·读书·新知三联书店，2004，第9页。
② 余英时：《朱熹的历史世界》（上），第105页。

'道'的'人力'部分，即'有待于人力而万物以成'。此所谓'有待于人力'才能完成的'道'，便是人间秩序，因此他说：'圣人……必制四术焉。四术者，礼乐刑政是也，所以成万物者也。'"① 至于道学家在政治上与王安石分裂以后，转而更沉潜于"内圣外王之道"，为秩序重建做更长远的准备（如宇宙论、形而上学的论证和历史的论证等），则是后来的事情。

当然，余英时此著的启示意义是多方面的，但我以为最重要的还是：通过上册勾勒"宋代士大夫政治文化的结构与形态"的通论，下册揭示"朱熹时代理学集团与权力世界的关系"的专论，立体而全面地呈现了传统中国的政治、学术以及思想的典型运作状况，对当下中国在许多方面并没有得到根本改变的政治、学术以及思想的特殊运作状况，形成了一种奇妙的张力，而这也是我试图在《朱熹的历史世界》解读基础上进一步提出问题跟同人们讨论的根本原因。魏敦友君提出的"新道统"论和青年才俊孙国东据此所做的较大延伸，并提出了新的解释方向等，窃以为还是应该回到旧道统的发生、演进与发展的轨迹当中，方能更为清晰地看到"新道统"建立的可能性和可行性。有意思的是，敦友提出"新道统"论的基本根据也是余英时在《士与中国文化》中所阐述的"哲学的突破"思想，而其基本命题便是"重建道统的可能性"。② 国东在最新的"转型法哲学"建构中，也特别强调"哲学的突破"，并与敦友一样提出了"法理世界观"对"公理世界观"的置换和超越③，尽管二者的解释方向不同。然而不能忽略的是，我们的政治语境和文化语境，无论是道统重建也好，还是政治共同体、法律共同体或者道德共同体的重构也罢，尽管我们可以做出种种超越性的理论预设，但是无法超越的是如同朱熹的历史世界那样的我们自己所处的历史世界，而这也是我上述强调的余英时大著《朱熹的历史世界》最重要启示的原因。换言之，我们的"新道统"预设跟最紧要的人间秩序的合理安排紧密相关，至于在全新的历史情势下追求更加合理的正当秩序，就像余英时把王安石作为关键人物贯穿始终所阐释的那样，道统不像当下惯常所理解的那样与政统截然两分，与学统也不是那样铁板一块，"王安石时代"不用说：

---

① 余英时：《朱熹的历史世界》（上），第108页。
② 参见魏敦友《当代中国法哲学的使命》中收入的《重构道统的可能性》一文，本论文讨论的主要依据除了该文外，还依据魏敦友最新发表在《检察日报》上的《新道统论为现代中国法学奠基》一文。
③ 参见孙国东《"转型法哲学"出场的一些前提性认识》（未刊稿）。

包括后来所谓洛、蜀、朔三"党"都曾一度聚拢在王安石周围，希望共同恢复"三代之治"；而"后王安石时代"，这种士大夫政治文化则由理学家承担下来，即便他们的学术理念有多么不同，他们不仅非常关心彼此与皇帝难得的"轮对"机会，更是共同关心理学群体的升降与进退，也便是由于此，"道学朋党"才成为当时的官僚集团进行攻击的现成口实。①

也就是说，我们首先必须关注的是"天下治理"的方式，在宋代（无论北宋还是南宋），"皇帝与士大夫同治天下"是当时的共识，道统的重新确立也才获得极为深厚的现实根基和精神动力。而当下新道统的确立，窃以为一样必须从"天下治理"的方式入手，然后才可能真正确立起合理的人间秩序的终极关怀。

一

很显然，我们的理论预设与宋儒或者理学家们完全不同，一如敦友所说："虽然后来知识人大多被吸收到官学的体系之中，但他们在子学之后依然创造了经学与理学的伟大的知识系统。但是今天，由于公理世界观对天理世界观的取代，特别是由于新的历史观的确立，不是过去而是未来构成了政治秩序之建构的根据……这意味着，我们今天的知识人不可能在传统道统内建构起我们的知识体系来。"② 也就是说，政治秩序之建构的根据的转变，必然发生知识体系之转型。在邓正来那里，即为"中国理想图景"或者"中国法律理想图景"，究其实也就是整体生存秩序安排的可欲性与正当性诉求，国东则把它进一步归结为"邓正来问题"。有意思的是，我们三个人均对"邓正来问题"有过不同角度和侧面的回应乃至推进。但在敦友那里，他更愿意把"理想图景"置换为道统的说法，尽管我个人以为邓正来最后

① 余英时指出："'道学'作为一个学术思想史上的概念主要是指程、朱一系的内圣之学，也只有朱熹一派完全向它认同。陆九渊、陈傅良、叶适等都不愿居'道学之名'。'道学'作为一个政治概念则是官僚集团的创作，其确切的涵义便是'道学朋党'。这一涵义的'道学'最初虽也指朱熹及其门人而言，但它的范围随着理学集团在政治上不断扩大而相应推广。绍熙、庆元之际，官僚集团为了树立一个对立面，对政敌作一网打尽之计，因此无论是'江西顿悟'、'永嘉事功'，他们都一概以'道学'目之。这种情况与明末所谓'东林'，先后如出一辙。"余英时：《朱熹的历史世界》（下），第656页。

② 魏敦友：《重构道统的可能性》，载《当代中国的法哲学使命》，法律出版社，2010，第210页。

把"理想图景"置换为"重塑中华伦理性文明体",实际上也已去除了不少西方意义上的"理想国"色彩。简而言之,无论是敦友的"公理世界观对天理世界观的取代"意识还是国东的"法理世界观对公理世界观的取代"主张,抑或邓正来的世界结构的中国观意义上的开放的全球化观,实则均涉及了我提出的"现代性民族国家重构的前沿问题"。① 毋庸讳言,现代性民族国家重构,最为根本的问题则是整体秩序型构和转型的问题。至于国东或敦友所主张的知识转型与范式转换问题,都很精彩,但因为共识多于差异②,显然不是这里需要深入讨论的问题。

也许,应该引用敦友的另一段话作为我们深入讨论的前提:"中国传统思想中隐含着的、超出思想本身并支配和建构思想的内在观念,当我们清洗掉具体的思想内容之后,这种内在观念仍然可以成为我们今天建构现代思想的伟大力量。我认为这种内在的观念就是道论,所以我讲新道统论就是在中西之争的背景之下运用中国思想的内在观念即道论的思维方式最大限度地接纳西方思想,重新复活中国思想。"③ 在我看来,所谓"超出思想本身并支配和建构思想的内在观念",便是"合理的人间秩序"安排,无论是道家的"道"抑或儒家的"道",或者如敦友所言:"有人将道仅仅看成是儒家之道,或者是道家之道,然而儒家也好,道家也好,都是片面的,实际上它们和中国其他思想派别一样,都不过是道论思维之树上的文化果实而已。因为只有道论才体现着中国文化之树的全体。因此我们不能简单地将道统视为儒家之道,虽然道统一词主要由儒家从唐代开始提出并由宋明理学加以阐明的。从道统论的视野看,宋明理学在当时相对于经学而言是一种新道统,因它提出了以理学知识为中心的世界观,然而从今天的视野看,宋明理学已经或正在成为一种旧道统,它正在被一种以法学知识为中心的世界观所取代。"④ 但必须即刻指出的是,无论古今中外概莫能外的是,有什么样的秩

---

① 参见吴励生《思想中国》,商务印书馆,2011。

② 尽管我曾经从知识的独立品格角度,出于对传统经学意识形态垄断的本能抵触,比如在对思想家朱熹与意识形态化的朱熹并未加以严格区分的前提下,对敦友的"新道统论"有过激烈的批判(参见吴励生《学统与道统反思:解构体制化学术》,删节版载《河北法学》2007年第6期,全文载吴励生《学术批评与学术共同体》,河南大学出版社,2008),但据各自思考的逐渐深入,尤其是全新情势下法哲学转型和政治哲学的决断要求,整体秩序的可欲性与正当性问题已经成为我们共同的时代性课题,我们的共识显然多于差异。

③ 魏敦友:《重构道统的可能性》,第210页。

④ 魏敦友:《新道统论为现代中国法学奠基》,《检察日报》2011年1月6日,第3版。

序理想和诉求，就必然会产生什么样的知识来，而且几乎不太可能是相反的。从这个意义上讲，无论是宋明理学相对于经学而言是一种新道统，还是当下的中国法哲学相对于宋明理学而言更是一种新道统，余英时的著作《朱熹的历史世界》对我们的启示意义均为重大。

余英时认为："以'道统'言，朱熹之所以全力建构一个'内圣外王'合一的上古时代之'统'，正是为后世儒家（包括他自己在内）批判君权提供精神的凭借。因此'尧、舜相传之心法，汤、武反之之功夫'变成了君德成就的最高标准，可以用来'就汉祖、唐宗心术隐微处，痛加绳削'。再就'道学'言，他之所以强调孔子'既往圣、开来学'也首先着眼于'治天下'这件大事。孔子所'继'的是'尧、舜、禹相传之密旨'，所'开'的则是阐明此'密旨'（或'心法'）的'道学'。"① 很显然，当下新道统之"统"（历史性和延续性）的建立，只能来自进化论理性主义的（社会性与系统性）积累与演进，而整体秩序的型构与转型推动乃是题中之义：所有的理性活动理应对这种可欲性秩序提供正当性基础。因此，新道统的主要意涵就不该是也不能仅仅是"为批判君权提供精神的凭借"，而是现代国家组织的公共性原则，亦即把人民主权当作自己的合法性存在的前提。这样一来，我们就不可能同意王安石批判老子的"万物之所以生"（而看不见"道"的"人力"部分，即"有待于人力而万物以成"），而提出的"圣人……必制四术焉。四术者，礼乐刑政是也，所以成万物者也"。所谓礼乐刑政"四术"是为帝王政治服务的，如果是"为人民服务"的，那么"天下治理"的方式就必须做完全刻意的颠倒。此其一。

其二，所谓"古者势与道合，后世势与道离"，"这明明是肯定'道'曾行于上古三代，其文献根据主要即在《孟子·尽心下》最后一章，而此章正是'道统'说的原型。《语录》中的话更与朱熹的'道统'、'道学'之分完全一致。'势与道合'即《中庸序》中的'道统'，'势与道离'之后才有孔子以下'道学'的兴起。朱、陆两人代表了南宋理学的两大宗派，对于'道体'的理解截然不同，但关于'道'已大行于尧、舜、三代的传说则同样深信不疑。"② 我们当然应该承认古儒们的政治（道）哲学在他们时代的正当性，却很难成为我们当下新道统的根据：除了北宋、南宋与君权

---

① 余英时：《朱熹的历史世界》（上），第23页。
② 余英时：《朱熹的历史世界》（上），第29页。

有着相对良性的互动外，随着后世朱子学越来越意识形态化，不仅"三代之治"从没实现过，而且成了"金玉其外，败絮其内"的摆设，① 其中的代表性情节，从来就是皇帝、外戚与官僚集团和知识分子群体的关系，对皇权的批判与监督似有实无，官僚群体形成的既得利益集团从来就跟知识分子群体形同水火（当然就如余英时一再提示的那样也并非"铁板一块"）。我们显然无法像古儒们那样相信"道"已大行于尧、舜、三代的传说，也不能甚至不可能照抄（比如）美国那样的"人民主权"现实作为我们的"理想图景"（尽管美国的政治制衡制度至今仍有示范意义，但晚清最早以美国体制蓝本崇拜为开始，最终以法国大革命蓝本为终结，就是个不远且极鲜明的教训），更为重要的是：我们尤其不能从建构论唯理主义意义上重新提出道统意义上的"理想图景"，因为人的理性的有限性，我们拒绝相信通过人的理性能够"画出最新最美的图画"（尤其是新中国成立以来的一系列惨痛现实更是个极为惨重的教训）。那么，我们可以预设的"理想图景"或者"新道统"究竟又该为何呢？

就像敦友所说的"新道统"论并不局限于儒家、道家而是诸子百家的"道论"，但我以为老庄的"道论"，尤其是庄子的"齐物"思想可以作为我们"理想图景"或者"新道统"中某些理论的预设，就如我对《庄子奥义》的评论中所说，张远山所做的包括寓言解读、卮言解说、重言的变文转辞的演绎阐释等，在《齐物论》《养生主》《人间世》《德充符》《大宗师》《应帝王》等解庄的具体篇章之中，从社会到个人，从庙堂到江湖，从理论到现实，从话语到真相，从实际到真际，循环往复，逐层递进，最后直指"无何有之乡"："'无何有之乡'像'藐姑射之山'一样是'南溟'的变文，共同象征可以通过不断超越而无限趋近，但永远不能完全抵达的道极。'无何有之乡'是庄子对'文化至境'不可移易的精确命名。"② 而且从人类的理想状态上说，庄子"自由"哲学的精神跟我们所应向往的法治精神在根本上相通，一如哈耶克所言："如果我们能够认识到法律从来就不全是人之设计的产物，而只是在一个并非由任何人发明的但却始终指导着人们的思想和行动（甚至在那些规则形诸文字之前亦复如此）的正义规则框

---

① 关于这一点，黄仁宇的《万历十五年》（生活·读书·新知三联书店，1997）和吴思的《潜规则》（复旦大学出版社，2009）从不同侧面均有着精彩揭示。

② 吴励生：《"去蔽存真"的天道观——张远山〈庄子奥义〉解读》，《中国图书评论》2010年第1期，第22页。

架中接受评断和经受检测的，那么我们就会获得一种否定性的正义标准，尽管这不是一种肯定性的正义标准；而正是这种否定性的正义标准，能够使我们通过逐渐否弃那些与正义规则系统中的其他规则不相容的规则，而渐渐趋近（虽然永远也不可能完全达到）一种绝对正义的标准。"① 尽管"虚无"意义上的"道极"和"进化"意义上的"否定性正义标准"完全是不同的知识进路，但对人类生活的一种理想状态的追求是完全一致的。我们当然清楚，传统几千年的秩序原理基本是儒家带来的（可欲不可欲另当别论，比如"儒表法里"等），道家的理论尽管可欲却始终并没有带来真正的秩序（尽管在魏晋南北朝时有过"过渡性的"意识形态力量②），亦即儒家所谓"霸道/王道"产生的"潜规则"至今危害尤烈，道家的"道极"指向是"致无"，跟良性的"规则"积累其实也摊不上多少关系。但不等于说，传统道论在建构现代中国思想方面就无所作为，尤其是有了"理想图景"的预设之后，我们必须有效地超越当年王安石对道家的批判，尤其需要在他所理解的基础上扬弃"四术"的"礼乐刑政"，并在方法论上——尤其是对庄子的"齐物"与造化思想的方法论个人主义——转换以构成合理的人间秩序诉求，同时重新确立中国现代的诸如元法律原则、元社会科学，并致力于整体秩序的型构以及转型的理论观照和具体实践，最终达致"所以成万物者也"（关于后者，我在"呼唤中国思想巨人"系列论文中有着较为详尽的揭示，有兴趣者可参阅，此不再赘述③）的对"理想图景"的趋近乃至无限趋近。

其三最重要，出于合理的人间秩序关怀并重建秩序的正当性，我们跟儒者以及历代知识分子是有相同使命的。至于思想状况与知识状况乃至社会状况和文化状况都发生了巨大的改变，我们当然必须有效激活我们自身的思想和文化创造力，但是必须指出的是，就跟宋儒们的道学形成过程一样，我们不可能一蹴而就，甚至前程漫漫充满荆棘。更因为我们的人间秩序理想与宋儒们大为不同，甚至互相反对——有趣的是，我

---

① 转引自邓正来《哈耶克法律哲学》，复旦大学出版社，2009，第157页。

② 金观涛与刘青峰合著的《兴盛与危机》早年读过，遗憾手边只有金观涛改写并缩写的《在历史的表象背后》一书，好在基本观点都在。此处可参见金观涛《在历史的表象背后》（四川人民出版社，1983）第六章"干扰、冲击与亚稳结构"，具体请参见第165～176页。

③ 笔者写作的《呼唤中国思想巨人》专著主体部分16万字，由《社会科学论坛》2011年第1～6期连载。

们跟当年宋儒们以及后儒们所处的政治语境和文化语境却又并无根本改变，"士大夫与皇帝同治天下"的局面早在元代之后即已不复存在。也就是说，"百代都行秦（汉）政制"其实并无根本改变。就像余英时所指出，尽管君权批判自汉代以降就不绝于史书，到了宋代这种思想达到了高峰，神宗与王安石成了"明君贤相"的象征，"以天下为己任"更是成为朝野尤其是士大夫们的共识。无情的历史证明了，即便是在宋代对君权的批判和限制也仅仅是一种理想，更不用说黄仁宇意义上的秦汉第一帝国、隋唐第二帝国和明清第三帝国①了。现实的残酷也如余英时所揭示，"用传统的语言说，明清有济世之志的儒家已放弃了'得君行道'的上行路线，转而采取了'移风易俗'的下行路线。唯有如此转变，他们才能绕过专制的锋芒，从民间社会方面去开辟新天地。前面论证王阳明'致良知'和王艮'明哲保身'都与明代专制政治背景有关，便是这一转变的具体表现"。② 当然，出自荀子的"儒者在本朝则美政，在下位则美俗"本来也就是儒者的基本使命，因而从某种意义说二者本来就具有同质性，比如朱熹他们除了关注与皇帝的关系之外，一样关注并身体力行于"美俗"亦即地方事务以及活动。可严峻的事实是，秦汉政制的特点是以科层官僚组织体系覆盖社会的全部领域，从而不存在也不可能存在任何独立的社会生活领域。

用金观涛"超稳定结构"研究中的话说，"在中国封建社会里，由子孝、妇从、父慈的伦理观念所建立的家庭关系，正是民顺、臣忠、君仁的国家社会关系的一个缩影。家庭作为是组织国家的基本单元，它是国家组织的一个同构体"。③ 更有甚者，每一个王朝经历由盛而衰并终亡，之后重新建构出来的王朝跟历代王朝如出一辙，个人最早在家庭接受训练的思想基础、文化基础成了重建王朝的伦理基础便是最重要的原因。用黄仁宇发明的"潜水艇夹肉面包"的概念说："上面一块面包称为官僚阶级，下面一块长面包称为农民，两者都混同一致，缺乏个别色彩。当中的事物，其为文化精华或是施政方针或者科举考试的要点，无非都是一种人身上的道德标准，以符合农村里以亿万计之小自耕农的简单一致。"④ 或者换句话说，其实我们

① 参见黄仁宇《中国大历史》，生活·读书·新知三联书店，1997。
② 余英时：《现代儒学的回顾与展望》，生活·读书·新知三联书店，2004，第170页。
③ 金观涛：《在历史的表象背后》，第34页。
④ 黄仁宇：《中国大历史》，第231页。

重建道统所要突破的就是，既要突破金观涛所揭示的"超稳定结构"，又要超越黄仁宇的"潜水艇夹肉面包"："肉"的内容（包括从理论预设和概念工具直至理论体系）必须改变，浮出水面的"潜水艇"更须改变，这就是重新塑造出来的"伦理性文明体"。更何况，"现代化深层上是要开发个体的创造性能力。秦汉政制模式，如果从正面说，比较注重社会稳定有序；从负面说，这一政制由于与民争利，结果让官民时常处于对立地位，并且除了腐败外，其最大问题是严重扼杀了个体的创造性能力"（王焱语）。① 不能不说的是，即便当下，是否能够像王焱所说的那样随着改革在困境中逐渐转型、一点一点地把社会和个人的创造性释放出来，或者毋宁说像邓正来的生存性智慧演化哲学研究中的"能人和能人模式"是否可能真的得到"未意图拓展"，实未可知。"这一政制"与民争利必然导致的官民对立，以及腐败盛行导致的跟历代土地兼并相似的少数人占有大多数财富（贫富差距空前严重）等，早已让市场经济改革遭遇到空前瓶颈，却是事实。如何使以地方分权的威权主义为基础的治理结构，向以法律为基础的治理结构立体转型，仍然是摆在中国学界的最重要的课题。唯其如此，中国经济的可持续发展和社会的真正稳定才可预期。

这样，新道统的确立就不可能像宋儒尤其是理学家们那样，合法性更多的是来自历史的论证，毋宁说更多只能来自逻辑的论证——而逻辑的论证也不可能像他们那样是出于"皇帝与士大夫共治"的"天下治理"的预设。尤其是晚清、民国"现代性"转型以来，"天下治理"的观念大为改变，尽管历史进程和现代性进程本身一波三折，但不可否认的是：现代性以及现代化导向早已成了我们新的传统并内化于我们的生存性经验（别的不说，大凡涉及公共政策和经济政策乃至文化政策，也包括政治、法律、道德领域以及哲学社会科学的知识运作等，均是如此），也尽管"社会正义"的治理方式始终阙如，个体创造性或者"能人与能人模式"更是始终缺乏制度性保障。因此，必须追问，在全新的历史情势下，我们如何才能重新确立国家组织的公共性原则，我们所应追求的核心价值究竟是民主、自由、正义，还是"和谐"？或者归结为政治正当性问题，我们全新的"天下治理"（现代）诉求是否应该像西方意义的政治神学转向政治哲学一样，从政治道学转向政

---

① 《社会思想视角下的中国问题——刘苏里对话王焱》，共识网，http：//www.21ccom.net/plus/view.php? aid=22170，2010 年 10 月 18 日。

治哲学？那么我们所应关注的便是跟道学形成过程一样的政治哲学的可能性问题了。

## 二

余英时在《朱熹的历史世界》上册中用了许多篇幅探讨了道学的形成过程。一如许多学者所指出的那样，理学家在辟佛辟道的过程中创建理学又内在地融化了儒释道思想：其所集中探讨的"天""命""心""性"等意义范畴，念兹在兹的是与"理"的同一性（如程颐所言："在天为命，在义为理，在人为性，主于身为心，其实一也"），并一反先秦儒家有意志的乃至具有主宰意义的"天"，"理"（天理）开始具备客观必然性含义，其思想渊源跟先秦道家认为"道法自然""天地不仁"等以天为"自然之天"大有关系。"形而上者"与"形而下者"假设的本体论根据以及宇宙论根源，更是由《易》《老》思想一路发展而来的。而佛学与儒学以及与文学的互为渗透和妙用的例子更是举不胜举，著名的前者如朱熹与陆九渊的"朱陆之辩"（二者互为指责的根据均是"禅学"，由此反证儒佛互渗之深），后者如苏东坡、黄庭坚（如集"佛""儒""佳公子""穷诗客"于一身的经典形象就可视为文化隐喻）。① 当下的法哲学或政治哲学家在辟两希之学（西学）的过程中一样需要内在地融合启蒙理性和人道主义思想，一如邓正来的"生存性智慧"的发展模式研究，表面上看似乎张扬的是中国人的生存性智慧，实质上却是融合了哈耶克的从"知"到"无知"的"一般无知"和"必然无知"直至从"观念决定"到"观念依赖"的社会行为的规则系统的"文化进化理论"。②

但是，一如余英时指出："道学既然'内圣'与'外王'兼收并蓄，它的内涵远远超出了形而上的'道体'。道学与哲学之间不能划等号，这是不

---

① 参见吴励生《许总的"宋明理学与中国文学"的思想史视角建构及其文学源流辨析》（未刊稿）。

② 如哈耶克所指出："采取这种路线的，不但有苏格兰哲学家，还有一大批不绝如缕的文化进化研究者，从古罗马的语法学家和语言学家，到伯纳德·曼德维尔，经由赫尔德，再到贾姆巴蒂斯塔·维科……以及我们提到过的德国法律史家如萨维尼，直到门格尔。门格尔是这些人中间惟一出现在达尔文之后的人，但是他们全都致力于给文化制度的出现提供一种合理重构，一部猜测的历史和进化论的解释。"〔英〕哈耶克：《致命的自负》，冯克利、胡晋华等译，中国社会科学出版社，2000，第77~78页。

证自明的。"① 新道统与新道学的形成，用现在的话说其实一样受到"历史进程"和"历史条件"的制约，余英时花了大量篇幅以还原朱熹思想和生活的历史世界，其实也便是为了揭示这种"历史进程"和"历史条件"。其实，无论是何种知识或者经典的形成，都有特殊的历史语境，道学如此，哲学也一样如此。只不过，长期以来我们误把哲学史的研究当作哲学、思想史的研究当作思想罢了（尽管哲学史、思想史的研究都很重要，尤其是创新的基础便源于此，问题在于本末倒置），同时又把道学归入哲学史的研究，从而产生了严重割裂和裁剪的缘故。道学与哲学一样，其所由展开的理论范畴、概念工具和逻辑体系，跟特定时代的核心问题紧密相关。如余英时所揭示的："在南宋，朱熹解'中也者，天下之大本'曰：'大本者……天下之理皆由此出，道之体也'；虽与韩维有'虚'、'实'之别，但'理皆由此出'与'众本之所自出'之间毕竟在思想上留下了移形换位的痕迹。前面已讨论过，契嵩一方面追随智圆，将《中庸》的'中'理解为释氏之'道'（《中庸解第三》），而从另一方面他又断言：'道，本体也。'（《皇问》）试看这和朱熹所谓'大本者……道之体也'在语言结构上多么相似！我当然不是说朱熹曾受到韩维或契嵩的任何影响，我甚至相信他完全没有接触过上引的文字。我企图说明的只是一个简单的事实，北宋释氏之徒最先解说《中庸》的'内圣'涵义，因而开创了一个特殊的'谈辩境域'（'discourse'）。通过沙门士大夫化，这一'谈辩境域'最后辗转为儒家接收了下来。诚然，道学家进占《中庸》的营垒之后，顿改旧观，好像李光弼取代了郭子仪的朔方军一样。但是无可否认的，他们与士大夫化的沙门（如智圆、契嵩）或禅化的士大夫（如韩维）仍然处在同一'谈辩境域'之内……"② 毋庸讳言，这里余英时所给出的启示起码有两方面：除了历史关系和历史条件所形成的历史语境之外，"内圣之学"便是特定时代的"谈辩境域"，而当年时代的核心问题是皇权，政治正当性问题就只有诉诸"自然"的制约，亦即"自然正当"。

之后才是核心范畴的不同论证。比如"仁体"，比如关于《西铭》，比如"无极"与"皇极"、"私意"与"公心"，比如"王道霸道之辩"和"三代"与"汉、唐"之异，更有《大学》置四书之首的缘由考辨，诸如

---

① 余英时：《朱熹的历史世界》（上），第9页。
② 余英时：《朱熹的历史世界》（上），第95～96页。

此类。关于"仁体",余英时说道:"'仁'即'理'(或'天理'),是运行在宇宙之间的一种精神实体,天地万物(包括人)都在它的笼罩之下。根据'性善'说,人人都有此'仁'的潜能;一旦'反身而诚',便能不再在小我的'躯壳上头起意'……这显然和张载所谓'大其心则能天下之物'是相通的。(《正蒙·太心篇》,《张载集》,页 24)《西铭》(即《订顽》)所谓'天地之塞,吾其体。天地之帅,吾其性。民吾同胞,物吾与也。'(《正蒙·乾称篇》同上,页 62),便是发挥这个'仁'的观念,所以程颢说它'备言此体'。程颐则强调《西铭》'明理一而分殊'……从二程到朱熹、张栻等,理学家对《西铭》热情有增无减,这一事实不但说明他们认同《西铭》为人间秩序所提供的精神根据,而且也证实了秩序重建确是他们追求的最大目标。必须指出,这里所谓提供精神根据云云,是从现代史学观点所作的客观表述。我完全承认,'仁体'、'天理'等都是理学家的真实信仰,他们并没有任何'天道设教'的企图。"① 当然我们没有理由怀疑理学家们的"真诚相信",更不能苛求他们不敢对皇权有所怀疑,甚至有"把统治者关进笼子里"的丝毫民主思想,只能去理解在他们的时代所建构的"合理的人间秩序"为何。因为皇权是不能怀疑的,(九渊)"他不但明指'无极'将导致'无君'的后果,而且牵连及于'皇极'之说。驳论针锋相对如此,'无极'的政治涵义更无所遁形。讨论至此,我们便完全了解,朱熹为什么坚决反对解'皇极'为'大中'了。因为若解作'大中',如九渊所持的传统说法,则'皇极'的意义是承认人君对臣下的进退有自由操纵之权;只有解作'王者之身可以为下民之标准','皇极'才能一变而为对人君'修身以立政'的要求。(见《皇极解》)也只有如此,人君的绝对权力才能受到某种程度的精神约束。九渊平时也主张'人主高拱在上,不参以己意'。(见前论程氏《易传》节中)但也许由于他深恐着一'无'字便将动摇儒家政治秩序的基础,所以对朱熹的'无极'之说不能发生同情的反响"。②

既然"皇极"这一条是不能动的(怎么解释是另一回事情),"则人君的'纯德'主要体现在'去私意,立公心'上面,此即是他所常常强调的'存天理、灭人欲'。此说虽以普遍命题的形式出现,但其针对性则在人君

① 余英时:《朱熹的历史世界》(上),第 122~123 页。
② 余英时:《朱熹的历史世界》(上),第 182 页。

与士大夫，因为他们是'同治天下'的人。理学系统中许多难解之处往往由此而起。又由于事实上人主掌握了最后的权源（'ultimate power'），终不能全无施为，因此朱熹将'君'的功能界定为'用一个好人作相'。概括起来，朱熹论'皇极'，只要人主以'纯德'作天下的标准，论'治道'则将君权缩小到任用宰相这一件事上，这和程颐在《易传》中的观点完全一致"。① 当然，朱熹本来的意思是很明确的，但由于后世朱子学越来越意识形态化——如前所述，对"掌握了最后的权源"的人主的精神约束的朱熹在世的时候其实都有限，更不用说到了明朝开国皇帝朱元璋干脆废除了宰相就使其实质更趋表面化了。直至最后存了我的"天理"灭了你的"人欲"，乃至"三纲五常"成了"天条"，成了"吃人"的工具，更是与朱熹的本意彻底相反。但当初"天下治理"的理论预设如此，"天下为公"与"和谐"理念自然也就成了题中之义，也许余英时的这段话便较能概括那些"题中之义"："张载、二程、朱熹看来都真诚地相信：乾坤与万物（包括人在内）的关系相当于父母与子女的关系，即朱熹《西铭解》所说的'乾者，万物之所资以始'，'坤者，万物之所资以生'。'仁体'则指维系这一关系的精神实体；它流行不息，因而使整个宇宙（特别是人间）常保持着一种'理一而分殊'的动态平衡。'仁体'虽即是'理一'之'理'，但既以'仁体'为名，则其发用便成'情'的'分殊'，如'民胞'、'物与'或上引朱熹所谓'亲亲而仁民'，'仁民而爱物'。（出《孟子·尽心上》）'仁体'的亲和力凝合成人间秩序，但这一亲和力如果没有更高的宇宙根源，则终究是不能持久的，而且也不配称作'仁体'了。这是《西铭》必始于'乾称父，坤称母'的根本理据。"② 即便如此，只要人君把"纯德"作为"天下的标准"，亲亲而仁民，"天下为公"也就获得了基本的根据，而只要能够保证"理一分殊"的动态平衡，人间秩序也就获得了合理性。但是，君臣和父子的关系，似乎还需要桥梁（从"理一分殊"的秩序观点说，朱熹又绝对不能放弃君臣这一"纲"）："父子、兄弟、夫妇皆是天理自然，人皆莫不自知爱敬。君臣虽亦是天理，然是义合。世之人便自易得苟且，故须于此说'忠'，却是就不足处说。如庄子说：'命也，义也，天下之大戒。'（按：亦见《人间世》）看这说，君臣自是有不得已意思。（《语类》卷一之

---

① 余英时：《朱熹的历史世界》（上），第178页。
② 余英时：《朱熹的历史世界》（上），第151页。

《学七·力行》）这一类说法在《语类》和《文集》中屡见不鲜，几乎每次都引《人间世》作对比，可知是最困扰他的问题之一。张载的'宗子'说恰好为他解脱了困境。《西铭》将君臣关系血缘化、宗法化，虽是比喻之谈，却符合他所坚持的'三纲'都是'天理自然'的理论。"① 换成金观涛曾经对传统社会性质的观察的话说："如果仅仅是儒家学说中把宗法组织与国家组织协调起来，把国家组织看作是家庭的同构，那么它就只是一种观念的力量。但是，一旦用儒家学说为指导来建立国家组织，并通过儒生来实行国家管理，那么这种观念的力量就转化为组织的力量，就成为协调宗法组织与国家组织的调节器……信奉孔孟儒家学说的封建儒生在政治结构中推行儒家学说，维护国家统一；同时，封建国家又通过政治的、教育的种种方式，将儒家伦理思想普遍化，成为社会上每个家庭的组织原则，儒家思想就成为整个社会的规范，那些儒生则是执行这些规范的表率，由此构成了中国封建社会的'天地君亲师'即神权（天地）、政权（君）、族权（亲）和教权（师）的高度一体化。"② 我们当然无法苛求理学家们所建构的秩序原理本身，而是说哪怕出于魏敦友的说法，"我们在清洗掉具体的思想内容之后，这种内在观念仍然可以甚至必然成为我们今天建构现代思想的伟大力量"，我们也不能不重视这个"思想内容"建构过程的繁复性、艰巨性和长期性。

　　在当年道学形成过程的"谈辩境域"之中，余英时不仅让我们了解到当时"异说竞起、诸派并立"的学术状况，更是让我们充分了解到了理学家在知识辩难、训字考辨、疑经解经乃至经筵"对谈"（以及轮对）之中，不断彰显回归经典并重新塑造经典的过程，比如："如果理学家仅以'内圣'自限，则当时视为'孔门心法'的《中庸》应该比《大学》具有更优先的地位，为什么朱熹非置《大学》于'四书'之首不可呢？难道仅仅因为他必须遵从程颐的教法吗？但由于理学家同时也是儒家，他们不可能长驻

---

① 余英时：《朱熹的历史世界》（上），第 174 页。

② 金观涛：《在历史的表象背后》，第 33 页。毋庸讳言，金观涛的以论带史的论述未必能够替代余英时以史带论的阐释，但无论是以论带史还是以史带论，关键要看对中国传统本身的把握和理解是否精到。也毋庸讳言，余英时的阐释当然详尽得多，尤其对那个"高度一体化"的精神崩解过程还有着诸多的经典研究，如《方以智晚节考》（"试图揭开当时遗民士大夫的精神世界的一角，因为明清的交替恰好是中国史上一个天翻地覆的悲剧时代"）、《论戴震与章学诚》（"为了解答为什么宋、明理学一变而为清代经典考证的问题"）等以及众多详尽的经典考证文章，而且除了 18 世纪以前的中国史，20 世纪的思想流变和文化动态其也多有涉及，因为这里不可能涉及他的全面研究，提及于此只是为了说明问题方便——当然就具体问题而论，金观涛的概括也算得上精到。

'无声、无臭、无方、无体'之境而不重返'经世'的领域。因此只要我们把理学家搬回宋代儒学政治文化的主流之中，并设身处地为他们着想，则《大学》的重要性立即显露无遗。这是唯一的经典文献，在'内圣'与'外王'之间提供了一往一来的双轨通道。"① 因此，余英时强调指出："我并不否认理学家曾认真探求原始经典的'本义'，以期'上接孔、孟'，我也不否认他们曾同样认真地试建形上系统。但分析到最后，无论'上接孔、孟'，或形上系统都不是理学家追求的终点，二者同是为秩序重建这一终极目的服务的。前者为这一秩序所提供的是经典根据，后者则是超越而永恒的保证。一言以蔽之，'上接孔、孟'和建立形上世界虽然重要，但在整个理学系统中却只能居于第二序（'Second order'）的位置，第一序的身份则非秩序重建莫属。"② 也便是由于此，两卷本的《朱熹的历史世界》，实际上是余英时在为朱熹"文集"和"语类"重版作序的过程中，为了澄清各种各样的问题而不断扩展出来的，不仅从究竟何为"道统"、"道学"以及"道体"入手，而且根据大量史料进行重新解释，更是曲折而又繁复地呈现出了政治、学术和思想运作的复杂而艰难的历史状况。

尽管我们现在可以认为宋代儒学和理学家们过于沉溺"礼乐刑政"，从而导致知识不独立并不能促使哲学尤其是社会科学的全面发展，但就像敦友引用余英时的话并做发挥所说："中国这次'哲学的突破'是直接针对古代诗、书、礼、乐所谓王官之学而来的。古代王官之学的特点是官师政教合一，但是经过哲学的突破，造就了相对独立的知识阶层，文化系统与社会系统发生分化，知识阶层以文化自任，以'道'的承担者自居，从此，'官师治教遂分歧而不可复合'"③，而今仍然需要全新的"哲学的突破"。尽管我不太认同敦友区分的"第二次突破"和"第三次突破"分别为秦汉时代和两宋时代，眼下面临的则是"第四次突破"，但从知识类型的区分上还是客观的。实际上，知识独立即便在西方也一样充满艰难曲折并经历了一个漫长的历程，尤其是从基督教一统天下的中世纪之中挣脱出来的整个过程充满着残酷和血腥。有意思的是，就有论者恰恰对余著的"抽象"（哲学）和"抽离"（道体之于道学）问题提出批评，而余英时也就把这些批评和他自己的

---

① 余英时：《朱熹的历史世界》（下），第419页。
② 余英时：《朱熹的历史世界》（上），第183页。
③ 魏敦友：《重构道统的可能性》，第202页。

反批评（答复）等特意收录到该著的附录中。其实确实像余英时所一再强调的，哲学本身很重要，道体本身也很重要，但是道学本身形成的过程更重要。道理相同，眼下的哲学和社会科学全面转型当然很重要，尤其是如何遵循知识脉络的发展以产生真正的"哲学的突破"更是头等重要，但更重要的是，我们必须时时意识到"历史进程"和"历史条件"对新道统形成过程的诸多制约。

三

更有甚者，我们所一直主张的可欲性和正当性秩序的转型，不仅一样来自新的道统或"理想图景"的预设，尤其是对人间秩序的合理诉求，而且是对儒学道统形成的传统秩序原理的颠倒，亦即以"皇权"为中心颠倒为以"人民主权"为中心，传统帝国才可望改造成为现代性民族国家。众所周知，对传统帝国的秩序原理的改造不但至今没能完成，毋宁说直迄当下，帝国/现代国家在中国大陆仍然还处于极为缓慢的自我转化之中。

尽管现代性进程表面上看在 1840 年之后就已开始了，也尽管像余英时所做的论证那样，明清儒者出于儒学内在性的追究与发展，亦即明清儒家的政治思想产生了一种新倾向，但是这一倾向对晚清儒家接受西方观念发挥了暗示作用，即他所梳理的观念批判中的"抑君权而兴民权"、"兴学会"、"个人之自主"以及思想基调中的"民间的社会组织"、"富民论的发展"、"新公私观"的出现等。余英时指出："儒学不可能再企图由'内圣'直接通向'外王'，以《大学》的语言说，儒学的本分在修身、齐家，而不在治国、平天下；用现代的语言说，修身、齐家属于'私领域'，治国、平天下则属于'公领域'。'公'和'私'之间虽然在实际人生中有着千丝万缕的关涉，但同时又存在着一道明确的界线，这大致相当于现代西方'政'与'教'的关系，即一方面互相影响，另一方面又各有领域。"① 也许，特别需要提及的是他的这段话："但在明清基调中，尊重个人的意识确已开始显现，而且每一个人都追求自利的预设在明清儒家社会政治理论中更是公开承认了的。这也正是霍布斯、洛克理论的出发点。因此在某一限度之内，清末民初儒家接受西方的个人观是顺理成章的。但是霍布斯、洛克关于个人与国

① 余英时：《现代儒学的回顾与展望》，第 183 页。

家、政府以及社会的关系的理论，都有极为复杂的宗教、法律、历史等背景。其中涉及自然状态、自然法、自然权利、社会契约、公民身份、私产权种种观念。严格来说，西方'个人自主'的观念托身在这一整套的历史和文化的背景之中。清末民初的儒家学者只能通过自己的传统去吸取西方'个人自主'的观念的某些相近的部分，他们未必有兴趣去了解其全部背景及一切与之有关联的观念。而且即使了解了，也还是没有用，因为整套异质思想系统是无论如何也搬不过来的。"① 不能说余英时说得不对，而且事实上在一波又一波的知识引进运动中，似乎我们也对那"一整套的历史和文化的背景"真的开始了解了，甚而至之，也移植了诸如共和理念和民主理念所产生的政治制度设计，诸如人大、政协和国务院以及公安、检察和人民法院等机构的设立，并且还成了我们的所谓现代传统的一部分，但不幸而言中，哪怕搬过来了也还是没有用。然而不能不说的是，余英时对价值传统在现代的处境似乎判断有误："20 世纪初叶中国'传统'的解体首先发生在'硬体'方面，最明显的如两千多年皇帝制度的废除。其他如社会、经济制度方面也有不少显而易见的变化。但价值系统是'传统'的'软体'部分，虽然'视之不见'、'听之不闻'、'搏之不得'，但确实是存在的，而且直接规范着人的思想和行为。1911 年以后，'传统'的'硬体'是崩溃了，但作为价值系统的'软体'则进入了一种'死而不亡'的状态。"② 事实上，这个"硬体"表面上看是崩溃了，"软体"部分真的似乎还存在，刚好相反："死而不亡"的恰恰是前者而并非后者（大陆始终如此，台湾由于以往隔绝故不得而知，但至少 1978 年以前也未必乐观），因为直接规范人的思想和行为的恰是"硬体"的衍生物，比如"政制"，比如"官场"，比如"安身立命"，而那些"软体"部分，本来应该在日常生活中起到规范作用的东西，却在 1978 年市场经济改革之后纷纷失效，尤其是"诚信"在中国成了特别稀缺的东西，最典型的当推毒奶粉、地沟油以及毒大米等事件层出不穷。

因此，一方面我们不能不追究"天下治理"的方式，另一方面我们不能不追问现代秩序原理的可欲性与正当性问题，以推动整体秩序的转型。而转型的焦点则在于，如何在秦汉政制以官僚阶层涵盖所有社会领域所形成的

---

① 余英时：《现代儒学的回顾与展望》，第 164～165 页。
② 余英时：《朱熹的历史世界》（上），第 9 页。

权力"巨无霸"空隙中，建构出独立的社会生活领域来。而不是像当年谭嗣同那样，虽然"是持'个人自主'打破'三纲'的急先锋"，但"临死前他又对梁启超说：'不有行者，无以图将来，不有死者，无以酬圣主。'可见在'安身立命之处'，他仍然毫不迟疑地选择了为君臣之纲殉节"。① 至于说，五四新文化运动中的"个人主义"热潮不久之后即遭遇到的"走出家庭的娜拉"无路可走的原子化个人的困境，在当下的市场经济改革热潮中已经获得了很大程度上的缓解。在这样的全新历史情势下，我们的新道统所追求的合理的人间秩序就既不是（也不可能是）"三代之治"，也不是士大夫与皇帝"共治天下"，而是把"人民主权"当作现代国家存在的合法性前提——这个"主权"的直接体现则是公众舆论，"天下"的公共性原则也就成了我们追求合理的人间秩序的正当性基础。

换句话说，任何概念工具、逻辑推论、理论范畴乃至体系都跟特定的历史情势下的理论预设有关，而任何脱离特定的历史情势的理论预设的理论范畴讨论其实均无大意义。这一点，无论古今中外道理都相同，脱离了人家的历史语境和文化语境，讨论理论问题和概念体系意义不大，脱离了我们自身的历史语境和文化语境理论建构则更是成了无本之木。认清了这一点，我们也就明白宋儒乃至理学家们为何讨论的是那样的问题，比如上述的"仁体"，"无极"与"皇极"，"私意"与"公心"，"王道霸道之辩"，"三代"与"汉、唐"之异，关于《西铭》以及《大学》置四书之首的缘由，等等。而我们当下的讨论，则主要围绕真个人主义与假个人主义、个人主义与集体主义、自由主义与社会主义、民族主义与保守主义乃至新自由主义、新保守主义，诸如此类。学术运作的方式以及形成经典的方法，必然也就大相径庭，不可同日而语。

有意思的是，余英时说道："可知先秦的'士'主要是以'仁'（亦即'道'）为'己任'。易言之，他们是价值世界的承担者，而'天下'则不在他们肩上。所以孔子才有'天下有道则见，无道则隐'（同上）的说法。东汉是士大夫阶层史上一个特显光辉的时代，顾炎武甚至说'三代以下，风俗之美，无尚于东京者'（《日知录》卷十三《两汉风俗》），但当时士大夫领袖如李膺仍'以天下风教是非为己任'。（见《后汉记》卷二十一'延嘉二年'条及《世说新语》卷一《德行》篇）这是'仁以为己任'在实践

① 余英时：《现代儒学的回顾与展望》，第166页。

中的具体化，依然限于精神领域之内。他们之中也颇有人抱'澄清天下之志'，这是因为'天下'在宦官势力绝对的控制之下，社会秩序已陷于解体的状态。但无论是'以天下风教是非为任'还是'澄清天下之志'，都与'以天下为己任'有微妙的差异。如果用现代观念作类比，我们不妨说'以天下为己任'蕴涵着'士'对于国家和社会事务的处理有直接参预的资格，因此它相当于一种'公民'意识。这一意识在宋以前虽存在而不够明确，直到'以天下为己任'一语出现才完全明朗化了。"① 其实，余英时在全书中的相关表述很清楚，就像他一再强调的那样，那种对于国家和社会事务的处理有直接参与的资格，在宋代具备这样的历史条件（此前此后都很可疑），而且还是朝野上下当时的"共识"。另外，上述这段话还隐含着两个重要信息，一是在宋代存在皇帝与士大夫之间互动的"公域"，二是"礼俗互动"历来是儒者的基本使命。"'以天下为己任'可以视为宋代'士'的一种集体意识，并不是极少数理想特别高远的士大夫所独有；它也表现在不同层次与方式上面，更非动辄便提升到秩序全面重建的最高度。张载虽'有意三代之治'，但他的着手点却是在本乡以'礼'化'俗'，即所谓'纵不能行之天下，犹可验之一乡'。（见吕大临《横渠先生行状》，《张载集》附录）他亲口告诉二程说：'关中学者，用礼渐成俗。'（《程氏遗书》卷一〇）这是指其门人吕大钧、大临等人在关中本乡的种种设施。吕氏兄弟在张载逝世之年（1077）正式建立著名的'乡约'，便是继承其师'验之一乡'的遗志。范仲淹首创'义庄'这一事实，则更进一步说明士大夫重建秩序的理想照样可以'验之一族'。'义庄'与'乡约'同是地方性的制度，也同具有以'礼'化'俗'的功能。它们同时出现在 11 世纪中叶，表示士大夫已经明确地认识到：'治天下'必须从建立稳定的地方制度开始。"② 即便是到了历史上最专制的明清时期，儒者的"以礼化俗"的理想和使命始终没有改变，如余英时提到的明初方孝孺提倡族制的努力："'天下俗固非一人一族之所能变，然天下者一人一族之积也。'可见他是从民间的而不是从朝廷的立场来看待'天下'的。他又精心设计了一套'宗仪'，大体上近于近代地方自治的制度。他认为这一套制度在'三代之盛'时是由朝廷'达至州里、成于风俗'的，但现在则'久矣其亡而莫之复'，故只

---

① 余英时：《朱熹的历史世界》（上），第 211 页。
② 余英时：《朱熹的历史世界》（上），第 219 页。

能自下而上从民间做起，即所谓'欲试诸乡间，此为政本'。近人萧公权认为方氏似对专制政府失望，因此'以乡族为起点，欲人民先自教养，以代政府之所不能'。这个推断是相当合理的。"① 即便新中国成立之后，梁漱溟先生仍然怀有相近的使命，深入山东乡村办学并以期"以礼化俗"，尽管最后失望而归。至于"明儒运用乡约制度为社会讲学的媒介而影响深远，专制政府才大起警惕。张居正禁毁书院一部分即由此而起，因为王门弟子的乡约讲会往往以书院为据点……入清之后，控制更严，乡约终于沦为控制乡村的一种工具了。"②

综上所述，我们基本清楚了"天下"理念的演进过程，同时也完全明了儒者为何要执着完成"以礼化俗"的使命。从而，我们也就能够真切领会余英时所说的："儒学在传统中国的影响是无所不在的，从个人和家庭的伦理到国家的典章制度都在不同的程度上受到儒家原则的支配。"③ 必须即刻指出的是，因为对"天下治理"方式的理解和有关"理想图景"或新道统的理论预设完全不同或干脆相反——最为典型的是，对"公域"理解的大相径庭，这就是"天下"的私人性质与公共性质的根本分野——但毕竟，我们跟传统儒者们存在有理论与实践相交叉和重叠的"中间地带"，因此在清洗传统道学内容的过程中，需要扬弃的东西显而易见。因为天下性质的理解完全不同，除了对"君/民"态度的完全颠倒外，我们必须把"君/臣"互动的"公域"扩大到个人与社会乃至国家的互动关系之中。也就是说，"权力本身成为具有政治功能的公共领域的讨论对象。公众讨论应当把意志变成理性，使私人观点得以公开竞争，并且在切实关系到所有人利益的事务上达成共识"（哈贝马斯语）。这样一来，我们对传统的创造性转换才可算是正式开始。也只有在此基础上，"运用中国思想的内在观念即道论的思维方式最大限度地接纳西方思想，重新复活中国思想"的敦友说法，就可能获得最大限度的支持。同样是"以天下为己任"，我们的行为方式肯定不再是"儒者在本朝则美政，在下位则美俗"，而是致力于国家层面上的内部公共领域和外部公共领域的全新开拓，致力于社会层面上的文学的公共领域和政治的公共领域的重新开拓，直至最后致力于国际层面

---

① 余英时：《现代儒学的回顾与展望》，第 146 页。
② 余英时：《现代儒学的回顾与展望》，第 148 页。
③ 余英时：《现代儒学的回顾与展望》，第 132 页。

上国家内部的公共领域和世界外部的公共领域的全面开拓。这样一来，我们所要开拓的当然就不是传统儒者的"美政"与"美俗"具有同质性的"民间社会"，而是国家与市民社会二分的具有异质性的独立的社会生活领域；我们更不可能是要不采取"得君行道"的上行路线要不采取"移风易俗"的下行路线，毋宁说我们除了致力于公共空间的建设几乎没有别的路线可行。因为人民主权的基本载体和主要表现即为"公众舆论"。所谓"公众舆论"，并非传统意义上的"民意"或者"老百姓意见"，而是受过现代教育和实际知情的公众有能力形成意见之后，在公众的理性批判和讨论当中形成的。因此，新道统的确立从某种意义上说，无异于现代中国的"思想库"建设，因为"思想库"的任务本来就是为了影响公众舆论，而在真正健全和健康的公共领域里面，任何现代国家的公共政策（亦即关系到所有人利益的事务）的调整都受到公众舆论的调节和制约，从而获得自身的合法性的。

如果不是如此，就会像余英时所说的那样：整套异质思想系统是无论如何也搬不过来的。很显然，关键还在于历史进程，如果我们的历史脚步还停留在自然经济或小农经济里面，传统先贤们留下的思想资源就可能还具有正面的作用，比如顾炎武的"天下之私，天子之公"与黄宗羲的"天子之私，天下之公"相反命题的互补。[①] 我们知道，直到毛泽东时代，我们仍然还在高调弘扬"天下为公"，具体如我们耳熟能详的"大公无私"、"公而忘私"乃至"一大二公"、"斗私批修"，等等；而只有到了1978年市场经济改革启动之后，这个"天下之私"立即体现为个人财产权，这个"天下之公"当即体现为立法权，即私法与公法。也只有到了这个时候，西方那些关于个人与国家、政府以及社会的关系的理论，"其中涉及自然状态、自然法、自然权利、社会契约、公民身份、私产权种种观念"以及实体建构，才对我们具有真正正面的示范意义。与此同时，随着我们自身的历史进程的推进与发展，有关法律哲学、道德哲学乃至政治哲学的时代性课题也才逐渐跃出水面，从而在我们的新道统建构过程中，就不可能不跟现代性以降的西方欧陆和英美大师的理论精神相遇，从而讨论其相关理论和理论范畴也才具有真正的理论意义。

但是不管怎样，宋代儒学中的"旧道统"对人间秩序的关怀与身体力

---

① 余英时：《现代儒学的回顾与展望》，第159～160页。

行确实可歌可泣，而且值得我们继续大力弘扬和有效继承。即便我们张扬的是先秦以降的道论思维，我们也必须承认传统的政治道学乃至从个人和家庭的伦理到国家的典章制度，儒家的道统所做出的思想贡献最大。我们所能做的，也许就是超越儒家的道统的同时接续传统的道论思维，然后在辟西学的基础上最大限度地转换（比如英美）和批判（比如欧陆）西方的现代性思想，从而在型构整体秩序的可欲性与正当性的新道统建构之中，以具有充分公共性的"天下"为己任，为实现具有可欲性和正当性的人间秩序（包括中国的生存秩序和世界秩序建构）安排，并重新塑造"中华伦理性文明体"，奉献出我们的终极关怀。

## 四

也便是在此意义上，我欣赏国东在《"邓正来问题"：一种社会—历史维度的考察与推进》一文中所做出的积极探索和理论努力。究其实，就是我们的社会—历史的发展已经进入到了新道统理论建构的现实阶段。比如说，至少我们的现代性进程已经不再是在汪晖所一直揭示的"反现代性的现代性"的悖论之中循环了，而从某种意义上讲，"被压缩"的现代性可能就被压缩在市场经济改革的三十多年里了。当然，汪晖的"反现代性的现代性"概念对解释晚清以降直至"新时期"改革之前，无论是对文化主体性的重建还是自身现代性进程都有相当有效的解释力，同时也恰从另一维度上证明了无论是现代性还是主体性其实始终没有真正确立起来：前者仍在传统帝国的自我转化当中，后者即"中华伦理性文明体"也并没有得到重塑。这里引用一段国东对"邓正来问题"出场的历史背景的描述："正是在明清以降中国开始遭遇西方而向所谓'现代'转型的历史进程中，我们才可以更为清楚地显现'邓正来问题'之所以成为问题的社会—历史条件；也正是在这样的背景下，所谓的'现代性话语'才成为贯穿中国理论、制度和实践诸方面的主流话语，'基于中国文化认同的（法律）理想图景问题'才成为时代性问题。"[①] 坦率地说，国东在该篇大作中对中国现代性的认知和描述是相当准确的，尤其是对"邓正来问题"的阐释不仅有效，而且在理

---

① 孙国东：《"邓正来问题"：一种社会—历史维度的考察与推进》，载孙国东、杨晓畅主编《检视"邓正来问题"：〈中国法学向何处去〉评论文集》，中国政法大学出版社，2011，第17页。

论上是个重要的丰富，关于这一点：我在《生存性智慧：元社会科学与全球理性的双重变异转向》① 长文中有过较深入的讨论，故不再赘述。

也许我们确实应该警醒，1840 年以降，中国现代性的总体特征假如不说是被扭曲的也确实是"被压抑"着的②；我们尤其应该警醒的是，随着英美、欧陆等不同的现代性进程，才有休谟的《人性论》，亚当·斯密的《国富论》、《道德情操论》，卢梭的《社会契约论》，孟德斯鸠的《论法的精神》和康德的"三大批判"以及黑格尔的历史哲学、法哲学乃至逻辑学（其后的西方大师举不胜举，纷至沓来，更是跟他们的不同历史语境、政治语境和文化语境紧密相关）等经典性努力和知识的充分发展。我们显然无法揪着自己的头发上天，更不能盲目地去讨论西方不同学派不同大师的理论问题及其所派生的理论范畴等。也便是在此意义上，我欣赏国东在上述长文中对法律与道德的关系以及与政治的关系的清晰探讨，比如说，随着市场经济改革，法治理想以及秩序的要求成为可能，从而社会进步的要求也才成为可能，直至最后转型的历史进程也才成为可能（也包括国东后来提出的"转型法哲学"）。也便是在诸种"可能"的情形下，我们谈论法律的政治性，或者"如果一种法律秩序本身就具有政治性质，而且必须通过和道德保持一致的政治表现出来，那么，法律的进步和道德的进步是密不可分的，而公共现象则成为了公共本体自身的产物"。③ 尤其是当下中国，如果法律能够被理解成为一种公共现象，而并非像袁伟时先生所说："中华法系源远流长，但它是统治者治民的工具。中国传统法典的主要内容是刑法，它不过是中国传统文化特别是三纲的法制化"④，那么我们的时代进步就是显而易见的。"值得注意的是，亚里士多德传统的政治哲学在 18 世纪转变成了道

---

① 参见吴励生《生存性智慧：元社会科学与全球理性的双重变异转向》（上、下），《社会科学论坛》2011 年第 5、6 期。

② 这一点，窃以为袁伟时的近代史研究比较有说服力，比如他在最近的一篇访谈中说："近代中国社会转型的艰辛绝非偶然。'人必自侮然后人侮之。'回首一百年前以辛亥革命为重要拐点的近代中国社会转型的艰难，我认为主要原因是中国传统社会和传统文化自身的缺陷。这与缺乏法治传统息息相关，国民党和北洋实力派，都没有牢牢树立法治观念，而把夺取政权放在第一位，从而导致战火连绵，而现代社会和政治制度建设却最终被置之于脑后。"参见刘巍所做的访谈《袁伟时：近代中国转型之艰》，《瞭望新闻周刊》2011 年 8 月 23 日。

③ 〔德〕哈贝马斯：《公共领域的结构转型》，曹卫东、王晓珏、刘北城等译，译林出版社，1999，第 130～131 页。

④ 参见刘巍所做的访谈《袁伟时：近代中国转型之艰》，《瞭望新闻周刊》2011 年 8 月 23 日。

德哲学，其间，一直被认为是和'自然'、'理性'相一致的'道德'也深入到了正在形成当中的'社会领域'——'道德'和当时被反复强调的'社会'一词在意义上有重合的地方。《国富论》一书的作者担任道德哲学讲座教授，这并非偶然现象。"① 也就是说，任何思想渊源也只有在特定时代的要求中，可能重新被激活或者被改写。因此，我欣赏国东在对"邓正来问题"的推进中，把"社会转型"与"道统重建"勾连起来，同时涉及"正当化压力"和"认同危机"的论题，从而确立他的政治哲学逻辑："首先，确立'正当优先于善'的社会组织原则，以鼓励基于古典传统、社会主义传统和西方文化传统的伦理生活相竞发展；然后，适当引导某种'共同善'的塑造并经由社会成员匿名化的公共选择逐渐生成我们作为伦理共同体的文化认同；最终，再基于逐渐成形的文化认同形成对社会秩序正当性的自我理解。"② 也就是说，道统重建在新的历史情势下，便是基于文化认同和政治认同的可欲性与正当性秩序的追问。从而国东自然引入了诸如道德与伦理、"不断扩大的共同体"、"合理化与合理性"、"善与正当"以及其后提出的"转型法哲学"中的"宗教性道德与社会性道德"等相关范畴的讨论等，如上所述，许多规范性讨论均是相当精彩的。但我这里想指出的是：不说"正当优先于善"的社会组织原则所具有的自由主义底色，而说我们传统的社会组织原则从来就是"和谐"先于"正义"，或者"善"与"正当"不能分离，尤其在传统儒家那里是"自然正当"被视为天经地义（天理）。而在正义的追求里面，正当是与人的权利紧密相关的，如若不是如此，当下中国的权利与权力的对决就不至于如此白热化。

但是我们知道，有关个人的观念、权利的观念以及正义的观念，既来自明清儒家的政治思想产生了一种新倾向，也来自外部世界文明（尤其是西学）的刺激和所接受的暗示有关。众所周知，经过了差不多一百五十年的艰难转型，直到三十年前（准确说应是1978年后）才开始在中国获得了真正意义上的理论空间和理论生长点。而三十多年来的中国经济发展，也让我们的社会矛盾空前严峻与紧张，与其说是"自由与公正"的紧张，毋宁说是出于人间秩序的不合理造成的高度紧张。假如说传统儒者出于人间秩序的关怀，随着宋、元、明、清历史情势的不断变化，从而在思想取向、学术使

---

① 〔德〕哈贝马斯：《公共领域的结构转型》，第120页。

② 孙国东：《"邓正来问题"：一种社会—历史维度的考察与推进》，第40页。

命与个人立场上都产生了不断变化，然而变化了的终究是取向、使命、立场，却不是"天下"以及"天下为公"的和谐理念及其由此形成的正当性基础。虽然晚清、民国以后对正当性基础有更彻底的追问，也终究在启蒙与革命的两极摇摆中基本付诸阙如，而所谓正当性基础仍然是"得人心者得天下"。假如说，我们真的可以走出现代性以降的"启蒙与革命"双重交替并变奏的潜在危险，我们必须彻底澄清最为关键的问题，亦即对我们亘古不变的社会存在的性质进行彻底的追问。

这样，我们就不能不回到余英时的相关题域中来。从某种意义上讲，朱熹的历史世界在很大程度上仍然是我们的现实世界。比如说余著下册中所详尽探讨的理学家群体和官僚集团以及不同皇帝和近幸、外戚之间，甚至皇上与太上皇之间的种种具体事件，在"文化大革命"中以及 1978 年之后，均有着不同程度的"镜像"效应。"文化大革命"中的"皇权"极盛的情形毋庸赘述，1978 年之后，以"国是"为进退就如余氏大著的副标题所示"宋代士大夫的政治文化研究"的内容一样如影随形般挥之不去。也许必须说明，余著对中国政治制度史上的典章制度的研究不用说可谓详尽，而我这里所强调的则仅仅只是余著研究给我们的另一层重大启示。尽管我们可以像宋儒们那样，比如："宋代士大夫无论是正面提出政治建议或反面批评时事，往往援引特定的经典作为根据。就正面言，欧阳修、王安石都依《周礼》立论，曾布之'建中'更已先引及《洪范·皇极》章；就反面言，司马光因反对'新法'而致疑于《周礼》的真伪，程颐撰《易传》至少也部分地出于同一动机。这一作法虽非始于宋代，但它构成宋代士大夫政治文化的一个显著特色，则毫无可疑。下逮南宋，此风持续未变"[1]，比如说当下，我们也可以去援引诸如《联邦党人文集》、《反联邦党人文集》以及托克维尔的《论美国的民主》等经典作为根据，然而不能不指出的是，这种"以经术文饰政论"的学术传统除了依附于政治之外，不仅取消了学术的独立性，更是败坏了学术的公共空间。因此，我们新道统建构的重心既不能仍在朝廷也不能仅在民间，所谓："专制君主要使'天下之是非一出于朝廷'，现在阳明却说'良知只是个是非之心。'而良知则是人人都具有的。这样一来，他便把决定是非之权从朝廷夺还给每一个人了。从这一点来说，致良知教又涵有深刻的抵抗专制的意义。这是阳明学说能够流传天下的一个重要的

---

[1] 余英时：《朱熹的历史世界》（下），第 819 页。

外缘"①，而是致力于公共领域中互动的"思想库"建设。可歌可泣的是晚清、民国两代知识分子的努力，报刊、学校和演讲终于成了文明传播的"三利器"，从而让而今的思想库建设才有了可能托身之所；从而在全新的当下历史情势下，我们才有可能重新考虑建立新的知识传统、学术传统乃至逻辑传统，也才可能重新考虑建立知识全面创造的新道统，否则，诸多学人就完全有可能继续像新中国前三十年中许多人一样成为"思想史上的失踪者"。

在这个意义上，我欣赏敦友、国东对建立当下中国的新道统的一些主张和可贵努力。比如国东在敦友提出的"从理学到法学"的转型的基础上，进而提出"法哲学作为我们时代的'第一哲学'"的命题。他从"文化合理"的角度提出："这种社会转型在世界观上体现了一种心灵秩序或意识结构的转型，也就是要从'天理世界观'挣脱出来，形成与现代性相适应的'法理世界观'。这种世界观并不一般性地否定'公理'在现代性中的核心地位，而是寄望于位于'天理'与'公理'之间或者由两者互动形成的'法理'。"而从"社会合理化"的视角，他提出："这种社会转型在制度层面体现了一种社会—政治秩序的转型，它意味着那种以法律规制社会—政治秩序的现代秩序模式的出现，也就是以法律为中介的现代社会—政治秩序在中国的确立。"之后他指出："我们有理由期许，法哲学是我们时代自明清以来中国社会转型的'第一哲学'，'从理学到法学'的转型是我们应当实现的'哲学突破'。正是在这个意义上，我不大同意邓正来将法学仅仅作为其呼吁'中国法律理想图景'的个案的视野。在我看来，法学应当是建构转型中国社会秩序及其正当性和可欲性的核心。"② 坦率地说，"从理学到法学"的转型作为"哲学的突破"，以及作为当下新道统确立并努力建构的新道学，有着足够的现实性与可行性。更由于对"天下治理"的理论预设与传统道学完全不同，我们既不可能求助于形而上学论证，也基本无法求助于历史论证，比如："一言以蔽之，'道体'是指一种永恒而普遍的精神实有，不但弥漫六合，而且主宰并规范天地万物（'能为万象主'）。他们用种种形而上概念为'道体'的描述词，如太极、天理、理、性、心等皆是。追究

① 余英时：《现代儒学的回顾与展望》，第 143 ~ 144 页。
② 上述引文均引自孙国东《"转型法哲学"出场的一些前提性认识》，《中国社会科学论丛》夏季卷，复旦大学出版社，2011，第 73 ~ 74 页。

到底，'道体'的最主要功用是为天地万物提供了秩序，所以朱熹说：'若无太极，便不翻了天地！'（《语类》卷一）'道体'虽是宇宙的本然秩序，但最早发现'道体'而依之创建人间秩序的则是'上古圣神'。《中庸序》正式提出的'道统'说便是为上古'道体'的传承整理出一个清楚的谱系。"① 且不说这种"我欲仁，斯仁至矣"是否具有同一性暴力嫌疑，这种终极性追求本身针对人的理性有限来说，就可能是个反动。也就是说，新道体只有寄居于多元互动的公共空间之中，以内在可行而又立体地体现人间秩序的可欲性与正当性的终极诉求。

然而，我们应当像朱熹当年所看到的那样：（一千五百年来）其间虽或不无小康，尧、舜、三王、周公、孔子所传之道，未尝一日得行于天地之间也。以公共空间为道体并以法哲学转型为道学的人间秩序的可欲性与正当性实现，更具有长期性、繁复性和艰巨性。尤其是传统"硬体"和"软体"刚好与余英时理解相反的中国大陆现实情形，上位者从骨子里头还是喜欢德治（实则"人治"，所谓"修身以立政"或者"政治正确"），下位者法治民主的呼声却是越来越高。尽管在"硬体"层面上有自"辛亥革命"遗留下来的制衡框架，但众所周知有名无实，有的是平衡，缺的是制衡，而在市场经济改革之后的泥沙俱下，私欲膨胀之后的"交会场所"中传统的"软体"亦即价值规范不再起任何作用，因此所支付的道德成本越来越高。更由于国家的"伦理总体性"阙如，几乎无法救济市民社会的非正义缺陷并将其所含的特殊利益融合进一个代表着普遍利益的政治共同体之中，因此权力和权利的对决才在当下中国呈白炽化状态。这也便涉及国东反复强调的普遍道德原则与个体伦理的本真性问题，以及"天理"与"公理"互动形成的"法理"等内在关键，比如他还就此梳理了相关学理渊源："自康德以降，道德就与'Recht'（含正当、法律、正义等多重含义）联系起来，并成为'Recht'的主要辩护资源；而自黑格尔启用'Sittlichkeit'（一般译为'伦理生活'）概念，特别是在思想史上第一次明确区分'道德'与'伦理'以来，'伦理'就与个体和共同体的独特生活方式或'善生活'联系起来。"② 在哈贝马斯所梳理的把二者分别同"正当"与"善"明确对应起来的学理基础上，他提出："如果我们现在正处于一个'世俗化进程'与'后

---

① 余英时：《朱熹的历史世界》（上），第 24 页。

② 孙国东：《"邓正来问题"：一种社会—历史维度的考察与推进》，第 35 页。

世俗化状况'并存的所谓'后世俗社会',我们必须对各种'宗教性道德'（李泽厚）或'整全性学说'（罗尔斯）对现实政治法律秩序的影响（亦即'善'对'正当'的影响）进行有别于自由主义（哪怕是罗尔斯版本的'最低纲领的政治自由主义'）的阐释；而即使我们确定要追求某种自由主义的政治法律制度安排（比如宪政民主、法治等），如何推进中国文化自身的'创造性转化'以替代或转换现代政治法律秩序的犹太—基督教渊源，也是不可回避的根本课题。"① 但如前所述，尽管学理性探讨非常重要，但我们不能不看到所有探讨可能受到的历史进程的制约。假如说"宗教性道德"确实需要重新阐释的话，余英时所说的儒学传统的"软体"必须重新复活（而不是"死而不亡"），也许还是陈来的说法比较明智："佛教入世以后做了什么事情？他所有做的事情，他所讲的伦理全部是儒家伦理，这个我看得很清楚。当中国传统的这些宗教一旦入世以后，他所主张的东西全部都是儒家伦理。我在台湾看到很多佛教的大师在电视上讲的东西，全部都是儒家的伦理，他们真正做的东西都浸润着儒家的观念，就等于是在替儒家做事情。今天我们如果要想避免这种外来宗教的现象的话，就要在相当程度上开放本土宗教，特别是这种'名门正派'的，这个不是新兴宗教，它不是什么怪异的东西，佛教这种大门大派的宗教，应该让它有积极的发展空间，这个不是仅仅给某些项目捐一点钱，向青海玉树捐一点钱，而是让他能够在生活中有他能够展开拳脚的空间，使他整个的积极救助社会的力量，能够使基层的人民群众在日常生活中感受到，这个不是儒家能做到的，儒家历史上也没有这样做过。"② 更何况，就像余英时所说的那样，现代儒学转型不在政治学而在伦理学③，因为没有一个社会只单纯依靠法律就足够得以维系，更何况法律与道德在新的历史进程中还存有一致性问题需要探索。

众所周知，国东所说的（对中国而言，自晚清以降）"也就是要使法律成为经济系统、行政系统与生活世界之间的媒介，使作为知识或符号系统的法律与作为行动系统的法律之间形成良性互动，并确保实在法的不可随意支配性"④ 云云，其实在严酷的现实面前要大打折扣。《朱熹的历史世界》下

---

① 此段引文出自孙国东与笔者讨论法哲学问题时的通信。
② 陈来：《儒学在中国的现代功用》，共识网，http：//www.zlccom.net/articles/sxwh/shsc/ article_ 2011051035184. html，2011 年 5 月 10 日。
③ 余英时：《现代儒学的回顾与发展》，第 185～186 页。
④ 孙国东：《"转型法哲学"出场的一些前提性认识》（未刊稿）。

册内容其实就构成了对我们当下现实世界的反讽。假如说毛泽东时代（所谓"前三十年"）的政治文化应该对应于元、明、清三朝的话（亦即意识形态始终处于垄断状态），邓小平时代（所谓"后三十年"）的政治文化跟宋代的政治文化则有着相当程度上的对应性。若把两个时代撮合在一起，除了没有理学家集团（即便是学派也成了当下稀缺的东西）之外，其他几乎齐全：皇帝、官僚集团、太上皇、宰相以及近幸、外戚等。只要我们亲身经历了这"两个时代"，我们便绝对可以感同身受（恕不举例），尤其是在"后三十年"里，以"国是"为进退则更是典型的表征。余英时指出："事实上，'国是'自始便是皇帝与执政大臣通过当面讨论所得到的共同原则，如第五章引熙宁三年神宗与曾公亮、韩绛、王安石的一番辩论，即是显例，事后神宗并没有再诏示天下，'绍述'之成为'国是'也是如此。'皇极'早在淳熙中叶王淮执政时期已定为'国是'，光宗只要在议廷之际作口头肯定便够了，更不用再大张旗鼓。"① 不用说为了"国是"而各自引经据典论证的方法至今仍然有效，而围绕"国是"所展开的或明或暗的话语权争夺和利益权争乃至党争，就成了必然衍生物。理学集团为了更合理的秩序要求改变现状乃至改革，官僚集团为了自身的利益而坚决要求维持现状从而听命于"近幸"，也就成了必然选择："淳熙末年除旧布新的努力虽远不能与熙宁变法的规模相比，但精神上确是一脉相承而来。孝宗的'有志于天下'固然继承了神宗，理学家也同样延续了北宋儒家的理想主义。……理学集团与官僚集团——即孝宗退位后所盛传一时的'周党'与'王党'——为了不同的政治目的都通过台谏系统，一方面排除政敌，另一方面引进同党。绍熙二年朱熹建议留正必须尽量扩大'君子'集团，'惟恐其党之不众'；排除'小人'集团，'惟恐其去之不尽'。最后他更斩钉截铁地说：'……不惟不惮以身为之党，是又将引其君以为党而不惮也。'（《文集》卷二八《与留丞相书》，详见第七章《余论》节所引）这样强烈的政治'党'性恰恰如实地反映了当时理学集团勇往直前的精神。但理学阵营的意态激昂如此，官僚集团的反击自然更无所不用其极，这一场悲剧以'庆元党禁'落幕可以说是事有必至。"②

尽管我不能也无意在此对余英时繁复精彩的历史还原和细节呈现（从

---

① 余英时：《朱熹的历史世界》（下），第 828 页。
② 余英时：《朱熹的历史世界》（下），第 530～531 页。

不同视角如理学家的政治取向、权力世界中的理学家内部关系、皇帝与理学家的关系以及官僚集团的起源与传承，所做的交替叙写和描述，直至用史学与心理分析相结合的方法，追溯孝宗"三年之丧""太子参决""内禅"三部曲的历史过程等）做出相应的解读，但是我相信：假如有人能够像他如此尽心而细致地从诸多经典文本和史传、诗文集、笔记乃至墓志铭、神道碑等资料发掘出如此多的洞见，同样可以这样把我们刚刚经历的"前三十年"和"后三十年"世界精彩地还原出来。当然，我的本意仍然在上述所讨论的问题，亦即在我们仍然以"国是"为进退的政治文化生态里面，我认为国东乃至邓正来对当下的意识形态"真假结构"① 的解说可能都产生了相当程度的偏差。这样在涉及"正当化压力"和"认同危机"论题时，就可能在某种程度上削减了理论解释力。官僚集团实际上从来就没有遇到过国东所说的"正当化压力"问题，因为他们的所谓正当性基础仅仅是建立在"富国强兵"上的，所谓"自由"或者"民主"在他们那里其实并没有多少位置，众所周知正当性只有建立在后者的基础上压力才会随之而来。因此，所谓"认同危机"在他们那里其实不大，因为他们的社会动员本来就是建立在官僚阶层覆盖所有领域的基础上并移植于苏联的"举国体制"，其动员能力惊人，也根本无所谓你认不认同。

# 余　论

综上所述，新道统的理论预设的关键，仍然在于"天下治理"的方式。传统儒者自孔子以降，以仁释礼的核心在于用"礼"（等级制度）的特殊性阐释"仁"（天下归仁）的普遍性，宋儒们则进一步论证了这种"自然正当"的合法性，"仁体"成为"道本体"（通过宇宙论、历史论证），乃至"皇极"成为道学实践的领域（政治秩序）。也就是说，关键还在于整体秩序的型构，即"天下"究竟该是谁的？如果不是"天下为公"的天下更不能是"家（私）天下"（哪怕顾炎武的"天下之私，天子之公"与黄宗羲的"天子之私，天下之公"的相反命题），就应该是个人自主的"公民的天

---

① 窃以为，邓正来的《"生存性智慧"与中国发展研究论纲》一文中关于意识形态的"真假结构"问题的论述，跟孙国东关于这个问题的理解，存在有师徒二人混用或互用的情形。但可能出于过头的"同情性理解"，从而跟我们的社会现实和理论现实认知存在不能忽略的距离。

下"，我们才有可能真正继承传统无数先贤的"以天下为己任"的神圣使命。也便是在此意义上，我高度评价了邓正来从社会理论到法律哲学的整体秩序转型研究①，一如哈贝马斯所指出："国家与'市民社会'（Buergerliche Gesellschaft）的分离，相对而言对现代化进程的贡献来得更大，这反映了国家机器具备着特殊的功能。现代国家同时也是管理国家、税收国家。这就意味着国家的主要任务是行政管理。国家把一直在政治领域内进行的生产使命转让给了与国家相分离开来的市场经济。"② 也如邓正来对黑格尔的市民社会理论的贡献所做的高度评价："第一个真正把市民社会作为政治社会相对概念进而与国家做出学理区分的是黑格尔。他沿用了市民社会一词并赋予了它新的含义。……黑格尔对市民社会这一传统术语之含义的修正，乃是政治哲学中自博丹创撰'主权'概念、卢梭发明'公意'概念以降的最富有创意的革新。……黑格尔认为，'市民社会'是处于家庭与国家之间的地带，它不再是野蛮或不安全的自然状态相对的概念，更准确地说，它是同时与自然社会（家庭）和政治社会（国家）相对的概念。市民社会作为人类伦理生活逻辑展开中的一个阶段，是一种现代现象，是现代世界的成就。"③ 因此，从根本的意义上说，其是中国、中国社会以及中国人的生活往何处去的大是大非的关键性理论及其问题。

因此，追究整体秩序的可欲性和正当性问题，我们绝对不能忘记对传统社会的性质做进一步追究。在此我很愿意提请注意金观涛曾经有过的精彩警示："中国封建社会长期停滞，并不是因为它内部没有资本主义因素。也不是说，其内部生产力不再发展。相反，令史学研究者吃惊的是，几乎在每个盛大王朝中，都有各种各样的新因素在成长。其中如城市、商业、非农业人口的发展，甚至比欧洲资本主义发展的早期阶段都有过之而无不及。但是，一个王朝成百年积累起来的生产力特别是各种新的经济因素是和无组织力量一起增长的。它们在宗法一体化结构的容器中好象水一样，越来越满，但满到一定程度，王朝崩溃，容器打翻了，水被溢了出来。结果是新因素和无组织力量一起被消灭，生产力漫长的积累不得不在下一个王朝再重新来过。"④

① 参见笔者系列论文《呼唤中国思想巨人》，连载于《社会科学论坛》2011 年第 1~6 期。
② 〔德〕哈贝马斯：《论欧洲的民族国家》，逄之译，载陶东风、金元浦、高丙中主编《文化研究》第 2 辑，天津社会科学出版社，2001，第 4 页。
③ 邓正来：《市民社会理论的研究》，中国政法大学出版社，2002，第 36~37 页。
④ 金观涛：《在历史的表象背后》，第 128 页。

（尽管我并不太认同金氏采用系统论的解释方法，也不太认同他的诸如"中国封建社会"以及"无组织力量"等概念，也许"秦汉政制"或者"秦汉第一帝国、汉唐第二帝国、明清第三帝国"的概念更符合事实，这种政制或帝国内生的自反性力量也是一种事实的描述，当然这些并不影响金氏理论的解释力。）尤其让人警醒的是，周期性动乱与停滞性解释中的"宗法/家庭"与"儒臣/儒家国家学说"两块"模板"的揭示，并指出历次大动乱后的统一模式："历史上有着三种不同的路径来实现统一的目标。地主世家成员利用农民大起义摧垮旧王朝的形势，重建政权；农民起义首领建朝称帝；少数民族入主中原。虽然这三种路径有很大的不同，但有一点是它们必须遵循的，这就是不论采取什么路径，都必须在不同的历史条件下完成两块模板拼合的任务。"[1] 更因为"两块模板"的交互作用，传统中国的超稳定结构其实就是这样"练"成的。坦率地说，如果我们在整体秩序型构和转型推动上并无作为，即便能够超越金观涛所揭示的传统"超稳定结构"，也难以规避晚清民国以来的"启蒙（宪政）/革命（救亡）"双重变奏的现代更大的风险。

因此，只有彻底认清了我们社会存在的性质，然后如国东所说的（对中国而言，自晚清以降）"也就是要使法律成为经济系统、行政系统与生活世界之间的媒介，使作为知识或符号系统的法律与作为行动系统的法律之间形成良性互动，并确保实在法的不可随意支配性"以及寄希望于"天理"与"公理"之间或者由两者互动形成的"法理"，才可能找到可靠的现实建构地基。当然，不是说建构这种现实地基的契机一点也没有，事实上"大国崛起"就提供了这种重新型构整体秩序的重要契机（尽管它是把"双刃剑"，既有可能往传统"王朝盛世"老路走的危险，也有可能提供重塑中华"伦理性文明体"的通道）。除此之外，随着全球经济的发展与危机，中国经济改革发展中的结构性问题面临重要的调整，一个全方位的人才、技术、制度、创新的全新历史情势，也构成了重要的理论契机。也就是说，思想家们必须审时度势抓住契机，然后起码有两个现实的路径可供实现整体秩序转型的建构，这就是"由经济而政治"的理路（这个理路其实也是邓正来的基本理路）和"由道德而政治"的理路（而这恰恰是国东不自觉地采取的理路）。尽管表面上看，国东是为了"邓正来问题"的"理论化的问题处

---

① 金观涛：《在历史的表象背后》，第122～123页。

理"和"问题化的理论处理"的交替推进，但在研究实质的深层则多少存在有不同理路内部的紧张。必须即刻指出的是，这两个理路在当下中国的特殊情势和严峻时刻倒有着交会的可能，因为无论是"由经济而政治"还是"由道德而政治"，其间都有两个重要的关键：一是二者的共同中介均为"法律"；二是全社会的安全转型，取决于社会性质的转变。也就是"天下为公"的整体秩序并导向"天下归仁"的传统治理方式，只能让位于"个人自主"的整体秩序并导向"天下正义"的现代治理方式，同时最大限度地把个人创造性和民族创造力释放出来，没有法律的保障是不可能实现的。而不管是哪种理路，还取决于整体秩序的转型何时发生并是否发生。如果一旦发生，康德在《永久和平论》中由法哲学引申出来的两个假设："在世界联盟的框架内，任何一个国家的资产阶级宪法都应当具有共和性质，而国际关系应当具有和平共处性质。法律义务对内保障市民自由，对外则维护世界和平；一切法律义务共同凝聚成为完善的正义秩序观念。这样，强制就再也无法以个人统治或自我捍卫的面孔出现，而只能以'理性就是力量'这种形式出现"①，在我们这里并没有过时：即便曲为辩解我们的宪法是"社会主义"的，但我们的国家命名为中华人民共和国，其共和性质本来就该是不言自明的。"在'共和制宪法'的前提之下，这种具有政治功能的公共领域成了自由主义法治国家的组织原则……立法本身依靠的是'源自理性的民众意志'；因为从经验上讲，法律的源头在于具有批判意识的公众'所达成的共识'；因此，康德称之为公法，以区别于私法……"②与此同时，私法在中国的发展更是对个人权利实施保障的基本前提，尤其是当下中国，在个体权益得不到起码保障的情形下，政治认同和文化认同都将是个巨大的未知数。更为重要的是，我们都应特别牢记哈耶克的法律与立法的二元观即对"公法"与"私法"混淆的批判，尤其是在我们这块从来缺乏私法基础的土地上，哈耶克指出的人们也绝不能因公法是由意志行为为了特定目的而创制出来的规则而认为公法比私法更重要，尤须特别警醒的是："恰恰相反者可能更接近于真相。公法乃是组织的法律，亦即原本只是为了确保私法之实施而建立的治理上层结构的法律。正确地说，公法会变化，而私法将一直演化下去。不论治理结构会变成什么，立基于行为规则之上的社会基本结构则会

---

① 〔德〕哈贝马斯：《公共领域结构的转型》，第 120~121 页。
② 〔德〕哈贝马斯：《公共领域结构的转型》，第 124~125 页。

长期持续下去。因此，政府的权力源于公民的臣服而且它有权要求公民臣服，但条件是它须维持社会日常生活的运作所依凭的自生自发秩序之基础。"① 从这个意义上说，只有公法与私法均在中国的市场经济改革中得到充分的发展，国东所说的"实在法"的不可支配性和"天理"与"公理"互动而形成的"法理"才可能获得真正的建构基础。我们知道，契机早已形成，我们等待的只是重要历史时刻的到来。

最后回到敦友的问题。也许应该提及谢晖先生对敦友的"新道统"论的批评："现代的以权利与义务为核心和基础理念的法学，却是一个典型的舶来品，是我们从西方进口来的学问。这可能会导致新道统不但没有承接既有的传统，而且是对'道统精神'本身的阻断。这就有必要进一步论证我国固有的文化传统对以法学为知识基础的新道统有没有或者能不能做出贡献的问题。"② 他以为敦友恰恰是对这个问题没有做出说明。假如说上述余英时著作所涉及的宋儒们为合理的人间秩序安排前仆后继竭诚奉献出的关怀，确实是我们特别应该继承的中国学术精神的话，就不能被理解为是"'道统精神'本身的阻断"，而应该是不同理论预设下的"道统精神"的继续。何况，在敦友那里，"道"被理解成一种思想特质具有相对稳定性，而历史性、世俗性、循环性、整体性四个特点被视为道的内在规定性，而"统"则指思想的延续性："如果我们这样来看中国的思想历程，那么我们看到的是，虽然中国思想经历了巨大的变迁，但中国思想依然是中国思想，在其根本点有着自身的同一性，其根本之处就在于中国思想始终在道论的延长线上。"③ 按我的理解，"道论的延长线"或者"根本之处"就是合理的人间秩序安排，而这也是我上述提出以庄子意义上的"致知无知，天道无极"为理论预设，并必得做方法论个人主义转换的原因。尽管我们无法绝对实现，但至少可以无限趋近那个目标，从而跟我们无数先贤一样奉献出属于我们的终极关怀。而那个"统"的延续性，就是前仆后继。尽管思想本身在种种的创造性转化过程当中会不断出现不同问题的变化和理论的变异，比如敦友所说的"新道统论则志在平整中国思想的平地，重新开启中国思想在新的历史条件下的可能性"；比如国东所说的"'天理'与'公理'互动而

---

① 转引自邓正来《法律与立法的二元观》，《中外法学》2000 年第 1 期，第 52 页。
② 谢晖：《法学知识能否承担新道统建构的重任》，《检察日报》2011 年 1 月 6 日，第 3 版。
③ 魏敦友：《新道统论为现代中国法学奠基》，《检察日报》2011 年 1 月 6 日，第 3 版。

形成的'法理'"以及"转型法哲学";等等。至于谢晖先生所说的那些"舶来品",只有示范作用并没有强制作用。因为人类的天性具有同质性,而文化规则的多变性才形成了社会秩序的多样性,但随着历史条件的变化、人性的发展过程中人类会在不同境遇当中遭遇相同的问题,从而示范的意义由此产生。因此,我们才有面对各种各样的经典进行批判性吸收并创造性转化的必要性,从而形成新道学以无限趋近上述那个目标。如前所述,我们需要的只是契机,当然更需要的是那个重要的历史时刻。

(原载《社会科学论坛》2013年第2期)

# 至知无知　天道无极

## ——张远山《庄子奥义》解读

　　读过有关《庄子奥义》不少评论，较满意者是丁国强先生的《精神氧吧里的自由呼吸——读张远山〈庄子奥义〉》。① 起码丁先生对庄学本身有相当的兴趣，对解庄者（如王夫之、胡适、冯友兰、任继愈和张恒寿等）有一定的了解，评论起来方能说到点子上。当然历代解庄者太多，即便现当代著名的就有章太炎、刘文典、闻一多和陈鼓应等，当然不是说一定非得有比较才能下笔，而是有比较显然更能发现张远山的贡献是重要还是不重要，而且更重要的是不能离开张远山的《庄子奥义》文本自说自话。实话说，有效评论张远山的作品并非易事，除非自我感觉良好的"小知"和"大知"，除了给远山徒添笑料外，评论有效无效似乎倒在其次。这我深有感触，多年前读过张远山的小说处女作《通天塔》，当时那"狗咬刺猬，无从下口"的情形记忆犹新。张远山的学养、品位极高，其与人合作署名"庄周"的《齐人物论》便是明证。反复品味《庄子奥义》，不敢说我的评论可能有效，但确实如鲠在喉，而今是不吐不快了。让人特别吃惊的是，半个多世纪以来，我们真正意义上的文学家几近绝迹，有文无学早已成了常态，而今张远山却多少有点"凤凰涅槃"的意味。尤其不可思议的是，那已经飘零了多少年的国学"绝学功夫"竟然在张远山手上复活。

一

　　也许，就像丁国强先生指出的那样，"其实，学界对郭象本的质疑一直

---

　　① 丁国强：《精神氧吧里的自由呼吸——读张远山〈庄子奥义〉》，载《社会科学论坛》（学术评论卷）2009 年第 4 期。以下引自丁文只加引号，不再另注。

未断。辨伪是《庄子》的阅读者无法绕开的工作"。但无须讳言，试图颠覆一千七百年来由儒生郭象一手篡改和遮蔽庄学奥义的旧庄学，并力主重新解释和彰显庄学奥义的新庄学，张远山的理论气魄不可谓不宏大。即便暂且撇开其诸如贯穿始终的"庄学四境"思想范式的解说，对"支离其言""晦藏其旨"义理的透彻辨析与还原，对"卮言""寓言""重言"的诸多互文、变文、转辞的反复揭示与立体阐释，对"道极视点"的回返提撕与"人间视点"的逐层观照等，而跟当下学界热闹着的所谓"回到经典"的诸多主张略加比较，我们也能清楚看到远山的理论抱负甚至直指到了文化的重建，用他自己的话说："从 1492 年哥伦布发现新大陆开启全球化时代至今五百余年，异邦人士最先接触的是儒学，异邦大知哂笑不已，殊不知儒学仅是供奉在庙堂上层的古典中国之文化小境。异邦人士稍后又接触了老学，异邦大知笑容渐收，'东方神秘主义'之名由此产生，因为老学是沟通庙堂上层与江湖下层因而若隐若现的古典中国之文化大境。异邦人士接触全球文化视野内独一无二的庄学尚须时日，因为庄学是深隐于江湖底层的古典中国之文化至境。"① 不客气地说，单从那些所谓"回到经典"的主张来看，起码就有两个重要问题没有解决好：回到怎样的经典？怎么回？而远山对此并没有过明确主张，却又用实际行动特别有力地回答了这两个问题。在我看来，回到经典绝非盲目解释经典，既忽视历史语境又忽视当下问题，就已经不是回到经典而是消费经典的问题了。

需要提请注意的是，远山在解读庄子"内七篇"之前和之后，用了较大篇幅写了两篇"绪论"和三篇"余论"，前者便是为了回到当年的历史语境，后者则为当下问题的反思。前者不仅仅是为了说明庄子"内七篇"的理论根据，而是为了说明庄子身处那样严酷的历史环境（战祸连绵、危机四伏以及专制强权）著书立说为何"支离其言，晦藏其旨"；后者的理论锋芒尤其尖锐，对文化/造化、儒道/儒术、悖道文化/顺道文化、文化/文明、文化相对主义/文化保守主义等相关重要范畴，均做出了颇具远山个人特点且确实有点高屋建瓴的界分和辨析，比如："任何民族都有可能率先发现并顺应科学真理、人文公理，从而使该民族的文明程度暂时领先于其他民族。然而没有一个民族能发现全部科学真理和全部人文公理，因为科学真理、人

① 张远山：《庄子奥义》，江苏文艺出版社，2008，第 51 页；并参见该页的注释［1］、［2］。以下引文出自张远山此著的只加引号不再另注。

文公理的探索发现永无止境。每一民族的文明与人类总体文明的关系，就像五大洲每条河流与地球总海洋的关系。不同民族的广义'文化'河流，其历史流域、辐射范围尽管不同，相互之间也曾隔绝、陌生、误解、对抗、交流等等，但无一例外均或多或少贡献了文明之水，最终汇入人类总体文明的知识海洋。"在远山那里，所有悖道文化均遭到迎头痛击，所有顺道文化均得到竭力弘扬，似乎泾渭分明并不像想象的那样复杂：可普适性的是文明，而文化总是独特的，尽管在悖道文化可能因为民族文明程度暂时获得相对领先的情况下，"就会凭借文明强势，主动推广其悖道的劣质庙堂文化，迫使文明程度暂时相对落后的其他民族接受，甚至被其他民族盲目崇拜，从而受害。这种受害在其最初，也许不被异民族视为危害，反而误以为是慕效高级文化，但错误不可能长久，迟早会随着该民族的文明停滞和异民族的文明进步而终止。而且随着重新获得文明觉醒，该民族自己也必将抛弃悖道的劣质庙堂文化，哪怕专制强权为之戴上'传统'、'主流'、'经典'、'权威'等虚假光环，也无法挽救其没落"，比如日本，比如中国，尤其比如日本和中国。然而，"每一民族的顺道文化，同样常常与其他民族的顺道文化迥然不同。与悖道文化是人为造作一样，顺道文化也是人为造作；然而悖道文化违背造化规律、科学真理、人文公理，顺道文化却不违背造化规律、科学真理、人文公理。顺道文化不同于对造化规律、科学真理、人文公理的'发现'，是对自然造化的丰富性、补充性、提升性、超越性'创造'。正是凭借顺道文化，人类才成为万物之灵长，造化之奇迹"。按我的理解，远山的意思似乎是只要能够从善如流，顺道文化必然战胜悖道文化，但常常事与愿违，反而常常是悖道文化围剿顺道文化，甚而至之："为了增加迷惑性，悖道的'文化相对主义'常常假扮成民族主义的'文化相对主义'，悖道的'文化保守主义'常常假扮成民族主义的'文化保守主义'，先是有选择地赞扬一些对悖道文化不具威胁的顺道文化，当这些伎俩蛊惑了民众头脑、骗取了民众支持以后，就开始瞒天过海地为悖道文化及其意识形态辩护，以便维护其既得利益和政治特权。"在远山看来，两种不同的顺道文化尽管未必可以交融但能相安无事，只有两种悖道文化之间才会发生不可避免的冲突，"悖道文化的死敌并非顺道文化，而是其他悖道文化"，因此他必须对亨廷顿的"文明冲突论"进行修改，按远山的逻辑，两种"文明"只会交融，两种"文化"才会冲突。科学真理与人文公理是唯一裁判，但"文明只是普适手段，科学、民主、法治、公正、平等、财富，都是手段；文化才是独特目的，每个人的独特自由、独特幸福、独特快乐、独特享受、独特审美，才是人类的终极目的"。

通过上面引述，我们可以清晰地领略到远山为何回到经典以及当下问题的制高点的。他不仅无意于"向后看的反专制"（就像索尔仁尼琴或者新儒家们那样），而且干脆以为所谓"三代之制"本身就是专制政治的源头①，当然远山兴趣在于文化讨论，而并非"文明"，即所谓"大国崛起"之类。在古儒那里，中央集权常常被解释为"理势"；当下新儒家们，一如金雁、秦晖所指出："世界上专制国家与民主国家都有很强大的，唯独贵族林立的'中世纪状态'尽管好像温情脉脉，但的确很难在今天的世界民族之林立足。"② 所谓"三代之制"既失魅力，宗法五服的"尊尊亲亲"的家天下即便如何改造也难以有说服力，因此"制度创新""理论创新"的鼓噪与主张者，寻找的仍然是专制大国的思想资源，终究是远山所鄙视的悖道文化罢了。况且远山甚至明确指出科学、民主等也仅是手段——哪怕而今的大国崛起离开了这些手段也几乎无从谈起，同时人文公理本身也极需要积极探索——远山跟金雁、秦晖的看法其实如出一辙，即悖道文化（专制帝国）会凭借一时的"文明"优势输出文化（所谓强大）。因此，我以为远山的制高点在于"向前看的反专制"。即便如此，远山仍然对"儒道"而不是"儒术"给予了相当尊重——事实上，孔子以及之后比如朱熹等人创建的儒学道统，以道德理想对抗皇权等资源颇值得借鉴——这便是所谓"庄学俗谛"与"庄学真谛"的关系，远山指出，"'尧既黥汝以仁义，而劓汝以是非矣'：黥为刺面之刑，劓为割鼻之刑。庄子借直观易解的'人之身刑'，转喻难以直观的'人心之刑'，终极指控'仁义'伪道戕害人之真德，仍以唐尧为始作俑者。江湖章尚以'相呴以湿，相濡以沫'为'仁义'的变文婉词，此处则不迂不曲地直斥'仁义'属伪道，伪道俗见之'是非'属伪

① 比如张远山以为，"'三皇五帝'原本均属神话人物或传说人物，处于真实与虚构之间，而且本无'皇'、'帝'之号。儒家颂扬周公，墨家就颂扬更早的夏禹。两家相互竞争，进而颂扬更早的唐尧、虞舜等古之圣君，僭称为'五帝'；进而颂扬更早的伏羲、神农等古之圣君，僭称为'三皇'。层累叠加、改造乃至虚构古史的结果，一方面推动了历史进步，天神（与'天道'位格相同）被祛魅而人文化；一方面又导致了历史衰退，上古酋长在'人道'的范围内被反祛魅地神格化。庄子预见到，儒墨把专用于天神的'帝号'僭用于已死君主，鼓吹后世君主仿效'三皇五帝'，必将强化君主专制，在世君主僭称'帝'号必将成为历史必然"。张远山：《庄子奥义》，第285～286页。

② 金雁、秦晖：《"向后看就是向前进"？——索尔仁尼琴与俄国的'分裂教派'传统》，爱思想网，http://www.aisixiang.com/data/29628.html，2009年8月7日。

'是非'。《齐物论》业已贬斥'仁义之端，是非之徒，樊然淆乱'，指出'儒墨之是非，以是其所非而非其所是'，'此亦一是非，彼亦一是非'，'是亦一无穷，非亦一无穷'，'其所言者特未定'，断言'是非之彰也，道之所以亏也'，因而主张'和之以天钧'。《德充符》也主张'是非不得于身'，《杂篇·天下》又说庄子'不谴是非'。庄子仅仅不谴伪'是非'，但必谴真'是非'。"

在这一点上，远山跟当代学者陈鼓应的看法相近，基本撇清了旧庄学以来对庄子哲学的相对主义误解。然而，与大多数解庄者不同的是，远山特别旗帜鲜明地提出庙堂文化终究是劣质文化而且是悖道文化。用丁国强的话说，"庄子的智慧是同专制制度不合作的智慧，庄子哲学是在不自由中寻求自由的哲学"，丁氏甚至以为庄子是"中国最早的自由主义者"。尽管后者的说法大可商榷，尽管陈鼓应等对庄子的自由哲学也一样倍加重视，但这种"自由"或者精神自由，实际上并非自由主义者的自由。如果我没有说错的话，有关儒学乃庙堂文化、庄学乃江湖文化的明确定义，张远山几乎也是第一个说破者——说破并非容易，非尖锐到一定程度是说不破的——比如从纯艺术的角度看历代中国艺术家的自由精神均能在庄子那里找到源头[1]，又比如从俗文学角度看武侠小说或游侠精神源头可追溯到司马迁的《史记》以及陶渊明的"其人虽已没，千载有余情"（《咏荆轲》）[2]，再比如中国的唯我式个人主义的源头可追溯到庄子之前的杨朱之学或者中国式的自由其实就是江湖侠客的自由[3]，等等。众多理解应该说都是相当精到的，但也许因对庙堂文化未必采取完全拒斥的态度，对江湖文化就难以像远山这样给予如此高度评价（也许只有陈平原曾经别有幽怀）。事实上，章太炎先生当年对庙堂文化的拒斥大概可跟远山一比[4]，只是由于对严复、梁启超的国家主义叙事的警惕，章氏最后把"社会"甚至"个人"的合法性都颠覆掉了[5]，其

---

① 这种解释在中国学者和理论家那里比比皆是，尤其是港台新儒家，比如徐复观等；陈鼓应也基本持此思路与看法，如《庄子的悲剧意识和自由精神》一文，载《老庄新论》，上海古籍出版社，1992，第 224～232 页。

② 比如陈平原的《千古文人侠客梦》（新世界出版社，2002）等，对此有详尽的研究和解释。

③ 参见许纪霖《大我的消解：现代中国个人主义思潮的变迁》，载邓正来主编《中国社会科学辑刊》春季卷，复旦大学出版社，2009。

④ 参见陈平原《中国现代学术之建立——以章太炎、胡适之为中心》，北京大学出版社，1998。

⑤ 这个问题参见汪晖《中国现代思想的兴起》下卷第一部（生活·读书·新知三联书店，2008）有关章太炎学术与思想的论述与分析。

基本依据也是庄子的"齐物论"，让人倍感遗憾。所幸远山的政治主张与章太炎所距甚远（此容后详议），而在学术精神上几乎如出一辙。"社会"也好，"个人"也罢，需要全新的对顺道文化意义上即齐物论意义上的天道自然建构，并重新确立科学真理与人文公理探索的全方位价值，从而重新建构现代性民族—国家等，这极为重要，但首先让学术具备独立品格，遵循学术本身的运作逻辑发展，在当下则更加重要。也便是在这个意义上，远山极力推崇江湖文化并把庄学境界视为文化至境，显然有着特别重要的价值：在建构出真正健全而健康的社会体制之前，最好的个体选择大体仍为体制外的生存与自由。庄子对列国纷争的战祸连绵、危机四伏的社会环境有着极其深刻的体验和感受，从而彻底洞穿并穿越了两千多年的君主专制的结构性存在，其所热切向往并彻底揭示的精神自由从此也成了历代文人豪杰取之不尽的泉源，一如远山所指出："先秦老庄真道，作为中华文化的根本命脉，此后不断受到庙堂打压，命悬一线，不绝如缕。概而言之，西晋嵇阮遗风，秘传至东晋陶渊明。东晋陶渊明遗风，秘传至唐代李太白。唐代李太白遗风，秘传至宋代苏东坡。宋代苏东坡秘传至明代刘伯温。明代刘伯温遗风，秘传至清代金圣叹。"如果我可以补充一句的话，是否可加上：清代金圣叹遗风，秘传至清末民初的章太炎；清末民初章太炎遗风，秘传至而今的张远山。否则，远山似乎没有完整的理由道："庄子与我，相视而笑。"而且，章氏贵为民国元勋声称"功盖孙中山"却拒绝做官，为学乃一代宗师也拒绝出任任何一所民国大学教授，远山的个人行为逻辑以及本土逻辑认知与章氏确实颇多相似之处。

## 二

　　甚至，在远山的具体解庄过程中也能约略看出其与章太炎的某种渊源关系，这种渊源我以为便是上文已经指出的大陆本土已经久违了的小学（即文字学）功夫。可能恰是由于此，远山又完全区别于包括陈鼓应在内的诸多当代解庄者。尽管陈鼓应先生以为"无论在国内还是国外，我对庄子的评价可能是最高的一个"。[1] 但事实上，远山对庄子的评价之高远超陈鼓应。假如不揣冒昧，我以为远山的解庄用心之深也远超陈鼓应。而诸如"用西

---

[1]　陈鼓应：《老庄新论》，第2页。

学裁剪中国文化"或者用西方哲学范畴解释中国思想等，还仅仅是比较表面的区别，真正深层的区别是对我们本土两千多年生存结构性的那种深刻感悟和理解。尽管陈鼓应也明确以为："儒家的忠君思想、等级观念、权威意识、保守倾向及其对农工与妇女的鄙视，都是与道家精神相对立的。治人与治于人的观念使孔子成为历代专制政体的保护神。至于儒家的等级伦常之发展为后代的礼教文化绝不是偶然的。现在有所谓新儒家，为儒家使用一些现代概念的包装，但其基本精神与现代政治是背道而驰的。现代政治生活中，要求民主、自由、平等及普遍参与等等；而儒家，从孔孟开始就是与此相反的。"① 但我们通读《庄学奥义》和《老庄新论》，显然就可能获得一种较清晰的比较和印象，比如远山说道："一统天下的秦王嬴政，既不满足于像商、周那样称'王'，也不满足于已被秦昭王、齐缗王一度用过的'帝'号，因而兼用儒墨竞相鼓吹的'三皇五帝'，号曰'皇帝'，开启了长达2132年的中华帝国史，永为世界记录。庄子对君主专制的超前批判和惊人预见，因而长期有效，永垂不朽。"其间，既能约略见出其不同于当代诸多学人的传统史学趣味，同时对传统帝国专制历史的从头到尾的厌恶与痛恨和对庄子学说的从内到外的推崇备至，也溢于言表。

　　当然，一如丁国强所指出的那样，辨伪是《庄子》解读者无法绕开的工作。但辨伪的基本功夫是考据，以当年章太炎与胡适的关于经学、子学方法之争为例，陈平原的一段评论颇为精到："章氏所争不在义理与训诂孰先孰后孰重孰轻，而在治经治子经过校勘训诂这一最初'门径'后必须'各有所主'。在章太炎看来，说经之学，其用在考迹异同，发明历史真相，乃'客观之学'，讲究实事求是，'以比类知原求进步'；诸子之学，其要在寻求义理，陈说人生奥秘，乃'主观之学'，讲究自坚其说，且'以直观自得求进步'。"② 治诸子之学，训诂、义理一样不可偏废，本应是常识，但章氏的"主观之学"与"自坚其说"的说法与主张堪称高明。远山除了小学功夫扎实之外，更重要的是在对庄学义理的全新阐释之中，自坚其说的主观之学可谓一以贯之而且旗帜鲜明地贯穿到底。"有鉴于嵇康被诛，名列'竹林七贤'的向秀为求自保，遂篡改曲注《庄子》，向司马氏献媚。仅因死前未

① 陈鼓应：《关于庄子研究的几个观点——序刘笑敢博士〈庄子哲学及其演变〉》，载《老庄新论》，第236页。
② 陈平原：《中国现代学术之建立——以章太炎、胡适之为中心》，第243页。

能完成并公开流布，遂被郭象窃为己有。……儒生郭象及其追随者篡改曲解《庄子》，究竟是'论之不及'，还是'智之弗若'？主因是'论之不及'，即价值观迥异。晋人郭象与其两大护法唐人成玄英、唐人陆德明，无不坚执儒学'成心'且'师心'自用，因此即便在某些局部略窥庄学奥义，也非得篡改曲解不可。若不篡改曲解，庄学奥义就会沉重打击他们终生奉行的儒学价值观及其生命实践。"从焚书坑儒以来，尤其是古文经学考迹异同"发明历史真相"，乃重中之重，而向秀、郭象"篡改、曲解"《庄子》，远山的首要任务也一样是"发明真相"，然后才可能"自坚其说"。毋宁说，在远山那里"发明真相"与"自坚其说"互为表里，并在相当高的程度上互相支持。以他举闻一多在《庄子内篇校释》为解开庄学公案提供关键线索为例（即"汤问革曰：'上下四方有极乎？'革曰：'无极之外，复无极也'"问答中的二十一字）："可惜闻一多受困于'与下文（案：即重述鲲鹏寓言）语意不属'之卓识，认为……二十一字'无从补入'，就止步于解开公案的咫尺之遥。关锋、陈鼓应根据闻一多的发现，把'汤问棘曰'二十一字补入原文，可惜未采闻一多的'与下文语意不属'之卓识，没对伪《列子》做深入辨析就视为依据，将'汤问棘曰'二十一字误属下读，遂与揭破郭象公案擦肩而过。"这"发明真相"便是为了支持"认知陷溺人间视点、学派成心的俗见之非，必须获得超越性的道极视点。然而人们总是习惯于用人间视点、门派成心转换为超越性的道极视点，庄子不得不在《逍遥游》篇首，引领读者像北溟之鲲那样'化而为鸟'，与大鹏一起展翅升空——从人间视点、学派成心，趋向道极视点"的自坚其说。

　　准确地说，远山的解庄也便是从大鹏展翅升空"逍遥游"有效切入，并多少有点一剑封喉地指出，鲲鹏象征"大知"，在庄学四境之中仅属于"次境"，"开篇夸张象征'大知'的鲲鹏之大，是为象征'至知'的'藐姑射（ye）神人'出场做铺垫。旧庄学谬解鲲鹏象征庄学至境，使'藐姑射神人'寓言变得多余"。从根本上颠覆旧庄学，重新阐释新庄学，奥义亦即"义理"自然是关键。诸如奥义藏于"搏扶摇而上者九万里"等句式在远山的解庄中自然成了基本的功课，在"内七篇"的解读中比比皆是。饶有意味的是，为了说明李白的"大鹏一日同风起，扶摇直上九万里"受"郭注误导，因而谬解'九万里'为垂直距离"，远山说道："作为水鸟，大鹏起飞必具三步骤：先拍击离水，'水击三千里'；再斜行爬高，'搏扶摇而上者九万里'；再水平飞行，'去以六月息者也'。庄子终生不仕，享寿八十四岁，长年垂钓江湖，无数次见过水鸟起飞，不可能违背其常识。水鸟起飞之常识，或为埋头书斋的治庄者所无，却为酷爱自然的李白必有。可惜他盲从郭象，进而以其巨大诗名，把'直上'谬解，普及为旧庄学'常识'。从'大知'趋向'至知'，从人间视点升华为道极视点，原本极为艰难，'直上'使之变得轻而易举，与《逍遥游》主旨根本抵牾。倘若水鸟如直升飞机般'直上'，又何须'水击三千里'的助跑？"此殊关重要，因为其是人间视点、学派成心与道极视点的分水岭。对此分水岭的泾渭分明，远山自始至终毫不含糊。不如此就无法还原庄子著述支离其言、晦藏其旨的奥义——当然，支离其言是一把双刃剑，既给坚执儒学成心者上下其手的机会，也给远山彻底颠覆旧庄学并深入解庄学之俗谛与真谛之秘密武器（而这也才成了他"庄子与我，相视而笑"的基本理由），远山指出："'内七篇'的义理核心是卮言，文本主体是寓言。若不明白'卮言'晦藏的暗示，就无法理解'寓言'的支离寓意。'寓言'、'卮言'之中，均有'重（chòng）言'……郭象误读为'重（zhóng）言'，谬解为'借重'尧舜孔老等名人以'自重'，毫无证据。出场最多的尧舜孔，是'内七篇'的主要贬斥对象。'内七篇'中的老聃之言合计 103 字，如何借重？而且无论怎样统计，也不可能拼凑出十分之七的'借重之言'。'重复之言'占十分之七，却符合实情。按理十分之七的'重复之言'会使阅读极其单调，然而阅读'内七篇'绝无单调之感。因为仅有极少量重言是字面相同的标准型重言，大多数重言都是字面不同的变文转辞。不过变文转辞在避免了单调的同时，又大大增加了理解的难度。"从这个意义上说，其"考文知音"的重要性一点也不亚于"焚书坑儒"以来的古文经学，其难度也一样可想而知。而远山除了"考文知音"，更是把大量篇幅和精力贡献给了"变文转辞"的考证与阐释上，比如"至人无己，神人无功，圣人无名"。远山称之为"庄学至境"，"'至人'是庄学根本名相。'至人'、'神人'、'圣人'是'异名同实'，'同出而异名'的变文。'至人无己'是庄学根本义理，'神人无功，圣人无名'则是至人无己的两翼展开：欲超越'我'执，必先超越'功''名'"。"'至境'三句是庄学大纲，将被《齐物论》（跳过《养生主》、《人间世》、《德充符》）逐一深入展开……《逍遥游》首章，已把庄学要义阐发殆尽：小知大知倚待之'物'，即为所蔽之障；小知大知有蔽之'知'，源于有待之身。致无其功的至人必先'无待'，因为'功'必系于外'物'，致无其名的至人必先无蔽，因为己'名'必系于己'知'。"那么显然，远山的所有解庄的工作其实可以用四个字来概括：去蔽存真。

从某种意义上说，远山的"发明真相"与"自坚其说"，实质上便是围绕"去蔽存真"而步步为营的，所谓真人与假人、真君与假君、真宰与假宰的解析与判断就是典型的例子。比如："尧言'夫子立而天下治，而我犹尸之'，许言'疱人虽不治刨，尸祝不越樽俎而代之矣'，联接关钮是'尸'字。古人祭神，但神不可见，遂以活人象征假借被祭之神，谓之'尸'。庄子暗示，造化大匠才是'真宰真君'，俗君僭主实为'假宰假君'。此义要到《齐物论》才隐晦揭破。"很明显，远山的"去蔽存真"首先带有强烈的政治哲学意味，去除话语障蔽以及"我执"障蔽之外，更要去除生存秩序原理之障蔽，如"庄子就锋芒直指夭阙大知鼓吹的圣治明君尧舜，追溯君主专制缘起，贬斥把民众'整治'得服服帖帖的'天下大治'（大境），阐明庄学政见'至治不治'（至境）。尽管严酷的专制语境迫使庄子支离其言，但在恍兮惚兮的迷彩之下，庄子其实不迂不曲，极为直接"。这样，远山所做的包括寓言解读、卮言解说、重言的变文转辞的演绎阐释等，在《齐物论》《养生主》《人间世》《德充符》《大宗师》《应帝王》等解庄的具体篇章之中，从社会到个人，从庙堂到江湖，从理论到现实，从话语到真相，从实际到真际，循环往复，逐层递进，最后直指"无何有之乡"——"'无何有之乡'像'藐姑射之山'一样是'南溟'的变文，共同象征可以通过不断超越而无限趋近，但永远不能完全抵达的道极。'无何有之乡'是庄子对'文化至境'不可移易的精确命名"。如前所述，远山跟历代解庄者最大不同处便是对君主专制的切齿痛恨，虽然现当代不少学者也涉及了解庄中的君主专制问题——比如章太炎，比如陈鼓应，但前者的去除"我执"的障蔽和去除话语的障蔽反倒成了专制比分权好的理论根据，后者则跟港台新儒家尤其是徐复观等所推崇的庄子自由哲学与审美心理学（游心）异曲同工，一如陈鼓应自己所言："庄子'游'的概念，对于后代的文学、美学、艺术等产生了极大的影响。'心游'作为一种审美心理活动，超越了现实人间的一切关系、利害，而以一种审美的心胸观照事物，以艺术的心态来点化世象，构成中国传统美学所提倡的审美心理活动的主干。"① 不是远山对庄子的自由哲学没有意识到，比如他对西晋嵇康和阮籍、东晋陶渊明、唐代李太白、宋代苏东坡、明代刘伯温、清代金圣叹与庄子精神的秘传谱系的清醒而深刻的揭示便是证明。如前所述，

---

① 陈鼓应：《庄子的悲剧意识与自由精神》，载《老庄新论》，第 231 页。

我甚至加了一句"清末民初的章太炎遗风，秘传至而今的张远山"也可谓刻意说明。我的意思是说，远山显然有着比现当代其他学者更深邃的学术抱负和思想视野，这就是对自由实则是被彻底制约着的不自由的生存秩序状况的特殊观照与总体把握。

这样一来，我们对远山所说"《齐物论》是重要性仅仅次于《逍遥游》的庄学'平等论'，即'齐物'论。旧庄学尽管重视《齐物论》，却连篇名究竟读作'齐物/论'还是读作'齐/物论'，也依违两可，莫衷一是。稍窥庄学堂奥，便知篇名仅有一读。庄子主张听凭'物论'不'齐'，放任'吹万不同'，根本反对'齐/物论'。何况全文未曾罗列'物论'，谈何'齐'之?"便会有更深一层的体悟，或者毋宁说，"齐物"论实则可视为解决权力来源合法性问题的最基本追问。让人不能释怀的是，"佛家'出世之法多而详于内典'，孔、老'世间之法多而详于外王'，兼是二者唯有庄周。而对《齐物论》这一'内外之鸿宝'，章太炎终生喜爱，且下了很大功夫。其《齐物论释》自诩'一字千金'，'千六百年未有等匹'"。[1] 对《齐物论》有如此专深研究并颇有自负般自信的章氏，如何又对自生自发的生存秩序几乎不上心? 也许还是汪晖对章太炎的评述较为准确："章太炎没有采用个体/社会/国家的论述模式，而是用个体/国家的二元对立的论述模式来讨论个体与国家的否定性关系，这是因为在国家权力扩张的历史语境中，社会实际上正在被国家所挤压，各种社会团体包括士绅—村社共同体、商会和城市行会、学会和政党，以至介于政府与民众之间的中介性的国家组织——议会，都是以国家建设为基本目的组织和运转的。作为排满的民族主义者，章氏拒绝任何旨在巩固和发展满清国家的社会行为……"[2] 暂且不论章氏同时涉及的"无自性"以及"无人类"、"无众生"、"无世界"等诸如此类的奇怪推演，对《齐物论》的哲学本体论意义上的处理本身，可能也大值商榷。汪晖把章氏的"齐物论"宇宙观的形成看作其学术思想"回真向俗"标志的一段评述，也颇值引用："用他自己的话说即'佛法应务，即同老庄';'所以老庄的话，大端注意在社会政治这边，不在专施小惠，振救贫穷'，'世间法中，不过平等二字。庄子就唤作齐物'。但是，这个平等不是人类平等、众生平等或天赋人权意义上的平等，而是哲学本体论意义上的平等：平

---

① 转引自陈平原《中国现代学术之建立——以章太炎、胡适之为中心》，第247页。
② 汪晖：《中国现代思想的兴起》下卷第一部，第1075～1076页。

等是真如和道的存在状态。换言之，对于章氏来说，平等不是一种道德追求，而是一种自然状况，只不过这种自然状况被我们日常的知识、语言遮盖了。"① 这可能就捕捉到了章氏的义理核心。也许必须指出的是，章氏对那种"集体主义"（国家主义）的"无自性"揭示是相当深刻的，但章氏的悖论在于同时也彻底否定了自生自发的社群组织的可能性，从而让个体本身也彻底失去了合法性，亦即本体论意义上的平等或者"齐物"根本无从保证"吹万不同"。在这一点上，远山对科学真理、人文公理和顺道文化以及悖道文化的刻意区分和强调，毋庸讳言是对章氏主张的大胆超越——然而，在天道自然与宪政文化之间显然还需要继续打通必要通道，换句话说，天理（齐物/自生自发）与公理（人道设计）之间需要制度安排作为桥梁。实际上，由孔、孟创建（之后由宋儒们重建）的儒学道统，从远山的新庄学阐发观点和视角看，也并非全然排斥，从某种意义上还被作为"庙堂文化"的象征（大知）进行"息黥补劓"。事实上，两千多年以来，不管是儒学道统还是庄学"齐物"宇宙观，在制度演进方面均受到"悖道文化"即"皇权专制"的强力挤压围堵而无所作为，尤其是儒者无能开辟出新的天地，只能寄身于庙堂而让自身的道统对政统的制约方面的能力十分有限，除了训练贤君良相很少有更大作为，其既缺乏理性逻辑传统，也缺乏现实关怀，流于"袖手谈心性"就更是自身无法摆脱的宿命。因此，远山骄傲地以为"'内七篇'之所以是中国哲学永难超越的智慧巅峰，中国文学永难超越的语言极品，植根于庄子创造的总体结构"，确实有着他的终极根据；而他多少有点自信而又自谦的说法，"庄子预言'知其解者'将在'万世之后'出现，因此写于庄子化蝶之后不足七十六世的本书，尽管总体颠覆了'涉海凿河，以蚊负山'的旧庄学，仍属'以管窥天，以锥指地'的初步探索……"也确实有着他的现实根据。换句话说，只要专制庙堂与悖道文化还有一天市场，庄子的批判精神与"齐物"宇宙思想就永远光芒万丈。然而，不能不说的是，庄子的批判精神与齐物宇宙论确实不应该继续停留在本体论意义上的探索，而应该落实到主体论意识的制度性保障之中，方才可能得以真正破解始终板结着的结构性生存的千古难题，所谓庙堂/江湖二元结构的传统中国也才能真正转型为现代性民族—国家意义上的"齐物"民主中国。

---

① 　汪晖：《中国现代思想的兴起》下卷第一部，第 1093 页。

弄清了上述问题，无论是"发明真相"层面还是"自坚其说"方向，我们显然就更能体会远山杰出的努力。当然，远山的深邃和洞见处处体现在他的"内七篇"文本细读上，尤其是卮言、寓言、重言的交叉重叠而又层层递进，回到经典文献①和文字训诂、历史考证的国学功夫以及相关文化语境、政治语境之中，把庄学俗谛与庄学真谛逐层剥离出来，并一一彰显庄学奥义。因为很难复制，当然也无须复述，这里仅举数端便能见到其循环往复、逐层剥离的解庄神韵。如："《齐物论》之'物化'，为《大宗师》之'造化'千里伏线。庄子以为，天道与万物是主宰与被主宰的关系。《齐物论》专论'物'之被主宰，故谓之'物化'。《大宗师》专论'道'之主宰，故谓之'造化'。此岸万物，被无所不在的彼岸'造化'伟力主宰，从而'物化'不止；彼岸天道，主宰永无休止的此岸'物化'进程，从而'造化'世界。参透'所萌'、'所使'、'所归'的'造化'之道，就能勘破生死成毁的'物化'幻象，彻悟此岸俗谛'物德相对'，进窥彼岸真谛'道极绝对。'"又如："'吊诡'寓言实为《齐物论》开篇寓言之镜像，贬斥孔子的长梧子，实为'形同槁木'的南郭子綦之化身，孔子弟子瞿鹊子，是语皆浅见的颜成子游之化身。而颜成子游又是孔门弟子言偃的寓言变形。'空语无事实'（司马迁语）的庄子寓言，无一不是现实的变形。"再以《养生主》的"名刑"卮言为例，远山指出奥义藏于"全生"："真人以天为父，为道所使；身心和谐，知行合一；二谛圆融，自适其适；行于当行，止于当止；首逃'名教'，次逃'刑教'。所'为'被伪道俗见誉为'善'，不会变本加厉，而是致无其名，以免被'名教'扭曲。所'为'被伪道俗见非为'恶'，不会退缩放弃，而是因应得当，以免被'刑教'戕害。假人以君为父，为君所役；身心分裂，知行不一；二谛相悖，适人之适；行不当行，止不当止；仅逃'刑教'，不逃'名教'。所'为'被伪道俗见誉为'善'，就会变本加厉，进而因名求利，逐渐被'名教'异化。所'为'被伪道俗见非为'恶'，或者退缩放弃，或者因应不当，于是被'刑教'整治。"又如"大小人"之辨和"寓诸无"新解，前者远山说道："宗法伦理

---

① 远山对经典文献之熟悉这一点似乎应该特别加以说明，否则难以想象他能如此得心应手，例证在《庄子奥义》一书中比比皆是，这里仅举第 117 页注释 [4] 为例："本节 38 字，旧与下节 46 字前后错简。子綦先言'和之以天倪'，子游方能叩问'何谓和之以天倪'。宋儒吕惠卿调整错简未得其正，王先谦、王叔岷、陈鼓应从之。郭庆藩、刘文典未调整错简。"由此或可见一斑。

观庶民为群氓，不称为'人'，仅称'小人'。主张万物齐一、众生平等的庄子，反对把人类分为不同等级的宗法伦理，因此'内七篇'唯一提及'小人'之处，就是对'君子/小人'的彻底颠覆；'天之小人，人之君子；天之君子，人之小人'（《大宗师》）。"后者远山指出："'寓诸无'终极阐释了《逍遥游》'至境'三句'至人无己，神人无功，圣人无名'之'无'，以及上文'丧我'之'丧'，《大宗师》'坐忘'之'忘'，终极证明了庄学至境之'无'是动词，训致无。"也就是说，致无是庄学终极阐释，致无的内涵与外延以及方法与途径涉及了方方面面，如："《逍遥游》的庄学二谛，由《齐物论》重点展开'为知'达至真谛，由《养生主》重点展开'为行'达至俗谛，并展开为三要义及三寓言，再由其后三篇逐一深入展开：《人间世》深入展开第三要义'因应外境'及第一寓言'庖丁解牛'，《德充符》又深入展开第二要义'因循内德'及第二寓言'右师刖足'。尚余《养生主》第一要义'顺应天道'及第三寓言'老聃之死'，留待《大宗师》深入展开。"直至《应帝王》，所谓"顺应天道"之王等，均从不同方向指向了全德保真，而至知无知，与天为徒，天道无极的"无何有之乡"等，亦即"致无"的内涵与外延实则是"去蔽存真"的根本保证。

按我个人的理解，远山对"庄学二谛"的深刻揭示和精彩研究对现代中国转型理论的最大启示，当在于我们对人文公理探索必得遵循"与天为徒"的路径，除了摒弃悖道文化，顺道文化也一样要向"造化"趋近，往"天道""南溟"方向超越。尽管"不断超越而无限趋近，但永远不能完全抵达的道极"可望而不可即，但起码，我们应该醒悟到"齐物"是所有权力的唯一来源，那么，我们所有的制度演进就应该围绕在像"造化"那样公平地实现"吹万不同"的终极目标上，做努力趋近乃至无限趋近。

# 三

一般而言，较出色的解庄者除了考订版本以及正义疏证外，常有"论庄"一家之言行世。除了如上所述在"考文知音"的文本细读的深厚功夫之中，"发明真相"与"自坚其说"的两面一体的深刻与深邃之外，更重要的是，远山对庄学奥义的全息结构的总体把握尤为惊世骇俗。远山以为："抉发单篇奥义，是对庄学奥义的局部论证。如同北溟之鲲遨游庄学迷宫，穷尽逻辑分岔，叩开紧闭门户，深入七幢无何有建筑的微观角落。""读者理解'内七篇',必须逐一拼合支离其言、晦藏其旨的庄学拼版,最后拼成各正其位、严丝合缝的庄学全图。"必须即刻指出的是,远山之所以能卓然自成一家而且技压群雄,我以为根本在于除了他具备很高的哲学禀赋外,远山还是当下中国极为稀有的真正意义上的文学家。这种意义上的文学家,自从章太炎及其弟子比如周氏兄弟等一代宗师们的身影渐渐远去后,清儒遗风及其意绪延伸到了诸如闻一多、朱自清等,又在西学东渐的强力渗透之下慢慢消逝乃至最后完全消失。问题倒不在于文史哲不分家的义理、考据、辞章的三位一体,关键在于西方哲学的范畴意识很容易阉割中国传统思想,从而让中国思想本身侏儒化、被裁剪化直至碎片化,因为中国"以明"① 逻辑跟西方逻各斯传统的形而上学逻辑毕竟属于完全不同的逻辑系统。远山甚至指出:"扫清文本障碍和历史牛粪之后,读者必能与庄子直接相遇,因为庄学真谛就在每个人的天赋真德之中,正如天道就在每个人的天赋真德之中。轴心时代的伟大先知,正是因此成了后人顺应天道、抵抗伪道的永恒太阳。"

如果有文无学,那就难以相信远山居然可以有这样的把"内七篇"文本咬碎的功夫,就更无从谈起把庄学内在结构进行细化与分解之后,又从方方面面逐渐修复、恢复乃至立体彰显庄学全息结构。对"内七篇"的终极概括,远山甚至冠之以四个终极,即"终极原因、终极方法、终极提示、终极证据"。这里仅以终极提示为例,"庄文三言是为庄学之敌所设的拼图障碍:占十分之九的寓言,使所有拼版信息暧昧。占十分之一的卮言,使所有拼版不在正位。占十分之七的重言,使所有拼版极其相似。庄学三言又是庄学之友所设的拼图提示:晦藏其旨的寓言,暗示支离其言的卮言之奥义。支离其言的卮言,点破晦藏其旨的寓言之奥义。变文转辞的重言,确证卮言的支离之义,确证寓言的晦藏之旨"。庄学之敌之友其实均有障碍和提示,关键在于出于何种立场、遵循何种意义上的解释学,真相为何,意义为何(比如:有看懂者不敢说,如苏东坡;没看懂者则乱说,如远山颠覆着的历代诸多解庄者),例如:"《齐物论》主张'因是',反对'因非'。一块卮言拼版贬斥'所言未定'的'因是因非,因非因是',一块卮言拼版褒扬'圣人不由,而照之于天,亦因是也',然而寓言拼版'朝三暮四'居然贬斥'名实未亏而喜怒为用,亦因是也'。比对三块拼版,就会发现疑问:

---

① 请看远山对"以明"的解释,"不用而寓诸庸,此之谓以明":不师心自用而听任道之用,安于道之用并进窥道之体,就是"以明"。

'名实未亏而喜怒为用'，属'因是因非'，为何缺损不可或缺的'因非'二字？由此出发，辅以旁证，即明历史真相：为了把庄子对狙公的贬斥曲解成褒扬，郭象故意删掉了不可或缺的'因非'二字。修复补足拼版，庄学奥义立显：'狙公'隐喻愚弄民众的庙堂君主，'众狙'隐喻被君主愚弄的江湖民众。"而远山对庄学内在结构的整体把握，如果说让人振聋发聩可能不贴切，要说前不见古人、后不见来者尽管有点夸张，但可能也较接近。我以为这完全得益于远山作为文学家的那一份特有且特异的敏锐和悟性。

拼版与全图的关系，跟文学家对生活细节和文学细节的感悟与把握恐怕大有关联——当然，必须强调的是，是中国意义上的文学家的义理、考据与辞章的训练使然，尤其是远山的小学功夫。更何况，对全息结构的把握，远山涉及的还不仅仅是拼版，而且包括"内七篇"篇名（解读）、七篇首尾（始卒若环）、庄学四境（万能钥匙）、动植象征、排行隐喻、纷繁角色（四境定位）、寓言六式等，直至最后彰显出的"南溟吊诡"庄学总体结构。其把文本咬碎、细读，并分解、解剖和重新拼装的功夫确实令人叹为观止。更有甚者，为了说明方便他甚至绘制了各种各样的解析图解，神思飞跃而又自由驰骋于庄学至境，匠心独运又能深入浅出地体悟庄学精髓，好似庖丁解牛，如有神助矣！或许我们应该分别再举例，如："作为拼图之终极提示，倘若占十分之七的重言均为标准型重言，拼图必将毫无难度，支离其言、晦藏其旨的意图必将难以实现，既无法逃刑免患，又难以传道后世。况且十分之七的完全重复过于单调乏味，因此庄子设计了五种重言"，毋宁说是远山自己分解出来的"五种重言"：字面相同的标准型重言，字面相异的变文型重言，字面无关的转辞型重言，字面缺损的省略型重言和超越字面的结构型重言。我们再来看远山对"内七篇"篇名的创造性阅读与解析，其"篇名结构表"显示，《逍遥游》为"自由论"，关键字是动词"游"；《齐物论》是"平等论"，关键字是动词"齐"；《养生主》为"人生论"，关键字是动词"养"；《人间世》是"处世论"，关键字是动词"间"；《德充符》是"葆德论"，关键字是动词"充"；《大宗师》是"明道论"，关键字是名词动用"大"；《应帝王》是"至人论"，关键字是动词"应"。远山指出："精妙扼要的七篇篇名，以及不可移易的七篇顺序，是庄学奥义的简明大纲。误信篇名非庄子自定者，不可能读懂篇名。明白篇名为庄子自定者，倘若误解篇名，也无法理解内七篇之间的义理结构和递进关系，从而不可能拼对庄学全图。"之后，具体步骤还有："因循庄学大道，先明篇名结构，继明单篇结构，再明结构重言，拼合庄学全图。"其对庄学义理逐层递进的全方位解读和剖析，由此可见一斑。

对庄学义理与庄学结构的深层理解和整体把握，我以为远山阐释"七篇首尾，始卒若环"时有段话颇重要："庄子认为宇宙无始无终，因此《逍遥游》的篇首向宇宙之始无限开放，《应帝王》篇末的浑沌寓言向宇宙之终无限开放。阐明《逍遥游》篇旨的核心寓言，并非篇首的鲲鹏寓言，而是藐姑射神人寓言。阐明《应帝王》篇旨的核心寓言，并非篇末的浑沌寓言，而是巫相壶子寓言。鲲鹏寓言和浑沌寓言在篇内无法充分理解，因为两者是七篇总起、七篇总收的总寓言。"因为其直接涉及了"南溟吊诡"（图）总体结构的理解：从无何有之乡到藐姑射之山，呈弓字形依次展开——至人无己/神人无功/圣人无名；至人为知（真谛/道极绝对），无己丧我（俗谛/物德相对）；神人不材，间世保向；至人为行（因循内德），全生存吾（因应外境）；圣人忘言，葆德不形；真人明道，息黥补劓；顺应天帝，王德之人……弓字形中分别有箭头和虚线勾成垂直和回环状，以示循环往复的交叉小径，逻辑分叉而又曲径通幽——很遗憾，"南溟吊诡"图不能复制，立体的结构尤其是顺应天道其实能够意会而无须具体言说。当然，那些具体辨析仍可言说，如："用动植象征系统、排行隐喻系统双扣庄学四境，是'内七篇'晦藏最深、辨识最难的结构型重言……如果说庄学四境是庄学迷宫的万能钥匙，那么动植象征就是万能钥匙的配制模具，排行隐喻则是重言锁定的备用钥匙。如果说庄学四境是庄学奥义的核心密码，那么动植象征就是核心密码的解密之码，排行隐喻则是解密之码的解密之码。"试举一例便足见这个"解密之码的解密之码"辩难之繁复，在《大宗师》解读"下篇"中，远山解析"孟子反"乃反讽孟子之替身子贡时，这样说道："言必斥尧舜的庄子与'言必称尧舜'的孟子，价值观截然相反，持论针锋相对。庄子隐斥孟子之处甚多，然而仅以明攻孔子涵盖。孟子同样以攻击论敌之祖师'杨墨'，涵盖同时代论敌，而庄子正是杨朱后学之一。孟子隐斥庄子之处也不少，仅举与本则寓言相关之言为例。《孟子·离娄》：'孟子曰：养生者，不足以当大事，惟送死可以当大事。'孟子以养生为小事，以送死为大事；庄子则以养生为大事，以送死为小事。两者正好相'反'。造化寓言已褒扬成道真人'以送死为小事'，江湖寓言则贬斥伪道俗见'以送死为大事'。然而庄子不愿让浅陋的孟子直接出场，仅让'孟子反'反讽孟子之替身——孔子弟子子贡。"而具体阐释排行隐喻时，远山则是意味深长指出：

"孟子的姓氏，与排行隐喻系统犯冲。'孟'是庶子排行之长，与嫡子排行之长'伯'相当。为免扰乱排行隐喻系统，庄子没让孟子直接出场，而是把一位次要至人，命名为'孟子反'，晦藏'反孟子'之义。再用'重言'密码给'万世之后'拍发电报，把另一位次要至人，命名为'孟孙才'。"至于动植象征、排行隐喻的角色四境定位，纷繁变幻，远山更是以"动态境界"名之，并以为庄学四境超越所谓"金银铜铁"四种等第的血统论、命定论、阶级偏见以及种族歧视等，大知小知均不可懈怠，求道之志均可自由生长。"寓言六式"讲说的便是"息黥补劓"的不同状况和不同层次的"息"与"补"，亦即自由生长的可能性。除了无知特别式（"仅浑沌寓言1例。总收寓言之'忽/倏'，与总起寓言之'鲲/鹏'同构，因此北溟之'鲲'相当于北海之帝'忽'，南溟之'鹏'相当于南海之帝'倏'。结构合龙，始卒若环"）无须列表外，由于人类无不有知，因此基本式减去"无知"，三种变式中分别为减去"小知"、"大知"或"至知"，形象地说明了在不同语境和境遇之中的立体定位、顺道或悖道状况以及求道"致无"的终极方向，尤其意味深长的是："正角均无性格发展，反角均有性格发展。反角的性格发展，就是从'被黥被劓'到'息黥补劓'，从北溟之'鲲'化为南溟之'鹏'。"

最后，我还必须特别提及远山对庄学结构的至高概括："庄子的头脑是上帝级的头脑，因为创造结构是至高创造。假如上帝曾经创造宇宙，创造的必非具体之物，而是宇宙的抽象结构。……世界的难以理解，源于其结构未被揭破。世界的可以理解，始于其结构逐步揭破。"当我重温这一段话并行文至此，蓦然就有了一种顿悟：假如我们用张远山解庄的方法与论述庄子的方式来解读他早期的长篇小说处女作《通天塔》，想必就会有立竿见影的解读效果。有兴趣的朋友，显然可以一试。

（原载《中国图书评论》2010 年第 1 期）

# 正本清源　天道绝对

——张远山"新庄学工程"三书述评

　　坦率地说，张远山的"庄学三书"（《庄子奥义》《庄子复原本注译》《庄子传》）一开始就抓住了中国哲学的制高点，这个制高点就是"天道绝对"。许多学者谈论西方的"逻各斯"传统和中国的"道论"传统时，却不能意识西方的逻各斯传统在不同时期造就了无数的大师级人物，而中国的"道论"传统其实在不断地萎缩，直至最后只能感叹"一代不如一代"。

　　若论根本原因，恐怕就是"道术将为天下裂"。问题在于，"道术将为天下裂"究竟是"哲学的突破"，还是"思想的倒退"呢？这在当下中国学界其实纠结重重：一方面我们不断欢呼先秦"百家争鸣"的思想局面，另一方面又要继续去论证"三代之治"尤其是西周的"公天下"的合理性。后者如果真的那么合理，所谓"政教合一"的王官之学乃至当下的体制化学术，我们就没有什么好抱怨的；如果是前者确实值得欢呼，就像许多学者或根据雅斯贝尔斯或帕森斯或韦伯等所论证的那样，那是思想轴心时代所出现的一场精神觉醒运动，这才是后辈学者取之不尽的思想资源。我想同意后者的应该占多数。

　　然而，不管是"道术将为天下裂"抑或"哲学的突破"，均关系到中国哲学和中国思想发展的根本。因此何为"真道"，就不仅仍是困惑中国学界的问题，而且是个需要不断重思的问题。估计张远山一开始也便是由于困惑，之后为了正本清源。张氏之决绝，上下求索之壁立千仞，迥异于当下诸多学人的浅尝辄止而又喋喋不休。当然，即便张氏本人，对"天道绝对"的认知，也不是一步到位，而是移步换形，并步步为营的，从《庄子奥义》到《庄子复原本注译》（三册）循序渐进，直至眼下的《庄子传》（上、下册）出版，其"无待之待"的"遥达"终臻完备。

# 一

在《庄子奥义》里，张氏对"逍遥游"的"逍遥"二字的解释，基本还是出于"自由"的认知：心灵的自由，基于对"道"的体悟；身体的自由，则是对"道"的顺从，并指出（庄子）"逍遥"对（老子）"无为"的重大突破，就是"无待"（蕴含"无蔽"）。这一点跟晚清以降学者乃至当代陈鼓应对"逍遥"的理解距离其实不远，后者甚至干脆以为："《逍遥游》提供了一个心灵世界——一个广阔无边的心灵世界；提供了一个辽阔无比的精神空间"（《老庄新论》），亦即"精神"由大解放而得到大自由。特别醒目的倒是，张远山一开始即突出强调了"道"的至高地位，而这又是他跟所有解庄者逐渐拉开距离的最突出标志。这很重要，意味着并非仅为精神自由，更是一种精神实体。另外，需要特别指出，对所有解庄者所据郭象版庄子的谬解之断然拒斥，是熟悉张氏"新庄学"的人都一目了然的（比如说这可能跟他最早阅读流行的郭象版"庄子"对其精神的扭曲和智慧的侮辱有关，也可能跟现世实存的秩序与内在的生存感受密切相关）。但是能够真正把握到他的理论的内发动力即由此生发，并确实意识到由此产生的颠覆力量和勇气，可能需要对他"新庄学工程"的深入解读方能领会得到。如："'逍遥'是庄学核心名相，因此冠名'内七篇'之首。郭象谬解'逍遥'为'自得'，'自得'谬说贯穿郭注始终。唐人成玄英以降，治庄者喋喋不休地蹈袭'自得'谬说，连局部驳斥郭象者也无例外。然而庄子从未说过'自得'，而是一再重言'不自得'。"因为得（德）乃"道"所分施，所以"至德不德"，等等。

假如说《庄子奥义》奠定了张氏"新庄学"义理的基础和框架，《庄子复原本注译》则对"新庄学"义理做了详尽而全面的阐释和进一步拓深。尤为重要的是，"天道绝对"的理念得到了进一步贯彻，并逐步体现在复原注译的每一篇的"题解"和"附录"之中。仍以"逍遥游"解读为例，在复原本里其甚至开宗明义："'道'训消隐，意为自'道'己德。'德'为'道'施，故宜永葆。'德'低于'道'，不可自矜，不可外荡外显，而当自'道'。……'遥'，训趋赴，意为'遥'达彼道。'遥'达彼道，信仰天道，以客观天道为宇宙至高存在，永不自矜尽知天道。天道只能不断趋近，不能终极达致，因为'无极之外复无极'。"这样，把"逍遥"解释为

"自由"就被进一步解释为对"天道绝对"的认知。不仅如此，他甚至把严复当年还有点朦胧的意识（"一切世间所可言者，止于对待。若真宰，则绝对者也"）明晰化乃至体系化了。颇有意味的是，历来以为庄子哲学具有解构性特征——比如陈鼓应以为"逍遥游"还有重估价值的意义，其明显受到尼采观念的影响；庞朴则说：儒家理论都是建构性的，而道家的观点都是解构性的。儒家想尽一切办法来进行建构，道家却一个劲儿地消解儒家构筑的东西（《中国文化十一讲》）——在张氏力图体系化的重新解释当中，倒具有相当程度的建构性了。

这实在是种理论倒转，而且这种倒转的气魄表面上看来似乎有点不可思议，但其精神内核和理论深层却是为了把"天道绝对"彻底地彰显出来。甚至还不仅仅是理论勇气的问题，更是学术功力能否胜任的问题。假如我们对当年章太炎与胡适关于治经治子之间的纠结争论还有印象，一定记得章氏的治经治子经过校勘训诂这一最初门径后必须各有所主的主张，所谓治经乃"客观之学"，治子是"主观之学"，后者讲求的是"自坚其说"云云。我曾经在评论《庄子奥义》时指出，张氏（远山）之学术精神与章氏（炳麟）一脉相承，现在必须进一步指出其在"自坚其说"方面，比之章氏甚至有过之而无不及。

诸如"庄学四境"（无知、小知、大知、至知——对"道"的体悟之有无和程度）、"庄学三义"（顺应天道、因循内德、因应外境）、"道术九阶"（外天下－外物－外生－朝彻－见独－无古今－入于不死不生－撄宁－撄而后成）、"庄学至人"（践履三义、抵达至境、完成九阶）等，其间术语、概念、范畴均来自张氏的全新创作。这种创作肯定不是为了创作而创作，而是通过对庄子文本的细读归纳出来的，最典型的是《庄子奥义》中"余论一"所展示的"庄学奥义的全息结构"，不仅可以让人领会到文本细读的功夫，而且其归纳之全面、细致确实让人叹为观止。如他为了归纳的方便，甚至绘制出十几张图表：除了"内七篇"的篇名结构表和单篇结构表之外，"庄学四境的动植象征系统""庄学四境的排行隐喻系统""'内七篇'角色四境表""寓言六式（除了'内七篇'寓言表，六式是：'结构一：四境俱全的完整式。5例''结构二：专明一境的特别式。7例''结构三：基本式、完整式减去无知。15例''结构四：变式一，基本式减去小知。11例''结构五：变式二，基本式减去大知。5例''结构六：变式三，基本式减去至知。4例'）"等，最后干脆把"内七篇"庄学义理用一幅"南溟吊诡图"做立体展示。而所有这些图示和展示，并非毫无根据的猜想，最有力的根据就是庄门弟子为"内七篇"所撰的一篇序（《杂篇·寓言》）和一篇跋（《杂篇·天下》）。

"寓言"篇中说："寓言十九，重言十七，卮言日出，和以天倪。始卒若环，莫得其伦，是谓天钧。""天下"篇中说："以天下为沉浊，不可与庄语；以卮言为蔓延，以重言为真，以寓言为广。"张氏的重新解释以及相关图表制作便是以此为根据，并由此出发也由此复归的。也就是说，"新庄学"的重新解释，首先必须彻底面对的是"庄学三言"。张氏概括的是其既对庄学之敌构成"拼图障碍"，同时又为"庄学之友"所设的"拼图提示"，他说："晦藏其旨的寓言，暗示支离其言的卮言之奥义。支离其言的卮言，点破晦藏其旨的寓言之奥义。变文转辞的重言，确证卮言的支离之义，确证寓言的晦藏之旨。"张氏在"庄学三言"的破解上所花的巨大心力，历代解庄者确实少有人能比。与此同时，为了颠覆"郭（象）注成（玄英）疏"千百年来形成的"旧庄学"话语的重重障蔽，亦即把被"郭注成疏"完全颠倒了的庄学真貌与话语真相重新颠倒过来，更是特别严峻地考验了张氏的校勘训诂的传统国学功夫和功力，而《庄子复原本注译》三册，便集中体现了张氏这种国人荒疏已久而他居然驾轻就熟的功夫与能力。

现在可以顺便回答我写《庄子奥义》评论时一些朋友提出的对张氏的两个疑问：一是如何证明庄子本人所作只有"内七篇"呢，二是张氏其实延续的仍是"古史辨"遗绪。要说张氏有"疑经谤圣"的"嫌疑"，其实只知其一，不知其二。"自晚清今文学家提出了'新学伪经'的说法以后，许多古书像《左传》、《周礼》甚至于《史记》、《汉书》都有了刘歆作伪和窜入的嫌疑……"（《顾颉刚经典文存》），在发明真相方面，张氏似乎确实形似，比如他自己也说，"古史辨"把《列子》伪书"捉拿归案"，他把郭象版《庄子》作伪"捉拿归案"，等等。然而，张氏并没有像顾颉刚那样刻意强调史学的时代性问题，比如不同年代和时期的孔子形象等，更多强调的只是"层累的造伪"问题，其不但反对用治经的方法治子，而且治史的方法也是用来进一步完善其"自坚其说"。因此他的治学风格乃至行文风格，确实酷似章太炎及其弟子（比如周氏兄弟，我不知余世存先生说其行文风格跟金庸也有联系根据何在，请参见《大年生存史观的个人——读张远山〈庄子传〉》），清峻通脱，说理透彻，乃至壁立千仞的学术精神。至于庄子本人著作仅有"内七篇",晚清以降所分歧者大多是对庄学义理的解释,对"内七篇"本身似乎争论不多(用张氏说法则是:"内七篇"之外,士大夫们既不熟悉也不重视),即便是当代道家研究专家陈鼓应,在《老庄新论》中所解读的庄子也一样是"内七篇",当年章太炎的《齐物论释》甚至特别突出的还只是庄子所作"内七篇"中之一篇。张氏之重视庄学义理已无须强调,颇有意味的是,他指出:"旧庄学倾力考订讹误,饭饤训诂个别字词,目的仅仅是加固儒学曲说,强化郭象义理,无不越考证越糊涂,越训诂越遮蔽。歧义纷出的旧庄学,添乱作用大于学术价值,把庄学越埋越深,使阅读越来越难。"即便是民国学人刘文典和台湾学人王叔岷两位考订大家,他们的考订以及解释也不能使张氏满意,理由就是"颇具儒学成心,因此文字考订疏漏尚多","均不明庄学真义"等。闻一多、关锋、陈鼓应的考订情形道理相同,"根本原因是没想到郭象竟敢篡改《庄子》"。然而,为了彰显庄学真貌和真义,张氏甚至进入更大范围的校勘训诂,不用说《庄子复原本注译》的版本考订即已完全回答了一些朋友关于"内七篇"的疑问,比如张氏在该著"序言"一开始就说:"庄子所撰'内七篇',仅有庄殁以前史实,无一庄殁以后史实。弟子蔺且、再传弟子魏牟等撰'外篇二十二'多有庄殁以后事实,无一魏殁以后史实。"新近出版的《庄子传》更是以编年史的方式,进一步坐实了种种论证。

这就涉及整个浩大的张氏"新庄学工程"。在《庄子奥义》的"绪论二"中,张氏即已指出:"若不恢复原文并纠正错误断句,就难以用不合'内七篇'义理来驳诘其曲解。但要纠正一处篡改或误断,牵涉极繁,论证更难。即有知者,面对积非成是的、积重难返的权威谬见,也视为畏途。"事实的确如此,光是《庄子复原本注译》的巨大工程,不知得让当下多少英雄气短?!因为难度,也因为广度和深度,很难全面呈现张氏考订的精准独到的学术风采,这里仅举其对郭象版、魏牟版和刘安版《庄子》的异同考订校勘为例,也暂且不论其考证结果的石破天惊,如"成书于西晋的郭象版删改本,是今日唯一的《庄子》传本。本书复原的早于郭象版的两种庄子版本:成书于战国的魏牟版初始本,此前无人知其存在;成书于西汉的刘安版大全本,此前无人确知编纂者",就说他的版本考证的"泰山不移"。

庄子再传弟子魏牟是重中之重,除了排比史料,考辨正误,梳理魏牟生平之外(《庄子复原本注译》"绪论一"),魏牟版《庄子》张氏的史料根据是:"魏牟以后的战国末年,钞引《庄子》初始本最多的是《荀子》、《韩非子》、《吕览》。刘安以前的西汉初年，钞引《庄子》初始本最多的是贾谊二赋、《韩诗外传》。先秦三子、汉初二子钞引之例，是考定《庄子》初始本之成书时间及篇目构成的基本依据。"之后他列举先秦三子和秦初二子的各自文本，与《庄子》初始文本的若干思想比照分析，或明斥（荀子）、隐斥（韩非）或明钞、暗引、化用（吕不韦等以及贾谊、韩婴）的史实，以及庄前史实和庄后史实、魏前史实和魏后史实等，"通过综合考量所涉不同史实、著录庄事庄言、文本结构差异、有无寓言卮言、有无动植物、仿拟内篇水准、偏离内篇义理等等各项（详见各篇校注）……"得出"外篇二十二"可分三组的结论，第一组五篇：《寓言》《山木》《达生》《至乐》《曹商》，当属弟子蔺且所撰；第二组十三篇：《秋水》《田方子》《知北游》《庚桑楚》《徐无鬼》《管仲》《则阳》《外物》《让王》《盗跖》《列御寇》《天下》《惠施》，当属再传弟子魏牟所撰；第三组四篇：《宇泰定》《胠箧》《天地》《天运》，当属其他弟子、再传弟子所撰。

魏牟版初始本《庄子》确实具有正本清源的意义，之后的刘安版大全本篇目考，就为郭象版的删改本《庄子》找到了直接证据。"刘安版《庄子》大全本，全部保留魏牟版《庄子》初始本。对于魏牟版'内篇七'，不增不减。对于魏牟版'外篇二十二'，则增补慕庄后学所撰、符合刘安特殊政治意图的六篇《骈拇》、《马蹄》、《刻意》、《缮性》、《在宥》、《天道》，变成刘安版'外篇二十八'。又创设魏牟版没有的'杂篇'，收入慕庄后学所撰《说剑》、《渔父》等十四篇，新增刘安版'杂篇十四'。"由于刘安的特殊政治身份，张氏破除历史迷雾，去除政治话语和学术话语障蔽，如："稍后于刘安的司马迁《史记·老子韩非列传》曰：'庄子著书十余万言。'稍后于司马迁的刘向《别录》、刘歆《七略》曰：'《庄子》五十二篇，宋之蒙人。'司马迁、刘向父子均曾寓目刘安编纂的《庄子》大全本、刘安撰著《淮南子》，未必不知《庄子》五十二篇之'解说三'又见《淮南子外篇》，未必不知'解说三'必为刘安所撰。或许因为刘安被汉武帝诬以谋反而自杀，导致刘安编纂《庄子》大全本成了不宜提及的政治禁忌，因此司马迁才不得不含糊其辞曰'庄子著书十余万言'，刘向父子才不得不含糊其辞曰'《庄子》五十二篇，宋之蒙人（庄周撰著）'。"而相关话语障蔽一得破解，"内外杂"篇划分始于何时何人（西汉刘向？东汉班固？魏晋司马彪？西晋郭象？西汉淮南王？！）的问题也就得到有力的回答。张氏的考订之细密，论证之详尽，还可参阅其《余论：〈庄子〉佚文概览》以及"附录"六篇中的分类参照表，当然最重要的体现还是具体的复原本（魏牟版初始本和刘安版新增"外篇"六篇和"杂篇"十四篇以及"解说"三篇），在中国"庄学研究史"基础上的"校注"（包括校勘）、"辨析"和"今译"，尤其是每篇的"题解"以及"附论"，鞭辟入里而又提纲挈领，真的不由你不击节。

也许就像庞朴所说的那样，用汉学的方法来解决宋学的问题："我们可以通过音韵、训诂、文字等考据方法，来分析典籍文献，进而为研究心性、天道、政治、经济等义理内容打下坚实的基础……"所不同者，即如上述指出的"客观之学"之发明真相与"主观之学"之自坚其说，庞朴的厚积薄发所从事的基本是前者，张氏的厚积勃发所坚持的则是后者，当代中国有此学术功夫者仅寥寥数人矣！

## 二

现在我们可以进一步讨论张氏义理阐释的体系性倒转的"自坚其说"问题，也许需要重新强调张氏解读庄子的一对关键词：庙堂与江湖。其既可能出于庄子本人对生存秩序的最高理想，也出于庄子哲学在中华 2132 年的君主专制史里的变相流传以及"庙堂话语"的重重覆盖，张氏由此给了自己比"古史辨"更为艰巨的任务：还庄子话语真相和庄子精神的本来面目，并对庄子义理做出重新解释。这里无须重复张氏关于《庄子》在三国两晋南北朝四百年间被流转篡改以及唐宋以降被治庄后儒们层累造伪，乃至神仙家们拼凑加工《列子》、歪曲利用《老子》《庄子》成为专制庙堂服务的工具的过程的考察，而单就"庄学四境"的重新发明，即已完全颠覆了郭象义理，笔者关心的是："庄学四境"的建构与解构，张氏究竟如何通过"周而复始"而又能够"螺旋式"上升的？

首先必须承认，张氏庄子解读的"庄学四境"具有空前的创造性，尤其是他提出（庄子）在远离"造化初境"之后，"文化"分为"顺道文化"和"悖道文化"两部分，并进而解释对顺道文化的哲学建构（无知↗小知↗大知↗至知）和悖道文化的哲学解构（无知↘小知↘大知↗无知）。他说："庄子常常在建构某一名相的顺道文化之时，也同时解构这一名相的悖道文化，而且通常侧重解构，偶尔侧重建构，建构之后也必立刻解构。如《逍遥游》初述'大知'寓言是建构，重述时以'无极之外复无极'解构，所以主角必须同为鲲鹏,内容也基本相同;而'小知'寓言都是解构,初述、重述的主角无须相同……"有关道家思想的"至知/无知"的终极表达式,更是其独具慧眼的发现:"'内七篇'从未在某个局部清晰完整地使用过终极表达式,而是把终极表达式的前件'至知'和后件'无知',支离分开在上下文甚至前后篇……只有透彻理解庄学四境,尤其是透彻理解庄学至境,再联系上下文乃至前后篇,方能知其晦藏,窥其奥义,否则就会被局部字面骗过。晦藏终极思想的终极表达,正是庄子的终极晦藏。"而对"浑沌死"的解读,恐怕就不仅仅是庄子义理本身,而是张氏义理的进一步发挥了:"'浑沌'就是造化初境,倏、忽(喻时间)为'浑沌'凿出七窍,意味着人类脱离动物界后,开始了打破造化初境之后永无止境的文化过程。造化初境'浑沌'是一切人类文化(包括庄学)得以展开的终极起点。"

以此为转折点,张氏进一步发明了一系列概念来阐述它。"全部庄学,均属造化初境之后,主张超越性复归造化初境的'文化'。不理解'浑沌'寓言,就不可能读通'内七篇',连一字一词的正确理解都不可能,遑论每句每篇。"因此,他声辩庄子从未主张人类文化简单退回造化初境(就像《老子》那样的"小国寡民"倾向),有人攻击庄子反对文化发展和社会进步,是受郭象误导的莫须有罪名。因此,文化小境、文化大境、文化至境以及顺道的或悖道的文化小境、文化大境云云,都是基于造化初境而言的,并以此为检测标准:"文化小境、文化大境无论顺道、悖道,都必须通过文化反思剔除悖道成分,转为顺道的文化小境、文化大境。顺道的文化小境、文化大境,必须通过文化反思致无其知、知其无知,继续超越性地顺道前行,抵达'至知/无知'的文化至境。倘若没有文化反思,压制文化反思,文化小境、文化大境就会自居尽窥天道之全部,从而以悖道自居顺道,最终以伪道僭代真道,把整个社会置于伪道统治一切的悖道绝境之中。"因此,张氏指出"造化初境"的"无知"之"无"训"没有","文化至境"的"无知"之"无",训"致无"。这就是说,"造化初境"是一种原始的理想状态,即"虚无"与"道"的地方,是开始的开始,即《说文解字》解释的"通于元者,虚无道也",不然就无所谓"超越性回归造化初境的'文化'"。

因为超越性的关系,每一次的超越性回归,势必就有不同开始的开始,然后才能构成"螺旋式"上升,而从张氏义理来看,他的"开始的开始"主要通过"文化反思",冀望这种反思既能让悖道文化走上顺道文化的轨道，又能让顺道文化沿着"致无其知"的轨道向文化至境跃进。但由什么来保证，即什么情况下何人来保证这种反思的正当性和可能性，张氏似乎缺乏必要的论证。以"远离庙堂、逍遥江湖的间世异人"陶渊明、李笠翁、金圣叹、曹雪芹和"身在庙堂、心在江湖的文化巨人"司马迁、嵇叔夜、阮嗣宗、李太白、苏东坡等以及"百行诸业的无数能工巧匠、江湖豪杰"为例，只能说明他们创造了"绚烂璀璨的中国古典文化"，以及后轴心时代的文化巨人不断地从庄子那里得到丰富的精神养料，而庄子精神也同时得到不断发扬光大，却无法证明悖道文化何时得到反思并矫正，顺道文化是否可以得以"致无"跃进。

能够证明的只有："一个民族选择怎样的独特哲学，按照怎样的独特思想范式建构其文化，决定了民族文化的形态、特质和标高。幸运的是，古典中国的江湖顺道文化选择了庄学作为范式。然而不幸的是，古典中国的庙堂悖道文化选择了儒学作为范式。由于儒学得到专制庙堂力挺，庄学在与其长期博弈中，表面上始终处于下风，尽管实际情形正好相反。"（这也是张氏核心概念"庙堂/江湖"的由来，也是他的义理核心——力主江湖顺道文化贬斥庙堂悖道文化的由来。）另外，能够证明的是，西晋嵇康、阮籍到东晋陶渊明，到唐代李太白，到宋代苏东坡，到明代刘伯温，到清代金圣叹，到民国章太炎，到当下的张远山，一代又一代的遗风，总有相传的传人，"嵇康被诛是庄学奥义被庙堂终极敌视的标志性事件……像嵇康一样公开被诛的金圣叹，竟敢冒天下之大不韪，极赞《庄子》是'天下第一奇书'"。幸运的是，而今张氏彻底弘扬"新庄学"，不仅无须再"冒天下之大不韪"，除了能让人深切感受到："古典中国文化巨人，无不洞悉庄学奥义，无不视《庄子》为至爱秘笈，因为《庄子》是专制时代渴望自由的士子唯一的灵魂圣地和精神氧吧。除了《庄子》，找不到另外一部曾被所有大诗人、大画家引用过的先秦子书。因此士子们宁作违心之论，也不愿专制庙堂剿灭《庄子》。直言《庄子》之实质，必被他们视为可耻的告密。这一中国文化的最大秘密，竟然被他们无比默契地集体保守了两千年之久。"就是"愿意真心诚意感谢郭象"，尽管"一千七百年来，郭象蒙骗、愚弄了无数读庄者、治庄者、爱庄者、批庄者"，然而"因为郭象的篡改曲解，无意之中为很难躲过专制庙堂剿灭的《庄子》涂上一层完美保护色，护送它安全穿越了漫长的中华帝国史"。

然而，张氏义理内部存在某种程度上的紧张，由于对庄学义理的杰出解释，如"'游'意为'乘物以游心'（《人间世》）。身形游于六合之内，'乘物'保身，自'道'己德，是为庄学俗谛；德心游于六合之外，'游心'葆德，'遥'达彼道，是为庄学真谛。真俗二谛圆融，笃守天道'环中'（《齐物论》），'缘督以为经'（《养生主》），是为庄学'间世'义理。"其为道顺序乃先明"庄学四境"，兼明"庄学三义"（庄学宗旨"顺应天道"，庄学真谛"因循内德"，庄学俗谛"因应外境"），亦即《逍遥游》之后"六篇"广泛运用"庄学四境"，逐一展开"庄学三义"。其间，庄学真谛之排斥所有"成心"的"居诸庸"状态和庄学俗谛之"心斋"的"坐忘"境界，显然是庄学义理的重要核心（而"道术九阶"和"庄学至人"则是张氏义理的重要发挥），因为社会现实和历史现实的双重残酷与无道，修心悟道、因应外境无疑是一种极为高妙的人生哲学。与此同时，"天道绝对"的绝对精神，更多时候是（也只能是）一种"精神实体"，却很难是（也不可能是）一种"物质（比如国家或者世界）实体"。这样一来，张氏义理的文化反思的实体化，就只能是在"文化巨人"以及"能工巧匠"和"江湖豪杰"（如艺术的、哲学的领域）上头用心，却难以在主观精神（如个体精神的、心理现象的领域）和客观精神（如社会的、政治的领域）等众多领域努力，从而"庙堂"就永远可能是"庙堂"，"江湖"也永远可能就是"江湖"。如果这样，那就意味着惨重而严酷的现实和历史只能永远地恶性循环下去。事实上，"庙堂"与"江湖"的二元对立是中国人生存的巨大悲剧，如何寻找现代的（对立统一）破解方案显然还需要我们加倍努力。当然，从张氏义理本身的角度讲也许并不重要。

重要的是，张氏对庄子"浑沌"寓言的理解和解释，确实关涉到了"道术将为天下裂"的内涵关键。比如余英时就曾说道："《应帝王》说到'浑沌'凿'七窍'，结果是'日凿一窍，七日而'浑沌'死。'七窍'便是《天下》篇的'耳目鼻口'，'道术裂'和'浑沌死'之间的关系显然可见。'道术为天下裂'的论断在汉代已被普遍接受……所谓'官师治教分'是说东周以下，王官不再能垄断学术，'以吏为师'的老传统已断裂了。从此学术思想便落在'私门'之手，因而出现了'私门之著述'。诸子时代便是这样开始的。"（《综述中国思想史上的四次突破》）这里的焦点显然在于，"浑沌"究竟是"道之用未亏"之时的"真道"，还是"官师治教不分"的"道术"？张氏义理指的是前者，余英时所指则可能是后者。吴稼祥在《公天下》一书中又从另一角度提出问题，即老子所说"大道废，有仁义"和孔子所说"今大道既隐，天下为家"的"大道"，是否为一回事？他认为回答是肯定的，"孔子和老子在'大道'的实体含义上有共识。这个共识就是：'大道'是天下为公，政治实践是禅让。禅让不行了，大道怎么样了呢？孔子的回答是'隐'，老子的回答是'废'"。这与张氏义理又大相径庭，尽管"天下为公"的理念在章太炎以及孙中山那里均倍受重视，但在张远山那里根本就不是禅让不禅让的问题，而是"人道假君假宰僭代天道真君真宰"的问题，因此具有宇宙论根源的"天道"应该具有绝对律令性质，还不仅仅是陈鼓应所说"中国传统哲学的主要概念和范畴，多渊源于道家"的问题，而是"道术"究竟为"以人合天"还是"以天合人"的问题。这又恰是章太炎特别重视庄子"齐物论"思想的原因，其当年对严复、梁启超等不同的现代性方案所展开的激烈批判，根据就是这个"天下为公"的"公"。

具体说，章太炎当年对"公理观"的激烈抵制，借用汪晖的解释："'公理'是存在的，但它不是宇宙的原理或先验规则，而是人的观念建构，即把事物建构成为一定的认知体系中的存在，'公理'不是物的本性，而是人的创造——不是人类的共识，而是个人的学说。因此，'公理'的创制过程并不是'公'的展现，而是'私'的曲折的表象。"（《中国现代思想的兴起》）其间，我们很容易就看到"齐物论"思想的具体发挥。因此，张氏的《庄子复原本注译》，就不仅仅是解释学意义上的正本清源，而且更是在我们的精神源头追问意义上的正本清源。张氏义理对"齐物论"的解释大要有三：一是"万物无不禀道而生，物德之质齐一于道。故曰'天地与我并生，万物与我为一……'"二是"每物之德由道分施，物德之量天生不齐。故曰'自其异者视之，肝胆胡越也'"；三是"物德之量天生不齐，无须人为予以剪齐。故曰'吹万不同'"。我所说的精神源头意义上的正本清源则指："《逍遥游》破'倚待'而明'逍遥'之旨，《齐物论》破'对待'而明'齐物'之旨。欲明'齐物'之旨，必须先明天道是万物的终极驱使者，如此方能不对待外物，继而不倚待外物，进而'独待彼道'。"意义并非停留在把郭象之篡改、妄断、反注，把"地籁""天籁"混淆为一，庄义"齐物/论"反转为郭义"齐/物论"等重新颠倒过来，而是在庄学研究史上第一次彻底地彰显出了"天道绝对"的"独待彼道"。如果光是强调"造化初境"之"公"（比如"自然之公"是宇宙的本性云云）显然是不够的，当然章氏"'私'的曲折的表象"还跟"齐物论"中的因是因非"则莫若以明"思想有关，按张氏义理解释则是：（齐物论）"全文十一章。上篇四章，阐明庄学俗谛'然于然，不然于不然'，贬斥拔高一己相对之是为万物绝对之是的人道。下篇七章，阐明庄学真谛'然不然，不然然'，达至超越每物相对之是的天道。通篇阐明'自然'天道、'名教'人道之'两行'"。也许章氏毕竟是晚清大儒，对儒墨是非以及"天道绝对"的强调还不能达致张氏之如此彻底。

与此紧密相关的问题，仍然是"道术将为天下裂"。因为"因是因非"或者"因非因是"，章氏意义上的"'私'的曲折表象"就成为必然（比如说古时的儒墨，当下的"新左派"与"自由派"等），问题在于何种意义之"公"才具有真正的价值？更何况，余英时意义上的"私门之著述"和张远山意义上的"后世之学者，不幸不见天地之纯，古人之大体"的"道术将为天下裂"的不同理解，本来就是"倒退的"和"进步的"中国历史哲学的双重纠结。因此，《庄子传》的新近出版，不仅宣告张氏"新庄学"主体工程已经完成，更是彻底呈现了张氏义理思想："庄学三义'顺应天道，因循内德，因应外境'，集古今道学之大成。庄学宗旨'顺应天道'，为古今道术共有之宗旨。庄学真谛'因循内德'，为古今道术共有之'内圣'。庄学俗谛'因应外境'，为古今道术共有之'外王'。庄周道术，终古不废；传之大年，后世大幸。"这样，正本清源的意义就不仅是双重的，而且是立体的。

## 三

也许应该指出，《庄子传》甚至采用比司马迁更为彻底的编年的方法（例如："前 369 年，岁在壬子。庄周一岁。宋桓侯十二年。周烈王七年（卒）。秦献公十六年。楚宣王元年。魏惠王元年（晋桓公二十年，卒）。韩懿侯六年。赵成侯六年。田齐桓公七年（姜齐幽公六年）。燕桓公四年。鲁恭公十四年。卫成侯三年。越王初无余之四年。中山桓公三十四年"），除了考证的详尽之外，在记录方法上甚至带有明显的后现代倾向的超写实的美学风格，因此与司马迁不时还带有点"激情"（如"太史公曰"等）的夹叙夹议拉开了很大距离，文字简洁冷峻有时到了"酷"的程度。与冯梦龙《东周列国志》在叙事风格上也距离甚远，冯氏所著的是长篇历史题材小说，其实仍是历史演义：历史的成分虽多，文学性却较弱；《庄子传》有点相反，表面上看是人物传记，却处处体现了信史的追求，又由于清俊的文字和现代的纪实风格，反而体现出了很强的文学性。

也就是说，《庄子传》本身有着很高的文本价值和精神张力，一如该著封底文字介绍所说：其不仅形象地呈现庄子思想的形成过程，更是与诸子百家的思想互动（包括老聃、范蠡、列子、杨朱、子华子等道家人物，孔子、子夏、孟轲、荀况等儒家人物，墨子、孟胜、田襄子、宋钘、惠施、公孙龙等墨家人物等），与王侯将相、诸子百家立体互动，全景呈现战国中期波澜壮阔、血雨腥风的百年历史。或者用张氏自己的概括性话语说："天道循环之轮，转入铁血战国。老聃之徒不事王侯，隐居天下。孔子之徒臣事王侯，游仕天下。墨子之徒狙击王侯，游侠天下。"士阶层的变化不仅是"道术将为天下裂"的结果，同时可能也是部分原因。也许我们应该慨叹，中国思想以及哲学几乎一开始就特别宿命地跟政治以及"动荡"勾连在了一起，以致而今研究中国思想的人几乎无法忽视中国传统政治的特有性质。所不同者，战国"游士"经过汉代三四百年的发展变成"士大夫"阶层，又经过唐宋科举这个阶层的精神逐渐固化、格式化乃至板结化，直到民国以后知识分子阶层又出现了松动，之后不久又开始板结。大道不仅早已"隐"去，而且确实已"废"太久。准确说，《庄子传》有条不紊展开的战国中期百年史，实即为大道既"隐"且"废"的"道术将为天下裂"的具体过程。不仅"古之道术"确实仅留残片，尤其是士子们或游走于王侯将相之间，或生存在极其严酷的社会环境和政治环境之中，"大道之行"越来越成为遥远的梦想。更有王侯将相以及士子们的各种野心，或征伐，或称霸，或变法图强，乃至争夺"天下"，于是各色人等演绎出了许许多多的历史故事，并且随着王朝更替还要不断演绎下去，可惜的是历史舞台以及中心始终照旧：帝王将相以及才子佳人。尤其是膨胀的欲望和野心、膨胀的个人权力，使得中国历史和生存现实始终严峻而残酷。张氏深入于庄子当年的历史语境和现实语境，显然完全跟庄子当时的情境相一致，从而穿透了历史和生存的双重真相，乃至穿透了两千多年中国历史的重重迷雾。

不然，他不会如此信心满满，根本用不着虚构，也根本用不着讲故事，只需把当年的历史事实和相关事件真实地考辨和推演出来（尤其是颠覆《史记》《战国策》等权威史书的错讹纪年与史实，并一改其仅有历时性缺乏共时性的历史叙事），文本性就不可思议地获得了巨大张力。也许最具魅力的仍然是考辨，如：以"合纵"对抗张仪之"连横"的是公孙衍，并非苏秦。前 309 年张仪在母邦魏国寿终，前 284 年齐缗王车裂苏秦，张仪年长苏秦至少 30 岁。1973 年，长沙马王堆出土《战国纵横家书》，始明《史记》《战国策》误采苏秦讹史，误以为苏秦为"合纵"创始人。又如（商代）《归藏》典籍：1993 年，湖北王家台秦墓出土了《归藏竹简》，包括六十四卦及其卦名。至今二十年，仍未整理出版，遑论深入研究，致使重大考古发掘迟迟没有兑现重大价值。另外，如东周王朝分裂为西周、东周二公国，在秦灭六国之前先后被秦伐灭；赵武灵王伐灭的魏属中山与被学界误认的魏文侯伐灭以后复国的白狄中山，等等，处处体现出张氏杰出的真相发明和史料发掘功夫。用他自己在"后记"中的话说："每章前半为《战国纪》，按时间先后叙述一年中的天下各国史事，略作合理连缀，揭破天下互动的共时性横向关联。百章之间，略做因果勾连，揭破战国进程历时性纵向逻辑。每章后半为《庄子传》，按时间先后叙述庄子与诸子、诸侯互动的相关史迹……"这大致可以理解为他对自己的文本性特点的概括，我想另一个"共时性横向关联"需要特别提请注意，他说庄子生平史料仅二十余条，植入相关之年仅够四分之一章节，其余章节中大量纪实则是"立足道家立场，根据其他史料，虚拟庄子与其本师子綦，友人庖丁、弟子蔺且等人的对话，评议天下时事，抉发先秦秘史，演绎庄学义理，揭破庄子与诸君与痞士的互动……"则可以说明其真相发明和史料发掘的目的是为其文本性服务的。

暂且不论那些如"合纵连横"（如："诸侯时而合纵，时而连横，时而亲秦，时而叛秦，都是相互利用。比如孟尝君合纵伐楚，允许秦国加入，只是利用秦国，并非亲秦。孟尝君入秦为相，仅是假装亲秦，所以返齐以后，立刻发动合纵伐秦。如今赵武灵王结秦连宋，连宋仅是手段，结秦才是目的。不过结秦可能也是假象，意在避免齐、魏腾出手来，阻止赵国伐灭中山"）以及"苏秦为燕反间十八年"等惊人故事，即便如"斩首计功"、"五国相王"、"胡服骑射"、"宋国称王"以及走马灯似的"篡位擅权"等历史事件和细节，以及"儒分为八"、"墨离为三"，以及孟子与滕文公（儒家的不合时宜，用吴稼祥的话说越来越成为功能学派）、苏秦与《鬼谷子》（苏秦四十岁，"发愤研读《太公阴符经》，详加揣摩。撰著《鬼谷子》，伪托其师所著，自高身价"）、稷下学宫与《管子》（"稷下祭酒淳于髡，组织稷下学士集体编纂了《管子》。各家各派的稷下学士，分领专题，撰写专章。借用管仲名义，总论治国之道。以黄帝、老子之道为经，以儒墨百家之学为纬，世称'黄老之学'"）和惠施与大梁盛会（中国名学之源头）、魏牟与公孙龙为友之后慕庄师事蔺且并弘庄等众多士人公案真相，均为文本的张力提供了历史纪实与叙事层面上的重要精神元素。这当中自然还包括在《庄子奥义》和《庄子复原本注译》中即已基本坐实了的庄子的"内七篇"、弟子蔺且所撰"五篇"以及再传弟子魏牟所撰"十三篇"的相关钩沉，以及"游刃有余"的庖丁、"得手应心"的轮扁、"不失毫茫"的钩匠、"运斤成风"的匠石之嫡派传人等诸多"以技进道"的古史传说的形象展示。这就是说，《庄子传》不仅还原了庄子思想的生成背景和过程，而且在历史纪实和高度真实的层面上，进一步立体地丰富了张氏"自坚其说"的内涵。

另外，除了曹商者流、典型痞士以及王侯将相之外，儒墨百家士子或为天下所裹挟无所不用其极（如准痞士商鞅、张仪、苏秦等），或为天下大势所困（如惠施、公孙龙、孟轲等）、所思（如庄氏一脉师徒们）、所裂……总之，所谓"战国纵横百年纪"即为天下陷入万劫不复之大纪实。而这，既是对"道术将为天下裂"的正本清源，更是对当下中国学界喋喋不休的所谓"新战国理念"的最大正本清源，同时也是张氏考订为魏牟所撰的"天下篇"（"《天下》被先于刘安的《韩诗外传》钞引，必在魏牟版'外篇'。文风张扬夸诞，意旨鲜明辛辣，撰者当为先崇名家、后宗道家、杂学极广的魏牟"）所蕴含的内在诊断。当下"新战国理念"鼓吹者其实所缺的便是此"准确诊断"，大多时候却是出于对（美）"帝国主义"的警惕而诉诸所谓"民族主义"立场，对"古之道术有在于是者，某某闻其风而悦之"根本无所用心，对"道术将为天下裂"（如"'方术'三章论列'百家众技'的三家代表性'方术'，阐明矫正儒家的墨家，矫正墨家的宋钘、尹文，矫正宋钘、尹文的彭蒙、田骈、慎到，无不有闻'内圣外王'的'古之道术'残片，从而'各得一察'地矫正其他'方术'之不足，但均不知'内圣外王'的古之'道术'大全，未能阻止'道术将为天下裂'的可悲趋势"）更无起码觉悟。尽管"古之道术大全"在当下的中国以及发展乃至世界情势的发展下是否仍具建构作用让人心存犹疑：一如《庄子传》中所反复提到，老子之道不同于孔子之道（虽然孔子之徒不同于子夏之徒，晚年孔子已部分地领悟泰道，可惜得其真传者颜回早殁），也不同于墨子之道，周礼也不同于夏礼和商礼，于是，老庄真道的"天道循环"的绝对性在这里又得到了进一步确认，亦即回到跟老庄一脉相承的所谓伏羲泰道的（天柔地刚、君柔臣刚）《归藏》（商代）和《连山》（夏代）。但是，即便真的能够把被颠倒两千多年的泰道和否术完全颠倒过来，我们又应当如何保证这不是另一种（几乎）无法实现的"乌托邦"呢？也就是说，如果忽略"人"的主体性意义和制度创造的双重因素（既趋近于"自然本性"之"公"，也要依赖不同主体互动之间产生的"人之本性"发展与创造之"公"，尤其是"正义"之公），其实我们并没有办法保证生存秩序和社会秩序的合理性和正当性的。

显然，作为终极解构者，庄子以及后学是不大可能相信整体秩序型构的合理性和合法性的，哪怕并非都暴戾专横到了跟庄子生活年代相伴始终的宋君偃那样的程度，那些打天下、坐天下的王侯将相们又能给天下人带来怎样的"天下"呢？因此早在《庄子奥义》中张氏即说："称'王'诸侯无不变法。变法的实质是实行富国强兵、拓展疆土的军国主义，因此六国称'王'之后，逐鹿中原的血腥战争更趋白热化。交战双方兵力，合计常近百万，死伤数万乃至数十万，在同时期全球视野内绝无仅有。直到两千年后冷兵器时代终结，高效率杀伤武器问世，记录才被打破。这对理解'内七篇'尤其是《德充符》中充满刑余、肢残之人，至关重要。"庄学义理本身确实穿透力惊人，其穿透两千多年的中国历史始终魅力不减，尤其是智慧的发展确实达到人类的最高峰，以至而今亦步亦趋于西方后现代理论的诸多中国学人，假借西方虚假的理论成为本土"登堂入室"的"敲门砖"，不说全然不知庄子是人类最早也是迄今最大的解构主义者，起码也在庄子的"庙堂/江湖"的解构语境中完成了他们的自我解构。

如前所述，"庙堂与江湖"是张氏义理对庄学义理的归纳和进一步阐发，这种二元对立确实需要重新发现"统一"的可能性。"道术将为天下裂"虽然确实是悲剧，但也可能真为"哲学的突破"，问题在于全新的理论动力，即新轴心时代的思想，必须对"天道绝对"的价值做出全新的体认。这也就是笔者强调的《庄子传》具有双重正本清源意义的根本理由。与此同时，张氏所说的"郭注小年，庄学大年"的"小年"究竟是多久，"大年"又是多长，毕竟又是件让人惆怅的事情。文化反思而今恐怕不能也无法只局限于"精神实体"，而在哲学第一性（以及创造性和积极性）上亦即社会政治实践层面上无所作为。但不管怎样，无论是"发明真相"还是"自坚其说"，无论是庄学义理阐发还是张氏义理的进一步发扬，无论是"天道绝对"的终极建构还是"人间秩序"的终极解构，笔者均可负责任地说，张氏"新庄学工程"三书不仅集中国文史哲之大成，而且确实为中华学术发展建立了一个全新的研究典范。换句话说，张氏不仅是我们这个时代不可多得的大学者，更是当代中国"新庄学"研究之第一人，一如《齐物论》（张氏复原本第八章）中所说："万世之后而一遇知其解者，是旦暮遇之也。"张氏曾不断自豪地宣称，"庄子与我，相视而笑"（《庄子奥义》），"庄殁两千三百年；张远山完成《庄子奥义》、《庄子复原本注译》、《庄子传》，庄学重出江湖"（《庄子传·庄后略史》），等等，在笔者看来，确实当之无愧。

（原载《社会科学论坛》2014 年第 2 期）

# 历史记忆：重建现场与智识建构

## ——陈平原学案研究

　　一如前面的两个学案研究①中所反复强调指出的那样，在我们的生存结构并没有根本改变的情形下，我们的生活重构其实十分困难，整个社会转型从晚清民国以来始终仅仅处于过程中。而且这个过程一直在反复甚至倒退，然后从头开始。或者说具体了，我们的诸多问题包括学术问题、文学问题、教育问题乃至社会问题其实依旧，我们始终走不出的是我们自身的生存悖论和循环往复的轮回怪圈。

　　无论是针对历史还是面对生存，"五四"对我们来说，都是一个极其重要的时刻。如何让这样的一个重要时刻成为我们的真正的历史记忆，是一件非常困难的事情。也许这样的说法反而会让人不解，似乎就像平原指出的那样："在很多才华横溢的研究者看来，作为课题的'五四新文化'，早已是明日黄花，不值得格外关注。原因呢，据说是研究著作汗牛充栋，该说的都说了，很难再有新的发现。"② 问题在于，真的如此吗？如果真的如此，究竟又有多少东西变成了我们的历史记忆呢？或者至少，我们应该循着五四先贤的脚步走出历史的怪圈和"一治一乱"的循环，彻底完成现代社会的转型，可事实呢？

　　尤其是在当下的包括"2008北京奥运"在内的种种敏感时刻，关于民族主义、民粹主义乃至"义和团"的话题甚嚣尘上，就完全说明，至今我们并没有走出"五四"，或者说跟五四时期诸多问题有着高度的同质性。那么，触摸历史和重回"五四"就不仅仅是意味深长，而且更是我们的生存

---

　　① "陈平原学案研究"之一、之二分别题为《问题史、心态史穿透与学术结构性洞察》和《文学史、文学与历史的话语重构》，载《社会科学论坛》2010年第1、2期。

　　② 陈平原：《触摸历史与进入五四》，北京大学出版社，2005，第1页。

之痒。比如说，为什么"科学与民主"始终被描述为"五四精神"，可偏偏这两个"先生"（"德先生"与"赛先生"）始终就不肯屈尊光临我们这块古老的土地上？因此，无论是从政治的、历史的、文化的或者干脆是意识形态的角度"讲故事"，讲得铺天盖地，讲得天花乱坠，终究无法给人们留下多少历史记忆。因为不管"故事"有多精彩，如果在现实实践中一点作为也没有，这样的"故事"不仅缺乏历史价值的真实，其实也缺乏审美价值的高度，它不过就是"故事"而已——如果不是拿来消遣，也是拿来为自己的某种诉求"装饰"而已。也就是说，完全娱乐化也跟娱乐化本身的旨归相同，顶多"开心"一乐，又怎么可能进入什么记忆呢？

假如不说平原的《触摸历史与进入五四》能够有效地强化人们的历史记忆的话，但我以为其起码在逻辑和认知上给我们打开了一扇全然不同的窗口，尤其是在学术研究范式上，一改往日的"言说"而成为"反思性"。其实，无论"言说"，还是"故事"，或者"历史"，反思性之所以重要，便是为加深人们的历史记忆提供重要的通道。人们一定记得十多年前黄仁宇《万历十五年》一书对大陆学界的影响，我难以判断黄仁宇的这本书对平原的《触摸历史与进入五四》是否有过启发，但我可以断定平原这本书相对于《万历十五年》可能更有学术价值，尽管黄仁宇的研究确实别具心裁，而且学术创造性不可小觑。

## 一　自家心境·文化理想

也许，平原的研究用别具匠心、独具慧眼大致也说得过去，还不能说不准确，但是，在此显然有必要特别提请注意的是平原的研究视角——如果我们一定要说"独具慧眼""别具匠心"的话，其实平原不少时候体现的便是在其研究视角上的"独具慧眼""别具匠心"。而且这个研究视角的独特性还颇有渊源——或者毋宁说，这种渊源，如果没有别样的学术传承和优厚的学术传统的长期浸染，尤其没有系统的学术训练和艰苦的学术求索几乎是难以想象的，更是诸多急于求成忙于制造某种轰动效应者比如干脆模仿《万历十五年》者所难以想象的。如果不是平原对"活跃于1880至1930年代这半个世纪的文人学者，大致上可分为'戊戌的一代'和'五四的一代'，前者如黄遵宪、林纾、康有为、梁启超、谭嗣同等，后者则有蔡元培、陈独秀、鲁迅、周作人、胡适等。这确实是两代人，可思想学说以及文学趣味上有大量重叠或互相衔接的成分。正是这两代人，共同创造了我们今天所再三评说的'新文化'①的深切意识和会心——而且其中不少人后来成了他以及他的夫人夏晓红女士的研究对象——那么，平原的学术脚步就不可能如此坚实。尤其是平原特别喜欢说及的晚清、"五四"两代人的"目光重叠"，蕴含着太多沉甸甸的历史内容和精神内容，其中的互相"衔接"衔接出来的就可能是一部部波澜壮阔的学术史、文学史、教育史乃至社会史。便是在这样的耳濡目染之中，平原的研究几乎是在骨子里头深得上述"两代人"的精髓。比如我曾经引述过的"'文字记录之外'的现存之实迹、传述之口碑、遗下之古物，以及'文字记录的史料'，如旧史、档案函牍、史部以外之群籍、类书、金石、外国人著述、古逸书以及古文件之再现等"②那样的学术与文章趣味以及某种意义上的"独得之秘"。我几乎可以想象平原在国内、国外各大图书馆接触上述那些或灰尘深厚或纸张酥脆而且虫蛀了的尘封已久的旧报刊史料亦即被梁启超们忽略了的"自家最擅长的报章"的废寝忘食的情形（这种趣味王瑶弟子们似乎多少都有一点，比如钱理群先生③）。这些在诸如《文学史的形成与建构》《大英博物馆日记》等著述中也均有"顽强"的体现，而最集中的体现我想应该就是这本《触摸历史与进入五四》了。

特别引人注目的是，在其"导言"中平原把自己的研究方法和渊源交代得颇为详尽，我特别感兴趣的有这么一句："我曾经引用胡适和王国维关于学问的两段话，辨析学术研究中的'大'与'小'。一说'学问是平等的'，一说'考据颇确，特事小耳'，抽离具体的历史语境，呈现出某种张力。……当然，这里所说的大与小，并非指事物本身的体积，而在于其能否牵一发而动全身，有无深入发掘与阐释的可能，以及是否切合自家心境与文化理想。"④说通俗了，亦即平原经常说起的"大题小做""大题大做""小题大做"。"大题小做"不用说为平原所不屑，他甚至批评胡适说："花三两千字谈中国文化特质或国际发展趋势，比他所嘲笑的用二三

① 陈平原：《触摸历史与进入五四》，第 4~5 页。
② 陈平原编《大众传媒与现代文学》序一，新世界出版社，2005，第 2 页。
③ 钱理群在《1948：天地玄黄》（山东教育出版社，2002）"代后记"中就有一段这样的话："学术研究对我有一种天生的吸引力。这首先是一种历史的诱惑。我曾谈到每回埋头于旧报刊的灰尘里时，就仿佛步入当年的情境之中，并常为此而兴奋不已。按我的理解，所谓'步入当年的情境'，就是与作为研究对象的'故人'进行超越时空的心灵的对话。"
④ 陈平原：《触摸历史与进入五四》，第 5 页。

百字说'统一财政'好不到哪里去；而胡适本人恰好写了不少此类文章。"① 至于"大题大做"那是大天才的"节目"，平原始终坚持的只是平实的"小题大做"，也许，他说过的这一段话："现代学术一方面追求'科际整合'，一方面强调'小题大做'，二者并不完全矛盾：前者指的是学术眼光的'博通'，后者指的是研究策略的'专精'。而且，这两者都与习惯于'大题小做'的'教科书心态'无缘"②，才比较符合他的"自家心境"与"文化理想"，而且他也用几十年如一日的学术研究活动践履这样的文化理想。平原学术眼光的"博通"已经有目共睹，研究策略的"专精"则不时让人叹为观止——尤其是一个个具体的专深研究，常常要打起十二分精神方能大致领略其个中三昧，同时对其"自家面目"有所接近。

在《触摸历史与进入五四》的"导言"中，陈平原这样说："选择新文化运动中几个重要的关节点，仔细推敲，步步为营，这一研究思路，受到了鲁迅先生的启示。选择'药·酒·女·佛'来谈论汉魏六朝文章，这是一种学术上的冒险，可鲁迅成功了。"③ 有台湾朋友问其是否借鉴了年鉴学派或新历史主义等，他回答说确实读了一点斯蒂芬·葛林伯雷、海登·怀特以及布罗代尔、勒高夫等人的著作，"但不敢胡乱攀附"。问题在于，"胡乱攀附"滔滔者天下皆是，早已经给我们的学术生态和知识积累制造了无数的混乱，不是说学习并研究西方的理论不重要，而是说真正深切地学习和研究并能自觉反思批判者犹如凤毛麟角，剩下的大多数就只能是"胡乱攀附"了。众所周知，知识需要积累，学术需要传统仅仅是常识，可滑稽的是，在我们的现实语境里面回到常识倒常常成了我们头等的难题。说白了，就是常常说起来容易做起来难。究其实，也便是我一直强调指出的我们旧的学术传统中断了之后，新的知识传统没能建起来的缘故。而平原所做的恰恰是在接续晚清、"五四"两代人的学术传统的同时，也追问我们的知识传统究竟出了什么问题（具体如《大学何为》《中国大学十讲》等著述）。当然，平原的自家研究面目或者他自己称之为"切合自家心境与文化理想"，面对的始终是晚清、"五四"两代人的心态史和问题

① 陈平原：《中国现代学术之建立——以章太炎、胡适之为中心》，北京大学出版社，1998，第 164 页。
② 陈平原：《大学何为》，北京大学出版社，2006，第 33 页。
③ 陈平原：《触摸历史与进入五四》，第 5～6 页。

史，然后在两代人的心态历程和问题缝隙中再进行重新书写，哪怕有一点突破，也是自家的努力，更何况是卓有成效的努力。比如他说："我更愿意把这两代人放在一起论述，既不独尊'五四'，也不偏爱'晚清'"，又比如他"追慕钱锺书的随笔集《写在人生边上》。并非追求'业余消遣者的随便和从容'，而是意识到'五四'新文化'这本书真大！一时不易看完'"。他说"我之倾向于在'边'上做文章，还有一个来源，那就是金克木的抓'边'"，他又说"至于在史学研究中，强调对于古人的同情与体贴，警惕'过度阐释'，则有陈寅恪先生的影响在内"①，等等。有兴趣的读者只要认真通读过《触摸历史与进入五四》，我相信平原上述自己交代的来龙去脉是"进入五四新文化"的钥匙，而并非仅仅是个注脚或者夫子自道而已。

## 二　线索·文本·记忆

有意思的是，平原在这里也采用了一些如"文明的碎片"与"拆解成'一地鸡毛'"等后现代概念。当然，这些概念本身也许不重要，重要的是怎样把"文明的碎片"拼起来却又并非整体？又如何把"一地鸡毛"恢复成为鸡却又未必是原来那只鸡？这么一来，研究视角或者叙事视角确实极其重要。

如前所述，平原的学术脚步跟年鉴学派也好、新历史主义也好，更不用说什么后现代基本无关，真正紧密相关的是深深地植根于晚清、"五四"两代人所共同致力完成的人文学术传统之中。与此同时，他也随时保持着对世界人文学术的同步发展的学术视界与人文关怀，当然也可以说就是随时保持着一种"对话"姿势。这些也许还不是最重要的，在我看来一个真正优秀的学者，根本不在于其采用的是何种研究方法，关键在于其对研究范式的独具会心并能时时意识到积累与突破的重要性，而平原的特别优秀也便在这里。无论是他曾经采用了叙事学的、类型学的、文章学的，还是诸多专深研究"小题大做"的研究方法，他都特别出色地做到了这一点。

《触摸历史与进入五四》几乎一开始就别开生面，解读权威的《简明不

———————
① 陈平原：《触摸历史与进入五四》，第5~6页。

列颠百科全书》，结果发现其对"五四"的解释漏洞百出，他不无揶揄地说道："可不看不知道，一看吓一跳。纷纭复杂的'五四'，固然并非三言两语就能打发；可'百科全书'出现如此多的错漏，毕竟出人意料。看来，'耳熟能详'、'了如指掌'云云，需要打点折扣。"① 也就是说，文本是平原首先不能绕过去的，而且何止是绕不过去，其实我们大家所面对的本来就是个文本的世界。尤其是面对处于孵化状态的话语的衍生化撒播，文本解读的能力、分析能力和梳理能力固然重要，更重要的可能还是还原的能力、认知的能力和穿透的能力，否则确实难以想象"入手处竟然是一场运动、一份杂志、一位校长、一册文章以及一本诗集等"，如何"承担引领读者'进入五四'的重任"？比如，"关于'五四运动'，不同政治立场及思想倾向的论者，会有相去甚远的解释。注重思想启蒙的，会突出《新青年》的创办、北京大学的改革以及新文化运动的勃兴对'五四事件'的决定性影响，因此，论述的时间跨度，大约是 1917 至 1921 年；表彰爱国主义的，则强调学生及市民之反对北洋军阀统治，抵制列强霸权，尽量淡化甚至割裂 5 月 4 日的政治抗议与此前的新文化运动的联系。但不论哪一种，都不会只讲'文化和思想'，而不涉及'政治和社会'。承认 5 月 4 日天安门前的集会游行具有标志性意义，那么，所论当不只是'思想启蒙'，更应该包括'政治革命'。"② 需要即刻指出的是，无论是"思想启蒙"还是"政治革命"，在平原那里，都是一个长时段"20 世纪中国"的概念，毋宁说，其实他把最早的"20 世纪中国文学"的文学史长时段概念延伸到了思想史、学术史乃至大学史的研究当中，或者干脆就是转换成了"20 世纪中国学术"的概念，然后以"20 世纪中国学术"这个大概念重新涵盖了文学史、大学史乃至思想史的研究。这样，如果一定要说有把进入平原阐释的"五四新文化"的钥匙的话，舍弃了这个概念就可能舍本逐末了，即有了这个概念和钥匙方能较好地把握所谓的"一地鸡毛"和"文明碎片"。我们肯定无须进入所谓后现代世界再来理解五四时期的现代性想象，而且众所周知，时至今日我们的现代性想象其实仍在途中远未完成。《简明不列颠百科全书》的错谬似乎属于正常，因为其本来就与真相无关，更与记忆无关。何况我们的现实语境中存在严重的外在强力抹去记忆的行为。就像"二十一条"跟袁世凯有关，

---

① 陈平原：《触摸历史与进入五四》，第 9 页。
② 陈平原：《触摸历史与进入五四》，第 10 页。

但 1919 年的中华民国总统乃徐世昌，"'北京 13 所大专院校的 3000 余名学生'举行的不是'罢课'，而是示威游行——事件发生在 1919 年的 5 月 4 日"。① 为什么我们没有记忆，哪怕是天大的灾难，我们数以亿万计的个人居然不约而同地一次次"朝前看"？

为什么需要反思？或者为什么需要历史记忆？因为是怎样的规则导致我们这样的或那样的结果或后果，今后如何避免这样的结果或后果的重复发生，因此更需要规则的重建。这个避免重复和规则重建的过程，实则便是对生存品质乃至民族精神品质的提升过程。因此，必须重新寻找线索、追踪记忆。而且可能没有捷径可走，只有沉潜于文本重建现场以触摸历史，或能找到一条理解和记忆的通道？意味深长的是，平原甚至特别抓住了"五月四日"那天的天气。除了报章，甚至在鲁迅日记、郁达夫的描写、周作人的情趣中考证"天气"，并指出包括陈独秀在内的诸如杨振声、范云诸君对那天天气的描写和记述文学色彩未免过浓，或者干脆过于情绪化，陈独秀的"那天下午，北京的天气，忽然间大变起来，狂风怒号"等说法尤其夸张。平原还特别注意了几个文学家比如冰心、王统照等人对那天空气中"飘散出来各种花卉的芬芳"的生活细节描写；还有钱玄同十多年后对孙伏园说"你那天穿着夏布大褂，带着蒙古式毛绒帽子"，孙伏园当时没反应事后又否认；等等。他之所以要从不同角度、不同细节辨析"天气"，其中大有深意焉——他选中《晨报》1919 年 5 月 5 日题为《山东问题中之学生界行动》的文章，便是以为"相对于无可争辩的'星期天'，伸缩度很大的'天气晴朗'，更值得留意。一心救国的青年学生，不会分心考虑阴晴冷暖；可游行当天的天气情况，切实制约着大规模群众集会的效果。尤其是集会天安门前、受气东交民巷、火烧赵家楼等戏剧性场面，实际上都与天气状况不无关系"。② 我们显然可以明显地看到平原在这里表现出的诸多叙事方面的匠心，套用后现代叙事批评家马克·柯里的话说："一点点形式主义将你从历史性研究那里抢走，而很多的形式主义又使你重新回到历史性研究。但小说和批评平行发展的历史确实是这样的。历史主义与形式主义之战似乎已经结束，现在已经可以承认历史研究中有叙事的形式而叙事形式中又有历史的成

---

① 陈平原：《触摸历史与进入五四》，第 10 页。
② 陈平原：《触摸历史与进入五四》，第 13 页。

分。"① 也就是说，平原的历史研究中的叙事形式在这里得到了充分的强调，不仅事关叙事基调、节奏，而且事关叙事视角和话语。当然，在平原这里并不存在叙事主体的分裂之类——诸如在叙事中不断地变化叙述人、变化视角、变化距离，对叙事行为的叙事，展示而不是遮掩叙事客体的建构过程，以及叙事时间与空间的断裂、破碎、压缩、延伸、拼接等，诸如此类均与所谓后现代社会的诸种特质有直接关系，或者更准确地说，与后现代思想家为我们所提供的社会叙事和文学叙事有直接关系，例如对宏大叙事的质疑、多元主义的兴起，对本质主义的质疑、历史主义的解读，对权力话语建构机制的探讨，等等。在这里，平原的叙事主体始终是统一的，并没有那么多复杂的理解，只仅仅是为了挖掘历史记忆。在本土语境之中，众所周知的原因，我们大多时候回到常识甚至比痴迷于做"高头讲章"更难。且不说那些学风纯正，比如"了解唐代传奇、宋元话本、明清小说，当然也可以搞研究、出成果"（无须跟现实有太多的勾连，也就省了"回到常识"的艰难），"高头讲章"本身就有众多的舶来品（无须本土现实检验，可一拿到本土现实中来就立时土崩瓦解，现实意义不大），亦即大家都知道的所谓"盛产理论的年代却没有理论"。比如眼下就有诸如汪丁丁先生从哈耶克到美国实用主义的第一代宗师皮尔斯再到第三代宗师杜威来谈王元化的"自由主义"问题，而王元化的反思又是"五四"的启蒙，比如"是'五四'与它之前和它之后的激进主义思潮的密切联系"② 等，多少有点不着边际。像这样的"高头讲章"当然是不屑于去留意"五四"那天天气情况可能"切实制约着大规模群众集会的效果"的。

然而，除了"天气"和"群众"的关系殊关重要外，这个问题本身也颇重要：不知是否王元化先生由于太过切身的反胡风、"反右"以及"文革"经历，把那些"真理在握者"的罪行都清算到了"启蒙"身上？因为一直没有认真研读过王元化先生的大著，不敢贸然断言。但有一点我想是明确的，其可能混淆了文化内部的论争、批判、超越与政治权力介入文化并运动群众的结果的根本区别。这一点其实在上海的多个学人的"反思"中均有所表现，恕我直言，这样的"反思"恐怕不可能是完全澄清了历史和理

---

① 〔英〕马克·柯里：《后现代叙事理论》，宁一中译，北京大学出版社，2005，第74页。
② 汪丁丁：《简论王元化先生自由主义思想的复杂性》，有兴趣的读者可参见爱思想网，http://www.aisixiang.com/data/18912.html，2008年5月22日。

论问题，反而存在把水搅浑的可能性。或许可以明确以为，真正的启蒙是叫人敢于明智亦即用自己的理性来辨别是非，而并非是打着"启蒙"的幌子来制造新的蒙蔽，更重要的是，启蒙还不仅仅表现在思想观念上而且更表现在制度追求上。也可以比较明确地指出，无论是思想观念还是制度追求两方面，五四先贤们仅仅是在模仿"启蒙"，时至今日在我们这块土地上要发出一点理性的声音均属不易。远的不说，近的就有刚刚过去没多久的"奥运火炬传递风波"与"汶川大地震哀悼与救灾"，铺天盖地的是所谓"民族主义"的"爱国主义"的煽情和纵情，一些有良知的知识分子发出的理性声音几乎轻而易举地就被淹没掉了。那么，关注"天气"和"群众"乃至"启蒙"与"制度"等关系，就不可能是随意而为而肯定是独具匠心的。

也许历史确实充满了偶然性，但历史也常常具有相似之处，或者从某个角度讲，常常有其内在的逻辑。如"至于偌大广场，没有扩音设备，三千学生如何集会？有称站在天安门前石狮子头上作演讲的，但我更倾向于王统照的说法，演讲者是站在方桌上；而且，现场中大部分人实际上听不清演讲内容，只是因为有很多标语，加上不时呼口号，知道大致意思。但这已经足够了，读过宣言，呼过口号，队伍开始向南、向东、向北移动"①。所谓重建现场和细节，毕竟不是讲故事写小说，诉诸的不是情感或感觉而是理性，借助的是诸多报章、史料、回忆录亦即各式文本，或梳理或解读或干脆是解构，其基本依据便是内在的逻辑。或者说白了，就是回归常识和理性，"集会天安门前"如此，"受气东交民巷"如此，"火烧赵家楼"亦如此。接受新文化运动洗礼，学生们开始学会独立思考这一点肯定没错，但众所周知的"救亡/启蒙"（李泽厚说法）怪圈，显然一直在晚清、"五四"之间反复摇摆，并对民族心理的型塑产生了难以估量的影响，时至今日我们仍然没能走出这个"怪圈"，即便我们无须"救亡"了，也仍然无法进入真正的"启蒙"：因为"天下兴亡、匹夫有责"，所以"爱国"没错，也无须负责任；而"启蒙"的最大意义是"敢于明智"，敢于为自己负责任。中国最大的悲剧也许就在于作为具体的个人很少有人敢为自己负责。因为义和团运动直接导致的"东交民巷"的"变相的'租界'"，游行的学生们"被堵"属于"正常"范围，"学生们之所以希望'往东'而不是'向北'，明显是冲着仅有一街之隔的日本使馆。三千热血沸腾的青年学生，被堵在狭隘的东交民

---

① 陈平原：《触摸历史与进入五四》，第23页。

巷西口，这景象，与半年前三万大中小学生集会天安门广场庆祝协约国胜利时，美、英、法等国公使相继登台演说，形成了鲜明对比。这里有技术性的原因，各使馆确实星期天不办公，美国公使等并非故意回避；但巴黎和会上中国合理之权益之被出卖，也凸显了国际关系中的'弱肉强食'。而正是这一点，使得国人的民族主义情绪日渐高涨。"① 不能不提及的是，一个多世纪来的屈辱以及内忧外患的历史形成的中国人的内在情感，很难为西方世界的人所理解，但是，这种内在的情感也被慢慢地不断地转化成了一种带有煽动性的东西，而很难转化为一种内在的理性逻辑。

因此，无论按怎样的"历史规律"言说或"宏大叙事"，就像我们所看到的那样可能离真相甚远（假如真的有真相的话）。而这个所谓真相就可能存在类似于"天气"以及天气影响"情绪"等细节上。平原对周予同的说法"但当游行队伍经过东交民巷口以后，有人突然高呼要到赵家楼曹汝霖的住宅去示威。在群情激愤的时候，这响亮的口号得到了群众一致的拥护"评论道："依我看，此等'神来之笔'，正是群众运动特有的魅力。说不清是谁的主意，你一言，我一语，群情互相激荡，一不小心，便可能出现'创举'。匡互生说得对，'这时候群众的各个分子都没有个性的存在，只是大家同样唱着，同样走着'，很难确定谁影响谁。日后追根溯源，非要分出彼此，弄清是哪一个首先喊出'直奔曹宅'的口号，其实不太可能，也没必要。作为一个基本上是自发的群众运动，'五四'与日后众多由党派策动的学潮的最大区别，正在于其'著作权'的不明晰。"② 这里的关键是运动着的群众呢，还是被运动的群众？暂且不论"群众"一词在我们本土的原初意义，比如像人们所说的是否为"《史记·周本纪》说：兽三为群，人三为众，女三为粲……"其实无关紧要，但法国学者 G. 勒庞的《乌合之众——大众心理研究》（中央编译出版社，2004）一书对群体心理有过精彩的研究，其以为在同人类的各种作为文明动力的情感的对抗中，理性在大多数时候都只能落荒而逃，对于群体心理而言，说理和论证往往战胜不了一些词语和套话③，倒是颇关紧要。对于"说理和论证往往战胜不了一些词语和

---

① 陈平原：《触摸历史与进入五四》，第 24～25 页。
② 陈平原：《触摸历史与进入五四》，第 27 页。
③ 作为延伸阅读，可参见萧瀚先生的包括《乌合之众——大众心理研究》在内的链接阅读分析文章《作为人性的群体心理——〈狂热分子〉阅读札记》一文，新浪博客，http://blog. sina. com. cn/s/blog_ 5b6b15ed0100amxq. html，2008 年 9 月 14 日。

套话"，百年多来我们实在是领略得太多了，而不是太少了。问题的严重还在于，我们的诸多言说其实跟"宏大叙事"也不见得就有特别深刻的联系，反而跟众多的"词语和套话"有着太多的必然联系。换句话说，在很多时候我们其实也就是在那众多的"词语和套话"中丧失了具体真实性，当然也包括历史真相。平原的重要贡献就在于非常深刻地洞察到了这一点，然后在诸多文本的深挖细掘之中，不知不觉地就把曾经大行其道的历史研究中的普遍研究范式给完全转换了。

尽管平原以为："一个正在进行中的群众运动，竟然得到如此广泛的支持，而且被迅速'命名'和'定位'，实在罕见。从一开始就被作为'正面人物'塑造的'五四'运动，八十年来，被无数立场观点迥异的政客与文人所谈论，几乎从未被全盘否定过。在现实斗争中，如何塑造'五四'形象，往往牵涉到能否得民心、承正统，各家各派全都不敢掉以轻心。'五四'运动的'接受史'，本身就是一门莫测高深的大学问。面对如此扑朔迷离的八卦阵，没有相当功力，实在不敢轻举妄动。"① 但是，最可怕的肯定不在于看上去如何复杂，也不在于是否"全盘否定"，可怕就在于记忆完全丧失。

这样我们就能理解平原为何要守着"报章"并深入各种文本披沙拣金，然后还要不厌其烦地列出包括杨振声、孙伏园、王统照、许钦文、郑振铎、周予同、闻一多、俞平伯、冰心以及川岛十人近三十篇对于"五四"的个人化叙述文章，以"回到'五四'现场"。用平原自己的话说，"对过分讲求整齐划一、干净利落的专家论述，我向来不无戒心。引入'私人记忆'，目的是突破固定的理论框架，呈现更加纷纭复杂的'五四'图景，丰富甚至修正史家的想象。而对于一般读者来说，它更可能提供一种高头讲章所不具备的'现场感'，诱惑你兴趣盎然地进入历史。当然，岁月流逝，几十年后的回忆难保不失真，再加上叙述者自身视角的限制，此类'追忆'，必须与原始报道、档案材料等相参照，方能真正发挥作用"。② 其说得再明白不过了：作为视角的"报章"以及文本的互文重要性得到强调的同时，尤其重要的是强调了"固定理论框架"的突破，实则直指"历史记忆"的如何确立和真正确立。而这些是通过强调个人史、生活史、社会史乃至口述史的合法性和正当性，然后通过对"词语和套话"的

---

① 陈平原：《触摸历史与进入五四》，第 39 页。
② 陈平原：《触摸历史与进入五四》，第 45 页。

旧有知识范式的有效转换而达致的，尽管平原同时还强调了"失真""视角限制"等存疑。

## 三 智识建构·经典问题·报章视角

当然，知识范式或研究范式的转换意义远非上述那么简单。毋宁说，有什么样的知识制度就有什么样的知识生产和再生产。尤其需要指出的是，无论是传统中国还是现代中国，无论是哪种知识或文化一旦被政治权力所利用就会变得面目全非，而且还会以一种不可思议的方式继续产生这种知识或文化的影响，但肯定已经不是原初意义上的那种知识或文化了。用牟宗三的话说就是："政权是皇帝打来的，这个地方是不能动的，等到昏庸的皇帝把国家弄亡了，却把这个责任推给朱夫子，朱夫子哪能承受得起呢？去埋怨王阳明，王阳明哪能担得起呢？"① 道理相同，而今把种种激进主义的后果统统归结到"五四启蒙"头上，多少是有点文不对题的。

反过来说，文化也好，知识也罢，却又总有着非常顽强而旺盛的生命力，无论政治制度多么严酷，知识制度多么僵化，很多时候它们也总会以改头换面的方式活跃在各个领域，甚至人的生活和精神都可能不知不觉地受到某种程度的宰制。无论是古代的"儒、释、道"还是现代的"科学与民主"，大抵如此。更让人关注的也许是其直接后果，亦即围绕体制并与体制共谋的人，那种"一心只读圣贤书"就是为了那么一块"敲门砖"的阳奉阴违、浮降升沉以及知识与身体的关系，更是复杂无比，不知谱写了多少可悲可叹的故事。在这一点上，古代中国与现代中国也没有多大区别。所以任何相对简单化的"反思"不但难以奏效，还有可能适得其反。也就是说，一方面，我们回到常识和理性几乎是件艰难而又艰巨的事情；另一方面，深入讨论知识本身的运作以及与之相得益彰的知识制度本身的构成与演变，显然更能抓住问题的核心。也就是说，我们如何保证我们的知识制度是主张智识而不是相反亦即"反智"？明白了这一点，我们才能明白为什么我们总是有着那么多优秀的人物，我们的思想学术却总是不能得以发展或总是处于停滞状态，或者即便是有所发展，对我们整个社会的现代性转型却也总是无所助益。这样，我们也才能够真正深入地领会到平原的研究价值，并同时能够

---

① 牟宗三：《政道与治道》，广西师范大学出版社，2006，第 7 页。

进一步领会平原研究的视角的重要性。

实际上，纵观平原的学术研究，无论他采用的是何种方法，比如文章学的或叙事学的、类型学的或者如上所述社会史、生活史、个人史的方法，显然总是有着一个绝好的视角，这自然跟学术匠心有关，也跟其自觉的学术史意识有关，更重要的我想应该还是跟问题史意识有关。一般地说，有着足够的学术的、问题的史识，往往就容易形成制度和制度史的意识，如果制度史意识能够促使相关学术制度的变革，那么就不愁不能形成评价体系，就不至于像眼下这样：人文学术有着太多的"横空出世"，也有太多的"低水平重复"。"横空出世"者信手于大师的概念与问题移步换形（实则为"高水平重复"），却几乎不对大师的理论预设的大前提做任何追问；"低水平重复"不用说对问题史少有体察，对学术共同体更是少有意识。因此，平原的研究视角所以重要，便是因为其问题背景，便是基于繁复的问题史与学术史的基础上和前提下的发问，比如"五四"那一天的记忆固然很重要，但五四新文化运动的精神内容亦即智识结构是如何被建构起来的更重要。

在这一点上我以为平原的具体研究可能比朱学勤等学人的一些直观说法更有说服力。比如朱学勤在《南方都市报》发表的一篇题为《文化讨论的百年轮回》的演讲文章中以为，梁启超在制度变革失败之后，把账算到了文化传统上面，所以引发了文化第一次大论争，鲁迅等的"国民性批判"便紧随在"新民说"之后；第二次论争是"文化大革命"；第三次论争是政治诉求挫败之后又把政治问题转化为文化问题。① 朱学勤以为制度的变革缘于利益的觉醒，却多少有点忽略了文化变革的内在必要性，同时也一样忽略

---

① 朱学勤说："就世界范围而言，热衷文化辩论的知识群除中国外，还有法国、德国与俄国，而此类民族在文化高高向上的同时，制度建设总是画出一条向下溃散的抛物线。最终改变中国当然不是书斋里的文化辩论，而是'枪杆子里面出政权'。如果说战场上的军事领袖也有文化立场，我们则需记住最为重要的一个事实：毛泽东是文化普遍主义者，蒋介石是文化相对主义者。毛泽东以此论证他的以俄为师，蒋介石则以中国文化特殊论既轻蔑英美自由主义，也反对俄国共产主义。"（朱学勤：《文化讨论的百年轮回》，新浪网新闻中心，http://news.sina.com.cn/pl/2008-04-13/073215345464.shtml，2008年4月13日。）窃以为朱先生这段话本身就含有悖论在内：既然"枪杆子里面出政权"了，其实任何文化讨论都无甚意义；既然要致力实现的是制度变革，思想变革就只能首当其冲，文化辩论其实也就绕不过去。关键在于文化辩论了之后怎样，而不是文化辩论本身怎样。至于世界上的其他国家，且不说经验的归纳中本来就难免"致命的一跳"，即便是经验本身恐怕也各有各的具体性，需要打点精神认真对待。

了恰恰是政治权力介入了文化论争，使文化的进步和发展成了泡影。也许确实像朱学勤先生所指出的那样，文化论争是对制度的曲解，但是不能忽略的是，有什么样的人民就有什么样的政府，而文化不能说不在背后起推手作用，有时甚至是起决定性的作用。也许就像朱学勤所指出的那样，新政权采用的"新制度"带有普遍主义者文化立场，可所谓"新制度"除了"词语和套话"外，其生存结构和秩序跟"旧制度"真的有区别吗？旧文化产生的制度安排和秩序原理仍然在发挥着巨大的作用，新文化运动却早已成了明日黄花。当然，朱学勤是当下中国不可多得的思想者之一，但窃以为思想者确实应该尊重不同学科的研究成果，除了有力触动了社会真正转型和变革的经济学、法学、社会学（尤其是社会理论）等，尤其需要尊重包括《触摸历史与进入五四》在内的诸多优秀的史学研究成果，才能在具有充分"了解之同情"的基础上，进行更为缜密和更具穿透力的思考。

在我看来，"文革"也好，"改革"也罢，穿插于其间的文化论争8的盲目性，账实在不能也不该算在包括"晚清"先贤在内的五四新文化运动头上。五四新文化运动几乎本能地颠覆了传统的秩序原理，而对具体的制度变革和安排确实很少涉及，这跟整个社会经济转型有着密切关系，也跟中国人的权利意识以及福利意识、金融意识等觉醒的晚有极大的关系。一个起码的事实是，而今经济社会早已成形，官家资本主义甚嚣尘上，也并不见得真的就能推动制度变革，其中的繁复性、艰巨性和长期性难道真的就跟我们的"国民性"或者"国民性格"一点也没有关系吗？换个角度讲，如果新文化运动不是被人为地改变了方向，或者不是强制性的政治权力所导致的完全扭曲了学术制度和知识制度，本着学术本身的运作逻辑发展，我们的人文传统不仅可以得以延续，崭新的知识制度和知识传统也便可能得以确立。何况，全社会的变革本来就是个系统工程，更多的时候必须借助社会科学，而远非人文学者所能担当。也就是说，除了不同学术共同体趋向制度化的互相批判与共同推动之外，任何的"词语和套话"恐怕都无济于事，哪怕是"科学与民主"的抑或"专制与独裁"的"词语和套话"，道理相同。

也便是基于此，窃以为平原的《思想史视野中的文学——新青年研究》《叩问大学的意义》《学问该如何表述》《经典是怎样形成的》《写在"新文化"边上》等虽为不同章节却各为不同新文化问题的专深研究，其视角之别致与见解之深邃，既互文指涉而又相得益彰，差不多可谓篇篇精到。平原的"晚清与五四"的并重，用他自己的话说："正因为兼及'五四'与'晚清'，这种学术视野，使得我必须左右开弓——此前主要为思想史及文学史上的'晚清'争地位；最近十年，随着'晚清'的迅速崛起，学者颇有将'五四'漫画化的，我的工作重点于是转为着力阐述'五四'的精神魅力及其复杂性。"① 其针对性显而易见，与此同时，我们分明也能看到其洞见了的思想史、文学史乃至文化史、学术史、大学史的精神层面，尤其触及了思想、学术、文化、文学和大学的制度关键。

在《思想史视野中的文学——新青年研究》这部有着广泛影响并获得第二届"王瑶学术奖"优秀论文一等奖的专题研究中，平原的"报章"视角更是别具神采，而"报章"本身就不能不兼及"晚清"："中国知识者大量介入新兴的报刊事业，是戊戌变法前后方才开始的。《新青年》的作者群及编辑思路，与《清议报》、《新民丛报》、《民报》、《甲寅》等清末民初著名报刊，有着千丝万缕的联系。也就是说，陈独秀等人所开创的事业，并不是建基于一张'可画最新最美图画'的白纸，而是在已经纵横交错的草图上删繁就简、添光加彩。"② 在清末民初迅速崛起的报刊，已经形成商业报刊、机关刊物、同人杂志三足鼎立的局面，"聪明绝顶"的陈独秀"走的是同人杂志的路子，主要以文化理想而非丰厚稿酬来聚集作者"，"《新青年》的特异之处，在于其以北京大学为依托，因而获得丰厚的学术资源……蔡元培之礼聘陈独秀与北大教授之参加《新青年》，乃现代史上具有里程碑性质的大事。正是一校一刊的完美结合，使新文化运动得以迅速展开"③。但是，《新青年》从来都不是北大校刊，却是新文化运动的策源地。也许，应该特别提请注意平原的这一段概括精到而且直指要害的话："其实，除'德赛两先生'之外，《新青年》同人再也找不到'共同的旗帜'。《新青年》上发表的文章，涉及众多的思想流派与社会问题，根本无法一概而论。以《新青年》的'专号'而言，'易卜生'、'人口问题'与'马克思主义研究'，除了同是新思潮，很难找到什么内在联系。作为思想文化杂志，《新青年》视野开阔，兴趣极为广泛，讨论的课题涉及孔子评议、欧战风云、女子贞操、罗素哲学、国语进化、科学方法、偶

---

① 陈平原：《触摸历史与进入五四》，第4页。
② 陈平原：《触摸历史与进入五四》，第53页。
③ 陈平原：《触摸历史与进入五四》，第57页。

像破坏以及新诗技巧等。可以说，举凡国人关注的新知识、新问题，《新青年》同人都试图给予解答。因此，只有这表明政治态度而非具体学术主张的'民主'与'科学'，能够集合起众多壮怀激烈的新文化人。"① 这个要害在于，"从思想史的角度来评述《新青年》，成为学界的主流声音。政治立场迥异的学者，在论述《新青年》的历史意义时，居然能找到不少共同语言——比如同样表彰其对于'民主'与'科学'的提倡等"。②

像有一千个读者就有一千个哈姆雷特，"民主与科学"的口号也得到了方方面面的不同程度、不同层次、不同方位的认同。只不过"口号"毕竟是口号，政治态度毕竟是政治态度。问题的关键在于"文学化的政治"终究不是政治哲学，既缺乏论证也缺乏理想的政治安排和制度规划，仅仅是凭着一股政治热情。即便如此，五四先贤也毕竟开天辟地地开启了中国现代性觉醒的起点，仅从他们上述讨论的诸问题即可看出其对个体性问题的关注程度了。而且他们瞄准的"封建礼教"靶心直接对两千多年的传统秩序原理发起猛烈的冲击，无疑极为准确，而且至今仍为我们社会诸问题的核心症结。五四先贤实在功不可没。至于说"孔家店"打倒了之后怎样③，以及是否关注宪政制度转型，除了社会科学的发展（时至今日，我们不过还只是刚刚起步而已），还需要市民社会的发育、独立的公共领域以及成熟的社会理论支撑。在我们这个传统中国"大共同体"永远强势于"小共同体"（秦晖甚至以为"大共同体"与"小共同体"均压抑个性）的社会里④，不要

---

① 陈平原：《触摸历史与进入五四》，第 63 页。

② 陈平原：《触摸历史与进入五四》，第 51 页。

③ 陈志武以为，"仅仅有私人财产，没有医疗保险、养老基金等各种外部金融市场的发展，每一个人对未来生病、养老会充满不安，觉得没有着落，这时不是把'孔家店'打倒，而是不得不重建。因为有了儒家'三纲五常'等制度安排，才可能在金融市场没有发展起来时，对个人提供一些基本的帮助"。陈志武：《中国文化走向哪里？——文化变迁的金融学解释》，南方网，http：//theory.southcn.com/llzhuanti/lndjt/gzlt/content/2008 - 07/31/content_4578341_2.htm，2008 年 7 月 31 日。

④ 秦晖以为，"与拜占廷民法的非宗法化或'伪现代化'相似，秦汉以来中国臣民的'伪个人主义化'也十分突出。尽管近年来的人类学、社会学家十分注意从社区民俗符号与民间仪式的象征系统中发现村落、家族的凝聚力，但在比较的尺度上我十分怀疑传统中国人对无论血缘还是地缘的小群体认同力度。且不说以血缘共同体而论秦汉传统下的'五口之家'不会比罗马父权制大家族更富于家庭主义，以地缘共同体而论近代中国小农不会比俄国米尔成员更富于村社意识，就是无论村社还是宗族都远谈不上发达的前近代英国，那里的'小共同体意识'也是我们往往难于理解的"。秦晖：《传统中国社会的再认识》，腾讯评论：http：//view.news.qq.com/a/20120424/000027.htm，2006 年 1 月 21 日。

说后来的"土改"之后土地重新收归"国有"，即便是晚清短暂的时期内的一些民间经济团体联盟，比如著名的"护路运动"以及之后的"联省自治"之类，也不过是昙花一现，终归要窒息在"大共同体"的严密控制之下。在那样的历史语境之中，要冲决传统的罗网除了发动思想革命几乎不可能有别的选择。因此，历史留下的诸课题是新一代学人和思想家必须而且应该继承先贤的遗志继续去完成的艰巨任务，而不太应该仅仅是为了表示自己的某些方面的"高明"而去无端责怪我们的五四先贤。如果说得苛刻一点，即便是当下他们自己也未见得真的就有了多少全新的思考和突破。假如说当年确实是因为"救亡"代替了"启蒙"的话，而今在"民族主义"甚至"民粹主义"的"国家主义"运动中，"启蒙"容易吗（我们清楚现在早已不存在"救亡"的问题了）？

也许应该指出，由五四先贤们开启的个体性觉醒的现代性命题至今仍是个有待完成的重大使命。如何完成，又由谁来才有可能完成？真正要完成它又必得需要怎样的制度性保障？诸如此类，没有一条可以掉以轻心。也许，需要反思的还有：为何提倡"个性解放"最后反而是我们失去了起码的自由？在这一点上，朱学勤先生的一贯说法是以俄为师呢，还是以英美为师，确实是搔到了痒处。但是恕我直言，朱先生终究还是忽视了那种历史性选择背后的众多"推手"。五四先贤的不同知识背景和思想背景根本就不是问题，反而是统一成一律的思想背景和知识背景才成了可怕的问题。没有不同的思想体系的碰撞和知识系统的互相批判，思想学术不能得以发展，知识更是无法得到有效积累，这恐怕已是常识。尤为糟糕的是，当年用以集合文化人的政治主张而非学术追求的"民主与科学"，始终成为政治主张亦即在大多数的时候仅仅是"词语和套话"罢了，更有甚者成了"打棍子、扣帽子"的现成工具。即便是有着"民主与科学"的学术追求，也缺乏起码的制度环境和制度基础，否则就难以回答我们的民众的诸多个人权利在宪法里头早已写得清清楚楚又是为何几乎很少可以落实到实处的问题。所有这些难道跟我们的"文化性格"真的就没有关系吗？如果说，我们必须重新回到常识和理性才能得到解决，那么这些常识和理性便是赋予社会科学的任务，而并非人文学者"拍拍脑袋"可以拍出来的了。一如吴祚来批驳余秋雨先生的"反智叙事"里说的那样："余秋雨先生说灾区政府无法腾出手来处理遇难学生家长问题，但我要告诉余先生，中央有关部门早已派出调查组调查取证，所谓刮风并不影响下雨，处理学校伪劣工程、学生遇难与救灾由不同的部门来处理……我们没有看见要求法院与纪检人员全部都去一线泄洪或发放救援物品吧。在全民共愤中，在全世界的媒体关注下，让那些造伪劣工程的建设者与官员曝光，不会影响到中国的形象，只会给那些中国恶人以严厉的警告，告诉他们不对孩子与学校负责的官员与建设者会是怎样的下场。"① 也许必须指出，如果是反智的，就常常是煽情的，余秋雨就是典型的一例。从这个意义上说，眼下我们最根本的问题是：由五四先贤开启的智识与学术传统中断了，理应是如何接续，而不是相反的继续中断。而平原研究的最大贡献就在于有效地接续了这个智识与学术的五四传统，尽管他也做出了不同程度的反思与批判，但是这个批判是严格局限于学术内部的批判，目的仍然在于辨清智识与学术的方向。

## 四　小视角·大文章·述学意识

"五四"的精神内容颇含智识建构，但并非一开始就是自觉的，甚至一开始就是处于论争的状态、未成熟的状态以及运动着的状态，最具摧枯拉朽的力量则是五四精神破天荒第一次突破了经学意识形态垄断，并向传统中国的秩序原理发出了全面挑战。"《新青年》之所以能吸引那么多眼光，关键在于其'有一种主张不得不发表'，故态度决绝，旗帜鲜明。那么，到底什么是《新青年》同人'不得不发表'的'主张'呢？这牵涉到《新青年》的另一特色：有大致的路向，而无具体的目标。可以这么说，作为民初乃至整个20世纪中国影响最大的思想文化杂志，《新青年》的发展路径不是预先设计好的，而是在运动中逐渐成形。"② 这一段话极其重要，不仅大有深意而且提纲挈领。在整个现代性大转型的重要时刻，而且在内忧外患的一个特殊时刻，思潮汹涌、态度决绝完全可以理解，以运动的方式发展也并无不对，当然关键还是在于转型过程中基本忽视了有利于个体性觉醒和对个体生命尊重的制度性变革与保障的可能性，而最为关键的是终于在本土特有的造反与革命的民族文化心理中，继续回到固有的"王朝更替"的制度轨迹中。这是毫无办法的事情，当造反与革命的时候，如何激进和偏激都是正常的。

---

① 吴祚来：《含泪劝告余秋雨先生：敬请您重新做人》，爱思想网，http：//www.aisixiang. com/data/19107.html，2008年6月8日。
② 陈平原：《触摸历史与进入五四》，第61页。

这样，"有大致的路向，而无具体的目标"，既是《新青年》的成功之处，自然也是容易给人诟病的地方。而且在《新青年》同人内部，原本就存在精神的内在紧张，"老革命党"陈独秀的"北上"与"南下"势所必然，纯粹学者胡适与其联手后分手也一样在所必然。平原掐头去尾《新青年》各二卷，重点搁在中间五卷，本身便凸显了思想文化革命的智识建构，同时也自然暗示了问题其实是出在社会革命上的。平原说道："虽然有了日后的分裂，纵观一至九卷的《新青年》，其基本立场仍属于'有明显政治情怀的思想文化建设'。这一点，既体现在'民主'与'科学'这样响彻云霄的口号，也落实在'新文化'与'文学革命'的实绩。也就是说，在我看来，《新青年》的意义，首先在思想史，而后才是文学史、政治史等。换句话说，《新青年》的主导倾向，是在思想史的视野中，从事文学革命与政治参与。"① 我们现在当然明白现代性诉求有着多方面，其作为一种政治哲学，五四先贤尚无全面自觉而且也确无充分的知识准备，甚至我们的社会还缺乏起码的现代性基础，即便是相关社会理论尤其是社会科学时至今日也还刚刚起步，但我们必须承认，作为人文学科的哲学、文学对于个体性觉醒的推动确实获得了巨大成功，对思想、文化革命以及社会革命的巨大影响也毋庸讳言。如果一定要算本清楚的账的话，问题其实出在文学化政治上。说到底，学术有着自身的运作逻辑和发展逻辑，尽管"五四"创造的新文化本身确实已经渗透到我们近一个世纪生活的方方面面中去了。

正因为如此，平原的研究视角和研究本身才显得卓尔不群。因为"五四那一天"的背后，实在蕴藏着巨大的精神内容。除了《新青年》，当然还有北大，还有跟北大有着千丝万缕关系的陈独秀、胡适、鲁迅、蔡元培、李大钊、钱玄同、刘半农、周作人，乃至下牵傅斯年、罗家伦、顾颉刚，上连黄侃、刘师培直至章太炎，甚至其间不知有多少老北大的故事需要认真讲述（陈平原还恰恰就是这么做的，其另有《老北大的故事》等著述为证），需要反复被人们记忆。然而，我们看过多少关于"五四"、关于北大、关于那些学者作家的或回忆或研究，却总是存在类似买椟还珠的遗憾，或者干脆是出于种种"宏大叙事"而遮蔽了历史真相。认真细读过《触摸历史与进入五四》，除了"报章"视角涉及的多少有点让人眼花缭乱的无数原始文本解读（像平原这样沉潜读书而不是通常所说的"好读书不求甚解"的博览群

① 陈平原：《触摸历史与进入五四》，第67页。

书，在当今中国文学者中确实为数不多，而同时具有博学通识的才能者更是
少见），特别让人神往的是活跃于字里行间的真知灼见，如《新青年》的
"仍以趋重哲学文学为是"和"以'运动'的方式推进文学事业"等，他
分析道："如此重视文学，包含《新青年》同人的苦心孤诣，但也与晚清开
创的报刊体例大有关系……'文学革命'有破有立，留下很多可供后人品
鉴的'实绩'，如白话文真的成了'文学必用之利器'，胡适、鲁迅等人关
于新诗、话剧、小说的'尝试'奠定了现代中国文学的根基……'孔教批
判'与'文学革命'，二者表面上各自独立，但在深层次上，却不无互相沟
通的可能——都根源于对'传统中国'的想象"①；又如："作为具体作家，
过分清醒的思想史定位，很可能导致'主题先行'；但作为同人杂志，策划
这么一场精彩的文学运动，实际上不可能不'理论优先'。这也是我们谈论
《新青年》上的作品（鲁迅小说除外）时，更关注其'文学史意义'而不
是'文学价值'的缘故。"② 或者直接点说，而今有些做思想史研究的个人，
是否多少存在某种程度上的偏见呢？仿佛思想这个东西跟学术运作没有多大
关系似的，而且还跟美国的一帮"海外"学者相呼应，比如他们以为"五
四"以来的整体性的反传统主义形成意识形态，并以为中国的现代思想是
跟传统断裂的，所以才造成一浪高过一浪的文化激进主义，等等。③ 首先起
码的问题是对意识形态本身缺乏追问，亦即意识形态究竟是而且应该是什么
东西？其次，对我们本土的意识形态缺乏追问，我们后来形成的意识形态难
道不恰恰是传统经学意识形态的翻版？从这个意义上说，倒是金观涛先生坚
持了三十年的"超稳定结构"的思考和追问似乎更有效，那就是："但我们
要问，既然封建主义已经被抛弃，为什么在'文革'中又会卷土重来？这
说明我们必须重新思考中国历史进程，包括近现代史。"④ 文化激进主义也
好，文化保守主义也罢，文化本身并不必然起作用而是跟掌握权力的人如何
对待权力关系重大。如果认不清这一点，无论是"以英美为师"还是"以
俄为师"可能均于事无补。因此，换个角度看，对"五四"的话语机制和

① 陈平原：《触摸历史与进入五四》，第68~75页。
② 陈平原：《触摸历史与进入五四》，第79页。
③ 详见《王元化、林毓生1月18~19日对话》，参见360个人图书馆，http：//www.360doc.com/content/11/0129/04/5516533_89700706.shtml，2008年10月16日。
④ 金观涛：《八十年代的一个宏大思想运动》，《经济观察报》2008年4月26日，第41~42版。

学术公共领域给予高度关注和深入考察，远比追究"五四"的思想贡献究竟有多大重要得多。我们的思想和学术之所以举步维艰，如前所述，便在于"五四"开创的现代学术传统的中断和现代性的前提的逐渐丧失以及公共领域的阙如。便因为上述那些"中断""丧失""阙如"，智识的发展、知识的积累和学术的传统等就不可能有健康的话语机制的保障。因为思想与学术只有在不同的共同体的反复争论与批判当中才能得以循序渐进，因此责怪当年胡适、鲁迅等知识的偏狭，不懂韦伯或者哪怕康德是无甚意义的。即便是你而今哪怕真懂了他们也可能一样无所作为，然后再让后人责怪你不懂阿伦特或者吉登斯，有意义吗？思想也好，学术也罢，既不可能横空出世，也绝不应该停留在一个平面上滑行。也便是基于此，陈平原的研究视角和由此视角展开的学术话语以及建构，也才显得特别有说服力。

就如同眼下新世纪网络的兴起，"报刊业的迅速崛起，乃近代中国文学革命的关键因素。所谓'文集之文'与'报馆之文'的区别，以及'俗语之文学'的逐渐被认可，均与其时方兴未艾的报刊事业分不开"[1]，当下的学术公共领域一样可能面临复兴。这样，大学制度变革、学术规范运动、智识与学术如何才能得到有效建构与发展等，仍然是我们欲罢不能的诸多经典问题。除了《新青年》与北大教授，五四时期的北京大学和蔡元培、胡适的《尝试集》与文学经典、章太炎和钱玄同的《教育今语》与"述学"、在巴黎"邂逅北大"和文学史教材写作等，均是小视角、大文章——从深度开掘的意义上说，其小视角关涉的均是大问题，诸如大学应该如何运作，刊物、学术的运作情况又如何，教育、文学乃至语言本身的运作，等等，几乎涉及了我们本土现代性诉求的方方面面——其中的任何一个方面都可以是篇很大的文章。平原以为："从文学史而不是新闻史、思想史的角度审视《新青年》，需要关注的，主要不是其政治主张或传播范围，而是其表达方式。"[2] 用套话说就是"大处着眼，小处落笔"，由这个"表达方式"的特殊视角，又引出了诸多重要问题和话题，如："胡适发表白话诗'算是创体，但属文艺'；'唯有规规矩矩作论文而大胆用白话'，对于当时的读书人，'还感到有点儿扭扭捏捏'。正是这一点，使得'五四'新文化人的

---

① 陈平原：《触摸历史与进入五四》，第79页。
② 陈平原：《触摸历史与进入五四》，第79页。

'议政'、'述学'与'论文',本身就具有'文章学'的意义。"① 又如："而我恰好认为,《新青年》的文学成就,不仅体现在白话诗歌的成功尝试,以及鲁迅小说的炉火纯青;更值得关注的,还在于《新青年》同人基于思想革命的需要,在社会与个人、责任与趣味、政治与文学之间,保持良好的对话状态,并因此催生出新的文章体式:'通信'和'随感'。"② 表面上看,似乎处处体现的是其自家的文化理想与学术趣味,实质上却涉及了"进入五四"的有效性关键。

让人遗憾的是,后来包括德高望重的王元化先生在内的诸如林毓生、朱学勤以及刘再复③等著名、不著名的学人对"五四"的不少反思,总让人感到有点"隔靴搔痒"。窃以为,除了他们对文学化的政治无能做出有效的反思外,同时又特别忽略了"五四"的智识建构,而总是简单地讨论了思想。在"汶川大地震"中成名的"范跑跑",居然在高谈阔论"北大精神"时声称而今的北大是如何不堪,像陈平原那样的"书呆子"以及季羡林那样的"老糊涂"等,居然风光得很云云④,其意是他也特别张扬思想。季羡林是否"老糊涂"咱们暂且不谈论,也不谈论"跑跑"这样的人是否有资格谈论思想,就说一个不懂智识与学术为何物的人又该当如何具备真正的思想?其实诸多谈论"五四"的著述不能令人满意的地方,原因大抵也在此。人文学者少有人愿意像平原这样深入关注学术本身的运作逻辑,更不愿意有着更多的"同情了了解"的充分知识准备,反而就像"范跑跑"那样本末倒置把"考据"当作"乾嘉学派"的完全"逃避"——根本无意于学问的方法,精神的转换当然更无从谈起。即便著名如刘再复者,也只是看到陈独秀之打倒"贵族文学",却看不到鲁迅、周作人的"文章之学"之接续"千年文脉"⑤,更看不

---

① 陈平原:《触摸历史与进入五四》,第 81 页。
② 陈平原:《触摸历史与进入五四》,第 83 页。
③ 刘再复说:"我最近在城市大学做了几次讲座,第一次讲'中国的贵族文学',从屈原讲到六朝,再到《红楼梦》,我说,很奇怪,贵族文学几乎消灭了,因为五四运动陈独秀他们提出要打倒贵族文学以后,有一个概念的错位,他们没有分清贵族文学与贵族制度的界限,没有分清贵族精神和贵族特权的界限。文学是不能没有贵族精神的,周作人对这一点比较早就作了反省。"刘再复:《从卡夫卡到高行健》,人人网,http://page. renren. com/601547595/note/894501270,2013 年 2 月 4 日。
④ 范美忠:《中国大学的症结何在?》,有兴趣的读者请参见豆瓣网,http//www. douban. com/note/15586518/,2008 年 7 月 28 日。
⑤ 参见陈平原《中国现代学术之建立——以章太炎、胡适之为中心》第八章:"现代中国的'魏晋风度'与'六朝散文'"。

到五四小说的"诗骚传统"①。刘再复尚且看不到平原的学术研究成绩（虽
然刘先生去国多年，但平原所作《中国小说叙事模式的转变》的研究远在
他去国之前），况"范跑跑"们乎？也许，林毓生、王元化等先生过于强调
思想的突破，却并不太在乎本土智识本身的建构，或者准确说所谓"理想
范型"尤其不能忽略的是本土的个体本位还是集体本位，如果仍然是大共
同体主义的"伪个人主义"，那么，哪怕"范型"再理想，"兴，百姓苦；
亡，百姓苦"，意义都不大。"社会主义制度"诉求作为一种"理想范型"，
如果简单化就会存在问题，比如认为用社会主义推翻资本主义亦即所谓推翻
旧社会建立新社会，就一切都齐了。如果真的这么简单，文学化政治当然足
以奏效。如果不是这么简单，把思想归咎于人格的反思就是有问题的，比如
过于强调鲁迅心理的偏狭与黑暗似乎并不能在思想上有突破的可能，而且还
有忽视鲁迅"韧性的战斗"的嫌疑。鲁迅对"国学"没有独特研究，大都
来自其师章太炎的说法基本属实（这些平原也均有专深研究），但鲁迅本人
并无意于"国学大师"的称号，众所周知的成就是文学。林毓生先生说得
没错，胡适等人对科学常常只是一种态度或者表态。② 然而，就像民主是一
种生活，科学是一种精神，均需要制度性的保障，而这种制度性保障在我们
本土就是个极具复杂性、繁复性并特具艰巨性和长期性的问题了。任何
"一劳永逸"的或"振臂一呼、应者云集"的简单化说法和做法，或者设计
出一套"思想"哪怕是"真理"让老百姓来遵守，不仅虚妄而且颠覆了我
们人之为人的"入思"的根据。这一点，王元化老先生显然有过非常深刻
的反思，亦即启蒙、启蒙，最终却成了蒙启——其无疑还是我们必须继承的
一笔非常可贵的精神遗产。然而，王老先生除了研究国学多少有点文化保守
倾向外，并没有意识到我们其实少有真正独立的意识形态。如果一定要说
有，亦即上述已经指出过的大传统经学意识形态与小传统的农民起义意识形
态，而这才是我们意识形态的真正困境。作为哈耶克的据说是关门弟子的林
毓生先生，当然更为清楚哈耶克的"理性不及"逻辑和从"知"到"无
知"的知识努力，亦即规则范式的努力，制度的演进根本不可能单靠个人
之力便可奏效，其需要积累甚至是自生自发的积累，而无论是何种积累都需

---

① 参见陈平原《中国小说叙事模式的转变》，北京大学出版社，2003。

② 参见《王元化、林毓生1月18～19日对话》，360个人图书馆，http://www.360doc.com/
content/10/0618/14/588795_33790545.shtml，2008年10月16日。

要公共领域提供开放、讨论、纠错、妥协的话语机制亦即制度性的保障，其实所谓意识形态便产生在这种协调各方利益的文化方向之中。说简单了，知识和学术的积累、财富和创造财富的积累、制度合理性演化的积累均需要制度性保障，才能集腋成裘，否则只能欲速则不达。按正常的发展逻辑，思想变革首当其冲，之后带动制度变革以及器物变革，尽管一个多世纪亦即1840年以来，因为"冲突—回应"模式我们把这个次序完全弄颠倒了，但是时至今日显然仍是摆在我们面前的绕不过去的首要问题。之所以不厌其烦地罗列了上述种种，是因为如果不能明白我们种种"积累"的困难，我们实在是无以谈思想。

众所周知，平原的研究魅力仍然是他的"同情之了解"，无论如何应该回到"现场"、回到真实的历史语境中去，否则历史记忆就几乎难以成为可能。平原的学术匠心在于从思想史入手，文学史落笔，归结于包括学术史乃至大学史在内的智识建构。如："这种同道之间为了某种共同理想而互相支持的精神氛围，既煮了不少夹生饭，也催生出一些伟大的作品。比如小说家鲁迅的'出山'，很大程度上便是这种'召唤'的成果。"① 我们显然应该明白，问题的根本肯定不在于"以运动的方式推动文学"，而在于后来愈演愈烈的"以运动的方式推动群众"。五四同人的反传统全在态度的决绝，矫枉必须过正，一如鲁迅所言："中国人的性情总是喜欢调和，折中的。譬如你说，这屋子太暗，须在这里开一个窗，大家一定不允许的。但如果你主张拆掉屋顶，他们就会来调和，愿意开窗了。没有更激烈的主张，他们总连平和的改革也不肯行。那时白话文之得以通行，就因为有废掉中国字而用罗马字母的议论的缘故。"② 与《学衡》诸君的论战尽管留下了诸多的学术缺憾，但是对《新青年》"垄断舆论"的指控毕竟不能成立，其根本的原因便在于其并不介入政治权力，本来可以通过学术内部的反复论争推动学术的进步和知识的积累，只可惜后来的情势发展却完全不允许了。即便是五四同人自己，过了不是太久也一样被挤成了"三代以上的古人"（刘半农语）。即便如此，平原仍有精彩的评论："单就对'报章之文'的掌握而言，《新青年》同人明显在《学衡》诸君之上。只要稍微翻阅鲁迅的《估〈学衡〉》，以及胡先骕的《评〈尝试集〉》，二者文章的高低，以及争论时之胜负，几乎可

---

① 陈平原：《触摸历史与进入五四》，第85页。
② 陈平原：《触摸历史与进入五四》，第101页。

以立断。"① 从这里我们也可以明显看出，任何时候智识的建构和理论预设都是极其重要的，其可能形成的精神氛围具有一种特别的"召唤"力量，而任何时候的学术"突然中断"是十分可怕的，不仅不能形成起码的学术传统，更遑论不同的学术共同体的互相批判和砥砺，知识的积累和发展就几乎成为不可能。当然包括《学衡》诸君，不管他们本身如何为滚滚的历史潮流所掩盖，但他们的存在本身其实也就是学术共同体的合法性本身。

从五四先贤们的智识建构与学术实践，我们也能看出，思想变革首当其冲的仍然是智识的建构与制度环境的形成以及相辅相成，否则光是强调"滚滚的历史潮流"（实则为进步/进化的单线发展观）的"宏大叙事"，不仅仅淹没的是《学衡》诸君，即便是《新青年》同人也一样被淹没在历史的"洪流"之中。同时，我们也就该警醒，其"召唤"的可能性没有，"中断"却又随时发生，即便是五四先贤也仅留下了一些"文化资本"和"历史记忆"罢了。更为严重的是，即便是"文化资本和历史记忆"随着政治权力介入的越来越多，其曾经被建构起来的精神内容也被一点一点地抽空，直至最后成了个空壳。而平原自己称之为"小题大做"的小视角、大文章，其重要就重要在把这些被抽空了的精神内容慢慢地重新丰润充实了起来，更重要的当然还是反思与批判。如前所述，历史记忆必得跟我们的生存现实、话语实践、精神内核等有着深刻的勾连，就像《万历十五年》的叙事那样，直指官僚制度表面庄严正大实则道德衰败腐朽，哪怕是清官或者"东林党人"也不见得就那么"纯粹"和"高洁"，更不用说万历皇帝的万念俱灰之精神衰败了。假如说《万历十五年》的成功得益于"十五年"那一年的叙事视角，那么《触摸历史与进入五四》的有过之而无不及则得益于"报章"视角的"述学"大文章。如平原在另一本著作《大学何为》中所说的那样："在《学问该如何表述——以〈章太炎的白话文〉为中心》，我提及两种性质及功能大有差异的'演说'：同样使用'浅显之语言'，一介绍时事、传播新知，以达成以'开通民智'之目的（如秋瑾）；一系统讲学，谈论国粹，借此'激动种性，增进爱国的热肠'（如章太炎）。后者当年听众有限，但影响到了现代白话文的形成——胡适发表白话是'算是创题，但属文艺'，'唯有规规矩矩作论文而大胆用白话'，对于当时的读书人，那才是最为艰难的选择。明白这一点，才能理解新文化运动兴起前七八年章太炎、钱

① 陈平原：《触摸历史与进入五四》，第 103 页。

玄同等人之创办《教育今语杂志》并尝试以白话述学的意义。"① 当然，我所说的"述学"并非仅仅指"白话述学"，而是指"大文章"的"智识建构"。尽管"文言述学"与"白话述学"的转型极为重要，而且在平原那里还是个极为重要的论题，而且也如他所说的"'五四'新文化人的'议政'、'述学'与'论文'，本身就具有'文章学'的意义"，而且无论是五四同人还是平原自己，其"大文章"其实也均指向了"智识建构"，比如平原始终特别关注的晚清、五四时期"报章""演讲""学校"（所谓文明"传播三利器"）所可能涵括的精神内容，当然也包括平原自己的相关文化理想、学术旨趣以及文章趣味，等等。这样一来，诸如对蔡元培的办学理念和大学精神的深层理解并特别观照"博雅的爱美的"精神建构，对胡适《尝试集》如何形成经典与文学体制的关系，对《教育今语杂志》的体贴彰显章太炎的"白话述学"的意义，以及考据出傅斯年散落在伦敦的《国故论衡》和在巴黎"邂逅北大"从而引出文学教育的重大问题和思考等，作为解读者的笔者，还必须联系到平原的《中国大学十讲》中的相关著述，尤其是《中国大学百年》《"兼容并包"的大学理念》《传统书院的现代转型》《新教育与新文学》《学术讲演与白话文学》等数讲，几乎可以看作对上述"智识建构"的重要铺垫或者补充，亦即在互相指涉之中方能做出更为深入的领会和贯通。尽管平原自己谦虚地说："谈论'五四''新文化'，有人擅长高屋建瓴，有人喜欢体贴入微，可以说是'萝卜白菜各有所好'。前者关注天下大势，难免多点逻辑推演；后者侧重史料钩沉，必须有多少证据说多少话。自承写在'边上'，也就没有义务承担全面论述'新文化'的重任。"② 但是，如前所述不顾事实的逻辑推演终究是经不起推敲和检验的，而平原自己也多少是倾向于有多少证据说多少话的——甚至在我看来，恰恰是这"写在'边上'"的范式转换，不仅获得了少见的真实性，而且更是具备了真正厚重的反思性。我们知道，获得真实和记忆的目的，当然最终还是要归结于反思；我们也知道，一个不会反思的民族以及个人，只能意味着停滞，就像黑格尔在《历史哲学》中所揭示的那样，无所谓进步，也无所谓倒退，那便是绝对的停滞。更何况，众所周知，我们反反复复一直重复着自己的错误，又如何谈真正的进步呢？况且，哪怕是指望有一点点的进步也需要积

---

① 陈平原：《大学何为》，2006，第 274～275 页。
② 陈平原：《触摸历史与进入五四》，第 265 页。

累，尤其需要智识的建构和积累。

似乎有必要特别提请读者注意的是陈平原一以贯之的学术立场："谈论'五四'时，格外关注'五四'中的'晚清'；反过来，研究'晚清'时，则努力开掘'晚清'中的'五四'。因为，在我看来，正是这两代人的共谋与合力，完成了中国文化从古典到现代的转型。"①事实上，这个立场所围绕的始终也就是"传统的创造性转化"这个平原个人的经典论题，同时也是我一再强调的"20世纪中国文学"或"20世纪中国学术"等大概念的重要性所在。而"传统的创造性转化"或"中国文化从古典向现代的转型"，首先体现在学术的、文学的、教育的乃至思想的、政治的不同层面的从古典向现代过渡过程中的文化论争和智识建构。换句话说，如果我们没能理解"康有为之追求速成，乃典型的政治家思路；章太炎之壁立千仞，可以成为文人追忆的目标；蒋梦麟的一丝不苟，有能力办好任何一所大学——唯有蔡元培那样的学识、胸襟、性格、才情，方能够胜任建构'北大传统'那样的伟业"②，我们也就没有办法真正明白"兼容并包"是如何彻底颠覆了"思想定于一尊"，从而成就了伟大的新文化运动。所有这些，在我看来均跟"述学"的大文章有着极大关系，亦即跟智识的重新建构有直接关联，或者进一步说，也便是智识的重新建构直接开启了中国现代大学制度、教育制度、文学制度乃至学术制度、知识制度的全面变革。在我看来，晚清与"五四"两代人所共同开启出来的制度性成就，确确实实是一个十分健康的公共领域——无论是文学的公共领域还是政治的公共领域。假如说我们的反思是为了促成制度改革的进一步推进，那么，我们显然不能舍弃了晚清、"五四"两代人的突出智识贡献；假如说我们的反思是为了能够真正嵌入人们的记忆，除了回到现场触摸历史并进入"五四"，感受当年的氛围，恢复必要的历史记忆外，那么，提供给人们哪怕是一点点的真实，也比所有的"高头讲章"以及"过度阐释"之类明智许多，当然也有效许多。

（原载《社会科学论坛》2010 年第 3 期）

---

① 陈平原：《触摸历史与进入五四》，第 3 页。
② 陈平原：《中国大学十讲》，复旦大学出版社，2002，第 46~47 页。

# 许总的"宋明理学与中国文学"思想史视角建构及其文学源流辨析

## ——兼及中国文学长时段研究与总体性理解的当下解读

> 以濂洛之理责李杜,李杜不能争,天下亦不敢代为李杜争。然而天下学为诗者,终宗李杜,不宗濂洛也。此其故可深长思之矣。
>
> ——《四库全书总目提要》

坦率地说,鉴于当下文学的诸多尴尬状况,也许最省力的办法就是读点文学史(尤其是中国自己的文学史)——不说能像许总、陈平原他们这样做出有效的文学史研究,起码也能让我们少上点当;如果真有专业的兴趣和能力,并有重写文学史的当代雄心,许总、陈平原等的文学史研究也可提供现成的借鉴。比如说,我们就总是有评论家或学者提出,我们当下的文学什么元素都有,但就是没有学会形而上的思考云云①,恕我直言:如果是一个缺乏国家哲学的时代,我们的文学想要学会形而上的思考就几乎是想揪着自己的头发上天。而许总先生的有关"宋明理学与中国文学"的深入研究,便恰恰是从思想史的视角切入,从宋代的国家哲学观到元、明、清长时段交替反复着的中国文学史进程,对当下文学的理论现实和创作现实均颇具启示意义。

又比如,而今诗坛派别林立,比小说、散文、戏剧乃至影视的创作甚至都要热闹得多,但我们只要稍加检索,就能轻易发现:旗号远比"文派"多,"主张"远比创作实绩多。或者借用宁珍志的说法:"那么套用诗歌形

---

① 比如让人欲说还休的"鲁迅文学奖",早有评论家指出获奖作品"意义的匮乏,没有形而上的思考。时下中国作家不知道怎么把故事进一步推进,更不会把意义推进",等等。参见徐江《鲁迅文学奖,谁的?》,《南方周末》2010 年 11 月 17 日,第 E25 版。

式的各种体,究竟是不是诗歌呢?宁珍志认为,这其实也可以说是诗歌,因为是'梨花体',而'羊羔体'也是由车延高的诗引起的,这些外表看似时髦俏皮的叫法,其实也都是在说诗。但当说到这种调侃的诗歌方式是否会长久的时候,宁珍志给出了否定的答案,这种通俗口语化的诗歌,很有利于在短时间内迅速传播,可当它的替代品出现后,它就会销声匿迹,留下的只是各种体的一个名字。诗歌也是一种宣泄情绪的方法,现在流行的'咆哮体',就是用这种方式帮助人们来发泄不满。这些'从心中有,从口上无'的诗歌,一旦说出来就是一种时髦,诗歌在变化,口语化的诗歌也在调侃中不断的更新换代。"① 宁珍志的说法显然直指了当下文学的娱乐化和泡沫化。

显然,有必要直接引用许总在揭示宋诗繁荣与交替时的一段话作为参考:"整个宋代诗史的一个显著特点,就是诗派的众多及其在此起彼伏的前行中显示出发展的轨迹。如宋初的白体、晚唐体、西昆体,北宋中叶的诗歌复古运动,北南宋之际的江西诗派,南宋后期的江湖诗派等等,每一诗派都是一个特定的文人群的聚合,显示了相近的诗歌风格与美学趣味,并且受到其所处特定时期的文学思潮及审美理想的影响和支配。因此,宋代的众多诗派随着时代的不同又体现了前后更迭、互为替代的特点。"② 基本理由就是:文学思潮和审美理想其实总是起着支配性的作用,哲学和史学的观念也总是影响和介入文学创作。尤其是传统中国文史哲不分家所直接导致的一体化进程,使得文学跟哲学之间的关系更是重要而紧密。但不能不指出的是,晚清、"五四"之后,文史哲分家之后的专业分工越来越细,文学与哲学的关系却忽近忽远(近的时候辩证唯物主义和历史唯物主义一统天下,远的时候意识形态式微甚至干脆就没有了国家哲学),而现代性以降的中国哲学与社会科学也始终是在摸索之中,至今尚未真正完全建构出来(尽管在邓正来那里显然已经获得了重大的突破③)。

无须讳言,宋代政治、哲学和文学的一体化进程,对当下哲学(包括政治哲学、法律哲学和道德哲学等)与社会科学的发展所可能构成的现代一体化进程有着颇为重要的借鉴作用。而文学与哲学的亲缘关系,暂且不论

---

① 王莹文:《专家谈海子为什么自杀?顾城的两面性毁了自己》,中国艺术批评网,http://www.zgyspp.com/Article/y6/y53/2011/0323/30247_2.html,2011 年 3 月 23 日。

② 许总:《宋明理学与中国文学》,百花洲文艺出版社,1999,第 211 页。

③ 有关元社会科学以及国家哲学等的建构方面,请参阅由《社会科学论坛》2011 年第 1 期至第 6 期连载的笔者的《呼唤中国思想巨人》系列研究论文。

西方，即便在中国本土也几乎是涵盖始终的经典关系——甚而至之，有关"载道"与"缘情"的经典论题，蔓延至今始终是个无法解决而又欲说还休的关键。加上本土意味深长的"现代性"进程，尤其是"五四"新文化运动之后，关于中国文学现代化进程中的"进化与退化"又成了新的经典论题。而自粉碎"四人帮"以后的所谓"新时期文学"以来，大量选择西方理论中的各种各样"批评理论模式"，则应该被称之为陷入新一轮"知识引进"的焦虑论题。当然，若把上述三种重要论题统合起来看，其实就是一部相对完整的中国文学史了。但若把三种重要论题分开看，尤其是要破解当下所陷入的各种各样西方"批评理论模式"的"选择的焦虑"论题困境，我们就必须把目光重新置放到前述的"载道与缘情"和"进化与退化"的两个经典论题中去。也便是由于此，窃以为许总与陈平原的各自文学史研究均十分有效。

## 一

许总的著述颇丰，作为文学史家，除了著有《唐诗史》《宋诗史》之外，兼治思想史、文化史，而且一样取得可观的实绩。也许，应该以 21 世纪前后国内史家的先后学术转向作为参考，用许纪霖的话说："90 年代以来，研究现代中国文学史的朋友们纷纷转向，兼治思想史或学术史。如果说，转向思想史最成功的要数汪晖的话，那么，兼治学术史最出色的应该算陈平原了。"① 而这个转向的根本原因，实则出于学术界对 20 世纪 80 年代学术的"不甚满意"，亦即所谓"元气淋漓"而又功底不足（尽管"元气淋漓"也可圈可点）。之后发展为王元化针对李泽厚"思想家淡出，学问家凸显"的说法而提出的"有思想的学术和有学术的思想"，等等。当然，更有历史学者自己对历史研究的内在反思和创新要求，比如许总的《文学史观的反思与重构》一文就多少有点"夫子自道"的味道："与论著量相比，文学史研究的新观念、新思路的形成，文学史著作的新体制、新格局的建构，显然具有更重要的意义，显示了这一学科建设的实质性进展。新时期以来，随着学术研究的不断深入，人们已不满足于对旧的僵化模式的突破，而是更多地将着眼点集中到对新的观念的建构上，其突出表现为在引入多种思

① 许纪霖：《"继绝学"的叩门之作》，载《新世纪的思想地图》，天津人民出版社，2002，第217 页。

维方式与参照体系的背景上，从哲学、美学、文化学、价值论、系统论等多样的角度观照文学史现象，使得对作为一个由多层面组合而成的复杂而独特的系统的文学史本质属性的重新认识与深入发掘不断获得新的进展。在这样的研究格局之中，文学史价值内涵得到多层次的充分展现，研究主体的学术个性也获得了广阔的驰骋空间。"① 而许总本人的文学史研究，实则便可以看作是"作为一个由多层面组合而成的复杂而独特的系统的文学史本质属性的重新认识与深入发掘不断获得新的进展"的具体实践。但从我研读许总的文学史研究的实际情形看，我更愿意说其是有选择地吸取了法国年鉴学派的一些研究方法②，比如多学科的研究方法，关于长时段、中时段、短时段的认识，以及总体史的观念和社会结构、社会心态的角度等，似乎都能从许总的文学史研究中找到一些影子。但必须同时指出的是，这种借鉴是极其有限的，毋宁说更是出于研究主体的学术个性由于受到一些启发而自主获得了更为广阔的驰骋空间罢了。

我之所以这样说是有我的根据的，这个根据就是许总即便是采用了多学科的研究方法，但始终没有表现出年鉴学派或者新历史主义中的社会理论倾向，而且始终是纯粹的文学史研究；虽然确实借用了"长时段"的观照方法，更有效地却是建构了思想史的视角，而且这个思想史视角的建构本来遵循的也就是中国的理路："理学历时久远，主要的理学家集中于宋、明两代，但实际上就其思想渊源而言，理学实肇端于唐代中期的儒学复兴运动，就其理论性质而言，理学在明代后仍沿承不绝，直至清代中叶。"③ 也就是说，关于理学的存在状况本身就是一个长时段的理论现实（在时间跨越上近千年），但可能恰是许总的文学史专业追求的缘故（他的宋代哲学、文学、政治以及历史等的一体化进程研究基本是为文学研究服务的），在思想史研究上同时就出现了一体化进程研究中的许多可讨论的空间，比如余英时的观念（义理）史研究和汪晖的思想史研究，就可能跟许总的研究在某种程度上构成了"对话"性关系。当然，我并没有把许总的研究跟余英时、汪晖的研究进行比较的企图，只不过是在涉及一些重要学理问题而可能出现一些理论裂缝的时候，可以提供一些互补的参照而已。

---

① 许总：《文学史观的反思与重构》，《文学评论》1995 年第 2 期，第 15 页。
② 关于法国年鉴学派对中国历史学的影响，可参见李勇《年鉴学派在中国的传播与影响》，载张广智主编《20 世纪中外史学交流》，北京师范大学出版社，2007，第 335～352 页。
③ 许总：《宋明理学与中国文学》，第 7 页。

比如说，余英时有关于宋学的研究，特别重视的是"内圣外王"之学，对儒者有关人间秩序问题的思考与身体力行给予了特别观照，许总重视的则是宋代辉煌的文化成就，从他有关理学和文学的联结基础的深挖细掘上即可清晰地了解到这一点。虽然，他称《宋明理学与中国文学》一书是一篇"命题作文"①，这可能是因为当时写作多少有点匆促之意吧。之后他出版的《理学与中国近古诗潮》一书中诸多篇章甚至跟前书都一样，但在细部的刻画上显然更加用心。而由他主编的《理学文艺史纲》，除了他自己所做的"引论卷""诗学卷"之外，由其同道们撰写的"词学卷""古文卷""小说卷""戏曲卷""绘画卷"等中，也足见其对宋代文化辉煌成就重视的程度。用陈寅恪在半个世纪前说过的话说："华夏民族之文化，历数千载之演进，而造极于赵宋之世"②，许总倾心于宋代的文化成就，其心可感，用力甚深，甚至在某种意义上说，许总后来的种种努力就多少有点是陈寅恪话语在半个世纪之后的具体回响。因此，许总所着力的一直就是"道统"与"文统"的关系，而不是像余英时那样着力于"道统"与"政统"的关系，而对"道统"、"道学"与"道体"的内在渊源与理论变异，着力点也就大不相同。许总的思想史理路跟汪晖的思想史阐释在某些方面上倒是可以形成交叉，但许总关于道学的解释有时更趋于哲学史的理解，比如其间隐约可见胡适、冯友兰等以降的中国哲学史观念（而并非类似余英时所继承的那种传统义理之学观念）的影响，又跟汪晖的从另一层面涉及政治或者政统尤其是"王朝的合法性"方面（尽管汪晖也少有涉及义理之学，对政治哲学的诉求也跟余英时的解释恰相对照），距离甚远。

为了论述方便，本文基本以《宋明理学与中国文学》一书为依据。因为在我看来，许总的多学科研究框架在此书中其实已经基本奠定了下来，其他有关理学和文学的后来著述，或延伸或细化，在相关问题的具体分析中会有适当兼顾。直白点说，许总的思想史视角的建构，实则为了文学史研究的

---

① 许总：《宋明理学与中国文学》后记，第431页。
② 余英时对此还做了较详尽的回溯，如："明、清之际顾炎武、王夫之一方面对宋代的政制提出严厉的批评，但另一方面却赞扬宋代的文化业绩。分别从政治史和文化史的不同角度为宋代寻求历史定位，可以说是从顾、王两人开始的。上述的历史断案在20世纪史学界仍不乏有力的回响，'中国文化之演进造极于宋世'之说便建立在传统的论断之上。"余英时：《朱熹的历史世界》（上），生活·读书·新知三联书店，2004，第189页。

进一步纵深展开。因此，他不可能像余英时那样把王安石当作关键性的联结（比如"相权"与"权相"以及"国是"中的理学家与官僚集团的关键性关系等），比如："从现代的观点说，古文运动属于文学史，改革运动属于政治史，道学则属于哲学史，不但专门范围有别，而且在时间上也各成段落，似乎都可以分别处理，不相牵涉。但是深一层观察，这三者之间却贯穿着一条主线，即儒家要求重建一个合理的人间秩序。古文运动首先提出'尧、舜、三王治人之道'的理想，奠定了宋代儒学的基调。以王安石为代表的改革运动则向前踏进了一大步，企图化理想为现实。"① 进而余英时郑重指出："宋代儒学以重建秩序为其最主要的关怀，从古文运动、改革运动到道学的形成无不如此。如果进一步观察这一动向，其间显然有一发展历程，即儒家思想的重点从前期的'外王'向往转入后期的'外王'与'内圣'并重的阶段，而王安石则是这一转折中的关键人物。古文运动诸儒所共同强调的是'外王'的重建，无论是柳开的'立新法'以建'三代之治'……孙复（992—1057）的'治天下经国家大中之道'……或欧阳修的'王政明而礼义充'……都指此而言。他们对于'内圣'领域当然都有不同程度的认识和兴趣，但并未以发展这一方面的儒学为主要任务，更没有把'内圣'和'外王'联系起来。"② 同时，他还指出："道学确是在它与'新学'的激烈抗争中发展出来的。因此至少从史学的观点说，关于道学起源与形成的问题，研究者的视域绝不能拘限于传统的道统谱系之内，单线直上而旁若无人。"③ 许总在强调理学与文学的关系中，一样是从古文运动以降宋学的纷争中逐渐揭示出学术转型的种种关键的，如王安石的"新学"、苏氏"蜀学"和司马光的"温公学派"、周敦颐的"濂学"、二程的"洛学"、张载的"关学"，以及"新学"与"蜀学"的对峙和更为激烈的"洛蜀之争"等。许总指出："尽管自欧阳修之后古文家与理学家由分立阵营而自成统系，但一方面，二者毕竟有着共同的思想源头，古文家与理学家都是宋学的构成主体，具体的学术观点与治学方法的分歧并不影响他们在建构新儒学这一总体目标上的一致，实际上有关道德性命之类的论题正是古文家与理学家共同的理论起点与终极关怀；另一方面，古文家与理学家的分道是以学术

① 余英时：《朱熹的历史世界》（上），第45页。
② 余英时：《朱熹的历史世界》（上），第56页。
③ 余英时：《朱熹的历史世界》（上），第60页。

论争为契机的，古文家兼为哲学家，在宋学的范围内，与理学家一道发表自己的观点，创立自己的学派，他们之间的论争客观上也造成不同观点的交流乃至相互影响，实际上从宋学总体范围看，所谓'新学'、'蜀学'与'濂洛之学'之间并无不可逾越的鸿沟，他们的观点往往是异同互见的。在这样的角度看，完全可以认为，随着时间的积淀而成为宋学核心体现的理学，其基本精神实亦含具于宋学其他派别的学说之中，也可以说，由古文家创立的宋学中非理学学派，在其哲学基本观点乃至借以表达其观点的古文作品中，实际上在相当程度上已经渗透着理学的基本精神。"① 许总所强调的关键人物则是范仲淹与欧阳修（尤其是对后者的强调跟余英时所强调的道学家不像古文运动而是越过韩愈直承孟子大为不同），如："胡瑗是因范仲淹而得以入太学，张载更因范仲淹的引导而钻研儒学义理，从而成为理学开创期的重要人物。可以说，在北宋前期政治家、古文家中，范仲淹是与'理学'直接结缘的第一人。"② 又如："宋代古文复兴运动从肇端至确立，历时较长，并由文人古文与理学古文两股力量长期积聚融会而成。从柳开、王禹偁到穆修，是为文人古文的前驱，而号称'宋初三先生'的胡瑗、孙复、石介，则是理学古文的先声。这两股古文复兴潮流到庆历年间，经范仲淹至欧阳修而汇融并达到新的高潮，宋代古文运动于是乎正式确立，并以其浩大的声势构成宋代文坛的主流。由于宋代崇德归儒的统治政策与时代风气，造成政治文化一体化的特点，政治领袖与学术领袖逐渐统一起来，欧阳修作为北宋中叶集政治领袖与文化领袖于一身的第一个典型的代表人物，因而也就顺理成章地成为宋代古文运动的领袖人物。"③

因此，在许总那里的核心问题始终就是"文道"关系而不可能是"内圣外王"，尽管有关于道统、道学和道体问题可以回到不同的历史场景开拓出种种新的论题，比如许总的一些揭示对汪晖的"理与物"问题可能存在纠偏作用（此后再论）——然而，道学谱系在许总那里虽然在不同时段（宋、元、明、清）之中均有着反复演变的交替揭示，但毋宁说，其出色则在于有关于政治、哲学、史学和文学在宋代以及之后的演变或者流变的一体化与反一体化进程的有效研究，以及缠绕于思想史、文化史和文学史之间的

---

① 许总：《宋明理学与中国文学》，第 119～120 页。
② 许总：《宋明理学与中国文学》，第 95 页。
③ 许总：《宋明理学与中国文学》，第 109 页。

最重要的问题是：文学与政治、文学与理学、学派与学派、学派与文派尤其是文派与文派之间的内在联结和转型揭示。也因此，长时段的研究确实很重要，但这个"长时段"许总有着自己的特有理解："文学史与社会政治史具有一定的联系，重大的政治事件与社会变动往往截断或改变文学史进程，但比起社会政治变动，以语言、体式、主题、风格、意象诸端的沉积为本体构成的文学形态、思潮、风习的演进与变移显然缓慢得多，即使在政治史的巨大断裂之中，也可以窥见其深层的潜在的流动与接续，在这样的意义上，文学史可以视作长时段历史运动。不仅如此，在审美的层面上，文学史又以其超历史的特性表现为共时的存在方式，甚至与一般意义上的历史进程形成逆向运动。"① 用他自己的话来概括就是："文学史时序的重建，应当是一种既摆脱社会政治史框架又不同于自然史时间特征的具有表现文学史独具特性功能的历时性与共时性渗融统一的独特结构。"② 这样，许总的出色表现，就不仅仅是对经史子集文献的烂熟于心，更关键的在于文学史的解释和阐释框架。在我看来，其解释框架中始终围绕的是文道关系亦即"载道"与"缘情"的经典论题的有效展开，从而与有关宋学中的"道统""道学""辟佛""科举""重文崇德""经世济时""理学盛衰"等诸多相关论题，共同组织成了一个"历时性与共时性渗融统一的独特结构"。也就是说，历时性在许总这里表现的是思想史、文化史乃至政治史的展开，而共时性则是以超历史特性的具有表现文学史独具性能的结构。然而，许总的这个"结构"并没有多少结构主义倾向，跟后结构主义当然更没有任何关系，而是内生于本土的思想文化结构以及这种文化结构内部的调整和变异。

这样一来，我们所关注的就应该是许总的两个"长时段"：一是思想文化一体化与反一体化进程的"长时段"，二是语言、体式、主题、风格、意象诸端的沉积为本体构成的文学形态、思潮、风习的演进与变移的"长时段"。毋庸讳言，如果不能把握住许总的这两个"长时段"的有效研究，就基本无从认识许总所驰骋的新天地里的那种研究个性。必须指出的是，在上述两个"长时段"研究里，其"中时段"意义上的"联结"和"短时段"意义上的细部深入显然应该引起注意，比如有关宋代的文化性格以及宋诗的文化特性其用力甚多，用心尤深。许总指出："宋代文化的理性精神

---

① 许总：《文学史观的反思与重构》，《文学评论》1995 年第 2 期，第 19 页。
② 许总：《文学史观的反思与重构》，《文学评论》1995 年第 2 期，第 20 页。

的确立，自与宋代哲学的发展密切相关。宋代哲学的主要特点既是对传统儒学的复兴，又是对传统儒学的新阐释，所谓的'新儒学'体系的根本价值，就是使作为社会伦理之学的传统儒学真正成为一种哲学，达到思辨化的层次。同时，宋学一改传统儒学与释、道的对立关系，其本身的建构就是广泛吸取释、道哲学精华的结果，因此，宋代哲学在某种意义上成为中国古典哲学的集大成形态。而由于宋代文化与政治的密切关系，宋代哲学更树立了一种权威地位，深刻渗透影响着意识形态各个领域，因而宋代哲学的思辨特征也就构成宋代文化特质的深层规定。"① 因此关于"辟佛"的论题尤其需要做出深入考察，或者毋宁说通过此论题的考察与分析，有关许总的研究个性和"历时性与共时性渗融统一的独特结构"就可能从典型的意义上得以彰显出来。

## 二

有意思的是，关于文道关系、儒－释－道与道学和文学的关系以及情理冲突关系的彼此缠绕和逐层剖析，许总跟汪晖的政治哲学诉求的"理势"与"权变"概念不同，重视的是"文章之变"。比如："论述宋代'文章'之'变'，就现象而言，固与唐代相似，但其'变'之内涵却显然不同于唐代局限于文学范围之内，以'荆公以经术'、'东坡以议论'、'程氏以性理'为宋代'文章三变'之标志，而王、苏、程分别为新学、蜀学、洛学的开创者，正是宋代哲学史上标志性人物，将其文章之变以'经术'、'议论'、'性理'为表征，亦全然被纳入各自哲学思想范围之内。同时，所谓'三变'归结于'程氏性理'，则又使理学具有了超越其他学派的作为促进宋代文风之变的最本质因素乃至其最高程度的体现这样双重的文学史价值与意义。"② 同样是围绕韩愈提出的"道统"论，解释方向则可能表现为不同的礼乐论、制度论和道问学，在余英时那里干脆就是政治文化（制度）论，在汪晖那里则基本倾向于礼乐文化（政治）论，比如："在这个意义上，道统说是和区别夷夏的社会政治动机密切相关的。李翱的《复性书》引证《中庸》、以礼乐为尽性之方法、对《大学》格物致知说加以阐发，但他也

---

① 许总：《宋明理学与中国文学》，第 56 页。
② 许总：《宋明理学与中国文学》，第 274 页。

与韩愈一样将'道'追溯为一线单传的统系，并以为自己为孟子的继承者。"① 不过必须指出的是，汪晖多少是在更具开放性的意义上（诸如针对日本"京都学派"的有关宋代理性化和世俗化过程的阐释与五四新文化运动所针对的同样是宋代的反理性化过程的批判而展开的儒学内在性发展的纠偏中），着力揭示中国"权变"思想过程的合理性阐释的所谓"自然正当"诉求；余英时则是对传统国学功夫中的义理阐释方法的进一步发挥，并兼具文献考证的方法以再现"朱熹的历史世界"；许总更多的时候则是中国哲学史意义上的理解与重新阐释，在本质上似乎更接近道问学："唐代的韩愈提出'道统'论与'性情三品'说，重新强调《大学》所谓'诚意、正心、修身、齐家、治国、平天下'的道德修养程序，并强调'正心诚意'的决定性作用。李翱进而援佛入儒，在《复性书》中提出著名的'性善情恶'论和'复性'说，上承孔子仁学和孟子'性善'说，中继王通'穷理尽性'说与韩愈'性情三品'说，又吸取佛教的'佛性'说，为儒学的道德主体性确定了发展方向。"② 尤其是哲学史的贯通，为许总的"文章之变"的许多内在性理解与哲学和文学的联结基础提供了便利或者通道。

以汉武帝"独尊儒术，罢黜百家"为基本鸿沟，许总颇为独到地指出："儒家文化在鸿沟的此岸建构起以'经'为本体的道德本体论，而道家文化则在鸿沟的彼岸建构起以'道'为本体的宇宙本体论。当魏晋南北朝的历史大变乱之际，由于儒家经学的衰落和道家玄学的崛起，从而导致经学的玄学化，于是，冲突着的儒、道文化开始从悖立走向渗透、互补乃至融合。"③ 东汉时传入的佛教借黄老之术得以奉行并逐渐独立并在魏晋南北朝大规模发展，从而加入了文化趋融的历史进程（一如当下辟"西学"的西学已经介入我们的文化历史进程的道理一样）。因此，宋儒们的审时度势而兼容并包和文化创造精神特别值得我们借鉴与学习，同时许总对文化的内在转型与创造的揭示也就尤为值得赞赏。宋代统治者除了吸取唐末五代因武人跋扈而导致亡国的教训，从而直接导致重文抑武的基本国策外，在大力提倡儒学的同时，对佛教与道教一样十分重视。许总指出："道教的象数易学，对邵雍的象数学思想的形成有着至关重要的作用，道教关于宇宙生成、万物化生的思

① 汪晖：《中国现代思想的兴起》上卷第一部，第249页。
② 许总：《宋明理学与中国文学》，第274~275页。
③ 许总：《宋明理学与中国文学》，第275页。

想，对二程学说有明显的影响，道教的静坐炼丹、涵养元气的观念，更被南宋心学所吸取。可见，宋代理学的发展，同时也就是其吸收道教思想菁华的过程。"① 至于佛教，"佛教的心性学说，以及明心见性、真如本体观念，都为理学家提供了重要的思想启示。显然，在理学建构过程中，除了道家思想之外，佛禅思想是其又一重要思想来源，理学思辨哲学的出现，也就同时可以视为佛禅思想儒学化的结果。因此，从特定时代政治特点及其思想成果的角度来考察，宋代才真正算得上中国传统文化中儒、道、释三教思想达到融汇统合的时代。而唐代以前的三教并盛，显然尚处于互相渗透的过程之中。也正因此，理学一旦自宋代确立，便牢固地占据了思想领域的统治地位并一直延续了宋以后的整个中国封建社会历史阶段。"② 而对先秦的思想渊源，许总以为："理学之'理'，当然首先植根于儒家思想，二程就力图从先秦儒家思想中具有根源性意义的范畴如'天'、'命'、'心'、'性'中寻找与'理'的同一性，如程颐尝言：'在天为命，在义为理，在人为性，主于身为心，其实一也。'（《二程遗书》卷十八）……然而，先秦儒家所谓的'天'系有意志的主宰之天，宋代理学家所谓的'理'或'天理'则又具有客观必然性涵义，这就显然受到先秦道家认为'道法自然'、'天地不仁'之类以天为自然之天思想的影响。如程颐在回答弟子唐棣'天道如何'之问时说：'只是理，理便是天道也，且如说皇天震怒，终不是有人在上震怒，只是理如此。'（《二程遗书》卷二十二）足见'理'所具有的客观规定性意义，属于哲学本体论范畴。据此，理学家极重所谓的形而上与形而下之分，程颐即反复强调：'一阴一阳之谓道，道非阴阳也所以一阴一阳者道也。'（《二程遗书》卷三）；'离了阴阳便无道，所以阴阳者是道也。阴阳，气也，气是形而下者，道是形而上者'（《二程遗书》卷十五）。如此以'理'论证宇宙根源，显然由《易》、《老》思想发展而来。"③

儒学发展中的"天人关系"，在汪晖的对儒学内在性论证那里是个经典问题。恕我直言，也许汪晖太过专注于儒学"理－势"的合法性阐释意图，尤其是在宋学发展内在理路的揭示上反而没有许总的概括来得清晰。比如汪晖以为："魏晋以降，佛教渐盛，以佛性、法性、空无释理之风绵延不绝，

① 许总：《宋明理学与中国文学》，第 277 页。
② 许总：《宋明理学与中国文学》，第 278 页。
③ 许总：《宋明理学与中国文学》，第 278～279 页。

支道林、竺道生、僧肇、谢灵运等人莫不如此，其中如支道林以'所以无'、'所以存'为'理'，相当于向秀、郭象的'所以迹'、'所以存'；僧肇以不有不无、非有非无、又非不有、非不无为理，在思辨水平上超越了郭象的非有非无说，但其论述的方向却一脉相承。及至隋唐，天台、三论、华严、法相、律宗、禅宗各宗以真空、空无道理、佛性、真如、妙悟之心释理，那种是非双遣，双重否定的思辨方式把'理'的非本非始、亦非非本非始的特性在本体论层面极为复杂地表现出来。从后世理学或道学的发展来看，不仅宋学的本体论和宇宙论深受玄学和佛学的启发，而且它界定天理的方式也大受影响。例如，律宗的道宣以妙悟的心释理，禅宗的玄觉以不可思议的玄理释理，三论宗的吉藏以佛性或诸众生觉悟之性释理，都为宋明理学中的心性论提供了思想资源。"[①] 从理学发展的大方向来说大致是不错的，但从道学发展的内在性以及相关思想渊源的内在关联而言，汪晖的论述却大多蜻蜓点水。尽管我不能也无意在此对汪晖和许总所广泛讨论的各自有关理学的理论范畴进行深入的比较，但至少可以明确地指出：许总关于宋学知识转型的内在渊源和思想联结基础的解释显然较为细致。尤其是涉及"格物致知"的认知方法，"理与势"在汪晖那里几乎成为儒学内在化的关键命题，然而因为其多少忽略了宋学与禅学尤其是道学与文学的根本关系，从而关于"理与物"以及"权变"的儒学重要理论范畴不是阐释得更有效了，反而可能是理学的创造性本身在某种程度上被削弱了。

在许总那里，如前所述，"文章之变"是其贯穿始终的焦点（此容后详论），依据不同的经典和文献的儒学解释就可能涉及不同的理论范畴和方向，比如："理学家统合儒、道、释的观念自然决定着其文学观的形成。为了贯彻儒家道统，发扬政教精神，理学家自然极重儒家诗教传统，如邵雍《诗画吟》云：'不有风雅颂，何由知功名；不有赋比兴，何由知废兴？'《观诗吟》又云：'无雅岂明王教化，有风方识国兴衰。'可见《诗经》不仅具有永久垂训的价值，而且几乎等同于一部政治经典。从周敦颐说'文以载道'，到程颐说'作文害道'再到朱熹说'这文皆是从道中流出'，理学家的文道观正是儒家政教诗学的典型的极端化体现。"[②] 因此，许总在多部著述以及不同章节中不断重述理学家的文道观念，并且反复强调他们是非

---

① 汪晖：《中国现代思想的兴起》上卷第一部，第 203 页。
② 许总：《宋明理学与中国文学》，第 280～281 页。

双遣有时甚至自相矛盾的文学观念。在他们总是重道轻文的心态过程中，在他们始终如一的弘道之余，却又总是留下了大量的诗篇和词作。许总在《宋明理学与中国文学》中甚至辟有专章分别讨论"理学诗派"和"理学词派"，而且似乎意犹未尽，又在《理学与近古诗潮》一书首章即深入讨论了"哲理诗的类型与发展"，继续为理学诗的集大成做了系统的追根寻源。"统合三教观念"，既是宋代文章之变的精神基础，又是构成宋学精神的内在规范，"北宋'新学'创始人王安石、'蜀学'代表人物苏轼，都是典型的杂聚儒、道、释三家思想于一身的学者，但他们都是由欧阳修提拔而起，与欧阳修思想有着承继关系，而从学术史渊源看，欧阳修则是宋代理学的最重要的先驱人物之一，足见理学精神在北宋学术史的开端就已经内在地支配着其性质与走向。到南宋时，理学在文化领域的影响无疑更为广泛而深刻，就诗学领域而言，江西诗派之中坚吕本中接受二程之学，使理学与江西诗派结下不解之缘，就连向被认为受理学影响最小的陆游，实亦接受朱熹之学。由此可见，理学统合三教的方式实已成为宋代文人之共识"。① 当然精彩不在于简单地归纳，关键在于建构思想史视角，以实现许总个人的文学史演进的整体性理解。因而，有关统合儒释道思想与具体人事的缠绕，诸如皇上、士大夫们（包括韩愈、李翱、欧阳修、王安石、苏轼、黄庭坚等在内的众多人物）与僧人的密切交往以及耳濡目染和潜移默化，比如当时统合三教的文人们即被归纳为集"佛""儒""佳公子""穷诗客"于一身的形象典型，当然也包括众多江西诗派以及江湖派诗人们的道学渊源，在许总那里均得到了立体的勾连和描述。

也许最精彩而典型的例子，当推理学与禅悟的内在联结以及对文学表现方式的最直接影响。许总指出："禅学作为佛学的一支，本身却同时具有一种反佛倾向，最显著的表现莫过于无视佛祖、抛弃典范，甚至呵祖骂佛。由此，禅学便形成'当自求解脱，切勿求助他人'这一重要思想，其内核实际上是对一种理想人格的追求和建构，而'自求解脱'的精神，则又与儒家思想有着会通之处，从孔子'为仁由己'到陆九渊'不必他求，在自立而已'，本质都在建树独立的理想人格，无怪禅学尝被称为中国化乃至儒学化了的佛学。同时，儒学发展到宋代，最显著的特点就是对汉唐以来章句注疏之学及笃守经典教义的思想方法的彻底反拨，学术思想界盛行疑经、改经

---

① 许总：《宋明理学与中国文学》，第 282～283 页。

之风，从而形成异说竞起、诸派并立的局面，而这种思想方法亦恰与禅学弃佛蔑典精神相一致。"① 颇有意味的是，禅学对儒学的影响和改造有正反两方面的意义，如："对于理学与禅学的关系，明代人黄绾曾说'宋儒之学，其入门皆由于禅，濂溪、明道、横渠、象山则由于上乘，伊川、晦庵则由于下乘，虽曰圣学至宋倡，然语焉而不精，择焉而不详者多矣，故至今日，禅说益盛，实理益失（《明道编》卷一），这一段对'宋儒之学'的评论，几乎包罗了两宋所有重要的理学家，而'其入门皆由于禅'，足见禅学实已与理学的行程伴随始终。"② 又如："朱、陆之辩，朱熹就屡次评陆九渊为禅学，如《答吕子豹》中云：'近闻陆子静言论风旨之一二，全是禅学，但变其名号耳。'……然而值得玩味的是，陆九渊指责朱熹也恰恰以禅为把柄，其《与朱元晦》云：'尊兄两下说无说有，不知漏泄得多少，如所谓太极真体，不传之秘，无物之前，阴阳之外，不属有无，不落方体，迥出常情，超过方外等语，莫是曾学禅宗，所得如此。"③ 由于禅学与理学乃至与宋学这种天然的剪不断理还乱的关系，与文学和诗学的关系就更加显得自然而紧密了。如："作为儒学复兴运动领袖的欧阳修最终皈依禅门，自号'六一居士'。作为推行新法的政治家的王安石罢相后撰写《楞严经》疏解，诗中尤多禅家三昧。与此相比，作为宋代诗史上最重要人物的苏轼与黄庭坚，则无疑耽禅更深。苏轼一生结交的禅僧不下百人，著名的如道潜、维琳、圆照、法言、惠辩、法泉、可久、清顺、仲渊等人，皆能文善诗，且大多'自文字言语悟入，至今以笔研作佛事，所与游皆一时名人'，'语有璨、忍之通，而诗无岛、可之寒'（苏轼：《付僧惠诚游吴中代书》），文思敏捷，诗文往往援笔立就，可见当时禅风对由语言文字悟入的重视，这就更与文学结下不解之缘。"④

上述之所以反复引述许总的诸多内在性揭示，实为无论是长时段的整体观照，还是中时段的"联结"和短时段的细部深化，许总所做的立体阐释关键在于有效地揭示了历史进程的演进本身，简单地说，亦即政治、文化、思想、学术、文学为何那样演进而不是这样演进。也便是在此意义上，宋学与理学、道学与文学以及禅学与诗学等内在性的联结与细部转化才显得殊关

---

① 许总：《宋明理学与中国文学》，第 287～288 页。
② 许总：《宋明理学与中国文学》，第 288～289 页。
③ 许总：《宋明理学与中国文学》，第 290～291 页。
④ 许总：《宋明理学与中国文学》，第 294 页。

重要。但无须讳言，总体观照在诸多具体演进的揭示中也获得了很大的解释力，比如只有彻底弄清了宋学与理学的关系，同时也就弄清了文道关系以及道统与文统的谱系；弄清了道学与禅学的关系，也就弄清了禅学与文学的关系；而弄清了上述种种关系之后，上下千年的思想谱系与内在沿革就可能被全部打通——准确地说，亦即揭示出了种种变革的内在根据。在这一点上，许总所提供的种种"变革"的内在性根据比汪晖所提供的甚至要来得具体而充分。当然我不是说汪晖的学术功力有欠，而是指同为提供变革的内在根据，汪晖常常多少有点曲为辩解，从而忽略了"势与道合"和"势与道离"的经典关系，从而也就可能在"理与物"以及"物与此物"（格物与格心）的经典论题中被削弱了解释力，尽管其对胡适等意义上的"科学理解"[①] 的纠偏颇为自觉："'手格猛兽之格'是对天理、良知的悬空思悟、口读耳听的拒绝，更是对孔门六艺之教的恢复。这个恢复不是在想象关系中的恢复，而是在人情物理的现实之中的恢复，物具有实在性。……颜元的格物说揭示了理学的谬误，但并不能在近代实证主义科学观的视野内用'"实证"的知识论'的范畴给予解释。"[②] 然而，由于对理学关于"自然万物"的参悟方式的有意无意忽略，从而在礼乐文化变革的政治性因素以及合理性方向倾力较多，而在有关文化整体性变革以及中国特有智慧的丰富性和独创性方向则关注较少。恰恰不是因为"'实证的知识论'范畴"的思维方式，所以古人在科学理性思维上也就不可能有突破性的进展，而在文学和文化思维上却有可能得到创造性的建树。许总指出："诗人构思、儒者求道、僧徒参禅三者在境界上的相似，促使文人在不同的领域中形成治学方法的通用。……宋代理学作为特定历史条件下的儒学典范形态，进而形成'格物致知'的认知方式，而作为其所由'致知'的自然万物，显然同时正是诗所由感发、禅所由参悟的对象，这也就是宋代理学家在高喊'作文害道'的同时，又特别热衷地耽于禅悦和吟趣之中的原因。在宋代理学史上，从周敦颐'雅好佳山水，复喜吟咏'，到二程'见周茂叔后'亦'吟风弄月

---

① 比如胡适曾经说道："什么叫'格物'呢？这有七十多种说法。今天我们不去研究这些说法。照朱子的解释，'格物'是'即物而穷其理。……即凡天下万之物，莫不因其已知之理而益穷之，以求至乎其极。'这样的格物致知，可以扩大人的智识，程子说，'今天格一物，明天格一物，习而久之，自然贯通。'有人以范围问他，他说，'上自天地之高大，下至一草一木，都要格的。'这个范围，就是科学的范围，工程师的范围。"胡适：《捶煮自然的灵物》，载《实用人生》，花城出版社，1991，第 6 页。

② 汪晖：《中国现代思想的兴起》上卷第一部，第 343 页。

而归',直至朱熹'每经行处,闻有佳山水,虽迂途数十里,必往游焉',这种与诗、禅同趣的悟道方式是贯穿始终的。"① 当然必须承认,汪晖与许总的解释方向完全不一,而且基本是循着各自的解释方向按部就班,并各有千秋。

因为解释方向不同,学术旨趣自然也南辕北辙(比如余英时着眼于道学形成过程,而把佛教的"佛学儒学化"解释为佛教内部的"古文运动"②,从而说明佛家一样关心"人间秩序"又是典型一例)。但不管哪个方向的阐释,理学的外在解释(历史关系)和内在阐释(学术范式的转换)都是主要着力点,不像汪晖继续深入于"六经皆史"的儒学内在性发展方向,许总则继续深入于理学与反理学的内在范畴,尤其是在"载道与缘情"的经典论题上做深挖细掘。如果说宋代以来的思想变革、政治变革和文化变革、文学变革呈现为一体化进程的话,自宋末开始慢慢呈现的则是全方位的反一体化进程,而许总在"理学趋变与宋调式微"一节中其实就已系统地揭示了理学危机的根源。如:"朱、陆理学正是由于一味宗经并抽空了史的实在内涵而日益走上空疏之路,其与现实的日益脱节,既背离了宋学的初衷,又成为自身走向分化乃至解体的一个重要原因。……更有甚者,对程、朱一系的理学家所构筑的庞大的儒家道统,浙东事功派亦提出怀疑乃至加以否定。薛季宣首先在两道策问中提出'道学之统,源流之辨'以及'传道之序'的问题,他认为从表面形式上看,'自孔子、曾子、子思、孟轲,端若贯珠',似乎并无问题,但是从年龄上看,此前'记事参错',应当'祛其妄而辨其惑'(《浪语集》卷二十八),由此说明道统之序并不可靠。嗣后,叶适《习学纪言》进而认为'孔子自言德行颜渊而下十人,无曾子',因此'孔子没或言传之曾子,曾子传子思,子思传孟子'这一道统其实'无明据'。在这一点上,浙东事功派正是发挥了史学之长,在辨明史实的基础上提出疑问,对程、朱一系赖以确立其崇高地位的道统学说构成一个严重的威胁。"③ 从学理上说就更是如此,所谓朱熹承程伊川而建道学、陆九

① 许总:《宋明理学与中国文学》,第302页。
② 余英时以为:"如果从智圆到契嵩可以代表佛教的一种动向,我们不妨说北宋佛教内部也有一个相当于古文运动的发展,和儒家的动向是平行而又互动的。智圆接受了韩愈的儒家道统论,他在孟子以下则续之以荀卿、扬雄、王通、韩愈和柳宗元。"余英时:《朱熹的历史世界》(上),第84页。
③ 许总:《宋明理学与中国文学》,第192页。

渊承程明道而建心学，就已潜藏下危机的活性因子，加上元、明的统治者随之越来越加以意识形态化，尤其是通过科举把朱熹的学术钦定为官方哲学，所谓"和会朱陆"也就最终流于空谈。许总从"道体"和"理、心"关系以及"圣人"的否定性关系诸方面也揭示了这一点，尤其是前者他指出："朱熹分'理气'为二，'道器'为二，陆、王则主张'道器合一'，以避免朱熹学说中超感性先验本体回到现实世界的矛盾。但与朱熹截分形而上、形而下而忽视其间联系相比，陆、王强调二者合一实亦忽视了其间的区别。有鉴于此，王守仁之后的罗钦顺、王廷相乃至明末清初的王夫之、黄宗羲等人从'道器合一'的启示出发，提出'理气统一'论。如罗钦顺《困知记》认为，'理只是气之理'，王廷相《太极辨》更认为，'万理皆出于气，无悬空独立之理'，这就既不同于陆、王以'心'为统一基础，又改变了朱熹的'理气'顺序，而是以'气'为'理'的统一基础。这种对'理'的批判，已无异于理学自身的解构了。"① 至于后者："王守仁死后，王学本身亦迅速分化，王畿'悬崖撒手，非师门宗旨所可系缚'（《明儒学案》卷十一），王艮则发展成泰州学派，'阳明先生之学，有泰州、龙溪而风行天下，亦因泰州、龙溪而渐失其传'（同上卷三十二），到李贽彻底否定'存天理、灭人欲'，便更是走向王学的反面了，正如王夫之所说：'王氏之学一传而为王畿，再传而为李贽，无忌惮之教立，而廉耻丧，盗贼兴，皆惟怠于明伦察物而求逸获，故君父可以不恤，名义可以不顾。'（《张子正蒙注》卷九）"② 但在我看来，许总个人在后来梳理的对反理学思潮的一段概括甚至更为尖锐："魏晋之放诞在于'越名教而任自然'，显示出道家精神对儒学规范的冲决，而明人之放诞则是将这种异端倾向本身纳入儒学之中，从根本上抽离了儒家道德规范之内涵，因而这样的反理学思潮必然更为深刻。在官方仍以理学为统治思想、社会仍以儒家道德为规范的情形下，亦必更易于为广大士人所接受，从而产生深远的影响。"③

更为重要的是，无论是一体化进程还是反一体化进程，文学总有着文学自身特有的演进方式。换句话说，文学的演进总是伴随着学术的演进，

---

① 许总：《宋明理学与中国文学》，第 195 页。
② 许总：《宋明理学与中国文学》，第 195~196 页。
③ 许总：《宋明理学与中国文学》，第 350 页。

尤其是跟不同时期的学术思潮和文学思潮相伴始终，亦即无论是理学的一体化进程还是反理学的反一体化进程，文学均以自己顽强的方式演进着。比如说，"载道与缘情"的经典论题，便是在不同的历史条件、历史环境和历史语境之中的具体碰撞和磨合，从而体现出"语言、体式、主题、风格、意象诸端的沉积为本体构成的文学形态、思潮、风习的演进与变移"的延续性，与理学与反理学的学术演进构成了立体的互动演进，从而构成一种变异性的关系，一如理学自身所蕴藏着的内在危机，"情与理的冲突"的内在危机也一样导致了两极摇摆，甚至导致最后的"主情观念的高扬"。用许总的话说："宋代文人大多兼为哲学家，因此，'文以载道'乃至'以理为主'就自然成为宋代文学观念建构之根底。然而，站在文人的立场，文学'缘情'的本性及其理论渊源又不能不渗入其创作实践与理论意识之中。因而，'情'、'理'冲突的文学思潮就几乎贯穿于整个宋代文坛。"①事实上，何止仅仅贯穿于"整个宋代"，甚至自宋代以降，有关于"文以载道"以及情理冲突的"载道与缘情"论题一直贯穿到了 20 世纪 80 年代，乃至当下的文学理论与创作的实际情形，均没能完全从中摆脱出来。尽管其间经历了"进化与退化"、"选择（各种各样）批评模式"（的焦虑）等相关论题的转换与缠绕，但一如曾经互动于儒释道文化结构的此消彼长，后来的互动对象除了辩证唯物主义和历史唯物主义，还有种种现代主义和后现代主义的理论诉求。与此同时，也跟儒学正统的意识形态化的互动一样，后来跟马列正统的意识形态化互动，同样构成了种种变异性的关系。因此，一方面，许总必须系统讨论儒学正统的沿革；另一方面，则又十分曲折地呈现了文学内在性发展和演进的根据（前者既表现为理学张弛的"长时段"和文学盛衰的"长时段"，后者也表现为理学与官方哲学互渗的"中时段"尤其是"短时段"状况，以及文学与儒释道三家互渗的"中时段"尤其是"短时段"状况）。也就是说，无论政治如何变化，社会如何动荡，时代风云如何变幻，实际上学术的演进和文学的演进均有着自己内在发展的规律，亦即总是表现为诸多"互渗"的缓慢的"长时段"演进状态。明白了这一点，我们才有可能从根本上把握住总体性的中国文学面貌。

　　或者应该进一步指出，如果没有对理学与反理学的学术演进的内在缠绕

---

① 许总：《宋明理学与中国文学》，第 327 页。

的深入揭示，其实很难达致对总体性中国文学的理解和进一步把握，而这也便是我特别看重许总无论是学术演进还是文学演进的"短时段"的细部深化的原因。比如在反理学思潮中崛起的小说和戏曲，许总从思想史视角出发的诸多解释，就可能比另一维度上比如从纯文学角度出发的解释显得更为深邃而独到。① 具体如关于明末的"讲史类"、"神魔类"以及"世情小说"等，许总就均有独到而精彩的评论，如："将《水浒传》的价值提高到《六经》和《史记》之上，这在封建时代，简直是一种近乎狂热的异端思想了。李贽则在其著名的《童心说》中把《水浒传》作为'真'文学演进轨迹中的重要实例，以展开对'以假人言假言，而事假事文假文'（《童心说》）的所谓'伪文学'乃至'伪道学'的批判，《水浒传》已明显地成为反理学思潮所凭藉的武器了。自明代中叶以后，评论或批点《水浒传》的文人极多，较为著名的还有徐渭、袁中道、胡应麟、徐复祚、沈德符、谢肇淛、陈继儒、冯梦龙、叶昼乃至清初的金圣叹等，而观点皆大体类似并有所发展，足见《水浒传》本身及其影响所构成的一股强大的文学思潮。"② 又如："《西游记》杂糅儒、释、道三教的思想倾向甚为明显，但作为其核心的'求放心'思想，则显然与明代思想主潮构成契合与一致。明代中期以后，正是王守仁'心学'形成及左派王学发展之时，而王守仁所谓'无善无恶心之体，有善有恶意之动'的思想，显然也是糅合着'心无挂碍，故无有恐怖，远离颠倒梦想，究竟涅槃'（《多心经》）的佛教观念的。王学以'心'为主的思想，必然导致打破礼教束缚、强调任性自由的结果，左派王学的思想家可以说就是由此而走向儒学异端的。《西游记》中那种任性放诞的追求乃至'皇帝轮流做，明年到我家'的极端表现，实际上正是左派王学自王畿、王艮直至李贽的异端思想的形象化展现。"③ 而涉及明末戏曲创作的代表性人物以及作品阐释，许总也有这样一段评论："汤显祖不仅在剧作中借人物形象高扬'情'之大纛，而且在创作论上极力主张：'文章之妙，不在步趋形似之间，自然灵气，恍惚而来，不思而至，怪怪奇奇，莫可

---

① 关于这一点，现成的例子就有夏志清的《中国古典小说》（江苏文艺出版社，2008）等，当然必须承认：夏氏从文本的艺术价值出发，对艺术形象的阐释十分精彩，但由于多少有点忽略了文学史的具体演进轨迹，从而在中国文学的总体性理解上常让人感到不满足。许总的中国文学的具体演进的立体阐释，显然就弥补了笔者所感到的其中的一些缺憾。

② 许总：《宋明理学与中国文学》，第 378 页。

③ 许总：《宋明理学与中国文学》，第 380 页。

名状，非物寻常得以合之，苏子瞻画枯株竹石，绝异古今画格，乃愈奇妙，若以画格程之，几不入画。'（《合奇序》）只要痛快淋漓地直抒胸臆，畅达真情，不必严守格律程式，这也是他与吴江派戏曲家的最大分歧之处，而却显然与李贽的'童心说'、公安三袁的'性灵论'完全一致。实际上，从思想根源看，汤显祖正可视为反理学思潮阵营中的一员。"① 从中清晰可见思想史视角切入之后对文学以及文学形象和作家文化性格等的整体性理解与深邃独到的把握。

毋庸讳言，如果不能真正深入有效地理解宋代理学，可能也就无法真正理解明代的反理学，同理，不能真正有效理解儒学正统的"诗教"传统，也一样无法真正理解中国文学循环往复的变异性演进。尤其耐人寻味的是，传统中国文学总是跟儒学传统一样在一种貌似"复古"思潮中寻求变革的通道，如同汪晖对儒学发展的内在性揭示一样，许总对中国文学的内在性发展的揭示亦即由此获得了整体性理解。有关于"隆宋诗坛"和"宋诗中兴"的论述自不待言，即便是从反理学角度观察明代文学的新变走向也一样，许总指出："当自前后七子开始。前后七子倡导诗文复古，其理论纲领是'文必秦汉、诗必盛唐'。李梦阳《论学》云：'西京以后，作者无论矣'，李攀龙《答冯通甫》亦云：'秦汉以后无文矣'，看似仅就文学形式而言，然实际上他们意在'劝人勿读唐以后文'（王世贞《艺苑卮言》），而真正完全加以否定的则是宋以后文。"② 哪怕黄宗羲、顾炎武，"鉴于时代因素而倡导有益世道、经世致用思想的顾炎武、黄宗羲等思想家，在学术上固然试图对宋明理学加以全面的批判性总结，但在文学上却显然偏向于反拨晚明植根于反理学思想的放荡文风，而与理学家的文学观较为接近了"。③ 至于"性灵派"与"七子"的关系（从复古到文学革新直至个体心灵的解放），"竟陵派"与"公安派"的关系（个性解放相同，师古趣味则界限分明），清代的集大成者袁枚、赵翼的"性灵论"诗学与"公安三袁"的渊源关系，以及清代桐城古文派与程朱理学的意识形态化的关系（重新追求"文道合一"）等，许总均有深入细致的把握和确切而系统的整体阐释。

---

① 许总：《宋明理学与中国文学》，第 386 页。
② 许总：《宋明理学与中国文学》，第 366 页。
③ 许总：《宋明理学与中国文学》，第 404 页。

# 三

有鉴于上述，许总的有关"文章之变"的解释和理解显然应该受到特别的关注；也有如上述，弄清了许总对中国文学的整体性理解和把握的关键，显然对许总的有关学派和文派的突出研究的认识有重要帮助。众所周知，许总的《唐诗体派论》和《唐宋诗体派论》乃至《唐宋诗宏观结构论》等研究，实乃蔚为大观（同时可能也颇具许总个人研究个性，关于这一点，还有待来日有机会再另做评论）。必须重复指出的是，有关"文章之变"或者文学史和思想史的内在演进的具体理解与阐释，比如"唐诗主情，宋诗主理"以及文道关系、情理关系等的揭示，对文学的内在发展和经典论题的深入开拓有着重要的融会贯通作用。

以宋代的诗歌阐释为例，许总指出："可见整个宋代诗史的发展，既离不开社会基础与时代变迁的制约，又顽强地表现出自身发展的独特规律与运行轨迹，在大量的具体作家与突现的艺术现象或并存交织或接续勾连的复杂的联系之中，构成一个回环往复的整体。"① 这个"回环往复的整体"具有丰富性和变革性两大特点，关于前者，许总说道："一部宋诗史几乎就是各种诗派的发生、衍变、消亡史。当然，汉魏六朝隋唐以来，诗坛已多有流派，如严羽所说的'建安体'、'太康体'、'大历体'之类，甚至孙谦《与友人论文书》、张为《诗人主客图》已隐然标榜诗文宗派之旨，然而，直至宋代，文人才形成自觉的宗派意识。正式提出宗派之名虽始自江西诗派，但自'庆历、嘉祐以来，天下以杜甫为师，始黜唐人之学，而江西宗派章焉'，其宗派意识实肇源宋初。同时宋代诗人创作个性发挥充分，又构成诗派之内的多元性与复杂性。这种由诗人创作个性充分发挥与众多诗派的争相自立相融合的群体意识与创作个性的互为体现、包容、联结，也就进一步促使宋诗内容不断丰富和宋诗疆域不断推扩。"② 关于后者，许总概括道："'诗道不出乎变复'，'汉魏诗甚高，变三百篇之四言为五言，而能复其淳正，盛唐诗亦甚高，变汉魏之古体为唐体，而能复其高雅，变六朝之绮丽为混成，而能复其挺秀'，宋人惟变不复，唐人之诗意尽亡'，可见，对传统

---

① 许总：《理学与中国近古诗潮》，中国戏剧出版社，2002，第 54 页。
② 许总：《理学与中国近古诗潮》，第 55 页。

诗歌中的变革精神的极度发展，正是宋诗的重要特色之一，也就是说，在整个诗史的嬗递流程中，宋诗的变革程度是最高的。从宋诗的整体价值与作用看，其丰富涵量与自立精神显示了传统诗史的一次最大的变革，推动了唐代以后诗史的继续前行与发展，然而，宋诗以晚唐衰靡之音的延伸为起点，经过动荡起伏的嬗递流变，最终又在衰世氛围中定向于委琐寒狭的晚唐诗风，这种退化回复的运行轨迹显然与变革发展的精神及价值相悖逆。而这也就是抽象的'宋诗'概念与实际的宋诗存在之间的极大反差，只有准确地把握这一关系，才能展现宋诗的客观全貌，透析宋诗的深层特性。"①

至于宋诗那种"退化回复的运行轨迹"，许总在《宋明理学与中国文学》一书第四章（"理学演进与宋诗史程"）和《理学与中国近古诗潮》第四章、第五章（"理学内涵与宋诗观念"）中，诸如隆宋诗坛（以北宋王安石、苏轼、黄庭坚、陈师道等为代表诗人）、宋诗中兴（以南宋杨万里、陆游、范成大等为代表诗人）以及南宋后期诗风由"宋"向"唐"彻底转变的带有标志性质的"四灵"及江湖派等，缠绕它们之间的学派关系、文派关系、文道关系（当然也包括理学与诗派、词派关系）和传承关系、批判关系、超越关系以及回环关系等，均得到系统细致地描述和呈现。这里试举其一例精彩解说："江西派中核心成员皆与吕本中交游密切，与吕本中同时的江西派重要诗人曾几亦可视为理学家，另有谢逸、汪革、饶德操等不仅与吕本中为友，且又出自吕希哲之门下，徐俯则是理学家杨时的学生，甚至南宋大诗人杨万里也是既出入江西又精研理学。苏、黄身后，黄庭坚及江西诗派在诗坛的影响愈来愈大，特别在南宋前、中期，诗坛几乎是江西诗派的一统天下，而苏轼的影响则几乎被挤出南宋，主要转移到与南宋对峙的金源，究其根源，自有多方面因素，但是，从'程学盛南苏学北'看，江西诗派恰与程朱一系的正统理学一道兴盛于南宋，绝非偶然。可以说，江西诗派正是依倚着逐渐成为宋学主流的理学的肯定与宣扬而得以大规模地占据诗坛，并使北宋以后的理学逐渐带有诗意化和文人化特点，理学也正是通过初具自觉宗派意识的江西诗派为中介而大规模地影响诗坛，从而在'宋调'的全面建构中发挥出重要的作用。在思想史上，理学被认为是宋学的最本质与核心的体现，在文学史上，江西诗派则被认为是宋诗最本质特征的体现，而宋学由北宋后期的新学、蜀学、关学、洛学等众多学派的争鸣到归位于理学一

① 许总：《理学与中国近古诗潮》，第55~56页。

宗，宋诗由隆宋诗坛的王安石、苏轼、黄庭坚、陈师道等一流大家的并列到凝定于江西一派，两者恰呈同步状态，理学与宋诗的关系在这一段史程中无疑表现得最为突出而显明。"① 结合宋代的时代精神和文化特性，许总认为："在北宋后期与南宋中期，宋诗史上分别出现以主体高扬与慷慨激昂为标志的两座艺术高峰，然而，它们又无一例外地走入封闭僵化和委琐寒狭的低谷，最后以晚唐衰世之音的复现为终结，实际上也正是宋代衰世本身的终结与说明。不过，时代的病态又往往造成诗人忧患意识的流行与深化，宋人感叹国耻国难的作品几乎与宋王朝的建立同时出现，而由政治意识的强化到爱国激情的喷发再到黍离哀思的回响，也就构成同样产生于衰时弱势的另一条诗人心态表达途径与形式的探索。"② 从而凸显了宋代文人的人格特征和诗歌的艺术特征，宋代士人和文人的独立人格人们所知甚多，我特别感兴趣的是其对宋代发达文化的深切理解（尤其是"传统文化中人文精神在宋代的普泛与张扬，也就不仅凝聚为宋诗主体高扬的本质精神，而且规范了宋诗的基本风貌与表现特征"的概括颇具真知灼见），而对"唐诗主情，宋诗主理"给出的深刻解释："浓郁的生活气息，密集的人文意象，表露了宋诗最根本的文化特性。这也就为唐、宋诗标示了一个本质的分野。如果说，唐诗主要通过自然意象表现积极进取、高昂向上的时代精神与思想风貌，那么，宋诗就主要是通过人文意象表现对现实的关注和人生的思考，唐诗的抒情性是由自然外物所感发，宋诗理性化则是由人文情怀所陶铸。因此，概括地说，唐诗是自然的、客观的、物的诗，宋诗则是人文的、主观的、人的诗。当然，'气之动物，物之感人，故摇荡性情，形诸舞咏'，作为诗歌艺术生成的本源，宋诗并未完全脱离自然，只不过在人文文化的长期陶融与主体精神的强烈外射之中，宋诗的自然意象亦多带有了人文性的象征意义。如宋代诗人普遍爱写梅、竹，其内涵意蕴实际上在于象征一种典范的人的品格气节。以梅为例，宋初诗人林逋《梅花》诗云'疏影横斜水清浅，暗香浮动月黄昏'，如果说尚主要在对梅花本身淡雅风韵的描摹中包含人的品格风范的意蕴，那么经苏轼《书林逋诗后》'先生可是绝俗人，神清骨冷无由俗'的阐发，林逋与梅花的关系则纯然成为宋人普遍的精神品格的典范体现。"③

---

① 许总：《理学与中国近古诗潮》，第 137 页。
② 许总：《理学与中国近古诗潮》，第 56 页。
③ 许总：《理学与中国近古诗潮》，第 59 页。

当然，即便是"文章之变"的总体性把握，我一样赞赏许总的"长时段"理解和内在性阐释，宋儒的"文道关系"的内在缠绕自不待说①，他在有关"哲理诗的类型与发展"的系统研究中，更是把此论题延伸到更长的时段。如："诗歌之作，源于心志抒发，本为早期诗人哲人之共识。然至汉、魏以降，随着经学化诗学观念的确立与非经学诗学思潮的兴起，遂使传统诗学观念与创作法则渐分两途，心志之内涵及其表现方式亦渐呈殊异的两个层次与不同的两种特征。'言志'论者认为'诗道志，故长于质'，文学在经学的规范下，诗歌被视为儒家政教思想之载体，语言表达强调质实典重；'缘情'论者则认为'诗缘情而绮靡'，在摆脱经学附庸地位的文学自觉意识中，诗歌被视为个人情绪感受之宣泄，语言表达强调绮丽华美。志与质的联结，情与绮的交构，成为中国文学批评标准与艺术审美倾向的异态殊途与强烈反差。"② 而所谓文道关系也好，情理冲突也罢，实则均发端于此。从源头上说，"至于多有'怨刺之诗'的《诗经》本为孔子因'既不得位，无以行帝王劝惩黜陟之政，于是特举其籍而讨论之'的产物，其'去其重复，正其纷乱'的根本目的正在于'以为法'、'以为诫'，从而'有以劝惩之，是亦所以为教也'，可见'诗教'即着意于讽刺与劝诫二端。即使以'露才扬己'而为正统儒教所排斥的《楚辞》，实亦'依诗制骚，讽兼比兴'，深具讽诫之内涵"。③ 也就是说，儒家正统或"诗教"正统在历代儒者的努力下实际上绵延不绝，即便是1840年之后沐浴在欧风美雨之中的马列正统一样占据了垄断的意识形态，尽管前者有道家与佛家的渗透，后者有"进步/进化"浪潮和各种西方批评理论风潮的侵袭，"文章之变"在不同的时代里有着不同的面相和风貌。我当然看重许总有关理学张弛与文学盛衰尤其是"由儒向禅"演化的立体阐释，如前所述，即便是不同时段里"文章之变"的精神风貌，许总一样有着精彩的描述，这里再举一段"玄言诗"的阐释为例："由汉末清议、人物品鉴转化而出的清谈，不仅表现为魏晋时期的社会风尚，而且实质上成为玄学思想表达及其发展的一种独特形式。至于清谈本身，则常采互相论辩的方式以'辨名析理'，所谓'弥纶群言，而

---

① 比如许总一再强调："从周敦颐的'文以载道'到程颐的'文以害道'再到朱熹的'道文一贯'，文道关系表现出从文附属于道到文与道对立再到文与道一体化的发展变化，正是理学家对文的作用的认识不断深化的结果。"许总：《宋明理学与中国文学》，第157页。

② 许总：《理学与中国近古诗潮》，第6页。

③ 许总：《理学与中国近古诗潮》，第13页。

精研一理'、'理形于言,叙理成论,词深人天,致远方寸',既依赖言词以明理,则必然尤为注重言词本身的蕴义及其表达方式,从清谈'言约旨远'的语言特征及清谈者'尘尾扣案'的举止神态,显然可见一种极具艺术性质的精神风度。以此为契机,玄学的思想内核及其表达方式便极其自然地与恰逢自觉时代的文学艺术发生了汇流,其最显著的标志与最重要的结果就是玄言诗的形成与发展。"① 至于不同时代的文学演进状况,比如金源文学、明清小说和戏曲以及清代散文与诗歌等,在理学与反理学的联结与背反的互动之中所做出的立体阐释,自是题中之意而毋庸赘述了。

需要提及的是,许总在对"理学词派"的阐释中意味深长地提到:"在宋代文学史上,词体经由晚唐五代的肇端、孕育而蔚为大观,成为与诗、文鼎足而三的文学史主体内容。作为一种新兴的文学体类,词体的兴盛遂成为文学史上一大重要现象,在'一代有一代之文学'的观念下甚至被后人确认为宋代文学的代表形式。但就理学与文学的关系而言,词显然比古文、诗歌疏远得多……"② 关于这一点,陈平原也有过相近的论述:"1903 年颁布的《奏定大学堂章程》中,对'中国文学门'的科目设计,有一醒目的变化:此前之'考究历代文章源流',乃'练习各体文字'的辅助;而今则以'文学史'取代'源流',以'文学研究法'包容'文体'。这就使得史家观察的角度,由'文体'转为'时代'。讲'文体',注重的是体制的统一与时间的连续;讲'时代',关注的则是空间的展开与风格的多样。这里的以'时代'为考察单位,不同于焦循、王国维、胡适之的'一时代有一时代的文学',唐诗宋词元曲明清小说之类的表述,着眼的是某一时代的代表性文类。唐诗无法涵盖有唐一代的文学精华,宋词更不足以穷尽宋代文学的魅力。"③ 许总的研究之所以说立体,便是既注重了"时代"又兼顾了"文体",尤其是其"时代"关注的是"空间的展开与风格的多样"方面,比如其大著《唐宋诗体派论》,"唐之部"就分有:四杰体、沈宋体、高岑体、王孟体、元结与《箧中集》诗人、大历体、元和体、贾姚体;"宋之部"则分有:宋初三体、北宋诗歌复古运动、江西诗派、理学诗派、四灵与江湖派、遗民诗派等。用许总自己的话说:"在中国诗歌史上,首次以宗派相标

---

① 许总:《理学与中国近古诗潮》,第 21~22 页。
② 许总:《宋明理学与中国文学》,第 241 页。
③ 陈平原:《中国现代学术之建立——以章太炎、胡适之为中心》,北京大学出版社,第 387 页。

榜的虽始自宋代的江西诗派，但以相似诗风构成趣味相投的诗人群体，却起始甚早。比如，钟嵘《诗品》分古今诗人为上、中、下三品，本意固在辨优劣、分品第、叙源流，但在具体品列中，除去'其源出于国风'、'其源出于楚辞'之类纯属对某一作家所承受的文学传统作出说明之外，还有以同代人为源流者……显然已着眼于对其相似的体格风貌的标立而促成诗人群体聚合现象，在唐代尤为突出。如严羽《沧浪诗话·诗体》列述历代诗体，在'以时而论'中共列三十六体，唐代多达二十四体。由此可见，唐代诗歌的繁荣，实与唐诗体派之繁盛密切相关。"① 由此可见，许总的文学史研究还并非仅仅兼顾了"时代"和"文体"，对"源流"之考辨更是贯穿了思想史、学术史、文化史并最终汇流于文学史一端。也便是在此意义上，我们回头再看许总的诸如有关于"语言、体式、主题、风格、意象诸端的沉积为本体构成的文学形态、思潮、风习的演进与变移"的结构性研究，以及（文学史时序的重建的）"一种既摆脱社会政治史框架又不同于自然史时间特征的具有表现文学史独具特性功能的历时性与共时性渗融统一的独特结构"等夫子自道，亦即在他的具体研究的鲜明个性里面得以全面呈现。

## 结　语

假如说，陈平原的文学史研究给人最大的启示是，重写文学史的意义在于介入当下文学的具体进程："关于'文学'的历史记忆，必定影响作家的当下写作。在此意义上，重写文学史，不可避免地介入了当代文学进程。在20世纪初正式引入'文学史'的教学与撰述之前，中国文人并没有认真区别文学理论、文学批评与文学史的必要。几乎所有的文论，都是三位一体。这么一来，提倡文学革命与重写文学史，往往合而为一。比如，标榜'秦汉文章'或者推崇'八代之文'，都既是'论'，也是'史'；既指向往昔，也涉及当下。即便以引进西方文化为主要特征的'五四'新文化运动，'重写文学史'依然是其寻求突破的重要手段。"② 那么，许总的文学史研究给人以最大的启示则是，晚清、"五四"之后文史哲的断裂直接造成了中国当

---

① 许总：《唐宋诗体派论》，江西人民出版社，2008，第 3 页。
② 陈平原：《中国现代学术之建立——以章太炎、胡适之为中心》，第 330～331 页；关于这一点，也可参见笔者的《文学史、文学与历史的话语重构——陈平原学案研究之二》，《社会科学论坛》2010 年第 2 期。

下文学的无根感，重启文史哲乃至政治、经济、文化的一体化进程显然就该
是当务之急。

　　君不见，当下有关文学危机以及"时代呼唤"的言论与建言不绝于耳，
诸如《中国文学的最大危机是传统文化的断裂吗》（陶东风）、《消费时代与
文学反思》（邓晓芒）、《当代诗歌的草根性堪比初唐还没冒出大师》（李少
君）、《时代呼吁伟大的作家和文学》（肖鹰）① 等，以及《人民日报》副刊
最近集中刊发的关于"文学批评重建"系列和 2011 年前后《辽宁日报》分
别推出的"重估中国当代文学价值"和"重估中国当代文学批评"两个影
响甚大的系列专题文章等，或忧思或针砭或泛论或呼吁或探讨或追究，方方
面面似乎均有涉及，可谓见仁见智，均直指了当下文学的巨大困境和尴尬。
但想我直言，虽然许多一家之言各有道理，却终究见木不见林。也许，只有
张未民先生《重建中国文学的整体性——从文明的角度重识中国文学》② 一
文中的主要观点，似乎较能把握住中国当代文学危机的症候，亦即对中国文
学需要一种整体性的理解。有趣的是，张未民的文章一开始就对陈平原等的
"20 世纪中国文学"的长时段概念进行质疑，并以为这个"长时段"必须
扩展到整体性中国的文明中去，而至于这个"整体性中国的文明"究竟如
何重塑却又语焉不详。事实上，陈平原等的"20 世纪中国文学"的长时段
概念继续往许总的中国文学的长时段研究扩展，我想就基本能接近于中国文
学的整体性理解了，尽管许氏和陈氏各自的文学史研究在很多时候形成的可
能是互补性关系（关于这个问题，还有待来日继续展开）。

　　如若不然，说说语言自觉与文化担当、中国故事与形而上思考、时代精
神与思想高度或者作家的思想感受力以及文学大师的可能性等，是很容易
的，但是如果你真的想像许总所做的《唐宋诗体派论》那样去研究当下的
文学流派或者追索"空间的展开与风格的多样"，亦即无论是"源流"还是

①　这些文章，请分别参见陶东风的博客，http：//blog. sina. com. cn/s/blog_ 48a348beo/oofxxb. html？
　　tj =1，2009 年 11 月 21 日；中国文学网，http：//www. literature. org. cn/Ariticle. aspx？ id = 58776，
　　2011 年 1 月 18 日；新华网，http：//news. xinhuanet. com/book/2011 - 03/14/c_ 121185322. htm，
　　2011 年 3 月 14 日；中国作家网，http：//www. chinawriter. com. cn/wxpl/2011/2011 - 03 - 15/
　　95123. html，2011 年 3 月 15 日。
②　坦率地说，张未民的文章从"重建汉语文学的整体性""反思现代性""缓解时间的政治"
　　"打开文学的文明视界"诸角度展开论述，是抓住中国当下文学危机的痛处和痒处的，但
　　因为缺乏对中国文学的整体性源流考辨的认识和对重塑"中华伦理性文明体"的无意识，
　　显然削弱了其理论高度和应有的理论张力。其文章《重建中国文学的整体性——从文明的
　　角度重识中国文学》，《文艺理论与批评》2011 年第 1 期。

"时代",除了言人人殊地做些具体评论之外,立时遭遇的就可能是诸如"梨花体"、"羊羔体"乃至"咆哮体"那样的文学泡沫。即便是新时期以来确实比较繁荣的小说创作,如果我们拨去历史迷雾,凸显在我们面前的也可能只是陈平原研究中已经揭示出来的晚清小说意义上的类型①,而不是也不可能是他同时揭示出来的"五四"(真正具有本土创造性)意义上的"小说叙事模式的转变"。② 究其实,为人诟病最多的还是语言、时代和传统诸端,就最后者说我们的传统实则处于双重断裂状态:既断裂了三千年的文化传统也断裂了百多年来晚清、"五四"两代人创造的"新文化"传统;从语言的角度讲,我们其实也基本处于"断流"状态,这里试举许总和陈平原二位各自陈述的一段话作为参考。许总的除了上述已举的"文思敏捷,诗文往往援笔立就,可见当时禅风对由语言文字悟入的重视,这就更与文学结下不解之缘"和"'理形于言,叙理成论,词深人天,致远方寸',既依赖言词以明理,则必然尤为注重言词本身的蕴义及其表达方式……显然可见一种极具艺术性质的精神风度"的例子外,这里再引述一段:"词的起源,本来在于隋唐燕乐的发展,由配词而唱,歌词逐渐独立出来成为一种文学体式。因此,从本质上说,词是一种音乐文学,而这又恰与古代诗乐合一的情形极为相似。孔子就曾说过'兴于诗、立于礼、成于乐'(《论语·泰伯》),诗与乐共同担负着政治教化功能,诗教与乐教不仅合二为一,而且成为儒家文艺观念的基本内涵。汉魏以后,诗、乐分离,而上古那种诗乐合一的传统遂成为后人的一种最高的企盼和理想。词的兴起,在某种意义上可以说是诗乐在长期分离后的又一次复合,但配词而唱的隋唐燕乐来自民间,毕竟已与来自庙堂的古乐完全不同,因被称为'今乐',以区别于传统的'古乐'。"③ 陈平原的则以此为例:"太炎先生一反旧说,高度评价魏晋玄言,称'真以哲学著见者,当自魏氏始';清儒之所以无法致玄远,正因其'牵于汉学名义,而忘魏晋干蛊之功'。六朝人学问好,人品好,性情好,文章自然也好,后世实在望尘莫及……周氏兄弟不治经学、子学,对太炎先生之欣赏议礼之文与追求玄妙哲理,不太能够领略。鲁迅赞美的是嵇康之'思想新颖',周作人则欣赏颜之推的'性情温厚',只是在重学识而不问骈

---

① 参见陈平原《中国现代小说的起点——清末民初小说研究》,北京大学出版社,2005。
② 参见陈平原《中国小说叙事模式的转变》,北京大学出版社,2003。
③ 许总:《宋明理学与中国文学》,第 243 页。

散这一点上，兄弟俩没有分歧：辨名实，汰华词，义蕴闳深，笔力遒劲，深得乃师文章精髓。"① 上述二者所说实皆为"源流"之辨，前者（除了上述哲理与文字、言词与蕴义及其表达方式的精神风度之外）辨的是"文学体式"，后者辨的则是"文笔"②，所谓"语言"者脱离了"源流"考辨又如何会有高度可言呢？至于时代，"呼声"最高的则当推"摆脱现代性，回归中国性"。从某种意义上说，其不仅是个最迫切的时代课题，同时还关涉到现时代"大文学"的理论建构。

恕我直言，即便是"摆脱现代性，回归中国性"的时代课题，或者所谓"大文学"的理论建构——首当其冲的，仍然是必须像许总、陈平原那样扎实地深入到中国文学史的内在演进的特有脉络中去，做全面系统的深入理解和研究。换言之，亦即必须建立在中国文学自己的诸如"载道与缘情"、"进化与退化"（这一点，陈平原有关晚清、"五四"两代人所创造的"新文化"研究，以及包括文学的公共领域在内的中国文学现代化进程研究，也颇值得借鉴）以及选择各种各样的"批评理论模式"三大论题的纵深研究的基础上，尤其是要从那种选择各种（西方）"批评理论模式"的极度焦虑中摆脱出来，方能奏效。更为重要的是，所谓"回归中国性"最根本的意义还在于"中华伦理性文明体"的重塑，而这个"文明体重塑"如若离开了文史哲乃至政治、经济、文化的一体化进程就几乎无从谈起，更何况当下的这个重新一体化进程肯定已经不再是许总笔下的理学一体化进程和反理学一体化进程的交互演进，而是在文史哲已经断裂了的现代维度上的主体性中国意义上的重新一体化进程。至于这个现代维度上的重新一体化进程的理论建构究竟如何，则是另一层面意义上的严峻课题了。

（原载《天中学刊》2014 年第 6 期）

---

① 陈平原：《中国现代学术之建立——以章太炎、胡适之为中心》，第 388～389 页。

② 有关"文笔"源流之辨，陈平原的另一段话可做延伸阅读："在 30 年代关于小品、杂文、随笔的争论中，周氏兄弟之所以高人一筹，与其学术渊源大有关系。后世之追摹周氏兄弟文章者，不见得考虑有清一代桐城、选学、朴学三派文章的消长起伏；可周氏兄弟的选择，内在地影响着此后中国散文的发展方向。"陈平原：《中国现代学术之建立——以章太炎、胡适之为中心》，第 385 页。

# 可欲的思想史视角与混乱的文学研究法

## ——读顾彬《二十世纪中国文学史》

记得陈平原说过，西方人研究中国或者文学，他们要的只是资料，言下之意是理论他们有你们没有。仔细读过德国汉学家顾彬的《二十世纪中国文学史》（华东师范大学出版社，2008），感觉很有意思：顾彬的理论确实很多，但又比较混乱。

首先必须承认，顾彬确实很可爱，他有着当代白求恩式的国际主义精神——热爱中国更热爱中国文学，热爱到了"毫不利己专门利人"，甚至对当代中国文学恨铁不成钢的程度。其次必须承认，顾彬有很好的文学感觉，对不少文学作品的艺术判断确实比较准确。尤其值得赞赏的是，他的文学史研究采用的是思想史视角，主题词是现代性（尽管这个现代性大多局限于审美现代性）。坦率地说，顾彬所采用的 20 世纪中国文学的研究资料，均出自大陆学人之手，除了他别出心裁的种种解释之外，我们几乎耳熟能详。

准确地说，顾彬的文学史研究采用的是主题学的研究方法。这种方法除了在比较文学研究领域中有效之外，还能具备起码的世界性文学视野，比如夏志清的《中国现代文学史》就比较典型——只不过，夏著更重艺术，顾著更重视思想罢了。但顾彬文学史研究的问题也恰恰出在主题学方法，比如在中西文化对撞的晚清、五四时期，文学家们的视野自然是世界性的，许多文学母题也就不太可能是传统中国的。尽管他选择刘鹗、曾朴、梁启超，特别是苏曼殊作为继往开来者，以及五四一代文学家们的开拓性创造的论述，但均能在如陈平原等文学史的研究中找到影子（如《中国现代小说的起点——清末民初小说研究》和《中国小说叙事模式的转变》等）。

顾彬的文学解释一开始就特别重视母题和语言，比如："1919 的偶像破坏者还是在传统下成长起来的，他们同时拥有新旧两种文化，他们有能力在东西方之间，在传统与现代之间作出选择，甚而有能力做出中国和西方之间的综合。仅仅在语言这方面就已经产生了深远影响：鲁迅和周作人文风之优雅迄今无人能及，更谈不上超越。与此相比，1949 年后大多数作家的语言贫乏格外引人注目。"（P26）而尼采、歌德、易卜生、波德莱尔以及"旷野的呼喊者"（鲁迅）、"欢呼的语言学"（郭沫若）加上闻一多的"一沟死水"等，组成的诸多母题以及意象深远地影响了中国的现当代文学。当然，那些母题和意象是在交替繁复的语境中产生的，比如基督教以及尼采对鲁迅、郭沫若、冰心不同层次的影响等。如："悖论和重复是《野草》最根本的标志。它们在形式上异质的文本之间创造了一种风格上的关联……时代的流行词汇如野地、青年、西方、漫游者、希望和无聊一再出现。在这当中尼采所起的影响如此之大，以至于这些散文诗有时读起来就像是《查拉图斯特拉如是说》的一次创造性转化。"（P79）又如："新福音主义者尼采以其对即将到来的'欢呼的语言学'的歌颂，为不久将生成的'欢欣集体'铺平了道路。在此意义上，民众成为了'自我歌颂的单位'，每种言说都成了'言说者自我褒扬的行为'……郭沫若很快就成了毛泽东的歌颂者之一，这绝非偶然，因为毛可以被视为欢呼自我的最具代表性的人物。"（P46）至于冰心的"超人"，则是尼采意义上的变异书写，当然顾彬也照例涉及冰心与泰戈尔的渊源关系，甚至对冰心做这样的评价："就她在语言和形式方面塑造诗歌文本的天才而言，冰心独一无二地超越了她的时代。说到短诗创制，也只有顾城（1956～1993）在内容深度上超过了她。"（P77）而对于鲁迅的《狂人日记》则把永恒的犹太人"流浪汉"视为其范本，郁达夫的《沉沦》则跟"忧郁少年"（源于西方精神史，该历史由歌德的维特开启）建立起了联系。

也许必须指出的是，由于顾彬过于关注审美现代性，而多少有点故意忽略了社会现代性或者理性现代性在中国的表现。比如说，尼采给中国的现代性造成的负面影响就没有得到起码认识（这在李泽厚、刘再复等中国理论家的认识中是相当清醒的），虽然"诺拉综合症"在戏剧、小说等中的表现他倒是揭示得用心且详尽，但"个人主义"在中国活跃的时间甚至还不到十年，"1928 年 1 月，创造社主办的月刊宣称：'个人主义的文艺老早过去了！'代他们而起的必定是无产阶级文艺'"（P101），这个关节点并没有得到透彻的解析，再加上方法论的原因，在随后的"1949 年后的文学"研究中就出现了越解释越乱的状况。或者至少是顾彬的疏忽，其一部近 45 万字

是种种"文学类型"的尴尬了。

事实上也是这样，从朦胧诗、伤痕文学、反思文学、女性文学、改革文学到先锋文学、寻根文学，一般从孕育到发生、发展基本均是个短暂的过程，甚至都来不及到高潮就衰落了下来。剔除其间隐约可见的政治性因素，最为关键的则是文学传统的断裂和文学精神的丧失。其实包括顾彬在内的诸多理论家也一直都在寻找中国当代文学失败的原因。顾彬指出："1949 年之后出生的一代人经常被称作'失落的一代'。他们的'信仰危机'在《回答》一诗中得以清晰地表达，同时通过援引海因里希·伯尔在中国影响极大的《废墟文学自白》（1952 年）而树立了一具象征：废墟。北岛的一篇小说也以'废墟'为题。中国的废墟文学与德国的废墟文学不同，无须自我辩护，也不需要伯尔之类的提倡者。当时中国人人都有一种回望革命废墟之感，革命虽然志存高远，但是什么也没能实现。人们受困于过去的废墟，现在需要解救、需要唤醒、需要思索。"（P306～307）不过顾彬似乎并不想明确指出，人们不仅"受困于过去的废墟"，还受困于现在的精神废墟，解救、唤醒和思索需要知识的力量和文化的力量。更有甚者，他仍然力图把他的主题学研究贯穿到底。比如对张洁等女作家们的评述："一个女人不应该同意'交换'，而应该等待真正伴侣的召唤。即使伴侣已经有家室，也能产生保持距离的爱情，赋予生命以真正的意义。这完全是易卜生的女性形象，不光张洁，还有张抗抗、张辛欣（1953 年出生）、王安忆和铁凝（1957 年出生）作品中的女主人公都在等待奇迹的发生，作品都在描写内心画面，在期盼童话王子。"（P320）关于女性异常心理的描写，他更是以为："（张爱玲）这位前辈作家对于中国当代女性文学的影响可能超过迄今所估计的程度，甚至体现在一些小说标题的选择上。我们只须看一下茹志鹃之女、上海女作家王安忆的三部较为知名的中篇小说《荒山之恋》（1986）、《小城之恋》和《锦绣谷之恋》（1987）的标题，它们的样板显然是《倾城之恋》。而且，王安忆的叙事模式很多来自张爱玲笔下扭曲的女性心理。"（P322）

对于女性"私写作"和"先锋写作"，众所周知，他的评价很不高，他一直声称被严重曲解的在中国大陆引起轰动的"中国当代文学都是垃圾"说，实际所指实为前者，他说："后来的女性作家棉棉、卫慧、虹影（1962年生），她们从 90 年代后期以来多以描写中国女性的性饥渴出名，而不是以叙述能力见长。在这三人之前还有台湾的丑闻作家李昂（1952 年生），但是后者的小说《杀夫》（1983）却表现出了不起的文学才华。"（P319）关于后者，除了对王蒙的"意识流"小说"修辞过渡"（借用李欧梵说法）的批评之外，即便对获诺贝尔文学奖的高行健也颇有微词。当然，他把高行健视为"一定程度上属于'寻根派'"有一定道理："他是他们的先驱（《灵山》），又是他们的效仿者（《野人》）。"（P338）更不用说，他对包括韩少功、马建、贾平凹以及莫言、余华、格非、苏童等在内的所谓代表性作家的不敢恭维了，如："在当时所有艺术中都引起轰动的新原始主义只是有限地回归到本土叙事方法，韩少功和他的追随者更愿意运用他们在卡夫卡、马尔克斯、米兰·昆德拉（1929 年生）、卡尔维诺等人的译作中见到的叙述技巧。回顾起来，有时人们不禁要说：正如没有卡夫卡就不可想象残雪，没有马尔克斯就不可想象韩少功，即使他只承认马尔克斯对小说《女女女》（1986 年）起了影响。"（P339）又如："尽管如此，从韩少功和莫言对于翻译作品的借鉴就可以预料，用不了几十年就将成为定论的东西：即使不是剽窃，也有这部或那部作品可能不得不被看作模仿之作。卡夫卡、加西亚·马尔克斯、阿兰·罗伯-格里耶（1922 年生）或者川端康成（1899～1972）的强有力影响也同样存在于余华身上。他所鼓吹的暴力的美学很可能得益于他同战后法国盛行的'新小说'的接触。一目了然的共同之处是那种对于客观事件的冷静、写实、耽于细节的描述。人物都是匿名的，叙事者避免作任何评价。"（P351）

　　因为遭遇的毕竟是文学类型的尴尬，而且那些文学类型还大多是处于夹生状态（尽管顾氏也试图在其间找出某种表现的共同母题来），于是他又把主题学研究转而落实到了他所看重的一些诗人身上，如："对于中国灵魂的寻求因此就成了对祖先原始灵魂的寻求。古代的巫师有同祖先和神明发生接触的可能，于是现代诗人必须再次成为巫师，而诗歌成为朝圣之行。从这个角度看事物，就能够解释杨炼对于《楚辞》（前 3 世纪）的偏爱，因为后者在诗人和巫师之间不作区分，然而杨炼运用了一个现代诗学程序，以便能将当代仿佛从传统中挖掘出来。过去必须被挖掘，从而进入和当代的对话，这是他所倚重的从海德格尔到希尼（Seamus Heany，1939 年生）等人的看法。语言上的联系环节是一再重现的像'总是'、'都是'、'全'、'人类'、'万有'、'宇宙'、'世界'等空洞言词。它们极大地助成了对杨炼来说如此典型的激情。和他那复杂的、趋向于组诗的抒写方式——它导向一种音乐性的整体构思——一道，他塑造了一种语言，这种语言在其结构中既不是明显中文也不是隐藏的英文，而是自成一格。因此从根本上给一个合适的翻译造成了困难。被他称为代表作的长诗《人日》尤其如此，'人日'是他自创的一个字符。他把这读作'yi'，把它拆为'太阳与人'，以便用新的方式来表达古老的天人合一思想。通过这部写于1985至1989年间、在1991年第一次出版的作品，他再造了由郭沫若创立、由翟永明终结的太阳崇拜。"（P334）但是不能不指出，顾彬对文学中的哲学与语言问题的理解过于表面化，尤其是"巫"与"礼"的关系以及与"仁"的关系，"天人合一"与"道"的关系等，不是只通过所谓的现代诗学程序就能简单解决的，更不可能是海德格尔意义上的语言沟通就能得以实现中国人生存的诗意栖居的。语言的问题跟特定的时代与文体有关，更是跟特定时代的"辨名析理"的方式以及精神风度紧密相关，比如传统的禅风对由语言文字悟入的重视便可视为典型。与此同时，文学的自由创造，还须伴随语言、体式、主题、风格、意象诸端的沉积为本体构成的文学形态、思潮、风习的有效演进与变移等，中国文学才可望重新找到自己的灵魂。当然必须承认，顾彬的用心很深，动机很善良，对中国文学的具体研究很努力，但毕竟，他是外国人，他对中国本土的逻辑认知出些问题实属正常。

因此，借用本土的两位批评家的说法也许更能看清顾彬的问题。肖鹰以为鲁迅和沈从文是"冰炭两极"的两个伟大作家："看到一面是鲁迅对在这个传统中生长出来的'国民劣根性'的愤激鞭笞，另一面是沈从文在这个传统中发掘出了纯美坚毅的乡土生机。"（《时代呼吁伟大的作家和文学》）陶东风则对所谓先锋作家们批评道："先锋文学要进行消解的是什么呢？这种消解将几个故事讲出来又甩掉以外还有什么呢？因为严格说来，意义、价值、真实等等先锋作家似乎都未曾认真思考过，因而消解也只能是虚妄。这就是为什么我们在博尔赫斯的小说（如《交叉小径的花园》、《阿莱夫》、《死亡与罗盘》）中可以读出对时间观念的哲学的、本体论层次上的解构意味，而在中国先锋作家的作品中，却只能读到对故事的解构，作者除将故事捏来捏去以愚弄读者以外并没有告诉我们别的东西，并没有触及超越性的实体，因为这一实体在中国作家的精神结构中不存在，当然也就无从消解起。如果说，西方人说'上帝死了'是发自内心的，那么，中国人说'上帝死了'就虚妄可笑了。"（《后现代：不谈"主义"》）肖、陶两人所指均是当下中国文学中"时代精神的伟大觉悟者和中国文化命运的伟大担当者"的阙如。让人遗憾的是，顾彬所据以研究的大多资料仍然来自主流"文学界"，对中国的独立作家群体不仅毫无了解，对中国的"市场"状况更是隔靴搔痒。关于后者，"市场列宁主义"所导致的结果，在经济领域是"国进民退"，在文化领域则更不可能出现 18 世纪初的欧洲艺术家"从行会、宫廷和教会中解放了出来，从手工业中产生了一种自由职业。而这也只是处于超越国家垄断的过程之中"（哈贝马斯语）那样的过程：艺术出现了商品化，同时也创造了无功利艺术（尽管晚清、民国时期有过短暂的经历）；关于前者，就有如廖亦武、陈丹青、傅国涌、笑蜀、李承鹏以及余世存、十年砍柴等（最具鲁迅精神者恰在这些群体当中，这与那些鲁迅最痛恨的"叭儿们"却获得了以他老人家命名的"叭儿奖"构成了奇妙的反讽），尽管我未必同意余英时为廖亦武的《底层》作序时所说的廖氏好比当年王阳明的"龙场悟道"，但即便从主题学研究意义上讲，王小波小说对中国文学传统中诸如"立功、立德、立言"母题的戏讽和对传统"游侠"与现代"自由"等经典母题的变异书写等，就绝不可忽略不计。更何况，还有像张远山等这样的中国文化命运"伟大担当者"的实际存在，顾彬的置若罔闻就不能不说是闭目塞听了。

综上所述，顾彬的主题学研究中尽管捉襟见肘，但确有他的合理性。鉴于顾彬在中国 20 世纪文学史研究的基础上发布的中国读者耳熟能详的诸多言论，在此仅指出最关键的一点（至于其他，尤其涉及高行健评价等还待有机会另文论述）：以五四作家尤其是鲁迅立论，以为当下中国作家不懂外语难以进入语言创造，没有思想所以难以建构中国形象，乃是似是而非的论断。当下中国文学跟五四时期刚好相反，缺的不是世界性视野（几乎世界上任何一个国家的任何一部重要文学作品，包括所有的重要哲学社会科学著作，均在眼下中国特别发达的翻译出版中随处可见），缺的是中国文化传统的修养（五四作家传统文化功力深厚与当下作家世界性眼光的开阔，恰好处于两极状态）。重新建构中国文学的经典形象，需要的仍然是"时代精神的伟大觉悟者和中国文化命运的伟大担当者"，但所应努力的方向也刚好与五四作家相反。因此，尽管顾彬大著中的结束语为："回来，我们重建家园"——是的，我们必须重建家园——但若真的按顾彬的方法重建，我们反而可能无家可归。

——2011 年 9 月 28 日于福建一得斋

# 俞兆平的学术旨趣与突破性研究

## ——《中国现代三大文学思潮新论》及其他

近读俞兆平教授的一篇重要论文《越界的庸众与阿Q的悲剧——〈阿Q正传〉新解》(《文艺研究》2009年第8期)和一部重要著作《中国现代三大文学思潮新论》(人民文学出版社,2006),之所以说"重要",是因为兆平君似乎有个学术嗜好,那就是喜欢向现成的话语成规、理论成规挑战,而种种挑战既出自问题意识也出自学术积累,从而自然导致学术研究的重要突破。

也许我有必要先引用陈思和对俞兆平研究的一段评论:"今天读到俞兆平教授的论文,旗帜鲜明地提出了中国20世纪20年代的写实主义文学思潮中有一个'科学主义的内在启动力',并且在'科学认知与人文理解的对峙与交错中'论析写实主义文学思潮如何在接受中的变化与演进。作者引用了丰富的资料来论述科学主义与人文理解之间的消长过程和真善美因素的排列变化,这就超越了从思潮看思潮的就事论事,提升到文艺本体的意义上来讨论这一文学现象。"之后陈思和似乎还指出了方向,"如果再往后发展,意识形态与人文理解之间又构成怎样的关系呢?"①

坦率地讲,陈思和是相当敏锐的。关于"科学认知与人文理解的对峙与交错"问题,国内研究最详尽的我以为是汪晖,但汪晖完全回避了"意识形态与人文理解之间"的关系问题。在汪晖那里,主要显示和突出的是"中国文化"的主体性问题(而且他认为在"科玄论战"中有关中国文化本位是个不成功的建构)。② 俞兆平的《中国现代三大文学思潮新论》(兆平

---

① 转引自俞兆平《中国现代三大文学思潮新论》,人民文学出版社,2006,第436页。
② 参见汪晖《中国现代思想的兴起》下卷第二部,生活·读书·新知三联书店,2008。

依李泽厚说法，"科玄论战"意识形态化成果远大于学术本身的成果）则彰显了世界性问题的繁复性，尤其是其将现代性概念引入文学思潮研究，澄清了诸多现代文学史上的困惑，打破了话语成规所造成的障蔽，尤为难得地是深入探讨了"意识形态与人文理解之间"的关系问题。

令我印象最深的是，俞兆平的这个突破性研究有两大特点：一是以史带论，二是真切地回到历史语境中澄清问题。当然更重要的还是"澄清问题"，澄清的恰是上述陈思和指出的意识形态与人文理解的错综和纠结问题，以及文学本体论的问题。这样似乎有必要先简单指出意识形态话语实践的本土问题——一般而言，眼下所遵从的意识形态定义基本有三种：一是葛兰西的，二是阿尔都塞的，三是马克思的。我比较倾向于使用第一种说法，而事实上在本土长期实行的是第三种定义和说法，亦即观念的上层建筑（而并非马克思在借用意义上的原初"观念的科学"意义）。窃以为，真正具有建设性意义，似乎当推葛兰西的知识霸权理论假设：意识形态并不是统治阶级占统治地位的思想，而是意义争夺的战场，其过程是由某历史集团通过协调统一不同社会集团的利益，在冲突与妥协中获得共同点，最终表达了不同社会集团的利益，获得文化领导权。① 从这个意义上说，中国 20 世纪 20 年代哪怕 30 年代的意识形态状况其实都是比较健康的，自由讨论与话语争夺是其基本标志，尽管后来的相关讨论与话语争夺越来越激进。比如浪漫主义，兆平问道："既然创造社的主要成员对浪漫主义持否定、贬斥立场，那么在中国现代文学史上为什么会出现把创造社定性为浪漫主义的文学流派状况呢？"② 为了回答这个问题，兆平既回到"浪漫主义"的精神谱系（如在法国、德国、英国的不同思想主张和文学主张的具体状况），也不能不注意梳理启蒙哲学与浪漫主义思潮的关系，尤其是人文主义与科学主义的对峙（比如早年的卢梭与后来的康德、谢林的"诗化哲学"，当然更包括现当代哲学家如海德格尔等）；然后是与西方语境不同的本土语境：既探讨了创造社同人与康德美学的关系，更是梳理了创造社成员与黑格尔美学和马克思主义美学之间的关系，之后则是中国 20 世纪 20 年代本土现实与苏联文艺和思想的接轨过程。其间，澄清的主要问题是，美学的浪漫主义与政治学的浪漫

---

① 关于意识形态的讨论，请分别参见俞吾金《意识形态论》，上海人民出版社，1993；〔意〕葛兰西：《狱中札记》，曹雷雨译，中国社会科学出版社，2000；〔法〕路易·阿尔都塞：《保卫马克思》，顾良译，商务印书馆，2006。

② 俞兆平：《中国现代三大文学思潮新论》，第 47 页。以下引文同出自该著，不再另注。

主义，尤其是在线性现代性的单一发展的世界性洪流之中，以及革命的现代性最后脱颖而出，或者叫作唯一胜出，直至最后强奸了艺术本体自身的内在规律性等。兆平旁征博引，涉及的理论脉络纷繁，这里仅征引他关于"隶属于浪漫主义的范例"——宗白华的审美主义、沈从文的诗意人生和冯至的生存悟解——中的一些论述作为说明。比如："只有从欧洲浪漫主义思潮的哲学、美学这一宏观的背景上，才能真正地悟知沈从文在中国文学史、美学史上的意义。……由此也才能更深地理解，为什么在《边城》出版后，沈从文慨叹：'可是没有一个人知道我是在什么情绪下写成这个作品，也不大明白我写它的意义。'的确，若不是从个体生命的价值与意义上，若不是从'现代性'的自我批判上，若不是从浪漫美学所追寻的'诗意人生'、'本真情感'、'人与大自然谐和'这些根本原则上理解沈从文的《边城》，是无法真正明白它的意义。"又如他说："曾引述叶维廉、夏志清对早期的中国浪漫主义者的批评，指出他们选择以情感主义为基础的浪漫主义，而排拒了由认识论出发做哲理思考的浪漫主义。笔者以为，以《十四行诗》为代表的冯至的诗作，恰好填补了中国新诗史上这一空白。他在形而上的哲理层面上，传诉了对人的生存价值与意义的思考，使浪漫主义思潮的哲学、美学的精神旨向在中国现代文学创造实践中达到一个新的表现高潮。"也许必须指出，意识形态话语争夺极需要一个健康的平台，否则就容易产生垄断，尤其是我们这块有着几千年经学意识形态传统的国家，所谓文化领导权获得了后，一转身就成了统治阶级的意识形态，即便是原初具有独立意识的哲学和哲学家也不可避免地意识形态化，哪怕经济基础发生了怎样的变化，经学意识形态其实不可动摇。也便是由于此，所谓现代性中国其实一开始就被大打了折扣。换句话说，"革命的现代性"不仅仅是压抑了审美主义现代性的发展，同时更是严酷地压制了理性主义现代性的自我生长。

当然，兆平引入审美主义现代性的维度检验中国现代文学思潮的现代性以及意识形态话语和实践的本土性，有着深刻的现实意义。从某种意义上讲，我们的所谓革命的现代性其实基本是靠文学话语实践来实现的。这实在跟我们的政治传统和学术传统大有关联，关于这一点，美国传教士卫三畏似乎看得比我们更清楚，他说："文化史研究中，有关中国人最值得注意的特征，就是他们悠久的历史与文学制度。而只有充分了解了他们的文学制度，才能进一步理解他们的历史何以悠久，人们只有通过文学的学习，参加科举考试，然后才能组织管理宗教与社会生活。"① 所谓"文武全才"几千年来大概是对优秀人物的最高褒奖的语词（比如唐德刚就说过历代开国皇帝都是"文武全才"② 之类），"经世致用"等则更是历代士人学子人生的不懈追求，于是乎"文以载道"自然也就成了亘古不变的文学总主题。即便是"要达到启蒙的目的，在当时观念中文艺是首选的工具。鲁迅就认为：'善于改变精神的事，我那时以为当然要推文艺，于是想提倡文艺运动了。'这类以启蒙主义为宗旨的文艺作品的诞生，它首先面对的就是'不敢正视'现实的'瞒和骗'的文艺，艺术上的求真是攻破封建主义文艺堡垒的第一个缺口"，以及"当时的中国小说创作基本上仍沿用旧式章回体的形式结构和思维方式。在创作技艺上，不能客观精细地观察人生，不能在人物动作中拣出紧要的来描写，而只是记账式的铺叙；在人文理解方面，要么是'文以载道'，把圣经贤传上的格言作为全篇的立意；要么是游戏消遣，把文学当成吟风弄月的文人风流的素志。因此，引进客观写实的自然主义来克服中国文学这些腐朽的弊端已是当务之急"，等等。众所周知，转了一个大圈其实最后又回到了原点，所谓"文艺为工农兵服务"以及为政治服务后来又成了新的"文以载道"——文人们似乎换了个名词叫"知识分子"或者"作家协会会员"之类，其实跟古代乐府采诗官们的使命几乎相同。

但是必须承认，现代性的号角毕竟已在神州大地吹响，无论是被压缩了的现代性还是被压抑了的现代性，其间的诸多缠绕尤其是文学现代化本身的曲折亟须清理。在我看来，兆平引入审美现代性话语既作为视角也作为问题根据，对现代文学思潮中的一波三折做了颇为独到的理论化处理，尤其是对包括美学的浪漫主义与政治学的浪漫主义以及革命的浪漫主义，新浪漫主义与写实主义、自然主义与社会主义现实主义，新人文主义的古典主义与格律诗派等关键概念与范畴以及具体文学倾向的研究，既是突破性的，也是反思性的。作为中国现代文学主流的现实主义流派以及重要作家，诸如鲁迅、茅盾等的理论主张不用说，兆平系统地讨论了吴宓、叶公超对写实主义的否定与批评，成仿吾、郁达夫、穆木天等对"写实"内涵的深化，以及瞿秋白、蒋光慈等"社会主义现实主义"的主张等，这里仅征引郁达夫的"深化"

---

① 周宁编《世界之中国：域外中国形象研究》，南京大学出版社，2007，第94页。

② 参见唐德刚《毛泽东简传要义评述》，共识网，http://www.21ccom.net/articles/rwcq/article_ 2011110147934.html，2011年11月1日。

说，或可见一斑："郁达夫对文艺创作中的'真实'与'现实'的辨析，像是出自黑格尔《美学》……'艺术的功用就在使现象的真实意蕴从这种虚幻世界的外形和幻相之中解脱出来，使现象具有更高的由心灵产生的实在。'黑格尔的'真实'是一种经自在自为的心灵渗透、洗礼过的现实，'在艺术里，感性的东西是经过心灵化了，而心灵的东西也借感性化而显现出来。'只有经由心灵升华的现实才是艺术的'真实'，因为它脱离了具体、个别的形态，而上升为普遍、一般的存在。郁达夫正是借助于黑格尔的美学思想，深化了写实主义文学中'真实'的概念内涵。"关于现实主义是一个不断调整的概念的论述和科学认知与人文理解的矛盾的辨析，兆平的研究和论述十分独到，关于前者兆平总结道："中国对西方写实主义的接受，有着从早期的向科学认知原则倾斜的写实主义（真即是美）；到中期的科学认知与人文理解交错的写实主义（不脱离现实的真善合体）；再到后期的向以意识形态为核心的人文理解倾斜的写实主义（善即是真，善中之真方为美）的进程。"关于后者兆平则指出："现实主义的'描写'，即'写实'，它意味着遵循自然科学的认知原则，对客体对象精确、逼真地反映与复制；而'文学'却是一个虚构、想象性的人文世界，渗透着作家主体的精神意愿与价值取向，即作家对人生、世界的'理解'；而且，它还负载着如韦勒克所说的对读者道德的教谕与训诫的功能'规范'。这一悖论式的两极趋向，在中国文学对写实主义的接收进程中始终交错、纠合在一起。"说句题外话，大概也便是由于此，孙绍振的"真善美"三重错位结构的文论才有效地获得了理论的生长点和解释力——需要特别提及的是，"张君劢在1934年认为陈独秀当年不过'借科学与玄学的讨论来提倡唯物史观'，如果确是如此，则陈独秀可谓相当成功。唐君毅后来回忆说：北伐以后，'上海的思想界则为马克思唯物史观所征服'。史家陈志让也认为，那次的论战科学派虽然取得表面的胜利，却不久即'输给了马克思主义'。张君劢在分析唯物史观何以'在中国能如此的流行'时，指出是因为'今日之中国，正是崇拜西洋科学，又是大家想望革命的时候'"。而文学的选择，由于自然主义的弊端，茅盾倾向于"新浪漫主义"（现代主义），却由于时代精神是"科学的"，尤其是进步的、进化的，更因为要克服中国现代小说中的两大弊病：游戏消闲的观念和不忠实的描写，所以自然主义仍然是主流，之后由于意识形态化的必然结果，革命的现实主义一统天下。也许便是从这里开始，中国的文人们开始有意无意地模仿法国大革命乃至自觉效仿俄国革命。虽然完全换了一套现代意识形态话语，但文人们践履的仍然是用文学知识来改造社会影响历史（管理宗教和社会）的传统使命。兆平君的做法不像国内诸多研究那样大多戛然而止，而是把众多问题完全开放了出来，并直接揭示了"唯物史观"既战胜了科学主义更击败了人文主义，至于后果怎样以及评价如何则是见仁见智的事情了。

除了上述意识形态话语实践问题的重要性之外，更为醒目的是科学主义与人文主义对峙以及新人文主义的全面反叛等，实则为现代性与"反现代性的现代性"的基本主题，几乎贯穿了全书，尤其是对以《学衡》《新月》为代表的古典主义思潮以及阵营的研究，跟已有研究多是孤立研究（比如对"学衡派"的研究等）截然有别，这确实不同凡响。兆平指出："白璧德的新人文主义观念通过他的中国弟子梅光迪、吴宓、汤用彤、梁实秋，以及游学旁听的陈寅恪，受梁实秋影响而间接地奉从的闻一多等，在中国渐渐地传播开来，并介入中国新文学的批评与创作，逐渐形成一股古典主义文学思潮。"跟浪漫主义、现实主义思潮一样，古典主义思潮的"根"也全部在西方，"新人文主义者在培根、卢梭所代表的物质主义和浪漫主义的现代性思潮的冲击下，痛感道德伦理解体、社会行为的无序、人文精神的失落，有着强烈的文化危机意识及维护传统文化的使命感。他们否定文化的进化观念，而向传统文化寻求一种恒定的价值标准"。用现在的话说，就是所谓"文化保守主义"与"文化激进主义"的对峙——平心而论，二者其实都有道理，最没有道理的是用一方压迫、压制乃至消灭掉另一方。哪怕诉诸所谓历史的进程其实也并没有多少说服力，除了"正当"与"不正当"的理由外，历史本身造成的后果尤其需要反思，一如兆平所指出："他们始终执著地恪守自身的保守主义立场，与文化激进主义相抗衡，形成了与胡适、陈独秀、鲁迅等为代表的中国新文学潮流对立的另一向度的文学思潮，形成了中国文化进程中的立体的张力结构。历史是多种力量形成的合力所共同推进的，作为古典主义思潮中坚的学衡派怎么能轻易地抹掉呢？当然，由于学衡派的保守主义性质，对传统文化的捍卫，使它在充满叛逆气息的历史转折时期，成为革命潮流的对立面，只能以悲剧而告终。"不必说现代化范式尤其是单线进步、进化的理论遭到全世界范围质疑的今天，即便是面对我们的历史本身也应做出深刻的反思以避免犯下同样的错误。事实上，在我们几千年的历史中始终重复着的恰恰是同样的错误，而这也是我认为兆平的最新论文《越界的庸众与阿Q的悲剧》之所以重要的原因，其重要便重要在反思有效，此容后再论。

在古典主义思潮研究中，兆平对"新月诸君"与古典主义的渊源关系，不仅独持异论而且发掘甚深。他以为："1925 年起，闻一多、梁实秋等先后陆续归国，由于学术背景的相似，观念意识的相近，就逐渐和徐志摩、饶孟侃、朱湘、刘孟苇、于赓虞、邓以蛰、余上沅等聚合到一起，筹办《诗镌》、《剧刊》，出版《新月》，介入文坛的理论论争，提出现代格律诗论等。在论争的过程中，逐步形成了以梁实秋为核心的古典主义文学理论体系；在文学实践的过程中，创立了朱自清所论定的新文学头十年的三大诗派之一——格律诗派，成为古典主义文学思潮在创作上所展示的具体业绩。"于是，兆平花了不少笔墨着重介绍了梁实秋的古典主义文学理论体系以及"三套车"——梁实秋、闻一多、邓以蛰的"并缰驰骋"，在再现诸多文学论争的同时还特别揭示出了 1926 年的重大"文学事件"："1926 年，在中国文学理论史上应是浓墨重彩的一年，可惜我们却轻描淡写地滑了过去。这一年，最重要的理论事件之一就是中国文坛对浪漫主义思潮的阻击达到了白热化的程度，尤其是在新诗发展史上，几乎可以说是宣判了西方浪漫主义思潮（非高尔基创立的'积极的浪漫主义'）在中国的终结。"（从某种意义上说，亦即没站稳脚跟就被宣告了终结，古典主义思潮本身也一样。）然后，他指出："'神州不乏它山石，李杜光芒万丈长'。1931 年之后，闻一多之所以走上'向内发展的道路'，潜心于中国古文化的研究，正是这一文化价值选择的必然结果。而这正是从梅光迪、吴宓到梁实秋等古典主义者所竭力倡导的。学衡派、新月派诸君不同于新文化运动初期单纯地复古的'国粹派'，他们要'融化新知'来'昌明国粹'，即要从传统文化中发掘出现代涵义来，达到中西合璧的完美境界，创造出如闻一多所追求的'新于西方固有的'，又'保存有本地的色彩'的新的艺术品来。"对徐志摩后期美学思想中的古典主义倾向，兆平则在徐志摩与梁实秋理论的逐点对照比较中做了充分揭示，以为："从'情感的泛滥'到'情感的羁勒'，徐志摩说他'憬悟'了，即认同了闻一多的诗学理论。……那么，强调以理性羁勒情感野马与性灵野性的，如朱自清所揭示的：闻一多'靠理智的控制比情感的驱遣多些'，在当时代表着哪一种美学思想的动向呢？考察当时的文坛，当时只有梁实秋为代表的古典主义美学思潮强调这一点。"

综上所述，不管是哪一种文学思潮，由于它们原初均在一种自发互动的过程中产生，从而按自身的逻辑发展，我们现在所津津乐道的他们的文学成就也便是在这样的自身发展中取得的。这也恰是兆平以为"重写文学史"必须从文学思潮研究的有效切入并开始的关键所在，同时也是兆平研究范围涉及社团理论主张、成员互动与构成以及文学论争与创作倾向等，而较少涉及代表性作家作品分析的基本原因。如前所述，意识形态话语实践本身与人文价值的互动，不说是基本主题，但起码是兆平始终关注的焦点，因为其直接涉及了文学本体论的问题（真是美呢，还是真善合体，以及善即是真亦即善中之真方为美），最后直指到了中国现代性问题的关键：所谓进步、进化的尤其是越来越激进的文学观直至最后的完全意识形态化不仅遮蔽了审美主义现代性本身的问题，更是遮蔽了理性主义现代性的全部问题。至于新人文主义的古典主义的反现代性的现代性，其虽"保守"但毕竟是以"融化新知"来"昌明国粹"，毕竟不是以中国文化本位来对抗西方的现代性以完成自身的主体性等，毕竟也是一种自身的现代性建构。也许历史进程的最为严重的后果，还不仅仅是新人文主义的古典主义建构的反现代性的现代性被遮蔽掉了，而且是把现代性本身的所有问题都遮蔽掉了。事实上，"现代性"在西方完全是一种话语建构，无论是政治的、经济的、法律的、文化的、哲学的还是美学的话语建构，最为关键的是话语机制的健康和能够不断再生的活力。而我们几乎一开始就走入了歧途，把原先是开放着的话语机制没过多久就自己给堵死了（这也便是我上文特别指出的我们本土特有的文人心性，所必然造成的恶果）。我以为也便是基于此，兆平君在附录文章里费了颇大心力论证"现代性"，以说明引入"现代性"视角观照中国现代文学思潮所具有的重要意义。而兆平的最新论文《越界的庸众与阿 Q 的悲剧》在我看来，其实也是他的"现代性"视角与观念的一种有效延伸以及当下思考，其意义甚至还不仅在于鲁迅研究上的一些突破，而且在于对当下现实的特殊观照和深度思考。

当然，首先仍然是在鲁迅研究意义上的某种超越，亦即超越"哀其不幸，怒其不争"的话语成规与研究套话。如果一定要说鲁迅确实有过"哀其不幸，怒其不争"的思想，或许可能在《祝福》等作品中存在过，至少兆平以为《阿 Q 正传》是不存在的，兆平问道："'哀其不幸，怒其不争'一语，不知从何时起，成了鲁迅对阿 Q 的审美态度，即创作主体对其作品中主人公的情感好恶、价值取舍的定评。其影响面之广，举世罕见，可以说，只要有初中文化以上的国人概莫能外。那么，这一'定评'，符合历史真实吗?"① 他用了大量翔实的材料揭示了鲁迅的"主旨是憎","至少在文本的第一层面上对阿Q的这一人物的行为是鄙弃的"。随之,兆平深入于鲁迅思想发展的研究和梳理,从鲁迅论文《文化偏至论》到杂文《热风·随感录三十八》再到小说《阿Q正传》,逐层剖析,以为"在20世纪初,鲁迅反对'众数'、批判'庸众'的思想相当强烈","鲁迅深刻地指出,若由'千万无赖之尤'来介入政治,即实施'群氓专政',它对'个人',即鲁迅在它处所提到的'英哲'、'明哲'、'先觉'、'大士'、'天才'、'超人'、'精神界之战士'的压制,比独裁专制的暴君、独夫还要酷烈,于国于民都是一场灾难"。而"个人的自大"与"合群的爱国的自大",兆平以为是鲁迅"对10年之前关于'个人'与'众数'、'英哲'与'愚庸'、'超人'与'凡庸'对立思考的另一种表述","由于'个人的自大'一类较为罕见,国人大多是'合群的爱国的自大',这就是中国不能'振拔改进'的原因"。事实上,当下中国的情形乃有过之而无不及,所谓的"合群的爱国的自大",满目皆是;至于"越界的庸众"则至今仍颇有市场。因此,兆平研究的突破意义,其次便在于当下现实的逻辑认知和彰显了鲁迅思想的长期有效性与穿透力。

其实,此前也不是没人注意到鲁迅思想中存在着的"二级结构":"个人"与"庸众"之两极。比如兆平提及的日本学者伊藤虎丸和美国华裔学者李欧梵等,兆平认为前者未能展开,后者因为过于注重"谱系"从而未能给"人物"以准确定位。兆平自己对阿Q这个人物的定位则是"越界的庸众"。于是,兆平又颠覆了"怒其不争"的话语成规,并深刻地指出了刚好相反,是"惧怕其'争'"。为何惧怕?兆平具体分析了"阿Q似的革命党"在其所谓的未庄革命中的所作所为:第一,满足权欲,滥杀无辜;第二,攫取钱物,发革命财;第三,占有女人,放纵无度;第四,投靠不成,即生悖心。然后指出:"庸众意识不可信服,庸众数量不可盲从,从庸众中'越界'出来的人物也是不可认同的。如上述,权力、金钱、美女,是中国'阿Q似的革命党'的'革命'目的。可以想象,如若以他们为首的革命成功之后,中国社会将成什么状态?显然,又一轮的屠杀和掠夺将重新开始,又一次的灾难将降临我们民族的头上。所以,鲁迅当时对政局的更替,对中

---

① 俞兆平:《越界的庸众与阿Q的悲剧》,《文艺研究》2009年第8期,第42页。以下引文同出该文,不再另注。

国社会的发展，所产生的怀疑、失望、颓唐，'寂寞的悲哀'，'绝望之为虚妄，正与希望相同'的心境，是完全可以理解的。"所有这些便是"惧怕其'争'"的重要思想内涵。尤为深刻的是，兆平在全文快结束时说道："鲁迅还不无忧虑地接着指出：'我还恐怕我所看见的并非现代的前身，而是其后，或者竟是二三十年之后。'这里，鲁迅已把《阿Q正传》的内涵与蕴意，从空间向时间延伸、拓展。他所刻画的由越界庸众构成的'阿Q似的革命党'的这场'革命'，并不是已逝去的历史，或许仅是一种萌端，一曲前奏，在中国的现代史上还会一幕幕地重演。鲁迅的忧虑不是没有道理的，其后的中国历史已有了充分的证明。"众所周知，中国的历史仍然在重复，当下的重复尤甚。现代性的问题在中国远未解决，兆平的审美现代性自觉不能不继续延伸到了理性主义现代性自觉，比如文中兆平还涉及了梁启超的"中坚阶级者"（政治）概念和张东荪的"庸众政治"概念的分析。究其实，中国的问题始终是有"个人"而无"社会"，无"社会"的"个人"既难以成就"个人的自大"，更难成就真正意义上的"社群"，所谓"中坚阶级者"基本无从着落，从而也就无法为健康良性的社会发展奠定起码的社会基础，"爱国的合群的自大"就只能永远是我们赶也赶不走的身体性宿命，"越界的庸众"的"革命"一不小心就会死灰复燃。也便是由于此，所谓现代性民族—国家有名无实，理性化道路则更是遥遥无期。

从这个意义上说，中国自身的现代性问题仍然需要进一步深入追问，不仅仅是兆平君，而且是一切有志于中国自身现代性实现并在当下全球化的世界结构之中获得真正的主体性的努力者和思想者，唯谨唯慎，勤勉自强，励精图治，甚或前仆后继，方能逐渐接近和抵达哲学理想与政治理想的双重应有图景之精微。阿门！

——2009年11月6日完稿、10日修改，2015年秋日再改

# 略论刘再复的文学精神与思想品格

## ——读《双典批判》

我不能肯定刘再复是当下中国最好的理论家，但我敢肯定刘再复是中国最好的文学评论家。理论家需要提供体系性的理论，并能在范式上有所超越和创新，而真正好的评论家尤其要看他有没有思想。实话说，对刘再复的思想与学术，我更欣赏他"去国"之后的成就，或者唐突点说，他去国之后甚至比去国之前更符合中国文学研究所所长的名头和实职。当然，作为一个人道主义者，刘再复可谓一以贯之；作为一个启蒙者，他去国之后所做的诸多思想努力，更是让人肃然起敬，我甚至以为：其不仅是福建作家的骄傲，更是泉州继思想家李贽以及辜鸿铭之后的又一真正的奇才和大才。

我们知道，许多喜欢谈论思想的人其实大都流于感想，此种痼疾在当下的文学评论家中尤盛。我之所以看重刘再复去国之后的思想成就与文学成就，便是因为他去国之后的精神经历和现实考验，跟当年王阳明的"龙场悟道"实在有得一比（这也是我不太认同余英时为廖亦武《底层》作序时说廖氏好比"龙场悟道"① 的原因，那样强调的毕竟是立场而并非思想）。至于刘氏思想是否可能具有王阳明"致良知教又涵有深刻的抵抗专制的意义。这是阳明学说能够流行天下的一个重要的外缘"② 那样的外缘，这还要看世道人心。

也许我们应该先简单看一下代表刘再复后期文学成就和学术成就的成果，关于前者有《漂流手记》《远游岁月》《西寻故乡》《独语天涯》《漫步高原》《共悟人间》《阅读美国》《沧桑百感》《面壁沉思录》《大观心得》

---

① 参见吴励生《可欲的思想史视角与混乱的文学研究法——读顾彬〈二十世纪中国文学史〉》（未刊稿）。

② 余英时：《现代儒学的回顾与展望》，生活·读书·新知三联书店，2004，第 144 页。

（漂流系列散文共十卷）；关于后者有"红楼四书"（《红楼梦悟》《共悟红楼》《红楼人三十种解读》《红楼哲学笔记》）《现代文学诸子论》《放逐诸神》《高行健论》《罪与文学》《双典批判》《李泽厚美学概论》以及有广泛影响的与李泽厚的对谈集《告别革命》与《思想者十八题》等。此统计并不完全，但数量之多，质量之高，已是国内文学界乃至华文作家群体近二十年来所罕见。难怪刘再复自己要说："如果没有在上世纪80年代提出一些被视为'异端'的理念，我可能就不会有漂泊的第二人生，这一因果是个事实。但是，对于人生，我只追求丰富，并不求功名与平稳。正因为这样，我才特别喜欢乔伊斯所说的，'漂流是我的美学。'在此心态下，我可以明白地回答：即使当时能意料后半生的轨迹，80年代我还是会如此坦然。我还想补充一句话：思想者把思想自由视为最高价值，漂泊让我赢得思想自由和表述自由，如果在上世纪80年代能预料到可以赢得这一幸运，那么我的思想将更加活跃。"① 当然，笔者无意在此对刘再复的思想与学术做全面研究或介绍，而仅仅是就不久前北京三联出版的一些刘再复最新系列著作中的若干尤其是《双典批判》做些评论。

之所以选择《双典批判》，是因为笔者有过的困惑和期待。差不多跟刘再复同时，笔者仅仅只有自觉，岂料刘再复却已经在付诸实施——这可用笔者做孙绍振文论研究的时候所说的一段话为证："孙绍振的创造性阅读从来就不是说有着唯一性，当然还可以有其他的创造性阅读，比如《三国演义》、《水浒》多少年来培养出的还不仅仅是我们无数读者的审美欣赏习惯，更为可怕的还是文化心理，尤其是官文化和匪文化的深入骨髓。在这一点上，我们显然还没有人对《三国演义》、《水浒》做出真正彻底的清算。"② 事实上，恰恰在这一点上刘再复已经做出了相当彻底的清算。需要提请注意的是，该书封底打出的一串有点触目惊心的广告文字："影响中国世道人心的书，不是政治、哲学、历史经典，也不是从西方翻译过来的各种经典，而是《水浒传》和《三国演义》这两部文学经典。它进入中华民族的潜意识，构成中华民族深层的文化心理，成为中华民族性格的一部分。本书是在肯定

① 参见刘芳《一个启蒙者的期待——专访著名文学理论家刘再复》，《中国改革》2011年第9期。
② 吴励生：《回到文学本身：双重解构与多重冲击——四论孙绍振》，载《学术批评与学术共同体》，河南大学出版社，2008，第208页；全文见《解构孙绍振》，福建人民出版社，2008，第119页。

《水浒传》和《三国演义》文学价值的前提下，对两部经典进行价值观的批判，为大众阅读理解经典提供了一个新视角。"① 也许我应该说明一个交叉关系：就像刘再复一再声称的那样，其所做的是文化批判而并非文学批评——然而必须指出，刘再复所做的批判是我们的文化小传统批判，而并非像余英时那样主要着力于我们的文化大传统研究②，因此从某种意义上讲，刘再复的创造性阅读仍然属于文学研究的大范围；与此同时，他的创造性阅读还可跟孙绍振、夏志清等文论大家文本阐释做交互阅读③，因为后者所重视的恰恰是文学价值。更为重要的是，一如李泽厚所说，历史充满偶然性，因此他不同意把所有的历史后果都归因于"文化"，政治甚至更重要④，换成我的说法则是：由政治、哲学、历史经典所构成的"大传统"与由以文学、民俗、民间（社会）话语等所形成的"小传统"其实具有强大的对立性、对应性乃至同质性，其间的纠结重重，话语的繁复与变异让人眼花缭乱——尤为吊诡的是，现代是从传统中发生和发展出来的，而我们传统中的方方面面的力量又恰恰对现代的发生和发展形成了巨大的制约。刘再复所做出的许多精彩批判，窃以为便是直接指向了形成这种主要制约的"世道人心"。

众所周知，所谓"四大名著"（或者"五大"：加上或《金瓶梅》或《儒林外史》），主要是在五四新文化运动过程中奠定了经典地位的。其间虽然可见种种思潮潜流以及政治晴雨，但"双典"由话本而文本，并经由明、清评点家极力推荐，无论在民间还是在庙堂都流传最广、流毒尤盛。刘再复几乎是在我们的经典传播史上空前指出："以《红楼梦》为坐标，《水浒传》、《三国演义》和它的区别可用'霄壤之别'与'天渊之别'来形容。袭用这两个常用的概念来描述还不足以反映笔者个人感受到的差异。因此，我必须借用西方两个著名的雕塑的名字来表述。一个是十五世纪意大利基伯

① 刘再复：《双典批判》，生活·读书·新知三联书店，2010。
② 比如我们跟余英时的一些代表性著作如《朱熹的历史世界》《方以智晚节考》《戴震与章学诚》等史学论著略做比较，便一目了然。
③ 有兴趣者可参见吴励生《孙绍振的美学之"酷"和经典之"眼"——兼论与夏志清经典之"眼"的相关重叠》，《社会科学论坛》2010年第14期。
④ 参见马国川所做的访谈《李泽厚：告别革命》，《信睿》2011年第6期。尽管个人未必同意"告别辛亥革命"一说：虽然历史具有偶然性，但晚清宪政未必可能在帝制不变的情形下改革成功，而且"辛亥革命"还不仅仅需要"告别"更需要"超越"。因此我更倾向于同意袁伟时的说法，亦即需要"超越"。参见袁伟时《是谁毁了辛亥革命》，爱思想网，http：//www.aisixiang.com/data/45003.html，2011年10月11日。

提所作的'天国之门';另一个是法国罗丹制作的'地狱之门'。"① 又说:
"什么是人性?人性是人对自身动物性的理性提升与诗性提升。人怎样从欲
进入情又从情进入灵?《红楼梦》全作了回答。如果'天国'是指美好人性
的终极归宿,那么《红楼梦》正是导引我们走向天国的'天国之门'。书中
的贾宝玉、林黛玉等,都是把我们引向天国的诗意生命,即帮助我们走出争
名夺利、尔虞我诈之地狱的诗意生命。而《水浒传》与《三国演义》却是
中国人的'地狱之门'。中国人如何走进你砍我杀、你死我活、布满心机权
术的活地狱?中国人的人性如何变性、变态、变质?就通过这两部经典性小
说。"② 综观《双典批判》全书,刘再复基本是以一种以正压邪的写作姿态
贯穿始终,并且始终充满批判激情。

我理解作为人道主义者的刘再复对人性美好的强烈向往,同时也对刘再
复思想其实很纯正却曾被他人乃至自己视为(理念)"异端"感到有趣。比
如以《山海经》《红楼梦》为文化之正反对"双典"文化之邪,以先秦文
化思想尤其是孔子、老子为思想之正反对经学(董仲舒等)、理学(宋、明
直至清)思想之邪等。假如说,《水浒传》是从其"小逻辑"质疑到"大
逻辑"质疑,围绕"造反有理"与"欲望有罪"两大基本命题展开的正面
批判,那么,《三国演义》则是围绕多层次文化("义""智慧""历史"
"美")的"变质"进行的逐层剖析。也许需要强调,刘再复的底色终究是
个文学评论家,他的"批判"和"剖析"其实大多仍采取文本分析。关于
前者,比如对若干"小逻辑"批判,便是通过"智取生辰纲""张青'菜
园子原则'""投名状""血洗鸳鸯楼"等典型情节展开的;至于对"大逻
辑"的质疑,诸如"'造反'旗帜下的杀婴行径""'造反'旗帜下的杀人
嫁祸""'造反'旗帜下的扫荡""'造反'旗帜下的屠城"等各节,更是如
此。当然,我们需要关注的是他文本分析后面的思想。比如他用"官逼民
反"与"民逼官反"的正反命题说明"造反有理"逻辑的可怕,如果说仅
仅是逼上梁山还有某种程度的合理性的话,而梁山首领逼迫朱仝(不惜杀
婴)、安道全(不惜杀人嫁祸)、秦明(不惜栽赃陷害并杀其家小)、卢俊义
(假借救人而不惜屠城)上山的过程,可谓"民逼官反"。刘氏指出:"这种
巨大血案,本是惊天地、泣鬼神的惨剧,可是,也是在'造反有理'的理

---

① 刘再复:《双典批判》,第5页。

② 刘再复:《双典批判》,第5~6页。

念掩盖下，从未进入中国人的反省日程，倒反而也属替天行道的范畴之中。革命本来应是救百姓于水火之中，然而，攻打大名府却把满城百姓置于悲惨的水火之中。这种合理性何在呢？然而，这一切不合理的、反人性的行为都因为一种革命崇拜的'造反有理'的思路而合理化，即因为一种'替天行道'的旗号而合理。"① 至于"欲望有罪"的潜命题批判，在《三国演义》解读的"美的变质"一节中有着更精彩的综合评述，这里可先引用一段其对中国封建政治文化和道德文化虚伪性的揭示，以说明集中在"刑""欲"二字的不平等上的深刻性，（关于后者）他说："另一种荒诞则是在'欲'字面前帝王可以拥有三宫六妾，权贵可以妻妾成群，而平民百姓一旦有了婚外恋则被诉诸道德法庭和政治法庭，甚至承受种种惨无人道的酷刑。可悲的是，在这一点上，历来都是大众与统治者完全一致，皆把所谓'淫妇'视为国家之大敌，天下之大敌。《水浒传》在政治层面上是唱反派，在道德层面上尤其是在禁欲主义的道德层面上，则与统治者高度一致。"②

最为可怕的当然还是以此形成的民族性格和文化心理，并最终形成的严重历史后果："在《水浒传》展示的从'官逼民反'到'民逼官反'的过程中，我们发现两种怪物。一种是专制皇权政治造成的以'高俅'的名字为符号的怪物，这种怪物本没有才能、品格、智慧，只有拍马、巴结、献媚的本事，但他仰仗专制机器逆向淘汰的黑暗机能，爬上权力宝座的塔尖并为所欲为无恶不作而造成革命的合理性。另一种怪物，是造反大战车造成的以李逵、武松、张顺的名字为符号的怪物。这些怪物本来质地单纯，但在'替天行道'的造反合力下，一味只知服从杀人的命令，只有力量，没有头脑；只有兽的勇猛，没有人的不忍之心……"③ 不好说是因为这两种"怪物"的始终存在，还是我们的文化心理和民族性格必然要产生这两种怪物，因为历史太过悠久我们已分不清究竟是蛋生鸡还是鸡生蛋了。表现在民间话语层面，"坊间层出不穷的'水浒煮三国'、'三国的商战理念'、'三国官场之道'之类的书，就可以知道明清之际的评点家大有传人"。④ 另外，当

---

① 刘再复：《双典批判》，第 58 页。

② 刘再复：《双典批判》，第 64 页。

③ 刘再复：《双典批判》，第 60 页。

④ 转引自刘再复同道林岗为《双典批判》所做的序言中语，之后其还有这样的说法："在《水浒》评点中，容与堂本署名李卓吾评本和贯华堂金圣叹评本影响最大，而流毒也最广。"刘再复：《双典批判》，第 15 页。

下的实体社会和网络（虚拟）社会充斥的暴戾之气，更是"该出手时就出手"的流氓精神与话语暴力的双重体现。这既是刘再复展开《双典批判》的重要话语和现实背景，也是他对五四大师们不意识或者即使意识也无力批判所做出的大胆颠覆，也就是说：其实刘再复的脚步是扎扎实实地刻在五四启蒙大师们的脚印中的，并特别难得地有所拓深乃至有所超越。

当然我们应该清楚，双典批判的最大意义在于可欲性的社会秩序或者合理的人间秩序诉求。换句话说，如果上述那些由匪文化与官文化构成的民族文化心理乃至民族性格（即国民性）迟迟不能得以彻底清算，并能有所矫正，哪怕你确实能画出最新最美的图画，最终也都可能付诸东流（刚刚过去的百多年历史其实就是最好的证明）。实际上，如同鸡生蛋或蛋生鸡那样的循环，"官场文化"无法得以清除，"造反文化"也就一样难以得到根除。即便李贽、金圣叹等对水浒英雄的高度认同，也似乎应该从这个角度予以理解（有意思的倒是，孙绍振解读武松打虎和李逵打虎等经典情节时对金圣叹评点的不满与改写，与刘再复对李贽评点李逵为"活佛"并以为是"童心说"的典型代表的颠覆，其实均是对古典文论在不同侧面上的深化）。更因为时代性问题的不同，不用说李贽、金圣叹他们的时代意识的局限，就是在"文化大革命"中对宋江只反贪官不反皇帝的"投降主义路线"的挞伐，不也一样似是而非吗？因此，毋宁说刘再复所做的是在"问题史"基础上的批判："在金圣叹的革命性思维框架里，宋江既然是头一个应打倒的对象，他就进行无情打击，把人世间最恶毒的字眼加给宋江，并给他扣了十几顶罪恶的帽子，把宋江本质化为：狭人、甘人、驳人、歹人、假人、呆人、俗人、小人、钝人等。"[1] 在刘再复的思维框架和时代意识里，他以为宋江的"投降主义"恰恰是中国文化的"地狱之光"："历来的评论者只是谴责他的革命不彻底，不敢把矛头指向皇帝，没有想到'不反皇帝'包含着'不想当皇帝'的根本性思想，即不以图谋皇权帝位为革命目标的另一种革命设计。而没有当皇帝的野心，这不是简单的事，甚至可以说是破天荒的、了不起的大思路。"[2] 然后他对传统"侠"与"盗"两个大概念还做出了区分，并进一步弘扬了"真侠"精神："他有足够的条件和当时的皇帝做一较量。但是，他偏偏不想当皇帝，不做占有宫廷江山的皇帝梦。这便是'真

---

① 刘再复：《双典批判》，第 84 页。

② 刘再复：《双典批判》，第 91 页。

侠'、'大侠'。这种真侠精神也是中国革命文化中所缺少的。因此,可以说,宋江补充了中国革命文化中的两个'缺':一是和平妥协政治游戏规则之缺;二是只反抗不占有的真侠精神之缺。"① 很显然,刘再复的这个时代性意识和思维框架,或者合理的人间秩序诉求是:现代民主共和的政治理念和传统大文化精神的弘扬。

在刘再复看来:"中国汤尧禹舜时代的上古原形文化,没有权术,只有真诚。到了春秋战国时期,《孙子兵法》、《韩非子》、《鬼谷子》、《战国策》等兵家、法家、道家、纵横家等著作出现,中国文化才发生巨大的伪形,出现权术政治游戏的第一个高潮。东汉末年,也就是三国时代,则出现第二次高潮,后一次高潮,其规模之大、谋略之深、诡计之细密,是第一次高潮无法可比的。"② 因此他断言:"本书上部已说明,《水浒传》是中国的一扇地狱之门,那么,下部将说明,《三国演义》是更深刻、更险恶的地狱之门。最黑暗的地狱在哪里?最黑暗的地狱不在牢房里,不在战场里,而在人心中。"③ 再用他自己的话说:"本书上部对《水浒传》进行文化批判,要点是对暴力崇拜、暴力趣味的批判;而对《三国演义》的批判,重点则在于揭示权术游戏的真面目。"④ 对诸如"刘备的儒术"、"曹操的法术"、"司马懿的阴阳术"以及"出神入化的美人术"等,均给予了入木三分的层层剖析。其基本根据是:"中国古代文化中所讲的道,在现代文化中则用另一套语言表达。如果我们暂且悬搁形而上层面的哲学表达,那么,在现实社会政治层面的道,主要应当是指制度。而权术恰恰是制度崩溃后的产物,中国的权术那么发达,就因为制度无效,反而是权术机谋有效,生存技巧有效。钱穆先生一生研究中国文化,得其要点,他在《中国历代政治得失》一书中,特别指出'制度与法术'的对立,两者此起彼伏,制度衰则权术兴。"⑤ 但在我看来,刘再复的思想路线其实跟历代儒者们的基本理路相距不远,如:"'势与道合'即《中庸序》中的'道统','势与道离'之后才有孔子以下'道学'的兴起。朱、陆两人代表了南宋理学的两大宗派,对于'道体'的理解截然不同,但关于

---

① 刘再复:《双典批判》,第92页。

② 刘再复:《双典批判》,第103页。

③ 刘再复:《双典批判》,第99页。

④ 刘再复:《双典批判》,第100页。

⑤ 刘再复:《双典批判》,第104页。

'道'已大行于尧、舜、三代的传说则同样深信不疑。"① 其所赖以运用的正面思想资源，他一概视为文化原形，比如涉及"义"的文化概念："至少有两种原形，一是个人化的伯牙、钟子期式的超功利的'情义'；一是孟子提升的理性化的有别于功利的'仁义'。"② 特别深刻的是，他把《水浒传》中的"聚义"和《三国演义》中的"结义"，做了"兄弟伦理"的组织原则和道德原则的拆解与剖析，一是"对内的凝聚性带来的对外的排他性"，二是"团伙之内的小义取代了团伙之外的社会大义。借用现代思想家马克斯·韦伯的语言说，是兄弟伦理取代了责任伦理"（即宗教性道德与社会性道德二分），之后他犀利地指出："不管是桃园中的义还是桃园外流行于中国的义，均属于心志伦理。中国这种以家庭血缘为基础的伦理，其致命之点就是只知对家庭父母负责、对兄弟负责，扩而展之，只知对皇帝负责，不知对社会负责，对人民负责，对历史负责。"③ 而民间对"关羽崇拜"的心理，他认为便是既没有上帝也没有法律保障的中国人在堕入人生困境时的必然而无奈的精神依托。

有意思的是，还并非仅仅通过"双典"文本中的典型情节解读，他更是通过历史人物和事件的史实与虚构情节进行互文阐释，比如周瑜，比如曹操，比如诸葛亮。尤其是最后者，乃直指到了"智慧重心的易位"，强调的仍然是"以正治国，以奇用兵，以无事取天下"的老子大智慧（原形）。"兵者，诡道也"，治国却必须用"正"，"如果把奇术、诡术搬到常规的生活中，搬到治国事业中……那就是致命的错误"。④ 当然，他并不否定艺术创作的合理性，而是不断提醒读者："在把诸葛亮作为智慧化身接受的时候，往往忘记《三国演义》在处理诸葛亮原型时，已淡化'正'的一面和突出'奇'的一面……这样，就把片面化的诸葛亮和他的破坏性智慧——许多部分已伪形化的智慧，带入日常生活与人际关系之中，在偶像崇拜中也学会了'装'，学会洒假眼泪，从而丧失原形中国文化最宝贵的'诚'的精神。"⑤ 也许，最让人振聋发聩的，当推"历史的变质"中的"抹黑对手"和"美的变质"中的女性从尤物到祭物到动物到

---

① 余英时：《朱熹的历史世界》（上），生活·读书·新知三联书店，2004，第 29 页。
② 刘再复：《双典批判》，第 130 页。
③ 刘再复：《双典批判》，第 139 页。
④ 刘再复：《双典批判》，第 157 页。
⑤ 刘再复：《双典批判》，第 159 页。

器物乃至货物、赌物、毒物、畜物的解读。前者中弃曹操、周瑜等的历史原形，"把曹操描写成历史的公敌，正统的对手，使'原形的曹操'面目全非，变成一个黑心的'伪形的曹操'。如此变形是因为作者守持拥刘的绝对政治立场，因此，他不仅抹黑曹操这个第一级对手，也抹黑周瑜这些第二级对手和王朗等第三级对手"。① 从现实运作的角度讲，更是出于帮派原则，而对孔子"群而不党"的变形变质。后者的许多解读精彩绝伦，潘金莲、潘巧云、貂蝉、孙尚香（前二既是尤物也是祭物，后二是尤物也是政治动物）；顾大嫂、孙二娘、扈三娘（革命女性的另类动物与器物）；没有姓名的如刘安妻子、吕布女儿（权力斗争中前为货物，后为赌物）；毒杀袁绍之妾的袁绍之妻（把前者当畜物的后者是毒物，堪比吕后之毒杀戚夫人）；等等。众多"物化"解读之后，刘再复甚至意犹未尽，还为此列出"女性物化"图表，排列女性物化种类十六种，让人叹为观止的同时，更能体会到其"平等观念"是对五四大师们启蒙理性的进一步弘扬。

综上所述，刘再复对"非人的世界"之深恶痛绝，对"人的世界"之热切向往，其情之真，其心可感，由此我们可以进一步领悟到其对《红楼梦》开启的"天国之门"的巨大热情，以及对《红楼梦》《水浒传》《金瓶梅》三者分别为"天堂""地狱""人间"的隐喻深意。② 最后想说的是，也许刘再复并无必要借助斯宾格勒的"文化原形"与"伪形"概念，就像金观涛其实也无必要借用系统论观念以解释"超稳定结构"一样，他们的批判锋芒照样可以尖锐，解释力一样可以有效，况且刘再复的纯正思想品格其实跟传统儒者们一样充满理想主义色彩。刘再复文学精神的超越性，是在一种表面上看来回归古典的过程中，所指实为中国的现代性重建以及健康叙事：因为"大传统"面临变革与重建，尽管"小传统"始终是在"大传统"的历史性、内在性和具体性变异书写的张力之中，但前提是必须对"小传统"的话语惯性进行清算和批判，所谓变革和重建才有可靠的现实基础。窃以为，《双典批判》的重要意义亦即在于此。

（原载《〈台港文学选刊〉2011 年增刊：流散华文与福建书写国际研讨会论文集》）

---

① 刘再复：《双典批判》，第 168 页。
② 刘再复：《双典批判》，第 70 ~ 74 页。

# 典范已立：把情感逻辑原则贯彻到底

## ——读孙绍振新著《月迷津渡》

坦率地说，在全球化视野中关注和推动中国现代文论的发展与创新，文论界一些学人的主张和努力颇值关注。最流行的当然还是与西方文论的最高水平接轨的说法，而最前沿的说法当是：中国学者基本无法在世界文论前沿发出自己的声音（王宁）[①]；相对重要的则是，中国传统的感兴批评文论的再生（王一川）。（清华）王宁先生文化学术批评成就颇高，但在世界文论前沿"发出自己的声音"恐怕并非仅仅就是在外国号称"权威刊物"发几篇论文，若跟那种最流行的说法和主张一样，缺乏中国自身的"实体性"建设支持和起码的互动平台，所谓"世界最高水平"就可能变成"世界最低水平"。其实，笔者最关注的还是（北师大）王一川先生的主张和努力，而且已经关注多年。遗憾的是，王一川先生本人虽然著述颇丰，可究竟"如何再生"本身却始终没有特别有说服力的成果，尤其是"可操作性"让人心存犹疑。

而今孙绍振新著《月迷津渡》出版，给人以可靠的说服力的同时还具有很强的"可操作性"，尽管孙氏本人很长时间以来一直存在某种程度上的"弱国心态"，但跟近年因"中国崛起"而形成的没有来由的"自我膨胀"形成了极大反差，对此二者的不同心态笔者始终持刻意的保留意见。在笔者看来，无论是"弱国心态"还是"强国心态"，其基本依据均在于

---

[①] 王宁具体这样表达："具有反讽意味的是，在国内，我们所从事的是西方语言文学教学和研究，而到了国外，我们则被看作是来自中国的代表，即使想发言也只能就中国问题发言，或者就与中国问题相关的话题发言，否则你的权威性就是大可怀疑的。"王宁：《国际人文社会科学研究中的中国话语权》，载邓正来主编《中国社会科学辑刊》冬季卷，复旦大学出版社，2009，第188页。

"现代性"之消长。事实上，"现代性"是个开放性概念，并非像人们曾经简单以为的那样是传统与现代二分，同时也并非像人们以为当下所谓（经济）中国崛起便"信心满满"就意味着现代性的可能实现。表现在文学领域，特别是五四时期伴随着"文学革命"的便是"整理国故"的思潮，"五四"作家的文学实践则更是中国"史传传统"与"诗骚传统"的内在转化与创造（陈平原）[1] 和"晚明小品"与（英国）"幽默小品"的内在演化与超越（孙绍振）[2] 等。更为重要的是，在全球化语境之中，由全球化所不断激化和塑造的本土性，二者始终处于对立统一的辩证过程，现代"后发"国家就跟早年（1500 年以前）穷困潦倒的欧洲在发现新大陆以及新历史那样，建立现代先发国家的"镜像"并与其在不断"对话"中重新建构自身，从而研究和批判本来就是包括文学理论在内所有思想理论的首要任务。这一点，在孙氏的文论创造中其实一开始就表现出极大的自觉，从他最早的对来自苏俄的"美是生活"命题的激烈批判直至延伸到当下的对西方文论在某种程度上的坚决清算等，均是如此。尤为难得的是，《月迷津渡》一跃而开出新境，既对美国"新批评"以降的西方形式主义文论予以迎头痛击，一转身又接续了中国感兴批评的文论传统，同时还颇为雄辩地继续把他自己形成于 20 世纪 80 年代的美学原则贯彻到底。

一

不好说《月迷津渡》的写作便是为了回应某些读者在读过孙氏著作《名作细读》以为"孙氏'细读'者，得力于'美国新批评'者也"的幼稚言论，毋宁说，孙氏从新旧世纪之交强力介入中学语文教育以来，差不多与 20 世纪 80 年代的理论创新和推动基本是反向运动着推进的。他曾吃惊地发现，中学语文教学知识结构的严重落伍甚至"落后当代文学理论三十年"，然后毫不犹豫地、不遗余力地为中学语文教师们提供了大量鲜活的教案：除了应教育部之邀重编中学语文课本之外，更是奉献出了如《名作细读》（上海教育出版社，2006）、《孙绍振如是解读文本》（福建教育出版社，

---

[1] 参见陈平原《中国现代小说叙事模式的转变》，北京大学出版社，2003。

[2] 参见孙绍振《建构当代散文理论体系的观念和方法问题——在大连"散文理论创新研讨会"上的发言》，《当代作家评论》2010 年第 2 期。

2007）等以先后收入全国语文课本中的不同类型文章为主的大面积文本细读个案。需要特别指出的是，这些文本细读，尤其是收入第一本《名作细读》中的诸如《为什么吴敬梓把心理疗法改为胡屠户的一记耳光》《薛宝钗、安娜·卡列尼娜和繁漪是坏人吗》《祥林嫂死亡的原因是穷困吗》《关公不顾一切放走曹操为什么是艺术的》《海明威修改了三十九次的对话有什么妙处》《为什么猪八戒的形象比沙僧生动》等，其间贯穿着的本来就是他早在《文学创作论》中即已形成的特有的情感逻辑原则和错位的美学原则。然而，多年过去以后，孙氏除了对仍有人以为其细读"得力于'美国新批评'"表示遗憾①之外，对"许多第一线的老师，很喜欢我的文本解读，却忽略了我的解读理论基础"② 只有苦笑，至于说"二十世纪末，我批判人民教育出版社一套以'新'为标榜的课本，曾经指出其理论落后当代文学理论三十年。当时，许多人质疑是否言过其实。今天看来，在情节这一理论上的落后可能已经超过了千年，而不是三十年"，就不能不说有些悲愤了。略加细究我们当然可以找出众多的原因，但最重要的恐怕还是对艺术真理的漫不经心之故，不要说多为"稻粱谋"的教师们了，即便是所谓学者们不也以没有理论的"文艺理论家"竟相标榜吗？孙氏所谓落后"超过了千年"也许确实有点言过其实——君不见，即便是"五四"大师们创建的学术传统我们也差不多丢个七零八落，时至今日还不到百年。

当然孙氏说法是有根据的。他通过对《孔雀东南飞》的文本解读提出了这个根据："五个人物，从五个方面，出于五种不同的动机把压力集中在刘兰芝和焦仲卿身上……从这五个方面的情感因果统一为完整的情节结构可以看出，长诗的情节是非常成熟的。要知道，当时甚至稍后的叙事作品，包括具备了小说的雏形的《世说新语》、魏晋志怪，都还只是故事的片段，因果关系并不完整，即便那些完整的故事（如周处除害、宋定伯捉鬼），也只限于理性的，或者超自然的因果，其规模也只是单一因果。而这里，却是多个人物、几条线索的情感逻辑把主人公逼到别无选择的死亡上。"说到该长诗的"伏笔"匠心，他说道："这一点不可小觑。这种为最后的结果埋伏原因的手法，出现在早期叙事诗中，可以说是超前早熟的。要知道，在叙事文

---

① 孙绍振这样表示他的遗憾："说者全系一片美意，殊不知本人不但难以领情，反而颇有委屈。对于美国新批评的所谓'细读'，我只能用在《新的美学原则在崛起》中引起极大震动的'不屑'来形容。"孙绍振：《月迷津渡》，上海教育出版社，2012，第1页。

② 孙绍振：《月迷津渡》，第29页。

学中，这种手法的运用，差不多要到《三国演义》时才比较自觉。在短篇小说中，即便宋元话本中，都还不普及，通常采用'补叙'的手法……"①奇怪的是，当下流行的却仍然是开端、发展、高潮、尾声的"情节四要素的弱智理论"，这就不能不让孙氏感到悲愤了。问题是在此平面狂欢的时代，又有几个真的愿意去理解孙氏总是出于历史与逻辑的辩证追求的那种高度和深度呢？按笔者的主张，与其慨叹"人心不古"，不如重新确立自己的学术传统——顺便说一句，孙氏在对"美国新批评"以及西方文论的批判时总是喜欢引用李欧梵的一段精彩说法，但恕我直言，李氏说法固然有理却也只是图个说法痛快，无论李氏还是孙氏其实还是忽略了人家的学术传统。自启蒙运动以来，无论是启蒙还是反启蒙，人家追求真理的理性精神从来就没有断裂过，至于不同学派究竟有多少存在的合理性，另当别论。其间最为可贵的则是不同学派的互为推动，集腋成裘，成就一个又一个的辉煌时代——否则，"曲学干禄""浮说惑人"在当下中国常常有更大的市场。因此，我更愿意回到孙氏所奠定的逻辑传统和美学原则中去，继续探究孙氏理论的内在合理性和超越性。

特别不可思议的是，介于古稀和耋耄之间的孙绍振，居然可以在理论上更上一层楼而开出新境，居然可以继续展示其早已自洽的逻辑体系之中的"未尽之才"。众所周知，尽管历史与逻辑的双重辩证统一的追求，孙氏最早开始于《文学创作论》写作期间的教学与科研活动，而且几乎一开始他即采用了"六经注我"的立场与方法，不管他所坚持的"六经注我"是否为"六经皆史"的变相说法。事实上，中国文学史上的许多经典现象在孙绍振那里始终颇受重视，更不用说中国古典文论的相关范畴尤其是吴乔的"诗酒文饭"之说一开始就得到了创造性转化，《论变异》一书即可视为代表性成果。但可能是"为学次第"的原因，最后打通文学史、文学理论和文学评论"三驾马车"的，却是这部最新著作《月迷津渡》。熟悉孙氏文论的人，一定清楚他在许多文论创造中存在着的一种惊人的直觉能力，或者毋宁说早期的苏俄文论和后期涌入中国的西方文论，在许许多多地方扭曲了他的这种艺术直觉和理论直觉，从而让他常常感到恼怒。因此，孙氏文论的草创阶段就是以巨大的反弹乃至以"冲决罗网"的勇气著称的，更是以借用

---

① 此处几段引文均引自《〈孔雀东南飞〉：情节的情感因果关系》一文，见孙绍振《月迷津渡》，第 28~32 页。

诸如马克思《资本论》中的从"细胞"形态出发进行研究和分析的方法却并不采用其研究的结果，从而完全区别于他的前辈们和后辈们要么倒苏俄文论之果为因，要么倒当代西方文论之果为因，从而形成他的体系性理论创新的。他之后的勃发以至不断蓬勃起来的文论创造，又跟中国最早接触西方的晚清一代学人有着巨大不同，一是现实语境不同：晚清学人引进西方观念意在促进中国的现代化，孙绍振所面临的语境则是中国的现代化本身出了大问题；二是知识背景不同：晚清学人仍然是义理、考据、辞章三合一，孙绍振面临的则是文史哲不仅分家而且各自为政的知识状况，即便是局限于文学领域也早已是文学史、文学理论、文学评论"三驾马车"各说各话，已经很难重新整合并提供出系统的解释理论，以推动时代前进。也便是在此意义上，《月迷津渡》对"三驾马车"的打通具有重大的时代意义和理论价值。

## 二

现在我们再来看孙绍振对自己几十年的文论创造所做的一些总结。除了大家耳熟能详的部分之外，在该书封底赫然宣称："从根本上说，我的细读，是中国土生土长的。我的追求，是中国式的微观解读诗学，其根本不在西方文论的演绎。其实践源头在中国的诗话词话和小说戏曲评点，师承中国文论的文本中心传统。"孙绍振之所以在其许多文论已成经典性的创造并在其代表性论著《文学创作论》《论变异》《美的结构》出版已近三十年的情形下，如此宣称当然有他的道理。除了他要把自己形成于20世纪80年代的美学原则贯穿到底之外，就是上述已指出的诸多重大理论使命似乎尚未完成。加上近百年来中国理论场域泥沙俱下、鱼目混珠、混乱无比，孙氏几十年左冲右突，便是为了冲破许许多多的话语障蔽，揭示艺术的真理，解开艺术本真的奥秘，又由于历史和现实的乃至个人的原因，尚有千古未发之覆有待完成。

陈一琴先生的《聚讼诗话词话》一稿邀请孙绍振"每题后作评"成了重要契机，"为陈君试作数篇，蒙陈君首肯，书稿乃改称《聚讼诗话词话辑评》。值此《月迷津渡》付梓之际，又蒙陈君慨然应允，将我执笔之《古典诗歌中的情理矛盾和"痴"的范畴》、《古典诗论中的"诗酒文饭"之说》、《古典诗歌中的情理矛盾和"无理之妙"的范畴》、《古典诗话情景矛盾中的宾主、有无、虚实、真假》编入第一章相应个案分析之后。另一部分，系对古典诗话千百年来一些争讼的试答，《唐人绝句何诗最优》、《唐人七律何诗最优》，则编入最后一章。如此，余建构中国式微观解密诗学，乃更有学术基础。陈君惠我如此，非感激二字可以尽意也。"① 这倒是大实话。在以往的孙氏文论中，虽然时有所见其对文学史的经典现象以及文学作品阅读史（包括小说戏曲评点）的检测与检阅（比如《文学性讲演录》《演说经典之美》等著），但毕竟"六经注我"的才子派头太过，终究显得支离。更为紧要的是，当年打扫理论战场的任务繁重，似乎只有在某种程度上的理性凯旋之后，方能迎来一个新的契机，而且这样的契机还是那样的可遇而不可求（天不作美、难尽其才倒是众所周知的常态），于是就出现了孙氏个人"为学次第"上的前后奇观。

我不敢肯定孙氏在 21 世纪之后是否重新确立了新的研究典范，但我能肯定在《月迷津渡》里确实出现了全新的贯通。这个贯通逻辑仍然是他几十年一以贯之的情感逻辑的前后左右打通，用孙氏自己的话说，其采用马克思《资本论》中的从"细胞"形态出发进行的分析的方法，即人体解剖是猿体解剖的方法亦即从最高级的阶段回溯过去的方法，既不是从低到高，也不是从高到低，而是从中截取较为典型的形态进行研究的方法。② 《月迷津渡》仍是围绕往日中学语文教育以及课本所选经典文本的话题展开的，但其理论话语本身的贯通则已远远超出了以往的话题范围。因此话说从头，从《诗经》的经典性表达讲起，亦即从中国情感原则的源头讲起，尽管"典型的形态"分析仍是唐诗。也许应该特别指出，这里最重要的贡献在于对传统文论的"意境"理论范畴的全面超越。众所周知，自从晚清王国维的"然沧浪所谓兴趣，阮亭所谓神韵，犹不过道其面目，不若鄙人拈出'意境'二字，为探其本也"③ 从而"引得无数英雄竞折腰"以来，在王国维之后的文论，"意境"和"境界"的术语不断勃发起来并越来越被广泛使用，相关研究文献更是汗牛充栋。遗憾的是，终究含义漂浮，尤其在文本分析上一直存在难以深入下去的痼疾。不能说王国维不高明，也许恰是王静安先生太过高明，因此不免仍带有传统词话的印象式、感受式的点评方

---

① 孙绍振：《月迷津渡》，第 3 页。
② 孙绍振：《演说经典之美》，福建教育出版社，2009，第 277~278 页。
③ 王国维：《人间词话》，上海古籍出版社，2004，第 11 页。

式——尽管他在《人间词话》的"总论部分"已经采用了尼采的"醉境""梦境"等说法，对接佛家的"境界说"，在西学东渐的语境下对传统诗歌感发作用做出了新的体认，同时采用"主观/客观""有我/无我""理想/写实"等西方概念又做了进一步阐发，但是，在后面篇幅大得多的"具体批评"里虽以新范畴"境界"说为基础，却仍然是有很高艺术修养的人的"印象式""感受式"点评而缺具体分析——如果不能有静安先生同等的艺术修养，其实真的很难体会到他所领会的诸多高处和妙处的，这样就给众多后来者似是而非、众说纷纭乃至层层话语障蔽留下了巨大空间。孙绍振的高明也众所周知，但他的高明与王国维的高明颇为不同，这就是从"诗酒文饭"之说独拈出"变异"二字探其本也，从而形成雄辩的情感逻辑并进入广泛而深入的文本分析。而《月迷津渡》所做出的"全面超越"就是从历史和逻辑的双重视角，重新凸显了中国人的情感表达方式，并更彻底地贯通了他的情感逻辑变异原则。

我们先看一下孙氏"全面超越"的具体例子。他分析曹操的《短歌行》，把"宏大的气魄就隐含在若断若续的意脉中"，并把"揭示意脉连续的密码"作为解读任务。窃以为，"意脉"二字是《月迷津渡》一书的关键词。王国维说"'红杏枝头春意闹'，著一'闹'字，而境界全出。'云破月来花弄影'，著一'弄'字，而境界全出矣"①，这种感受性虽然很深刻，却毕竟是一种悟性的深刻，很难也基本无法是理性的分析。孙绍振说"对酒当歌，人生几何？譬如朝露，去日苦多。慨当以慷，忧思难忘。何以解忧？唯有杜康"，"'苦'作为'脉头'，其功能是为整首诗定下基调。从性质上来说，是忧郁的；从情感的程度来说，是强烈的。'慨当以慷'，把二者结合起来，把生命苦短的'慨'变成雄心壮志的'慷'慨。这就从实用理性的层次，上升到审美情感的层次。苦和忧本是内在的负面的感受，而慷慨则是积极的、自豪的心态。将忧苦上升为豪情，这在中国诗歌史上，是一个突破"②。之后他对传统文学母题做了诗歌史意义上的检测，如从屈原《离骚》的"豪情"、《文心雕龙》讲的"建安风骨"，到《古诗十九首》的主题转化（感情的性质从悲凄转向豪迈）等，又对《短歌行》阅读史做了辨析："在《短歌行》的阅读史上，苏东坡可能是最早读出了其中的雄豪之

---

① 王国维：《人间词话》，上海古籍出版社，2004，第9页。
② 孙绍振：《月迷津渡》，第19页。

气的……这种化忧苦为慷慨、'享忧'的主题，日后成为古典诗歌的核心母题，到唐代诗歌中，特别在李白的诗歌中，发扬光大，达到辉煌的高峰。"①在这反复交替的诗歌史检测与阅读史辨析中，他更是如鱼得水般地展开了一贯的出神入化的文本分析，竟然把《短歌行》的意脉衍生分析出了十个节点："关键应该在情感的逻辑的'偏激'，意脉的衍生、曲折和起伏。首章的悲怆慷慨，末章的浪漫乐观，构成了一个二元对立的转化。主题在多个节点的呈示、展开中盘旋升华。第一个'脉头'是'苦'和'忧'；第二个，是感叹悲怆，变成雄心壮志的'慷'慨；第三个，是'解'（'何以解忧'），寻求解脱期望；第四，是'沉吟'；第五，'不可断绝'的忧心；第六，'鼓瑟吹笙'的欢庆；第七，'契阔谈宴、心念旧恩'的温馨；第八，'何枝可依'的怜悯；第九，'天下归心'的浪漫，这也是意脉的脉尾，与首章对比，构成一个完整的情感过程。其间情感的衍生、变化特别丰富。"②这里我省略了其精致分析的过程，仅仅把分析结果端出就已足见其分析魅力，从而与包括王国维在内的传统诗话（词话）偏于感受与印象的评点彻底拉开距离，尽管其"实践源头在中国的诗话词话和小说戏曲评点"，确实是"师承中国文论的文本中心传统"。

　　当然，最为关键的还是孙氏本来就是个经验论者而并非唯理论者，否则这个"师承"就可能被打折扣，而不是被发扬光大。也因此，他才能毫不费劲地一下子就又"话说从头"，从《诗经》《楚辞》开始重新探讨中国人的情感表达方式。比如从阅读史的角度分析了《诗经》中名篇《关雎》《蒹葭》，关于前者他说："政治道德教化观念在《关雎》的阅读史上曾经拥有雄踞数千年的经典性，如今看来，不过是历史云翳，其学理价值，还不如孔夫子的'乐而不淫，哀而不伤'以及注家们的'怨而不怒'。"（之后指出其与"愤怒出诗人"以及浪漫主义总结的"强烈的感情的自然流泻"西方文论的各执一端的不同源流。）③ 关于后者他还做出了比较和推进："一开头的'蒹葭苍苍，白露为霜'表面上和'关关雎鸠，在河之洲'这样从环境写起的写法异曲同工，但是，实际上很不相同，《关雎》是兴而比，而这里却既不是兴，也没有比喻的意味。它是典型的'赋'，可谓直陈其景。八个

---

① 孙绍振：《月迷津渡》，第20页。
② 孙绍振：《月迷津渡》，第23页。
③ 孙绍振：《月迷津渡》，第7页。

字中，'蒹葭'、'白露'两个意象，加上衍生属性也只有'苍苍'、'为霜'，就提供了一幅图景。'蒹葭'加上'苍苍'，构成了视野开阔的图景，得力于'苍苍'与茫茫的潜在联想；而'白露为霜'，不但在色调上与苍苍形成反差，而且由芦苇之苍苍隐含着广阔的水面，又提示着秋晨的清寒和邈远。所有这一切表面上都是景语，实际上都是氛围的烘托，其中蕴含着某种清净空灵之感。这一切都是为了和'伊人'的阴性气质高度统一。"（之后他纠偏"伊人"是贤才、友人、情人乃至功业、圣境等阅读史上的误读，突出了《蒹葭》的核心审美价值，指出其艺术的生命当然集中在爱情的朦胧缠绵、捉摸不定。）① 我们不该忘记，情感变异和感觉变异是孙氏文论和解读文本中最为活跃也最为精彩的"灵视"因子，不能稍不留神就被他牵着鼻子走，尤其不能忘记的是在其解读的背后始终存在潜在的"美的结构"，尽管这个结构常常会被他自己的这种活性因子冲击并产生审美规范的变化。

也就是说，艺术变异和理论变异才是孙氏文论始终如一的关键，至于理论以及理论范畴则可能会经常发生变化或者被推进。比如"乐而不淫"（孔子）、"发愤以抒情"（屈原）、"以天下大义之为言"（邵雍）、"诗有别趣、非关理也"（严羽）以及感性的诗话词话在情与理之间凝聚出的一个新范畴："痴"，还有"诗言志""文载道"，直至"把情志艺术化解放出来"，等等。他说："'痴'，建构成'理（背理）—痴—情'的逻辑构架，这是中国抒情理念的一大突破，也是诗歌欣赏对中国古典诗学的一大贡献……'痴'这个中国式的话语的构成，经历了上百年，显示了中国诗论家的天才，完全不亚于莎士比亚把诗人、情人和疯子相提并论。"② "诗酒文饭"之说和"无理之妙"的范畴，是孙氏文论的最早理论生长点，在这里也出现了一些新的变化，除了跟西方自亚里士多德以降的诗与哲学和历史的关系的三分法相区别的中国传统的诗与散文的（言志与载道）二分法，以及他后来仍然强调诗更接近哲学（即形而上）的概括之外，他继续指出："吴乔这个天才的直觉，在后来的诗词赏析中没有得到充分的运用。如果把他的理论贯彻到底，认真地以作品来检验的话，对权威的经典诗论可能有所颠覆。诗人就算如《毛诗序》所说的那样心里有了志，口中便有了相应的言，然而

---

① 孙绍振：《月迷津渡》，第 11~14 页。
② 孙绍振：《月迷津渡》，第 39 页。

口中之言是不足的，因而还不是诗，即使长言之，也还不是转化的充分条件，至于手之舞之，足之蹈之，对于诗来说，只是白费劲，如果不加变形变质，也肯定不是诗。"① 在"无理之妙"的范畴中，他除了发扬往日即已做出的现代解释和推进，如："理性逻辑，遵循逻辑的同一律，以下定义来保持内涵和外延的确定。情感逻辑则不遵循形式逻辑同一律……苏东坡和章质夫同咏杨花，章质夫把杨花写得曲尽其妙，还不及苏东坡的'似花还似非花'，'细看来不是杨花，点点是离人泪'。从形式逻辑来说，这是违反同一律和矛盾律的。闺中仕女在思念丈夫的情感（闺怨）冲击下，对杨花的感知发生了变异。变异是情感的效果，变异造成的错位幅度越大，感情越是强烈。"他还指出："在这方面，我国古典诗话有相当深厚的积累。贺裳《载酒园诗话》卷一并《皱水轩词笺》，吴乔《围炉诗话》卷一提出的'无理之妙'的重大理论命题，不但早于雪莱所提出的'诗使其触及的一切变形'，且比艾略特的'扭断逻辑的脖子'早好几个世纪，而且不像艾略特那样片面，把'无理'和'有理'的关系揭示得很辩证。"之后他更是直指美国新批评把一切归诸修辞的局限："其实，修辞不过是用来表达情感的手段。千百年来，众说纷纭的李商隐的《锦瑟》在神秘而晦涩的表层之下，掩藏着情感的痴迷。'此情可待成追忆，只是当时已惘然'，是很矛盾的。'此情可待'，说感情可以等待，未来有希望，只是眼下不行，但是又说'成追忆'，等来的只是对过去的追忆。长期以为可待，可等待越久，希望越空，没有未来。虽然如此，起初还有'当时'幸福的回忆，但是，就是'当时'也明知是'惘然'的。矛盾是双重的，眼下、过去和当时都是绝望，明知不可待而待。自相矛盾的层次越是丰富，就越显得情感痴迷。"②（关于此容后再论。）

也许应该指出的是，无论是艺术的变异还是理论的变异，在孙绍振那里总是以情感逻辑和形式规范的相对独立存在为前提的。相对于思想观念、政治经济以及社会历史可能容易发生变化，情感逻辑和表现方式的变化则缓慢得多，这就为孙氏讨论各种各样的问题提供了相当程度的自由，加上孙氏的经验论色彩，始终主张以创作检验理论而不是相反。因此，他

---

① 孙绍振：《月迷津渡》，第 74 页。
② 此处数段引文均引自《古典诗话中的情理矛盾和"无理之妙"范畴》一文，见孙绍振《月迷津渡》，第 148～153 页。

的"美的结构"问题也就始终处于不断演化状态，并在任何时候任何状况下讨论任何哲学问题、美学问题和文学问题都能做到进退有据而且挥洒自如，在任何时候讨论任何问题也都是为了文本分析的有效性：他发明了诸多"还原的"解读方法如此，眼下回到创作史、阅读史乃至理论话语史的方法则更是如此。《月迷津渡》除了经典诗词个案研究之外，单列了古典诗词常见主题分析、古典诗词常见意象分析、古典诗词常见主体情感体验分析等，从不同的主要侧面对传统文学母题的历史演变、演化乃至演进进行了系统评析，而古典诗词美学品评和古典诗歌宏观解读，则是孙氏文论经典的再现，后者干脆就是发"千古未发之覆"。当然，笔者最喜欢也最推重的仍然还是他细胞意义上的经典文本分析。如前所述，他的理论变化或者推进时常出现在他的分析的发明当中，这回所做的情感逻辑的前后左右打通当然也不例外。

我们再来看一下孙绍振的最新发明："在读者和作者文本之间，文本无疑是中心。文本由表层意象、中层意脉和深层文学形式的审美规范构成，其奥秘在千百年的创作时间中积淀。一般读者一望而知的只能是表层，教师、论者的使命乃是率领读者解读其中层和深层密码。"① 如他分析曹操《短歌行》提出的多个意脉的节点时还说道："显性的跳跃（断）与隐性的衍生（连），形成了一种反差、一种张力，构成了一种'象'断'脉'连，若断若续，忽强忽弱，忽起忽伏的节奏……不同性质、不同强度的情致交替呈现，显示了诗人心潮起伏的节律，本来有点游离的意象群就此得以贯通。"（这便是孙氏所说揭示密码的方法。）然后他分析出了意脉衍生的十个节点又有点犹豫地说："敏感的读者可能要质疑，这是不是太繁琐了？可能是的。但这是必要的。曹操所运用的诗歌形式是四言。这种形式有《诗经》的经典性，节奏非常庄重、沉稳。但是，也有缺点，那就是从头到尾，一律都是四言，其内在结构就是二字一个停顿。全诗三十二行，六十四个同样的停顿，是难免单调的。在《诗经》里也是这样的。但《诗经》的章法采用在复沓中有规律地变化、在对应的节奏上改变字句的办法。曹操没有采用这样的格式。原因是他的精神内涵比之《诗经》要复杂得多。"② 事实上，孙氏基本没有必要犹豫或者质疑，只要读者们记得孙氏

---

① 孙绍振：《月迷津渡》"给读者的话"。

② 孙绍振：《月迷津渡》，第 21～23 页。

的"美的结构"在起着潜在作用就够了：忘记了它就可能常常因为太过精彩而被弄得晕头转向，记住了它我们就能反复领略孙氏揭示艺术密码的太多精彩。众所周知，孙氏解读文本精彩之处实在太多，并有不少范例已成为经典，如收入此著的《早发白帝城：绝句的结构和诗中的"动画"》等，其中关于绝句的感觉变异和第三句的句式转换的讨论，早在《文学创作论》中就起到了"美的结构"和审美规范的建构性作用，而"诗中有画"乃"动画"和"情画"的讨论，孙氏几乎延续了二十多年，出现在他后来一系列著作当中，诸如苏东坡的权威、明人张岱的怀疑以及西方莱辛对《拉奥孔》的讨论，还有西方诗歌的情理交融与中国诗歌的情景交融的平行发展以及 20 世纪美国人庞德向中国学习而形成"意象派"等，其间许多引人入胜的讨论早为人们所熟知。

在此另举几例以说明孙氏"新发明"中"情感与形式"内涵的一些新变化，比如对张若虚的宫体诗《春江花月夜》的解读等。若说有现成的意象群落和立意可以依傍并构成创新的障碍，并指出"这首诗之所以成为杰作，就是因为既师承古意，又把宫廷趣味和华丽的片段变成了具有整体性的平民趣味，这里的'意境'美就是整体之美"的结论还算不上最精彩，其精彩还在于他把张诗与隋炀帝的宫体诗做过比较后分析道："张若虚统一的魄力，表现在让江海连成一片。在前述宫体诗作中，明月只与江、与潮水联系，构成'流波将月'的景象。张若虚对之做了变动：第一，明月不但与江而且与海连接起来，视野就大大开阔了，视点提高了。第二，让明月与海潮共生，平远'不动'的'暮江'和明月互动，获得了'滟滟随波千万里'的宏大景观。这就不仅仅是江海相连的平衡静态，而且隐含着微微的动态。这既是客观可视的景象，又是主观可感的心态，二者的统一，蕴含着高视点、广视野，这不仅是视境，而且是意境。第三，让月光普照，把春、江、花、月、夜这五个平列的意象，变成由月光主导的意象群落。用月的特征（光华）来统一江、海、花的大视野。第四，用月光把这个广阔的景观透明化。'空里流霜不觉飞，汀上白沙看不见。江天一色无纤尘，皎皎空中孤月轮。'一连四句都集中在透明的效果上，月光同化了整个世界，不但江是透明的，而且天也是透明的（'江天一色无纤尘'），不但天空是透明的（'空里流霜不觉飞'），而且江岸也是透明的（'汀上白沙看不见'），而花的意象，已经不是'夜露含花气，春谭养月晖'，而是'江流宛转绕芳甸，月照花林皆似霰'。这里强调的是，月色不但同化了'江'，而且同化了'花'，花因月照而变得像冰珠一样透明。'春'、'江'、'花'、'月'、'夜'五个意象，外在性状的区别被淡化，而以月光透明加以同化。这就构成了意境的整体美。"之后他似乎言犹未尽，自己设问道："意象群落的透明性来自景观的透明性吗?"并自答当然不是：这是情致意念的、精神的透明性。随之对王国维的"一切景语皆情语也"做出精致修改："但王国维的说法在这里似乎还不太完美，应该补充一下，一切景语被情感同化，发生质变，才能转化为情语，从而使现实环境升华为情感世界，才可能构成'境界'的整体之美。没有情感统一，不发生质变的意象群，构不成统一的'境界'。"① 这就是笔者一再强调孙氏"美的结构"的潜在作用，他的结构与形式总是存在着不同程度上的错位式"统一"乃至"和谐"，至于具体究竟怎么统一、怎么和谐则随着不同形式的探索而千变万化，而且由于情感逻辑的强大穿透性以及情感主体的不可重复性，又总是冲击着"美的结构"和形式规范的可能变化，由此循环往复，推进着一个又一个具体的理论范畴。

## 三

对李白的经典中之经典文本《梦游天姥吟留别》的解读甚至有点惊心动魄，李白的天才和想象力显然也让孙氏的分析感到过瘾。他由衷赞叹李白的艺术表现力，读出这首游仙诗"天姥和'仙境'的联想，这是一开始就埋伏下的意脉"，同时具有多重之美：由壮美与优美相交融转向朦胧之美，之后又突转为惊险的美，并产生了神仙境界之美，等等。跟魏晋以来盛行的游仙境界相比，他以为："李白的创造在于，一方面把游仙与现实的山水、与历史人物紧密结合，另一方面又把极端欢快的美化和相对的'丑化'交织起来……李白以他艺术家的魄力把凶而险、怪而怕、惊而惧转化为另一种美，惊险的美。接下去，与怪怕、惊险之美相对照，又产生了富丽堂皇的神仙境界之美……这个境界的特点是，第一，色彩反差极大，在黑暗的极点（不见底的'青冥'）上出现了华美的光明（'日月照耀金银台'）。第二，意象群落变幻丰富，金银之台、风之马、霓之衣、百兽鼓瑟、鸾凤御车、仙人列队，应接不暇的豪华仪仗都集中到一点上——尊崇有加。意脉延伸到这

---

① 此处数段引文均引自《〈春江花月夜〉：突破宫体诗的意境》一文，见孙绍振《月迷津渡》，第51~55页。

里，发生一个转折，情绪上的恐怖、惊惧，变成了热烈的欢欣。游仙的仙境，从表面上看，迷离恍惚，没头没尾，但是，意脉却在深层贯通，从壮美和优美到人文景观的恍惚迷离、惊恐之美，都是最后华贵之美的铺垫，都是为了达到这个受到帝王一样尊崇的精神高度。"① 这样的分析文字，还很容易让人想起他以前为余秋雨散文做辩护的文章，比如"用文化景观的特点去解释自然景观，不仅仅是抒情，而是在激情中渗透了文化的沉思，把审美的诗化和审智的深邃统一了起来。这就叫做气魄，这就叫才华。"② 这就是说，他的情感逻辑原则本来就是贯穿古今，然后在古今中外的文学文本解读中不断地拓展其理论范畴的，比如"审丑""审智"范畴等是如此，而他的解读因子的"灵视"活性常常冲击着形式规范的情形更是无所不在。

比如通过与李贺的《梦天》比较，他说："李白和李贺不同，他的追求并不是把读者引入迷宫，他游刃有余地展示了梦的过程和层次。过程的清晰，得力于句法的（节奏的）灵动，他并不拘守于七言固定的三字结尾，灵活地把五七言的三字结尾和双言结尾结合起来……灵活地在这两种基本句法中转换，比如：'云青青兮欲雨，水澹澹兮生烟。'以'欲雨'、'生烟'为句尾（'兮'为语助虚词，古代读音相当于现代汉语的'呵'，表示节奏的延长，可以略而不计），这就不是五七言的节奏了，双言结尾和三言结尾自由交替，近乎楚辞的节奏。把楚辞节奏和五七言诗的节奏结合起来，使得诗的叙事功能大大提高。增加了一种句法节奏，就在抒发的功能中融进了某种叙事的功能……就不用像李贺那样牺牲事件的过程，梦境从朦胧迷离变成恐怖的地震，过程就这样展开了……"关于此，显然可以把收入该书带有文献性质的《我国古典诗歌的三言结构和双言结构》（此篇原载《诗探索》杂志，也是当年《美的结构》一书中的重要篇章）做对照阅读，如：从古典诗歌的节奏基础发展而出的词和曲的杂言句法，尤其是作为规律发展的一种"衬字"的方法，在调性的和谐与不和谐问题上，从四言诗向五七言过渡和从五七言诗行向四言诗行过渡，有自由与不自由之分；后来新诗的发展中"对称与不对称"手法的普遍运用，以为"这种对称与不对称统一的原则，无疑是从律诗当中两联对仗、首尾两联不对仗的原则演化而来，因而这

① 孙绍振：《月迷津渡》，第 66 页
② 孙绍振：《演说经典之美》，第 200 页。

个在新的'基础'上产生出来的诗行或多或少打上了民族形式的烙印"①
等。概括地说，其形式的规范与创造常常具有一体两面的内在演化和流变性
质，并总是在一种辩证的对立统一的不断转化之中。

这种"转化"在孙氏那里确实常常出奇制胜，那种解读的快感甚至与
创造的快感能成正比。比如李白在游仙诗临结束时突然又来了个句法转换，
就让他解读与创造的快感双重来临："句法的自由，带来的不仅仅是叙述的
自由，而且是议论的自由。从方法来说，'世间行乐亦如此'，是突然的类
比，是带着推理性质的。前面那么丰富迷离的描绘被果断地纳入简洁的总
结，接着而来的归纳（'古来万事东流水'）就成了前提，得出'安能摧眉
折腰事权贵，使我不得开心颜'的结论就顺理成章了。这就不仅仅是句法
的和节奏的自由转换，而且是从叙述向直接抒发的过渡。这样的抒发，以议
论的率真为特点。这个类比推理和前面迷离的描绘在节奏（速度）上，是
很不相同的。迷离恍惚的意象群落是曲折缓慢的，而这个结论却突如其来，
有很强的冲击力。节奏的对比强化了心潮起伏的幅度。没有这样的句法、节
奏、推理、抒发的自由转换，'安能摧眉折腰事权贵，使我不得开心颜'这
样激情的概括、向人格深度升华的警句就不可能有如此冲击力。"他甚至为
此热烈地宣布其是"思想""诗歌结构艺术""人格创造"的三重胜利。②

如前所述，孙氏解读文本精彩的地方实在太多，除了挂一漏万之外，对
其方法的有效性的概括也实属不易。但笔者的理解却非孙氏所说的"授其
鱼不能授其渔，其憾何如"，而是认为只要有心的读者能够认真读过孙氏对
传统文学母题包括主题（边塞诗、田园诗、乡愁诗、送别诗以及秋、冬的
悲与颂等）、意象（月、花、楼、湖以及渔父等）和情感体验（孤独、悲愤
和女性的隐忧等）等在内的深入剖析，同时也能在每篇经典细读文章中领
会种种"还原"以及最新的文学史、阅读史上的比较分析以及美学品评，
并深入领会其对中国诗话词话传统话语系统的内在梳理，便能欣赏其勾连文
学史、文学理论和文学评论的真正穿透力。这样，在"月迷之中寻找津渡"
的同时，还未必真的就"雾失楼台"，难说不能融会贯通。因为在我看来，
无论是哪方面的贯通，在孙氏那里起最大作用的仍然还是情感逻辑的变异原

---

① 孙绍振：《月迷津渡》，第 393～400 页。
② 此处数段引文均引自《〈梦游天姥吟留别〉：游仙中的人格创造》一文，见孙绍振《月迷津
渡》，第 64～69 页。

则，同时就是细胞意义上的典型形态的深入研究与具体分析了。不用说唐诗中的绝句与律诗是孙氏长期以来最为用心的部分，而且也是公认的中国文学高峰时期的典型形态。限于篇幅，也鉴于人们对孙氏自《文学创作论》问世至今对这个典型形态的细胞研究已很熟悉，并深知其情感逻辑原则早已贯穿于诗歌、小说和散文等不同形式的理论探索之中，而今又从唐诗的"典型形态"往上一抻近千年，往下一按一千多年，上至《诗经》情感形式、孔子以降"乐而不淫"诗学，下迄当下现代派诗歌、后现代小说和当代幽默、审智散文等全然贯通，依靠的仍是这个情感变异原则。因此，这里仅略举其以往并不很深入的律诗的情感变异方式，来看看他又是如何发那千年"未发之覆"的（顺便说一句，《唐人绝句何诗最优》一文也是孙氏历来讨论绝句中最系统最精致的）。

《唐人七律何诗最优》仍是在传统诗话讨论语境中展开，所不同者，并非经典文本解读中常见的规律性的发现或者具体细化归类（如意脉的瞬间转换型、结束持续型、结束递增型等），同时又接受解读活性因子的冲击理论范畴随之拓展，而是在历代纷争的"压卷之作"千年纠结之中发力颠覆并举重若轻地发出洞见的。其从沈佺期的《独不见》的众说谈起，对崔颢的《黄鹤楼》和李白的《登金陵凤凰台》文本做出比较分析（指出李白之优在于"意象的密度和意脉的统一和有机"），之后引出杜甫的《登高》等的讨论。尽管在《沉郁顿挫与精微潜隐》一文中对杜甫的美学风格已经做出了精致的品评，但在这里孙氏又做出了重要的发挥，他说："律诗的好处，就好在情绪的起伏节奏，情绪的多次起伏与最好的绝句一次性的'婉转变化'（开合、正反）的最大不同就在于此。"他一样分析了杜甫律诗在情绪上的起伏变化，即并不以为一味浑厚深沉下去，而是由大到小、由开到合，情绪从高亢到悲抑，有微妙的跌宕："杜甫追求情感节奏的曲折变化，这种变化有时是默默的，有时却是突然的转折。沉郁并不是许多诗人都能做到的，顿挫则更为难能。而这恰恰是杜甫的拿手好戏，他善于在登高的场景中，把自己的痛苦放在尽可能宏大的空间中，但是，他又不完全停留在高亢的音调上，常常是由高而低，由历史到个人，由洪波到微波，使个人的悲凉超越渺小，形成一种起伏跌宕的意脉。"但他并不像前文那样更多关注"登高"，亦即杜甫哪怕并不是写登高，也不由自主地以宏大的空间来展开他的感情。

以《秋兴八首·之一》为例，他分析道："第一联，把高耸的巫山巫峡的'萧森'之气，作为自己的情绪载体，第二联，把这种情志放到'兼天'、'接地'的境界中去。萧森之气，就转化为宏大深沉之情。而第三联的'孤舟'和'他日泪'使得空间缩小到自我个人的忧患之中，意脉突然来了一个顿挫。第四联，则把这种个人的苦闷扩大到'寒衣处处'的空间中，特别是最后一句，更将其夸张到在高城上可以听到的、无处不在的为远方战士御寒的捣衣之声。这样，顿挫后的沉郁空间又扩大了。丰富了情绪节奏的曲折。"孙氏的举重若轻在于，紧跟着陡然一转："古典七律，大都以抒写悲郁见长，很少以表现喜悦取胜。而杜甫的七律虽然以沉郁顿挫擅长，但是其写喜悦的杰作如《闻官军收河南河北》，并不亚于表现悲郁的诗作。浦起龙在《读杜心解》称赞其为老杜'生平第一首快诗也'。但是它在唐诗七律中的地位，却被历代诗话家忽略了。"他认为此诗"通篇都是喜悦之情，直泻而下。本来，喜悦一脉到底，是很容易犯诗家平直之忌的。但是杜甫的喜悦却有两个特点，第一，节奏波澜起伏，曲折丰富，第二，这种波澜不是高低起伏的，而是一直在高亢的音阶上的变幻。"说从安史之乱八年来，杜甫难得一"狂"，可这一"狂"却狂出了比年轻时更高的艺术水平。前两联抒发感情用的是描写夫妻喜悦的不同的外在效果，后两联直接抒发难度更大，但白首放歌、纵酒还要青春作伴，看似矛盾实则双关，甚至能够想象孙氏为之击节的情形。尽管他没有直白告知《闻官军收河南河北》是否应为压卷之作，从他激赏并引用霍松林先生评论"即从巴峡穿巫峡，便下襄阳向洛阳"的文字并补充发挥的情形看，却是没有问题的："律诗属对的严密性本来是容易流于程式的，流水对则使之灵活，杜甫的天才恰恰是把密度最大的'四柱对'（句内有对，句间有对）和自由度最大的'流水对'结合起来，在最严格的局限性中，发挥出了最大的自由，因而其豪放绝不亚于李白号称绝句压卷之作之一的结句'两岸猿声啼不住，轻舟已过万重山'。"①

## 四

　　笔者曾毫不客气地指出，孙氏文论的创造性比照任何一位现当代西方文论大家的水平都毫不逊色②，除了各自不同的思想道路以及所面对的问题之

---

①　此处数段引文均引自《唐人七律何诗最优》一文，见孙绍振《月迷津渡》，第 373 ~ 381 页。
②　参见吴励生、叶勤《解构孙绍振》，福建人民出版社，2008。

外，孙氏的经验论者的特殊气质也决定了其特殊的优势：往日可以对机械唯物论者（比如"美是生活"，包括车尔尼雷夫斯基、别林斯基、杜勃罗溜波夫）予以迎头痛击，跟唯理论者（如康德、黑格尔、马克思乃至苏珊·朗格以及朱光潜等）展开从容讨论，今日也可以对后现代文论们进行有效拒斥和批判，而不时彰显出自身文论创造带有的某种程度上的经验科学色彩。因此，从某种意义上讲，这不仅是演绎法还是归纳法的问题（众所周知，二者各有擅长，也各有局限），关键在于问题讨论的有效并且确实能够经得起历史与实践的双重检验。在我看来，情感逻辑原则是孙氏文论的关键，他的错位美学原则其实便是建立在情感的变异逻辑基础上的，而他对所有文学问题的哲学讨论以及理论批判也完全是围绕这个基础展开的，眼下他对美国"新批评"理论的批判也当作如是观。

比如对"新批评"把一切反讽与悖论一概当作诗并由此引发的理论与方法上的局限的揭示，对"逻辑的非关联性"和"意图谬误"的谬误的批判等，其间所贯穿的也无一不是他的情感逻辑变异原则以及经验论者立场（如"把文本还原到历史母题中去"和"文学本体论还是文学创作论"等）。具体如："在情感冲击下的感知'变异'是无限丰富的，而新批评却将其硬性纳入以'悖论'、'反讽'、'张力'为核心的，包括'隐喻'、'结构'、'机理'、'含混'等近十个范畴中，狭隘的理论预设造成了大量盲点。把平常的现象写得不平常并不是诗的全部。中国的山水诗歌中就有把平常景象写得平凡、甚至平淡的风格：'明月松间照，清泉石上流'、'江流天地外，山色有无中'……都是以在平淡的景象中显出结构性和谐的意韵而取胜。"[1] 至于用中国古典诗话中的"无理之妙""入痴而妙"对勘新批评的"逻辑非关联性"，超越性本身不用说，这里仅指出其对艾略特的反抒情主张并把价值定位在智性上，认为如果仅仅阐释现代派诗作"可以说是理所当然"的，窃以为应该跟孙氏本人解读现代派诗歌并拓展到"审智"理论范畴结合起来，其间重要的关联则是包括感觉、灵魂、思想等内在变异的情感逻辑原则的延伸。而对"以中国传统细读的理论扬弃西方当代诗歌理论，进行中西接轨。这越来越成为我自觉的追求"[2] 的孙氏最新说法，笔者却不敢苟同，一如文章开头即说，单方面的接

---

① 孙绍振：《月迷津渡》自序之二，第6页。
② 孙绍振：《月迷津渡》自序之一，第2页。

轨并缺乏起码的互动平台是不可能奏效的。

但至少，孙氏以情感逻辑变异原则打通古今中外的审美经验和相关理论范畴，比王一川先生所致力的中国感兴批评传统的再生的理论努力，不仅更具中国现代文论转机和生成的现实性，也更具中国现代文学理论建构的可行性。从王一川最新的理论文章《中国现代文论中的若隐传统——以"感兴"论为个案》① 看，其所花的大量精力仍然是传统与现代中"兴辞"理论资源的梳理，而理论建构则主要是围绕"意境""典型""兴辞"三种不同阶段的"模式"追求，其认为"意境"理论只适合阐释中国古典诗词，"典型"理论是现代性以降用来阐释时代性文学的状况，"兴辞"理论则可反拨后现代的"类象"理论概括。其间的理论漏洞显而易见，除了用孙绍振的情感变异逻辑即可予以颠覆外，最让人犹疑地是其"模式"的追求很容易陷入"反历史"的泥潭，即不适合"模式"理论要求的就都可能被排除在"概括"之外。更为可疑的是，王一川以理论模式的建构来寻找中国人安身立命的根基，却基本忽视了中国人的情感表达方式和包括形式创造在内的审美经验。更不用说中国文化大传统与小传统在自身的现代性进程中的多重变奏已呈胶着状态，安身立命的根基仅靠文学的理论模式建构是不可能实现的。因此，有必要重申，我曾经写作《孙绍振的美学之"酷"和经典之"眼"——兼论与夏志清经典之"眼"的相关重叠》② 一文以强调孙绍振的美学之"酷"，现在显然可以进一步指出：眼下的《月迷津渡》把早在20世纪80年代末即已确立的研究典范中的重要原则（以情感逻辑变异原则为基础，以错位的美学原则为核心）贯彻到底，在文学的维度上而今的孙绍振美学已有足够理由更"酷"。

（原载《天中学刊》2016 年第 1 期）

---

① 需要在此交代明白的是，尽管笔者颇为欣赏王一川先生的努力，但在此其实并无对其"模式"建构进行深入分析并跟孙氏文论做比较分析的企图。王一川的最新论文《中国现代文论中的若隐传统——以"感兴"论为个案》，《文艺争鸣》2010 年第 5 期。
② 参见吴励生《孙绍振的美学之"酷"和经典之"眼"——兼论与夏志清经典之"眼"的相关重叠》，《社会科学论坛》2010 年第 14 期。

# 孙绍振的美学之"酷"和经典之"眼"

## ——兼论与夏志清经典之"眼"的相关重叠

　　假如说许纪霖对晚清、民国以来的知识分子做"六代"归类①大致不差的话，孙绍振应该属于"十七年"那一代的，当然其模糊性也显而易见：从知识范型的意义上而不是从年龄段划界上，孙绍振就可能介于"十七年"那一代和"文革"那一代之间。我更愿意换一种说法，晚清、"五四"两代人不说，"四九"之前（或"后五四"一代）与"新时期"之前其实都属于文学的转型期，在一九四九年前的黑暗中徘徊与在"文革"中徘徊与抗争并做出大成就者分别成为"新中国"后和"新时期"后的文学与学术中坚——只不过，无论是"四九"之前还是"新时期"之前做出了"大成就"者在"之后"却大都偃旗息鼓，真有新的大作为者并不多。

　　滑稽的是，真正的成就究竟为何似乎关心的人并不多。当下，人们又热衷于争夺"八十年代"——当然这些争夺者都是"聪明人"，因为"八十年代"看上去真像一个"大时代"：一般而言，一个真正的大时代才可能有大学者、大作家乃至大思想家存在，加上国人尤其有"历史癖"（哪怕可怜兮兮，但只要是发生过的当然照样是历史，即便是地方志也是一种"成就"），成了历史人物自然是件风光的事情。然而，没有经得起追问的学术成就、文学成就以及思想成就，即便是摊上了那么个"大时代"也不过是好似有点品位的"票友"而已。准确地说，孙绍振形成于"八十年代"的理论跟李泽厚、刘再复的主体性理论均有紧密的呼应甚至是发展的关系②，而且这还不是最重要的，特别重要的是孙绍振理论经得起时间和同行的双重检验，而且

---

① 参见许纪霖《20世纪中国六代知识分子》，载《中国知识分子十论》，复旦大学出版社，2006，第80~87页。

② 关于这个问题，在适当的时候显然有必要对主体性变异理论进行进一步研究和展开。

理论贡献堪称突出——众所周知,"八十年代"以后的理论已经鲜有贡献,而且是一个盛产"理论的年代"却没有理论的年代了。尽管历史并没有停下脚步,除了"没有理论的年代"本身的历史外,一个孕育着反思性的中国理论与知识创造的"大时代"可能已经在 21 世纪之后悄悄来临。

笔者以为,其实最为重要的还是,孙绍振在解读诸多经典文本的过程中形成的理论本身如今也成了经典。谓予不信,建议认真读一读孙氏最新著作《演说经典之美》,有眼光的读者读后可能会认为此言不虚。当然我们必须清楚,即便是"演说"经典也是演说,除了应该特别注意孙氏演说的精神风采之外,显然还应该注意到"东南大学人文讲演录"丛书编委会的"野心":"一览时彦关于天人之际、古今之变、内外之道、中西之学的精彩论述,体味一代学术郁郁乎文的蔚然盛况和一代学人光风霁月的德业气象。"① 尽管孙绍振本人对学衡诸君的背历史潮流而动多有看法,但所谓"东南学术,另有渊源",哪怕当年诸如唐文治的无锡国学专修学校、康有为的上海天游学院、章太炎的苏州国学讲习会等也确实均以"国学"为号召以对抗如日中天的"新文化"——问题在于,80 多年过去了,那一段风云际会的历史应该得到重新审视:即便是"融化新知,昌明国粹"的新人文主义的学衡派的主张现在看来其实也并无多少大错。而今孙绍振等重回东南大学讲演,被"东大"重新作为"一览时彦"的对象,就不由不让人联想起"东南学术"以及那个风云际会的年代里"一代学人光风霁月的德业气象"。

根据陈平原的研究,"国语统一会的诸君,挟新文化运动的余威,利用手中掌握的权力,于 1920 年 1 月,以教育部的名义训令全国各地国民小学将一二年级国文改为语体文,如此'牵一发而动全身',白话文运动于是得以迅速推进。用胡适的话来说,'这一道命令将中国教育的革新至少提早了二十年'。中小学体制的改革,新教科书的编纂,国语教师的培训等,所有这些,都牵涉到关于'中国文学'以及'文学史'的想象,难怪章太炎、梁启超等'现代大儒'需要发言"。② 换成孙绍振的当下说法则是,中学语文教育"理论落后二十年,思想方法落后五十年"③,同样"需要发言"的

---

① 参见孙绍振《演说经典之美》,福建教育出版社,2009。

② 陈平原:《学术讲演与白话文学》,载《中国大学十讲》,复旦大学出版社,2002,第164 页。

③ 孙绍振:《直谏中学语文教学》,南方日报出版社,2003,第 100 页。

历史情境却几乎相反。因此,孙绍振似乎真的就跟马丁·路德·金那样"我有一个梦想",后者的"梦想"是林肯早有承诺却拖延了100年的黑人的权利与自由没能得以兑现——孙绍振的"梦想"又是什么呢?其实仍然是需要"冲决罗网",因为那"一道命令",80年后我们的人文理想乃至科学理想仍然没有真正得以实现。问题究竟出在哪里?问题出在日常意识形态话语的自我孵化以及文学体制本身的僵化,而并非在于文化激进抑或文化保守,因为在经学意识形态以及相配套的行政化体制里面,无论是文化保守还是文化激进都可能动辄得咎。这才是我们真正的近百年的文化历史和历史真相。当然演讲出于不同个体情趣尤其是不同使命而可能遵循着不同路径,比如孙氏喜欢提及的马丁·路德·金演讲和"梦想",便在于讲究"广场演讲"与"学术演讲"的区别,前者需要的是"激情",后者依赖的是"谐趣"即幽默;又比如当年梁启超一再概括地将学校、报纸和演说并列为"传播文明三利器",其背后有着极其重要的历史使命。而孙绍振的使命,显然更接近于那些"现代大儒",即出于"中国文论"以及"中国文学史"的想象,他"需要发言"。

一

坦率地讲,孙绍振的美学之"酷"眼下学界少有人可比。具体说来,其美学之"酷"首先就"酷"在他的慧眼与法眼,甚至"复眼"看(解读)经典(难怪他在东南大学系列演讲被整理出版时,给每个演讲加上的题目分别为:《另眼看曹操:多疑和不疑》《青眼看宋江,法眼看武松:人性、神性和匪性》《复眼看鲁迅:杂文家和小说家矛盾》《冷眼看钱锺书:对浪漫爱情的消解》《正眼看余秋雨:从审美到审智的断桥》《凤眼看古典诗歌欣赏:绝句内部的潜在变幻》《笑眼看中国古典小说:美女难逃英雄关》《慧眼看文学经典:真善美的"错位"》《换眼看幽默与雄辩:"他圆其说"和"逻辑错位"》《天眼看科学家:造福人类还是毁灭地球》。当然一一复述是没有必要的,只需抓住其艺术的洞察力这个关键);其次,当然还在于他的演讲之"酷",而这种"酷"则主要表现在他拥有人类两种高级情感之一种:幽默(此应为喜剧性情感,另一种则是悲剧性情感以及苦难意识),而且还不仅仅是拥有它,更是把它做了系统的理论化处理。尽管用夏志清的话说:"至少没有一部中国小说有意地要首尾一贯地是悲剧的或是喜剧的；甚至以诗意的敏感著称的《红楼梦》也不逃避生活的生理方面，并且极自然地从低级喜剧突转入摧肝折胆的悲怆"①，然而众所周知，人类创造的悲剧与喜剧这两种伟大的形式其实便出自人类的上述两种伟大的情感。我们不清楚孙氏美学为何没有研究悲剧心理，但我们清楚孙氏美学对喜剧心理的研究空前出色。这可能有两个原因，一是出自个体情感与情趣，二是出自中国的艺术形式。我们很清楚，孙氏美学理论的确立既来自本土逻辑的认知，也来自文学实践中被理论话语成规严酷压迫的直接反弹，更来自一种出自本能的艺术感觉和自我训练的科学精神的某种奇妙遇合。必须指出的是，孙绍振的科学精神直接来自自然科学研究的启发，但他的研究对象并非物理学意义上的原子（众所周知原子论的科学观曾经在西方产生过天翻地覆的变革，直至延伸到社会科学的变革）而是生物学意义上的细胞。即便如此，他的科学精神仍然近似于波普尔对科学哲学的反思之后延伸到社会理论领域的方法——尽管他本人多次强调他的研究方法受到了《资本论》的启发（并最终付诸实施到他的最新研究中，此容后详论），亦即资本主义生产与再生产过程的基本单位——"商品"的研究，尽管商品的交换价值关系未必就是资本主义关系，比如贸易与"货币"的作用不可忽视，但是其间无数纠缠显然构成了繁复性的矛盾关系。这也就是孙绍振特别讲究的抓住矛盾的关键，然后，如他所言，就可以进行具体分析了。事实上，孙绍振个人的解释学复杂得多，任何单一的归类都可能难以精确把握，用"六经注我"的方法很难找到他的系谱学，用"我注六经"的观点你又找不到他相对固定的经学。更何况，知识的分化与现代性的建构源自康德的"三大批判"，在中国本土的经学意识形态的传统中，到了20世纪四五十年代出现了全新的所谓现代意识形态的垄断，真善美的排列组合不断发生动摇②，直至最后枪毙了文学本体的内在规律性，否则到了"新时期"就根本没必要"重提康德"。但孙绍振的美学仅仅"重提康德"的知识理性仍然"酷"不起来。其美学之"酷"并非完全体现在"知识分化"或者"真善美"的现代性建构，而恰恰在于科学主义与人文主义"知识分化"了之后的变异组合，恰恰在于"真善美"的现代性建构之后的"三重错位"。这样一来，孙绍振的

① 夏志清：《中国古典小说》，江苏文艺出版社，2008，第23页。
② 关于这个问题，笔者以为俞兆平的《中国现代三大文学思潮新论》（人民文学出版社，2006）一书有着较为切实而深入的研究，其也可以为孙绍振美学理论的生长点与解释力找到诸多真切的本土根据。

科学精神与人文精神才可能出现不可思议的奇妙重组。这个重组的最关键的方法仍然是细胞研究，而不是原子研究，因而他的方法其实更倾向于分析主义（比如波普尔、哈耶克等的理论旨趣），而并非实质意义上的建构主义（比如康德、黑格尔乃至马克思等的理论建构）。也就是说，孙绍振美学之"酷"大多时候是"酷"在分析上，而非在"建构"上。

弄清了上述问题，我们再把《演说经典之美》篇目从后往前看，如《天眼看科学家：造福人类还是毁灭地球》《换眼看幽默与雄辩："他圆其说"和"逻辑错位"》等，就能得到相应会心的微笑。比如前者列举的爱因斯坦与海森堡和原子弹的关系以说明人文精神和人格理想，显然就能让我们联想到伟大的科学家、中国的"航天之父"钱学森与"大跃进"中的"亩产五万斤"的言论所代表的科学精神与"人文精神"以及人格类型。有趣的是，孙绍振针对当下具体国情颇为难得地涉及了弗莱堡经济学派的经济理论与社会理论——孙氏肯定没有波普尔、哈耶克等那样强烈的社会科学理论旨趣，毋宁说自由主义、社会主义和社会民主主义其实是困扰了中国20世纪整整一个世纪的问题①，即便如人文主义者孙绍振也无法回避。必须即刻指出的是，与西方浪漫主义思潮中的人文主义者以及（源自白璧德的）新人文主义的古典主义者均大为不同，孙绍振的人文主义并不拒绝科学主义，毋宁说恰恰是借助了科学主义（尤其是心理学）让孙绍振获得了对人性的深刻洞察力和解释力。或者准确地说，孙绍振人文主义立场其实很少有西方色彩，尤其是他对人生常常采取喜剧性的幽默处理，就是中国的人生理解，也是中国历来的艺术追求——比如《西游记》《儒林外史》《红楼梦》，哪怕《水浒传》或者《金瓶梅》，一旦遭遇了现实人生困境也大多采取喜剧性的处理（当然不乏讽刺、夸张、挖苦甚至搞笑，而并不仅是幽默），而很少诉诸悲剧性情感。再如在后一篇演讲中，他说道："幽默的博大，主要是对己和对人两个方面，主要是对他人要有一种悲天悯人的胸怀。就是人家的缺点毛病，也不能取嫉恶如仇的立场，而是站在人类生存的高度上，把这种缺点、毛病当成人类的一种局限，这样，才能把个人的毛病，当成人类的毛病，不是他个人的，而是人类普遍存在的，因而就都

---

① 关于自由主义、社会主义和社会民主主义在20世纪中国的理论选择与现实困境，许纪霖的《在自由与公正之间——现代中国的自由主义思潮（1915～1949年）》一文有着系统深入的梳理，该作分两部分分别载《读书》2000年第1期、《开放时代》2000年第1期，全文参见思与文网许纪霖专栏，http://www.chinese-thought.org/yjy/02_xjl/002520.htm。

能包容，能够欣赏，觉得可爱。"①然而，孙绍振的幽默绝不仅是情感的，更是智性的，否则他又该当如何"酷"？——不用说其对幽默逻辑理论的突出贡献以及将之直接运用于文学文本的具体分析（尤其是幽默散文的文本分析，直至他自己的诸如《美女危险论》等幽默散文的写作等）②，仅从他在演讲中对"诡辩"与"雄辩"的多重辨析与现身说法也可见一斑。"雄辩作为口头交锋的手段属于上乘，它与诡辩不同。诡辩的特点首先在于根据一个不可靠的、不确切的、不稳定的大前提毫无保留地作长驱直入式的演绎，在表面的逻辑推理上好像没有漏洞，但是，漏洞在于它的出发点。阿Q摸了小尼姑的头，小尼姑抗议，阿Q说：'和尚动得，我动不得？'这就是诡辩，因为大前提'和尚动得'，是毫无根据的。"③经典的例子诸如惠施与庄子的辩论、古希腊的普鲁泰哥拉的官司等随手拈来，他以为"一切诡辩在形式上都有狡辩的某种色彩"，比如惠施的推理看上去可靠但前提是不可靠的，庄子最后急了，"说服本来是要从双方认同的前提出发，庄子弄到这里，恰恰是不从对方认同的前提出发，我觉得我是鱼，就是鱼。你管得着吗？"④普鲁泰哥拉官司看上去很雄辩，孙绍振也直指其漏洞，问题在于究竟二审判决属于第一场还是第二场官司，如果是第一场官司的"二审"呢？一旦这个漏洞存在，所谓雄辩也就成了诡辩。所以他给"雄辩"加了个逻辑限定：他圆其说。之后他现身说法，说的是他自己家里因为孩子的成绩问题爆发的"家庭战争"，究竟是遗传里面的笨还是孩子自己的不努力？而单说遗传，同样的父母遗传给兄弟姐妹也各有不同，那么父母双方说谁笨呢？这里，"用雄辩的形式和诡辩的前提，同时也用了一点幽默"，能够经济地解决问题，说对方笨肯定不行，说自己笨就能够"他圆其说"了，但自己这么笨"你满院子拣瓜，拣得眼花，拣到最后，拣了个傻瓜……'她就像花一样开始微笑了'"。⑤结果不是他妻子笑了，而是整个讲堂哄堂大笑了。孙绍振之"酷"就酷在"智慧的微笑"和"智性的凯旋"以及与此相关的形式理性。到了末了，他把演讲也当作一种创造："这样的演讲虽然讲的是

① 孙绍振：《演说经典之美》，第374页。
② 孙氏幽默理论的研究和把研究成果直接运用于文本分析和文学创作等，乃孙氏美学的重要组成部分，而且成就斐然——关于这个问题，拙著《解构孙绍振》（福建人民出版社，2008）有过系统地阐述，故此不再赘述。
③ 孙绍振：《演说经典之美》，第360页。
④ 孙绍振：《演说经典之美》，第361页。
⑤ 孙绍振：《演说经典之美》，第369页。

学术理性，但作为一种文体，已经不属于学术文类，更多的是属于文学，从根本上来说，它就是散文，和当前最为流行的学者散文、审智散文在精神价值上异曲同工。"①

但在我看来，却全然是一种精神风采的立体展示，仅仅从文学的角度看精神风采或者"精神价值"显然是不够的。那么需要追究的是，这种精神风采或者叫"审智"或"酷"的展示过程中，又有着怎样的丰富性与深刻性需要重新认识？很显然，其人文主义与科学主义的交织与纠结实为关键，其"郁郁乎文哉"的人文性绝非（孔子的）"以仁释礼"，"观乎人文以化成天下"，也不是（顾炎武的）"知文考音"，更不是"局外人"（加缪）或者与一切价值失去关系的"地下人"（陀思妥耶夫斯基）或者像海明威《永别了，武器》中主角所感受的现代西方幻灭与疲倦的病症，亦即与科学主义对峙那样的人文性，而是包含了"相爱的人反而不讲理"的科学（心理）主义穿透力和"人性的美好，就在这种不讲理之中"的科学主义信念。如此便使他的思想始终敏锐，而他的科学主义追求又总是让他的人文性具备中国人特有的乐观主义色彩。也便是在这个意义上，讨论孙绍振的抓住矛盾进行深入分析，从而为了解决二元对立的问题而遭遇辩证法，可能是比较有意义的。关于孙绍振的"辩证法"在其文论中"出奇制胜"而蔚为奇观，我和叶勤在《解构孙绍振》一书以及《我们的立场：回到孙绍振》一文中有过深入讨论，这里需要继续讨论的是，与辩证法的理论逻辑互为妙用的"细胞研究"的分析逻辑。

事实上，孙绍振美学或艺术理论的一半"根"在西方，另一半"根"则在中国。因此，要讨论孙氏文论，脱离西方理论语境既不科学也不可能，如我们所曾经一再指出的那样，关键在于能否对西方的当代理论进行反思并重新寻找到我们自身的逻辑起点——但是，忽视孙氏文论的另一半"根"即本土思想资源的不自觉继承以及对个体情感的艺术化处理，似乎也很难理解孙氏美学之"酷"。这样，或许有必要引入中国传统的阴阳辩证关系加以说明。《易经·系辞上》中说的"一阴一阳之谓道，继之者善也，成之者性也"，说的是阴阳相生相克在动态平衡中同归于生生变化（易）之道。孙绍振曾在《美的结构》一书中特别提及老子的"道生一，一生二，二生三，

---

① 孙绍振：《演说经典之美》，第11页。

三生万物"的启发性①，但并未特别留意生生变化的"易"之道的解释力——笔者在后来的继续深入的思考之中，发觉孙氏《论变异》中的"变异"这个核心概念实在是其文论中的核心细胞，并跟"生生变化"息息相关。假如说马克思的"商品"还必须置放在"社会关系"之中进行研究的话，孙绍振的"变异"（形象）却可以搁在艺术的"统一体"内观察而显得活性非凡——以不变应万变：不变的是审美价值（阴），万变的是不同艺术的组合方式（阳）。也许，庞朴先生对"阴阳"这对基本范畴所做的一些阐释，对我们理解孙氏的"变异"概念会有直接帮助："你可以把它理解为一个'阴'、一个'阳'两个对立者，它们共居于一个统一体内；但是这还不够，还必须把它们理解为时而阴时而阳，或一时阴一时阳，理解为动态的存在；但是，简单的动态也还不够，这种动态事实上是循环，叫做'始终之变'，终就是始，始就是终；这样仍然不够，必须把这个'终始之变'理解为循环上升。何以证明它是循环上升？因为它有'继之者善也，成之者性也'这两句话作为补充，有'继之者'、有'成之者'，不光继续且完成了，所以它有更深一层的意思。"② 尽管从中我们也能看出某种"进化论"痕迹以及"辩证法"色彩，而辩证法原本作为一种思想语法，跟"进化/进步"其实并没有多少关系③，是在黑格尔之后才把辩证法历史化，在解决"二元对立"的诸多经典问题时逐渐地陷入了本质主义的迷途。从某种意义上说，传统的阴阳辩证，可能更带有思想语法色彩，同时也可能更具有变异性能力。而孙绍振其实先天地具备这种变异性悟性和能力，后来却又自觉地选择了科学主义，对文化传统的创造性转化的选择反而显得不完全自觉。有意思的是，恰是这种自觉与不自觉的选择与多重创造性转化产生了奇妙的遇

---

① 孙绍振曾经说道："世界是多个差别系统的统一体，矛盾只是其中最发达的差别，事物并不是只有在一个层次上的平面矛盾，也不可能只有两个维度。"又在同页注释中说："关于分析矛盾的二分法和三分法的关系是一个在哲学上有待深入研究的问题，因为不是本文题旨所在，此处从略。"（孙绍振：《美的结构》，人民文学出版社，1988，第65页。）遗憾的是，这个"哲学上有待深入研究的问题"孙绍振始终并没有真正深入研究。今日重提，就意味着其理论本身的开放性，还可以进行多重探索与研究。

② 庞朴：《中国文化十一讲》，中华书局，2008，第41页。

③ 关于这个问题，刘小枫曾经做过较有说服力的分析，他说："黑格尔—马克思的辩证法与经院学的辩证法何止天壤之别。由于黑格尔和马克思的辩证法，作为或然性知识的辩证法变成了客观世界的必然运动规律，对这规律的认识就是必然知识。马克思主义者以此重述辩证法史，进而彻底颠覆了作为或然知识的辩证法。"刘小枫：《个体信仰与文化理论》，四川人民出版社，1997，第305页。

合，比如其理论外壳采用的基本是黑格尔—马克思以及列宁解决"二元对立"矛盾的辩证法，所谓"正、反、合"的三重性使他曾经多少有点所向披靡①，理论的内核则是科学主义与人文主义的错位重组，又使他的文本分析精彩纷呈——甚至每分析一个文本即有一个谁（甚至包括他自己）也无法预知的崭新的境界在等待着，就像科学对未知的探索无论是证实还是证伪对人类来说始终都充满着诱惑——其大多时候所彰显的仍然是科学主义的方法与精神，而孙氏的美学之"酷"我想最根本的就酷在这里。

## 二

也许，必须进一步指出：无论是传统意义上的"通人"还是现代意义上的"专家"，真正有大出息者，从宽泛的意义上说，是古今打通和中西打通；从严格的意义上说，是具有共同人类性意义的重要理论范畴和相关领域的打通。无论是自觉还是不自觉，创造性转化是其基本要求。孙氏美学之"酷"还酷在相关领域的集大成②，假如"真善美"的分化与统一完全是一种现代性的建构，那么我们可以负责任地说：孙氏的三重错位结构文论是对本土无论是被压缩的现代性还是被压抑的现代性建构的有效冲击和解构。但现在我们必须回到孙氏美学的分析主义之"酷"上来——为了便于说明问题，本文将适当引入夏志清先生的经典之"眼"并与孙绍振的经典之"眼"之间的区别与互补做些具体分析，以彰显各自不同的人文性立场。准确地讲，夏志清的史学路径与孙绍振的文论走向基本都是"专家之学"，但从葛兰西、赛义德、福柯、布迪厄等人所论述的知识分子意义上讲③，前者更像是个普遍（传统）知识分子，后者则更像个特殊（现代）知识分子。这一区分很重要，否则我们就难以辨明为何二者会抓住不同的矛盾从而获得不同

---

① 这一点，在他的《美的结构》里表现得尤为直接和精彩，如第一编"艺术美的本体结构"中关于真善美本体论结构中的相关批判与颠覆，具体如第四节"情感逻辑既不遵循形式逻辑，也不遵循辩证逻辑"、第五节"审美价值的错位复合结构及其升值和贬值的几条规律"和第九节"三维结构的特异功能，特殊性的递增不导致普遍性的递减，而导致与普遍性的同步递增"等中的具体批判和论证。

② 这一点笔者以为俞兆平的《中国三大现代文学思潮新论》一书提供了重要线索，有兴趣的学者可据此对孙氏美学的"三重错位结构"的集大成做出进一步研究。

③ 关于知识分子概念和内涵以及相关谱系，可参见许纪霖在《中国知识分子十论》中《知识分子死亡了吗?》《公共知识分子如何可能》等篇章所做出的相关梳理。

的解决办法，而对文学的文本性与文本的文学性的共同重视却又形成不少彼此交叉重叠着的"共识"。

在开篇演讲《另眼看曹操：多疑与不疑》中，孙绍振首先抓住的是易中天《品三国》中的漏洞与问题，饶有意味的是，他抓住易中天的是"《三国志》是历史，易中天是根据历史的精神来廓清《三国演义》中的虚构的"，与夏志清从版本入手和在文史哲传统中澄清艺术问题大异其趣。尤其是夏氏特别关注说书人传统对古典小说的影响，而易中天的《品三国》本身恰恰存在"说书人"的嫌疑（当然这里并没有贬低易氏作为历史学家的价值）。夏氏以为："陈寿的《三国志》比后来的史书略胜一筹，但比之司马迁的《史记》它却缺少丰富的细节，在风格上也缺少戏剧性。不过，它相对的简洁早为刘宋时期（420～468）裴松之详细的评注补足了……罗贯中对原材料明显地不加区别，反而最终在再现风云变幻的时代达到了惊人的客观。"[①] 在这里，夏氏的"客观"说的就是"艺术真实"的意思。我们知道，直到晚清小说仍然以历史的真实为标准，小说家的创作仍然极为顽强地往正史、野史上靠。[②] 比如林纾在翻译狄更斯的作品时，赞叹其天才，便是将其比之司马迁，这一点就跟说书人对唐传奇的影响一样。《三国演义》《水浒传》等虽大多是单个作家所作，但很少能够完全摆脱说书人的脚本，这也是基本事实。小说叙事模式的真正转变，却是"五四"一代作家们的事情了。[③] 也就是说，孙氏文论的预设"假定（或虚构）是一切艺术的总前提"只能是出自中国现代性的建构。熟悉孙氏文论的读者肯定记得他解读《三国演义》时得出的"奇才决定论"与"心理三角说"——毋庸讳言，这已经成了孙氏文论的经典部分——这一点倒是英雄所见略同，夏志清说道："在天下太平时期，有抱负的人至多只能攀爬进官加爵的阶梯，但在动乱时代——如三国时代，有抱负的人的机遇是无限的。因此，差不多所有比较有趣的历史小说，都写的是改朝换代的时代，成功的最大奖赏不下于一顶皇冠。在《三国》中，我们看到，在历史斗争的早期，不合格的领导者被无情地淘汰，直至最后剩下三位即魏、吴、蜀三国的创建者。他们之所以成功，是因为他们吸收了最有才能的人为他们效劳，但同时，那些才能相

---

① 夏志清：《中国古典小说》，第 39 页。
② 这一点，可参见陈平原《中国现代小说的起点——清末民初小说研究》，北京大学出版社，2005。
③ 参见陈平原《中国小说叙事模式的转变》，北京大学出版社，2003。

当，如果投对了主公就会升得更高的人们，常常同他们败北的主公一道垮台……"①然而，孙绍振仍然看到了《三国演义》"虚构的伟大"，而且在此还对他往日的解读做出了重大的发挥和推进，这便是"曹操对别人的多疑与对自己的不疑"的精彩立体展示。

这里也许需要复述一下孙氏的一些经典说法，如："一些比较差劲的文艺理论讲，情节是什么呢？开端、发展、高潮、结局。这是从前苏联的季莫菲叶夫的《文学作品的形式》中来的一种非常陈旧的'理论'，是非常'菜'的、陈腐的'理论'。其实，福斯特在《小说面面观》中早就说过，顺时间叙述，只是故事，而不是情节，只有在故事中包含着因果关系，才是情节。"② 其实，他早就把福斯特的小说观大大地发展了，如："《三国演义》虚构的天才，重点不在于连续错杀了好人，而在于杀错了人怎么感觉。"③ 吕伯奢的儿子们绑了一口猪，想宰了来好意款待曹操，却被曹操怀疑他们要宰自己，于是先下手为强把八口人全杀了，待他和陈宫看到绑着的猪才意识到杀错了，于是逃之夭夭，不料在半路遇上吕伯奢打酒归来……精彩的是孙绍振的分析："罗贯中抓住了一个要害，曹操从一个舍生取义的志士，变成一个血腥的杀人狂，源于一个心理要素：多疑。……他的多疑逻辑是：由极疑变成极恶，由极恶变成了极凶，极血腥，所谓穷凶极恶，此之谓也。……可以想象，在《三国演义》的写作过程中，'宁教我负天下人，不教天下人负我'，完全是神来之笔，灵感的突发。……《三国演义》虚构的曹操形象的伟大成就就在于揭示了他的性格逻辑：从极疑到极恶，从极恶、极耻到无耻，无耻到理直气壮。它把无耻无畏的生命哲学做这样的概括，把它渗透在虚构的情节之中。"④ 对曹操心理奥秘的进一步揭示，仍然是孙氏的经典说法，就是把人物打出常轨："以曹操为例，原来被提拔，一般的常轨是，感恩戴德。而他却去行刺提拔他的顶头上司，差一点暴露，赶紧溜号。这就是打出常轨的第一层次的心理。然后他到朋友家里，怀疑人家可能要杀自己，又把人家给杀了，又一次打出常轨，又一层次的心理，多疑到了这种程度，把好人当做坏人，第三次打出生活轨道，在路上碰到好人的家长，然后他的第三重不正常的心态冒出来，又把好人给杀了。杀完了，朋友

① 夏志清：《中国古典小说》，第48页。
② 孙绍振：《演说经典之美》，第12页。
③ 孙绍振：《演说经典之美》，第9页。
④ 孙绍振：《演说经典之美》，第8～11页。

怪他，第四重的超出常轨，他把心里话统统讲出来：'宁可我负天下人，不教天下人负我'。这是第四重内心奥秘。"① 其间层层剖析的功夫，显然是大可以让人领略到孙氏的众多经典解读本身究竟又是如何成为经典的过程的。毋庸讳言，孙氏的解读经典本身成为自己文论的诸多经典段落。不说早年的著作《文学创作论》《挑剔文坛》《当代中国文学的艺术探险》以及后来的《文学性讲演录》，就是最新的为语文教育改革而精心奉献的《名作细读》以及《孙绍振如是解读文本》等，也不胜枚举。而《演说经典之美》中的关于"绝句内部的潜在变幻"亦即"凤眼看古典诗歌欣赏"的演讲，关于"红色英雄无性和古典英雄无性"亦即"美女难逃英雄关"的演讲，以及"慧眼看文学经典"的"真善美的'错位'"演讲，均是孙氏文论中的经典。

　　如前所述，与夏志清的回到版本和文史哲传统中②理解艺术价值不同，孙绍振大多时候则是出于个人科学主义方法的人文理解，对文本进行"细胞式解剖研究"从而常常做出出神入化的分析，仍以曹操形象分析为例："曹操的多疑和不疑，是矛盾的，又是有机统一的，其中包含着相当精致的内在逻辑。他的多疑是疑别人，他的不疑是迷信自己，而且很顽固，不怀疑，就不怀疑到底，就是错了也错到底。很明显，曹操这个人，其不疑的实质就是绝对相信自己，矛盾而统一，高度的统一。历史上的曹操是没有提供这样丰富的统一性的，也没有这样深邃的矛盾统一性。"③ 必须指出的是，孙氏文论的细胞意义上的演化与演进，有时就出自经典之"眼"和科学的形式创造，比如把陈宫的人物功能（眼睛）视作与作者（眼睛）构成的双重视角，并命名为"错位中介人物"（就是从崇敬到厌恶曹操的凶残）。又比如随着常轨的不断被打出，在《西游记》中面对出现的女妖精，唐僧（视为善良的女子）、孙悟空（啊，妖怪）、猪八戒（美女啊）、沙僧（没感觉）构成了多重视角，"平时同心同德的人，内心那些差异就暴露出来了，人变得不一样了或者说心理错位了，就有个性了。这样的情节，就是精彩的情节。这就叫艺术，艺术的感染力、艺术的震撼力"④。曹操性格的复杂性，

---

① 孙绍振：《演说经典之美》，第 12 页。
② 〔美〕狄百瑞为《中国古典小说》所做的序言中说："围绕着一部博大精深的文学作品，常常存在许多版本和历史问题。夏志清教授不求一一澄清这些问题，而是从这样的研究中提取最需要的资料，为对作品本身的基本理解和欣赏服务。"
③ 孙绍振：《演说经典之美》，第 22 页。
④ 孙绍振：《演说经典之美》，第 13 页。

又通过孙绍振自己的"眼睛"构成一重视角,"曹操迷信自己的才能,必然认定他的部下,或者敌人不如他,因而,他的智慧优越感有时对即使十分讨厌的人也能比较宽容……曹操的智慧的优越感,屡屡受到杨修的打击。终于把杨修杀了"。① 这个"视角"甚至意味着杨修可能还是自己把自己给杀了。特别精彩的还是他彻底读出了曹操性格的立体性:"曹操的个性固然有着规律性逻辑,但是,也有许多不一定合乎逻辑的东西,具有某种令人捉摸不定的随意性。他有时是和蔼可亲的大人物,有时又是恐怖的(吉平骂他,先打昏后令割其舌),有时又是公然不讲信义的(杀弱者,如刘琮投降时,答应永守荆州,结果让他到青州为吏,路上又差人把他母子杀了),有时是宽容的,不杀起草骂他祖宗三代的陈琳,有时又是心胸狭隘的(杀杨修),有时是可笑的(长坂坡被张飞大喊大叫吓得退兵),然而有时又是可怜的(明明权倾天下,把皇帝当成傀儡……他就不称帝,很怕在历史上留下骂名……),有时甚至是可敬的(放了关公,成全了陈宫,养其父母)、可叹的(华容道上的大笑以为自己的才气胜过诸葛亮,就忘记了打败),有时简直是可杀的(借一管粮的小官的头来保守军事机密)。"② 在这众多的"可(不可)"的解读中,曹操性格的复杂性、丰富性乃至繁复性甚至以他自己原先都未必能料到的未知状态——立体地彰显出来,让人读来(听来)难免时时拍案惊奇。这样精彩的例子太多,无论是解读小说、诗歌还是散文经典,你很难设想会被孙绍振带到怎样未知的创造性解读的天地中去。

也许,我们应该特别注意到孙氏的经典之"眼"与夏志清的经典之"眼"的某种重叠,尤其是在穿过历史的迷雾重新发现或再造了经典方面,亦即艺术价值的理解上的异曲同工,尽管二者可能在"以史带论"抑或"以论带史"上存在某种程度上的区别(这个区别并不重要,重要的是理论和理论价值)。众所周知,夏志清慧眼识才,钱钟书、张爱玲以及沈从文、吴组缃等的艺术价值,中国学界便是从他那儿得到了重新认识——但夏氏的局限也显而易见,其对中国现代思想的把握就明显不如其对传统中国思想的理解与把握,从而让他对鲁迅产生了偏见。也便是在这个意义上,夏氏的经典之"眼"与孙氏的经典之"眼"形成了互补:在解读古典小说比如曹操、刘备、诸葛亮、关羽、宋江、李逵、武松、孙悟空、唐僧、猪八戒、沙僧、

---

① 孙绍振:《演说经典之美》,第 25~26 页。
② 孙绍振:《演说经典之美》,第 28 页。

西门庆、范进、贾宝玉、林黛玉、薛宝钗等人物形象的艺术价值时二者互为交叉，有时甚至可以互为阐发。这里仅举二者对宋江的"义雄"的看法和宋江与李逵以及武松与李逵的比较关系等为例，夏氏说道："好汉都反贪官，正如他们仇恨一切邪恶和不义之徒一样。但是他们的仇恨不可能上升到要发动一场革命的理论高度。'逼上梁山'这句名言通常是说受尽官府迫害的好汉们最后被迫以梁山为避难所。"① 孙氏批评电视连续剧《水浒传》的编导说："改编者把政治的实用价值凌驾于艺术的审美价值之上的逻辑推行得很彻底：因为宋江是投降的罪魁祸首，所以他的形象就是猥琐的。这种简陋的类似政治标准第一的价值准则，是曾经导致我国几十年的当代文学创作和文学评论公式化、概念化的根源。"② 夏氏则进一步指出："这些故事至今流传不衰，实在与中国人对痛苦与杀戮不甚敏感有关……官府的不义不公，激发了个人英雄主义的反抗；而众好汉结成的群体却又损害了这种英雄主义，它制造了比腐败官府更为可怕的邪恶与恐怖统治。"③ 他又说："宋江的性格一直使中国人迷惑不解。明代伟大的评论家李贽认为他是'忠义'的化身，但是更有影响的评点家金圣叹却认为他只是个伪君子，并将小说略作改动，使宋的虚伪更加明显。宋江是个无法无天的造反首领，但他口口声声忠孝仁义，确实有点令人费解。不过若从作品的整体结构上联系李逵来看，宋江这个角色就不那么含糊了。两人实际上构成一对互补形象，酷似西方文学中著名的几对人物：唐·吉诃德和桑丘·潘萨，梅恩津王子和洛果琴，伯劳斯佩罗和加利班。除了在山寨事务中积极发挥各自的作用外，宋江和李逵这两个互补人物保证了小说主题的完整性……"④ 孙氏则醉心于武松打虎以及武松和李逵打虎的艺术真实的阐发，武松的"匪性"和"人性"以及打虎的经典细节因为孙氏反复解读早已为读者所熟知，这里仅引其武松打虎与李逵打虎的比较阅读为例。特别精彩的有他追问金圣叹为什么要加上李逵打虎过程中的"三个抖法"，孙氏说道："金圣叹在评点中说：'看李逵许多"抖"字，妙绝。俗本失。'所谓'俗本'，就是金圣叹删改以前的本子……事情明摆着，三个'抖'法都是金圣叹加上去的……问题是金圣叹为什么要加呢？就是因为原来的本子，功夫全花在不让它重复武松面前的老虎那一

---

① 夏志清：《中国古典小说》，第 90 页。
② 孙绍振：《演说经典之美》，第 44 页。
③ 夏志清：《中国古典小说》，第 93 页。
④ 孙绍振：《演说经典之美》，第 102～103 页。

扑、一掀、一剪上，而李逵内心的感受是否超越常规，却大大忽略了。"① 评点过真李逵杀了假李逵之后吃人肉的场景，孙氏进一步指出："这样一个吃人肉的人物，又是在母亲血淋淋的现场和老虎搏斗，应该有多少和不吃人肉的武松甚为悬殊的内心活动啊！至少是应该把他打出心理的常规才是。可是，没有。为什么呢？第一要怪施耐庵，他让李逵拿的刀太快了，三下五除二，就把四只老虎相当轻松地摆平了。第二，要怪金圣叹，他只让李逵的肉跳了三下，就不跳了。如果让他在老虎死了以后还跳，那就可能有比吃人肉更惊心动魄的情节了。而现在呢？除了累一点，没有什么越出常规的心态。同样是在老虎面前，武松却被打出了心理的常规，把心理的纵深层次立体感就暴露出来了。"②

　　当然要清楚上述引文是孙氏演讲，现场活跃的互动气氛颇给人以水乳交融之感，但这其实一点也不影响他的理论穿透力——有时候，他的惊人穿透力甚至就来自他的临场发挥，一下子就从嘴巴里冒出来了，连他自己都不知道，如他紧接着李逵与武松的打虎比较道："这就是经典与非经典在艺术上的重大区别。""以武松为代表的英雄形象的出现，标志着，中国古典英雄传奇，对于英雄的理解达到一个新的高度，是英雄走向平民的一个历史里程碑。"③ 显而易见，无论是演讲还是文论本身，孙氏之论都堪称具有经典性。其经典性在于不像夏氏那样"以史带论"而是从极其敏锐的艺术感觉中所推导出来的艺术结论。但在"英雄无性"的问题上，孙氏与夏氏的看法高度一致。夏志清说道："对好汉更重要的考验是他必须不好色。……在大多数社会里，禁欲通常是与节食忌酒并重。但是《水浒》中的好汉虽不贪女色，却酷爱大碗喝酒，大块吃肉，以此作为补偿。像武松、鲁智深、李逵这些对女色毫不动心的最了得的英雄，却是最能吃最爱酒的，西方文学中如《高康大和庞大固埃》、《汤姆·琼斯》这类古典喜剧作品使淫荡与文明社会的虚伪对立，对在这些作品下成长起来的西方读者来说，关于莽汉纵情于口福（即使有性禁欲之类的上下文）的描写，堪称中国小说中的一个可爱特色。"④ 孙绍振则将"英雄无性"这个"可爱特色"发挥到了另一个极致，不仅《笑眼看中国古典小说：美女难逃英雄关》一整讲全面涉及这

---

① 孙绍振：《演说经典之美》，第 64 页。
② 孙绍振：《演说经典之美》，第 68 页。
③ 孙绍振：《演说经典之美》，第 68 ~ 69 页。
④ 夏志清：《中国古典小说》，第 86 ~ 87 页。

个问题，而且在讲曹操、钱钟书时，均有交叉。比如讲曹操时他甚至专门提出了"中国传奇的权欲与西方传奇的性欲"问题；在"英雄难逃美人关"中讲到英雄必须无性，美女也必须无性乃古典小说的美学原则："英雄难逃美人关，美人难逃英雄关，美学原则遥遥相对，息息相通"，并指出："《三国演义》《水浒传》《西游记》的作者们才气都很大，可是并不是全才，他们只会写英雄豪迈，就是不会写儿女情长。写这种情感的才气，他们没有，他们似乎是外行。内行是后来产生的，那就是《三言两拍》系列。作者对于这方面的艺术，很是内行，什么杜十娘眼见爱情失落就自杀啊。崔宁和秀秀趁失火，就卷包私奔啊，这些男女情爱之感，就强大到不要命的程度。可是，这些人物却并不是超凡的英雄，而是世俗的小人物了。"① 但"英雄无性"以及（世俗）"性泛滥"的话题在传统中国实际上一直反复重叠着，夏志清在《中国古典小说》中便多次深刻地揭示出这个中国思想的内在矛盾，但似乎未能展开更深入的阐释。孙绍振则试图用通史的方法亦即从原始形态向高级形态攀登的方法（从母系社会讲到男性生殖器崇拜，如类似《说文解字》中引起哄堂大笑的关于祖先的"祖"字解析等）、用人体解剖是猿体解剖的方法亦即从最高级的阶段回溯过去的方法（如从革命样板戏里的英雄人物讲起等）以及既不是从低到高也不是从高到低而是从中截取较为典型的形态进行研究的方法（比如研究古典小说《水浒传》《三国演义》《西游记》等，其实这种方法也是孙氏文论最愿意采用的）等三种方法来研究两性关系。事实上，孙氏文论确实就此开辟出了一片广阔而深入的人性研究领域。

毋庸讳言，在不少特殊研究领域中，孙绍振的钻研比夏志清深入得多，尽管在艺术的敏感性和总体性理解上后者并不亚于前者，而且在总体性理解上可能更概括。对中国古典文学经典的解读如此，对现代文学经典的解读也大致如此。比如对鲁迅的解读和钱钟书的解读，夏志清的观点已经众所周知暂且不赘，其经典之"眼"也已经得到了广泛认同而且经受了时间考验。而孙绍振颇具科学性的分析主义文论，不仅深入揭示了钱钟书的《围城》为何整整被埋没了50年的大陆政治和意识形态话语的真相，而且更对其文本中的人性层面的复杂性与丰富性做出详尽的解析；与此同时，对鲁迅研究中的理论成规与话语障蔽进行颠覆，特别彰显出了鲁迅小说的艺术价值。也许这

① 夏志清：《中国古典小说》，第299页。

里应顺便提及孙绍振的愤懑：在香港的一次学术会议上，说起"思想家、革命家"的"吃鲁迅饭"者可以滔滔不绝，被问起鲁迅"作为艺术家，究竟有什么贡献"却是"全场哑然"。鲁迅作为文学家当然有思想，但鲁迅肯定不是思想家，至于革命家则更是荒唐，所以孙绍振基本回答了鲁迅的文学究竟有何贡献。他从人类的永恒主题之一"死亡"入手，分析了鲁迅写作的"八种死亡"以体现其艺术的丰富性。他以为祥林嫂的死亡是鲁迅写得最成功的，从而把鲁迅的文学话语引入了中国现代性语境，亦即他所谓的"礼教的三重矛盾与悲剧的四层深刻"。他认为《狂人日记》作为小说主题并没有完成，思想的宣泄和生动的形象的构成之间还有比较大的距离，"什么样的小说，才能算是完成了'吃人'的主题呢？我觉得应该是六年以后，在《祝福》里，在祥林嫂的悲剧中。虽然《祝福》中没有'吃人'这样的字眼，但是，祥林嫂的形象显示，她是被封建礼教的观念，对女人、对寡妇的成见、偏见'吃'掉的"。[①] 需要特别提及的还有孙绍振对"鲁迅为什么最喜欢《孔乙己》"问题的分析以及具体回答："《孔乙己》之所以受宠爱，主要原因之一，就是人物感受错位的多元而幅度巨大。原因之二，在形式风格上，鲁迅为孔乙己的悲剧营造一种多元错位的氛围。是悲剧，但是，没有任何人物有悲哀的感觉，所有的人物，充满了欢乐，有轻喜剧风格，但是，读者却不能会心而笑。既没有《祝福》那样沉重的抒情，也没有《阿Q正传》和《药》中的严峻反讽，更没有《孤独者》死亡后那种对各种虚假反应的讽刺。有的只是三言两语，精简到无以复加的叙述。这种叙述的境界，就是鲁迅所说的'不慌不忙'，也就是不像《狂人日记》那样'逼促'，'讽刺'而'不很显露'，这就是鲁迅追求的'大家风度'。"[②] 另外，孙氏尤其注意到小说艺术家的鲁迅和杂文艺术家的鲁迅的内在紧张和有效互补，同样是《阿Q正传》的结尾部分，阿Q被枪毙之前的杂文笔法和阿Q被枪毙之后人们的"舆论"渲染，前者他以为这是出现了杂文家的反讽和小说家心理探索的矛盾，而后者他以为，"这是具有荒谬的喜剧性的，带有杂文的讽刺性，但又是多元错位的感知的变异。这是鲁迅伟大的杂文才能和伟大的小说才能的结合……"[③] 也许需要说句题外话，孙氏为何将这一讲命名为

① 孙绍振：《演说经典之美》，第84页。
② 孙绍振：《演说经典之美》，第105页。
③ 孙绍振：《演说经典之美》，第112页。

"复眼看鲁迅"？因为蜜蜂是复眼，在蜜蜂的眼里有六个镜像，孙绍振看鲁迅写作的死亡主题就有八种方式，在上述艺术价值的多重穿透之后，还通过跨文体分析，尤其是对鲁迅的《故事新编》中的《铸剑》的拆解分析，以为鲁迅后来接近表现主义的文体创造与探索可能不太成功，毋宁说是由于过多地求助杂文，从而离开了"人物的多元感知错位方法"，这既影响了艺术高度又影响了人性深度。而对钱钟书《围城》的人性深度，孙氏更多的时候是激赏，他甚至以为钱钟书有时候比鲁迅更"刻毒"，亦即更"酷"。"酷"在当下流行话语中有着特别的含义，所谓"酷毙了""帅呆了""爽死了"，总之"棒极了"的意思。由此说明，同样是经典，孙绍振的个人情感显然更贴近钱钟书，尤其是亲近幽默。爱情是除了死亡之外人类的另一永恒主题，钱钟书居然可以写得如此之"酷"。熟悉孙绍振文论的读者一定记得他对包括《红楼梦》《西厢记》《雷雨》《家》《安娜·卡列尼娜》《复活》等众多古今中外的经典爱情形象的解读，其"不讲理"的情感错位逻辑可谓深入人心，然而在解读钱钟书时这种情感错位逻辑似乎受到了某种考验。

我说的"考验"是指孙绍振的情感错位逻辑在某种意义上总要回归到某种"本质"，这个"本质"有时是社会的，有时是历史的，有时则是时代的，等等。但是，没有爱情的恋爱，连偷情也是无情的，与其说是超乎社会性，毋宁说是人性本身的缺陷乃至悲剧，尤其是在现代人的情感中干脆常常就是平面的，跟社会、跟历史、跟时代等并无直接关系，而在人性的层面上表现出彼此难以互相信任等，这在昆德拉的小说中被演绎得淋漓尽致。而钱钟书对人性的洞察，孙氏以为在当年那个时代是远远超前了："什么叫'倾城之恋'？就是城倒下去以后，人的感情变成了真的，张爱玲相信了，钱钟书还是不相信。"[①] 这也成了《围城》长期不被理解而被埋没了50年的更为重要的原因。尤为精彩的是，孙绍振通过人性中的个人性与二人性（当然在此他的情感逻辑错位分析并没有失效），分析了孙柔嘉对方鸿渐"好端端的话"也要"鸡蛋里挑骨头"等心理奥秘后，指出："钱钟书看到了现代文学中浪漫爱情的局限。鲁迅通过涓生子君的悲剧，看到了社会环境的原因；巴金沿着这条思路，揭露了家族、阶级的原因。但是，这是问题的一个方面，就是这些悲剧原因消除了，两性之间，是不是就能绝对心心相印了呢？试想，鸣凤没有自杀，跟着觉慧到了上海自由结合了；四凤没有死于

---

① 孙绍振：《演说经典之美》，第 137 页。

触电，跟着周萍到了矿上，她们就不会变吗？觉慧和周萍就不会变成另外一个人吗？我们的现代文学在这方面几乎没有思考，而萧军和萧红却在没有任何社会干预的情况下分手了。"① 这才是与那些同时代作家不同的钱钟书的特别严峻之处——尤其是孙柔嘉的二人性分析，即方鸿渐的"推"被孙柔嘉升级为"打"，方鸿渐"摔门而出"回来后听到那晚了五个小时的"当当当"钟声的经典情节分析，孙绍振指出："这里的无奈的反讽来自于强烈的荒谬感：一是，恶语相加，大打出手，激烈的全武行，完全没有必要；二是，妥协是实实在在的意向，可笑可悲的是，时间的错位。那架晚了五个小时的时钟响了，把这样的错位喜剧化了。……时间空间的错位导致心灵的错失，构成悲剧，而不是社会原因造成悲剧。这一点在新文学中，是空前的，甚至可以说是超前的。"② 孙氏很是欣赏杨绛曾经的一个"提醒"，即结婚以后，发现对象不是"意中人"，其实不结婚也一样，分开以后方鸿渐发现唐晓芙变成了另外一个人，那么孙氏的情感错位逻辑也便在这里受到了考验，因为已经再也回不到传统美学中特有的本质规定上去了：尽管二人性终归还是要回归个人性，但每个人都是不一样的，从而回到任何本质的可能性都将成为问题，这就充分强调了"差异性"而并非"同一性"的原则。从而也就跟后现代主义的个体主体性形成了交叉，面对差异怎么办？后现代主义者的回答是解构——解构任何带有本质主义规定的理性主体性，而孙绍振的回答则是"悲天悯人"，这便是"幽默的博大"：站在人类生存的高度上，把个人的缺点、毛病当成人类的一种人性局限予以包容，亦即把个体主体性与理性主体性的复杂问题用植根于人性的文学性给消解了。在笔者看来这就不仅是钱钟书之"酷"，而且是被孙绍振转换成为自己的美学之"酷"了。

即便孙绍振的美学"酷"成这样，其实仍然遇到命名经典的困难。坦率地讲，在《正眼看余秋雨：从审美到审智的断桥》的演讲里，我把他看作对余秋雨的全面辩护，而且辩护得极为成功：比如对沸沸扬扬的"石一歌"的事情以及文本"硬伤"和"滥情"的事情，等等，孙氏可谓用心良苦，也可谓是他关注和研究余秋雨创作十多年来的集大成者，其案头准备的功夫甚至堪比为任何敏感案件做辩护准备的大牌律师。当然，最有说服力的还是艺术上的辩护。比如

---

① 孙绍振：《演说经典之美》，第 149 页。
② 孙绍振：《演说经典之美》，第 153 页。

从"审美向审智的过渡"以及"自然景观和人文景观的相互阐释"等，尤其后者的解释力、说服力空前。以《西湖梦》为例，"他写西湖，从道教、佛教、儒教，写到岳飞、秦桧，再到林和靖，再写苏小小、白娘子，把这些本来互不相干的人士统一起来的，就是一种文化深层的严峻审视，怎么能说是滥情呢？洋溢其间的是，对中国历史文化人格深层的透视和批判。他的散文以情理交融见长，用我的说法，就是审美的抒情和审智的结合，笼统地讲他的散文完全是滥情，是不公平的"。① 又如《三峡》，孙氏说道："为了把这两种历史人文紧密地，而不是松懈地结合起来，余秋雨让本来互不相干的李白和刘备结合相互联系，又相互矛盾在统一体之中。一个是对自然美的朝觐，一个是对山河主宰权的争夺；一个诗情，一个是战火。由于置于矛盾对立之间，互不相干的人文景观紧密地统一起来了，但是这两种人文景观和三峡的自然景观，还是处于游离状态。余秋雨进一步把'声音'（自然景观的声音），转化为'争辩'，这就把自然景观人化了，渗入了两种人文景观的矛盾，三者就水乳交融地统一为一个有机的意象。这样余秋雨就创造了一种崭新的散文意象模式。很明显，这样复杂而又自然的想象重构，对当代散文的想象边界来说，是一个重大的突破。用文化景观的特点去解释自然景观，不仅仅是抒情，而是在激情中渗透了文化的沉思，把审美的诗化和审智的深邃统一了起来。这就叫做气魄，这就叫才华。"② 特别精彩的还有孙绍振对于《一个王朝的背影》的文本分析等，比如："在这把交椅上'休息过一个疲惫的王朝'。这样轻松的一笔，真是举重若轻，就把整整一个王朝的强悍和退化概括在统一的意象之中了。但是，交椅这样一个意象，只能概括王朝衰败一条线索。文章另一条线索，亦即知识分子的文化认同滞后，还缺乏相应的意象。余秋雨运用他惯用的把毫不相干的意象设置为对立面的办法，把承德山庄跟颐和园对立起来，承德山庄象征强悍体魄和精神的开阔，而颐和园，用了建海军的军费修的皇家园林，却象征着享乐，睡大觉。令人惊叹的是，王国维为清朝而殉葬，恰恰又是在颐和园。文化认同的滞后性和王朝衰败就这样概括在承德避暑山庄和颐和园的意象之中了，两个园林建筑互相阐释了双重的悲剧内涵，那些乱骂余秋雨滥情的人士，犯了双重的错误：第一，根本就没有读懂其深邃的悲剧内涵；第二，根本就不会欣赏避暑山庄和

① 孙绍振：《演说经典之美》，第193页。
② 孙绍振：《演说经典之美》，第200页。

颐和园的对称的意象结构。这是深刻的文化历史反思和艺术家横空出世想象的猝然遇合啊！"① 诚然，余秋雨的成功就成功在他的意象结构创造。孙绍振以为余秋雨的局限也在于"他好用一种统一的意象来囊括一个名胜古迹的众多不同时代、不同流派和历史文化"，有时就难免显得牵强，例如用"女性文明"和"回头一笑"来笼括海南上千年的历史文化。但恕我直言，余秋雨的成功的确在于他的才气以及他所创造的意象形式，而余秋雨在某种意义上的失败恰恰失败在他自己所一直声称的将"散文的写作当作是文化人格的深度建构和升华"中他自己的文化人格建构的蹩脚表现。

说白了，这个"文化人格"不是建构在书本里或者文章里，而是务必落实在行动上。尤其是散文作家，在中国的文化传统里有着非常重要的人格建构，这便是对抗皇权的"道统"以及知其不可为而为之的不成功便成仁的殉道精神。因此，我以为孙氏似乎把话说反了："艺术人格的建构同时又是个体话语的建构，比单纯道德层面人格的建构要复杂得多，也艰难得多"②，现在的事实是道德层面人格的建构亦即独立的人格几乎处于毁灭性状态，更不用说对抗皇权的道德精神资源了。尽管个体话语的建构很复杂也很艰难，但道德层面人格的建构更复杂，更艰难，自然也更重要。因为前者仅仅涉及一个作家的评价，后者则涉及整个民族文化精神的状态。那么显然，孙氏命名经典的困难还在于"文学史想象"与"文史哲传统"存在明显断裂的事实。换句话说，余秋雨散文的成功和影响也仅限于中国当下的散文。即便是自"五四"以来的中国现代散文中的文化人格，即便是周作人等推崇并溯源晚明小品的"公安三袁"也要追溯到"魏晋风流"③，文史哲分家之后的考据、义理、辞章中光是从辞章中发展出来的"文章学"，始终强调的"文章之气"也仍是独立的人格使然。另外，孙氏把"鲁迅文学奖需要余秋雨"作为立论的根据显然也需要追问——如果是诺贝尔文学奖需要余秋雨则另当别论，否则就直接遇到命名经典的困难：众所周知，当下的文学公共性阙如，体制化的和"主流价值"化的文学并不像中国现代文学

---

① 孙绍振：《演说经典之美》，第 204 页。
② 孙绍振：《演说经典之美》，第 198 页。
③ 陈平原以为，"对'文章'的研究，鲁迅的目光集中在从先秦到魏晋，周作人则关注南北朝以降。鲁迅偶尔也会提及公安、竟陵，就像周作人之谈论庄周、孔融，远不及对方精彩。把周氏兄弟的目光重叠起来，刚好是一部完整的'中国散文史'"。陈平原：《中国现代学术之建立——以章太炎、胡适之为中心》，北京大学出版社，1998，第 354 页。

发轫期那样是自由发展的文学，这可能会直接影响到价值判断。文史哲传统的断裂对中国文学创作的影响其实是灾难性的。我们知道较早时候的诺贝尔文学奖并非单纯颁给文学创作，而是也颁给了文史哲各学科中的集大成者，如哲学家鲁道尔夫·欧肯、柏格森、罗素、萨特以及历史学家、传记作家并曾任英国首相的温斯顿·丘吉尔等，其中讲究的关键是对人类文明进程做出特殊贡献者。夏志清对此显然有清醒的意识，无论是《中国古典小说》还是《中国现代文学史》都从普遍意义上强调了中国传统人文与哲学的内在紧张和现代哲学思想的困境。即便如此，我仍然以为孙氏为余秋雨的辩护十分成功，尽管艺术的辩护不像一般刑事辩护需要的仅仅是判决，而是需要历史和时间的双重检验。也许就像英国学者鲍曼所指出的那样，在后现代社会"知识分子实际上不再具有'立法者'所具有的那种普遍的、神圣的、至高无上的性质，而仅仅只是一个阻止意义在交流过程中被扭曲的'阐释者'"。[①] 孙绍振对余秋雨的艺术阐释其实便是有效地阻止了意义在交流过程中的被扭曲，从而使艺术知识能够让不同共同体成员重新理解、认识和接受。

## 三

当然，孙绍振的美学之"酷"更是酷在双重解构与多重冲击，双重解构总是共时性地表现在：既解构庸俗的机械唯物论者的所谓正统哲学文论，又解构所谓后现代论者的文论中的公式化与概念化，尤其是对二者中所共同存在的对文学奥秘与文本真相的严重话语遮蔽进行"去蔽"；多重冲击则历时性地表现在：其不断地转换话题和课题，从文学本体论研究到变异逻辑、从错位范畴研究到幽默理论研究和实践，再到《直谏中学语文教学》等著述与活动，在不同历史时期不同研究领域对不同的成规与传统话语形成了一波又一波的冲击。[②] 比如，他在 21 世纪之初持续"炮轰"体制化文学教育中存在的"理论落后二十年，思想方法落后五十年"的尴尬现状，而面对新旧世纪之交全新的历史语境，尤其是现代性哲学话语和美学话语互相纠缠

---

① 转引自许纪霖《中国知识分子十论》，第 18 页。
② 关于孙绍振的"双重解构与多重冲击"，笔者和叶勤有过专文讨论，有兴趣的读者可参见《回到文学本身：双重解构与多重冲击》，《福建论坛》2006 年第 8 期。

重叠在中国双双面临困境亟须突围的重要时刻——全球化浪潮一浪高过一浪，所谓"中国崛起"的软实力探索正在纵横交错展开，"理论创新"的呼声虽然很高却又遭到空前瓶颈——孙绍振又开始发表系列演讲，其之所以"需要发言"便大有深意焉。借用哈贝马斯的"现代性——一项未完成的设计"①的哲学话语表述，所谓现代性与后现代性的所有论争均说明了这个设计远未完成，尚在途中。尤其是中国的现代性问题既是被压缩的也可能是被压抑的，因此中国现代性问题一度似乎无须争辩，后现代性话语也无须讨论。中国现代性问题便跟标准化生产线一样源源不断地生产"山寨版创新"产品。从根本上说，现代性的过程就是个理性化的过程，假如不说儒学理性化是个伪问题的话，时至今日我们的理性化程度之低有目共睹。在康德之后，众所周知，科学理性彻底战胜了知识理性和道德理性，已经并仍在带来世界性的难题，而中国当下也不可避免地处在被裹挟之中，尽管人文主义和非理性主义思潮从未停止过对启蒙意识形态的对峙、抵制以及反思与批判（比如从卢梭到尼采到海德格尔直到后现代思想家诸君）。其实现代性与后现代性一如科学主义与人文主义始终就是一对孪生姐妹，互为批判，共同发展，最为关键的始终是"人"的完整性与丰富性的不断发掘与发展。因此，如果忽视了具体历史语境中的"中国人"，其实无论是现代性哲学话语还是美学话语都必然遭遇无法摆脱的困境。就像全球化未必就是现代性的目标，却是现代化的结果。中国的现代化根本无法绕开中国自身的现代性，否则"中国人"根本无法在全球化进程中立足。在这样的重要历史时刻发言，孙绍振既出自"中国文论"的想象，也出自中国自身审美现代性的建构，其"真、善、美三重错位"的美学理论范式正在重新焕发出思想光芒。

即便如此，笔者仍然以为孙绍振是真正意义上的文艺科学家（假如可以这样命名的话），亦即科学主义的方法与精神始终在孙绍振文论中占据主导地位。表面上看来，他的辩证理性和逻辑在解决"二元对立"中的诸多矛盾和问题时确实得心应手，如他在20世纪80年代的不少论战文章中，常

① 尽管"现代性的哲学话语在许多地方都涉及现代性美学话语，或者说，两者在许多方面是联系在一起的"，但由于哈贝马斯"对艺术和文学中的现代主义不予讨论"，这里只能略加引用。即便如此，当我们要具体讨论中国的主体性变异理论问题的时候，哈贝马斯根据一种相互理解和相互承认的非强制的主体间性来理解理性显然是值得借鉴的，尤其是理性的情境化（具体地置身于历史、社会、身体与语言之中）与超越性的综合思考认为"启蒙运动的缺陷只有靠进一步的启蒙才能得到改善"的思想，尤其值得我们借鉴。参见〔德〕哈贝马斯：《现代性的哲学话语》，曹卫东等译，译林出版社，2008，第1～11页。

常能置论敌于无法"他圆其说"的境地①，但在分析具体艺术问题时，如前所述，他的形式理性即形式逻辑却发挥出了关键性作用。他总是把研究对象搁在类似于"制模形态"之中进行研究，虽同样是科学方法，他所采用的却是更接近于生物学的细胞研究，而不是物理学的原子研究，亦即总是处于一种（艺术）生命无限演化着的再生状态。

也就是说，在对所有理论现实或者艺术问题进行理论化处理的时候，孙氏总是采用"辩证理性"的逻辑方法，但孙氏以往并未真正像黑格尔或者马克思那样使"辩证法"完全历史化从而导致某种必然性的本质规定当中去（比如某个历史阶段或者阶级一定是先进的，然后先进/落后以及高级阶段/初级阶段等就形成了压迫性力量的等级制），而是把艺术的问题独立出来，进行科学化的艺术逻辑处理。也就是说，孙氏文论其实分属动态研究和静态研究两种：理论化处理的时候是动态的（比如专著《文学创作论》《美的结构》《论变异》等，以及诸多论战文章）；艺术化处理的时候则是相对静态的（比如那些出神入化进行文本微观分析的著作《挑剔文坛》《名作细读》《孙绍振如是读作品》以及眼下的这本《演说经典之美》等）。也如前所述，因为他采用的是细胞研究而并非原子研究，就不自觉地与"相生相克"的"生生变化"的易学原则相通，在具体文本分析里面，也是阴阳辩证思维和二元对立思维互为妙用，比如他的形象研究的奥秘总是在于作家想象与情感变异跟生活或历史场景的猝然遇合而产生的（形式）创造，但这种创造并非循环论证，却常常具备正、反、合的三重关系，未必是螺旋式上升，但无疑是指向了未知的不断"演化"和创造着的艺术世界。毋庸讳言，凡有大成就者，不是各个领域打通就是古今中外中的相关领域打通或变通，孙氏文论的思想与方法的张力也就在这里。

滑稽的是，据说眼下的"主流文论界"正在跟西方当代文论"接轨"，跟国内许多大学要"一流"就必须跟世界一流大学接轨一样。其滑稽就在于最不该接轨的东西纷纷接轨，最需要接轨的学术制度本身却不接轨，除了本末倒置充当"世界（学术）工厂"外不知还能干吗？坦率地讲，真正的所谓"接轨"应该是"对话"，我们时时应该意识到的是：是否具备对话的

---

① 在孙绍振文论中，这样的例子很多，这里仅举他的两篇文章为例：《评陈涌的〈文艺学方法论问题〉》和《从工具论到目的论——〈答文艺理论研究〉》，参见孙绍振《当代中国文学的艺术探险》，福建教育出版社，1998。

资格？一如孙氏所说，《三国演义》在同时代西方还没有经典的情形下居然达到了那样高的艺术水平，又如夏志清所言："尽管《红楼梦》在形式和文体方面仍然是折衷的，但从它的注重人情世故，从它对置身于实际社会背景上的人物的心理描写来看，它在艺术上即使不领同世纪西方小说之先，也与其并驾齐驱。"① 中国文化并非真的没有自信，只是近两三百年在西方文艺复兴尤其是启蒙运动之后，古老中国才慢慢被甩在后面。但我们必须清楚地看到，西方是在文艺复兴和启蒙运动的发现世界和发现历史的过程中重新塑造了他们自身的文化主体性的，而我们是在一百多年学习西方的过程中，不仅丢失了世界，也丢失了历史，更是贻误了最根本的文化主体性的重塑。因此，重中之重是中国文化主体性的重建，尤其需要对西方当代理论做出深刻全面的反思与批判，与此同时也必须有效地重新认识中国自身。也便是基于此，对相关理论领域和重要范畴做必要的打通也才可以成为检验一个理论家或思想家的贡献所在，否则我们满地的所谓"理论家"却没有理论就只能永远是摆脱不掉的宿命。也毋庸讳言，由于孙氏文论本身的开放性，即便是搁在后现代语境里面，实际上仍可伸缩自如（关于这一点，在《解构孙绍振》一书中已有过较多论证），这主要归功于他的理论化处理过程中的动态研究。也恰是由于此，孙氏文论的中国视角和中国问题，即便是遭遇当下世界性范围内的所谓"从文学理论到理论"② 的发展过程，仍然大有可为。比如孙绍振在对钱钟书《围城》的"二人性"与"个人性"解读以及人性研究领域中，就特别彰显出其错位范式中的"回归"不再回归到任何本质性规定之中的个体立场，而是诉诸文学性的个体主体性，使得中国式的"个人"（尽管晚明意义和晚清、"五四"意义以及当下意义上的中国个人主义内涵并不相同③；晚明意义的"个人"从道德主体性中慢慢解放出来了后，肯定了"人欲"在某种程度上的合理性；"五

---

① 夏志清：《中国古典小说》，第 17 页。

② 笔者以为姚文放的《"文学性"问题与文学本质再认识》（《中国社会科学》2006 年第 5 期）和《从文学理论到理论》（《文学评论》2009 年第 2 期）是对后现代语境中的文学性问题所做的适时有效思考的两篇文章，其对相关后现代文学知识脉络的梳理也为中国文论的创新提供了一些重要线索。

③ 关于它们之间的不同意义，夏志清、汪晖、许纪霖分别有较为详尽的研究，夏氏研究可参见《中国古代短篇小说的社会与个人》，载《中国古典小说》；汪氏研究可参见《中国现代思想的兴起》下卷第一部（生活·读书·新知三联书店，2008）；许氏研究可参见《大我的消解：现代中国个人主义思潮的变迁》，《中国社会科学辑刊》2009 年春季卷。

四"意义上的个人有"大我""小我"之分,晚清原指近代民族国家的
"群"的概念到了五四时期特指"人类与社会"。前二者均有诸如"天理"
"群"等公共善的价值诉求,当下的个人公共善价值则阙如)也存在变异性
的可能。众所周知,西方意义上的原子化个人经由重组,新自由主义、社群
主义以及后现代主义对"真个人主义""个体主体性""共同体中的个人"
等理论和主张在当下有着诸多的论争。我们的道理也一样:重新型构社会秩
序乃至世界秩序,不管我们最后诉诸的是何种价值,个人与个人主义以及形
成的共同体等都是绕不过去的基本问题,而且更是东方与西方不同理论的共
同的理论生长点。这样,中国式的"个人"与"中国人"便跟西方、世界
以及全球化时代等就具有了诸多相关性。也就是说,如果我们真的想回应
"从文学理论到理论"的趋势的话,与其相关的重要理论范畴就可为多元世
界与互动的全球主义进程中的"对话"与"交流"奠定可能性基础,比如
"错位"范式中解决"二元对立"的办法就甚至可以扩展到错综复杂的国际
关系之中。

　　平心而论,后现代思想家诸如德里达、福柯等确实相当具有创造性,尤
其是后现代主义中的解构主义和新历史主义,延伸到后殖民主义以及第三世
界话语,其批判性锋芒与解构立场对中国学人尤其具有借鉴意义:对外既能
有效地颠覆西方中心主义的知识霸权,尤其是西方理性主义、资本主义和单
线进步/进化的全球化所深刻蕴含着的二元对立的世界观亟须进行深刻深入
的解构和批判;对内也能形成对本土较长时期以来借用革命的现代性重新营
造等级制、以皇权主义批判资本主义以及对权力制衡与监督的无能为力等关
键问题与领域的深入理解,乃至批判和有效解构,并以此促成中国自身的现
代性的健康良性发展,然后才能在这已经高度全球化了的世界结构中发出自
己真正有"说服力"的声音。让人悲哀的是,无论是前者还是后者,真正
有意义的思考和文本不能说完全没有,至少也极为稀有。满目所见的除了搬
运、消费以及"山寨版创新",还错把异乡当故乡,并非说那是(莫名其妙
的)"理论前沿",即便能提供所谓"后现代"书写的文本,大多时候所做
的也均是无谓的能指撒播,不说其欺世盗名的话,至少也不敢恭维。值此特
别严峻的历史时刻,孙绍振"需要发言"的用意已经十分明确。必须特别提
及的是,他前不久参加的由《当代作家评论》组织的"散文理论创新研讨
会"上的"重要发言"(改写稿题为《建构当代散文理论体系的观念与方法
问题》),他说与其行走在国内文论界那些莫名其妙的"理论前沿",倒不如

重新审视我们脚下这块土地上的现实和理论的基本问题，尤其是厘清最起码的问题史，然后重新建构至为关键的逻辑起点。

孙氏以他"随心所欲不逾矩"之精神在当下继续发起他的逻辑解构和思想冲击，确实有点让人叹为观止：按说他的"真、善、美三重错位"的理论范式早已取得典范意义，基本没必要涉及新的范式转型问题，然而如前所述，在此严峻的历史时刻，他"必须发言"。我们注意一下他提出的最新问题："按形式逻辑的抽象，外延越广，内涵愈窄，越是哲学的抽象，内涵越是稀薄，这就是德里达对'形而上学'敬而远之的原因。但是，真正哲学的抽象，并不是外延的最大公约数，而是因为蕴涵着矛盾运动而深刻化了，因而外延愈广，内涵却愈深刻。越是形而上学，越是如马克思所说的从抽象上升为具体。"（引自孙氏在"散文理论创新研讨会"上的发言稿）应该说孙氏是比众多号称马克思主义者更为熟悉马克思思想的精髓的。不过，他在此讲的仍然是"辩证法"，要解决的仍然是二元对立的问题。其实，我更愿意说他仅仅是借用了马克思的方法，以提出他的中国视角和中国问题。事实上，孙氏后来差不多十多年的散文研究，便是为了不断地补充和完善他早年《文学创作论》《美的结构》等文论体系中相对薄弱的部分，当下的这个"发言"也实则是他这些年最新研究的集大成。对周作人抒情论的"美文"主张和郁达夫所补充的另一源头为"英国幽默"对散文理论建构的贡献等，在"审美抒情：中国现代散文的历史选择"和"抒情的'情'：内在矛盾和转化"以及"从抒情的审美到幽默的审'丑'：逻辑和历史都走向反面"等章节中，有着更为全面立体且循环往复的追问、质疑和层次深入的解析，尤其是诸多精彩的批判和解构（如对"真情实感"论中的"事与情"互相制约的解构以及对"滥情""滥智"的批判等）确实有效地彰显了螺旋式（散文）发展的面貌。他自己一直拓展并寻求突破着的文论相关范畴如"审丑"和"亚审丑"直至"审智"等，也确实获得了颇具弹性的解释力以及十分雄辩的逻辑力量。然而不能不指出的是，中国文论想象与中国文学史想象毕竟分属两个不同领域，孙氏文论想象的成功并不必然保证文学史想象的成功。当然，这两个领域不是说就完全隔膜或者无法打通，关键是出于不同的问题视角和立场，就可能勾画出完全不同的"文学地图"。比如出于中国文论想象的孙绍振勾画出的"文学地图"与史家陈平原出于文学史想象勾画出的"文学地图"便完全不同，前者是：鲁迅、周作人与朱自清（抒情中的"事"与"情"的互为制约与变异）—魏巍（"事"的膨胀）—

刘白羽（"情"的张扬）—王力、钱钟书（以及林语堂、柏杨等的"幽默"）—余秋雨—王小波—南帆（或者"审智"更应加上孙绍振自己）……后者是：章太炎、刘师培—鲁迅、周作人—俞平伯、废名、聂绀弩—金克木、张中行……二者的分野其实一目了然，前者主要是中国文论想象的副产品，后者则是出于"世纪末回眸，建构现代中国散文的谱系，其中借助于六朝文章而实现传统的创造性转化"[1] 的千年文脉描述。那么很显然，人文传统的内在继承与理论范畴的突破发展存在某种内在的紧张，能否打通又如何打通恐怕需要深入的讨论，尤其需要在真正的文学思潮、文学公共性和文学公共领域等相关重要问题中平等讨论乃至在必要的论争、批判中达成一定程度上的共识（即意味着文史哲在新的历史时期可能会重新打通），直至最后还得经得起时间与历史的双重检验。世界结构中的中国文学也一样，尽管一如当年俄国形式主义竭力摆脱"非文学性"进入纯粹"文学性"研究那样，当下解构主义则相反地竭力摆脱纯粹"文学性"研究而向"非文学性"发散与扩张，也尽管可能像姚文放所指出的其可能只是一个过程或策略[2]（其基本与"现代性——一项未完成的设计"道理相同），却也仍然需要不同的"文学地图"作为平台，更是需要在世界范围内进行广泛的平等讨论和交流乃至话语论争、争夺与批判。换句话说，无论是哪种"文学性"，都需要经典追问，如果说我们的"文学性"也已向"非文学性"扩张了，请拿出经典文本来，然后就可以跟人家展开讨论了。那么显然，首先必须建构的仍然是中国视角和中国问题中的经典意识和经典塑造。尽管经典本身的形成一样需要深究和讨论，但对经典的解读在任何时候都是无法绕开的经典问题。那么具备孙绍振和夏志清那样的经典之"眼"以及陈平原那样的"重写文学史"的经典意识和描述就是绝对要求，否则"理论创新"根本无从谈起。唯有如此，我们才有可能共同参与到推动世界文学往更高级的良性循环发展形态中去，以更有说服力的姿态和精神有效地建构出立体的"中国形象"和"中国文学"。

最后必须指出的是，把"辩证法"问题历史化是存在风险的，而且孙氏指出的"逻辑和历史都走向反面"其实并不必然导致"逻辑和历史的统一"，尽管就逻辑本身来说可能是一致的。因此，在我看来，孙氏重构中国

---

① 陈平原：《中国现代学术之建立——以章太炎、胡适之为中心》，第 351 页。

② 参见姚文放《"文学性"问题与文学本质再认识》，《中国社会科学》2006 年第 5 期。

自身的审美主义现代性问题，其实并无必要继续借助黑格尔以降的德国古典哲学理论话语，仅用他自己的三重错位的理论范式应对德里达的解构二元对立的形而上学已经足够了。① 从某种意义上说，这更具有中国意义，也更具有中国实力，也就可能更"酷"。

（原载《社会科学论坛》2010 年第 14 期）

---

① 我以为哈贝马斯在《论哲学与文学的文类差别》中的一段话对阐释这个问题颇为有效："如果我们听从德里达的建议，剥夺掉哲学思想解决问题的义务，并把哲学思想转变为文学批评，那么，哲学思想所失去的就不仅仅是其第一性，而且是其创造性和积极性。相反，如果像德里达在美国大学文学系的追随者所做的那样，让文学批评不再关注如何掌握审美的经验内涵，而是关注形而上学批判，那么，文学批评将失去其判断力。"参见〔德〕哈贝马斯《现代性的哲学话语》，第 219 页。

# 复叙事：王炳根的叙述

## ——《郭风评传》评析

## 阅　读

　　读罢《郭风评传》，有种奇怪的联想突然在脑海闪现：声名卓著的理论家余秋雨、孙绍振先后都青睐起散文。假如说孙绍振对散文的青睐完全是基于他对幽默美学的独特研究——鉴于国人基本缺乏悲剧与喜剧这两种人类深刻的情感，幽默无疑更切合我们的实际，尽管它常常是在智慧的微笑中对生活的和解。于是，幽默散文的提倡与身体力行，便成了孙先生晚近的精神风采。余秋雨则大为不同，在他的大量的文化散文中充斥着一种文人士大夫式的自足与快乐，即物我两忘的闲适优哉。便是中国人特有的这种家园意识，使得研究古希腊戏剧理论并颇有佳绩的余秋雨，居然置悲剧与喜剧情感不顾，情不自禁地一头扑进故纸堆里认同了朽腐还不够，还把神奇化成了腐朽。尽管我认同孙先生对余先生的"才气以及他所创造的意象形式"的艺术评价，但不能不说的是，无论是余先生还是孙先生，其实都以他们那不同凡响的写作有力地证明了：国人的悲剧与喜剧情感着实缺乏——前者家园意识的牢固使我们不可能有苦难意识，因而从来不懂得生命尊严为何物，只有面对列强时才会爆发出一种属于民族的感情；后者虽不能说跟家园意识有直接关系，但毕竟跟惯常的安居乐业有关，既然要安居乐业，就得学会化解，而不是撕毁。因而，幽默尽管是人类生活中的一种普遍的情感经验，在孙绍振的关注范围却毕竟是中国式的（又恰是中国式的本身才具有理论活力，否则孙绍振就不复为孙绍振）。

　　现在我阅读的是王炳根。我是说，评论家王炳根在写出了非常散文化的专著《永远的爱心·冰心》之后，居然又写出了相当小说化的《郭风评传》——评论家们在不约而同地做出种种叙述调整本身，在这世纪之交究竟意味着怎样的文学事件的发生？回答这个问题显然并非本文的任务，但我确确实实是把《郭风评传》当作长篇小说来读的，这样，"《郭风评传》究竟又是怎样被结构成长篇小说的"问题，我显然是被要求回答的。

《郭风评传》给我长篇小说的感觉，首先来自一种虚构的纪实色彩。主人公郭风不能虚构（毕竟是评传），况且讲的就是郭风的故事，但怎么讲却在这里形成了别具一格的叙述：因为郭风本人也讲故事，讲了很多的童话故事——于是，对一个叙述故事的人进行复叙事，就明显地带上了虚构的意味。

其次是来自我对文本的解读。在解读的时候，我首先阅读的并非王炳根，而是郭风。无论王炳根是如何想着再现一个真实的郭风，在我阅读的时候郭风的意义却在不断衍生着：因为郭风是莆田人，我也是莆田人——尽管熟悉我的人大多同意我这人并无乡党情结，甚至常常忘了我也是土生土长的莆田人。作为郭风的小老乡，很长一段时间以来我常常为莆田那地方居然能出一个这样全真的诗人感到惊异。那地方号称"文献名邦"，就不难想象那里的人们的精神是如何被那种腐朽的传统士官文化毒化的；尽管在外地人看来、听来当地人讲的莆田话就跟外国话似的，可是，对于完全制度化了的汉语言，莆田人用他们的方言消化得栩栩如生。"文献名邦"者，无非是历史上一些当官的，"余事"时能写下一些还过得去的诗文书画，吟风弄月，附庸风雅……郭风虽然自幼受儒家思想熏陶，后来也当过官；儒家学说的原典精神之中"仁爱"乃为根本，可在历代鸿儒的注疏与解析中越来越走样，越来越口是心非，时至今日仍在毒化我们的社会——而郭风，可谓是得了儒学原典精神之精要，儒家之孝悌在郭风这里体现为孝友，对儿童、对未来、对大自然始终体现的是仁者爱心，这要让多少口是心非的莆田文人乃至福建文人相形见绌，要照出那"长袍底下藏着的'小'"来！文本的开放性不仅对熟悉郭风的人如此，不熟悉郭风的人也如此。之后，让我感兴趣的是王炳根的近乎人类学家的"田间作业"。作为传记，提供出翔实的史料或有价值的资料，或进行编年或进行评说，是比较省力的办法。可王炳根很特别，他总是要到传主的出生地及传主生活过、创作过的地方实地走一走，诚心地去寻访，真诚地去感受一番。写作《永远的爱心·冰心》时，他这样做了，写作《郭风评传》更是如此，而且做得更具体，或者说更立体——它甚至与整个文本融为了一体，成为文本的一个十分重要的有机组成部分。是因为这样做了，王炳根才获得了叙述的资格吗？显然，我便是从这里开始重新发现了王炳根的叙述的。

## 谁是叙事人

在我看来，王炳根的实地寻访显然并非出于叙述资格的必需，而是出于文本创造的必需。因为从我们的日常叙事经验来看，如："现在我来讲一个故事……"叙事人便要有着一种经历上的变化，他是在转述着，哪怕他转述的可能是假的东西，但叙事人自己首先就应该说得跟真的一样，或者就像亲身经历一样。因此，与其说叙事人是作者，毋宁说叙事人是作者创造的一个角色。这样，我所理解的《郭风评传》中的"我"就并非为王炳根，而是叙事人；这样，我们似乎没有理由怀疑"我"哪怕是留在不明朗的情形下对我们所讲述的他的所感所触，因为我们所留心的恰恰是他的所感所触。也很显然，《郭风评传》中的所有的关于郭风个人的种种经历的讲述，都像被"我"亲眼所见、亲身所历，而我们对叙事人"我"的个人情况却无从知晓，这便是复叙事的基本叙述特点。需要注意的还有，《郭风评传》沿用的是现在时叙述，这更加强化了亲历、亲见的叙述效果。同时我们知道，小说的主题恐怕永远包括一些个人的事情或者属于个人的东西，在写作材料上，《郭风评传》的材料取舍也极具小说特点：便是通过郭风个人的种种材料，试图探讨"诗人"的总体上的一些本质意义；又鉴于生活现象常常难以完全理解，或者不能彻底穿透，"我"的介入本身就是对全知全能的摒弃，或者毋宁说就是要再现那些变得支离破碎了的生活——这恰恰是现代小说所独具的叙述品质。

另外，这个独具个性的叙事人"我"，又仿佛使王炳根的叙述始终带着的一个面具：在面具的前面，似乎局限于亲见、亲历；在面具的后面，又仿佛无所不知、无所不在。那么，是谁在叙述？显然是某种精神，具体说是叙事规则——《郭风评传》的复叙事规则。而所谓复叙事规则，又显然包括《郭风评传》本身的形成、评说以及王炳根语式，如："1996年深秋的一个上午，郭风带我来到他的母校，六十六年前他就读的地方"，等等。

# 诗　人

诗人何为？这是海德格尔提出的问题。有史以来，本土的诗人很少出于愤怒，更多则是言志、缘情的诗人。好诗大多出于后者，所谓唐诗、宋词，意象、意境，等等，诗话、词话话题无限，但要说"愤怒出诗人"，好诗还真是有限。直到现代诗人的出现，虽说"愤怒出诗人"仍非强项，但诗人的自我意识毕竟跟个体心灵的联系更加密切了起来。《郭风评传》用了较大篇幅介绍了《现代》杂志。20 世纪 30 年代活跃于上海文坛的施蛰存、穆时英、刘呐鸥，经常在《现代》杂志上发表作品，此外，还有戴望舒，等等。这是我们诗歌史上一个非常短暂的个体心灵自由书写的黄金时节，郭风有幸在他们那里受到了影响，以致郭风甚至可以在"1942 年 1943 年，那是中国历史上最为艰难的年份，抗日战争进入到最后阶段，日本侵略者更为猖狂，在中华大地，在东南亚，在太平洋……而郭风，却在礼赞他的村庄、礼赞那儿的劳作与暮归"。对有论者认为"郭风这一时期脱离了斗争生活……"王炳根是这样回答的：苦难中的郭风，实际上是通过如许的描写，寄托了一种强烈的对和平的渴望，对失却的家园、对被践踏的村庄的遥想和怀念。王炳根既巧妙地回答了有关责难，又从侧面有力地凸显了郭风的诗人气质。在其后的对郭风与革命者交往的描写，对新中国成立初期的郭风创作上的苦闷的叙述，王炳根都不断地强化了这一点——前者说郭风尊重革命者的选择，甚至支持革命，但不能要求郭风也参加革命，更不能以革命的理由强迫郭风革命；后者说郭风创作上的苦闷，郭风的形式不能用了，郭风遇到了表达的困难……王炳根的解释常常是郭风的天生懦弱使然，这就让人不能不想起这样一个问题：诗人究竟何为？

我们的诗人（除了王小波）要像尼采所说的"超人"那样重估一切道德价值实属不能指望，但至少，诗人本身就应是弱的天才，因为"诗歌并不教给人们任何关于现实的东西，只有科学的陈述才有经验上的可证实的意义，而诗歌是不可证实的——每一首诗，每一件文学作品，都有一个'世界'，都展示了一个'世界'，作品的世界。我们以此来意指一个我们能居住于其中的可能的世界"（〔法〕利科尔：《言语的力量：科学与诗歌》）。诗，有时干脆就是诗人的潜意识的呐喊，是潜意识冲破各种情感以及文化之类的种种压抑所发出的呐喊，比如郭风的"致 E·N"系列。王炳根曾经故意俏皮地问郭风关于 E·N 的事情，问得早过古稀之年的郭风耳朵根发烧，环顾左右而言他，嗫嚅着：远远看到的她……就在田埂上……这就是郭风，土生土长的诗人郭风！作为诗人，郭风哪怕是在压抑与苦闷、忧郁与哀愁之中，也总是"尽力在阴郁的岁月中，发现希望之光，在压抑的生活中，寻找生命之绿，在没有美的时空里，悄悄地创造着艺术之美"，来意指一个我们能居住于其中的可能的世界。

# 形　式

　　形式本身就意含着某种言说方式，这就意味着，放弃了某种形式就不能言说。无论对于传主的郭风还是对于评传作者的王炳根，一样如此，就如同郭风要放弃自己的形式，而改用那种"喜闻乐见"的形式，便无法言说。也就等于说，旧的形式应当随同它固有的言说方式一同死亡，我们呼唤的便是一种新形式的诞生。《郭风评传》就是这样的一种新形式。《郭风评传》的重要意义也许还在于，叙述的自觉使得其摒弃了传统上"立言"的霸气，而采用了一种较具现代叙述学意义上的对话体方式，平易、亲切，完全是一副商量的口吻（这一点是否受了郭风的启发？我还发现王炳根有一种比较特殊的本领：在他写作《永远的爱心·冰心》时，他几乎是用自己的全部爱心来努力体会并接近冰心的爱心，那么现在他用对话体的叙述方法，显然非常能够接近郭风的精神气质）。这种新的形式完全来自现代人的知识背景：在我们的文言传统里面，无论是以"传"解"经"抑或以"传"释"纪"，无不是在文法中立言，谓之为"文言"，所谓"太史公曰……"更是流传千古的经典叙事方式，与其说文学的出现是为了阐述"道"理，不如说是为了讲"道"的理才发明了文学。随着语言学转向，叙事的表层结构（语音与符号、句法与文法、词序与修辞）与深层结构（语义的生成、被表达的意义结构）之间的关系发生了深刻而彻底的变化，于是，叙事功能本身也就发生了巨大的变化——叙述学诞生了，我们大家都自觉不自觉地开始关注叙述本身。因此，哪怕是对各家各派关于郭风创作的评论进行理论上的梳理，评论家出身的王炳根也表现得非常谦虚，绝无半点争夺话语霸权之嫌。于是意义的生成发生了转换，生成在王炳根对郭风的"文本的世界"的观察之中，生成在《郭风评传》的独具特色的叙述之中，就像郭风的"叶笛"（还有麦笛，等等）：

啊，故乡的叶笛。

那只是两片绿叶。把它放在嘴唇上，于是像我们的祖先一样，吹出了对于乡土的深沉的眷恋，吹出了……吹出了……吹出……

无论是郭风后来强调的"五官开放"理论，还是他的不断地"吹出了……"的郭风形式，就是这样用他特有的"笛"吹出了一个划时代的诗人——真正的诗人：郭风！

也如同《郭风评传》对郭风形式的分析，郭风受到了许多外国大家的影响，《郭风评传》本身也肯定会存在这个因素（比如现代小说的叙述方法）。我们知道：举凡创造，都不会凭空发生，况且我们本来就遭遇在文本的世界里。问题是，形式的东西常常存在某种先验的结构，在创造的源头那里常常存在原型，这一点，弗莱的原型批评理论已经清楚地告诉了我们。从这个意义上说，人类学与语言学之所以能够更为接近我们的心灵，原因可能也便在于此。

## 叙述风格

我们知道，"重复"是一切艺术的基本原则。

优秀的散文常常有一种循环往复的节奏之流，其特有的音响模式所唤起的期待往往是由重复予以满足的，如上文所引"叶笛"的"吹出了……吹出了……"这不仅是修辞学的问题，而且是诗学的问题。比如那"叶笛"和"麦笛"，我小时候也都玩过、吹过，对土生土长的莆田（男）人来说，实属稀松平常——没有技巧只能发出一些单调的或者刺耳的声响，可到了郭风的笔下就变得不同凡响了，他不仅吹出了节奏，吹出了旋律，而且吹出了故乡的景象，乃至吹出了故乡的豪迈……

作为小说，同样需要建立小说的诗学。这便要求小说家的诗性立场。当然，诗性立场不等于说就要把小说当作诗（史诗则例外）。诗性立场要求的是作家的个体差异——生存体验的甚至包括认知的差异。因为生存感受和感知方式各有不同，独具个性的表达才有可能。我们经常能够看到，有相当之多的既无才气又无思想、既缺激情更缺诗意的枯燥乏味的所谓作家的叙述，平实、朴素、简练等成了他们天然的挡箭牌、避难所。当然，真正简洁与明晰的叙述是不应该反对的，问题是这种叙述也一样要跟他的感知方式相对应。真正好的叙述，我们可以在其对语音、语调、语感、语式、语态乃至语速的全面把握之中，体现出其特有的生存体验以及话语方式，并在已然纵横交错的语境之中确立自己的个人立场。

这并不等于说，《郭风评传》就已达到如此的叙述高度，但很显然，《郭风评传》便是往这个方向努力着的，并且取得了相应的叙述风格。我们知道，风格是离不开个性与相关品格的，它既体现着作家的情感和思想取向，也反映着作家富于想象的见识以及个人气质。尤其是后者，王炳根已经注意到了郭风的气质与文体的微妙关系，他说，文体的创造与使用，往往是气质使然，而这种气质使然的文体，亦可视为作家以生命创造的文体……

对于《郭风评传》，显然亦可作如是观。王炳根的复叙事规则，不仅颇具诗意，而且也鲜明地凸显着个人气质，举例如下：

> 郭风在步行时思维特别活跃，尤其是当他行至馆驿桥时，有护城河中的流水声传来，郭风有种回到松坊村的感觉，犹如听见雨后松坊溪的流水声。郭风在岸边独行，似有微雨飘来，似有烟雾在林间涌动，眼前好像有无数的小红菇，"她们持着淡红的雨伞，持着浓红色的遮阳伞"，集合在一起，排成队伍从林中出发了。小红菇们的心里是多么欢乐，林子中，有她们"没有看见过的花，有很大的草地，有很清的泉水，有一个新鲜的世界"。有蜜蜂为她们送行，有胡蜂有画眉送行，有小鹿跟着他们的母亲来送行，还有草兰和蒲公英来送行，"野菊们站在草丛间，挥着淡黄的手巾"，目送着她们走出林中的草径。红菇们来到溪流，是蓝色的溪流，溪流上有桥，桥边的草地上，正在举行着节日的游行。
>
> （《郭风评传》第 263～264 页）

从上述复叙事的特有魅力中，我们不是也可以跟阅读郭风一样，除了读出某种诗意，更能读出一种超人的温柔吗？然后是王炳根的学养和见识，在他的复叙事中起着的绝不是一种可有可无的调节作用，如对郭风的儿童文学写作进行复叙事之后，得出结论说："这是一种以散文的情景、场景与情绪的描写代替童话情节的曲折与故事的离奇，同时采用丰富的想象、幻想与夸张，采用拟人化的手法，具有鲜明的形象，并且是以浅显、明快、简洁的语言创造的文体。"便是这样，与"我"的所感所触纵横交织，穿越于交错的时空，并对应于郭风的不同时期而又交叉进行的散文、散文诗、儿童文学、游记写作等，整个篇目安排的循环往复与整个叙述的循环往复相得益彰，其间流淌着一股可见的节奏之流——重复，多样的重复（重复而不多样就容易显得单调而单薄），直至构成多义重复、多重重复的复叙事规则。这也许才是《郭风评传》最值得称道处。这可能也得益于王炳根经营叙述的匠心，就仅读《郭风评传》的开头与结尾，就能读出开头设下的叙事基调与结尾蔓延着的叙事氛围——王炳根曾不无遗憾地告诉我说，此书的最后一句话应该是：不，我写下的第一句话，便是我和郭风从古宅大院中走出后的第四个"无风的"晚上……书出来的时候，编辑先生却忘了加上"无风的"，这是叙述上的一个损失！确实，这"无风的"三个字可能还不仅涉及叙事氛围，而且可能涉及叙述的心境和心情，等等。

# 跨文体

跨文体写作是个时髦的话题。这个话题本身却有问题。这个话题的背景显然来自后现代思潮，而后现代的背景却是随着工业化（现代化）的完成，西方社会中满足个体生存的物质条件问题已经基本得到解决，个体如何生存的问题顿时变得非常尖锐起来。我们本土的情况则完全不同，我们在由农业社会过渡到工业社会时已经紧跟潮流，再加上全球经济大循环，信息的浪潮又一浪高过一浪地扑面而来……发生在前不久的东南亚金融风暴以及国人而今都不同程度地介入资本经济之中的情况表明，不确定的世界离我们似乎确实不远，说白了你根本就不能保证今天你手中攥着的钞票明天就不会是一堆废纸。这样，我们拒绝后现代思潮既不可能也不明智，全盘接受它却又显得无比滑稽。也就是说，科学的神话肯定不再是神话，我们却不能据此而无厘头地反对科学。我们拒绝宏大叙事的理由，必得同我们自己的个体生存真相相关，否则玩的"城市假面"游戏只能是自欺欺人。从"破碎"来说，我们也与西方不同：西方破碎的是世界，我们破碎的则是传统。后现代主义者认为，世界是由片段组成的，但是片段之和构不成一个整体。因此，他们的文体创造中常常出现种类混杂，体裁变异，戏仿诗文，有时故意借用、拼凑陈腐的题材，故意时序颠倒，地点与空间置换，高级话语与低级话语杂处，严肃题材与大众题材交汇，目的是丰富创作本身的内涵和外延，获得原文本所没有的张力或有效增强了原文本的生命力，等等。

《郭风评传》的写作显然并非根据上述叙事哲学的背景，但《郭风评传》又确实存在跨文体的现象。就像《大家》首倡"凸凹文本"并非出于哲学的自觉，而是出于语言的自觉一样——这个自觉便是让（诗歌）语言的功能最大限度地凸显话语，语言不是用来为交流服务的，而是为了把表达的行为即语言自身的行为置于最突出的地方——《郭风评传》则出于叙述的自觉，其跨文体现象出现在类似人类学话语领域中拓展出的一片"展演"空间。前者类似于语言学研究——到句子为止；后者类似于叙事学研究——到话语为止。毕竟，话语的活动不能局限于结构之中，而势必超出结构之外；这样，讲述者、听者、研究者以及社会文化布景等便构成了一个特定的展演舞台。王炳根的跨文体写作（包括故事、传说、资料、书信、新闻、寻访、议论、评论、作品片段、各派理论片段等）旨在揭示文学本身意义的多重互动，以及文学的种种活动所表达出的种种特定情景、种种社会关系以及文化历史脉络，并终将证明文学仍然是作为人的一种社会性存在的。这样，王炳根的跨文体写作就不是诸如戏仿潘金莲之类并无创造的根据，而是出于同小说形式自身的危机所采取的必然突围并以期丰富自身的表现力一样的动机，这一点，我们还可以从王炳根的具体写作行为中看出。王炳根在《郭风评传》中说道：艺术作品的个性，有可能首先体现在作家感受生活的独特方式上。我以为，在传记文学的写作中，"我"与"郭风"，在某一个特定的现在时，共同去寻找、追忆、回味、感受远逝的过去与已逝的生活，可能是比较少见的、独特的，因而，当我动笔时，我极为珍惜这种方式，甚至是我的访问、感受、写作几乎是同步进行……

## 乡 土

我们知道，文学研究的主题不是作为总体的文学，而是文学性，亦即使特定的作品成为文学作品的东西，就像罗兰·巴尔特所说的那样："我必须突出每一个文本的特殊性，而这恰恰是尼采和德里达所谓的差异。"我们也知道，大多数的文学作品，在发布着自身的各种信息的时候，也在不断地提示着其他的文学作品。《郭风评传》的互文性问题似乎没有必要加以讨论。让我感兴趣的仍然是王炳根的"田间作业"——也许是由于我在郭风与王炳根之间的特殊身份，我是郭风的小老乡又是王炳根的朋友，郭风是大诗人、散文家，王炳根写评论，我却写小说，于是，《郭风评传》中涉及的关于乡土与民俗便让我特别敏感，从而从另一个角度提示出其他的文学作品。

实际上，作为诗人的郭风，关于故乡的使命他已经完成，而且完成得相当漂亮，他可以不必对故乡怀有一种愧疚的情感，可他自己却认为：他常常感到《叶笛》这篇作品，还没有完全表达出自己对故乡、故乡大自然和民俗中所蕴藏的特有的诗的现象和诗意的深刻性，没有准确地表达出自己对故乡的深刻的情感。这里，传主郭风与传记作者王炳根都忽略了两个问题：一是乡土的亲切与诗意皆产生于距离，远离故土的人才会产生亲切的怀恋，身处其间需要的往往是精神突围（当然，前者是诗的态度，后者则是小说的态度）；二是任何一种形式都是有局限的，而恰恰是局限才可能是他的优势，就如同郭风要放弃他的形式就不能言说一样。除非他要采用一种迥异的言说方式，那么新的形式必得造成新的局限。评论家华孚曾经说我一头扎进城市写作，放弃了莆田乡土写作相当可惜。除了城市写作有着自己的考虑之外，有一个重要的原因，便是还没有找着一个真正适合自己精神突围的"基地"，因此，我在写作了两个半（两个中篇，一个小短篇）的关于故土的小说之后便放弃了。我知道，假如要发起新的精神突围，必须进一步地深入民间和民俗，必须做好跟王炳根一样的"田间作业"的功课，包括发现郭风所说的"故乡大自然和民俗中所蕴藏的特有的诗的现象和诗意的深刻性"和掌握更多的地方性知识，等等。我也知道，莆田那块既神奇又庸俗的土地，至今仍然是一块未被小说开垦的处女地。但是，莆田有一个真正的诗人郭风，还有些挺不错的散文家，难道还不够吗？

## 创造性阅读

阅读对于我们来说，将是一个越来越重要的概念。

《郭风评传》的成功在一定程度上，便来自创造性的阅读——阅读莆田，阅读郭风的文本，阅读与郭风文本有关乃至与莆田有关的其他文本……从这个意义上说，郭风是通过被阅读而存在的，就像王炳根是被我和其他的人阅读而存在一样。而今文学上的每一个重要发现，恐怕都已逃不开阅读，尤其是创造性阅读。《郭风评传》不经意地提到了郭风晚年的读史、读经，这让我多少有点遗憾：因为郭风的读史、读经完全是一种创造性阅读。甚至在多年前，笔者就已经注意到了郭风的那种别具一格的阅读，记得郭风老是在文章中说，他所阅读出的诸子百家统统是散文或者散文诗。后来我就越来越觉得作为散文家的郭风的阅读确实具有创造性：从我们的文化传统上说，文史哲基本不分家，此其一；其二，我们从来缺乏逻辑的传统：不像西方理性主义传统用的是逻辑的方式对付自然从而把人看作与自然相分离的实体，而是以类比的方式和自然合作。所以我们的祖先采用概念为世界命名的能力相当有限，在他们解释世界的时候，就基本采取隐喻的（即散文的）办法进行类比和暗示，而不能实证。儒家学说如此，老庄列玄更是如此。尤其是玄学思维，更是让中国长期以来缺失了真正意义上的哲学。而恰恰可能是玄学思维，才成就了我们的抒情诗的国度?！这可能有待于进一步的创造性阅读。但在郭风的创造性阅读中，起码有一点颇具启发性，那就是我们的汉语言是如何从源头那里被制度化下来，并形成话语强力，如何有效地改变并改造了中国人的精神面貌的。语言的事实告诉我们，我们生活于其中的这个世界不是一种"事实"而是关于事实的符号。这样，如前文提起过的余秋雨，在我后来对他的一些文化散文的阅读中，感觉到一个本来很像样的理论家居然在精神上几近腐朽，特别是把文化人格建构在文章上而不是落实在行动中的问题，就变得不难理解了。由此，我也便再一次地领会到了制度化了的语言的那个厉害！

至于笔者对《郭风评传》的阅读，王炳根同意否？郭风同意否？读者诸君同意否？见仁见智，对我当均有教益——因为见仁见智者的阅读，完全可能是创造性的阅读，便是我所应该期待的了。

（原载《泉州文学》2001 年第 2 期）

# 从词典到"象典"

## ——韩少功两部长篇小说批评

　　韩少功先生的《马桥词典》很有一种让人欲说还休的意味：倒不一定是因为什么所谓的"敏感"，或者是面对"语言神话"的茫然——前者曾经沸沸扬扬，显然言说的价值不大，从借鉴的意义说，所有的现代后现代的西方概念之横移比之创作方法与创作观念有过之而无不及，而且更加苍白无力，更加虚假做作，更加大而无当，其"洋葱味"的挥之不去只能说明时至今日尚在学舌之途；后者更是面对种种语言事实的冷漠，对种种语言制度的无知无觉，"神话"的说法既不负责任，也是对"神话"的不可企及，以及对韩少功的曲解。

　　只要确实认真细读过文本，我们就可以清楚地看到：韩少功一点儿也不神，就连一丁点儿的先知的影子也找不着；韩少功只是个具体的人，是个真实的个体，他不但没有把语言制造成"神话"，恰恰相反，他几乎无处不在指出语言的不确定性、模糊性、暗示性以及相反的约定俗成性、假定性、规定性，等等，一句话：语言本身成了知识的对象。

　　有意思的是，作家不再把语言当作主体的一部分，批评家们倒是成了语言本身的一部分了，也就是说，语言不再仅仅是思想的载体，语言成了语言本身了。也许这才是问题的关键所在：个别优秀的作家已经开始把语言当作知识，而批评家却一直不把知识当作知识，大多却是把知识当作获取利益功名的工具了。发生在不久前的所谓"知识分子写作"与"民间写作"的大论争，便是典型的一例：首先是我们有没有真正的民间（假如是对应于官场的民间就算不得真正意义上的民间）？其次是我们有没有真正的求知精神？假如这两个基本的前提不能得以确立，争论又有什么意义？假如这两个前提能够得以确立，二者其实是一个硬币的两面，谁跟谁争？争什么啊?!

如果批评不能真正有效地增进知识增长，批评的分量、批评本身的面目便要显得十分可疑。尽管有个外国的名人说过，文学的意义并不在于给人以知识，而在于给人以力量。可我们的民间力量从来是如此薄弱，即便有个体也从不存在有个体性，而写作的事情从来就是个人的事情，那么，文学的力量又从何产生，又究竟怎样产生？尽管知识可能不是美德，也可能不是力量，但是知识至少提供给了我们意义——问题是我们所有生存的意义恰恰发生了无比重大的问题。这样，追问知识本身以及我们的知识状况，以及我们的知识本身究竟出了什么问题，便形同关键。语言既是思想的媒介也是文化的碑石，通过它也唯有通过它，我们才能够无比切身地感受到我们自身意义的彻底漂浮。

也便是基于此，韩少功的《马桥词典》与《暗示》两部长篇小说，在中国小说真正现代意义上的探索性不可小视，其所取得的文学成就，也是任何的轻描淡写以及有意地曲解都改变不了也抹杀不了的文学事实。那么，我们还是进入实事求是的乃至心平气和的客观分析，以期能比较有效地对这个事实进行尽可能地接近。

## "马桥语境"：说话就是做事

早在20世纪初，维特根斯坦、罗素等人就通过对逻辑性质的探究，从而开拓出了一个新的哲学领域，即语言的意义。更重要的是，语言的意义存在于事实、思想和语言之间。维特根斯坦的著名说法是：意义即用法。奥斯丁的著名说法是：说法就是做事。可我们呢？一如韩少功先生在《马桥词典》中所说，"意义观不是与生俱来一成不变的本能，恰恰相反，它们只是一时的时尚、习惯以及文化倾向——常常体现为小说本身对我们的定型塑造。也就是说，隐藏在小说传统中的意识形态，正在通过我们才不断完成着它的自我复制"。更为重要的是，长期以来，我们的整个制造意义的文化系统是从精神上彻底地瘫痪了的，关键在于：我们不仅很少有自觉的关于意义的怀疑和兴趣，也缺少对自由向往的批判自觉并获得个体自主的兴趣。我们总是沉默的大多数，却又总是以为我们不是沉默的，因为我们的意义不是太少而是太多，诸如自由、民主、平等、博爱，等等，我们缺什么呢？我们的所有的有关现代性的观念、概念乃至理念，多得能铺天盖地，经营出来的大现实却是牢不可破的等级秩序，究竟为何？语言的问题自然不是问题，假如不凭借它们，那我们的荣华富贵何来？当然，也许这仅仅是我个人的语言兴趣罢。韩少功的语言兴趣在"言语"，在"用法"，在"隐义"，这对于经过结构主义符号学洗礼过的我们，似乎不应显得陌生。关键在于是否为罗兰·巴特的"咖啡馆哲学"的撒播，而我们的某些批评家干得恰恰是这样的事情，这才叫作廉价。我以为《马桥词典》对中国小说的最大贡献在于：韩少功源于个人特异的语言感觉，创造出的一种鲜明而独特的"马桥语境"；韩少功的所有语言分析，便体现为种种颇具地方性知识和色彩的"马桥用法"；便是这"地方性"本身，使《马桥词典》的文本性体现出了强烈的边缘化色彩，而又完全区别于众多的捡拾所谓"文明的碎片"的中国版"后现代主义"文本，从而也更加鲜明而强烈地凸显出了韩少功个人的创作个性。至于说《马桥词典》在所谓"文本的世界"里是否存在某种"家族相似"，应该说是舍本逐末的吹毛求疵。而今任何的一个写作者与任何的一个阅读者，本来就都遭遇在"文本的世界"里，任何的一个文本除了发布着自身的信息外还同时发布着众多个文本的信息，关键在于它是在真正鲜明而有效地发布着自身文本的独特信息呢，还是仅仅发布着众多它个文本的信息？毋庸讳言，《马桥词典》属于前者而绝不可能是后者。

那些捡拾所谓"文明的碎片"的（准）"后现代主义"文本的根本失误与对后现代的误读，恰恰在于我们根本就不存在像西方的理论家（比如法国高科技理论家鲍德里亚）所预言的那样，是"历史的终结"——从现代的意义上说，我们的"历史"还只是刚刚开始。忙着收拾历史的"碎片"，纯粹出于艺术功利的争斗，而又多少有点"为赋新词强说愁"。问题常常在于，从表面上看我们的传统似乎总是颇具历史感的，而实质上潜藏在我们身上的破坏欲，导致的结果反而可能是什么"碎片"也留不下（历史上留下的无数重复的精神与文化后果便是明证）。韩少功对文学的本土化与语言的本土化，有过颇长一段时间的思考与研究，并试图对语言的本土化进行一番追根溯源的漂洗。也就是说，如何重新面对我们脚下的这块土地，面对我们自己的关于语言与言语的历史和文化，并进行重新阐释，以期更真切而实在地映照出我们自身的面目和灵魂，成了韩少功的文学超越的极其重要的界面：语言如何回归本土，又如何参与现实？语言的现实在我们本土究竟是怎么回事儿？

因此，韩少功的主要着力点便搁在了言语的意义生成上。他不太关心能指，或者能指本身并不是太重要，更是无意于众多中国版后现代主义者所津津乐道的"能指的狂欢"（"能指的狂欢"的根据是人文主体的消解），而是在能指群的种种错综复杂的可能性之中，对事实、思想与语言等所产生的意义，对所指进行一场苦心孤诣的刨根究底。你又几乎不太可能用普通语言学的方法，也不太可能用结构主义符号学的方法，或者哪怕是语言哲学的种种方法，对其文本进行堪称纯粹的分析和真正到位的批评（这也许便是至今不能见到对其文本的有分量的批评的原因吧）。因为韩少功本人采用的文本编织的方法本身，可能便是普通语言学的，可能便是结构主义符号学的，也可能便是种种语言哲学的。这样，你所能做的或者应该做的，似乎就是应当与他的文本进行交流和对话。因为他的种种方法本身便是分析的，同时又是建构的。便是这分析和建构形成了韩少功的独一无二的中国本土立场的后现代视野和境遇：面对他者，他必须对本土做出绝非"他者化"的解释，拒绝"妖魔化"，同时也拒绝"前理解"；面对本土的语言现实，他又必须摆脱小说传统中的意识形态通过我们进行的自我复制，尤其是种种编码（编码就是解码，然后重新编码，于是我们的生存始终便在于种种旧码、新码的语言规定之中）的，"给一个说法"的，关于种种时代、历史的故事的"大叙事"。小叙事、小历史、小世界、小文化（地方性意义上的）、小话语的全面自觉，便成了"马桥语境"建构的合法性基础以及韩少功个人写作的必然选择。这样，在特定的"马桥语境"之中，语言终于成了"存在之家"。我们看到：这个"存在之家"并非海德格尔意义上的，这个"澄明之境"也并非人的日常现实，已经完全为技术所肢解——技术不仅强制性地掠夺了自然，而且还毫不留情地侵蚀了生命现象，亦即所谓"诸神已经远去，存在晦暗不明，人处在一种非本真的生存之中"，而是马桥人本来便在"澄明"之中，他们与"技术"无缘（什么科学，那还不是"学懒"），诸神本来就在马桥人身边，比如"枫鬼"，比如"神仙府"；马桥人天生就处在一种本真的生存当中，他们根本就用不着为自身去蔽，他们的日常语言本来就是为了接近"天籁之音"（比如"梦婆""肯"等词条）。但是，马桥人仍然生存在一种严重的匮乏之中，这种匮乏绝非海德格尔意义上的匮乏，而恰恰可能是我们全体中国人的源于千百年的生存贫困导致的精神的贫困。要说马桥语境的重要创造性意义，在此；要说马桥语境能够参与现实改造的意义，亦在此；要说马桥语境能够触动中国人精神层面上的东西，更是在此。还是海德格尔说得好："只有在现代技术世界诞生之地作转向的准备，这一转向不能靠接受禅宗或其他东方的世界经验完成。改变思想所需要的是欧洲传统及对它的重新认识。"① 我们也是如此，我们的"转向"不能靠接受西方的世界经验完成，改变思想所需要的是中国传统及对它的重新认识。也便是从这个意义上，笔者以为"马桥语境"所能提供并已经提供的"世界经验"完全是属于我们自己的一枚活的标本。

马桥语境的"世界经验"在《马桥词典》当中，基本徘徊在"存在之思"与"存在之悟"之间。马桥用法是其典型而具体的"意义即用法"的话语实践，一如韩少功在《马桥词典》的前言中所说："较之语言，笔者更重视言语；较之概括义，笔者更重视具体义。"也如我和叶勤女士合作的一篇《"马桥"断想》的短文中所说：韩少功"抛弃已远离原初生活的现代词语，从历史的尘埃下拾起马桥人口中活生生的言语，并力图将'隐藏在这些词语后面的故事'罗列出来，以其外延澄清其所指"。② 《马桥词典》虽然采用的是词典的开列词条的方法，但"词典"的"概括义"又被不断扩大的外延解构了，"词典"在被置换为小说的形式的过程中，马桥语境才不断地被强调，马桥语境的"世界经验"才不断地被强化并凸显出来。

比如"马桥弓"一词，"从马桥的弓头走到弓尾，得走上一个多时辰，这不能不使人惊讶：古人是何等的伟大雄武，可以一箭射出这么大一片地方？"作为当年的知青，韩少功以外乡人的敏感体察着马桥人的生存状况，感受着马桥人的生存真相。又比如"放锅""同锅"等词条，前者说的是新嫁娘带上一口新锅安放到夫家的灶膛里，就在夫家吃上饭了；后者说在同一口锅里头吃饭，便自然是兄弟了。民以食为天便是这样在马桥语境之中展开其具体用法的。韩少功作为外乡人，本来也存在对马桥人书写的"妖魔化"的可能（比如我们早已存在的众多的对西藏书写的文本那样），但实际上顶多也只是作为知识人，对马桥用法做一些当下理解的解释而已，比如"道学""梦婆"等，在对后者的分析中甚至用了弗洛伊德，并几乎拒绝了"想象"。这样，韩少功关于"马桥语境"的文本所揭示的马桥人的生存真相乃至心理真相，便有了可靠的真实性基础，比如"茹饭"，比如"栀子花""茉莉花"等。稍加细心地体察，我们便能够体会到其言语心理

---

① 转引自〔德〕卜松山《与中国作跨文化对话》，刘慧儒、张国刚等译，中华书局，2000，第92页。

② 吴励生、叶勤：《论操作与不可操作——王小波小说讨论并致友人》，海峡文艺出版社，2001，第87页。

的真实性。

比如"晕街"一词，语言对人的规定性几乎到了难出其右的程度：语言一经创造和书写，就渗透着人的思维与心理乃至生理，在表意与交流的活动当中，对人的行为以及行动构成的潜移默化的影响，让人叹为观止——马桥人越是相信自己会晕街就越是晕街，越是晕街也就对"晕街"一词越发深信不疑。马桥人还喜欢"打玄讲"，正话反着讲，反话正着讲，不一定刻意，甚至很平常、很日常。便是在这样的马桥语境中，人们在撒播的外延中体会着对方的话意，我们则能感受到种种马桥人的生活，又如"散发""贵生""贱""不和气"等。在这所有种种的马桥日常语言的分析之中，韩少功常常赋予词典的虚构的纪实色彩，有时则干脆是在记录的同时展开对用法的分析。我的意思是说，即便有时仅仅是记录，而且大多具有浓重的方言、地域色彩，却仍然折射出了诸多的汉语言思维定式以及书写威力，如"话份""汉奸""九袋"等。至于"神仙府"，则更能体现汉民族古老文化的诸多禅意。台湾学者南怀瑾先生以为，有关佛道禅境，"唐人笔记小说中，因为它的时代思想，受到禅宗与佛学的影响，固然已经开其先河，而真正汇成这种一仍不变的规律，嵌进每一部小说的内容中去，当然是到了元、明之间，才集其汇流，成为不成文的小说写作的规范"。[①] 在《马桥词典》中，佛、道思想与其说是"嵌进"小说的内容中，毋宁说是记录了我们的日常生活。实际上，佛、道思想早已融入了我们全体国民的血液之中了，根本就用不着再把它当作一种"写作规范"来遵守。不说韩少功是在超越"存在之悟"抑或超越"存在之思"——前者便是对那神秘的存在"道"的悟，所谓悟道；后者是苏格拉底、柏拉图以来的先人而在的"存在"，人们的理性只是为了合"存在"之理——其致力建构的马桥语境，便是通过种种别具一格的日常语言分析，让其文本的张力在诸多的所谓中国版的后现代文本中黯然失色。这种张力的最显著效果，便是我们能够毫不费力地便能在其中阅读出我们自己的面目和灵魂。笔者所推崇的王小波，假如说在真实性方面国内小说家几乎无人可比，而从小说的文本性与创造性角度看，我对其又多有不满足，而这种不满足恰恰又从韩少功的小说创造中得到弥补，我甚至以为，韩少功的形式感与形式能力，在截至目前的国内小说中，堪称独一无二。

---

① 南怀瑾：《禅宗与道家》，复旦大学出版社，1996，第 104 页。

# 暗示 "象典"：打击理念

假如说韩少功曾经致力建构的马桥语境还是在一种叙事性的文本中展开，比如通过词典的 150 个词汇，我们所阅读的仍然是众多的故事片断和细节，包括人物，所谓"说话就是做事"，毕竟还是在"事"上面做文章，那么，《暗示》则不再着眼于叙事，而着眼于词与物的关系。我们在阅读《马桥词典》的时候，尽管其叙事多断断续续，在其被不断扩大的外延之中，我们不仅能够慢慢认清所指意义，而且能够慢慢汇总各个"做事"侧面的所说之人与所说之事，比如"马疤子""汉奸""贵生""公家""神""梦婆""马同意""民主仓"，等等，在阅读的过程中，我们可以从不同侧面（如文化、历史、民族、心理等）、不同年代（如民国、"土改"、"文革"、新时期农村等）、不同社会角色（如官员、土匪、医生、乞丐、农村干部、农村妇女以及老男人、小男人等）等，慢慢在脑海中丰富其文本所遮蔽的或所显露的种种生活图景，然后我们会再把它们慢慢统一起来，按我们各自不同的阅读经验与人生经验在其"前理解"的基础上进行着我们的当下理解并把握。在阅读《暗示》时，上述的阅读方法以及其他的习惯阅读都将失去有效性。换句话说，韩少功的《暗示》本身也许便是一种阅读，或者毋宁说是在阅读中思考，或者在思考中阅读，也许写作在这里只是他的一种阅读方式。我们已经很难在《暗示》的叙事中再把小说所揭示的生活图景统一起来、丰富起来，哪怕是某些侧面的统一与丰富。我们已经不太可能在这个长篇文本里获得叙事性的"理解"，哪怕文本里偶尔也会显露出一些叙事的痕迹，比如知青回城之后的生活，比如学潮与学生领袖，以及大头、大川、小雁等仅仅只是符号式的人物，等等。假如说马桥语境里面展开的是语言分析，在放大的外延中揭示意义，那么《暗示》则表示出对语言的最大不信任，然后直指意义的不确定，用韩少功自己的话说："我在写完《马桥词典》一书后说过：'人只能生活在语言之中'……其实我刚说完这句话就心存自疑，而且从那个时候起，就开始想写一本书来推翻这个结论。"[1] 实际上，从《马桥词典》到《暗示》，韩少功基本完成了从"诗人"向"写作者"的转化，他不再是一个超越历史

---

[1]　参见韩少功《暗示·前言》，《钟山》2002 年第 5 期。

的人，而是一个身处历史偶然性机遇中的具体的人，不管他在"说"什么，显然都将为历史的具体境况所决定、所制约，并将随时打上时代文化的烙印，并且有效地体现出了其个体的有效性和真实性。尽管前者还多多少少地禀有天地之气的"诗哲"色彩；尽管后者仍然涉及"言、象、意"的本土语言本体论范畴，但他早已不像我们的先人那样仅仅为"言意之辩"而辩，甚至就连辩证法之辩也基本被悬置了（辩证法的好处是能够有效地杜绝机械论，坏处往往是能够把自身的问题搁置起来），而全力把"象"置在了"人生"与"社会"的最前沿，或者干脆便是以"象"的解放解构了"言"与"意"，从而揭示并摧毁了种种的词的"不及物"的理念和概念。

而这个"象"显然又有着无比丰富的内涵，其绝不只是符号之"象"，更多的时候是生存之"象"和现象之"象"的"具象"；尽管有时也涉及"图像"符号系统，比如"镜头""广告""电视政治"，大多仍然是文字符号系统的扩张与变异，却几乎不涉及原始之"象"，比如"天象""卦象""易象""易理之象"等，更是彻底摒弃了形象之"象"。这样，从以边缘解构中心的意愿上说，以意象形态颠覆并解构日常意识形态，《暗示》与《马桥词典》完全一脉相承，甚至还有较大面积的全面推进，以致它们甚至有着共同的表征：消解、去中心、非同一性、多元论、解"元话语"、解"元叙事"；不满现状、不屈服于权威和专制，不对既定制度发出赞叹，不对已有成规加以沿袭，不事逢迎，睥睨一切，蔑视限制；冲破旧范式，反叛旧秩序，期望不断创新与超越——这些恰是利奥塔所描述的后现代精神。我们中国眼前的现实状况是：生存语境尚处在前现代当中，现代性的实现尚处在举步维艰当中，而后现代浪潮又早已滚滚扑面而来……这样，就像必须忠实于马桥语境的语言分析一样，面对中国当下语境，韩少功笔下的"象"就不能不跨越农业文明、工业文明、信息（后工业）文明之间，从而让这个"具象"变得更加跃动不居——比如"文以载道"与"党八股"，"夷"与"国际歌"和"卡拉OK"，"墨子"与"乡戏"和"忠字舞"，"商业媒体"与"行为艺术"和"粗痞话"，"色"与"骨感美人"和"甘地"，"声调""抽烟"与"裸体"，"空间""记忆"与"爱情"，等等，光是从这些言词字面上看，就从不同侧面跨越了历史、文化、地理、民族、年代、心理、精神、情感、时尚和知识……真可谓是包罗万象之"象"了。

　　根据哲学硕士叶勤女士的研究①：我们的先人《易传》的著述者发明的这个"象"，本来是为了解决"言"与"意"的错位关系，试图通过这个神秘莫测的"象"来彰显"言"所不能尽传的圣人之"意"。到了魏晋玄学时期，王弼又进一步把它发展成为既带有生成论色彩又带有本体论意义上的"言/象/意"的三维结构。无论是《易传》的著述者抑或后来的王弼，恐怕谁都料不到两千年以后，在他们的后人韩少功手上，其竟会变得如此地跃动不居：上下几千年，纵横几万里，甚至桀骜不驯，甚至横扫千军万马，如入无人之境。韩少功笔下的"言"表达了无数的"意"，却只是为了描述那个"象"，而不去传达圣人的"意"，更不用说去彰显什么圣人之"言"了。其"象"也并不在三位一体的本体里独尊一元，比如"夫象者，出意者也。言者，明象者也。尽意莫若象，尽象莫若言。言生于象，故可循言以观象；象生于意，故可寻象以观意。意以象尽，象以言著"（王弼语），而是反其道而行：言以象著，象以意无尽。但"象"并不是一切，"象"在这里只是被韩少功还原为大千世界的现象之"象"罢了。应该说，这才是韩少功的重大创造性。

　　更重要的是，韩少功借用了大千世界的"具象"：事象与物象，为众多的"言"与"意"去蔽，去蔽的目的倒不一定在于能够进入什么澄明之境，却完全在于回归"象"的真实。而回归"象"的真实，首先要做而且也唯一可做的就是打击由种种语言编织的理念和观念，尤其是一开始就从本土意义上的"得意忘言"（王弼）与"言可尽意"（欧阳建）的"语言公案"中披荆斩棘，同时却是有意绕开了新文化运动以来的文言与白话之争以及文字敬畏的批判（比如胡适对"名教"的批判等）和文字改革，等等，而是完全另辟蹊径，直接面对语言与存在，或者干脆便是语言对存在的遮蔽，然后面对无数的"言不及物"，比如"无厘头"、"革命"以及"暗语（1~6）"、"烟斗"、"电视政治"，等等，还有众多的我们耳熟能详的日常意识形态中的种种"不及物"。然后，我们便在上述种种的"词不及物"的无厘头与语言事件之中，感受着"象"的无所不在与跃动不居，感受着言说着的意象是如何在漂浮的意义中无所依附，感受着"象"的真实性是如何真真切切地远离我们而去……从而造就了我们当下的这个砸不碎、咬不烂的柔韧无比的人文主体的。这样，《暗示》所揭示的就完全不同于《疯癫与文明》

---

　　① 叶勤：《试析〈周易·系辞传〉的"象"范畴》（未刊稿）。

《规训与惩罚》中福柯所做的那样：一心追究哪些事物被排除出了言说，搜寻"权力"与"制度"为人们都暗设了哪些语言禁区，然后告诉我们知识又是如何塑造他们的身体的。这就等于说，《暗示》似乎在某种意义上获得了理论的突破。

事实的确如此。《暗示》的理论突破窃以为在于其坚执美学感性之维，基于自身深切体验着的语言现实，用自己的眼光进行独到观察与研究，写出了意大利哲学家克罗齐"心存忧虑"的"关于直觉认识的科学"的一种。韩少功采用的是非常感性的小说（实则乃大散文）笔法，企图"对生活中万千声色的含义、来源以及运用规则"做系统的记录、整理，编撰一本世上从未见过的"色典"（感性生活之典）或"象典"。或者从阿多诺的否定性意义上说，艺术应打破传统艺术追求完美性、整体性的幻想，用不完美性、不和谐性、零散性和破碎性的外观来实现其否定现实的本性。① 那么，《暗示》是继《马桥词典》之后的又一部颇具批判性、否定性和独创性的长篇小说。

然而，不管是理论还是小说，我们自身的问题恐怕还是不能依美学感性之维能够解决的。"象典"以极其感性的"象"为武器，有效地摧毁了由"语言"构造和编织的种种理念的同时，却又让自身的言说成了"色典"理论（或者叫跨文体或者两栖作品）。而坚执美学感性之维，关于语言参与改造现实的事情可能反而会给我们自身带来诸多的复杂性：因为我们的人文主体从来便是坚执美学感性之维的，而恰恰是这个亘古不变、历久弥新的人文主体，不知给我们带来了多少积重难返的无比可怕的精神后果。就像福柯所看到的西方的知识是如何通过他们的社会控制了他们的身体，韩少功先生似乎应该看到：我们东方的人文又是如何通过我们的社会控制了我们的身体的。对于像韩少功这样的一位天资过人学识渊博的作家，向他提出这样一个前沿问题我想不应该是苛求。

## 词典与"象典"的背后

我们若不加分析地听从马尔库赛的新感性文论指引，以为美学的历史地位将得到改变，美将在对生活世界的改造中，也就是说，在成为艺术作品的

---

① 参见朱立元主编《当代西方文艺理论》，华东师范大学出版社，1997。

社会中表现出来——我们就应该坚执美学感性之维。我们恐怕是搞错了对象。马尔库塞以为，资本主义的社会与技术统治在语言上形成了一个强大的封闭性连续体，单向度的管理语言与操作语言阉割了人们内心存有的否定意向与超越高度。① 那么，我们自己又是怎样的语言管理与语言操作"阉割"了我们内心存有的否定意向与超越高度的呢？

根据台湾学者南怀瑾的研究，"中华文化传统文化的精神，自古至今，完全以人文文化为中心，虽然也有宗教思想的成分，但并非如西洋上古原始的文化一样，是完全渊源于神的宗教思想而来。……所以要安排人的喜怒哀乐的情绪，必须要有一种超越现实、而介乎情感之间的文学艺术的意境，才能使人们情感与思想，升华到类同宗教的意境……"② 便是这个"意境"让我们能够超脱于现实，又让我们从根本上彻底丧失了否定与批判的能力，更多的时候我们想的只是如何安顿既为儒者又为道者的时时疲顿的心灵。然后让语言改造现实的事情常常成了一厢情愿的抒情和寄托梦幻的空谈。亲身经历过学潮、人文精神大讨论、自由主义言说与"新左派"的大争论以及中国思想界大分化全过程的韩少功，想必比我更明白、更清醒。

比如关于"忏悔"的"象条"，韩少功说："我不会忏悔是因为一个人靠父亲官职而取得特权是不可接受的，我不会忏悔是因为一个人因贫穷而受到歧视是不可以接受的，我有权对这一切表示反对，在过去、现在和将来都有权表示反对。"面对而今的腐败甚至文学腐败，我们只有争取通过合法的渠道进行铲除，同时也绝不影响我们的个体反对权力。至于思想专制与思想极权，无论它是以什么样的面目出现，也是我们永远都必须加以反对的。但是我们如何让"反对"合法化，而不是出于硬汉行为（从韩少功的字里行间也足可读出韩先生的硬汉性格）？又比如知识问题，韩少功鄙视知识旅行，而强调亲历性知识的重要性：比如外国人与当今的"高才生"们绝不可能真正理解"文化大革命"与知识青年上山下乡，若一定要说理解，只能是想象：异地想象与异时想象。他们最最缺乏的是亲历性的真情实感。另外，韩少功也看到："在好多国家或地区，农业和工业都不再成为经济活动的主体，获利最丰的新兴行业，恰恰以远离自然物质为普遍特征，所需原材料微乎其微，赚钱常常只靠一个人脑和一台电脑，写字楼几乎就是生财的最

---

① 参见〔美〕马尔库塞：《审美之维》，李小兵译，读书·生活·新知三联书店，1989。
② 南怀瑾：《禅宗与道家》，第 106 ~ 107 页。

大印钞机。"（"象条"：地图）就像高科技理论家鲍德里亚二十多年前在法国所宣称的那样，我们目前正处于一个新的类象时代，计算机、信息处理、媒体、自动控制系统以及按照类象符码和模型而形成的社会组织，已经取代了生产的地位，成为社会的组织原则。如果说现代性是一个由工业资产阶级控制的生产时代的话，那么后现代的类象时代则是一个由模型、符码和控制论所支配的信息与符码时代。① 在此情势下，"知识旅行"也许并非完全无谓，关键在于，我们是否能够在完全不同的语境里面真切地体会到其真实性。伊拉克战争，实则便是一场模型化、类象化、符码化、信息化的战争。尽管在那巨大的类象与仿真之中掩盖了许多亲历性的血淋淋，尽管你也可以从知识的亲历性角度指责美国人道德水准的低下，但是，作为后现代帝国主义的美国仍然可以振振有词地说着他们的后现代道德观。不是吗？

当然，韩少功也自有道理。类象与仿真的时代，对于我们来说绝非真实，尽管我们当下已置身在全球村之中，并经受着打击。同时，媒体信息的内爆，价值的位移，消费系统对人们的控制等，正是我们而今感受着的。也就是说，中国的大多数农民仍然处于鲍德里亚所归类的价值参照事物自然用途而形成的第一阶段，我们的城市中人则开始进入价值依照商品逻辑形成的第二阶段，只有少部分城市中人开始对应着一种符码——价值依据各种模型的拼装来展现自身（第三阶段），却又有为数不少的文人艺术家开始忙着捡拾"文明的碎片"了（所谓"碎形阶段"）。韩少功的立场显然是站在大多数人的立场上的，他所感受着的显然也是大多数人所亲历着的真实性，然后感受着"贫穷"的真实性和"富裕"的虚假性等，之后干脆不加掩饰地流露出对财富和富人的厌恶。获得财富的手段是否正当，决定我们的这个社会是否公正。那么，法制化的社会构成难道不是我们应该努力而且需要身体力行的当务之急吗？假如我们的老百姓和我们的民族不能真正地富裕起来（即"富裕"的真实性），那么后现代帝国主义的"类象"和"仿真"造就的超真实，就将咄咄逼人而又虎视眈眈地直逼着你的贫困的真实。也就是说，即便是从真实的层面上看，我们与西方的后现代国家是完全处在不同的序列的真实观上的。

然而，后现代精神毕竟是波及了全球的文化现象。无论是《马桥词典》

---

① 〔美〕道格拉斯·凯尔纳、〔美〕斯蒂文·贝斯特：《后现代理论——批判性的质疑》，张志斌译，中央编译出版社，1999，第153页。

还是《暗示》文本本身，均蕴含着知识主体与语言主体解构的强烈倾向。主体和语言的操纵与被操纵的关系，这个问题的严重性和迫切性，无论在现代的西方抑或传统的东方，都一样显得无比深刻和相当可怕（在我们这里甚至更加触目惊心）。现在，主体对语言的居高临下态度，在后现代性理论那里早已出现了戏剧性的逆转：语言不再是主体的功能，反而是主体成为语言的功能了。然后便是知识的合法性问题，便是关于历史和知识的书写的压迫形式问题，等等。后现代知识是对任何一种传统合法化的质疑，是对启蒙知识、理性知识、可通约知识的极度不信任，是对任何的"宏大叙事"的拒斥。所谓同一性、整体性、中心性纷纷失效。然后便有福柯的《疯癫与文明》、罗兰·巴特的《一个解构主义的文本》、利奥塔的《后现代道德》、罗伯－格里耶的《重现的镜子》、阿瑟·A. 伯格的《一个后现代主义者的谋杀》以及本土的陈家琪的《沉默的视野》、韩少功的《马桥词典》与《暗示》等，对叙事的理论性书写和对理论的叙事性书写等，应该说：信奉的均是差异性、歧义性、多元性、微观性……而韩少功的写作，似乎更具本土的复杂性而且显得更加意味深长。

我完全可以想象韩少功先生在面临本土的知识状况以及生存语境时所可能具有的悲哀与愤怒：后作家艺术家们在忙着捡拾"文明的碎片"，或者时尚流行成"行走的风景"；后知识分子们在忙着横移挪用西方后现代的种种新概念，据说那就是"学理"；后社会主义在忙着张扬"人民性"（其批判性力度倒是极值肯定，其先锋性多少有点可疑：焦点是这个"民"究竟为"谁之民"？因而又多少有点后启蒙色彩）；新儒家忙着"中华性与现代性"，志在拯救西方"没落的文明"；至于新乌托邦的理想，不知是否便是建立在旧乌托邦的理想上，还是仅仅为美学意义上的？自由主义者除了极少数崇尚个人自由至上，大多均为自我主义者或是无政府主义（无政府的结果导致的常常是更为专制的政府）者；前卫的经济学者对腐败的揭露与批判堪称忧愤深沉；法学家们却不能不慨叹"采菊东篱下，悠然见南山"的古老土地上的法意识与法心理发生的无比艰难；传播"显学"们开始忙着所谓"网络新格局"的营建（因为我们公共领域的投入与产出似乎从来都不是问题）；为数众多、面积最大的知识分子、准知识分子们仍然在假借着种种现代性理念网织着一张又一张的权力等级新旧花样不断翻新的"新秩序"……所有种种的"暗示"性话语以及话语本身所发布的种种信息，更是一本活性无限、张力非凡的"象典"。

于是，当有朋友告知我，"网"上有韩少功先生在乡下老家购屋置田伺鸡莳苗的信息，并说韩先生大有渊明之风（跟韩先生与此相关的信息，实则在阅读《暗示》时韩先生就已明显地暗示出来了），我的内心仍免不了重重地一颤。但我宁可以为"大有渊明之风"是我的朋友对韩先生的误读。我的阅读是，在韩少功编撰一本"象典"的时候，来自另一本巨大而无形却又强烈严酷的"象典"语境的暗示下，在既当不得"世界人"也做不了"故乡人"的情形下，回归到个人的内心去面对一个孤独的自我，才促使韩先生继续徘徊在存在之"思"与存在之"悟"之间，然后选择像维特根斯坦所说的那样的境界：我们觉得，即使一切可能的科学问题都被解答了，我们的人生问题还是全然没有触及。当然那时已不再有什么问题留下来了，而这就是答案。①

在我们的本土语境之中，绝不应该也不可能像罗兰·巴特所预言的那样："作者已死。"我们的作者"必须活着"，换句话说：必须诞生。这个"作者"必须坚决地摒弃任何的历史决定论和逻辑必然性，必须坚决地赋予个体生命以无蔽本真的意义。这是我个人的坚决主张。也便是在这个意义上，我在阅读韩少功的《马桥词典》与《暗示》的过程中，在其所持有的后现代意义上的过程性的、偶然性的、历史性的美学趣味，其所持有的"语言个人化作为语言一体化的逆向共时存在"②的叙事性理论书写抑或理论性叙事书写，其所持有的"言语"的日常分析张力与"象"的跃动不居的活性反讽中，得到了除王小波之外的实属罕见的"文本性"快乐。也只有在这个意义上，韩先生坚执美学感性之维的立场和主张才是我可以并愿意完全接受的，因为语言如果真的能够参与并改造现实的话，那么我们的人文精神必须重塑，在那古老的人文文化传统的中心地带坚决而有效地断裂开来，并重塑。

当然，这仅靠文学话语是远远不够的，而且也是不可能的，显然还有赖于哲学话语和包括历史学、经济学、法学、政治学、社会学等在内的主要社会科学话语以及个人话语的全面转型，才是有可能的。

（原载《山花》2005 年第 1 期）

---

① 参见〔澳〕路德维希·维特根斯坦《维特根斯坦全集》第 1 卷，河北教育出版社，2003，第 263 页。
② 参见吴励生、叶勤《论操作与不可操作——王小波小说讨论并致友人》，第 89 页。

# 全球化语境、人类生存处境与交互性文学

## ——评林湄《天望》并与韦遨宇先生商榷

如果说全球化进程最早要追溯到 1492 年哥伦布发现新大陆，中国的儒教文化圈形成可以追溯到公元 3 世纪甚至更早。换句话说，假如中国与西方确实存在各自不同的"世界体系"理念和规划的话，中西文化交流或互动在文化人类学意义上的交互性现象，可能就发生在那不同的"世界体系"当中。从各自主体性意义上说，西方人研究中国比中国人研究西方更早些，也更主动些，最典型的例子是以 1750 年为分水岭，此前的"孔教理想国"经西方商人、传教士、旅行家、水手、政治家、外交家以及记者等的记述，成为文艺复兴时期西方绝对主义国家塑造主体性的"乌托邦"蓝本，之后在启蒙运动中随着现代性进程越来越意识形态化，中国则越来越成为西方妖魔化的对象，尽管后来在西方社会的变化中又成为"审美乌托邦"。中国的现代性进程则晚得多，至少得到 1840 年以后，尤其是领略了西方的"船坚炮利"之后，这个反向运动一样是通过政治官员、学者、旅行者乃至留学生等的见闻和记述，从而深刻地影响了中国自身的现代性变革。这其实就是韦遨宇先生评论荷兰籍华文作家林湄小说《天望》（题为《论林湄长篇小说〈天望〉的认识论意义和艺术价值》，载《台港文学选刊 2011 年增刊：流散华文与福建书写国际研讨会论文集》，以下引文除了另注，均出自该文）中引用拉康镜像理论的文化背景，至于韦氏用来具体评论《天望》的"主体互置"概念，实则关涉文学的交互性问题。中国作家真正涉及这个问题可能还要更迟一些，除了早年留学法国的巴金、留学英国的老舍等写过一些影响不大也不是很成功的跟西方社会生活有关的小说之外，成就最大者当推"两脚踏中西文化，一心评宇宙文章"的林语堂，至于后来的台湾留学生文学直至华文文学的逐渐繁荣应该说是后话了。

　　之所以简述文学主体性和交互性的相关背景，是因为在经济全球化导致的全球一体化进程中，文化的多元化与本土性的许多碰撞、磨合乃至冲突、交融已成为时代性课题。便是在这样的语境之下，阅读韦遨宇先生的评论文章，直接引起了我阅读《天望》（长江文艺出版社，2004）的兴趣——或者直白点说，韦文几乎可能是所有评论《天望》的文章中最好的，而其间涉及的许多问题又颇具讨论价值。一如韦氏所言："综观20世纪的文坛巨匠，从庞德到爱略特，从克罗岱尔到马尔罗，从贝克特到约奈斯库，从海明威到加缪，从萨特到福克纳，从马尔克斯到大江健三郎，哪一个不是在世界文学的宏伟结构中、民族文学和世界文学的交响共鸣中创作其传世巨作？"但不能不说的是，韦氏文章可谓通篇锦绣，但就像所引文字那样常常过于宏大反而可能遮蔽了许多具体问题，还有就是在我细读过小说文本《天望》之后，对照原先拜读的韦氏文章却又得出了许多不同的看法，从而笔者当下写作也就有了跟韦文商榷的意图。

　　是的，林湄小说《天望》就中国的整体当代文学来说，确实具备一种久违了的大家气象，尤其是在中国当代文学处于一波又一波的大面积复制西方"蓝本"的"副本"文学洪流的情形下——在搬运、消费和大面积复制西方"蓝本"的过程之中，不仅完全丢失了历史和世界，而且对意义、价值和真实的精神实体结构或建构更是付诸阙如，从而造成既缺乏历史真实也缺失个体真实的"平面"狂欢——《天望》确实一派"大音希声"。就像许多论者对诸如"茅盾文学奖""鲁迅文学奖"等所做的批评那样，中国作家除了讲故事的能力外并无"推进意义"的能力，文学跟真实、价值和意义以及时代、历史、世界的有机关系基本脱节，即便跟语言和形式有大关系也跟哲学的关系完全脱节。也就是说，中国作家对人类生存处境甚至对自身的生存困境并无起码的觉悟，更谈不上觉醒。便是在此特殊的文学状况和语境之中，林湄反潮流而动，以其超人的胆识与顽强的努力，直面人类生存处境的困顿乃至荒原，用韦氏的话说："当今人类社会所面临的一系列错综复杂的现实问题，形而上者如灵魂拯救、价值重建、终极关怀问题，具体如战争、种族歧视、人权、环境污染、非法移民、同性恋、吸毒、恋童癖、失业、破产与企业外迁转产等问题，这部作品均有涉及，已远远超出了某一领域、学科、专业的传统边界而成为跨领域、跨学科、跨专业的系统工程问题。放眼今日世界各国的思想界、学术界、政界，局限于本专业的井蛙之见的做法业已让位于多角度，多维度，多侧面，多层次，多学科的综合性考察、分析与批判。"也如韦氏所言：这是"一部跨学科（interdisciplinary）的文本。对东西方文化中的深层次问题，对历史与现实中困扰人类很久的问题，作者在书中均有讨论与探索。如东西方文明中的哲学问题，宗教信仰问题，道德伦理问题，人类文化学问题，历史学问题，社会学问题，文学艺术问题，心理学问题，精神分析学问题，科学技术问题，生态环境问题，法律问题，经济学问题，等等，作者均有所论述，且在某些方面开掘得很深"。必须承认，对韦氏所列举的诸多问题，显然并不仅仅是林湄在书中所思考的，而且是韦氏自己所介入共同思考的。然而必须指出的是，林湄所写作的《天望》是一部长篇小说，而并非一部"跨学科研究"的理论，尤其不能忽略的是林湄讨论所有问题的文学的方式。尽管韦氏也从"流浪汉小说"和"哲理小说"两个文学渊源讨论了林湄的文学方式，关于前者他以为是："'流浪汉文学'（picaresque）传统结构。这种传统滥觞于荷马史诗《奥德赛》，盛行于中世纪的骑士文学。文艺复兴时期拉伯雷的《巨人传》则是对这种结构类型的最富想象力的继承与弘扬。十九世纪德国文豪歌德的《浮士德》曾使这种类型达到高峰。二十世纪爱尔兰文学巨匠乔伊斯的《尤利西斯》则是描写现代人类精神历险的杰作。此种类型史诗性叙事作品的结构特点就是主人公不避千难万险，长途跋涉，终其一生以寻找人生的意义和真理或宗教信仰的真谛。读者则随着主人公的踏遍千山万水的足迹，共同经历并完成这种精神历险，以达成灵魂的净化与升华。"关于后者他指出：（是）"十八世纪的哲理小说（conte de philosophie）的传统结构。读者可以在卢梭，伏尔泰，狄德罗等启蒙思想家的哲理小说中领略到此种结构的堂奥。此种结构的特点在于叙事结构让位于并服务于哲理对话的结构，通过对话揭示真理，批判现实，抨击蒙昧与偏见，宣传科学、民主、自由、平等的普世价值。"但令人遗憾的是，把韦氏如此漂亮的前后论述和论断结合在一起，并对照林湄的《天望》文本，就多少显得有点自说自话了。当然我不是说隔靴搔痒，甚至韦氏的理论归纳还应该说十分正确，但跟具体文本所呈现的现实并不相符。

首先是林湄的文本是典型的交互性文本，亦即并不是"跨学科研究"的文本，准确的命名也许应该叫作文学意义上的"超文本"。特别醒目的是，林湄在文本中所一直弥漫着的某种"弥赛亚主义"色彩的精神探索。与此同时，阴阳五行的中国文化哲学的意蕴始终还是其超文本结构的"外包装"，或者换句话说，林湄的精神探索中甚至还带有用中国的感悟文化对应西方的逻辑文化，用中国的尚和文化中和西方的尚武文化，用中国"以人为本"文化调节西方的"以神为本"的文化等意图。比如"天人相望"中的"天"仍然是西方意义上的"上帝"，只是林湄跟本雅明的不断回到"原点"并重新出发不同，亦即跟犹太教的把现世苦难看作是弥赛亚到来的必经之路并坚信弥赛亚必定会到来不同，而是把救赎看作在精神和不可见领域的事件，甚至只是反映在灵魂中的私人世界的事件。在这带有特定基督教神学意味中，弗来得其实便是这"不可见领域"的代表。在林湄的笔下，哪怕表现的未必是"世界末日"景象或者真的期待"基督复活"，起码所呈现的也是一幅幅末世乱象。不然志在传道的小说主人公弗来得又到哪里去得"天国的大奖"？在林湄或者弗来得那里，"弥赛亚主义"更多的带有苦难现世之后的审判意味，而并非救赎的信仰使人们在灾难中依然能够保持"家园回归，远离苦难"的信心。但好在因为是交互性文本，林湄有意无意强调了相生相克的生生变化的易学原理，具体如小说的篇章安排即采用了金、木、水、火、土的"宇宙论"，而女主人公微云在跟弗来得出现婚姻危机并出走后，干脆跟阿彩合伙开办起了"看相馆"，则更是跟自汉代以降的"天人感应"之说和中国初民"巫文化"相应和。即便如此，其也是在文本生成上而并非"天人合一"的道学拷问上完成其文学的交互性的。因此，在互为主体的互动中，重建精神家园虽然带有怀疑主义色彩，毕竟也对审判意味的"弥赛亚主义"构成了消解。尽管在文本的交互性进程中确实涉及诸多跨学科问题，但文本叙事的展开基本围绕的是弗来得的传道行为和他的婚姻生活，所谓"哲理对话"也是在一种交互性的甚至是不由自主的状况下进行的，不说其跟启蒙思想家们以宣传科学、民主、自由、平等普世价值为宗旨的哲理小说是反向运动着的，至少在文本性特点上差距其大，而跟西方渊源于"流浪汉小说"母题的精神历险，则确实有着内在的相近与相似：除了对"灵魂的净化和升华"有着刻意的追求外，精神家园的重建显然还是林湄的文本性追求。

其次，即便从认识论意义上说，虽然也如韦氏所指出，林湄在小说中讨论了许许多多的问题："形而上者如灵魂拯救、价值重建、终极关怀问题，具体如战争、种族歧视、人权、环境污染、非法移民、同性恋、吸毒、恋童癖、失业、破产与企业外迁转产等问题，等等。"也如韦氏所言，其所涉及的不同学科的问题："作者均有所论述，且在某些方面开掘得很深"，但恕我直言，也许恰是文学文本性问题本身的局限或者限制，《天望》的跨学科现象并非如韦氏所说是个"系统工程"，简单的说法就是我还不能就此而提出不同学科问题跟韦氏或林湄做进一步讨论。比如说，林湄在小说中讨论的所有问题其实基本是平面的，至少就不是出于历史—社会的维度的，如"十字军东征后而有古希腊罗马人文主义的文艺复兴，基督教传教士从世界各地反哺给欧洲文明的异域异质文明催生了十八世纪的启蒙运动"的说法，特别关键的是：文艺复兴与地理大发现以及之后的"文化大发现"，彻底动摇了基督教历史观，随着哲学与宗教之争、哲学与政治之争，基督教本身也开始在理性化，尤其是宗教改革给欧洲社会带来的深刻变革和生活的合理化等，之后更有国家与社会的问题，进步与进化的问题，文明与野蛮的问题，自由与专制的问题，自由与公正的问题，等等。许许多多的哲学家、思想家，诸如霍布斯、洛克、休谟、卢梭、康德、黑格尔、亚当·斯密、马克思、韦伯以及波普尔、哈耶克等，可谓做出了一代又一代的杰出努力，而这些在林湄讨论的所有问题背景中是基本被隐去了的。尤为重要的是，眼下这个正在引发一个新的时代的"全球化"——一个主要在针对和超越现代性的世界里，对世界秩序理念有新贡献者，诸如罗尔斯、哈贝马斯、沃勒斯坦、吉登斯以及查尔斯·泰勒等，更有如针对"第一现代世界"引发"第二现代世界"并开始寻求"世界主义格局"的现代性替代方案的乌因里希·贝克，在笔者看来他们所做的才是真正的"系统工程"，但在林湄的讨论里也一样是被束之高阁的。我想上述种种之所以不能进入林湄的视野，恐怕仍得归因于文本始终洋溢着的带有"弥赛亚主义"色彩的"怀疑主义"，恰恰是因为这"怀疑主义"，就既不太可能是尼采意义上"新福音主义"的"欢呼的语言学"，又不可能是上述所谓"现代性替代方案"了。当然作为文学文本，讨论这些问题似乎也多余，因为文学毕竟有文学自己的方式。从林湄文学文本中所讨论的方式看，除了把历史虚无化，还有就是把社会抽象化，因为在林湄的文本中不管是由作者还是由人物提出来的所有问题，大都并非出自欧洲社会生活的直接体验，而似乎只是出自一种观察和思考的结果。以致除了弗来得与微云的婚姻以及华人在欧洲的生活状况有着明显较好的生存体验之外，其他欧洲社会形形色色的现象与问题，其实我们从报刊报道中也大多能了解得到。诸如战争、种族歧视、人权、环境污染、吸毒、恋童癖、同性恋、性产业、偷渡、企业破产、失业乃至斗牛、斗鸡、后现代艺术、邪教以及地球变暖、疯牛病、口蹄疫等，由于刻意强调的"弥赛亚主义"色彩，那些所有病态的后现代工业社会带来的种种问题就常常成了林湄的平面控诉，乃至戏讽和解构而已。

这样，我们就该直接进入林湄小说文本的具体分析。如果离开了文本实际，哪怕罗列出的理论再正确，恐怕多少也有点无本之木罢了。也许需要解释一下，我所说的交互性文本不仅仅是指一种互动概念，比如作品中的人物与人物之间、作者与人物之间、作者与世界之间，而且指作者与读者之间和作者与评论者之间。更为重要的是，交互性概念还不仅仅来自互联网或者多媒体领域的运用上，更是在互联网"命令"与"撒播"的关系上的描述，比如随着我们输入的不同"命令"只需"点击"不同字词、概念或者链接，就可能被引向不可知的方向与迷宫，等等。我所强调的林湄文本的交互性，就分别带有上述二者的不同特点，从而形成林湄特有的超文本探索指向的。因此，林湄的叙事特点就是把人物环境虚无化，甚至笔下的欧洲也是个大欧洲或者抽象的欧洲，亦即都不是很确定是哪个具体的欧洲国家（尽管不同的人物可能会有或西欧或东欧或北欧的血统或者国籍，当然有很大一部分人是有中国血统的混血儿或者干脆来自中国），这当然跟当下的欧洲已经把地理的欧洲和问题的欧洲联结在一起有着很大关系。如果把欧洲各国历史和具体情境暂时放进括号里的话，有着共同文化渊源的欧洲和共同命运的欧洲就可能是世界公民的或者欧洲共同体的欧洲，不仅他们所面临的各种各样的后现代世界风险需要共同体共同面对，即便是气候变化这样的现代性直接后果也是他们需要共同面临的政治重建问题，等等。顺便说一句，林湄小说的大量篇幅中，因地球变暖，欧洲大地总是暖洋洋而又懒洋洋的，这似乎就形成了林湄叙事中特有的病态氛围和基调。当然我们可以说，关于大欧洲的抽象是为了突破时空限制，从而为问题的展开和讨论提供方便，尽管其中讨论的所有问题也大可仁者见仁，智者见智，但是无须讳言，中国人在欧洲尤其是新移民们在欧洲的生存状态，林湄比对欧洲社会和生活本身的体验，显然直接得多，也用心得多。比如微云表哥阿翔和表嫂赵虹的关系，微云与留学生老陆的关系，老陆在中国餐馆打工引出的跟餐馆老板妹妹阿彩的关系，等等。这样一来，作为具体的中国人便是中国文化的最为重要的载体（所谓人走到哪里，文化也就到哪里），也就非常自然地参与到林湄的文本性经营之中。似乎也便是据此，韦氏才得出了"交互主体"或"主体互置"的概念，并以此概括了林湄文本的主要特征，我想这是有其道理的。

或许应该进一步引用韦氏的说法："作者有意'将真事隐去，用假语村言'，使故事发生的地点虚拟化、抽象化、象征化，形成一个不同肤色、语言、宗教、不同文化特性、思维方式、感受方式、表达方式互相作用的物理学意义上之'场'，并带着对现实的思考和对文化典籍的梳理、探讨和研究，架起一座东西方得以沟通、理解、信任、宽容与博爱的桥梁。作者选取的弗来得祖上三代人分别具有西班牙人，英国人和印尼血统，而弗氏又娶中国姑娘微云为妻，麦古思、罗明华与海伦等不是生物学意义上的东西方人种的混血儿，更是文化学意义上的符号和象征。"但是我们必须看到，在诸如麦古思、罗明华与海伦等人身上确实具有文化学意义，我们也不能不承认，从微云、老陆、阿彩以及许多中国人在欧洲生活的情形看，大致是处于社会的边缘，如果基本无法融入欧洲的主流社会，又如何在东西方之间建起真实对话与沟通的"桥梁"？因此，紧跟着的问题是，后工业社会已在欧美出现了"自反性现代性"，若要解决那些许许多多的"自反性"的全球性问题，必然得采取超越民族－国家的分析单位和方法，但是悖论在于：超越民族－国家以求"现代性替代方案"又必须求助于民族－国家，才有可能得以真正落实，才能获得问题解决的可能性。作为现代性民族－国家尚未真正有效建立起来仅仅具有文化符号意义的中国人，其双重尴尬则在于，置身于中国与置身于欧洲面临的语境和问题完全不同，前者是因为国家与市民社会的良性互动并未能确立起来，后者则是无法真正进入人家运行已久的良性互动关系，从而双重缺失对话资格。这也导致了《天望》文本在中国大陆和欧洲大陆的不同接受状况：《天望》在中国大陆出版，在欧洲以及海外汉学界颇得一些好评，在这个作品发表的中国大陆却被许多人"看不懂"。若加细究，其实也简单，因为中国当下的文学或者作家甚至已经丧失了对民族、国家、历史、个人乃至世界、人类问题的思考能力和兴趣，20 世纪新时期以来，尤其是在搬运、消费和大面积复制西方"蓝本"的平面狂欢的情形下，尽管文学的技术和形式的能力确实有了长足的进步，但"推进意义的能力"却基本付诸阙如，作家的心灵和精神结构异常苍白。《天望》则反其道而行，游离于当下中国"文学史"的写作之外，自然就会被"看不懂"，而在欧洲大陆语境里面自然就会非常好懂。只不过，让人心存犹疑地是，《天望》是否可以超越中国人在欧洲的尴尬并能进入欧洲的主流社会，比如在欧洲以德文或英文出版？因为作品本身是建起对话和沟通的更重要的"桥梁"。

窃以为，从对话与沟通的意义上讲，似乎又有必要做些更深入的文本分析。现在我们来看一下《天望》简单的故事结构：由于爷爷马里若士的去世，弗来得与其孪生兄弟依理克分别得到一笔遗产，后分道扬镳各自创造新生活，然后引出 W 牧师与弗来得堂叔保罗（前者为马里若士的好朋友，也是弗来得决意做个传道者的直接鼓励者），在保罗家里引出女儿卡亚和她的性伙伴汉学家麦古思；开始传道生活与教友罗明华结伴同行（罗明华借了弗来得的钱做生意，破产后又当了依理克公司里的助手，直至依理克的公司也破产），之后引出罗明华的同性恋伙伴艾克（既是画家又是拉皮条者），又引出 Z 牧师和学富五车又放荡不羁的浪子比利，以及慈善工作者和志愿者菲里、海伦，之后再引出异教徒 H 牧师等；以微云（因弗来得忙于传道而引起的）单调的生活为主线，先是微云初到新大陆饱受"官二代"的表嫂赵虹之气，后由赵虹朋友翠芯（过渡性人物）牵线成就婚姻，之后引出偶遇的老陆并与之发生婚外情；在老陆打工的餐馆认识阿彩，之后引出阿彩的婚姻生活，并为生下与老陆的私生子后离家出走的微云合作办"看相馆"埋下伏笔，中国大陆的偷渡客、打工者或者留学生等大都生活悲惨，直至最后，微云重新带着私生子"撒母耳"回到弗来得身边……我们看到，也便是双方的生活情境不断"引出来"的人物和故事构成了基本的文本交互性特点。如此简单的故事结构却又能不断地推进意义，承载那样巨大的思想含量和文化信息，假如没有特别强大的语言和形式的张力，并在艺术效果上形成强大感染力的超级文本，是有相当难度的。坦率地说，林湄完全反其道而行，游离出中国当下"文学史"写作方式，也付出了代价。这个代价就是在叙事和表达方式上反而没有中国当下作家的技巧来得娴熟和老到，从而给人留下不少艺术上的遗憾。事实上，林湄的心灵感觉和艺术感觉原本是相当敏锐的，尤其是《天望》的前面多个章节之内，有关心灵与感觉的暗示性描写有时还特具大手笔，如："这一刻，好像睡在月亮上，迷蒙而奇妙，因为是异族婚姻；这一刻，床是水做的，柔软而飘忽，因为是初尝禁果的男女；这一刻，他在杂草灌木缠绕的旷野里，找到了天地之间的一道'天桥'，啊呀，他兴奋地忘我地迈开步，走过去，走过去，然后……经过阶层……来到另一头，踩下去，踩下去……万籁俱寂，只能感觉到人体磁场中发出的兹兹声……弗来得突然发现世界之美，风景之无穷，原来延续生命的奥妙，全在于这神奇的桥梁！……空气停止了活动，家具换上了新装，花朵发出芬香，树叶临窗窥视，烛光在跳跃，野鸟在鸣叫，宇宙间所有的美与善，都聚拢在伊甸园里了……"又如："尤其睡觉前，非音乐催眠不可，至于选择谁的音乐却因心情而定，高兴时听韩德尔轻柔细腻、水乳交融，浑然一体的'阿里路亚'合唱曲，休闲时听贝多芬扫描田园风光、雷雨场面的狂热、高傲情绪的发泄，天气不好时听充满哀伤的福列管弦乐名曲'佩里亚斯与梅利桑德'。此时，乐声在空气里荡漾，拍击着旧式建筑物上的彩色玻璃窗，忽而，顺着彩色玻璃中的图案线路上走，忽而被外面的一阵嘈杂声推回来……有时，乐声围着烛光跳跃，有时跑到钢琴上穿梭，偶然间，好像在召唤——劳……路……任……"令人遗憾的是，在后面章节的展开中虽有许多类似描写，却由于常常缺乏心理和情节发展的根据，呈现的则是另一种景观。假如说弗来得在传道与发传单的过程中，"好心办坏事"（比如向警方举报妓院等）而常遭人暗算，属于有正常的心理依据；那个 A 镇上成批人患上"恐惧症"以及若干"胆大症"等，似乎也依稀有邪教的"世界末日"的心理依据；而弗来得在海伦（因微云出轨产下私生子并出走后，某日弗来得在心智有些错乱的情形下与其有染）那因余小姐的"死"而让灵魂"复活"受到了"启示"，在祈祷的过程中突然陷入迷糊并在醒后发觉左脚短了一点：瘸了，其心理依据就显得比较薄弱了（尽管据说圣经故事里有关于此的典故并被教徒们所熟知，但在作品里不予突出就难以获得充足的心理依据）。因为哪怕是"不可见领域"也必须有效地通过中介物或者有效地呈现才能成为"可见"，何况在情节发展上似乎也没有逻辑的必然性。至于到了最后，弗来得双目失明，因为是出于对弗来得"多管闲事"的报复，在情节发展的合理性上则能得到逻辑的说明。韦氏以为该文本还带有魔幻特点，大概即源于这些似是而非的非现实性描写，但众所周知：意识流小说也好，魔幻现实主义也罢，要不有心理现实的根据，要不有文化背景与语境的根据，不然就不易建立起读者阅读想象的通道。内心思维的自由联想是意识流小说的主要技巧，虽然有直接联想和间接联想之分，但在其特有的（常带有主导性的）重复、意象等的强调，一般还是很容易找到中介物和根据的；魔幻现实主义更是跟特定的文化语境相关联，如国内小说模仿拉美魔幻以西藏为背景的就比以其他地域为背景的更容易找到心理根据，便可资证明。至于《天望》中提到的达利的超现实主义代表作《记忆的永恒》，说道："弗来得并不喜欢达利的画，钟表全熔化了……他不明白，既然是永恒的记忆，怎么会熔化呢？"弗来得又为什么在并无多少征兆的情形下突然就瘸了，又为什么因为瞎了就忽然变得可以接受微云的私生子"撒母耳"了呢（哪怕灵魂得到某种启示或者拯救也理应有个心理过渡）？比如记忆有创伤的、苦难的乃至发霉的、扭曲的或者断裂的种种情形，前提是必须建立起想象逻辑的合理性通道，才能进入真正的创造之境。

因此不能不说的是，林湄的叙事文本在由事件引出人物并由故事推进意义的过程中，亦即所涉及的许多跨文化、跨哲学、跨宗教、跨艺术乃至跨学科的精神性探索，尽管颇为精彩而且深入，但可能是太过醉心于建立"不同文化特性、思维方式、感受方式、表达方式互相作用的物理学意义上之'场'"了，以致很多时候连必要的认真描写都免了，到处可见诸如"走啊走""看啊看"之类的草率字句，这就不能不说是有点顾此失彼了。尤其是在不同人物和场景"对话"描写中，忽略了许多规定情境，假如我们不能用恩格斯的老话"概念大于人物"来评价，至少许多人物的内心独白就并非出于自然且必需的。又比如弗来得出身于基督教传统浓厚的家庭，从小受到唱诗班训练，在平时的生活场所中也许有可能（触景生情）遇事就唱（不时地来一段歌词演唱），那么作为土生土长的中国闽南人微云又如何也能跟着上来就唱？特别是大凡中国人出场，不分男女老幼几乎都能一个接一个地运用歇后语。假如一定要说这是反传统的小说，其并不坚持传统小说那样讲究细节的真实，那么在后来被不断地"引出"的一个个人物出场时，又在不同章节之中反复交代每个人物身世的来龙去脉，其烦琐甚至细碎不亚于国内当下连篇累牍着的电视连续剧（不断地"闪回"）。本来在文本结构可谓精练（小说凡 50 万字，具体章节却有 55 章）的安排中，许多地方都带有"素描"性质的描写，却由于上述多种原因导致的拖沓、有欠考虑甚至多有随意性笔墨而终于破坏了其艺术的感染力。如果一定要用现代叙述学理论中特有的如视角、人称、作者、叙述人、叙事等术语来讨论的话，除了上述我已指出的林湄的叙事未必就是宏大叙事之外，全知全能视角其实可为精神探索和跨文化互动提供极大方便，假如能够更自觉地采用本来就具备的"素描"式的简约描写，不仅笔墨节省还能有效避免上述那些叙事上的瑕疵，更能有效地增长超文本本身的特殊张力。另外，还可能存在作者、叙述人以及叙事之间的一些紧张，比如叙述人大可全知全能，作者也可以是个旁观者，但是林湄把自己介入到文本中去对人对事做正面评论，并不时声称自己当时"在场"，等等。假设一下，如果叙述视角并非全知全能，然后作者又以评论者的角度出发，比如通过对中国传统小说中特有的点评家评点的方式进行改造，文本的创造性是否就可能更自然顺当一点呢？当然这就不仅仅是属于叙述学的问题，而已经是延伸到创作学或者作家学的问题了，故不赘。

综上所述，笔者对《天望》的整体看法是瑕瑜互见，尽管瑕不掩瑜，尤其是西方现代性面临全面破产的特殊时刻，林湄的超文本探索意义重大。不说国内现当代文学少有对意义的探索、真理的追求、生命真谛的叩问等精神历险旨趣，即便有恐怕也当推钱钟书的《围城》，其对人性的怀疑一度被推到了极致，其深刻的讽刺美学风格确实少有人能企及。林语堂的小说代表作《京华烟云》，在当年的跨文化语境里面，虽然有意推介中华文化但毕竟双向交流困难，原因在于其中充塞的那么多道家思想以及人物，外国人其实看不懂，中国人又嫌其啰唆。直至20世纪末，经济全球化开启了文化多元化，随着资源配置、劳动分工以及全球迁徙和流动，跨文化现象与多元化格局不仅在欧美而且在许多"后发"国家均成普遍现象。林湄的重要发现则是："全球化的今天，种族、肤色、文化、习惯不同，但人的内心世界和情感意识仍然是相似的，微云和弗来得是当前中西文化的两大代表，他们以简单对付这个复杂的世界，在这里，乡村和城市互望，东西方人互看、互读、互相吃惊、奇怪，诠解彼此的审美意识、价值观、人生观等等。"（林湄致韦遨宇先生信，以下引林湄语出处同。）因此，在《天望》里，林湄所梳理的西方文化典籍以古希腊神话和圣经话语为主，中国典籍虽涉儒释道但也以《山海经》"神话"和道教文化为主，所谓"两大代表"其实是以弗来得、微云个人作为各自文化载体出现并作为符号的象征的。有意思的是，韦氏便是据此得出文本的主体互置视角的，并进一步指出："是大我对小我的扬弃，是文明的融合对文明冲突的凯旋。萨特的'他者即是地狱'的命题在此被超越。"暂且不论我已指出的双方"互为主体"的可能性如何，文明融合恐怕也非一朝一夕就可奏效，尽管在小说文本中弗来得与微云在经历了许多变故之后似乎终于得到了暂时的和解。之所以说"暂时"，是因为我怀疑这个"精神家园"是否真的可靠。如我们所知，语言未必就是存在之家，因此，既不可能像许多海外华文作家天真地以为只要用汉语写作即便在外国也就有了家园，也不可能是"出口转内销"回到了祖国似乎就有了"家"。林湄比他们深刻得多，她的努力是在当下世界秩序和价值重建中，寻找个体生命安身立命的根基并力图在主体互置与互动中重建精神家园的形上学。问题在于她的这个精神家园的形上学充满怀疑色彩从而也就让我产生了怀疑。因为无论如何，这个家园的重建，至少要给我们在这个世界里继续生存下去的希望和信心。

　　尤为重要的是，林湄特别不满于美国的一些作家如巴塞尔姆、约翰·巴思、冯内古特等（认为文学已进入末途，因而他们在作品中不外是以调侃、狂想、嬉闹来表现自己而已），而自觉地置换了拉伯雷《巨人传》的文艺复兴立场，以反文艺复兴的意识和姿态重提文艺复兴，她说："自 15 世纪下半叶起，资本主义经济得到发展，资产阶级的自我意识不断加强，从自信到自大，认为人能主宰一切，世界按人的意志而改变。资产阶级向神权作斗争中，渴望个性解放的同时，也附带着'以我为中心'和'金钱''利益'等至上意识。此后数百年来，战乱时，人类厌恶战争、渴望和平；和平了，人们投入科技经济的发展，如今，人类日益进入全球化生存状态，试看看，社会是什么样子呢？"因此，林湄的文艺复兴观念反而是要借助基督教拯救这个没落腐朽的世界，即便不能那么宏大，至少可以像弗来得那样做到"自我拯救"，哪怕其生存方式就是在世的堂·吉诃德。另外，尽管其主题词一直是天使/魔鬼、人性/神性、灵魂/肉体，但出于天性以及文化基因上的对基督大爱的常怀感恩，在终极关怀上跟中国传统的"人在做，天在看"的天地情怀毕竟相通。因此，弗来得、微云两个不同文化载体相互碰撞的结果，最终也不是就没有理由得到和解。值得一提的是，韦氏对此的解读堪称别致："他最终能知人知己，是'上帝'拨亮了心里的明灯，可见心灵的拯救比躯体的拯救意义更为非凡。由皮相之'明'至肉体之'瞽'再至实相之明的辩证过程的真谛，便是作者向读者传达'天望'的微言大义……"当然也如韦氏所言，《天望》文本具有开放性和多义性，比如从最后结局中弗来得双目失明和孪生兄弟依理克公司破产看（当然也包括文本前后所呈现的所有病态的世界），似乎还大有一番《红楼梦》似的"落了片白茫茫大地真干净"的审美意蕴和境界。

　　最后想说的是，林湄在文本中所有的跨文化和跨学科视野以及问题讨论，其实都是为"弥赛亚主义"的怀疑主义服务的。因此必须指出，其实弥赛亚的到来并不能保证从此就一劳永逸，我们就仍有理由应该寄希望于人间——除了现世实存和个体心灵拯救，还有人间秩序的合理性安排和理性努力。事实上，面对经济自由主义和政治自由主义在全球范围内出现的紧张和困境，新古典主义的复兴就已成为一支重要的矫正力量，尽管中国和中国人面临诸如此类的问题跟西方是完全处在不同平面上的，比如在政治生活中所必须服从的宪法和法律所体现的公共理性还未能真正奏效的情形下，承认各种不同的宗教、哲学和道德的善的观念都有其内在的价值和合理性，或者干脆回归古典主义并内化古典主义的合理价值，以消解形形色色的物欲主义、犬儒主义和价值虚无主义等，显然需要的是完全不同层面的努力；又比如，因启蒙理性并未完全在中国大地深入人心，从而我们在反思启蒙技术和意识形态所带来的某种灾难性后果以及严重局面时，必须贡献出双倍的努力。但不管怎样，我们拥有一个共同的地球，拯救地球与世界和平理应是全人类的理想，尤其是核灾难、核污染乃至可能毁灭地球的核战争，毕竟是"自反性现代性"中的一个最大的风险与课题。因此，中国、中国文化和中国人并非无所作为，就像林湄所做的出色努力和探索那样，中国文化尤其是古典中国文化的内在合理价值，比如感悟、尚和以及人本主义对西方文化的逻辑、尚武以及神本主义，哪怕无法真的互补，起码也可以互动，从而在完善各自的伦理性和德性精神的基础上，重建价值理想和终极秩序关怀，以摆脱人类精神已经陷入的深深困境，并为人类创造一个共同的更好的未来。当然，这是一个无比艰难而漫长的探索过程，也许能给人类带来最大的福音是：包括林湄在内许许多多的不同领域的学者、思想者和作家们的艰苦探索早已开始，并正在或者已经逐渐推向纵深。

（原载《刺桐》2013 年第 2 期）

# 诗国旧版图　学苑新篇章

## ——毛翰《中国周边国家汉诗概览》序

　　按说我崇敬的孙绍振老师已经为毛翰兄的新著做过序——正在进入人文学者最高精神境界的七十有二的孙老师神采飞扬、才华横溢、鞭辟入里、高屋建瓴——其实用不着我再来饶舌。但除了盛情难却，再就是我曾写过毛翰三论（分别刊发于《海南师范大学学报》、《安徽理工大学学报》、《河北科技师范学院学报》以及《河北第二师范学院学报》），古人云"知人论世"，多少也有点责无旁贷的味道在。

　　按我们传统的学人家法，众所周知是"照着讲、接着讲、自己讲"三步骤，既然孙老师点明毛翰的此著乃"跨文化研究的扛鼎之作"，我就照着孙老师的"跨文化研究"话题接着讲。"跨文化研究"当然如孙老师所指出的"二十世纪是中国社会大转变的世纪，也是中国文化大转变的世纪，也是世界文化大交汇的世纪"的结果，而"交流"与"对话"显然是其最根本的学术冲动，同时这种学术冲动又必然带来"打通"的学术倾向，然而，这个"通"早已不仅仅是古今"打通"而且是中西"打通"，亦即人们喜欢说的博古通今、学贯中西的意思，事实上谈何容易啊！我们常常把懂多少门外语作为衡量中西之通的根据，就多少有点不得要领，根本原因就在于你的学术成果并没有在你所懂得的那几门外语的国家获得交流和评价，也就根本无法知晓你究竟是"通"还是"不通"。也不管是"通"还是"不通"，这么多年来我们的比较文学、比较史学以及其他科际整合之类还特别兴盛，记得杨绛女士说过钱钟书老先生曾经要对那些似"通"不"通"的比较文学者们"掏出手枪来"。但不管怎样，从文学学科来说，比较文学正在热闹，跨文化研究正在成为前沿课题。按照陈燕谷先生的归纳，比较文学在世界历史上有过这么几个阶段：影响研究（如"莎士比亚在德国""歌德在法国"等）、平行研究（如"莎士比亚与汤显祖"之类）、后殖民批评研究（如"鲁迅与被表述的国民性批判"等）三阶段。陈燕谷建议进入"新帝国治下的比较研究"作为比较文学的第四阶段。而我更愿意认同周宁博士对"第三"或"第四"阶段的修正，他以为"后殖民主义文化批判关注的是不同文化间关系中的陷害与屈辱、冲突与危险的一面，却没有提供一种交往理性、对话精神的可能性方向"，因此他提出"间性研究"，并以为"后殖民主义批评"模式只是从"平行研究"到"间性研究"的转型的过渡形式。窃以为其不仅特具理论眼光而且抓住了"比较"的关键。说白了，如果不是为了"交流"又何必"比较"，如果我们始终缺乏"对话"的资格和精神，"比较"又有何意义？

其实也如孙老师所言，跨文化研究之所以重要或者成为理论前沿，实在是跟日渐汹涌的全球化浪潮有关。而首当其冲的问题，其实就是周宁所指出的"主体间性"问题，亦即不同国家和民族的不同文化主体如何交流与对话的问题。在这个大前提下，首先需要追问的当然还是"主体性中国"的问题，或者换句话问：何为中国的文化主体？而这也才是孙老师所说的"毛翰显示出真正的学术勇气。他并没有仓促拿出惊世骇俗的断言，而是系统地积累/疏理学术资源。做这样的工作，其繁琐，其艰辛，往往不为外人所知，但是，其学术功力和毅力却不可小觑"的深刻用意。道理非常简单，全球化程度越高，本土化的强调就变得越重要，因为无论是全球化论者还是反全球化论者，不可忽视的仍然是全球化进程中的"多元全球化"或者"复数全球化"的强烈诉求。而我们自己，首先必须解决的便是，我们如何重新确立我们自身的文化认同？

而从文化认同的角度讲，一是本真性，二是多向他者的意象关联性即在他者"镜像"中解构和建构自身，亦即重新建构主体性中国形象的过程。后者太复杂，跟毛翰新著也没关系，暂且不论，跟毛翰新著有关系的前者也极难。从本真性的角度讲，我们举个简单的例子，陈平原曾经说道："所谓'礼'，并非只是仪式，很大程度是一种心情。辜鸿铭认为，'礼'应该译为'Art'，而不是'Rite'；周作人对此大为赞赏，称这就是'生活的艺术'，不仅仅在于调和禁欲与纵欲，达成新的自由与新的节制；还包括控制理智与情感、调节社会与个人，兼及庄严与轻松等，确实是一门艺术。"（《大学何为》，P133）"礼"是一种心情，是一门艺术的说法，跟孙老师的"'按美的规律'塑造民族审美心态历史"以及"理想人格建构"的说法实则一脉相承。换成我自己的表达则是"本真性"认同，因为你一旦拥有了这种心情或者"艺术"，便应该会极自然地被认同为"中国人"。但，我们现在若想再做一个这样的"中国人"，又实属不易。

以毛翰的《中国周边国家汉诗概览》为例，其实我在"毛翰论之三"已有过一些基本批评，我曾指出：泱泱中华，曾几何时，哪里仅仅是个诗国，它更是个威加海内外的大帝国。不用说越南、朝鲜、琉球诸藩国，即便是日本（也曾称藩纳贡），哪里仅仅是复制华夏诗国的传统，而是从文字、礼仪、典章、制度一一如法炮制。如"历史上的朝鲜对中华民族文化极为推崇，甚至以'小中华'自称。高丽太祖王建临终《训要》云：'惟我东方，旧慕唐风，文物礼乐，悉遵旧制。'李氏朝鲜《成宗实录》云：'吾东方自箕子以来，教化大行，男有烈士之风，女有贞正之俗，史称'小中华'。《宣祖实录》云：'我国自箕子受封之后，历代皆视为内服，汉时置四郡，唐增置扶余郡。至于大明，以八道郡县，皆隶于辽东，衣冠文物，一从华制，委国王御宝以治事。'"日本、朝鲜、越南等的汉诗，在不同层面上均与传统中国的汉诗几无二致：一是为诗的人，大都为士大夫阶层，或从文或从武，或者干脆是国王，或者是僧人道人，或者是使臣和留学中国的学者；二是所作之诗，如"越南的汉诗，即使其题材、主题与中国无关，即使只是一般的述怀言志、唱酬赠答之作，也往往会表现出中国式的人生理想、社会理想、道德情操、审美情趣，以及人生风度和处世姿态。其表现手法，无论是直抒胸臆，还是托物言志、咏史述怀、寄情山水田园，其意象，其语言，其风格，也多与中国诗歌如出一辙"。因为难就难在"礼"还真的不好说就仅仅是一种心情或者一门艺术，亦即一门关于伦理秩序的"艺术"，懂得这样的艺术我们就能享受到一种"快乐的心情"——同时它确实还是一种制度，不仅仅是文化制度而且更是政治制度，而在这种文化制度和政治制度里面，我们还不好说就真能享受到一种"快乐的心情"和"审美的愉悦"。周宁在介绍英国传教士麦都思对中国的相关看法时曾说："在没有健全的法律、强大的国家力量与宗教信仰的情况下，中国社会秩序是如何保持的。中国的孝道或许是一个重要原因，'中国人在政治上成功的秘密在于建立了以孝悌为基础的宗法式政府体系'。麦都思的看法代表着许多人共同的观点。中国文明是一种奇特的东方式文明，其特性不在于它像所有的东方文明那样落后腐败，而在于中国特有的一种稳定的停滞与封闭的完整性。"（《世界之中国：域外中国形象研究》，P99）也就是说，没有"孝悌"的支撑，这个"礼"可能也就很难成为"艺术"。换个角度说，如果没有时间上的某种"停滞"和空间上的某种"封闭"，"礼"又如何可以成为"礼"？因为"礼"的最基本要求便是安于本分，"礼"的原生义是指敬神，后来引申为对等级秩序的发自内心的虔诚以及敬重，同时还有为表示敬意而举行的隆重仪式等内涵。因此，"礼"其实也就是中国文化的核心基础，因为中国的传统政治实际上便是建立在道德体系之上的。那么，日本、越南、朝鲜首先学习的当然应该是这一套对秩序的管理的"礼"，日本甚至把其中的部分"仪式"发展到了病态的地步，以致日本的礼貌和艺伎甚至在很长的时间内成了日本文化的象征。然而，20 世纪毕竟是个"社会大转变的世纪""文化大转变的世纪"，众所周知，在中国的第一场启蒙运动的五四时期，首当其冲的便是对封建礼教进行全面的批判和颠覆。日本不用说，所谓"变法维新""脱亚入欧"，所谓"大东亚共荣圈"共同抵制西方，"二战"之后居然一跃而成为"西方七国"之一；即便是越南和朝鲜，假如说跟我们尚有体制上的某种传承关系的话，后来在苏联体制的干预影响之下，跟我们其实早已貌合神离，即便是当下，朝鲜不过也就是"要面包"，越南的当下改革学的也是中国，但是步子甚至比中国迈得更大，也更大胆……也就是说，在现代化（西化）浪潮面前，中国古代"诗书礼乐"的传统文明不仅在东亚国家，即便在中国本土也早已分崩离析。

但是我们应该清楚，"西方历史上绝大多数时间都比东方更迷信，东方在历史的绝大多数时间里，也比西方更先进。西方人认为，理性是西方文化精神的精华，可直到 18 世纪，西方主张理性的启蒙哲学家还推崇中国的理性与宽容精神，批判西方的神学与宗教政治迫害"。（《世界之中国：域外中国形象研究》，P82）毛翰提供的这部《中国周边国家汉诗概览》便是个特别有力的证明。同时，我们也应该清楚，我们的落后、腐败和停滞，实在是跟我们生存秩序得越来越腐朽有直接关联，西方在地理大发现和文化大发现的过程中，通过思想启蒙、制度变革直至技术革命，两百多年来则显出勃勃生机，所向披靡。从文化的角度讲，文化输出的管道从来就是只有强国向弱国传播，而绝不可能是相反——毛翰的《中国周边国家汉诗概览》便是明证，而今大量占有我们的读者和大众市场的通俗小说、畅销书、名人传记、秘闻实录、好莱坞电影（VCD）、电视连续剧（包括情景喜剧和肥皂剧等）、流行歌曲，等等，就跟我们现在满街都是的麦克唐纳汉堡包、肯德基家乡鸡一样的消费品差不多，则更是明证。需要指出的是，不仅在当年的中国，日本、朝鲜、越南也一样，参与管理国家的是文人士子，诗文是他们的才能，同时也是他们的生活，其实也一样是他们的"心情"和"艺术"。即便是为了调节自己的"心情"、"艺术趣味"和"生活情味"，越南和日本的禅诗之发达，也与中国本土汉诗如出一辙。众所周知，禅宗乃中华佛教中的精华，也是我们本土特具创造性特点的集中体现。中华文化的包容性就体现在我们向人家学习以及翻译的过程中，有能力把异质文化改造成为融入我们自身血肉的东西，禅宗便是具体明证。中华佛教向东南亚渗透一样也强过当地文化的碰撞与磨合，并可能出现一些创造性转化。另外，越南与日本仍有一些奇迹值得一提，前者居然"四百年间竟有八位国王出家为僧。僧人入朝参政，国王出家参禅，成为越南历史上的独特现象。而早期的越南汉诗多为僧人所做，多禅诗、偈语及谶词。……李朝（1010～1225）开国以后，封万行为国师，从中国迎回佛经，立佛教为国教。其时，越南百姓大半为僧，国中到处皆寺，禅诗也广为流行。万行还有一首至今为佛家信徒传诵的名作，是他预感即将圆寂时写下的宣传空无思想的《示弟子》：'身如电影有还无，万木春荣秋又枯。任运盛衰无怖畏，盛衰如露草头铺。'"后者"五山文学还有一个异数，这便是一休宗纯（1394～1481），名宗纯，字一休，日本历史上最有名的禅僧，因一部卡通片《聪明的一休》也让今天的中国人熟知。其'外观癫狂相，内密赤字行'的形象，与中国南宋那位'酒肉穿肠过，佛祖心中留'的济公和尚如出一辙，更公开声称自己'淫酒淫色亦淫诗'。"

　　现在的问题是，一如余英时阐发陈寅恪之观点并发挥时所说："用今天的话说，即是建制化（institutionalization），而'建制'一词则取其最广义，上自朝廷的礼仪、典章、国家的组织与法律、社会礼俗，下至族规、家法、个人的行为规范，无不包括在内。凡此自上而下的一切建制之中则都贯注了儒家的原则。这一儒家制度的整体，自辛亥革命以来便迅速地崩溃了。建制既已一去不返，儒学遂尽失其具体的托身之所，变成了'游魂'。"（《现代儒学的回顾与展望》，P178）随着儒学建制的崩溃，道家哲学的反智与消极主张其实也随之崩塌，不说儒道互为表里，道家大致也是为批判儒家或者与儒学合流共存亡，而依附于其上的诗文传统，也一样"皮之不存，毛将焉附"。当然，梁启超时代的"诗界革命"、"文界革命"、"小说界革命"以及直至延伸到"五四"的"文类位移"，则已是众所周知的事情了。眼下更为关键的问题是，当下的世界又发生了巨大的变化，尤其是在全球化的滚滚浪潮之中，即便是进化/进步的社会达尔文主义的单线发展在世界范围内也已受到了空前质疑，从而无论是在学术领域还是在文学领域，现代化研究范式也一样在国内受到空前质疑，于是，我们的问题甚至是切身问题，亦即文化主体性的问题再次浮现了出来。我们是谁？我们的真面目又在哪里？如果我们一定要强调"多元的现代性"，那么我们的"文化本真性"又在哪里？如果弄不清这些问题，我们又如何有"主体性"？如果没有"主体性"，我们又该当如何跟人家谈"主体间性"？那么，"间性研究"的根本意义又会在哪里？

当然，我们仍然相信中华文化的包容性，相信"有能力把异质文化改造成为融入我们自身血肉的东西"，但是至少我们应该向那些伟大的启蒙思想家们学习，然后重新建构我们自身的现代秩序原理，然后重新建构现代性民族国家的中国形象。那么，诗人们何为？莫非真的像毛翰所说的那样："当中国《诗经》已经位居六经之首，风雅遍布神州，以至于'不学诗，无以言'之时，孤悬海外的日本还处在蛮荒蒙昧之中；当中国诗歌进入盛唐登峰造极之时，日本诗歌才牙牙学语，临帖描红。但日本又是一个极善于学习和借鉴的民族，一个幸运的民族。'礼乐传来启我民，当年最重入唐人。'从徐福、鉴真到朱舜水，一代一代的华人东渡，不断地给这个民族注入新的文化学业。屈原、陶渊明、王维、李白、杜甫、白居易、苏轼……华夏中国诗人辈出，是日本取之不尽的偶像和法帖。"（引自作者"后记"）又进一步说："我们该有的，只是复兴中华的责任，再造盛世的使命。毕竟，只有在中华文化辉煌的时代，才有人'每慕中华'，'愿生中国'，'梦至京师'；只有在中华民族强盛的时代，才见'用夏变夷，未闻变于夷者也'，才有人僭称中华。"（作者"后记"）让人感到困惑的是，"盛世"如何再造？现当代中国诗人们现在还有这个能力吗？莫非文学仍然还是我们的"经国之大业"吗？！难道，文学不应该是一项完全独立的有着自身的运作逻辑的事业吗？即便是这样，曾经"经国之大业"的托身之所的儒学建制而今又在哪里？既然"不学诗，无以言"的儒学与文学的建制已不复存在，那么"《诗经》位居六经之首"，包括《诗经》在内，我们两千多年的"经学意识形态"至今阴魂不散，不正是我们重建现代性民族国家的中国形象的基本障碍吗？而这些，其实也就是我反复强调的我们的"文化本真性"之难的根本原因。

因此，我更愿意倾向于孙老师的"历史的经验值得重视。朝鲜、越南、日本等汉诗曾有过艰难而辉煌的历程，把其中合理的，至今仍有强大生命力的东西，用现代眼光加以审视，把它们融入现代美学体系的结构之中。但是，要这样做的前提就是收集资料，系统地/全面地占有资源。这是一项扛鼎的工作，不是一般大而化之的搬用西方文论那么热闹，那么容易引人喝彩。毛翰作了这样的选择，为异国汉诗的跨文化研究甘当拓荒者"的说法，以我个人对毛翰兄的了解，其基本是循着一代一代古典文论家的"感兴批评"的脚印走过来的，诸如只留下"片言只语"评《诗经》的孔子，以韵文形式写出文论巨制《文心雕龙》的刘勰，以《戏为六绝句》开创"以诗论诗"传统的杜甫，还有金圣叹等对白话长篇的"点到即止"的评点和披览……更有诸如钟嵘、司空图、袁枚等（毛翰甚至有《袁枚〈续诗品〉译释》等相关著述问世）的文学方式和人生方式深深影响着他，反倒是所有的现代、后现代的学术哪怕或史或论的思想均对他影响甚微，似乎他具有某种天然的免疫力，这确实让人颇为称奇。即便出色如陈平原这样的文学史家孜孜以求"独上高楼"，也不得不考虑"现代学术一方面追求'科际整合'，一方面强调'小题大做'，二者并不完全矛盾：前者指的是学术眼光的'博通'，后者指的是研究策略的'专精'。而且，这两者都与习惯于'大题小做'的'教科书心态'无缘"。（《小说史：理论与实践》，P33）说白了，"教科书心态"实则为新文化运动以来的现代文学教育之结果，而毛翰几乎是天然地拒绝了这种"教科书心态"。更不用说像孙绍振老师这样的特具原创性的文学理论家，其对情感逻辑和文学形式研究的杰出努力，以及重建文学研究逻辑传统和理论研究范式等诸方面，更是对西学东渐以来的铺天盖地的现代理论话语所造成的障蔽进行逐层解蔽和深入批判的结果，毛翰兄对种种理论话语的反思与批判也基本是本能地化解于无形。然而必须指出的是，毛翰的几乎所有诗论和著述，却又同时既是史又是论，包括眼下的这部《中国周边国家汉诗概览》也一样。其实，这跟我们传统文论重在"文苑传""诗文评"的"诗文代变"的理路一脉相承，大多时候重视的是中国文学内部的各种文体的嬗变，对重建"文学地图"可能大有裨益，但也本能地甚至是根本上抵制了理论体系化的可能性。从某种意义上说，毛翰的《中国周边国家汉诗概览》便是重新绘制了一张有关传统汉诗的"文学地图"。

　　但是，不好说表面上的体系化一定就是个好东西，尤其是像"教科书"那样的"体系"早已多为人们所诟病。表面上的"反体系"，其实有可能就是个"潜体系",尤其是在我国文论传统中那些承先启后者,诸如王国维的《人间词话》《宋元戏曲考》、黄侃的《〈文心雕龙〉札记》、鲁迅的《中国小说史略》乃至钱钟书的《管锥篇》等,几乎无一不是"潜体系"的有大成者。这种拒斥过分的体系化、注重真切感受的论述策略,且不说大有中国作风和中国气派,即便是在当下"本真性"认同并重建中国的文化主体性方面,可能也将发挥出可以预见的重大作用。问题可能还在于,在全球化语境之中我们强调民族化和本土化,尤其强调"对话"与"交流",我想对中国古典文论、诗论等进行重新阐释显然是题中之义。所谓"潜体系"其实也是体系,关键可能应该在于对传统理论范畴进行重新阐释的过程中,还必须进行有效的解构并重构。所谓"江山代有才人出",也许这才是我对毛翰兄的殷切守望并此序。

(原载毛翰著《中国周边国家汉诗概览》,线装书局,2008)

# 转型期学术中国的守夜人

## ——关于杨玉圣学术志业的综合批评

我注意到，杨玉圣特别喜欢引用胡适之先生说过的一句话：尚需苦撑待变。为何？实乃非常时期也。眼下当然不是类似抗战那样的非常时期，然而，转型中国的非常比之往日封闭的"恒常"，其开放出来的问题，呈裂变状态，用杨玉圣自己的话说：自从"9·11"之后，就没有什么事情是不可能发生的了。况且泥沙俱下，善恶莫辨，秋水共长天一色，圣哲与魔鬼杂处……在世纪之交的中国学术的特殊场景和语境之中，杨玉圣高举"学高为师、身正为范"的旗帜，且不论吃力是否讨好，就那一次次地把自己推向一个个学术事件的风口浪尖，势单力薄的个人居然充当起了学术中国的"守夜人"，时刻监视着学术的不端、失范、腐败，并以为学术中国实则是个共同体，大家都在学术的"泰坦尼克号"上……

其实，杨玉圣仅仅一介书生，手无寸铁不说，既无背景又无权力，仅有一身皮囊，据我所知，还不是一副很健康的皮囊，还要受那么多的窝囊气。就这一个文弱书生，居然养就一身的浩然之气，想必便是靠它撑持，才可以让他为此义无反顾，二十年如一日地无怨无悔？他曾把学术书评分为广义和狭义两种，广义为学理性批评，狭义为对学术失范、不端、腐败的批评与揭露。若论前者他已从事二十年有余，若论后者，他批评《移民与近代美国》系抄袭之作引起高度反弹至今也有整整十五个年头。[1] 也就是说，二十多年来他仅仅是用学术批评的武器，仅仅是以一个学术批评家的身份，以一己之力居然干出了震动整个学界的事业。

当然，从批评家的意义上说，世界范围内为数众多的批评家成为各自特

---

[1] 杨玉圣：《学术规范与学术批评》，河南大学出版社，2005，第229~241页。

定时空中思想的先锋，鉴于中国当下的具体性而言，这类批评家实属凤毛麟角。究其原因，便是我们的批评家们常常既缺思想，更缺对我们当下现实问题的真切研究——尤其是后者，让我们的批评家们的精神十分苍白，而前者，大多时候却出于热衷搬运西方的种种现成批评理论而又缺乏起码的消化能力，同时还忘了人家的理论恰是对其本土的社会现实和理论现实做出真切研究和回答的结果，便是由于倒果为因使我们彻底失去了起码的思想根据。

也便是在此意义上，杨玉圣的学术批评显得相当突出，而其术业有专攻的学术背景同时显得颇为引人注目。我们的绝大多数批评家回答（或思考）的是西方批评家们如罗兰·巴特或者杰姆逊或者伊格尔顿或者阿伦特是如何回答他们的或公共或文本或理论的问题的，就是不回答我们自身的或公共或文本或理论的问题。更典型者，众多文化或文学批评家，甚至所操持的话语和概念，便是他们所追随的那些西方批评家的话语和概念的集合，有时候你甚至很难找出究竟有几句话是属于他们自己的。究其根本，也便是从源头上缺失了术业有专攻的根基。本文试图对杨玉圣的批评模式做一个简单的梳理，并试图对建构我们本土批评理论的可能性，做一些力所能及的探索。

# 一　学术在中国如何成了问题

众所周知，学术在当下出了问题而且是种种重大问题，跟转型中国有关。尽管从学科出发，确也时有才人涌现，比如经济学、史学、社会学以及法学等，但非常遗憾，除了极少数愿意不遗余力地对具体中国做实证研究外，基本看不到对转型中国的特别有效的研究，也尽管所谓"中国研究"也好，"转型研究"也罢，表面上看颇为热闹。究其实，便是转型中的中国学术本身也成了中国的一个确切而具体的问题，而且是一个首当其冲的问题。

不无滑稽而又沉重无比的现实是，我们常常要为回归常识拼出吃奶的力气，而且还不敢说就能真的奏效了。就像朱学勤在谈到学术规范时所说的那样，"与其把它们说成是'学术规范的框架'，不如把它们称为'学术纪律的底线'。因为它们是做学问形式上起码的要求，低得不能再低了"。① 但是不行，要求的标准不同啊！我们有我们特殊的运作机制，就跟当年大炼钢

---

① 杨玉圣：《学术规范与学术批评》，第 15 页。

铁、"大跃进"、"赶美超英"差不多，无论是经济领域、社会领域抑或政治领域，是无所谓按什么规律办事的，尽管科学早已上升为意识形态，但进入意识形态动员之后，科学也就变成了服务，如果不服务那也就不科学了。因此，你基本不能说，抄袭、剽窃、伪注以及权学交易、钱学交易乃至色学交易等完全是转型中国带来的后果，就跟当年的各个层级、各个领域的虚报数字的浮夸风的道理相同，如果不搞学术"大跃进"，如何升迁，如何弄钱，以及各个层次又如何接受"量化"考核？因为其关系到芸芸众生的包括政治、经济、生活的种种前（钱）途呢。难道这些，不也是我们的基本社会常识吗？因此，二者必居其一，要么回到社会常识，要么回到学术常识：回到前者，就不可能有真正的学术；回到后者，就得向社会常识宣战。

从这个意义上说，不仅仅是杨玉圣，应该说是有不少的学者群体愿意回归学术常识。要不然的话，包括杨玉圣、邓正来、陈平原、徐友渔等众多学者参与的持续了十多年的"学术规范化与本土化"运动，就不可能得到大江南北呼应、全国上下共鸣。邓正来教授在 2005 年恢复了曾经是该运动创始者的《中国书评》的编辑发行，杨玉圣甚至参与起草了教育部主持的《高等学校哲学社会科学研究学术规范（试行）》，并与原教育部社政司科研处处长张保生先生合作主编《学术规范导论》《学术规范读本》，试图从学术制度上"立法"，尤其是前者，曾一度被称为具有"学术宪章"之意义。杨玉圣新近出版的《学术规范与学术批评》和《史学评论》厚厚两册计 80 余万字的批评文集，则是其多年来从事学术批评和学术规范研究活动的重要成果。在我看来，这还不仅仅是他的批评实践的结晶而已，从某种意义上说，还是他和他的同道试图在实践层面上为学术"立法"的互文、引证、补充以及"理性不及"的说明和注脚。因此我以为，对这两册批评文集进行有效的解读，可能还对我们重新认识转型期的学术中国，有着不可忽视的实证意义和文献意义。

其实，杨玉圣的学术主张说起来并不复杂，最简单的说法便是学术研究必须面对学术史。"从学术规范的要求来说，真正的学术研究都是在对学术问题的研究史加以系统回顾、全面分析的基础上展开的，在别人研究的终点开始新的探索。只有这样，才有可能找出新的问题以及可能解决问题的方向。"①他还转引蒋寅先生的话说："了解本研究领域的学术史，阅读专家的著作和

---

① 杨玉圣：《学术规范与学术批评》，第 37 页。

经典文献，不仅可以知道什么问题被提出，被解决，什么问题研究到什么程度，还可以掌握问题被提出的方式和解决的方式。只有当学者进入到这样一个学术传统中后，他才能判定什么是问题，什么不是，自己提出问题的方式和解决的办法是否有意义。"① 这些本来就是学术研究中的常识，而且在杨玉圣的本专业美国史研究以及史学评论中，也一向是这么做的，而且在"做"的过程中方法还远为复杂（此容后详论）。杨玉圣甚至还来不及深入到具体研究范式以及学术批判等问题中来，仅是回到常识的最初问题上，已经就像炸开了锅：问题纷至沓来，而且阴阳大裂变，不仅仅是众说纷纭，莫衷一是，干脆是公案四起，笔讼、诉讼不断，亦即所谓"老鼠喊打""恶人先告状"……让人佩服的是，杨玉圣几乎是在某个重要的历史关头，特别从容地肩负起了完全中国式的学术担当。

举其要者，《九十年代中国的一大学案》《前车之鉴：晚近十大学案及其警示》《读书奖、网上论坛与学术批评》《大学改革与大学的命运》等，表面上看均是综述，实际上跟他一向秉持和身体力行的学术理念一以贯之，比如在美国学研究领域，《美国史研究：回顾与思考》《八十年代的中国美国学——回顾与思考》《美国书籍在中国：成就与问题》等篇什，就特别反映了其对学科的基础研究的重视，而且他从来就是个学科基础研究资料搜集的有心人，而且还从来是个辛勤耕耘默默奉献的有心人。尤其值得反复提及的是《中国美国学论文综目》（辽宁大学出版社，1991）等，那得花多少时间、坐多少冷板凳才可能得到，又为美国学研究同道提供了多少研究的方便啊？跟当年学科基础建设需要的道理相同，出于学术批评与学术规范基础的需要，也出于"把书评当作学问来做"的理念，杨玉圣不仅是在学界同人的问题意识和解决问题的方向上提出新的思考与进一步理论化处理——尽管有些学人在学术规范化和本土化运动中的讨论甚至颇为激烈，有些看法还颇为尖锐，比如由谁来制定学术规则？或者制定学术规则势必妨碍学术自由，或者可能为了谋取"霸权"？或者学术规则是由中等以下人才来遵守，天才并不受学术规则约束等——而且关键在于，在把这些问题开放出来的过程当中，杨玉圣不同于其他学人的地方在于具体的学术批评实践，从而在具体实践的过程当中不仅获得了诸多的实证价值，而且让自己的学术批评理论更具说服力。也就是说，从学术规范到学术制度建设，从学术批评到学科评论，

---

① 杨玉圣：《学术规范与学术批评》，第 38 页。

从学科建设到大学改革，从创办学术网站到改造学术刊物，如此种种，在杨玉圣这里，现代学术的公共性第一次被方方面面彻底地洞开了。

按照杨玉圣的说法，"我们中的任何一个学界中人，都将是学术腐败的受害者，因为我们同时都是中国学术共同体的一分子，换一句话说，不管情愿与否，我们事实上都在中国学术界这同一艘'泰坦尼克号'上。……假如在学术上的假冒伪劣也得不到遏制的话，那么，中国的学术界将以何种颜面去面对国际学术界？又将如何向我们的子孙后代交代？最后，学术腐败对国家的科教兴国战略将造成致命的威胁和损害"。① 尽管在我看来，"民族""国家""共同体"的说法大可商榷，因为学术研究首先是个人的事业，我们的学术恰恰便是由于所谓"民族""国家"的集体性生产，才出现了学术不端乃至学术腐败积重难返的严重局面："最近十年来在财政投入越来越多、创建'世界一流大学'等口号愈喊愈响的同时，抄袭剽窃等学术不端现象也愈演愈烈，泛滥成灾：'从地域上看，遍布大江南北，殃及北京、上海、天津、南京、武汉、济南、广州、长春、重庆、成都、兰州等文化重镇。从内容上看，除高校教材、辞书暴露出的越来越严重的问题外，不仅包括学术论文、专著，而且还包括博士学位论文。从学科上看，不仅文科有抄袭剽窃，而且一向崇尚科学精神的理工科也有。从已公开曝光的问题看，撇开一般的高校不论，包括中国最好的大学和最高级的研究机构在内，都已出现过或潜伏着此类丑闻，而且这个不光彩的名单今后若干年内估计还会不断扩大下去。从抄袭者的情况看，不仅一般中年人抄，而且老年人也抄；不仅无名之辈抄，而且业已功成名就的人也抄；不仅抄国内的，而且也抄国外的；不仅抄同行的，而且也抄身边同事的；不仅有的学生抄老师的，而且也有的老师抄学生的。最滑稽也最具讽刺意味的是，即便是那些已被专家学者公开认证的抄袭者，除个别的'倒霉蛋'外，大都官位照旧、职称照提、教授照做、博导照当。"② 也就是说，我们当然不能揪着自己的头发上天，我们首先必须重新面对我们脚下的这块土地和现实，也才可能认准问题的症结，也才可能把我们所有的学术公共性问题洞开出来。因此，尤其不能忽略了特定时空中的中国问题的具体性。而对这个具体性的深入，学界中很少有人能出其右。

---

① 杨玉圣：《学术规范与学术批评》，第 158 页。

② 杨玉圣：《学术规范与学术批评》，第 253 页。

在具体性的深入探究当中，杨玉圣的学术批评渐渐形成了他自己的理论。比如，他就相关概念做了明确的界定和区分："学术腐败是指利用学术资源谋取非正当利益或者利用不正当资源谋取学术利益（如权学交易、钱学交易、学色交易等），学术不端主要是指学术从业人员有意识地进行的学术违法违规行为（如抄袭剽窃、实验作假、伪注等），学术失范主要是指学术研究及成果发表中存在的违背学术规范与学术伦理的学术偏差（如一稿多投、低水平重复、粗制滥造等）。"① 比如，对学术伦理的解释，即"学术共同体内形成的学术研究的基本道德规范，举其要者，如充分尊重前人和他人的学术成果，通过注释、征引等，在有序的继承和创新中推进学术研究"，并进一步指出："学术腐败当然有相当复杂的原因，如社会风气的侵袭、学术体制的缺陷、权力取向的干扰、量化模式的崇拜，等等。但是，假如因此而像有的学者提出的那样，'学术腐败目前已形成一种风气，再也不能简单归结为个人的道德修养'……恐怕值得讨论。"② 又说："学术规范是学者自律与他律原则的体现，有助于理顺学者个体与学术共同体之间的正常关系。学术共同体以大致认同的价值、大致相似的学术取向和机制为基础。一方面，学术共同体以学术规范来要求个体，另一方面，个体也应遵从学术规范。学术规范不是'霸权'，也不是'学术法庭'，而是出于对学术公益的追求，他所彰显的是学术界的公共意志。规范他人，同时也自我规范，恰恰是现代学术理性的体现。"③ 在我看来，无论是学术规范的他律还是学术伦理的自律，杨玉圣无疑都抓到了学术研究的要害和根本：因为问题的症结和严重性恰恰便纠结在了这里。所以，学术的公共性问题，舍此便也无法完全洞开。

所谓学术伦理，说具体了，实则为学术诚信。关于诚信的问题，秦晖等学者都做过有效的思考。④ 窃以为学术诚信的事情，跟我们的文化传统实在有着深刻的勾连，尤其是儒家的社会秩序安排和生活秩序安排，直接影响到了我们今天的个体诚信问题。在那特别讲究"君君、臣臣、父父、子子"的"爱有等差"的差序格局里面，森严的等级秩序决定几千年来均是个极

---

① 参见杨玉圣《交流是幸福的》，北京奥科德文化传播中心，2006，第265页。
② 杨玉圣：《学术规范与学术批评》，第143页。
③ 杨玉圣：《学术规范与学术批评》，第35页。
④ 参见秦晖《中国人的诚信是为何失掉的》，腾讯评论，http://view.news.qq.com/a/20100403/000027.htm，2006年9月15日。

度封闭的"熟人社会",由是地缘、血缘、亲缘等就自然成为协调亲疏远近的人际关系。因此,"不要跟陌生人说话""欺负外地人"等基本就是约定俗成的普遍事实,因此杨玉圣说的"我们在经济上的造假贩假已使得中国的形象大受影响(有'遗臭全球'之说)"①,实际上是再正常不过了。不要说出了国门,就是出了"咱们村",咱就不管了。更何况"天、地、君、亲、师"还不仅仅是我们的固有观念,而且几乎就是植入了我们的皮肤和血液的信念,因此在"文革"中,可以父子互相揭发、夫妻互相背叛、亲人彼此划清界限等,个人诚信丧失殆尽。至于杨玉圣说的"人所共知,中国是一个'人情'无所不在的人情社会,也是一个到处充满各种复杂'关系'的关系社会,无论大事还是小事,不仅处理起来阻力重重,而且也往往是'舆论满天飞'"。②"'大事化小,小事化了',这是国人的另一个处事准则,各高校在处置学术抄袭等问题时也是如此。这样的案例比比皆是:常常有抄袭剽窃等学术不端行为被揭露出来,但除了极个别的例外,抄袭者依然官照当、教授照做、津贴照拿。胡兴荣教授因抄袭案而辞职之所以成为新闻,就在于北大、复旦、南大、武大、川大等那些远远抄袭性质比他严重的人依然逍遥自在。"③ 因为我们的诚信是对亲朋好友说的,是对"五伦"说的,"五伦"之外是不讲诚信的,所以对陌生人(社会里)是没有公平和公正可言的,而且还是"骗你没商量"的。何况事情发生在"五伦"之内,自然是要讲人情、地域(边界)关系,自然要包庇、活动并化解于无形的。看清了这一点,我们就比较好理解为何接受英伦严格的学科基础教育和科学、逻辑训练的北大教授王铭铭博士在剽窃事件被揭露后,居然轻描淡写"《想象的异邦》……在书中介绍学科研究领域、概念和著名描述性案例的过程中,我确实大量录入了《当代人类学》一书中的有关内容。当我意识到这事实上已构成对他人著作的抄袭时,我对自己所犯的严重错误感到震惊……"滑天下之大稽的是,"确实录入"了人家10万字的东西,还要等着人家来揭发,然后才会"意识到""事实上已构成"抄袭?然后北大校方也居然接受这样的"检讨",并在所谓"提倡精品、拒绝赝品"的"创建世界一流大学"的学术潮头上,仅仅做出王铭铭暂停招收博士研究生的决定

---

① 杨玉圣:《学术规范与学术批评》,第 158 页。
② 杨玉圣:《学术规范与学术批评》,第 132 页。
③ 杨玉圣:《交流是幸福的》,第 299 页。

（这意味着不用多久便可恢复招收）。不用说韩国的黄禹锡学术造假事件不仅辞去教职而且还要向全体国民道歉，就是汕头大学的胡兴荣教授由于轻度抄袭便要辞去教职，相去远矣。更有甚者，王铭铭指导的博士生们感到"自己敬爱的老师遭受恶意攻击"，并说"王老师之所以遭到这样的恶意攻击，就在于'木秀于林，风必摧之'，就在于有人嫉妒他为中国人类学做出的突出贡献，嫉妒北大人类学在学术界的地位"。王铭铭教过的本科生则讨论如何"向铭铭献花"。① 不仅不对"陌生人社会"讲诚信，而且连基本的"是非"都不要，就是要把剽窃事实搁置到一旁，然后绕开事实从而可以信口雌黄，想说什么就说什么，想怎么说就怎么说，因此还不仅仅是是非不分，而且是颠倒黑白。试想想，如果王铭铭留在英伦而不是回国做了"海龟"，出现这样事情的可能性会大为缩小，即便出了，他也应该知道可能要付出的代价。可搁在我们的文化语境和知识制度里面，没有风险不说，还有"熟人社会"的种种保护、庇护和袒护，所有的理性规则都会被践踏于无形，然后有好处，有利益，不要白不要，不捞白不捞。然后道理完全相同，坚持理性批评的杨玉圣就自然会被不少人指称为"不务正业"，为何？那么多"不要白不要，不捞白不捞"的事情你不要、不捞，却又来指责那些违反规则乱要、猛捞的人们，当然要骂你是"白痴""恶狗""小流氓"什么的，说你"没本事"还抬举你了呢！"因为坚持做这个事，五年来得罪的人越来越多，起诉的，威胁的，求情的，应有尽有。"② "'可能是与自己一直在学校里读书、教书有关系，对学术一直抱有敬畏之心'，'学高为师，身正为范'的古训，一直不敢忘怀。'从校门到校门，不仅脱不了书生气，而且也难免呆气和傻气。'像学术批评这样费力而不讨好的'勾当'，离开'书生气、呆气和傻气'，还真的未必行。对于学术批评的现状和前景，杨玉圣既不乐观，也不悲观，他表示自己'有决心和信心，也有耐心和恒心'。除了理解和赞许，也将不会回避闷棍与敌意。"（《北京青年报》记者刘彦春语）③ 笔者曾经长时间带着相同的疑问，杨玉圣具有如此学术担当的勇气究竟何来？

直到前不久我完整拜读了他的《史学评论》，尤其是"学问人生"小辑后才迎刃而解——原来，道德文章被杨玉圣视为"学问人生"的最高境界。

---

① 杨玉圣：《学术规范与学术批评》，第186页。
② 杨玉圣：《交流是幸福的》，第255页。
③ 杨玉圣：《交流是幸福的》，第289页。

这确实颇让人警醒，也颇让人感慨，因为"由德性以纯化而实之，这在古人便说是'法天'。而法天的结果，则是物物各得其所，乾道变化，各正性命。这便是孔子的天地气象"。（牟宗三语）① 应该说这便是道德文章的源头了，比如士大夫气节，比如立功、立德、立言，等等。一如张保生、杨玉圣等人在一道做的一期"法治论坛"中提到："我们评价一种学科在历史上的发展，我们看到的不仅是学科实质内容的推进，更是学者对于学术规范、学术纪律的推进……这个东西是会传代的，它是会延续下来的，延续到今天的文史哲。老辈的那些学者遵循的规范让我感到了不起，这是历史传承下来的。"但是，士大夫们"高层次的学问是写诗啊，写点辞藻华美对仗工稳的文章啊，'文章千古事'，士大夫的生活的核心便是写出千古传诵的美文"。② 也就是说，士大夫们是从来不关心任何的具体制度的，更不用说关心具体制度研究以及推进了。说白了，这确实是当下知识分子自身和知识分子研究的共同盲点。如果仅仅是关心道德文章或者所谓独立品格，恐怕是远远不够的。作为个体修养以及坚守学术伦理的底线，自然又十分重要，否则就难以想象杨玉圣在具体学术担当的过程中始终能在胸中养有一股浩然之气，足以抵御一切"誉我捧我和毁我罪我骂我"。但显而易见，学术的公共空间更重要，知识本身的独立更重要，否则就难以想象我们的知识真的能够得到有效积累并往前推进，然后带动全社会的进步。因此，我们的知识制度的具体演进和研究，就更加重要。

著名学者王逸舟先生把杨玉圣称之为"现今中国学术批评第一人"③，笔者以为可以延伸一下，准确地说，杨玉圣应是用学术批评之剑"打开学术公共空间第一人"。综观杨玉圣的学术批评理论及其实践，简单地说，一方面，他企图接续我们早已中断了的"道德文章"之学术传统，此为自律；另一方面，他又极力主张让学术回归学术，并试图参照西方尤其是美国的知识制度和知识传统，推动建立我们的现代学术制度，此为他律。无论是自律还是他律，杨玉圣的持续努力及其成果都堪称全面、系统，至于具体效果与可行性如何，则不是他个人所能左右的了。尤其是他律，涉及文化语境的复杂性以及无数问题的繁复性，也不是杨玉圣个人甚至理性本身所能涵括得了

---

① 牟宗三：《政道与治道》，广西师范大学出版社，2006，第 27 页。
② 杨玉圣：《交流是幸福的》，第 108 页。
③ 杨玉圣：《学术规范与学术批评》，第 1 页。

的。比如，那种阴魂不散的政治批判话语难说哪一天就会借尸还魂："'让学术回归学术'，让学术成为远离社会生活的自我欣赏、让学术活动与学术之争成为国家发展战略的干扰因素，这是杨玉圣的最高理想，而我们的国家事业发展确实需要学术不能脱离社会生活，确实需要稳定、和谐的社会氛围。从某种意义上讲，杨玉圣的所作所为才正是'学术腐败'，因为任凭这种学术腐败蔓延，不仅仅是缺少脚注、引导的形式规范，而很可能导致偏离正确发展方向的严重后患，这是社会规范的重大原则问题！"（北大某教授匿名信）① 这种只懂拉大旗作虎皮而不懂学术为何物的"教授"，北大有，其他地方也不乏其人，该悲哀的是他们自己似乎没必要来亵渎学术。作为一个理论问题，邓正来对那些遵循政治逻辑、社会逻辑以及经济逻辑以侵袭学术逻辑等早已有过深切的反思和洞见。② 更多的时候，则是表现在杨玉圣自己所曾形象地形容过的"自'9·11'之后，就没有什么事情是不可能发生的了"的种种理性不及，比如"王铭铭抄袭事件"，比如"北大改革事件"，比如"周叶中事件"，等等。学术中国在当下确实成了一个无比严重的问题。

## 二 制度理念（设计）与学术共同体

实际上，我们似有必要重新认识一下何为"失范"？或者，我们原先固有的规范是否存在合法性？一个世纪以来，按说"失范"的发生起码有三次：一是五四时期冲破了传统中国的种种规范；二是"文革"时期彻底砸烂了刚刚建立起来的所谓新的"规范"；三是改革开放以后无论新旧的规范都不再产生作用。从某种意义上说，是"救亡图存"以及之后的民族主义高涨让我们一次次失范的，是我们的启蒙运动的不断夭折才让我们的现代学术规范的建立一次次付诸东流的。举个简单的例子，前不久我和叶勤博士在对文论家孙绍振教授的访谈中就引发了争论。按照孙教授的说法，"规范是没有思想的"，"五四"大师们就是冲破了传统僵化的学术规范从而有了全新的创造的③，等等。且不说"五四"精英是对传统研究范式进行猛烈批判

① 杨玉圣：《学术规范与学术批评》，第 262 页。
② 参见邓正来《关于社会科学的思考》，上海三联书店，2000。
③ 参见叶勤、吴励生《追求原创：不泥国粹，不拜洋人——著名文论家孙绍振教授访谈录》，《社会科学论坛》2006 年第 9 期。

从而创造了新范式，就是孙教授本人也是通过对僵化的苏俄文论的旧范式的有效批判从而建立新的研究范式的，就单说孙教授的本土意义上的颇具独创性的文论，在一波又一波的西方后现代文论的搬运、会展的过程中被疏忽、被冷落，就足以说明学术规范的重要性。就是因为缺乏起码的学术规范，从而缺失起码的学术传统，孙教授本人做出的学术贡献也就根本无法得到传承和积累，更不用说得到有效的研究和评价了。由此可见，学术规范的合法性问题并非可有可无，尤其是在本土中国，究竟是继续建立在"富国强兵"的救亡图存的所谓"革命的现代性"基础上，还是建立在"人民福祉"的理性启蒙的个体性觉醒的"现代性中国"的基础上？若是前者，导致的结果只能是一次次的失范，并且很难重新确立规范；若是后者，尽管困难重重，但唯有走上理性化的道路，规范的建立才是可能的，也才有可能真正走向合法化。

也就是说，本土无论是旧的规范还是"新"的规范，都已失去了起码的合法性，不管其曾经受的是文化冲击还是政治冲击抑或眼下的经济冲击。一个多世纪来，失范是我们的常态，规范的根基又始终存在问题，而且很少得到认真全面的审视。我以为，杨玉圣的最为勇敢处便在于一马当先地闯入了当下学术困境的荆棘丛，最为困难处便是在这荆棘丛中杀开了一条"血路"，最为悲壮处却是蓦然回首，"见那人，不在灯火阑珊处"。所以杨玉圣无论是接受记者采访还是自己做文章，常常挂在嘴边的一句话是：既不悲观，也不乐观……其中甜酸苦辣咸，尽在不言中了。

杨玉圣是清醒的。"为什么西方发达国家居然没有我们想象中的学术规范文本呢？因为从高等教育、学术文明演进的视角看，与中国、印度、埃及等文明古国相比，尽管有的发达国家本身的历史并不算长（如美国），但其现代大学、研究机构、学术研究与人才培养的历史却是非常悠久的，其学术如薪火相传，传统深厚而现代。"[①] "'学术界的基本准则是所有成员平等'。这种平等不仅是身份上的，而且也是人格上的。这种基于人格平等上的学术自由，是现代学术的基本价值之一。'学术自由是从事学术活动的人的基本精神环境'，它'并非什么特权，而是实现其知识创新、光大精神之使命的途径，最终有利于人类的福祉'。……学术规范固然是一种约束机制，但同时也是一种预警与引导机制。因此它与自由探索的学术实践与精神追求的正

① 杨玉圣：《学术规范与学术批评》，第50～51页。

常关系应是互动的、能动的、协作的。比如，大学教育的微妙之处在于如何'为中才制定规则，为天才预留空间'……"① 问题在于，从西方发达国家高等教育、学术文明演进的结果看，我们确实无法倒果为因，把他们现成的学术制度和学术规范作为我们效法的对象，因为我们自己的高等教育、学术文明还需要本土的演进，才能获得本土的合法性。那么，恐怕还得从体制本身的变革开始，比如学术独立、教授治校恐怕是首先绕不过去的问题。即便是从本土资源上说，20世纪三四十年代的北大、清华、西南联大也便是因为学术独立、教授治校才从根本上保证了学术自由，自然而然地形成了学术规范，从而造就和培养了诸多学术大师的。否则，再是强调"高等学校特别是名牌大学是中国学术研究、知识传承与文化创新体系的主要载体之一，大学是国家高级人才和教育的主要基地，因此，高校和高校教师有着重大的学术责任和使命"②，再是强调"我们一直兴致勃勃地创建'世界一流大学'或'世界高水平大学'或'世界知名大学'，可是假如没有学术道德奠基，这些'一流'、'高水平'、'知名'的大学难道不是虚无缥缈的空中楼阁吗？"③ 非常遗憾，前者基本就是救亡图存的"富国强兵"的现代版，只要能够调动情绪，是无所谓真的传承不传承、创新不创新的，后者挂在嘴边的那些人更是"小和尚念经，有口无心"，是说给别人听的——说给上面听有个交代，说给下面听似乎也挺给大家长脸，谁不清楚仅仅是为了做更大的官、能拿更多的钱？这些杨玉圣难道能不清楚吗？他说："我们所处的是一个'缺德的社会'。礼乐崩坏，道德沦丧，是任何一个转型社会都要付出的代价。但是，无论是纵向还是横向的比较，尤以于今为烈。一个世纪前，美国也是一个强盗大亨的时代，但美国政府有进步主义改革，知识界有揭发黑幕者运动，所以这个社会形成了自身的调节系统，在个体主义与社群主义之间达成一种动态的平衡，特别是大资本家的慈善事业与人道主义改革、民众的志愿者精神，为矫正社会不端、改良社会生态起了巨大而持久的作用。可是，反观中国，知识界盛行的享乐主义和犬儒主义，既缺乏市民社会的基础，又没有政府的作为，于是，形成如今这样一个人与人之间缺乏信任、人与群体直接缺乏协调、人与自然缺乏和谐的乱象。如果要说责任，包括你我

---

① 杨玉圣：《学术规范与学术批评》，第42页。
② 杨玉圣：《学术规范与学术批评》，第149页。
③ 杨玉圣：《学术规范与学术批评》，第134页。

这样的小人物在内，都有一份。"① 可谓肺腑之言，也可谓夫子自道。其实，礼崩乐坏并不见得就是坏事，关键在于我们的全社会是否真的在完全转型？若真的全面转型的话，应该是个大好机遇。问题却在于转型完全是表面的，或者准确说是面上在转，里子不转，只是把所抓的中心换一换而已，结果仅仅是换了中心就"礼乐崩坏"了。所幸还有杨玉圣、邓正来、陈平原等诸君，在不同的领域里共同担当起了责任，也才让人看到人间仍有正气在，也仍有希望在。尽管他们的努力无比艰难，但在不同的领域里面的出色贡献有目共睹，而且在不同的一个个个案的有效研究并通过个案推动我们自身的公共空间包括公共领域在内的互动与发展上，殊途而同归，功addr而绩伟。

尤为让人赞赏的是，杨玉圣为中国学术重建种种规则所做出的艰苦努力。如前所述，我们这个民族在世界上是个最不讲规则的民族，有的只是派生于官场的种种潜规则，而且几乎所有的显规则也必须为这个潜规则服务，才能互为需要，否则几乎就没有存在的可能。当然不等于说，我们就基本缺乏制定相关规则的可能性了，问题倒在于我们传统的士大夫们特别关心的是几乎没有制度价值的形而上，诸如"为天地立心，为万世开太平"之类，所谓"西方人言真善美，皆从外面着眼。中国人则一返之己性。孔子曰：'知之者不如好之者，好之者不如乐之者。'知属真理，好成道德，乐则艺术。若就此意言，科学在人生中，必进而为道德，尤进乃为艺术。此为中国人观念"。② 对具体制度演进是从来不上心的，因为那太形而下了。要说有责任，首先应该追到他们头上，然后才是当下知识分子所应该担负的责任。作为《高等学校哲学社会科学研究学术规范（试行）》的主要起草人之一，杨玉圣在接受《科学时报》记者采访时相当清醒地表示："对于《规范》的作用，要以平常心对待，不要期望太高……但在目前，对于相当多的学者而言，既是底线，又是最高要求。"③ 比如针对是学术荣誉还是学术责任，他还专门写文章，对"武汉华中科技大学电信系明文规定研究生发表论文时的署名排序——硕士生发表论文时，导师原则上是署名第一作者；博士生发表论文时，导师必须是署名第一作者"的规定，义愤填膺，并批评"这种做法实际上是一种典型的学术权力的寻租行为，即系学位评定委员会利

① 杨玉圣：《交流是幸福的》，第 187 页。
② 钱穆：《现代中国学术论衡》，生活·读书·新知三联书店，2001，第 21 页。
③ 杨玉圣：《交流是幸福的》，第 306 页。

用其审查、授予学位的权力，通过博士生导师署名'第一作者'，强行、直接、赤裸裸地侵吞研究生的学术成果。这是不符合学术规范和学术伦理的'霸王条款'，属于典型的学术不端与学术腐败行为，也是公然侵犯他人智力劳动成果、违背知识产权的违法行为"。① 他强调说，论文署名"与其说是学术荣誉，不如说是学术责任"，并引用已故院士邹承鲁先生的名言说："论文署名首先是责任，其次才是荣誉，试问在自己并无贡献的论文上署名的搭车者，你在论文发生问题被别人揭露有错误时是否也能承担责任呢？"② 很不幸，时隔不久就出了"王天成诉周叶中师徒抄袭"案，恰恰相反，"搭车者"不仅"承担"了责任，而且为了师徒的荣誉还充当了"保护伞"，两级法院均判了王天成败诉，至今仍有原告律师以及法学家许章润等在放胆发言，不平则鸣，"天下士人不服"。③ 此便为典型的理性不及的个案了。因为导师有可以合法"搭便车"的规定，"华中科技大学的教授们（特别是博导们）署名为'第一作者'的论文数量可能会大幅度增加，从而在'学术大跃进'中多放几个气球（如排名上升）"。④ 这可能才是实际情况。这种严重局面，恐怕也是怎样的"学术规范"也规范不了的。"这些年高校大量扩招，本科生、硕士生、博士生数量越来越多，但高校的硬件建设（如教室、宿舍、图书馆、体育场地等）和师资力量并未同步跟进。可是，'学术大跃进'现象不仅目前相当突出，而且愈演愈烈，从幼儿园教师、中小学教师到大学教授，现在似乎都在搞科研，写论文。这怎么可能呢？'欲速则不达'，就像不能'全民炼钢'一样，也不可能来一个'全民搞学术'。"⑤ 但是，事实恰恰是这样存在的。这就有了正反两方面的问题：正面是学术怎么评价？反面是你不让他们写论文，他们怎么完成（量化）考核，还要不要评职称以晋级晋升提工资呢？更为根本的问题毋宁说是国家主义道路在各个领域所必然导致的恶果罢了。与此相关，就又有学术评价、评奖问题和学术论文发表的学术期刊问题等，几乎是连锁反应，至少论文得发表才算数，于是乎，学术期刊的寻租行为以及出卖版面（有的干脆或出增刊或

---

① 杨玉圣：《学术规范与学术批评》，第 99 页。
② 杨玉圣：《学术规范与学术批评》，第 98 页。
③ 许章润：《天下士人不服》，爱思想网，http：//www.aisixiang/data/12808.html？page＝1，2007 年 1 月 14 日。
④ 杨玉圣：《学术规范与学术批评》，第 99 页。
⑤ 杨玉圣：《交流是幸福的》，第 308 页。

买书号出售版面等），也越发蓬蓬勃勃起来。事实上，《学术规范与学术批评》一书就把不少篇幅留给了这两个重要问题的研究。难怪邓正来先生要把恢复《中国书评》的主要任务留给了知识生产机器的反思与批判上了①，因为这台庞大无比的"知识生产机器"确确实实从里到外布满了斑斑锈迹。

杨玉圣概括说，作为近年来学术界、教育界最为关注的话题之一，"有关学术规范问题的讨论，持续热烈，百家争鸣，成为跨世纪中国的一大学术文化景观……进入九十年代初，随着《学人》'学术史'主张的提出、《中国书评》'中国社会科学的规范化与本土化'命题的讨论，学术规范成为许多中青年学人参与讨论的公共话题。虽说始终存在着'对规范的疑虑'、'学术规范凭谁定'、'谁有资格制定学术规范'等异议和质疑，但大约以1999 年 3 月《中国社会科学》举办'学术对话与学术规范'专题研讨会为标志，学术规范终于进入了中国学界的主流学术话语系统。当然，争论依然存在，问题并未消解。也许正是为了应对形形色色的学术失范问题、学术不端行为，2000 年初《历史研究》等首都七家史学刊物公开发表《关于遵守学术规范的联合声明》，2002 年 3 月教育部出台《关于加强学术道德建设的若干意见》、今年 8 月教育部下发教育部社会科学委员会讨论通过的《高等学校哲学社会科学研究学术规范》，另外就是……《学术规范读本》和《学术规范导论》的双双面世"。② 至于由杨玉圣和张保生联合主编的《学术规范读本》（以下简称《读本》），是从最近 15 年我国学术界有关学术规范及其讨论的 300 多篇文章中精选而成的一部综合性、专题性文集。《学术规范导论》（以下简称《导论》）则是集中了 20 位志同道合者，用了一年多的时间，尝试撰写的一本也是唯一一本学术规范专著。③ 据杨玉圣介绍，前者是为高校、科研机构的专家学者准备的，后者是为硕士生、博士生层次的朋友准备的，而且还在积极编纂一册《学术规范手册》（以下简称《手册》），既深入浅出，又简明扼要，可能更适合他们。这样一来，《读本》《导论》《手册》三位一体，各有侧重，也更便利于其他读者朋友的选择与阅读。④这让人联想到杨玉圣屡有提及的《哈佛学习生活指南》、《学术责任》（原斯

---

① 邓正来：《迈向学术批判的中国书评》，载《反思与批判：体制中的体制外》，法律出版社，2006，第 87 ~ 89 页。

② 杨玉圣：《交流是幸福的》，第 310 ~ 311 页。

③ 杨玉圣：《交流是幸福的》，第 311 页。

④ 杨玉圣：《交流是幸福的》，第 312 页。

坦福大学校长唐纳德·肯尼迪著）以及《芝加哥手册》。也就是说，杨玉圣在重建学术规范与学术规则的过程中，确实存在诸多的立体构思，在他看来，"真正的学术规范只能是'学术联邦宪法'，而不可能是也不应该是具体的部门法"①，等等。

这里不能不提及杨玉圣与邓正来之间有过的争论。我以为，只要不是像某些人借用某种权力话语在背后放冷箭，公然挑起潜规则践踏艰难重建的相对独立的公正规则，那么，任何对这种规则重建的公开讨论（哪怕是批评和批判）便都是健康的。因此，邓正来先生出于对权力话语的警惕，对国家权力介入学术规范的制定多有批评，是应该得到尊重和理解的。与此同时，对邓正来忽略了我们的知识从来没有权力的现实具体性，我也多有批判。不管怎样，我们首先必须把种种相关规则建立起来，才能让学术回归学术，也才有可能让知识本身获得权力，并最终导向知识独立的最终努力。就像我们在经济领域普遍立法，首先要有法可依，然后才可追究有法不依，并追问司法不独立才是有法不依的根源一样。在知识不独立的情况下，因为民间的小传统与官方的大传统具有高度的同质性，就像秦晖先生所强调指出的那样"文化无高下，制度有优劣"②，完全具有独立性的知识制度根本无法在我们有着几千年浸染的文化传统里面产生，更不可能从天上掉下来。因此，我比较同意杨玉圣的说法：《高等学校哲学社会科学研究学术规范》的起草是由教育部社政司科研处和高校社会科学管理研究会主持的，"但有很多学者参与，也包括像我这样的边缘的学者参与，而且先后征集了一大批专家学者的意见，还在全国高校范围内广泛征求意见"，可以说它是"集中了最近十五年学术讨论的集体智慧的结晶"。③

问题的关键，在我看来，倒在于邓正来曾指出的："哈耶克指出，人们也绝不能因公法是由意志行为为了特定目的而可以创制出来的规则而认为公法比私法更重要，'恰恰相反这可能更接近真相。公法乃是组织的法律，亦即原本只是为了确保私法之实施而建立的治理上层结构的法律。正确地说，公法会变化，而私法将一直演化下去。不论治理结构会变成什么，立基于行为规则之上的社会基本结构则会长期持续下去。因此，政府的权力源于公民

---

① 杨玉圣：《学术规范与学术批评》，第 56 页。

② 参见秦晖《文化无高下，制度有优劣》，凤凰网，http：//news. ifeng. com/history/zhuanjia lunshi/qinhui/detail_ 2010_ 02/23/352534_ 0. shtml，2010 年 2 月 23 日。

③ 杨玉圣：《交流是幸福的》，第 315 页。

的臣服而且它有权要求公民臣服，但条件是它须维续社会日常生活的运作所依凭的自生自发秩序之基础。"① 也就是说，"公法是由意志行为为了特定目的而可以创制出来的规则"，问题在于不能认为"公法比私法更重要"。认清这一点是最重要的，否则就容易陷入无谓之争。与此同时，"在法理学中，普遍原则（即法律推理的出发点）之一便是一方面对普遍规制社会生活中的关系和行为进行指导，而另一方面则制定与地方的、族群的、地理的、历史的和经济的情势相调适的详尽具体的规则。这两个领域乃是颇为独特的，但是却会沿着某一边界相重合——尽管准确划出这一边界极为不易"。② 那么我以为，在"对普遍规制社会生活中的关系和行为进行指导"方面，即杨玉圣在对普遍规制学术生活中的关系和行为进行指导方面劳心劳力，而在"制定与地方的、族群的、地理的、历史的和经济的情势相调适的详尽具体的规则"时也绝不会掉以轻心。这可以从他对"长江读书奖"和"北大改革"两桩公案的全方位跟踪和考据性研究中得到鲜明的表现。与此同时，我们还可以看到所谓"公法"与"私法"在我们本土状况的某种高度同质性：虽然杨玉圣详尽考据记述的是两个网上论坛公案，但也可大致看出，前者基本可视为半民间的学术生态，后者基本就是官方运作的大学改革。

让人不解的是，那么精彩的一次"读书奖"最后居然会运作成这个样子！据说，"《读书》执行主编黄平1999年赴欧公干时，'索性把经取到了瑞典诺贝尔奖评审委员会，把他们的程序拷贝了回来'"。③ 如果撇开程序本身是否公正先不论，本来获奖的费孝通、汪晖、钱理群的学术水平如果不能算是国内最好的，但起码也是比较前列的；如果自己的作品要参加评奖，那又为何不从组委会、编委会里面撤除干净？不是说取经取到了诺贝尔奖那里了吗？如果作为组委会或评委会成员当初真的把这个奖办好了，那真是件功德无量的事情——时至今日无论是学术奖还是文学艺术奖，几乎无一奖具备丁点含金量，从来缺乏程序公正的保证，亦即从来就是潜规则在起作用，这也便是官办的特点，根本就别指望会有丝毫的权威性；如果半民间亦即以学术界自身来运作学术评奖，只要有足够的独立性，并保持自始

---

① 邓正来：《法律与立法的二元观》，上海三联书店，2000，第52页。
② 邓正来：《迈向全球结构中的中国法学——庞德〈法理学〉（五卷本）代译序》，载《反思与批判：体制中的体制外》，第129页。
③ 杨玉圣：《学术规范与学术批评》，第192页。

至终的程序的公正性，就完全可能一届一届地评出权威奖来。至于有批评，完全正常，诺贝尔奖不也常常被批评为垃圾吗？但是由于始终保持了程序的公正性和独立性，其权威性就永远屹立不倒。非常遗憾，"读书奖"又几乎一开始就从这点上倒了。杨玉圣作为学术批评家特别关注了此事，并在他主持的中华读书网"学术批评"专栏里推出了"百位学者谈长江读书奖风波"，做公开讨论和立体观察，并结集为既有学术力度又有文化含量的《学术权力与民主》文集。

在众声喧哗的"读书奖"讨论中，葛剑雄、徐友渔、雷颐、秦晖、朱学勤、毛寿龙、仲伟民、余三定、龙卫球、蒋寅、周祥森、李振宏、尹保云、肖夏林、黄安年、杨玉圣等80多位学者介入了批评，汪晖、黄平、旷新年等进行了反批评。也许较为客观公平的说法是："作为《读书》的两位主编，黄平出任学术委员会委员，并担任整个评审工作的召集人，而另一位执行主编汪晖的著作又最终获奖，这样的安排与结果，任你怎么辩白，也是难免招致天下物议的。"① 而葛剑雄先生的《我的遗憾 我的希望》一文中说的："我希望，在正式颁奖之前，汪晖兄表明态度放弃获奖，主办者宣布汪晖退出评奖。为汪晖兄和《读书》计，这样做有百利而无一弊。务请三思。如果认为有违民主，不妨请评委们再讨论一次。万一评委们还是坚持评选结果，汪晖兄主动放弃总可以吧！"② 我以为葛先生作为汪晖的朋友，可谓情真意切，而且合情合理。然而，为什么最后却又是这样的结果？也许，我们可以从杨玉圣的《读书奖、网上论坛与学术批评》的相关剖析看出些许端倪？"网上论坛（BBS）为广大读者（网民）参与"读书奖"这样的学术讨论提供了前所未有的机会和现实可能性，这就使学术批评有可能从传统报刊时代的少数人的事业在网络时代转化为大众参与或大众关注的学术事业，从而极大地扩展学术研究、学术批评的民间背景和民意基础。……网上论坛在带来学术讨论空间扩大、时效性加强、民众广泛参与等优越性的同时，也不可避免地造成了无序性等新问题。"③ 很显然，在网上论坛，评奖程序是否公正是网友们特别关注的问题，而且说法也比较客观，如："即便是汪晖的书'是中国甚至全世界水平最高的，但由于他是评奖单位的负责

① 杨玉圣：《学术规范与学术批评》，第192页。
② 杨玉圣：《学术规范与学术批评》，第193页。
③ 杨玉圣：《学术规范与学术批评》，第288页。

人，他的获奖就是不公正，人们必然会提出质疑'。"（试答：《这是程序公正问题》）又如："我们不关心这后面的什么学术争论，只想看看双方对这个奖是怎么说的。你们双方应该先讨论这个问题。我看出来了，'读书'是在拼命回避这个问题。这总不是个办法，承认自己开始考虑不周不就得了，我相信汪晖是清白的，但自己人得奖就给人留下口实，冤也白冤。"①（泯恩仇：《不敢面对》）而到了正反两方站队论战时，双方就显得不是那么理智，如"徐友渔、朱学勤、雷颐、余杰等'在未经任何核实的情况下就对汪晖进行极无理的人身攻击，还含沙射影地进行诽谤。事实说明，汪晖本人是清白的。在这种情况下，这些人应该道歉。"（打抱不平的人：《徐友渔等人应该道歉》）又如："这些人进行人身攻击还不是因为《读书》的主编是汪晖。气疯了！请徐友渔、朱学勤、雷颐先回家好好读读书，长点本事再发宏论，别比不过人家就会泼脏水。葛剑雄也别一股小人样，这次没评上，咱下次争取，别害了别人还'兄'长'兄'短的假仁假义。"②（建议：《说得好！》）这就有点把水搅浑了，假如说人家有"人身攻击"的话，那这样说话难道不是人身攻击，而且更是诛心之论了。而不少嘲讽、谩骂、撒泼、耍赖等，不知是情绪发泄抑或恶性爆发，至今在网上论坛仍颇为流行。这只能说明我们确实还没学会好好讨论问题，如果我们没能养好讨论问题的习惯，我们的公正程序就很难产生。而另一方面，也可能造成被批评的当事人无法接受批评，而最终让"长江读书奖"成为还没开始就已结束，既是首次也是最后一次的评奖活动，终究是让人感到相当痛惜的。但对汪晖先生的"那些想用污水和中伤来阻止我们的思想探索的人是不会得逞的"③说法，笔者有点不解："用污水和中伤"当然是相当恶劣的，也别想"阻止""思想探索"，而且思想探索确实极其重要，然而不能因为重要，就可以忽略所应遵循的学术规则，否则就跟我们传统的士大夫一样，专门操心"形而上"的事情，对"形而下"的制度毫无兴趣，那我们的"思想探索"也就很难走出这个百年来的"中国迷宫"。在这一点上，我是同意杨玉圣的见解的："发表文章或帖子，署上真实姓名，是一种对他人，也对自己勇于负责任的学术精神的体现。不然的话，都伪装起来，我放你一冷箭，你打我一冷枪，最终必将

① 杨玉圣：《学术规范与学术批评》，第 290 页。
② 杨玉圣：《学术规范与学术批评》，第 292~293 页。
③ 杨玉圣：《学术规范与学术批评》，第 193 页。

是防不胜防，人人自危，两败俱伤；毕竟，学术讨论不是化装舞会。因此，在学术批评与反批评中，我们应该脱去一切伪装，摘掉一切面具，真诚地面对自己和对方，在他律和自律的良性互动中，推进学术讨论的开展、学术研究的发展。"①

实际上，我们整天在讲什么现代性，比如物质上的、技术上的、管理上的、文化上的、经济方面的、社会政治方面的以及文学的、哲学的、传播的、消费的……现代性涉及了方方面面，可在我们本土实际里只有一样不涉及，那便是"对话"。如果我们的生存结构里，男人与女人不能平等对话，个人与个人不能平等对话，统治者与被统治者不能平等对话，现代性的实现在我们本土就只能等于零，哪怕再是如何"崛起"，如何"现代化"，也于事无补。"长江读书奖"是个典型的事件，关于北大改革的讨论始末则更是集中说明了要实现我们本土的现代性是如何困难。众所周知，所有层面上的所谓现代性均是人的觉醒这个现代性总觉醒的具体表征，事实上，便是由于种种的倒果为因让我们的现代性脚步显得越发艰难。

《大学改革与大学的命运》与其说是一篇综述文章，不如说是对这一中国最根本的现代性问题的立体观察。我注意到，与《读书奖、网上论坛与学术批评》一样，杨玉圣特别关注的是学术的公共性、对话的可能性以及具体规则的检验性。在我看来，这一场北大改革实际上是中国整体性改革（尤其是涉及3000万事业单位从业人员的改革）资源基本用完的缩影。不管在哪个领域的改革都已经到了制度瓶颈，如果不能涉及制度本身的改革，无论如何都已经难以深化得下去了。雷声大、雨点小还算是好的了，进一步、退三步已经是正常现象，因为我们的所有改革都已进入利益博弈阶段。大学要不要改革？无论是官方还是民间，无论是校外还是校内，几乎没有不同意改革的，问题在于怎么改？而且怎么改似乎也不太重要——因为基本改不下去——重要的是，进入21世纪以来，终于是把学术的公共性问题从方方面面彻底地洞开了来。人事改革，利益攸关，更是利害攸关。教授当然不能搞终身制，而且北大的人事改革还是从副教授以下的教师开始，竞争上岗也完全对头。问题在于，谁有权力评价教师的能力？北大官方显然缺乏这个合法性，只有权威的学术机构才有这个权力，学术机构如何权威？这便是跟"读书奖事件"具有高度同质性的问题了。校长或者书记当然没有这个权

① 杨玉圣：《学术规范与学术批评》，第297页。

威，哪怕有教授头衔甚至院士头衔也不行，因为权威必须经过时间与实践的双重检验。这就跟杨玉圣呼吁重建的学术规则一脉相承，跟所谓"联邦宪法"与"部门法"的道理相同，只有分属于不同学术门类的教授委员会才有这个权力，而且这个教授委员会必须经过不同学科的学术传统才可以产生。问题的根本症结就在这里。因此，尽管有多个香港学者充分肯定了北大改革方案，但又有点站着说话不腰疼，因为他们全然不顾"世上已无蔡元培"的基本事实。而北大校方"关于北大教师队伍的基本评价即一流学生、二流教师"的说法，则引起了强力反弹，甚至"北大讲师杀人案""北大副教授雇凶杀人案"的说法都有了，"不处理好教师的'再就业'问题，也许不用多久，校长出门必须带'保镖'，校办公楼就不是校卫队值班、得请武警持枪上岗了……"就只能说，这是旧体制改革已经遭遇到了彻底的瓶颈了。也许，北大教授李零和人大教授张鸣先生的批评特别尖锐："第一，学校改革，首先应该改革的就是学校领导本身，包括他们的办事机构和办事方法，'那些专说鬼话不说人话，专说假话不说真话的人，应该下台。'第二，学校的领导应一切从学校的教学实际和科研实际出发，'不是教学研究为金钱（或上级部门）服务，而是金钱（或上级部门）为教学研究服务，不是大家为学校的政绩服务，而是学校为大家的工作服务'，整个关系应颠倒过来。"（李零语）"'最大的副部级大学衙门'现在又开始了'公司化改革'，新出炉的教师评聘方案的草案'将北大除教授以外的全体教师推入市场竞争的绞肉机'；改革草案如果真的实行，北大更可能的前途却是如我的朋友李零说的那样，变成了养鸡场。当然，一个副部级衙门式的养鸡场，绝对世界一流。逼着教师多下蛋，快下蛋，下好蛋。"①（张鸣语）上述所有种种体制现实的具体性，便是那些局外学者所难体味并理解的了的。到了网上论坛，其批判就更具锋芒了："目前中国的'大学最大的问题是体制僵化，是权力僵化，是权力缺乏制约和监督，是教师群体不能参与权力，因而也就难以保障自己的权利，从而压抑科技生产力。'但对此，从上到下都糊涂，于是改革发生梗阻，在一个僵化权力领导下的改革，只能是'革改'，革改革的动力，革掉大多数教师的积极性。"（风雨行语）"北大'已经病入膏肓'，仅职称改革是不够的，要逐步过渡到'教授治校'，'在北京大学彻底扫除官场风气，乃是改革的艰巨任务。'"（Weilairen语）改革的结果，"青

① 杨玉圣：《学术规范与学术批评》，第384页。

年教师在北大的前途大约是两种：或变成'官'，或变成'蠢才'，而两者都是自我毁灭，都没有走出这个怪圈。这正是北大的悲哀"。①

窃以为，所有这些也正是杨玉圣所竭力主张的让学术回归学术的最大障碍。试想想：如果一个历史系，"35个能干活的，85%是各种不同的当官的，他们要上传下达，要减免工作量，还有各种津贴优惠。总之，各种奖励和评职称政策都鼓励你当官，哪怕是鸡毛蒜皮的小官，这与三四十年代形成了鲜明的对比，也与国外大学经常是一个正校长一个副校长、一个系就一个兼职主任一个秘书的情况形成了鲜明对比"。② 这样的体制可能鼓励真的学术追求么？一如严春友先生所言："现在大学里所进行的多数改革是不得要领的，目前最需要改革的是大学行政的功能，而不是职称评聘制度。否则，这种以行政为中心的学校制度所建立起来的职能是官僚型大学，而不可能是什么'研究型大学'。"③ 在这里，我们一时还很难看到上位者与下位者有任何妥协的可能，沟通则更谈不上，因为仅仅是征求意见本身就缺乏了平等对话的前提。如果不能进一步推动彻底互动式的改革，或者改革者本身不改革，就只能搁置改革。至于"创建世界一流大学"之类，也只不过停留在国家主义叙事的层面上罢了。一如哈耶克所言"政府的权力来自公民的臣服"，眼下的问题却在于"公民"的无法臣服，而又非常糟糕地根本就无意于"维续社会日常生活的运作所依凭的自生自发秩序之基础"。面对如此难堪局面，重建学术中国种种规则的困难，道理完全相同。

不管怎样，我们毕竟在各个领域里都迎来了一个大变革的时代，不按客观规律办事必受惩罚已是常识，更为重要的是：已经根本不可能像过去那样忽左忽右就能左右所谓"大局"了，更不可能凭着某个权威就可以阻挡整个时代的变革。从这个意义上说，杨玉圣把学术中国视为一个共同体，并为捍卫这个共同体的尊严鞠躬尽瘁，一如海明威的名言："这个世界上所有的人的命运其实是一个整体，在其他任何一处发生的不公正事件，最终都将波及我们中的每一个人。不要问丧钟为谁而鸣，丧钟正为你而鸣。"杨玉圣对学术中国是一个整体的认知，不可谓不深刻，但恕我直言，学术共同体还是应该在不同的学术流派、学术传统以及互相批判和砥砺中产生，而且还应该

---

① 杨玉圣：《学术规范与学术批评》，第390～391页。
② 杨玉圣：《交流是幸福的》，第284页。
③ 杨玉圣：《学术规范与学术批评》，第396～397页。

形成各个不同的共同体，才可能在诸如"地方的、族群的、地理的、历史的"种种具体性中获得真切的合法性——尽管我们甚至还没学会讨论问题，也基本拒绝接受严肃的批评，比如"长江读书奖事件""北大改革事件"，几乎你愈是认真地批评愈是坚定了被批评者原先坚持着的立场和结果。在这一点上，无论是官方抑或"民间"确实具有高度的同质性，到了最后双方又干脆都忘记了他们原先争论或者批评与反批评究竟都是为了什么。也许，似乎只有杨玉圣记得？他说："围绕北大改革的讨论，像首届'长江读书奖'讨论一样，网络发挥了巨大的作用，而学术报刊随之及时跟进，相辅相成，优势互补，谱写了新世纪学术批评与反批评史上新的一页。"[1] 是的，彻底洞开学术的公共性问题，是新世纪以来我们最大的进步，至于如何进一步发展出我们自身的公共领域，恐怕需要更多的公众公开参与和公共具体实践，甚至至少我们还得学会"商谈"和讨论问题吧。

## 三 批评与反批评中的规则发现与重建

通过上述简单梳理，我们看到，从宏观的学术规范制定，到中观的种种学术存在的反思，致力于学术公共空间的实现，始终就是杨玉圣多年来孜孜以求的重要学术目标。与此同时，在众多的学术批评文章中，我们更是常常可以看到他在微观方面的诸多努力，并能清晰地见出相关学术规则边界意识的具体性和真切性。比如《学术批评与反批评》一文围绕《中国社会科学》上的一篇论文的伪注问题展开讨论，从中难得见到被批评者的诚恳和坦荡，尽管其是从反驳开始到意识到自己的错误再到认真道歉的[2]；也可见出杨玉圣对学术规则具体而微的把握：从对亨廷顿的文献资料的熟稔到发现英文注释的没有页码再到英文书写的不规范以及没有弄懂原文用意却又不做注释，等等，一一指出了伪注的要害。其实，杨氏这份细心和敏锐随处可见，甚至较早的时候就给他的同好们留下了深刻印象。杨玉圣的好友，同样也是批评家的周祥森曾回忆说："《史学月刊》刊发了一篇有关马基亚维利主义与意大利法西斯关系的文章。审稿时有关编辑认为该文运用了不少意大利文图书资料，殊为难得。然而，问题恰恰就出在这里。文章刊发后不久，作为

---

① 杨玉圣：《学术规范与学术批评》，第 400 页。
② 杨玉圣：《学术规范与学术批评》，第 324～327 页。

《史学月刊》热心读者的杨玉圣同志就给编辑部寄来一封信，对该文注释之可信性提出怀疑，认为：就文章作者的身份（在读师专生）和所在单位的图书条件而言，作者不大可能亲自查阅过文章注释中提到的意大利文资料。一则作者可能并不掌握意大利文，二则即令作者有一定的意文基础，但是注释中提到的某些意文图书，在国内似不曾见有进口。经笔者与作者本人核实，果然不出玉圣同志所料。"①

在相关术语翻译方面，对我们相当常见的外文书籍人名、概念以及书名、篇名的误译、乱译、错译现象，杨玉圣掌握的具体实例可谓真切，甚至我们大多耳熟能详，见怪不怪，比如有的假装自己特有学问，故意译法与别人不同，比如《术语规范与学术翻译》文中特别指出的把"查尔斯河桥"莫名其妙地译成"查尔斯·里维尔·布里奇"。② 又说："试想，如果仅凭本书中译本，谁会想到'亨利·图曼'是哈里·杜鲁门？谁会想到'威廉姆斯·弗格纳'是威廉·福克纳？谁会想到'约翰·克宏'是约翰·卡尔霍恩？谁会想到'弗瑞锥奇·海克'是哈耶克？"③ 至于组织、团体、事件、运动等，又岂是不熟悉该国历史、人文、风俗、制度以及相关专题的人士能够随便翻译得了的？我们看到学术规范中所应遵守的规则，实际上是立体的、开放的，否则你就是想着遵守也难。也就是说，还得有遵守这个规则的前提，比如知识和能力。让人不可思议的是，具备这种知识和能力的人，恰恰又有反向运动的，如《究竟是"院士"还是"成员"——从'许传玺教授当选美国法律研究院院士'说起》，"很可能，中国政法大学之所以选择在人民大会堂这个'全国最高立法机关所在地举行这个仪式'（石亚军书记语），也是因了'美国法律研究院院士'中的'院士'二字的魔力和魅力。想想看，如果不是故弄玄虚地搞成'院士'，而是译成平实的'成员'或'会员'二字，又如何呢？"④ 这都是英文术语"Membership"一词翻译惹的祸。这个事件当初确实闹得沸沸扬扬，可能真的会一度使中国政法大学蒙羞。因此，杨玉圣事后还觉得挺对不起法大和法大校长。但从学术批评立场出发，他又并不后悔："我觉得，政法大学的教授应该能更深刻地了解和理

---

① 杨玉圣：《交流是幸福的》，第363页。
② 杨玉圣：《学术规范与学术批评》，第346页。
③ 杨玉圣：《学术规范与学术批评》，第345页。
④ 杨玉圣：《交流是幸福的》，第43页。

解学术荣誉、学术责任，在抱持对学术的敬畏之心方面，也应该是个典范。"① "包括批评法大在内，是我所绕不过去的。如果因为法大把我引进过来、如果法大给我评了教授，那么我就不能批评这所大学，这大约还没有这个逻辑。"② 因为他太热爱学术批评事业了，似乎也太在乎中国学术共同体的尊严了，同时又颇具"中国式"学者情怀：人情味与学术原则两不误。

也许可以这么说，如果不是热衷于学术批评，杨玉圣几乎不太可能那样倾心于学术规范和学术道德建设的呼吁和身体力行上了。这似乎还可以从他1991 年批评《移民与近代美国》一书严重抄袭问题的《沉重的思考》一文中看出一些端倪。这本书的作者原先是想请已是书评名家的杨玉圣写篇书评，造一造影响，乃至指望着这本书破格评教授的，可是不看不知道，一看吓一跳，"据粗略统计，《移民与近代美国》大约剽窃了 17 位中国学者的研究成果，其中含专著 8 部、论文 14 篇。像该书如此集中、大面积地剽窃他人成果的情况，在 1949 年以来的中国美国史学界，虽不敢说是绝后的，但肯定是空前的"。③ 至今让人触目惊心的是，杨玉圣把其所剽窃的内容、作者、论著论文以及出处、页码等专门画成表格归类，居然在 16 开本的《学术规范与学术批评》中占了整整 4 个页码。早在 15 年前，杨玉圣就意识到了"正常的学术发展，应当有一个相对洁净、严肃的学术氛围；史学的发展也不例外，美国史研究当然亦复如此"。④ 于是杨玉圣的使命感油然而生，并从此一发而不可收，横刀立马，正气凛然，"不打假就是打真，不打劣就是打优"。无论是以高校教材、教参为最显著的低水平重复（"究竟谁抄谁的，都考证不清楚了"），还是以形形色色的辞书最具代表性的粗制滥造（以"王同亿现象"最为典型），还是假冒他人名义搞"著书立说"的假冒伪劣（如职称评审拉关系、花钱雇人写文章以及热衷挂名主编各类毫无学术价值的大部头书籍等），还是近年来的学术职称评定、科研项目评审、学术奖项评审中的深度腐败（杨玉圣说："权力关系、金钱关系、人际关系等非学术因素，已经越来越严重地干扰、制约、影响了正常的学术评审，很可能会成为后果最大的学术腐败"），还是"最为令人痛心疾首的"不分地域、

---

① 杨玉圣：《学术规范与学术批评》，第 92 页。
② 杨玉圣：《交流是幸福的》，第 193 页。
③ 杨玉圣：《学术规范与学术批评》，第 234 页。
④ 杨玉圣：《学术规范与学术批评》，第 240 页。

不分学科、不分年龄段的已被公开披露过或潜伏着的抄袭剽窃丑闻①，以及全民"学术大跃进"的学术彻底泡沫化，等等，均在杨玉圣的警惕的目光的监控之下和警醒的学术关怀的观照之中。如前所述，从学术共同体的内部而不是外部，在宏观、中观、微观各个层面上做纵横比照和立体透视，虽然不时地把自己推向了风口浪尖，从而也让自己成了个责无旁贷的学术中国的"守夜人"。

有趣的是，不久前，居然还有一位湖南大学法学院的教授抄袭了杨玉圣在 19 年前写的《中国人的美国宪法观》，而且还发表在杨玉圣正任教的中国政法大学挺有影响的学报《政法论坛》2005 年第 5 期上。是可忍孰不可忍！② 杨玉圣在哭笑不得之余，再一次意识到了自己作为教师的职责。他2003 年到政法大学后首次开设"美国历史与文化"课时，要求每一选课的学生各写一篇读书报告。这份读书报告的水平可高可低，但无论如何不能抄袭别人的，结果却有 20% 以上的读书报告是原封不动地从网上下载下来的。对于这种情况，他说："第一，我感到很吃惊；第二，我觉得自己非常失败。"③ "生之错，师之过。"后来，他在开设"美国宪政史""外国法制史"课程时，依然把学术素质培养、学术规范意识的养成教育贯穿于其中。所幸的是，几年下来，再也没有学生在他的课堂作业中出现抄袭行为，而且据说，还不止一位同学的读书报告在学术刊物上公开发表。

就是这样，身处他自己所理解的学术共同体之中，杨玉圣义无反顾地献出巨大的耐心和毅力，除了课堂上的传道、授业、解惑外，不遗余力、持之以恒，诸多精力都投入到重新修补并发现和重建相关学术规则上了。且层层递进，从本科生、研究生的论文写作（《学术论文的规范问题》《学术规范与论文写作》《关于学术道德教育问题的对话》等），到"博士论文"与"文抄公"的非学术现象，杨玉圣说："就博士论文而言，从选题论证、收集材料，到构架、写作、修改，再到论文评议、答辩，最后授予学位，这原本都是一丝不苟、严格训练和培养高级人才的关键环节。然而，即便这样严肃的学术事业，如今也终于开始变得至少越来越不严肃了。"（当然，杨玉圣作为《中国人文社会科学博士硕士文库》以及《续编》的主编比我更有

---

① 杨玉圣：《交流是幸福的》，第 286～287 页。
② 杨玉圣：《学术规范与学术批评》，第 33 页。
③ 杨玉圣：《学术规范与学术批评》，第 83 页。

发言权，但据我所知，几乎很少有博士生论文通不过的，其中起码问题有三：有众多的博导本身就是不合格的，其自己的论文都很难达到真正经得起检验的博士水平，且不说发达国家还有教授论文一说。二是不少博士生是在职的，不算那些混文凭的领导，就是宣传、文化、科研的不少所谓业务骨干也混迹其中，使得学术带上人事的因素谁又敢通不过呢？三是答辩委员会成员常常是由导师或者学科带头人请来的熟人朋友，不看僧面看佛面，而且还有劳务费，谁还对博士论文认真呢？）再到《高校人文社会科学：现况与挑战》以及《高校文科教材何以"低水平重复"》等文，无不传达出杨玉圣"只有在健康、有序的学术环境中，在自由、平等的探讨过程中，才有可能逐步提出真问题、解决真问题，这是一个不断试错、纠错、逐步接近真理的艰难历程"① 的深度学术忧虑和深切学术关怀。

但恕我直言，就在《高校人文社会科学：现况与挑战》开列的已经或者即将出版的众多或高校"大家名士"堪称非凡学绩代表的个人文集或出自高校"专家学者手笔"的或史或论著作②，究竟又有多少转化为了教学成果？首先，问题是，对那些"大家名士"的学说进行最起码的批判地研究了吗？没有批判和研究又如何转化呢？同时，这也便是我们学派无以产生的真正根源；其次，作为眼下学术体制表征的"学术大跃进"，也拒绝了把我们一流学者的学术成果转化为教学成果的可能性。大家都在做学术，都在抢着当"专家"，真正一流的学术成果我敢说全国的大多数学生并不了解，那教学成果又体现在了哪里？因此，在我看来，就连王岳川教授所说的"教科书作者应立足于九十年代，解放思想，面向世界，面向学生，及时追踪、吸取国内外的最新学术成果，用于更新理论及知识结构……"③ 也是大可质疑的：假如缺失了起码的研究和批判，又如何有效地"吸收"和"更新"呢？那不过是学术搬运、学术消费罢了，尤其是搬运、消费西方的最新学术成果而已。当然，杨玉圣所感同身受并深入发现的基础性规则并试图重建是非常关键的。但我以为，这显然涉及了整个教育体制的全面改革，说简单了：就是研究的归研究，教学的归教学；全国的不同高校该归研究的做研究，该归教学的做教学，所谓研究型大学和教学型大学是也；甚至同一高校

① 杨玉圣：《学术规范与学术批评》，第371页。
② 杨玉圣：《学术规范与学术批评》，第356~357页。
③ 杨玉圣：《学术规范与学术批评》，第374页。

内也要严格地把研究和教学分开，至少应该有明确的偏重。只有这样才有可能既完全尊重了学术研究成果，亦即从根本上学会尊重知识产权，也才有可能从根本上保证学术研究成果转化为教学成果，从而让全国的大学生（假如不包括中学生的话）能够及时了解到最新的科研成果并加以消化。不是说杨玉圣对这些不知不察，而是说，这些甚至关涉到全体国民素质的全面提高的问题，在我看来，这才是我们真正的"泰坦尼克号"。

诚然，杨玉圣的思路本来就是颇具开放性的。既然是开放的，就不能有一定之规，规则需要发现也需要讨论，然后才可能真正重建。因此，他特别看重学术批评，甚至特别在乎学术书评。《为书评声辩》《书评的品质》《学术批评的精神》《批评式书评与学风建设》等，干脆就是为批评式书评的鼓与呼。在《史学评论》一书中，暂且略去序跋不论，该书的头篇文章便是《学术书评与世界史学科建设》，足见其对书评以及书评功能与效用的重视程度。他说："学术的真正发展和繁荣，离不开书评的保驾护航。"而且，书中还在多处引用胡乔木的话说："现在我们的书评多半是捧场，没有权威，英美等国有的书评非常有权威，像《泰晤士报》《纽约时报》的书评很有权威。我们不行，今后要解决这个问题。"① 但恕我直言，这是典型的倒果为因的说法，人家之所以书评有权威，是许多年来图书市场自然演化的结果，我们一边把整个图书市场垄断了，一边又说要让书评有权威，这岂不是要让太阳从西边出来吗？而且还有一个更重要的原因，也就是杨玉圣一直所强力求索的，即缺乏起码的学术传统：学术不是用来积累发展的，不是用来做社会公器的，而是作为工具用的——上位者拿来为自己服务，下位者拿来获取利益功名。两者加在一起合力枪毙学术，当然也就一起把书评枪毙掉了。在这样的学术和文化的双重语境之下，难怪杨玉圣经常反复地说书评难写，写书评难，等等，比如"写书评容易得罪人，'费力不讨好'。还有，书评写了，尚需'过关斩将'（人情关、编辑关等等），特别是批评式书评，要想顺利发表，一向难乎其难"。② 又如杨玉圣所说，伍铁平教授大概是对学术批评最有发言权的学者之一，他的现身说法是："由于所谓'文化大革命'玷污了'批评'的名声，我国语言学界很少展开应有的学术评论（这是这些年来有些错误百出的书文得以面世的一个原

---

① 杨玉圣：《史学评论》，河南大学出版社，2005，第7页。
② 杨玉圣：《学术规范与学术批评》，第338页。

因）；加之我国素有'息事宁人','多栽花，少栽刺'的习俗，因此发表评论文章往往遇到阻力。"① 在我看来，这恐怕还得从我们的文化结构说起。一方面，众所周知的等级制衙门化管理渗透到了各个角落；另一方面，各个角落里又充满了无权无势的草根族，在不同的群落里讲的可能是"息事宁人"或者"老虎屁股摸不得"，但那种"王侯将相、宁有种乎"的造反精神却是源远流长，所以未必跟"文革"有那么深刻的关系，而是我们的这种生存结构必然导致的对公共资源垄断的不平和造反，而这两方面的夹缝和失控处自然大量产生造假贩假，以捞取各种利益，几乎所有的领域都是如此。说到底，要从根本上改变问题结构，就必须彻底改变我们的生存结构以及文化结构，否则开展正常的学术评论自然就是非常困难的事情了。

当然，就如任何时代都会有一身正气并术业有专攻的有识之士一样，从 20 世纪 30 年代起一直提倡书评并身体力行的已故书评泰斗箫乾先生，最近 20 多年来一直不遗余力为书评鼓与呼的书评家伍杰先生②，当然还有承继先辈批评理念并做出发扬光大的杨玉圣先生，始终活跃在书评实践第一线。他们不畏强权的等级压制，也并不惧"草根造反革命"，坚决秉持的是知识分子的独立品格。杨玉圣的《冷眼旁观"客座教授"热》《只眼旁观沪上学者》《科学家的良知》《辞书论坛上的正气》《切实保障学者权益》《学术评奖的负效应》《文章不论短长》《专著不论厚薄》等文，均是上述书评理念的具体体现。与此同时，区别于先辈书评家的新生代的杨玉圣还有个显著特点，就是全方位介入，除了奔走呼号、写作文章外，还从 2001 年 3 月起创办、主持了学术批评网，并整理出版系列著作。就学术书评而言，杨玉圣先后主编了《学术权力与民主》《书的学术批评》，并受伍杰先生之托，代为编纂其大部头的《书评理念与实践》文集，自己的文章则结集为两本结实厚重的《学术规范与学术批评》和《史学评论》。

在《学术期刊的境遇与出路》《值得关注的学术集刊现象》《学术刊物"论文集"化的时弊》《精确定位 创新栏目》《〈中国社会科学文摘〉创刊号》《公共学术空间的建设》《重建学术批评的空间》《〈北大史学〉印象》

---

① 杨玉圣：《学术规范与学术批评》，第 336 页。
② 杨玉圣：《学术规范与学术批评》，第 332～333 页。

等文章中，杨玉圣则把关注重心放在了学术刊物的定位、学术集刊的角色、学术评价机制的革新等方面。其中特别感人和抓人的仍然是史家的考据精神和第一手的社会调查。以朝气蓬勃的学术集刊为例，杨玉圣预言："如果管制有所松动，特别是一旦刊号放开（比如允许目前的 400 余种学术集刊申请正式刊号），允许外部资金进入期刊市场（就如同民营资金进入图书市场一样），那么，很可能现有的 3000 多种人文社会科学期刊中的绝大多数（比如 80％ 甚至更多）将在竞争中一触即溃。同时，学术期刊由此走出死胡同，闯出一条活路和生路，也不是不可能的一种前景。"① 其一下子就抓住了靶心，并且指出了阻碍学术发展的一大瓶颈以及舍此并无他途的出路。又如："我们虽说有数千种学术刊物，但基本上是'千刊一面'，有个性、有特色的刊物少而又少。各种刊物——无论是月刊、双月刊还是季刊——往往是大而全的'满汉全席'：各门学科、各色文章充斥版面，像是一个'杂货摊'或者是什么也可以往里面装的'垃圾筐'。人们常常形容有的文章是'又长又臭'，但眼下更多的文章是'又短又臭'。"② "在社会经济早已急剧转型、中国早已是世界的中国之今日，当现代化、全球化、信息化大潮汹涌澎湃、八面来风之时，名号不同、篇幅各异（少者十几万字、多者二十几万字甚至更多）的学术刊物，居然惊人地以不变应万变，依然固执地由论文集的办刊模式一手遮天，其滞后已不止天地！"③ 于是他又先后介入国内的几家学术刊物如《学术界》《博览群书》《社会科学论坛》的改版和学术设计以及组稿活动，并先后获得了重要成功。他认为："以《学人》为先导，加上此后陆续崛起的一批以纯学术追求为旨归的人文学科和社会科学集刊（如王元化编的《学术集林》、袁行霈主编的《国学研究》、荣新江主编的《唐研究》、蒋寅主编的《中国诗学》、冯天瑜主编的《人文论丛》、刘东主编的《中国学术》等），尽管悄无声息，但仍不失为晚近十年来中国内地学术文化界最为引人注目的革命性巨变之一。这一巨变的巨大学术文化遗产就是一向匮乏的中国公共学术空间的创立、建设及其试验。"④ 凡此种种，均涉及了学术规则的发现和重建，真可谓牵一发而动全身，有时候不得不说杨玉圣俨然有三头六臂，甚至分身有术到有坚如磐石的意志，有这样的人物

---

① 杨玉圣：《学术规范与学术批评》，第 434 页。
② 杨玉圣：《学术规范与学术批评》，第 435 页。
③ 杨玉圣：《学术规范与学术批评》，第 444 页。
④ 杨玉圣：《学术规范与学术批评》，第 455 页。

为学术中国"守夜",中国学术有望矣!

特别值得一提的是,21 世纪以来,众多新闻媒体诸如《中国青年报》《北京青年报》《科学时报》《东方早报》《法制日报》《中华读书报》《中华教育报》《南方周末》《公益时报》《人民政协报》等纷纷介入学术规范与学术批评的舆论监督之中,与包括杨玉圣主持的学术批评网在内的诸多网站形成互动共振格局,为中国的学术公共空间的拓展进而致力于公共领域的实现,均做出了不可磨灭的贡献。至少,"较之以往的冥顽状态,现在人们对于书评已经相对开化得多了,特别是在新闻出版界,书评的重要性得到了公认,但在学术圈和社会上书评之被无端排挤的现象,依然未能根本改良"。①关键是学界可能属于周祥森所说的"中国古代知识分子身上那种秉笔直书、'以良史之忧忧天下'的精神风貌"② 尚在少数的缘故,而且"学高为师"可能大有其人,"身正为范"就难免气短。

真学术其实不怕讨论,怕讨论就不是真学术,我以为《共识与分歧——评有关〈中国学术腐败批判〉的讨论》以及附录的一组文章,大可供有兴趣讨论的读者参阅。尤其是"附录"中的周祥森与杨玉圣的通信,颇值一读。周先生确系"秉笔直书"地揭示《中国学术腐败批判》的显性剽窃和隐性剽窃,而杨玉圣又刚好是这本书的推荐出版者,对作者十分爱护,尽管自己的多篇文章也被该书作者剽窃。这就出现了某种戏剧性,本来拟好好表扬一下该作者的杨玉圣赶紧找相关刊物撤稿,在批评作者杨守建的同时,也请其同道周祥森手下留情,并说作者是个大学生,可以帮助教育;杨守建也表示认错等。另一层的戏剧性就跟人民大学的一位博士写作有关知识产权的论文却抄袭了人家知识产权的论著一样,这部批判学术腐败的著作本身却又在搞腐败,而且就发生在力主学术规范和学风建设的杨玉圣眼皮子底下。其间的讨论就显得颇为意味深长,如何惩前,如何毖后,如何他律,如何自律,等等,均得到了生动具体的说明。如果所有的学术批评都能这样在既讲求学术原则又讲究与人为善,那我们又有什么理由可以拒绝学术讨论呢?又有怎样的学术规则不可以在讨论中得以发现并有效地重建呢?

---

① 杨玉圣:《书评理念与实践"跋"》,载伍杰《书评理念与实践》,河南大学出版社,2006,第 836 页。

② 杨玉圣:《学术规范与学术批评》,第 468 页。

## 四　考据性批评：信史的追求

从上述的分析和归纳中，我们已经大致领略了某种特有的史家治学风范，这便是特别注重于考实性研究。同时，杨玉圣个人还有个特点，便是特别注重于目录学意识，这又跟后来的一些学人尤其是陈平原教授倡导的学术史意识和研究不约而同，有着非常深刻的内在联系。其实杨玉圣本人乃是20多年来一以贯之，学术规范研究他是这么做，哪怕具体到学术集刊研究也是这么做，更不用说他自己的本专业美国史研究几乎一开始就是这么做的。这就决定了杨玉圣特别清醒的学科意识以及相当投入的学科基础研究和批评。尽管跨学科研究是非常重要的，但是其前提是必须充分尊重各具体学科的研究成果，就像杨玉圣后来所做的那样，否则就完全可能是无的放矢了。如果说杨玉圣的跨学科的学术规范研究成绩斐然，那么其学科基础研究和批评则是步步为营，《史学评论》便为明证。

我们当然清楚《学术规范与学术批评》与《史学评论》两书之间存在的某种渊源关系，或者换句话说，在具体研究和批评的方法上基本如出一辙，比如《美国书籍在中国：成就与问题》，就能让人想起他居然能够对我们现阶段的人文社会科学著作如数家珍，对学术期刊的存在状况等能够了如指掌。当然，准确说，前者在某种意义上说是后者的横向发挥，而后者的种种纵向深入至今读来仍让人对其学术功力的深厚表示赞赏。诸如《学术苦旅的足迹——兼评〈美国史研究百年回顾〉》《美国史研究的反思与改革》《美国史若干史实辨》等，如果不是对美国的相关历史场景烂熟于心，不是对相关历史事件来龙去脉的真切把握，不是对相关历史文献以及学科研究成果有着深入的了解，那么，考实性也罢，学理性也好，是很难进入有价值的批评的。比如："《百年回顾》中似乎还疏漏了一些代表性学者的代表作，已有的某些论列之作亦未必适当。兹仅就个人管见，吹毛求疵，试作如下说明或补充或商榷。"① 结果这么一补充一商榷，晚清和民国时期的重要论文、著作、译作一气补充了几十部（篇），之后分期商榷，1949 年到改革开放前的，1979 年以来的美国史研究，又是几十部（篇）的补充。又如对《中国

---

① 杨玉圣：《史学评论》，第112页。

大百科全书》有关美国史条目的史实的商榷。① 很显然，前者涉及学术史
（目录学）以便在回顾中认清研究方向，后者则直指考实性研究的重要性，
《中国大百科全书》尚且这样，以讹传讹、误人误己严重矣！至于对《美国
史纲》的批评，应该说是考实性与学理性并重，岂料却遭到评论对象、美
国史研究泰斗黄绍湘教授的高强度反弹，因为其涉及史学理论，比较复杂，
暂且不提。需要辨识的，似乎应该是除了意识形态话语之外更关涉美国史研
究乃至史学研究为何的问题，至少我们不能为了研究而研究，或者是出于某
种特殊利益而进行话语争夺。

可悲的是，史学理论以及历史研究本身恰恰又是这样长期被扭曲着的。
比如："闯王李自成的结局即这位一代风云人物兵败之后于 1645 年殉难于湖
北通山九宫山，已是学界公论。但八十年代中期以来，所谓李自成'禅隐'
湖南石门夹山寺等原本已被证伪的说法，又大行其道，在社会上造成了不应
有的混乱。"② 杨玉圣转引王戎笙的话说："不能因为争夺旅游资源就长期在
不良学风影响下处于混乱状态。"不幸的是，全国此类事甚多，在笔者身边
就有"南少林"究竟是在莆田还是在泉州，这两地为旅游资源的争夺而笔
讼不断。至于"有人说哥伦布之前一千年中国僧人即发现美洲；还有人嫌
不够，夸下更大的海口，说殷人三千年前即已'扬帆美洲'、'跨越太平
洋'"。③ 出于种种非历史、非学术的需要，"然而妄人倡说于前，愚众起哄
于后，虽然多年以前，胡适就已痛斥其非，不过那还只是一个史学权威出于
常识而发的义愤，而荣渠以特别深厚的功力——批驳，应当说一言定谳，南
山可移，此案不可改了。可惜时至今日，谬种流传，伪学不绝，恨不能起荣
渠于地下再来扫一下这些奇谈怪论"（李慎之语）。④ 因此，杨玉圣不能不特
别重视考实性的研究成果，在他看来，以下美国史的考实性学术成果是特别
值得表彰的，如："杨宗遂纠正了学术界长期以来把著名的波士顿倾茶事件
（即波士顿茶会）误认为'波士顿茶党'的现象，齐文颖纠正了史学界把
1776 年大陆会议通过《独立宣言》当作所谓的美利坚合众国诞生的标志、
把 7 月 4 日（即'独立日'）当作美国所谓的'国庆节'等似是而非的看
法，李世洞厘清了有关《五月花公约》签订的准确地点、具体时间等事实。

① 杨玉圣：《史学评论》，第 136 页。
② 杨玉圣：《史学评论》，第 37 页。
③ 杨玉圣：《史学评论》，第 42 页。
④ 杨玉圣：《史学评论》，第 43 页。

应当说，这些出自专家学者手笔的考实性成果，严肃认真，来之不易，不仅有助于美国史和世界史研究，而且也十分有利于包括中学、大学在内的历史教学。"① 这些考实性研究成果也是学术批评的利器，因为"谬种流传，伪学不绝"，也因为学术传承，从中不仅可以看到正本清源的诉求，而且可以见出如何把史学成果做知识转化的焦虑，"我们已有的史学成果往往是在相对狭小的史学界内部消化，小范围流传，除在高校历史系讲授各类历史课程与历史理论和知识、在中学普及一定的历史知识外，公民的历史知识教育处于一种近乎空白的状态，造成这种状态的基本原因之一是，历史学家们严肃认真的史学研究成果未能准确、及时地转化为大众化的科学知识"。② 这就涉及我们前文已指出过的整个教育体制的问题了。由此也足见杨玉圣勇于担当的使命感和知难而进的责任感，我们甚至可以发现他当年仅仅是从学科基础出发就已触摸到了许多共通的学术原则，从他早期史学评论中也能发现诸多他当下学术规范与学风建设倡导的蓝本或者原初的生发点，并体察到其良苦用心和锲而不舍的恒心。

其实，杨玉圣最钟情的仍然是他自己的美国史专业。暂且不论其《美国学论文综目》《中国人的美国观》等著述，就是史学评论本身，也大致可以看作他进入写作和研究的最好热身。也暂且不算诸如《中国人的美国宪法观》《〈独立宣言〉史事考》《中国人的罗斯福新政观》这样正面考验史家史论能力的佳作，就说《中国美国学史：一个新的研究课题——兼评李本京先生等的新著》篇，凭着自身的美国学研究功底和对中国美国学研究状况的深入了解，以及对大陆美国学研究机构、研究人员的分布情况的了如指掌，尤其是论文论著取样、人名和机构名称的讹误、关于"成就"学者名单、"意识形态"画线不当等若干重要问题，杨玉圣对台湾美国学研究权威李本京教授等的著作提出质疑和论辩，光是"有关人士姓名正误比较表"和"有关机构和部门正误比较表"，又是差不多要占去 16 开本的 4 个页码，其严谨和深入不仅特具说服力，而且其史实和事实本身便力透纸背。至于《开展中国美国学史的研究》等颇具清醒的史学意识的建构和思考，尤其发人深省："近代中国人的美国研究，除却传统的学术追求外，还有其另一层面的重要意义，即为摆脱中国落后困境寻求一面镜子。康有为的'大同书'

① 杨玉圣：《史学评论》，第45页。
② 杨玉圣：《史学评论》，第40页。

的原型是合众国。孙中山的'三民主义'也直接与林肯的'民有、民治、民享'有渊源关系。20 世纪初中国学术思想界进步人士介绍、研究美国独立史，对于反帝、反封建以至建立民国都有积极影响，系'当时波澜壮阔的爱国主义史学思潮的一个重要组成部分'。"① 又如："在史学传统源远流长的中国，重中国史、轻世界史，重中国古代史学史、轻中国近代史学史，重中国史学史、轻中国世界史学史，恰恰是一个令人难堪的现实。"② 其实二者有着极其紧密的内部联系，或者干脆便是由前者直接导致了后者的取舍，只要是现代化的需要、强国的需要或者反帝反封建的需要，后来干脆是政治的需要，就是重的，否则就是轻的。也便是由于此，史学建构也包括美国学研究本身就已经变成了一个问题，而且是杨玉圣至今仍在努力思考的问题。据我所知，他目前正在集中精力撰写《美利坚合众国史》，并着手翻译《反联邦党人文集》和《美利坚共和国的创建》等名著。我期望并且相信，他不仅将会给学界一份答卷，而且很可能将会给读者带来一种别样的惊喜。

尤为精彩的还有杨玉圣对诸多前辈史家的有效解读和批评，这包括罗荣渠、刘宗绪、黄绍湘、杨生茂、邓蜀生、资中筠、刘绪贻、黄安年等名家名宿的著作。比如，在对刘宗绪教授主编的《世界近代史》的评论中，我特别注意到了这样一段话："有意思的是，我们如果读一读外国（如美、苏）学者的世界史著作，则会发现：他们是断不会将其本国历史排除在世界史体系之外的；不仅不排除，而且还往往是给予格外关注。这一中外正反的现象，很值得深思。"③ 其实说到底也就是世界结构中的中国抑或中国结构中的世界的问题，直接影响了史家的视野。杨玉圣这里关注的仍然还是中国特色的世界史（也包括美国史）的学科体系与建设的问题，当然也包括他的无处不在的学术史意识。因此，他特别重视前辈学者的学术传承，同时也敢于对他们指谬。以《世界近代史》为例，"从本书的章节布局来讲，个别地方恐怕也还有可进一步斟酌之处。比如，把美国革命（书中称'北美独立战争'）作为第五章'近代早期的民族独立运动'的第一节（第 149～157 页）。依我看，应当放在本书第三章'早期资产阶级革命'。这是因为，第一，美国革命与英国革命、法国大革命一样，都是当初波澜壮阔的大西洋革

---

① 杨玉圣：《史学评论》，第 61 页。
② 杨玉圣：《史学评论》，第 51 页。
③ 杨玉圣：《史学评论》，第 32 页。

命的重要组成部分；第二，在英国革命和法国大革命之间，美国革命是承上启下、继往开来的，特别是美国革命对法国大革命有直接而重大的历史影响，从历史发展的因果关系上看，两者之间血脉勾连。可是本书在论述完了法国大革命，中间隔了第四章'资本主义性质的改革和开明君主制'之后，再谈美国革命的，这样事实上就给人以历史时间的错位感"。① 又如对邓蜀生编审的专著《美国与移民》和刘绪贻教授主编的《当代美国总统与社会》的评价，也完全是好处说好，坏处说坏，"从移民的视角探索美国，这在晚清迄今的中国美国学发展史上，邓著是破天荒第一部"。② 又说邓蜀生在书中将美国联邦调查局的人搜查黑濑家跟"红卫兵"抄家相提并论，有点不伦不类，"如果我抬杠的话，恐怕秦始皇当初'焚书坑儒'时就不免已开'擅入民宅胡乱抄家'的恶例了，这岂止是'早二十多年'的问题？这样一来，说不定中国又落个'第一'"。③ 对后者给予高度评价的同时，也不客气地从"书中雷同之处甚多，乃有大段重复"和"论证上有欠严密之处"两个方面举证批评。对刘祚昌教授所著《杰斐逊传》的评论精彩纷呈："在杰斐逊的心目中，追求幸福并非单纯是物质上的享受，亦非仅仅是肉体上的快乐，它还应包括精神上的满足，如高尚的情操、助人为乐、艺术上的享受、为理想而奋斗、读书的乐趣，等等。"④ 在关于《资中筠集》的述评中，也有这样一段颇为精彩的话："如果说'拔一毛利天下而不为'是我们中国的古老传统的话，那么'发了财就捐赠'的精神，不仅代表了'财富的福音'和散财之道，而且也代表了美国精英为社会排忧解难、兼济天下的理想，从而'使得兄弟的纽带仍能把富人和穷人联接在和谐的关系之中'［钢铁大王卡耐基语］，推动社会健康发展。'以基金会为代表的私人公益事业是美国制度的支柱之一'，'它是美国渐进改良中一股强大而稳健的推动力，而且站在这一改良的最前沿'。"⑤ 也就是说，美国人的精神孕育是非常关键的——当然，我们的大教育家孔子等也是很重视孕育中国人的精神的，那就是"君君、臣臣、父父、子子"以及三纲五常的等级秩序——而"杰斐逊还特别关心美国的民主政治的前途，并在如何保护民主、使其永不变质的问

---

① 杨玉圣：《史学评论》，第 33 页。
② 杨玉圣：《史学评论》，第 232 页。
③ 杨玉圣：《史学评论》，第 237 页。
④ 杨玉圣：《史学评论》，第 198～199 页。
⑤ 杨玉圣：《史学评论》，第 174 页。

题上作了周密的理性思考。'杰斐逊的伟大处，在于他没有把制度看成是万能的东西。在他看来，从制度上采取防止暴政产生的措施固然很重要，也是必不可少的，但是如果忽略作为民主政治的主体的人民的政治素质，不去努力提高人民的文化知识水平和民主意识，是无法从根本上消除暴政产生的根源和土壤的。'为此他特别重视教育的作用，把通过普及教育或专门教育以培养德才兼备的领导人（即'自然的贵族'）视作防止民主蜕化为暴政的'最可靠的保障'"。① 这确实是一段振聋发聩的文字。

非常遗憾，我们时至今日都无法让前沿学者的科研成果转化为学生们的知识，又遑论培养"作为民主政治的主体的人民的政治素质"？我们走到哪里都是喜欢地缘、血缘、亲缘的"熟人社会"。所以，《独立宣言》中的那些著名的诸如"为了保障这些权利，才在人们中间成立政府，而政府的正当权力，则得自被统治者的同意"等说法，离我们十万八千里。杨玉圣评论《杰斐逊传》作者慨叹"杰斐逊在这里不是写历史，而是创造历史"时说道："评说《独立宣言》，此一句话足矣。"② 笔者也深以为然。对该书采用比较史学方法实际操作的分析与归纳也颇为精到，如："华盛顿之退休，与其说是由于意识到总统轮换制的重大意义，不如说是因为他健康欠佳、厌倦政治的党派斗争。杰斐逊是'自觉自愿地引退'的，他是为了给继任者'留下一个榜样，使总统轮换形成为美国政治生活的惯例'。"③

无论是以何种视角（比如从移民的视角）、何种取材（比如 21 世纪美国史）、何种方法（比如比较史学）、何种场景（比如中美关系）、何种人事或文本（比如罗斯福新政）来研究美国，在对不同的前辈学者著作展开的用心解读和细致分析里，我们一样可以发现杨玉圣的学术批评的精神指向以及使命担当，或者换句话说，《学术规范与学术批评》一书几乎处处指向学术规则的发现和重建，而《史学评论》一书则处处体现着信史确立与学科重建（所谓中国特色的美国学）的追求。我不知道，在这一点上杨玉圣是否深受前辈学者和思想家李慎之先生的影响。但我知道，杨玉圣的史学造诣以及术业专攻，颇得其业师罗荣渠教授的心得乃至精要。比如，按照罗先生的立论，美国革命"继承和发扬了英国资产阶级革命过程中形成的关于自

---

① 杨玉圣：《史学评论》，第 199 页。
② 杨玉圣：《史学评论》，第 200 页。
③ 杨玉圣：《史学评论》，第 204 页。

然权利说、社会契约说和革命权利说，脱去其清教革命的外衣，换之成为显明易懂的人民主权的理论，并按此理论通过自下而上的方式组织了崭新的共和制的各州政权。这在人类的政治实践上是第一次的成功。这对于'君权神授'的欧洲是一个无可比拟的革命冲击；同时也使欧洲在美洲建立的殖民地体系崩溃了一大块，加速了它的瓦解进程。美国革命的世界历史意义即在此。如果说，整个 19 世纪是在法国大革命的旗帜下进行的，那么法国大革命在某种意义上也是用美国革命所铸造的思想武器砸开巴士底狱的大门的。美国革命开近代资产阶级革命的先河"。① 杨玉圣在《罗荣渠教授与美国史研究》等文章中对此给予了充分肯定和深刻领会。而对现代化研究的关注与推动以及杨氏自己进入的学术理性化建构也颇受业师影响，尽管他们师徒二人还有过一个有趣的《现代化新论》的主题（"现代化新论"）与副题（"世界与中国的现代化进程"）之争。（杨玉圣以为："《现代化新论》最引人瞩目之处，恐怕还是如其名所示，一为'新'，二为'论'。正是这一'新'、一'论'，把本书推入了真正的学术佳境，为中国的现代化研究奠定了一块里程碑式的基石，也为世界的现代化理论界贡献了中国人的新发展观。"②）罗先生从不认可到可商榷再到接受的过程，也使得杨玉圣深受感动，并在其深情怀念业师的文章中反复提及。③ 我感兴趣的是，现代化理论研究为何是由史家中的"五星级学者"率先进行，而不是其他学科的诸如社会学家、经济学家或政治学家？又让我想起李慎之先生的名言："研究现代化，就是研究美国的现代化。"也许答案便在这里。罗荣渠先生自 20 世纪 50 年代以来便是个成就卓著、颇具影响而且总是先行先知的美国史、拉美史学者，除了《门罗主义的起源和实质》《论所谓中国人发现美洲的问题》等名作外，他在中美关系还是研究禁区的 20 世纪 80 年代初期，就率先提出"要批判地、全面地探索中美关系的历史演变"。④ "美国需要重新认识中国，中国也需要加深了解美国。"⑤ 尽管现在看来，给我们一个真实的美国和一个真实的中国可能更重要，重新认识美国同时也是为了重新认识中国

---

① 杨玉圣：《史学评论》，第 186～187 页。

② 杨玉圣：《史学评论》，第 25 页。

③ 有兴趣者请参见《史学评论》中收入的《历史研究与理论创新——罗荣渠先生的学术道路》《美丽的遗憾——忆罗荣渠先生》等文。

④ 杨玉圣：《史学评论》，第 190 页。

⑤ 杨玉圣：《史学评论》，第 184 页。

可能更重要，但我们也由此分明感受到了那些先辈学者身上的优秀精神品质和当时的学术抱负；尽管其当年的"盛世危言"如"必须创造性地探索具有中国特色的自主型发展模式"至今并没有过时，但是，这些"特色"不能成为我们拒绝的理由，也像李慎之先生的另一句名言所说的"民主就是民主"、现代化就是现代化。事实上，而今是"大国崛起"的时代，关键倒在于我们"崛起"了什么，仅仅是"强国梦""现代化梦"吗？如果全体国民没有"崛起"，能叫"现代化"吗？在我看来，杨玉圣便是从先辈们手中接过种种宝贵的精神遗产，义无反顾地进入到了其业师未竟的"现代化"研究及其进程的事业中来了。这不仅表现在《现代化研究：从学科建设的观察》的学术视野上，而且还跋涉在先辈们开创的学科体系基础上，全面树立学术史意识，全力推动学术公共性的萌芽、开花与结果，并在重建学术传统上竭尽全力。

据我所知，杨玉圣先后整理、编辑、出版的先辈学者著作，至少有已故北大教授罗荣渠先生的《美洲史论》（中国社会科学出版社）及《美洲史论（增订版）》（商务印书馆），为业师北大齐文颖教授70岁生日而筹划的《美国史探研》（中国社会科学出版社），为武大刘绪贻教授90岁生日而编辑的《美国史研究与学术创新》（中国法制出版社），为已故北师大刘宗绪教授编辑的《人的理性与法的精神》（中国社会科学出版社）等，而且他还先后主编了《中国人文社会科学博士硕士文库》（浙江教育出版社）和《中国人文社会科学博士硕士文库（续编）》（浙江教育出版社）共计32册，囊括了1984～2000年人文社会科学不同学科的350篇优秀博士、硕士学位论文，等等。从2005年3月起，杨玉圣又身体力行参与到由业主委员会推动的社区自治历程，实则为本土的现代性进程中去，《每一个业主都是小区的主人》《业主自主选择物业服务企业与小区自治问题》等理论与实际兼容之作，在当下颇令人耳目一新。

综上所述，所有种种添砖加瓦之功，杨玉圣究竟付出了多少辛勤的汗水，他图的又是什么呢？他之任劳任怨，其实别无他图，他仅仅是个"志愿者"，仅仅只是为学术中国虔诚"守夜"罢了。而且，还不仅仅是"守夜"，还"守昼"。如果说"守夜"是为了惩恶，"守昼"便是为了扬善，如若不是，他又有什么必要"替别人做嫁衣裳"，主编那么多的重要学术书籍呢？与此同时，也不禁让人心生疑惑，杨玉圣的诸番苦心，究竟有多少学界中人能够真正体味？

# 简短的结语

也许，能否真正深入体味或理解并不十分重要。《史学评论》的"下篇"（辑为"学问人生"）中被深情再现和记述的先辈们——李慎之先生的人文激情和思想洞见、罗荣渠先生的远见卓识和雄才大略以及钟敬文先生的敢于解剖自己、程千帆先生的学问人生追求，以及"我们实在是太需要像邓公这样的既能通古今之变、又能立一家之言，而且敢于秉笔直书的史学评论家了"[①] 的邓蜀生风骨等——显然给杨玉圣留下了取之不尽的精神资源，从而才养成了心中的浩然之气的。因此在我看来，杨玉圣的学术批评除了前文反复述及的种种理论张力和重要使命之外，把它们全部认作他的道德文章，恐怕也相当合适。更何况，"陈平原认为'学为政本'，即学术界应该是道德的最后底线，而不能解释为学术腐败起因于官场腐败"[②] 。杨玉圣深以为然，并以此为精神动力把学术批评作为杠杆苦撑待变。

所幸的是，在以杨玉圣、邓正来、陈平原、朱学勤等为代表的学者群体的共同努力之下，学术公共空间已经有了根本性的改变，但学术公共领域的事情远不能说已经完全洞开。如同我们已在所有领域普遍立法却又问题成堆一样，现代学术体制的改革与学术规则的重建任重道远。也许能够超越这个悖论的只有致力于我们自身公共领域的实现——问题是，公共领域在中国的实现又充满着众所周知的复杂性、艰巨性和长期性，尚需苦撑待变，尤其重要的还恰是这样一种苦撑之精神。

至于苦撑的结果终究怎样，那又有什么关系呢？

（原载《云梦学刊》2007 年第 5 期）

---

① 杨玉圣：《史学评论》，第 339 页。
② 杨玉圣：《交流是幸福的》，第 285 页。

# 张力的反差：理论先锋与艰难践履

## ——评杨玉圣新著《小区善治研究》

也许先应说些不是题外的题外话，葛剑雄先生近期在《文汇报》上发表了颇具争议的《被高估的民国学术》一文，其针对陈丹青流传广泛的《我们的时代休想出大师》的所谓"民国范"演讲意味明显，之后的《南方快报》刊出的一篇《民国学术不如现在？》（作者林建刚）的反弹文章也颇为有趣：几乎是马上人家就举出了文史哲的例子，比如获诺贝尔文学奖的莫言成就赶不上民国鲁迅，哲学方面汤一介的贡献也跟他自己的父亲汤用彤不好比，至于历史学王国维、陈寅恪、钱穆等更是难以逾越的高峰。其实所争在于学术自由与不自由，这固然正确，但更重要的忽略，恐怕还是"一代有一代的学术"。这就是说，当下中国的学术方向才是个真问题。

民国学人们还不仅仅是"各个学科"的奠基者，关键在于他们那一代人有着明确的学术方向，就是把中国学术和中国本身重新塑造出来。无须讳言，晚清以降学贯中西已是基本要求，而后来真正取得大成就者，亦即要不研究西方的学问，要不研究中国传统的学问，反而对中国当下的学术方向之奠定少有助益，究其根本则是对中国现实缺乏起码观照，尤其在极其重要的社会政治领域常常陷于失语状态。以社会学为例，众所周知，20世纪50年代的"院系调整"几乎全军覆没，即便经济学、法学的进展也是在改革开放以后才重新起步，政治学在某种程度上至今仍在原地踏步（假如不算照搬西方自由主义政治理论和已经从"地上"转入"地下"的政治学的话）。似乎只有历史学，出于中国传统尚能在不同时期有着不同方向的发展，其扭曲性以及后学们的拨乱反正也是有目共睹的。也就是说，当下中国学术的整体性扭曲有其深刻的历史和现实原因，即便是当年吴文藻门下四"狗"中的费孝通、瞿同祖二人，其经典性作品《乡土中国》和《中国法律与中国社会》等，也是对中国传统社会和文化的深入系统研究，尤其是费氏晚期空泛的"中国文化自觉"说根本无法与早期的学术成就（乃至成名作《江村经济》）相比，遑论费氏后学企图搬运（且不说抄袭）西方时髦理论以刷新中国学术，还能超越费氏？

回到正题，需要特别指出：晚近二十多年中国社会科学确实得到了长足的发展，根本原因也众所周知，即中国的改革开放所带来的全社会变革和生活世界的变迁。经济学、法学不仅先后成了显学，社会学界空前活跃，历史学界更是跃跃欲试，问题却仍然在于当下一代的学术方向暧昧不明。而杨玉圣新著《小区善治研究》（社会科学文献出版社，2014），就不仅是上述中国社会科学发展进程中的一项重要成果，而且令人欣慰地看到，其对当下一代中国学术的方向感上有着相当明确的定位。

一

杨氏著作《小区善治研究》有点特立独行。这首先就表现在他对我们这个社会的变革和生活世界的变迁的敏感，之后身体力行致力于社区自治的一线实践（甚至自己担任小区业委会副主任多年），然后在博士论文完成的过程中所采用的则是颇具先锋性的现实考察与理论建构，其间以论文形式发表的文章《业主自治与小区善治》等，还曾"引起很大的反响"（江平语，见江平老先生为杨著所做的序文）。最后在专著出版时，理论与实践上的双重考察显然更臻完备。

具体点说，杨氏的先锋性，确切表现在理论意识的自觉和业主主体的自觉，因此在他的具体研究中基本水到渠成，几乎不需要像许多社会学者或人类学者那样刻意去做社会调查或"田野调查"。由于身体力行，新世纪之后全国范围内的业主维权活动，他不仅是感同身受而且是自觉纳入了社会变革前沿的理论思考。因此，这就具备了某种知行合一意义上的先锋性。借此还需着重指出，这种先锋意义还在于避免了传统思想启蒙的重要陷阱，即长期以来批判有余，建构乏力，同时也指向了另一种更为重要的启蒙，即制度变革的启蒙。这就为中国学术发展提供了重要的方向性认知，任何理论或者社会科学的发展，本来即出自生活世界发生的变迁或者自身社会全方位变革的实践要求。因此，所有理论先行或者未加反思地照搬、复制西方先进理论，乃至为西方理论提供某种中国注脚的做法，不仅遮蔽了中国自身的问题，而且搞乱了中国学术的发展方向。

杨氏敏锐地发现，三千年来未有的中国人之权利意识，是从城市住房产权者开始的。所谓"'居住改变中国''居住改变法律'，诸如此类的生动说法显示，这一'居住革命'正在深刻地影响着转型期中国城市社会的变迁"（除另注外，以下引文出自《小区善治研究》的均不加注），便是鲜明生动的具体概括。在传统中国的"三纲五常"和现代中国的"甘当革命机器的螺丝钉"精神的反复感召下，不要说个体意识，就连个体权利要不淹没在"五伦关系"之中，要不就被组织到"国家主义叙事"之中。当下财产权意识的觉醒，甚至还不是"星星之火，可以燎原"，或者"麻雀虽小，五脏俱全"的景观，而是"截止到2005年11月1日，全国城市居民住房自有率为75.5%"，从此中国大地亿万人民破天荒地拥有了业主身份，财产权意识由此正式落根。由于国民的财产权意识空前高涨，随之公权力乃至假借公权力对私权利的侵袭和侵犯，就自然引起了人们普遍自觉的"维权"意识。特别可欲的是，政府也并非盲视社会生活的变迁，而是因势利导，适时出台了《物业管理条例》（国务院，2003）乃至《中华人民共和国物权法》（2007）。这就为国家功能的正面形塑以及重新建构我们的生存秩序提供了极大可能性，所谓"居住改变中国""居住改变法律"的先锋意义亦即在此。

实际上，杨氏主要是以《物权法》和《物业管理条例》以及《业主大会和业主委员会》等法律法规为基本根据展开他的理论考察的，问题在于如江平老先生所一针见血指出的："关于业主自治和小区治理的问题，应该说在立法层面已经基本解决了。问题是如何把这些法律法规落到实处？"而这恰恰还是杨氏论著特别用心（仅该著"附录一"占有38个页码的从1980～2013年"城市商品房住宅小区治理大事记"，即可见其用心程度）和可圈可点之处。论著第三章"小区善治面临的主要矛盾"和第四章"小区善治的当务之急"，颇为详尽地考察了全国各地普遍存在的"业主与开发商的矛盾""业主与物业服务企业之间的矛盾""业主与业主之间的矛盾"，诸如建筑质量问题、开发商遗留问题、房产证问题，强势开发商与弱势业主、物业服务纠纷、公用服务设施纠纷、物业暴力现象、私搭乱建与违法建设问题，邻里纠纷与业主自律问题，以及业主自主选聘物业服务企业的艰巨性和小区大型维修资金的家底、安全、收益与监管等方方面面，其或抽样或问卷和相关文献搜集，以及亲身实践和体验观察，所涉考察不仅包括北上广一线城市，而且遍及重庆、深圳、武汉、南京以及全国大中城市，问题普遍而丛生，不乏牵一发而动全身之复杂……

究其根本，如此大面积、大规模的广泛实践，在古老中国确实是开天辟地头一遭，法律法规要落到实处，其艰难乃至举步维艰实属正常。首先是开发商、物业服务公司与政府各部门关系错综，其次是业主在心理上、精神上乃至文化上缺乏起码的准备。这样一来，强势的一方似乎更加强势，如：政府及其代理人与开发商、物业公司、居委会之间"存在较强的互赖关系，他们之间建立了较为紧密的关系网络。这些组织共同垄断了对新型社区成员的重要私人物品和公共物品的供给，成为小区业主私人住宅、小区物业服务、政府服务和社会服务的唯一供给主体"。杨氏认为甚至可以把现行社区体制下商品房住宅小区概括为"单边垄断型关系模式"。弱势的一方则显然更加弱势："针锋相对辩论，面红耳赤争吵，双方大打出手，撕破脸皮闹到法庭，这是目前大部分住宅小区的业主与物业公司关系的真实写照。"更有甚者："在北京，不仅小区里发生暴力事件，而且一些小区的业主还不断遭遇断电、断水、断暖气、门眼被堵、门卡消磁、恐吓电话、汽车被砸被划等各种'非暴力恐怖'。"

更为艰巨而尴尬的是，业主自身对公共利益的淡漠和对公共事务的冷漠，诸如私自拆建、野蛮装修乃至宠物吵人以及伤人，早已不是新闻，"事不关己，高高挂起"更是屡见不鲜。这当然跟人性有关，在这一点上中西其实并无区别，一如《公共选择理论》所言："国家在满足社会需要或实施社会规范方面的干预，在心理上会'解除'个人满足社会需要和维护其规范方面的责任，因而，国家干预会导致反社会行为的增加，这又要求更多国家干预，如此循环不已。"（丹尼斯·C.缪勒语）而中国两千多年传统，"'天人合一'成了公私合一，很难出现真正的个性与个体。于是，一方面是打着'天理'招牌的权力—知识系统的绝对统治，另方面则是一盘散沙式的苟安偷生和自私自利"（李泽厚语）。也就是说，中国人的苟且偷安和自私自利本来就是一体两面，而且公共利益和公共事务从来就归政府管，即便出了什么事情个人首先也是想方设法"报官"，同时还得借用种种"关系"呢。费孝通意义上的"熟人社会"人们历来耳熟能详，而现代意义上的"陌生人社会"就不知为何物了。至于社会理想和志士仁人，其实历朝历代都有，只不过那毕竟是个体理想而并非制度德行，而这也是晚清以降的思想启蒙的最大失败处，同时也就是当下包括杨氏在内的所有社会学界同人另一种启蒙努力的重大意义所在。

杨氏论著的主要篇章，所讨论的重点亦即小区善治的制度建设，尽管在很多时候也是在社会的理想形态意义上的讨论，用杨氏自己的话说就是一种"愿景"。因为是"愿景"远不是现实，所以才困难，才艰难。比如杨氏所说："业主自治机制、小区公共事务治理是实现小区全体业主整体利益的最大化的两大内在要素；与业主利益和小区公共事务治理相关的市场机制（以物业公司为代表）、社会机制（以居委会为代表）、政治机制（小区办、街道办等政府部门）和法律机制（法院等），是制约和影响小区善治的外在力量。"这是从理论上说的，但要理顺它们之间的关系却并非易事。且不说"《物权法》第六章'业主的建筑物区分所有权'作出了业主可以设立业主大会和业主委员会的规定，但并未就其在法律上的性质、地位作出明确的定性和定位；无论是业主大会还是业主委员会，均不具有法人资格。这就在实践上造成了很大的麻烦"。即便法院也常视业委会为多事乃至"无理取闹"："在裁定书期限内上诉时，主审法官斥责该小区业委会负责人：'你们上什么诉？要想上诉以后有你们上诉的！业委会没事别老瞎告，以后就得限制你们业委会的起诉。'"但如前所述，形势毕竟比人强，国家也史无前例具备正面型塑功能，这就自然关涉到理论架构与制度设计的问题了。

## 二

事实上也是如此，无论中西，从社会理论到法律哲学，甚至本来就是西方现代性转型的题中之义。比如休谟的《人性论》，即从人的本性出发，研究政治社会建立的可能性。从人的自私到有限的慷慨，从财产权三规则（财产权占有、财产的转移和许诺的践行）到国民经济发展，从法律之治到正义的可能性，等等，基本是建立在事实与价值相分离的认识论基础之上的。作为有美国史学研究背景的历史学者，杨氏显然对英美社会的建构和演进有着深入的领会，从而敏锐地观察到，20世纪70年代末在中国展开的声势浩大的市场经济改革大潮所带来的生活世界的无声变迁，其实是从财产权意识在以城市商品房住宅小区的普遍觉醒中开始的。更为重要的则是，杨氏把握到生活世界的变迁呼唤着社会结构的转型与再造所可能蕴含着的理论契机，如："财产权不仅是'民富国强的法门'，而且是'市场经济的核心'……在法治语境和制度安排下，'对人而言，权利是自由；对物而言，权利就是财产权，因此，权利、财产、自由是相通的"，等等。因此，出于先锋的问题意识，从法学、社会学、公共管理学乃至政治学给予"小区善治"问题以不同学科观照，就再自然不过了。

从社会理论的角度讲，社会结构的转型意味着社会治理方式的转变，比如：自治组织的建立、自治规则的确立和自治目标的达成，亦即确立业主的主体地位。通过自治实现自主亦即实现个人自主和公共自主，其实也是从卢梭到康德的主要社会理想。而就中国当下发展的历史情势，有关社会治理的现代化，甚至是中共十八届三中全会以来一直嘹亮着的主旋律。所谓转变政府职能，从"发展型政府"向"服务型政府"的转变等，其实就是社会治理现代化的起码要求。也只有从这个层面上讲，小区善治的理想才是有希望的，因为："善治实际上是指国家的权力向社会的回归，善治的过程就是一个还政于民的过程。善治意味着国家与社会或者说政府与公民之间的良好合作，'从全社会的范围来看，善治离不开政府，但更离不开公民'。"一如"从语义学上分析，公民既是一个政治和法律范畴，也是一个社会范畴"，从发生学上分析，则只有社会生活本身得以变化并长足发展，法律的发展和政治的发展才可望成为题中之义。如果没有市民社会的发展，其实公民社会的发展就是不敢预期的。

的确，我们的生活世界已然发生翻天覆地的变化，而且确实是以商品房住宅小区的财产权意识觉醒为重要标志的。如同当年休谟和亚当·斯密等，现实情势的发展才是我们理论创造的最重要动力，否则，即便我们重新从孔、孟、荀讲到晚清康、梁，或者从柏拉图、亚里士多德讲到康德、黑格尔，不仅理论创造仍然苍白乏力，而且对当下现实的建构发展也毫无助益。我们看到，如："与严重依赖国家推动的农村'村民自治'、国家主导的城市'居民自治'不同，'业主自治'是真正的自治，通过房屋财产私有权这一中介，使国家公共领域与公民私人领域区分开来，进而有了业主自治的空间。"又如："乐观的估计是，在将来很短的时间内，大部分的城市小区将会建立业委会，实践社区自治，这将意味着中国的一半人口即六七亿人的自治。"这将是多么了不起的成就，甚至是中国自改革开放以来除经济成就之外的最值得期待的伟大成就。与此同时，随着以房地产开发为龙头和以4万亿元经济刺激计划的"铁公基"为配套的中国城市化建设已接近尾声，而城市化进程本身却正在开始，无论是法律的建构还是政治的发展都处在转型之中。所谓理论契机，也便恰是蕴藏在当下中国正在发生的全社会变革之中。

比如，通过自治实现自主（包括个人自主和公共自主），诸如业主自选物业公司以及对小区公共基金的安全与使用的不断追问和追责等，便是"自主"内容的具体而典型的表现。这些"自主"内容还不仅意味着小区公共事务的自我治理，也意味着城市的公共事务的共同治理的拓展，进而便是国家与社会的整体制度的变革。因为与小区公共基金的安全与使用的追问和追责道理相同，政府的财政预算和城市的公共管理一样必须纳入"纳税人"的追问与追责之中，所谓民主的首要之务便是"预算民主"，然后才可讨论其他的民主条件。而所谓"社会治理的现代化"与"依法治国"等主旋律，更是中共新一届领导人出于社会情势的现实发展所做出的正确估计与选择。在此全新形势下，全社会的"良治"与"善治"的关键前提还在于行政体制改革，依此逻辑发展，小区自治发展就可能考虑保留"小区办""街道办"之类等政府派出机构，而取消居委会。同时在司法体制改革中，如同需要考虑行政法院乃至宪法法院的创设一样，创设社区法院，就可能会为保障人民的财产权利并有效调节各种各样的司法冲突，创造制度价值，并为理顺社会治理过程中的传统行政常年留下的种种叠床架屋而又互踢皮球的关系，彻底改变社会资本高昂而又效率低下的治理状况，提供制度环境。这样一来，在促进"社会资本"自我增值的同时，增进社会主体和机体良性循环的自我健康，一如杨氏所说："小区业主自治成了小区善治的新取向。善治'是社会治理的最佳状态''善治意味着，即使政府不在场，或政府治理失灵，社会政治生活也依旧井然有序'。"也如张农科先生所指出："我们并不希望看到政府深陷于众多事务之中，我们希望看到的是政府对于规则和制度的把控。通过完善法律、制定规则与制度，为社会主体提供合理的运行机制。"

这就是说，中国当下的全社会制度变革，"顶层设计"还须与"底层设计"互为前提，重构公民的权利体系乃至社会的需求体系，法律的发展乃至"依法治国"的要求才会落到实处，现代中国的政治文明的建立与发展就可以真正被预期，最后真正达到确立具体促进人民德行和尊严的生活准则和正当规则。当下中国的整体性变革虽然关涉立体设计的制度安排，但社会结构的具体转型和转变，小区善治目标的实现无疑关涉全社会的细胞状况，有了真正健康活跃的细胞，整体社会机制的良善循环和活力才有根本保证。杨氏论著的最有魅力和最有价值处，也便是对这"全社会的细胞状况"进行立体研究。

## 三

当然，上述种种肯定不是，也不可能是理论与实践的简单相辅相成，还需仰赖全社会的极大自觉。比如："从居者向业主的转变，实质转移的不仅是物质权属，还暗含政治还权，从过去单位组织管天管地管你全家，到现在让你自己管理自己。但中国业主多数还不习惯于这样的转变，他们只是从过去家长里短都靠单位，到现在大事小事找社区，只是将习惯依赖目标简单转移，却从未审视自己握有的权利义务。政府还权于民，但'自治'于很多人而言连概念都不是，他们天经地义觉得有问题就找组织，找不到就只有怨天尤人呼天抢地。业主们迷失在自己的权力空间外，对'自治'的集体无意识，使他们忘了业主和业委会在小区中享有至高无上地位。"而从另一角度看："传统管理理念中'当官为民做主'的'官本位'仍然盛行，掌握公共权力的人往往把自己当作权力的所有者和社会的主人'，而'公民也习惯于服从政府的管理，甚至依赖政府和官员替自己做主'从而使公共管理体制呈现出一种自上而下的'统治型的体制'。"因此，整体社会秩序的型构，政府的"顶层设计"也好，社会学界的"底层设计"也罢，其本身无论多么完美，仍亟须全社会不同层次和角色中的人们的社会心态与心理结构的有效转变，从而在上下、左右、前后种种社会关系的互动之中，为我们生活的合理化和社会的理性化过程奠定必要的制度基础。

也当然，上述那些传统的文化心理结构是千百年来约定俗成着的，所谓"冰冻三尺，非一日之寒"，改变或者转变也不敢指望能一朝一夕。但必须持有信心的是，这种心理结构不是不能而是可以并且正在转变，一旦相关制度设计成形并付诸有效实施，文化机制养成以及心理习惯的改变就可能"润物细无声"，亦即制度德行得以培育，人性的发展方向就会完全不同。也恰是因为千百年来中国传统制度养成的文化心理习惯，正在遭遇破天荒的生活冲击，才构成当下现实变革特有的反差与张力。因此，在笔者看来，杨氏论著更为突出且精彩的，是对当下中国转型期社区善治的"现象学考察"，其不仅无意对社区善治提供某种本体论的解释，而且只是一种试图能够让人们大致能够接受的现象学描述。在当下中国语境中，这种现象学描述与考察，其意义一点也不亚于本体论诉求，关键或许还不在于 20 世纪由韦伯和哈耶克等所推动的从哲学本体论向方法论转换的典范意义，而在于哲学本体论的解释在中国长期以来并无益于我们的生活合理化与社会理性化，恰恰相反，在上述提及的面对极为关键的社会政治问题领域时常常陷于失语状态，对此中国哲学学者们负有较大甚至是主要责任。传统经、史、子、集"四部之学"所塑造出的中国与晚清以降的"七科之学"（文、理、法、商、医、农、工）所要塑造的中国，所奠定的学术方向是完全不同的，问题在于百多年来的两极摇摆。坦率地说，一个崭新的中国文明在没有被重新塑造出来的情形下，任何高估或低估当下中国学术的评论其实并无多少意义。让人欣慰的是，当下中国的哲学社会科学确实得到长足的发展，尤其是经济学、法学、历史学、社会学（以及政治学）等社会科学的主要学科确实取得了较大的成就，仅以社会学为例，近年就涌现出如俞可平、孙立平、郑也夫、张静、熊培云、毛寿龙和吴忠民、杨玉圣等一大批有担当、有创见的学者，他们都敏锐地观察到中国改革大潮给我们的生活世界带来的巨大变迁，并先后意识到社会理论创造的重要性以及契机的到来，杨氏论著便是一个历史学者在社会转型的重要关头所做出的深刻的社会理论回响。

我们当然清楚，中国社会科学发展确实还仅仅处在起步阶段。无论是学术研究本身还是被学术研究的社会生活，都处在分化重组中。从杨氏论著的现象学描述中，我们也能清楚看到中国转型之艰辛，而在文化心理结构的转变上更是障碍重重。因此，需要特别警醒的是，传统中国的人文与现代中国的人文塑造是不可同日而语的，假如我们现在还想从传统中国的道统、政统和学统、绅统之中寻找建立现代社会的正面资源的话，除了现代尤其是政治社会的发生与建构几乎不能揪着头发上天，必须进行有效的传统创造性转换之外，制度的启蒙与建设乃是重中之重。最后也许需要提及，在杨氏论著的制度建构的理论展开过程中，虽然不断旁征博引，但其对所引各种理论与观点少有质疑和论辩，却在论著末节唯独对吴稼祥等（《公天下》等）所提出的"多中心治理"架构进行质疑。在笔者看来，杨氏自己所提出的"一体多元"架构（"以小区全体业主为主体、以业主的建筑物区分所有权为法理依据、以法治—民主为机制、以业主自主治理即业主自治为基础、以业主大会和业主委员会为组织架构、以小区公共利益各相关利益方的多元友好协作的善治取向、善治机制和治理态势"）或者以"司法独立"、"县域法治"与"小区善治"为立体的"法治国"构想等，跟吴稼祥等的"多中心治理"以及"双主体法权"构想，并非像所想象的那样可能各执一端，其甚至跟当下流行着的政府层面的所谓"顶层设计"，也基本相合相契。笔者甚至以为，无论是出于何种理论构想和制度设计，似乎还有赖中国的政治法、国家法、市民法乃至宪法的多重阐释与立体演进，有关整体生存秩序的型构才可能逐渐成形，但前提是，也一样必须以生活世界的变迁和社会结构以及文化心理结构的转变为其基本依托。这也便是笔者反复强调指出的《小区善治研究》之先锋性和学术方向感定位之重要意义所在。

（原载《云梦学刊》2015 年第 4 期）

# 女权主义视角与理论、实证、行动的三重变奏

## ——评胡玉坤新著《社会性别与生态文明》

我们知道，后现代社会理论与全球化风潮，几乎是前后脚席卷了中国大地的每一个角落，社会变革和可持续发展也一度成为中国发展与发展理论的主题词。饶有意味的是，在前现代、现代和后现代重叠交织的中国新旧世纪特有的语境之中，其实无论是哲学还是社会科学的种种推进与努力，都处于艰难的转换与严重的水土不服之中。特别是具有文学化政治传统的中国，在哲学与文学领域接受后现代理论，就像当年接受法国启蒙运动的洗礼一样，批判封建专制有余，对现代政治制度的建构苍白乏力，而且常常诉诸道德化的激情，除了革命和不断转换的革命话语之外，哪怕社会主义制度本身也并未得到真正有效的反思与建构。而在西方，包括新马克思主义批判理论在内，后结构主义、后现代主义、后殖民主义和女权主义等理论，从来不是凭空发生的，除了学术运作本身的范式转换之外，诸多运思总是在高度嵌入政治制度和社会生活之中的种种理论努力。尽管你可以以为，当年我们接受马克思主义批判理论是出于中国传统的"天人"关系（如历史学家张灏和哲学家李泽厚等），但你不能不看到在某种意义上的经学意识形态的现代转换，说到底还是出于顶层设计的需要，却并非真的在社会生活的广泛领域保持批判的觉悟，并在制度层面不断完善以促进人的全面发展与自由。

遗憾在于，如此关键而重要的理论与实践，似乎并无多少人有真正清醒的觉解并身体力行。胡玉坤博士的觉解和身体力行，大概可能属于不多的例外，这在其新著《社会性别与生态文明》（社会科学文献出版社，2014）即可见其端倪。她的女权主义理论视角，一开始就跟新旧世纪之交流行一时的女性主义文学乃至哲学话语搬运拉开了很大距离。众所周知，后者那种或处

于移植、抄袭状况或干脆就处于话语泡沫状态，不仅对我们的理论状况并无实际改善，乃至还不只是隔靴搔痒，更是常常搞乱以至搁置了我们自身的问题。特别值得赞赏的是，胡氏理论甚至还带有"引进来，走出去"的雄心和抱负。这就不是那些泛泛之论"与世界接轨"者们所能同日而语的了，这种雄心与抱负不仅关涉世界社会科学的前沿理论与意识，更是关涉中国本身的整体性变革以应对全球化带来的种种生态社会危机，并在"走出去"的过程中致力推动社会科学的理论创新与发展，在不久的将来，难说不能在提供中国经验的同时，对世界社会科学做出应有的中国贡献。

从胡氏具体著述看，其论文结集不仅时间跨度长，关注的问题尤其是中国问题相当集中：假如说第一个论题的五篇论文主要是女性理论，第二个论题的五篇论文则是实证研究，第三个论题的五篇论文则主要围绕中国妇女行动。简单说就是，从理论到实践再到行动，胡氏就是这样自觉而彻底地拒绝了长期以来女权主义话语在中国的漂浮状态的，一转而为真切全面地关心妇女们的生存境况和生存权利。世界女权主义理论沿革烂熟于心固然重要，中国妇女的实际生存境况和权利显然更加重要。何况，理论与实践的一体两面，几乎总是完整地体现在胡氏女权主义视角的每一篇论文里。

当然也有相对侧重，比如在第一个论题里，对世界女权主义理论前沿有着更为系统深入的考察，而在第二个论题里，其总是结合中国某地或实地考察或田野调查，以体现其理论旨趣，第三个论题则是融会贯通，等等。但不管哪个论题，如何把理论运用于实践，确实是胡氏一直特别用心并着力着的。有关妇女的生存与命运，不仅是世界问题更是中国问题。在西方，女权主义及其理论，自 20 世纪六七十年代由西方白人发起的女权主义运动，其"压迫妇女"等普遍化诉求，很快就在 80 年代被第三世界妇女有关阶级、种族、族裔、性取向等诸多差异诉求取代，进入 90 年代之后，尤其是"后学风潮"中的女权主义后结构主义、后现代和后殖民主义等也对差异理论与实践，构成了冲击与丰富。所谓任何知识都是情景化产物的"处境知识"，所谓对各种权力关系的敏感性与理论建构等，成为后来女权主义者思想理论和理论分析的关键。而用"理论化"或者"理论建构"的术语取代"理论"，一种正在进行的过程对以往结构上固定的推论的超越，更是为女权主义理论家们所坚持和身体力行。相形之下，胡氏更为关注处于发展研究与妇女研究交界的"社会性别与发展"范式的转换与嬗变［"妇女参与发展"（WID）的崛起、"妇女与发展"（WAD）和"社会性别与发展"

（GAD）的并起之不同范式]。

也就是说，"妇女/社会性别与发展"才是胡氏真正特别关切的理论方向，因为该范式"自萌发以来就成为一项国际性事业。作为全球发展运动的主要倡导者和推动者，联合国早在 1945 年通过的《联合国宪章》序言中就开宗明义地重申了'基本人权，人格尊严与价值以及男女与大小国平等权利的信念'。60 多年来，联合国连同各种双边与多边发展组织为促进全球妇女发展做出了不懈的努力"。（P27）这样，诸如联合国发起的三个"国际发展十年"、"联合国妇女十年"和四次（分别在墨西哥、哥本哈根、内罗毕、北京举行）世界妇女大会以及纲领性文献，联合国环境与发展大会（1992）和《21 世纪议程》、世界人权大会和《维也纳宣言》与《行动纲领》（1993）等（至于国内的纲领性文献就更多而具体了，如第四次世界妇女大会的《行动纲领》及对联合国《千年发展目标》，以及《中国妇女发展纲要 1995～2000 年》、《中国妇女发展纲要 2001～2010 年》和《中华人民共和国妇女权益保障法》等），就分别涉及世界公共空间的建设与发展，至于女权主义话语本身哪怕多么尖锐有力，说到底都是如何与妇女发展和全球发展的制度化之间的相辅相成："正由于女权主义思潮同现实的关联，发展项目才更加务实、更注重参与，也更尊重当地知识。妇女发展的当地经验和地方性知识可以说成为提升女权主义发展思想的最厚重底色。在过去数十年中，国际发展机构、各国政府及非政府组织的政策和项目，多多少少都受到这些范式的影响。而这些范式数十年生生不息、推陈出新也正是这门鲜活学问具有生命力的印证。由于国际社会和全球妇女运动的不懈努力，妇女发展和男女平等话语已部分物化为国际发展机构、各个国家及非政府组织的制度现实，并进而影响到了地球各个角落男男女女的生存与发展。"（P38）

因此，女权主义话语与视角固然重要，更为重要的则是社会政治的公共性与世界政治的公共空间的有效开掘与建设，否则，妇女基本权利诉求就不能得到保证，话语本身也就无所附丽，即便其再漂亮也不过就是漂浮着的话语泡沫罢了。这便是胡氏"社会性别、族裔与差异"和"知识谱系、话语权力与妇女发展"两章所带有开宗明义意味的用心所在。因为话语本身的尖锐，前者可以在情景化知识的背景中理直气壮地抨击所谓普遍化本质的"责备受害者"和脱离情境的浪漫化的妇女"平等"、"发展"与"解放"，后者则在开阔的公共空间之中，清晰地梳理了女权主义话语的制度化进程。

因此，更为重要的还是胡氏提供的实证研究，比如"国家、市场与农村妇女就业""农地制、土地利用与可持续发展""转型中国的三农危机与社会性别问题""'三年困难'时期的农家生存策略""性别劳动分工与'农业的女性化'"等篇章。尽管实证的研究方法不同,但无论是前现代、现代和后现代状况,尤其是在后二者相互交织的状况下,中国妇女和妇女问题其实并无实质性改变。在农地制方面,分配或者利用,集体化时代与市场经济时代,妇女问题常常淹没在各自的时代问题之中。集体化时代,"为贫困和温饱问题所迫,除了工分别无其他生计来源的村民不得不向大自然伸手去索取。常言道:'靠山吃山,靠水吃水',村民们的一个集体回应便是过度使用周遭公有地资源,其中包括牧草、野菜、猎物及草药等。这成为挣扎在生存边缘的男女村民寻求生存出路的一个主要策略"。(P143)市场经济时代,生态和生存问题也不见得有根本性改变,"在人民公社体制下,社会不公正、贫困、资源毁坏与生态环境恶化形成了互为因果的恶性循环之势。分地单干后,农地制变革引发的激励机制变化很快消除了极度贫困并使村民的生活的大为改观,然而,各种隐性和显性的资源和环境恶化并未化解。相反,小农经济的发展在很大程度上是以当地资源环境的损毁和贫富差距的拉大为代价的。市场经济驱使下的土地利用实践已严重危及农业生产的生态基础和农业发展潜力本身"。(P155)与其说妇女问题,毋宁说中国农民在遭遇不同时代的老问题。

也就是说,尽管胡氏的实证研究常常是以内蒙古的 Y 村和云南项目县的田野调查以及陕西农民侯永禄的"三年困难时期"的"日记"等不同方式展开的,但其对农村问题、农业问题、农民问题在全国不同时代的观照都具有典型意义。饶有意味的是,妇女问题常常隐而不显,反倒不时遮掩在"三农问题"的缝隙之中。尤其是不同时期和不同环境之下的生存策略,农村妇女才是最重要的生力军,而对农村妇女的生存境遇和生存策略的几乎本真揭示,恰恰是胡氏社会科学分析用心细致和功力穿透之所在。比如说,在国家动员体制时代,男女都是螺丝钉,个体权利均无从谈起,而随着市场经济时代的到来,原先那些集体化时期的诸如水利、机械以及卫生等国家大幅投入的悉数退出,同时又让没能做好自我组织的村民们雪上加霜,以往的农户互助代之以雇工,富裕人家当然没有问题,贫困者则陷于无助状况,大量化肥的使用使得"原本就很脆弱的这些土地因急功近利而变得愈加贫瘠了",无论是生态、生存环境以及个体权利,均处于一种无奈悖论状态。国家管与不管,似乎都一样。

因此，令人印象深刻而且入木三分的反而是那些诸如"三年困难时期"侯永禄妻子菊兰联合婆婆与村干部的老公"斗智斗勇"拾麦穗度饥荒，市场经济下的农业女性化场景中反复出现的留守农村的"386199 部队"，和"由于男性劳动力已多半非农转移，主要由妇女负责位于澜沧江对岸坡耕地上的农作活动。跨越这条江的一座桥被洪水冲走多年却一直没人来过问。不管江水深浅，该村妇女经年累月趟过这条江去种地，有时一天来来回回好几次……村妇中不少人因严重的关节炎和风湿病而备受折磨，因不堪医药费和交通不便，她们互相注射青霉素"（P232）等那些鲜活场景，以及严峻乃至严酷细节。

这就是说，中国妇女问题的"在地化"与"处境性"知识，比女权主义话语理论本身确实来得重要。特别是在中国语境和生存结构里面，已经无数的事实证明，简单诉诸理性主义行不通，比如遵从《联合国宪章》之类按图索骥就可能适得其反，即便是国内"顶层设计"的红头文件之类，如果忽略了"在地化"和"处境化"，一样会被打折扣或隔靴搔痒。因此，"倒果为因"不可取，"一项制度成功与否在很大程度上取决于它是否得到风俗习惯、传统、行为准则等非正规制度的支持"（制度经济学家诺斯语）则更重要。胡氏之清醒还并不止于此，一方面，她还重视"底层民众的首创活动甚至有可能催生国家的正规制度"（如安徽小岗村对土地利用的创举）；另一方面，她始终不忘把中国妇女问题纳入全球化语境，无论是应对全球化挑战还是本土性的"赋权妇女"考察，均是在一种敏锐的中国妇女生存结构感觉中展开的。这样，无论是从生态角度，还是农业女性化角度，以及当年城乡差别结构和眼下市场经济下的城乡结构角度等，均在此语境和视角之下形成特有的理论与实践张力。

这种张力主要体现在对中国特有生存结构的心领神会和对中国妇女生存真相的深切了解，在提供中国妇女诸多精彩的生活场景的同时，也对妇女的种种生存条件给予系统考察与观照，诸如识字状况、入学/辍学状况、有关"好丈夫"和"好妻子"的评判、生男孩子的社会文化压力、同市场的关系、对社会/财政/自然资源的控制、政治参与等，中国妇女的弱势群体面目彰显无遗。而且这些生存条件的形成渊源有自，除了结构性考察，历史性考察显然也成了胡氏实证研究中的一个重要维度。

或者毋宁说，许多时候结构性问题是与中国特定的历史状况交织在一起的。比如说，"三年困难时期"与"一大二公"等是跟"秦汉政制"以降的国家动员体系紧密相关的，而"三农问题"虽然跟转型中国的计划经济转向市场经济密切相关，但农村问题是个社会学问题，农业问题是个经济学问题，农民问题则是个政治学问题，亦即需要在一个政治经济学框架之内获得基本考察和解决。另外，由于男女身体条件、生理和心理的原因毕竟天然有别，不同历史时期的社会角色以及分工，诸如从"男女并耕"到"男耕女织"再到"男工女耕"等，都有某种程度上的合理性——但毕竟，妇女的生存条件与权利等都是紧密嵌入本土的政治经济以及文化结构之中的。农业女性化是在新的历史条件下中国妇女遭遇的新问题，妇女的生存条件和权利则是在新的历史状况中更趋于严峻了，也就是说在许多过去没能解决的老问题基础上又出现了许多新问题。

比如上述那些妇女生存条件，除了新中国成立后城市妇女获得较大程度的解放之外，占绝对多数的广大农村妇女并没有获得多少改善，至于妇女"参政议政"的权利，无论城市抑或乡村基本更是一种"被参与"的状态。在历史情势完全变化的情形下，由于长期以来的教育、生计、家务等先天条件限制，曾经豪气冲天的"半边天"说法早已不再，新一代农村妇女更是对之弃之如敝履。与此同时，由于农民收入增速减缓、农业基础薄弱和农业发展滞后等，留守妇女"伴随越来越多男性就地或异地非农转移……不仅承受着一家一户低报酬小农经济的弊端，社区共同体趋于衰败的代价，还承受着市场经济失灵的困境……当下困扰乡村社会的许多社会经济问题，包括农地事业、扶贫、儿童生存与发展、人口老龄化、人口流动、医疗保健及社会保障等，越来越成为社会性别化的发展问题。"（P159）

但毕竟，中国政府以及中国学界在行动，而且中国确实正在迎来前所未有的全方位变革。哪怕前现代、现代和后现代语境多重交错，只要中国的历史与现实情势在发展，"社会性别与生态文明"主题就可能在理论、实践与行动上产生重要的三重变奏。关键在于朝野方方面面是否准备好了：既能积极应对全球化的挑战又能有效应对自身社会的变革。实际上，无论是女权主义话语还是全球化情势与语境，均需在一种政治结构的重大调整之中才能彰显各自应有的话语分量，世界的政治结构如此，中国自身的政治结构更是如此。诸如气候变化、饮水卫生、传染病等众多生态问题和危机，其跨历史、跨地域亦即跨时空是任何一个民族国家无法单独解决的，而几乎所有危及人类的生态危机，若能得到起码有效的立体解决也都必须求助于所有民族国家，也便是在此意义上，胡氏的理论旨趣其实直指到了世界社会科学的重思与重构。

前提当然是,一如胡氏所做的中国社会科学的具体研究揭示,现代民族国家建构中的市民与公民权利(并延伸到农民权利和妇女权利等)的重构乃重中之重,胡氏不过更为强调"赋权妇女"罢了。其实在当下,中国特别需要给予全民意义上的赋权,所谓"权为民所赋"就是从中国传统意义上所讲的相同道理。而胡氏持女权主义视角,其一番孤军深入的苦心孤诣显得格外醒目,其所附丽的话语则更为犀利。从"从承诺到行动:中国妇女的环境运动",到"将社会性别纳入农村水供应与卫生项目的主流""社会性别视域下应对气候变化问题""全球化、社会性别与艾滋病问题""全球化时代的农村妇女健康"等篇章,从政府组织到非政府组织,尤其是在北京举办第四届世界妇女大会之后,中国妇女环境组织从无到有,各种环境宣传教育和倡导活动层出不穷,调查、研究及培训活动不断拓展,国际交流与合作不断增多,则为其进一步详尽具体的研究提供了话语正当性力量。诸如农村水供应、气候变化、艾滋病乃至妇女健康,也均是在一种实证的框架之下所做的详尽研究,并敏锐地发现诸多问题,如水供应项目,男女受益情况不同,"在绝大多数情况下,妇女是家用水的主要使用者和管理者。这与男女两性用水行为是密不可分的。譬如,除了饮用水之外,男性用水主要是为了个人清洗。与此形成鲜明对照的是,妇女用水更多更频繁,这与她们履行与水有关的多重家庭角色与责任的密切的关系,其中包括做饭、洗衣、搞卫生、给孩子清洗以及饲养家畜等"。(P260)更有甚者,由于妇女跟环境的天生关系,加上文化传统与现实条件的变迁,她们跟土地、跟气候、跟性以及疾病都有着更为深刻而脆弱的联系,其间的主题词似乎可用"弱者"(土地)、"坚韧"(气候)、"被动"(性)、"无奈"(疾病)等来彰显。

作为社会科学家,胡氏在调查中发现问题之后,总是要苦口婆心地提出某个对策,如水项目:"像清洁水的统一供应和维持等公共服务无疑有赖于社区共同体的集体行动……即社区动员应该先行于水管铺设和挖井等技术性干预。换言之,在社区水供应项目实施之前就应同当地人特别是妇女有深度互动,以确保双方的期望和责任得到明确的澄清和理解。假如想在社区参与以及人们的行为转变方面有较显著的改进,那么,就必须使当地村民行动起来,以确定存在的问题及其解决方案并为此采取行动。"(P263)又如气候问题:"在减缓气候变化,可赋权妇女采取保护农田的耕作实践,其中包括桔干机械化粉碎还田、绿肥种植、增施有机肥等以增加农田土壤碳汇。动员妇女积极参与植树造林，特别是退耕还林工程、天然林保护工程、京津风沙原始治理工程等生态建设项目，从而为增加森林碳汇做出贡献。关于适应气候方面，应在以下方面赋权妇女，其中包括发动妇女参与农田水利等基础设施建设，增强农业抗灾能力；采用优良的抗旱、抗涝、抗高温、抗病虫害等抗逆品种；参与水土流失治理；采用农田节水技术提高灌溉效率；节约和保护水资源以及更多地利用非木材的林产品等。"（P283）其对策的针对性及对症下药的准确性，可见一斑。

与此同时，胡氏还总是要在诸多论文的结尾提出某种展望或期望，如："要从根本上提高妇女的地位，单靠提供安全饮用水和卫生设施是远远不够的。满足妇女实际需求的干预必须辅以解决她们的战略性需求，包括改变劳动、资源及权力分配的现存模式。享有清洁水和环境卫生是妇女的一项基本权利。也就是说，从制定改水改厕政策和战略的顶层设计到草根一级的干预活动都需要重新反思并加以调整，以便真正赋权农村妇女，从而促进农业/农村发展中的性别平等与公平待遇。"（P268）又如："艾滋病问题不仅是个人权问题，也是一个社会公平问题。作为全球社区的一员，实现不可或缺的社会公正尤其是社会性别公正——在立法和国际政策框架内确保边缘群体的权利并进行赋权——是从根本上预防和遏制艾滋病的关键所在。两性不平等的政治特性呼唤我们做出超越保健部门的以社会公正为原则的全方位政治回应。"（P306）如此之类，其实所指大多是中国政治公共性的阙如，妇女基本处于无权状态。所谓社会性别公正只有在"社会公正"的理论诉求基本得到兑现的前提下，才可能得到真正的承诺，而且还不仅仅是赋权妇女，而是赋权于公民、市民和农民亦即全体人民，公平的正义问题才可能得以落实。

但不管怎样，在全球化语境里面考察中国妇女问题乃至中国问题本身意义重大，因为"始于20世纪70年代末的改革开放，全球化已深刻影响到我国广袤疆域的每个角落，并导致了国家政策、市场力量和人们日常实践的根本转变。史无前例的人口流动、迅猛发展的城市化、日益增多的非正规部门、逐渐市场化与私有化的医疗卫生部门以及不断削减的政府对健康、教育及其他社会项目的投资等，无一不与中国融入全球体系息息相关。"（P312）恰恰是由于融入了全球化，中国妇女问题才更趋严重，妇女生存状况更趋严峻，而在原有文化—政治结构并未得到有效松动且可能有效变革的情形下，所谓"男主外、女主内"传统导致农村妇女大量日常劳动被忽略不计,所谓政治参与从来就是亲亲尊尊,不要说农村妇女,即便城市妇女参政议政者也是"按比例"的"花瓶",所操持的不仅仅是男性话语,更是官场话语本身。在这样的文化政治格局里面,完全可以想象诸如农业女性化以及"三农"问题,特别是繁重家务劳动常被重复不计又摆脱不掉的诸多女性困境。所有种种,通过一些简单的理性假定是很难从根本上扭转的,哪怕是通过人们总是期望的立法层面。社会公正或者"公平的正义",显然需要在全面赋权于人民的前提下,再特别强调赋权妇女才可能出现一些曙光。

也就是说,社会公正在某种程度上意味着只能通过自治达致,否则难以想象:"以社会性别为基础的干预应着眼于改善妇女的社会经济与地位,从而增强妇女个体和群体的自我保护能力并降低其脆弱性。这一切更凸显了加强法律、教育、宣传、经济、行政等整合性措施的必要性。以便促使男女平等上的真正转变。为了弥补市场失效,政府应担负起健康保护和社会保护的责任。"(P306)因为只有在"强政府"和"强社会"的双强基础并互为前提的可能性上,所谓公平意义上的平等才是可能的。有关种种整合性措施,只有在赋权全民并由全民创造出强大的社会需求,赋权妇女尤其必须在自我组织的基础上,妇女通过教育以及技能培训等,真正参与到经济发展的大循环中来,而不是只能依附于"大政府"主导的经济与社会的全面管控的大背景,然后被动地指出由于农村妇女先天教育缺失、后天技能培训缺乏而只能沦落在经济与社会的边缘,因此要求政府强有力的干预与救济。真正强大的政府当然应该随时向市民社会伸出援手,对健康保护和社会保护随时施行强而有力的干预和救济,但前提是,强大的市民社会首先能够做到社会与健康的自我保护,甚至监督政府要求其履行"干预和救济"的起码义务,所谓公共空间、公共领域就这样形成了。所谓公民权利只有在成熟的公共空间与公共领域当中才能逐渐得到落实和保障,世界秩序和全球正义意义上的公共空间与公共领域,道理相同。换句话说,当我们真正造就了双强的政府与社会,中国的社会科学可能就真的迎来了春天,以中国为根据的社会科学就可能为世界社会科学的繁荣与发展贡献出中国智慧。中国的女权主义视角与话语,尤其是理论、实践与行动的三重变奏,道理也一样。

——2015 年 4 月 30 日初稿于泉州东海滨城,8 月 23 日改定于聚龙小镇自适斋

# 学术共同体与"最可惜一片江山"

## ——贺学术批评网创办十周年并致若干反思

请允许我借用叶铁桥先生的《学术打假，怎一个愁字了得》一文中开篇的一段话作为开场白：2010 年 11 月 5 日，在北京师范大学文学院举行的第二届全国学术批评与学风建设论坛上，天津师范大学教授谭汝为用宋词来形容当前的学风："用李清照的词来说，是'这次第，怎一个愁字了得'，用辛弃疾的词来说，是'更能消几番风雨'，用姜夔的词来说，是'最可惜一片江山'。"真是应了孔夫子的"不学诗，无以言"的古训。谭汝为先生的发言不仅引来一阵喝彩，而且非常真切地对应了当下学术状况的现实，大概也便是因为后者，就不能不引起与会者的共鸣从而也不能不为之喝彩了（大意引自叶文）。有趣的是，杨玉圣在为学术批评网创办十周年纪念而发起的"征文启事"，开篇也引用了孔夫子的话：子在川上曰，逝者如斯夫，不舍昼夜。关于这段话，通俗的说法是：孔子在河边说，消失的时光就像这个流水！日夜不停留。但也有引申的说法：孔子站在河流的源头，说就像道统的源头，传道就要像这滚滚的河流一样，永不停歇。我不知道杨玉圣采用的是何种说法，我想可能是二者兼而有之吧。

但我想，"古人以简册传事者少，以口舌传事者多……故同为一言，转相告语，必有愆误，是必寡其词，协其音，以文其言，使人易于记诵……始能达意，始能远行"。（清人阮元语）古人是因为条件所限，当然也就成了"不学诗，无以言"的社会基础或者干脆便是时代风尚，而到了眼下这条件，如果时代风尚仍是遵从"不学诗，无以言"的古训，那麻烦就比较大了。比如说，若在现时代下开讲已经妇孺皆知而且可能老少咸宜的民主问题，来那么一句艾青的诗："为什么我的眼里常含泪水？因为我对这土地爱得深沉"，麻烦就不是一般的大了。而所谓"学术共同体"的表述，道理大致相同,如果"这次第,怎一个愁字了得",这"一片江山"的麻烦也一样不是一般的大,对吧?

无须讳言,"逝者如斯夫"!一晃十年,谁都知道人生又有几个十年!可杨玉圣居然十年如一日地坚持在他的学术批评阵地,而且还是一直在"苦撑"——所谓"苦撑待变"也——这就不是一般意义上的"学术打假"可以"一言以蔽之"的了,甚至也不是胡适意义上的那种"苦撑"——抗战八年结束了,学术批评网坚持了十年,曙光在哪至今还看不清。也无须讳言,对杨玉圣的学术批评,笔者一直由衷赞赏,也曾以"关于杨玉圣学术志业综合批评"的名义写过三篇系列文章(先后刊发于《云梦学刊》2005年第2期、2007年第5期、2010年第1期)。众所周知,关于"学术志业"的说法首创权属于马克斯·韦伯:在其所处的特殊年代和特殊环境里,他曾经发表了《以学术为志业》和《以政治为志业》两篇著名演讲——假如剔除其中的有关基督教信仰的内容,应该说就跟"进步"的信念有关了。也就是说,从事学术还是政治能够跟"进步"联系起来,就可视之为"志业"而不是一般意义上的"职业"。"职业"者混口饭吃而已,"志业"者值得热爱的事业,假如我没有理解错的话,韦伯的意思是说,学术之所以能够作为"志业",是因为可以预设社会是进步的,同时学术也意味着是进步的,如果能够通过学术进步来推动社会进步,那么学术研究就是有重要意义的。我相信杨玉圣坚执学术批评,便是满心以为学术进步可以推动社会进步的,所以他才把所从事的学术事业叫作"志业"。但而今十周年下来,杨玉圣似乎仍是在那"苦撑",究竟如何"(待)变"却不知道。这样,我这个曾经由衷地赞赏他的"学术志业"的人眼下也不能不产生了怀疑,怀疑这个"进步"是否可能发生!

如果这个"进步"始终不能发生,把学术批评作为"志业"是否值得?如果不值,又何必概叹"这次第,怎一个愁字了得"呢?也许,最让人欲说还休的还是"学术共同体"的说法。其麻烦或者复杂程度其实并不亚于孔子或者朱熹的"道统"说法(关于后者,余英时为朱熹"文集"和"语类"重版作序的过程中为了澄清各种各样的问题而不断扩展出来的两卷本《朱熹的历史世界》,一开始便是从究竟何为"道统"、"道学"以及"道体"入手的)。据我所知,杨玉圣为"学术共同体"的命名曾经有个形象的比喻,就是"泰坦尼克号",其意是说做学术的人大家都在这个"泰坦尼克号"上,一荣俱荣,一损俱损,等等。所以他要奋起保护这个"学术共同体"的尊严,不然这个"泰坦尼克号"哪天真的沉没了,包括他自己在内的大家伙也就都没了尊严。但想我直言,这个"泰坦尼克号"太过庞大了,不说它真要沉没那是谁也没办法的事情,就说有关于"共同体"的说法,一如庞中英为学术批评网创办十周年所写的文章中所说,共同体概念可以大到"国际共同体",比如"欧洲联盟"(《关于学术共同体的几点感想》)。而在我看来,更切合我们理论实际的更有"法律共同体"、"道德共同体"乃至"政治共同体"的说法。实际上,我指出的后面的这几个"共同体"其实比"学术共同体"更重要,或者毋宁说,没有后几个"共同体"的真正实现,"学术共同体"其实也基本实现不了。

事实上,共同体的事情比"道统"还要麻烦。余英时论证了"尧、舜、三代"才是"道统",孔子以降是"道学",所谓"古者势与道合,后世势与道离",所以宋代道学要反复论证"道体",他们的理想和做法就是皇帝"与士大夫同治天下",亦即程颐所谓"天下安危系宰相",所以怎样掌握"道体"构成"治天下的大本"就是非常重要的事情。士大夫们也就是干这个的,所以人格很独立,甚至对皇权还能有点约束的企图(《朱熹的历史世界》)。可到了1840年以后,中国已然发生了翻天覆地的变化,士大夫阶层逐渐崩解,新涌现出的则是更具某种独立意识的知识分子。知识分子的追求和士大夫的追求当然不一样,比如说"民主法治"的追求和"道统"的追求。尽管二者都是理想的追求,但实现起来真是一样艰难:"三代之制"在传统中国两千年里始终就是个乌托邦,"民主法治"在"现代中国"的近一个半世纪过程中,常常就是个理念层面的东西,似乎可遇而不可求。这也便是前述"欲说还休"的原因吧。

很显然的,"共同体"的说法属于现代性的追求。至于传统如何做创造性转化先不谈,麻烦在于,我们自己究竟又为现代性在本土的实现奠定了多少基础呢?假如说,晚清以降基本上是"被压抑的现代性"的话,实际上市场经济改革尤其是邓小平"南方谈话"之后,基本就是"被压缩的现代性"了——也就是说,西方至少两三百年的现代性过程一下子被压缩到了我们二三十年的市场经济改革运动中了。但不管怎样,自从市场经济改革之后,我们本土现代性的诉求其实已经基本是正面的了,亦即基本没必要在汪晖所一直揭示的那种"反现代性的现代性"的怪圈里继续循环了。有趣的是,这个时候出现的意识形态强力的式微,被邓正来称之为(意识形态)"真假结构"(《"生存性智慧"与中国发展研究论纲》),而任剑涛则称之为

"矫正型国家哲学"(《矫正型国家哲学与中国模式》),尽管二者的理解基本相反,前者以为是"试错机制",后者则以为是"不确定性"。也许二者恰好可以拿来说咱们的事儿。如前所述,因为"没准备好",就是我们自生自发秩序的可能性其实微乎其微,如果过于强调"确定性"的国家哲学,万一国家太过强势,对我们"独立的社会生活领域"就可能是个灾难,实际上晚清以降的国家建构便是如此,把所有的个人和社团均"组织"到"举国体制"里面去了,直至现在几乎不存在独立的民间团体,又遑论现代意义上的大社群?从这个意义上讲,"共同体"就似乎有点"与虎谋皮"的味道了。因为"共同体"的关键在于成员们是如何被对待的,换句话说,即作为个体的成员是否有真正的归属感?比如"法律共同体"成员的利益受到了保护,个体成员认同就是自然而然的事情,如果你不保护他的利益,你又如何让他(她)有归属感呢?"道德共同体"成员如果感受不到基本的尊严,或者当老实人老是吃亏,坑蒙拐骗风险很小,获利多多,那你让谁讲道德,又有何责任伦理可言呢?"政治共同体"的事情就更大了,就像任剑涛指出的那样,现代意义上的国家不像传统意义的国家仅靠道义即可承担,而需要更高的智慧担当的国家哲学建构。但窃以为,不管是出于何种"共同体"的建构,个人尤其是个体合法性和人性的发展均是关键着力点,否则无论是何种共同体意义上的建构,共同体成员的认同程度都可能要被打折扣。

学术共同体的事情,道理显然一样。我想问题的焦点可能就在这里,换句话说,我们是否应该做些换位思考?比如说,我们过去是不是更多地出于公理性的主张,而总是从"进步"的普遍意义上去规范个人的行为呢?从我们至今记忆犹新的社会主义道德规范到后来的一波又一波的"普法运动",显然无不如此,更不用说,晚清以降的"举国体制"总是要把全体国民纳入到一种单一发展的政治架构中去了。我们的个人自由和发展空间的萎缩其实妇孺皆知,有目共睹。这还仅仅是一个半世纪或者百年乃至五六十年的事情,更为顽强且顽固的是我们有着两千年"郡县制"带来的被吴思所反复揭示的"潜规则"至今仍甚嚣尘上。更为重要的是,就像英人法律"不是因为我们的法律好,而是因为我们的法律老"那样,一言以蔽之:法律以及法律规则是慢慢积累起来的,而好的法律更是逐渐进化出来的。也就是说,只有经过有效的积累和进化而形成的所有规则或规范,才可能得到人们的自觉遵守,否则,移植来的东西无论是法律还是道德规则就可能时时遭遇本土严重的"水土不服"。很显然，学术规范的事情也一样，如果不是如此，多年来杨玉圣因学术批评所招来的种种歪曲、人身攻击乃至恶人先告状等，跟他出于学术中国的"守夜人"角色的"使命感"以及出于"志业"的热爱之间，所构成的巨大反差而不时陷入的"焦灼"乃至"愤怒"的情形就难以解释了。

如果我们换位思考能够成功，就可能在学术心态上更具开放性。与此同时，陈平原、谢泳意义上的民国大学、西南联大研究，于建嵘意义上的"地方自治"，杨玉圣意义上的社区自治研究（笑蜀先生在这方面显然也有共识，其有一篇文章的题目就叫《社区自治可能比政改更重要》），等等，就有可能从另一层面上彰显特别的重要性。说到底，其实就是要开辟出一片"独立的社会生活领域"的新天地来，因为只有在这片新天地里，才有可能积累起来真正可行的良性规则，而所有慢慢积累而形成的规范性要求也才可能得到不同共同体成员的自觉遵守。其中的关键是，认同感是起码的前提。如果他（她）本来就不认同，你就几乎无法强调什么规范，也更无法强制执行何种规范。只有在个体"认同"的同时得到了共同体的保护，具体成员也才有了归属感，对共同体的规则自然会有意无意遵守，责任伦理也就自然而然产生。更为重要的是，"'道德规则并不是我们的理性所能得出的结论'，休谟对此论证说，我们的道德信念既不是先天意义上的自然之物，也不是人之理性的一种刻意发明，而是一种特殊意义上的'人为制品'；休谟在这个意义上所说的'人为制品'，也就是我们所称之为'文化进化的一种产物'。在这种文化进化的过程中，那些被证明有助益于人们做出更有效努力的规则存续了下来，而那些被证明只有助于人们做出较为低级努力的规则被其他的规则取代了或淘汰了"。（邓正来语）学术积累的事情道理相同，要真正形成知识创新的机制，并有相对成熟的学术规范相配套，唯有通过"更有效努力的规则"自然淘汰"较为低级努力的规则"，以形成良性循环并促成有效的规则进化，方能真正奏效。在"独立的社会生活领域"里则更是如此，比如在市场经济里面，成功的行业与企业自然取得了品牌效应，其不仅取得榜样的力量而且可以领导新潮流，创新机制与竞争机制由此形成，职业伦理也一样会得以健康循环发展，比如道德"诚信"问题也就迎刃而解，除非愿意面临的是淘汰出局，否则诚信就是起码的要求。很显然，各行各业的生存与发展均可作如是观。

窃以为，只有在此基础上，重新呼吁建构国家哲学也才可能是靠谱的。

否则，私人领域难以得到良性循环，公共领域也根本无法得以健康发展，私法与公法的建构和实施就可能始终会在原地打转，很难获得实质性的突破，我们就既不可能成为真正意义上的市民，又不可能成为真正意义上的公民。也便是在此意义上，许章润（以及任剑涛）等一直呼吁的国家理性和国家哲学的建构才十分重要，因为只有真正的国家理性才可能尊重全体国民的普遍利益，才会尊重和保护私人领域的良性发展和循环，并保障全体公民进入"公域"的基本权利。因此，现代意义上的民族国家就不再仅仅是一个法律共同体，而且更是一个属于我们自己的最大共同体——政治共同体。如果我们在不同层面上的共同体都能得到真正有效的确立，并且得到不同共同体成员的高度认同，孔子意义上的"不学诗，无以言"（更多时候实则"借别人酒杯，浇心中块垒"）的那种尴尬状况就将宣告结束，亦即到了那个时候，"一片江山"就不会"最可惜"了，而应该是"最可喜可贺"了！

兹以上述文字纪念并祝贺学术批评网创办十周年，期望学术批评网以及创办人杨玉圣百尺竿头，更进一步。这样，我就更愿意相信杨玉圣在"征文启事"中开篇引用的孔夫子的话并非仅仅指的是"消失的时光"，而是指孔子站在了河流的源头，说这就像道统的源头，传道就要像这滚滚的河流一样，永不停歇啊。

（原载《学术共同体论坛——祝贺学术批评网创办十周年文集》，杨玉圣主编，2011）

# 论批评的权威与学术的尊严

## ——杨玉圣《非法非史集》序

杨玉圣是我的好友，他即将出版新著《非法非史集》，嘱我作序，恭敬不如从命。何况，对于他的学术志业，多年来我一直持由衷赞赏的态度。

学术批评网创办五周年纪念和十周年纪念时，我都写了文章，表示真诚祝贺；尽管十周年纪念的时候，个人态度开始有了些微妙变化。这个变化的原因有二：一是学术批评的目标开始变得游移，按笔者个人理解，学术批评的目的，最简单地说是为了促进学术繁荣，而按玉圣兄最早的设想，也是以学科评论为主，以问题史的递进方式推动学术研究的进步，这在他先后参与改版《学术界》《博览群书》《社会科学论坛》，创办《中国政法大学人文论坛》《中国政法大学学报》等刊物的系列动作中，也可清晰地了解到这一点。但后来的事实，可能仅仅是史学评论这一块具有一定的推动作用，其他学科的评论可能成效不大。二是与"学术打假"纠缠不清，从而影响了本已相当明确的学术目标，多少有点"事与愿违"。比如，伪注问题，当然是个"学术瓶颈"突破的关键，却又绝非当下学术界自己就能解决的问题。又如，所谓"在职研究生"以及诸多注水学历也能大行其道，相形之下，大多只是学术圈内的"伪注"问题可能是小巫见大巫了。也就是说，我们的时代既然"鼓励"造假，目的仅在于"谋利计功"，伪学术就自然香火兴旺，所谓覆巢之下，岂有完卵，"伪注"不过就是个衍生方式。不然，就无法解释，杨玉圣常常因为揭露以"伪注"为主要形式的打假而官司缠身，最典型的恐怕当推"沈木珠夫妇系列诉讼案"，前后五年，重复十几个案子，诉讼死缠烂打，可谓是"破纪录"的超历史性了。究其原因，也很简单，用国学大师钱穆先生喜欢的南宋学者胡宏的话说："学贵大成，不贵小用。大成者，参于天地；小用者，谋利计功。"针对专门谋利计功者却非强求参于天地，乃驴唇不对马嘴也。这样一来，本末倒置，适得其反，便再自然不过。作为当事人，玉圣兄尽管可以"虱子多了不咬"，可作为旁观者，则常常为玉圣兄把美好时光浪费在"圈内"以为是正事儿、"圈外"看来就是一堆烂事儿（一会儿"且战且退"，一会儿"迂回突击"）上而深感痛惜。

以玉圣自己良好的学术训练和学术功力，原本大可在"参于天地"上施展拳脚，并且也能把其学术性情发挥得更加淋漓，尽管众所周知，一代有一代之学术。只是玉圣深受晚清学人"公理观"的影响，更有中国美国学学者以及曾经访学美国的知识背景，有关现代学术的健康发展，学术批评便极自然地被认为是重要杠杆：无论是学术公共空间还是至关重要的学术评价，似乎均端赖于它。问题是，学术语境与文化前提毕竟不同，学术批评在当下中国其实缺乏起码的权威；不然，就不可能出现上述诸多尴尬与混乱。究其深层原因，按中国以往以及眼下国情，中国的批评权威往往出自与权力结盟。这在当下中国文艺批评界跟美国的文艺批评权威情形恰成对照就可见一斑：人们一定记得耗资 6 亿元天价的电影《金陵十三钗》"冲奥"，却败给了投资折合人民币约 320 万元的伊朗电影《别离》——在该届奥斯卡评奖前夕，美国《纽约时报》、《纽约邮报》、《纽约每日新闻》、《洛杉矶时报》、《滚石》以及《好莱坞报道者》、《电影》等报刊，先后发表了一批重要电影评论家几乎是"一边倒"的批评文章，并很快就传播到了中国大陆；当时《金陵十三钗》的电影宣传方似乎大有不甘，并曾试图硬往意识形态或者政治上扯，似乎就是不愿正视那些评论家们的严格的美学水准和专业精神。直到奥斯卡评奖结果揭晓，我们才终于感受到了人家真正的批评权威。

至于我们自己的评论家，如果不跟权力结盟的话，那就只能当当"吹鼓手"，捧场应景而已。即便评奖之类，也并不例外。甚至所谓"国家级"的文学奖，在"初评"时入不了围，在"终评"时却能进入投票程序，并能堂而皇之地"获奖"，早就不是新闻了。（诺贝尔文学奖之所以权威，就权威在瑞典文学院 18 名院士的权威，我们不能因高行健的当年获奖说人家是政治性因素，而莫言的当下获奖就是排除了政治性因素，等等。）学术批评的情形，也在五十步与百步之间，哪怕一时无法与权力结盟，也要尽量地要往政治上扯，最典型的恐怕是对"汪晖抄袭"和"朱学勤抄袭"的先后爆料，并随之形成所谓"左、右"话语互博，然后就给人感觉"水挺深的"，直至最后什么都扯不清，就只有不了了之了。至于"沈木珠夫妇系列诉讼案", 则更是让人兴味索然, 同时还不能不说这是对学术批评的公然嘲弄。因此, 杨玉圣在学术批评网开办早期, 他不仅身体力行——与学界师友一道开设了一系列诸如"学风建设""学术规范"等论坛, 而且与张保生先生联合主编了《学术规范读本》和《学术规范导论》(近期甚至实现了他早年夙愿, 面向以研究生为主的《学术规范与学术诚信读本》也在他参与主编下出笼, 并在中国政法大学研究生院主持"学术规范、学术诚信与学术写作"的系列讲座, 还多年为本科生主讲"学术规范与论文写作", 从而兑现了不同层次读者"三位一体"的所谓"学术联邦宪法"的承诺) 等, 加上此前此后主编的《中国人文社会科学博士硕士文库》及其续编32册, 为前辈德高望重学者如罗荣渠、齐文颖、刘绪贻、刘宗绪、曹德谦等主编的文集、祝贺集、专著近十种, 不仅让玉圣成为全国可能编书最多的学者, 而且功德无量。与此同时, 他更是深深意识到了"学术共同体尊严"的无比重要性, 因此, 在学术批评网创办五周年前夕, 便在网站右侧特别标示出"为了学术共同体的尊严"十个大字, 与学界共勉。事实上, 无论是前述"三位一体"的编辑, 还是对"长江后浪推前浪"的期待以及"薪火相传"的希冀, 并以一己之力, 在北京先后主持召开了"学术批评与学术共同体"(2006) 和"首届学术共同体论坛"(2011) 两个大型学术研讨会。玉圣兄所有的学术践履, 原本就处处体现了对"学术尊严"的追求。然而, 十多年过去了, 无论付出了多少劳动, 又做出了多少贡献, 架桥铺路的过程却也让其饱受误解与中伤, 因而也能不时见到玉圣的"嬉笑怒骂", 而收入这部最新的文集《非法非史集》的许多篇什便是其直接结果的"皆成文章", 当然也是其诸多甜酸苦辣的具体档案和直接见证。

坦率地说, 在我看来, 一味采用"以正压邪"的办法或者遵从"公理观"的理想主义道路, 中国学术共同体其实很难获得真正的尊严。阿基米德的"给我一个立足点, 我就可以转动整个地球"的名言, 人们耳熟能详, 可惜在我们这里, 哪怕给你一个具有"外在超越"的立足点, 连身边一里地都撬不动。最简单的道理就是, 如果学术不独立, 诸如"教授治校""学术自由"之类基本流于空谈。所谓"高校衙门化、行政化"以及市场化, 本来就是难以改变的现实, 刻意强调或突出"教授身份"不仅毫无尊严可言——一如李贽所言:"不知孔子教泽之远自然遍及三千七十, 以至万世之同守斯文一脉者, 乃学其讲道学, 聚众徒, 收门生, 以博名高, 图富贵, 不知孔子何尝求富贵而聚徒党乎?"——甚至, 时时感到的只能是人微言轻的

"卑微",从而伤害的就不仅仅是人格尊严,而且还大为影响学术性情。因此,按笔者的主张,既然那种"公理观"的理想主义道路行不通,或者民国学人风范以及西南联大之余风流韵仅仅是一厢情愿,玉圣大可改弦更张。即便从"外在超越"的角度讲,学术批评网曾经的"立足点"以及玉圣一系列的学术践履,窃以为基本已经功德圆满。也就是说,从"致良知"的现代转换意义上致力于学术公益事业,在"知行合一"(理论与实践)上,也已不辱学术公共性的时代使命;假如不说利在千秋的话,起码也功在当代。因此,我觉得,玉圣兄与其发出"非法非史"的慨叹,不如进一步做出"亦法亦史"的时代努力。一则学术性情可能得以进一步舒展,二则大可利用"非法非史"之丰富经验,为"亦法亦史"的进程做基础铺垫。令人欣慰的是,玉圣恰恰是准备以此为契机,并开始改写并舒展自己的学术性情的。

有关学术性情,有清一代史学大家章学诚有过精彩论述:"学术功力必兼性情,为学之方不立规矩,但令学者自认资之所近与力能勉者而施其功力,殆即王氏良知之遗意也……高明者由大略而切求,沉潜者循度数而徐达,资之近而力能勉者,人人所有,则人人可自得也,岂可执定格以相强欤!王氏'致良知'之说,即孟子之遗言也。良知曰致。则固不遗功力矣。"当然,这是就学术内部纪律讲的。尽管时代不同,"致良知"也并非像余英时所解释章氏乃"把阳明道德性的'良知'转化为知识性的'良知'了"。(《论戴震与章学诚》)在玉圣这里,一转而为学术公共领域的开拓,即便跟"经世致用"范畴有关,也有完全不同的时代色彩。但众所周知,转型中国不可能一蹴而就,而且从晚清至今的转型过程已过一个半世纪,无比艰难的状况有目共睹。而转型的最关键处,即从"天理中国观"转向"法理中国观",尽管其间有"公理中国观"作为过渡:也许恰是"公理观"在中国的屡屡受阻或者失败,如何从"天理中国观"转向"法理中国观",就显得更为现实而且关键了。所谓现实者,即意味着只能根据中国的现实状况和可能状况;所谓关键者,则意味着公共领域的结构性转型。后者还意味着"天下治理"方式的转变,只有到了那个时候,学术公共性的问题也才可望得到根本上的解决。因此,在笔者看来,"外在超越"的立足点显然应该再次转换,亦即必须致力于更大范围的价值关怀与事实根据的论证。颇为重要的是,史家出身的杨玉圣,在"外在超越"方面原本就存在有良好的知识背景和学术背景,不说他早已有史学著作《中国人的美国观》、《美国历史散论》以及带有"问题史"性质的《中国美国学论文综目》问世，其恩师、已故北大教授罗荣渠先生开中国现代化理论研究之先河，本身就兼有世界普遍史的中国意识和中国立场，其"一元多线"的历史观不仅是对西方单线发展的现代化观的颠覆，而且开启了中国书写世界普遍史的极大可能性。一如人们所知，眼下早已不是中西之争、传统与现代之争的问题，而是不同文明之间的或冲突或交流或互动的问题了。此其一。

其二，玉圣的另一位恩师，即其博士学业的导师江平老先生，系我国法学界泰斗，其私法研究乃执我国法学牛耳矣。在江先生的指导下，玉圣所做的博士论文题目即为《小区善治》。这当然跟玉圣热衷社会公益并长期献身小区自治的实践与经验有关，亦即跟眼下这本《非法非史集》主要内容中的诸多法律实践有关——或许有必要说说何为"非法非史"，玉圣的意思是：虽然他在社区自治和学术批评（引起"名誉权"官司）的过程中，屡屡在法庭经受操练，不仅练就一身"法言法语"功夫，而且也习得不少法律实务的套路，但毕竟还是法学外行；虽然后来有诸多史学批评如《史学评论》以及《学术批评丛稿》、《学术共同体》等文集问世，却与史学研究本身毕竟有了"时空距离"。事实上，尽管法学分门别类以至专业五花八门，但终究还是无法摆脱"事实与价值"的分离或者统一问题，而且这还是西方哲学史意义上的经典问题。"事实"终究推不出价值问题，"价值"是否真的是脱离"事实"的客观存在，比如说法理学上的"法律文化论"、"权利法学派"、"本土资源论"以及"法条主义"等，虽然存在不同的价值偏好或者主观体认，但在法律实践的过程中毕竟可以兼顾"事实与价值"；虽然统一很困难，至少也不是真的完全处于分离状态。更何况，"虽然法治是绝对必要的，但是那种与法治理念相应相合的法律秩序却是在自由中得到发展的。那种法律秩序是一种自生自发的秩序。它是无法计划的，例如它无法通过立法而进行计划。它是经由习俗与法律的发现（很大程度上是在司法领域中发现的）而逐渐进化出来的"。（哈耶克语）尽管我们的习俗一样古已有之，"法律的发现"也不是没有，而是积累的可能性有很大限制，如"唐律""大清律"之类，一如余英时所言："讲中国法制史的人都特别重视唐律，因为唐律较能反映社会实际。宋律便不及唐律了……此外，大明律与大清律，区别是非常少的，必须要靠例和案来补充，个例和个案的处理是不同的，要看当事人的个别情形及原告被告的关系等等而定。这些千千万万的例案有时候极具社会史的价值。总之，中国法律的特殊性也是中国历史特质的一个有机部分，并且也和中国的政治传统密切相关。"尽管我们的政治传统并无实质的改变，但如能确保"经由习俗与法律的发现（很大程度上是在司法领域中发现的）"而逐渐进化，我们的法治秩序就有可能获得极大程度上的改变。而玉圣的法律实践之所以重要，"小区善治"的课题研究之所以重要，原因也即在此。尽管"价值"的问题很重要，但毕竟是"外在超越"的一个支点，而这个支点显然需要具备建构性功能。由此法律秩序中的事实层面、经验层面的论证在某种意义上就可能具备重要支撑意义，因为通过人们的努力以及自觉、不自觉的集体性选择，新的价值就又可能出现了。

也就是说，玉圣的"非法非史"中的法律实践活动，实则为下一步的"亦法亦史"研究计划与写作打下了一个扎实的地桩。即便从史学本身的研究与发展来说，晚清考古学的发展曾经刺激了中国古史研究的纵深，可在马克思主义学派（如郭沫若等）做出较大矫正后，史料学派、史观学派又一度陷入了作茧自缚的困境：史观学派完全出于政治现实的需要，人们诟病已久，无须赘言，而玉圣常常说起的"蹲史坑"说法，其实也就是史料学派的形象写照。加上以胡适之先生为代表的"科学的（方法）史学"而今在不断地被反思，其实传统中国原本发达的"史学观念"通过现代之解释可能重焕光芒。比如司马迁的"究天人之际，通古今之变，成一家之言"，所究"天人"改为"世界"，通"古今"加上"中外"，就不太可能是"蹲史坑"者们所认为的那样"史学即史料学"。章学诚有过一句名言："整辑排比，谓之史纂；参互搜讨，谓之史考。皆非史学。"当然，如果像陈寅恪那样一生在准备材料就是为了完成一部"最后的历史"（因此之故，陈先生的著作大都自谦为"稿"，亦即未完成状态），自是另当别论；或者像清代考证学那样的力求渊博，比如清儒的"一物不知，儒者之耻"，讲求"小题大做"的功夫，用无数的材料来解决一个相关的小问题，也另当别论。博学的同时需要通识，需要分析，也需要综合，尤其是随着时代的发展，自然科学和社会科学的不断渗透，不仅可能在旧史料中发现新问题，或者干脆是在新材料、新问题上有新作为，而且更为重要的是，综合的功夫在于能通古今之变，能究中外人际、国际和天际之世界走向。就像余英时所强调的那样，并不是说人人要写一部通史，"你可以写一个时代，你也可以写一个专门，或者政治制度史呀，或是思想史呀，这样也是一种综合工作"。（《史学、史家与时代》）

也便是从这个意义上讲，玉圣之先师罗荣渠教授的"世界普遍史"意识，可谓开风气之先，如果天能作美假以天年，罗教授的历史研究或者中国的历史哲学就可能足以形成与美国中国学或者包括沃勒斯坦、亨廷顿、福山等在内的世界体系理论的真正对话和互动（当然这也需要契机和历史条件），无论是世界史还是国别史，其实均关涉人类整体历史发展的方向。尤其是在21世纪和新的历史情势下，中美两大国的互动，实在关涉世界的历史性进程。玉圣显然希望能继承罗荣渠教授的遗志，并将很快进入已经在史料和史观方面均做出调整（已做了大量准备性工作）的《美利坚合众国史》的写作中。另据玉圣在来信中和我交流的设想，他还将陆续进行"第一个现代宪政国家的创建"和"法治社会的悖论"（主要研究美国历史上的私刑及其纠正）等可谓深造自得的新论，直至最后，按玉圣自己的说法，"亦法亦史"的工程就可能呼之欲出了。

如上所述，我对玉圣学术性情的若干扩展表示相当乐观，而且甚为期待。即便从消极的意义上说，哪怕公共领域或者学术公共性问题终究无法得到真正转型，比如"乾嘉学术"即可提供借鉴，章太炎、鲁迅师徒的或褒或贬，或贬中有褒就较为典型，章氏有"家有智慧，大凑于说经，亦以纾死"的名言，鲁迅则有"解经的大作，层出不穷，小学也非常的进步；史论家绝迹了，考史家却不少"的调侃，但无论是"经学考证"还是"文史校雠"，由于遵循的是（余英时意义上的）严格的学术纪律，其学术的独立运作逻辑也让他们当年的学术共同体获得了真正的尊严。用"亚圣"孟子的话说："其为气也，至大至刚，以直养而无害，则塞于天地之间，其为气也，配义与道；无是，馁也。"其间的关键，在于"配义与道"，亦即知"道"和"集义"；如果不知"道"或者违背了"道"乃至背信弃义，那就玩完，就"馁"了：所谓人格养成的尊严，在此不在彼。再从现实的层面上说，如果真能重新获得像民国时陈寅恪和金岳霖为冯友兰的《中国哲学史》所做的学术审查报告那样的程序，学术尊严的意义问题就可能是积极而不再是消极的了，一如高行健和莫言先后获得了诺贝尔文学奖，除了高、莫二人所创造的文学价值需要重新认识或者也可以有争议之外，我们不能怀疑而且应该特别感谢的就是瑞典文学院的院士权威。

（杨玉圣著《非法非史集》即将出版）

# 《社会科学论坛》的学术品位和品格

我很荣幸参加这个"学术期刊与学术发展"研讨会，当然也很荣幸忝列《社会科学论坛》学术编委。为了论说方便，我还是以具体的《社会科学论坛》学术评论卷其中的一期（2009 年第 4 期）为例，然后由此说开去，再然后适当兼顾《社会科学论坛》改版五周年以来的我个人的学术体认与总体观察。

在刚才赵虹社长（兼主编）的发言中，他说《社会科学论坛》无意办成眼下太多的核心期刊类的那样的刊物，我很赞成，但也不太同意他的一些说法，比如核心期刊发表的文章大都是正规的论文之类。什么叫"正规的论文"？那么在《社会科学论坛》上刊发的文章就不是正规的论文了吗？

大家知道，所谓"核心期刊"的称谓是怎么来的，且不说大家都"核心"了也就没有所谓的核心了。更为严峻的是，等级学术、计划学术贻害无穷，国家级刊物就一定比省部级强么，无非就是垄断了更多的学术资源而已。或者应该换个方式问，那些所谓学术们是真学术吗？说得不客气了，很多所谓核心学术期刊，这个"学"那个"学"似乎面面俱到，只要你稍加认真观察，说不好听了就连我们本土的基本问题都没有搞清楚，更不用说问题意识和中国自身问题的问题史了。这样的知识生产和再生产，有意义吗？新加坡国立大学东亚研究所的郑永年教授曾经有个基本评价："总体来说，中国在世界知识链上仍然处于底端。就是说，中国知识产品的数量极其庞大，但是附加值非常低。前不久，一些专家从中国各高校和科研机构考察后感叹道，中国科研人员的数量如此之多、他们所写的研究文章如此之多，都是世界上所罕见的，但遗憾的是，大多数研究人员都在重复地做低层次的简单的研究工作。这个现象值得深思。"① 为什么我们的知识生产，就跟深圳的手机生产基地所宣称的那样是"山寨版创新"，而且还不以为耻，反以为荣？这当然跟学术的评价机制、鼓励机制和晋升机制有着关键的因果关系，亦即郑永年在上述文章中指出的学术体制瓶颈的根本原因。

当然，要真正避免"知识的重复和复述"，从而"提升附加值"，除了学术体制本身的有效变革之外，还有一个学术生产机制本身的更为内在的内发动力为何的根本问题需要特别关注——除了等级学术与体制学术所造就的那种"内发动力"之外，事实是无论体制内外从来就存在一种真正的学术内发动力，这就是突破体制化思维的独立研究（尽管相对而言数量极少，但含金量较高）。要建立真正的知识创新机制，窃以为首当其冲者便在于这种学术的内发动力上的关注和着力。很显然，不管是何种意义上的内发动力，首先我们必须关注的是其所依赖的究竟是何种意义上的知识背景，尤其是面对我们严峻的历史情势的时候，我们更加需要追问。

比如当下，我们的理论预设究竟是什么？是现代性的中国，还是主体性的中国，抑或朝贡体系中的中国，还是世界结构中的中国？我们的核心价值究竟在哪——是法治，权利，平等，正义，发展，还是理性？不同的预设就可能意味着不同的指向，同时也就意味着不同的学术积累，也更意味着知识生产与再生产的某种可能性。所谓哲学、社会科学仅仅研究西学是远远不够的，尤其是孤立地研究某个学科的西学更是危险，比如曾经"你方唱罢我登场"的主体哲学以及存在主义、结构主义、符号学、现象学、解释学、语言哲学、分析哲学，等等，如果完全忽视了他们哲学中的欧洲思想内部的真切关联尤其是欧洲自身的"生活世界"的内在关切，我们几乎就很难抵达他们思想的精髓与深度。只要认真通读过哈贝马斯的《现代性的哲学话语》一书，我们就不得不承认中国的哲学学者对欧陆哲学的深入了解和真切研究，假如不说其小巫见大巫的话，实在存在着较大风险。然而我们的困境在于，自从现代性的号角在这块神州大陆吹响，一百多年来恰恰是欧陆哲学尤其是德国和法国哲学亦即唯理主义建构论哲学对我们产生了难以估量的影响，不用说早年梁启超对柏伦知理的国家理论的推介和接受，王国维对康德美学的研究、消化和应用，

① 郑永年：《中国国际知识链上的低附加值问题》，新浪财经网，http：//finance.sina.com.cn/roll/20090923/18036785368.shtml，2009 年 9 月 23 日。

当然也有后来的胡适之、丁文江等对科学主义话语的推崇，更不用说后来被逐渐整合进本土"古已有之"的传统经学意识形态之中的辩证唯物主义和历史唯物主义，国家理性与国家哲学始终不能得以真正确立。一如清代的经学和史学，在更大程度上依赖于王朝的合法性言说，所谓明末的"资本主义萌芽"以及民国的"自由主义发展"，很快就被掐断在垄断的经学意识形态里面不能得以真正生长。时至今日，究竟是以王朝合法性本体论，还是以社会合法性本体论乃至个体合法性本体论为知识和理论的生长点，仍然是笔糊涂账。于是，一个百年过去了，现代性在当下中国仍然是个欲说还休、欲罢不能的尴尬话题。

谓予不信，我们这个生存结构的"天花板现象"① 已经随处可见，谁也不知道明天的生活将会是什么样子，因此所谓"天花板现象"绝非仅仅是县处级干部所专有，只要稍加观察就会发现，几乎各个领域都存在着无可回避的"天花板现象"：政治、经济、法律、道德、教育、文艺以及思想与学术，无不如此。尤其学术界的情形实在无法乐观。所谓"学霸通吃、学匪通杀"② 也只是政治、经济生态折射于学界的"天花板"的一个侧影。之所以重视"天花板现象"，实乃追问我们的民族的未来，亦即叩问中国的学术与思想。

道理简单，一个没有未来的民族自然除了"天花板"之外就不可能有更好的去处。假如说波德莱尔开启了审美现代性的"瞬间美""在于从流行的东西中提取它可能包含的在历史中富有诗意的东西，从短暂中抽取永恒"③，那么黑格尔则是第一个清楚阐释现代概念的哲学家，所谓"新的时代"，"在信仰基督教的西方，'新的时代'意味着即将来临的时代；而这个时代直到世界末日才会出现。但在谢林的《关于时代的哲学》中，有关现代的通俗概念却坚持认为，未来已经开始。换句话说，这种概念认为，现代是依赖未来而存在的，并向未来的新的时代敞开"。④ 在西方，1500 年这个时代分水岭一直都被追溯为现代的源头，那个时候发生了三件大事：发现新

---

① 《人民论坛》杂志社甚至还在京召集了"干部'天花板现象'高级研讨会"，人民论坛，http：//www. sxgh. org. cn/particular. aspx？id＝10848，2010 年 4 月 16 日。

② 参见《周宪造假事件折射出高校"学霸通吃，学匪通杀"现象》，麻醉科普的博客，http：//blog. sina. com. cn/s/blog_ 4bla440a0100gjq8. html，2010 年 1 月 6 日。

③ 转引自〔德〕哈贝马斯《现代性的哲学话语》，曹卫东等译，译林出版社，2008，第 11 页。

④ 转引自〔德〕哈贝马斯《现代性的哲学话语》，曹卫东等译，译林出版社，2008，第 5 页。

大陆、文艺复兴与宗教改革。如法炮制，日本"京都学派"一样把中国现代的源头追溯到了宋代，其标志性的事件可能当推朱子学的传播。尽管在韦伯那里现代性与合理性之间的内在联系而今似乎出了问题，然而毋宁说我们的世俗化的标志性事件当推十一届三中全会之后的改革开放，似乎传统社会真的开始在向现代社会过渡，有论者甚至称之为不亚于路德的宗教改革①，亦即世俗化似乎已经成为可能。因此，我认为许章润先生发表在《社会科学论坛》学术评论卷 2009 年第 7 期上的《身份认同、世俗化与世界体系——"软实力"语境下回看三十年汉语思想线索》一文就提出了我们这个时代的许多重要问题，尽管有些问题可能带有某种程度上的歧异性（此容后再论），但世俗化无疑是个重要标志，亦即传统秩序真正开始出现分化，许多独立性空间也才有可能开始出现（如果离开自身传统社会的分化而空谈所谓知识的分化其实意义不大），然而必须看到的是，我们的世俗化过程在不断地被打折扣：私人领域或许可能得到了一定程度的发育，毋宁说"个人化"与"私人性"甚至到了接近发达的程度，而"个体性"仍然阙如（亦即"伪个人主义"盛行），尤其是个体权利仍然受到漠视，比如私法仍然合法性堪忧，尽管就像许多学人已经指出的宋代市民阶层以及晚清市场的创建之类，但时至今日我们必须"重新发现社会"② 就是个巨大的讽刺。就在这个节骨眼上，社会矛盾尤其是贫/富、官/民矛盾空前激烈，直白点说，也便是此"贫/富""官/民"二元结构的板结性，千百年来始终便是阻碍着我们知识生产与再生产的绝对瓶颈，如何转型，是否可能转型，也就成了我们知识生产和发展的最根本的试金石。

尤其是当下，众多孤立的自我已与"共同的生活"逐渐破裂并疏离了出来，如何调和当下中国已经"四分五裂"了的"现代"呢？换句话说，重建"破裂"的总体性或者黑格尔意义上的"伦理总体性"意义尤为重大，一如哈贝马斯评论黑格尔所说："资本主义的经济交往造就了一个现代社会，虽然他用的传统名词'市民社会'，但这个名词代表的却是一个崭新的社会现实，它与市民社会或城邦的古典形式是不可同日而语的。尽管与罗马法传统有着一定的联系，黑格尔还是无法将衰落的罗马帝国的社会状况与现

---

① 许纪霖以为："思想解放运动，首先意味着从毛泽东和斯大林的传统社会主义教条中解放出来。从这一意义上说，它可以被视作马克思主义内部一场路德式的新教革命。"许纪霖：《回归公共空间》，江苏人民出版社，2006，第 215 页。

② 参见熊培云《重新发现社会》，新星出版社，2011。

代市民社会的私法交往相提并论。这样，衬托晚期罗马帝国衰亡的背景，受到高度称赞的雅典城邦国家的政治自由等，也就不可能充当现代的榜样。简而言之，无论原始基督教和古希腊城邦的伦理是如何完整有力，它们都不能为内部发生分裂的现代性提供一种准则。"① 同理，无论儒教伦理以及儒学内在性有过多么的完善和张力，它们也一样不能为而今我们内部已然发生分裂的现代性提供一种准则。当然，就像黑格尔研究市民社会、孟德斯鸠研究司法权问题以及托克维尔研究民主问题，前二者研究的是英国，后者研究的则是美国，我们一样可以研究美国以及美国的现代化等——但我们似乎应该清楚，无论我们研究的是什么，都跟我们的文化主体性乃至个体主体性密切相关（这一点跟西方思想家当年的使命也几无差异）。也当然，众所周知，西方的主体性哲学早已陷入困境，如何走出主体哲学甚至成为他们争论、探索了半个多世纪的哲学本身以及社会科学的重要主题，在总体性与反总体性、中心化与反中心化、形而上学与反形而上学的知识运动过程中呈循环往复发展，理性主义现代性和审美主义现代性反复交替、理论现实与社会现实纵横交错、现代性与后现代性互为推动，生机勃勃的知识创造在"现代性——一个未完成的设计"（哈贝马斯语）之中始终推动着哲学社会科学不断转型，并由各自不同的学术共同体在哲学社会科学不同的理论范式以及理论范畴中反向交叉立体展开，而诸如我们津津乐道的萨特、梅洛·庞蒂、列维·施特劳斯、利科、罗兰·巴特、拉康、利奥塔、鲍德利亚、福柯、德勒兹、德里达、布迪厄、尼采、胡塞尔、海德·格尔、伽达默尔、本雅明、马尔库赛、霍克海默、阿多诺以及帕森斯、奥斯丁、维特根斯坦等，便是不同学术共同体的典型代表。其话语真相与学术机制以及批判意识与创新精神，尤其是理论张力，均昭然若揭。相形之下，不得不承认，不要说我们能否列出相近的学术名单与之抗衡，即便我们一个多世纪以来形成的话语机制与学术制度，无论是知识生产与再生产还是现代性设计其实均基本归于失败。如上所述，尽管欧陆哲学对我们产生了极为深刻的世纪影响，然而我们的理性化道路至今仍在无望地徘徊和深刻地摇摆之中，国家理性与国家哲学始终在朦胧中摸索：要不陷入被动的（与西方）"共谋"，要不陷入主动的（与西方）为"对抗"而对抗的泥淖之中。

---

① 〔德〕哈贝马斯：《现代性的哲学话语》，第33页。

即便如此，我们也还是看到了，我们的"生活世界"毕竟已经发生了天翻地覆的变化，而对"生活世界"的观照无论中西均乃国家哲学的首要任务。尤其是改革开放三十多年来，市场经济的发展取得了巨大的成就。也许，针对中国具体国情，哈耶克在《理性主义的种类》一文中专门讨论了日本思想家应当如何看待西方理性主义的问题，对我们亦有警示意义："对明确使用理性的崇拜，乃是欧洲文明过去三百年发展过程当中的极为重要的因素，但是在日本本土的进化过程中却不曾起到过如此重要的作用；对于这一点，我想我没有错。此外，我们也很可能无从否认这样一个事实，即在17、18、19世纪，刻意地把理性当作一种批判工具加以使用，也许是欧洲文明取得比其他文明更为迅速的发展的主要原因。因此，相当自然而然的是，当日本思想家开始研究欧洲思想发展过程中不同思潮的时候，他们特别容易为那些似乎代表了这种最极端且最明确的唯理主义传统的学派所吸引……如果你们对这种传统进行考察，那么你们就会发现，与此前数代日本人在极端的笛卡尔－黑格尔－马克思学派的唯理主义那里所发现的东西相比较，……这种传统并不是植根于欧洲思想发展某个特定阶段的片面的夸张之物，而是提出了一种真正研究人性的理论，所以它应当可以为你们的研究提供一个基础，而你们自身拥有的经验又能够使你们在发展和推进这种基础的方面做出重要的贡献。"① 假如说改革开放三十多年来以及在相应的市场经济发展中国人所取得的成就，真的比此前数代中国人在现代性徘徊与理性主义摇摆中所取得的成就要巨大得多，那么，我们就真的能够像哈耶克所说的那样，"你们自身拥有的经验又能够使你们在发展和推进这种基础的方面做出重要的贡献"。

也便是在此意义上，"中国研究"的理论意义才被提到了重要的议事日程上来。而《社会科学论坛》改版五年以来所取得的关键贡献窃以为也便是在这里。可以毫不夸张地说，这五年来《社会科学论坛》几乎囊括了全国最重要的人文学者，如果开出名单的话那是非常长的一串——在这一点上，恕我直言杨玉圣先生功不可没，其学术组织能力与学术策划能力也很立体地展示在了改版五年来的《社会科学论坛》上。尤其是在众多高校和学术刊物早已不知学术传统以及学术的独立品格为何物的当下，《社会科学论坛》杂志同人以及杨玉圣等所做出的学术贡献尤其值得推崇。就像我们看

---

① 转引自邓正来《哈耶克社会理论》，复旦大学出版社，2009，第271~272页。

到的，假如说陈平原和秦晖分别为多少带有清儒遗风的王瑶和赵俪生的传人，他们的学术功力深厚大可理解，而像张远山这样的重点作者的发现和挖掘，《社会科学论坛》的学术眼光确实非同凡响。众所周知，义理、考据、辞章在国学功夫之中殊关紧要，除了极少数的专业性学者之外，那些传统的国学功夫几近失传，辞章之学可以在陈平原那里看到颇重要的发挥，考据性功夫还能在不少史学学者那里得到一些继承，尤其是在"治经治子经过校勘训诂这一最初门径后必须各有所主"（陈平原语）方面，真正能够抉发出重大真相并能"自坚其说"者而今实属罕见。张远山乃当下一大奇人也。据我所知，张远山的代表性论著《庄子奥义》一书中的大多数篇章，均由《社会科学论坛》首发。之所以我用学术评论卷 2009 年第 4 期为例，还因为该期上发表的丁国强先生关于《庄子奥义》的评论引起了我的注意。我看过《庄子奥义》的不少评论，甚至不乏名家如韩少功、叶兆言等，但我较为满意的唯有此篇能够说到点子上。由此也说明《社会科学论坛》的独具慧眼。另外，所谓以"一斑窥全豹"，《社会科学论坛》一以贯之的办刊风格和相关品格，亦即真问题、真学术、真品格、真精神尽在其中。

窃以为，在我们自己的学术传统中最重要的有两条显然应该继承：一是定义中国甚至是在不同的历史情势之中不断地定义中国，无论是孔子的"以仁释礼"还是顾炎武的"考文知音"抑或魏源的"海国图志"，所谓夷夏之辨始终是个极重要的主题；无论是"修辞立其诚"还是古文经学、今文经学以及"六经皆史"之史学，哪怕有着多么专深的研究，均是从不同方向开展的"定义中国"中的不同题域和论题罢了，最典型的恐怕当推魏源的《海国图志》，其以华夏文化为轴心几乎跟西方以基督教文化为中心的"中西之辨"异曲同工。现代性转换或者重新定义中国最为关键的，恐怕还是必须去除传统学术与王朝的合法性的内在关联，从而做出有效的传统创造性转换，才可望在我们的自身经验研究的基础上做出真正的理论贡献。二是道统与政统以及学统的关系，无论是"文死谏"的个体立场还是学术，尤其是（书院）"私学"的独立品格，均是学统的自然要求，也是道统对政统有所制衡的必然旨归，其中的关键是必须从传统学人"训练贤君良相"以及"袖手谈心性"的迷宫与泥淖中挣脱出来，尤其是要"重新发现社会"，让知识分子不再成为依附于各种各样的"皮"上之"毛"，从而完成现代知识分子的批判意识与批判理性的立场转换。换句话说，"只有当科学、道德和艺术各自都针对一种有效性领域，各自按照自己的逻辑发展，并摆脱了宇宙论、神学和巫术思想的干扰时，才会出现一种怀疑，认为一种理论（经验主义的也好，规范主义的也好）所要求的有效自主性是一种表象，因为不同兴趣和权力要求已经潜入了它的机体之中"。① （哈贝马斯语）那么很显然，与此同时尤其需要摆脱"天道观知识范式"的宇宙论，从而转向中国现代性重建的群体主体性与个体合法性上来。窃以为《社会科学论坛》五年多来在继承传统学术精神的上述两方面，均大有作为。以（2009 年第 4 期）雷振岳写作的"本期话语"中的一段话为例："一所大学要想保持特色和优势，具有学术独立性和知识信仰，那就必须具有不为外力所动、不为外力诱惑的坦荡风度和独立高傲精神……高校作为教育机构，都应该始终将公平精神、公正理念和对制度的坚守放在第一位，教会学生成为独立精神的人，这就是耶鲁法学院院长哈罗德·柯谈到的：'别让你的技巧胜过品德。在耶鲁法学院，我们所倡导的是：只会读书而缺乏人性是无益的；成功而没有人性是可悲的。当你们离开耶鲁时，我希望你们回想起耶鲁时不仅视其为一个接受法学教育的地方，而且是一个你从中找到了道德指南的所在。'"其实刊物的事情也一样，独立的学术品格一样蕴含着传统学术中的道德精神，而且在学术运作逻辑上其实如出一辙：学术刊物本身就是个学术基地，有了重要基地就可能形成学术团队并形成相应学术传统，有了学术传统之后便可以自然形成学术梯队，假以时日出现全新的带有突破性意义的研究范式就能形成自觉的学术共同体，只有学术发展到这份上，知识生产与再生产自然也就获得了根本意义上的内在发动力，知识创新的机制亦即从此形成。在我看来，《社会科学论坛》和它的同人们已基本具备了这种真正的学术自觉。

我们再来看一下 2009 年第 4 期的具体篇目：《建国前后的"农业社会主义风波"》（雷颐）、《权利位阶的反思》（王崇华）、《〈大公报〉文人论政传统与〈随想录〉的传播》（胡景敏）、《〈现代评论〉与善后会议》（黄亦君、李晓兰）、《改进学术评价机制纵横谈》（王宁、牛大勇等）、《弄花香满衣——阅读大学的六种方式》（陈平原）、《"向后看就是向前进"?》（金雁、秦晖）、《苍生之道》（孔庆东）、《精神氧吧里的自由呼吸——读张远山〈庄子奥义〉》（丁国强）、《我们什么时候才能"在路上"》（张媛）、《儒学与文化哲学研究的新拓展》（张倩）等。前二者是当下中国研究的问

---

① 参见〔德〕哈贝马斯《现代性的哲学话语》，第 119 页。

题史梳理，尤其是"权利"研究涉及我前面提及的核心价值的重要性；第三篇和第四篇采用的是陈平原甚为重视的报章视角，这种研究的前景陈平原本人已经有了诸多成功的范例；后二者均有一种"在路上"的"想象的状态"和"醒悟的感觉"，即便是儒家哲学被理解成文化哲学而并非政治哲学和道德哲学，显然就是处于一种"想象的状态"，比如作者指出："站在时代的高度，立足中国现实，充分吸收中外文化哲学尤其是传统文化哲学研究的理论成果，重新厘定文化哲学的概念，突破文化哲学研究在理论上和方法上的局限，努力建构出一个展示中国风格和中国气派的、能关注和指导中国社会文化实践和人的日常生活世界的成熟的文化哲学体系，这正是我国文化哲学研究的努力方向，文化哲学学科建设亦以此为目的展开。"可谓想象气魄甚大，尽管我觉得张远山所揭示出来的文化哲学精神可能更重要。陈平原的大学史研究成就斐然，其对千年书院与百年大学的教育精髓有着透彻的解悟，尤其是对传统书院的"群流竞进，异说蜂起"的讲会制度、自由争辩制度以及门户开放制度有着独家心得，因此一直身体力行地为现代大学制度如何注入传统书院的"从先生游""从先生学"之教育精神不断地鼓与呼。至于"改进学术评价机制"的问题，已经是国内学术转型的根本瓶颈，道理简单：你的评价是往那个方向去的，大多数人就必然是往那个方向努力着的——这毫无办法，大家都是俗人，你们都在大鱼大肉，总不能要求别人尤其是年轻学人喝粥吧？"纵横谈"篇中学人们所涉及的方方面面，恕不能予以复述。也许，更典型的恐是眼下杨玉圣先生在学术批评网上的"炮轰CSSCI（中国社会科学研究评价中心）"并同时刊发的众多学人的批评与讨论文章，"学术评价机制"的核心问题终于被推到了中国学术研究和批评的最前台，中国学界与学人显然应该打起精神给予认真对待，因为它实在关涉学术与学术机制究竟具备怎样的"内发动力"的终极性问题。这里想特别提及的是金雁和秦晖的文章。对于金雁、秦晖二人的研究与学术追求，笔者关注已久，尤其是秦晖的思想史研究方面常常别开生面（据我所知，秦晖的制度史研究成就斐然，尤其是土地制度史研究），眼下的这篇《"向后看就是向前进"？》更是鞭辟入里，尤其是其对俄罗斯东正教文化与历史的深邃把握甚至比国内文学界对索尔仁尼琴思想与立场的理解与阐释更为深刻全面得多。秦晖对《红轮》的思想渊源以及心路历程和索翁个人的衰荣际遇的相关分析，诸如尼康宗教改革与分裂派以及彼得大帝的关系，分裂派与俄国知识分子以及与"革命者的关系"，抨击极权专制与抵制西化的一体两面，"俄国新儒家"的命名以及终于回归国土却让民主派尴尬，叶利钦、普京其实均未借重索翁，索翁却在生命的最后两三年里与普京"互相吹捧"，等等，条分缕析，穿透力甚强，一如其以往的思想史研究，常常比一些多被史料淹没观点的专门思想史研究者更具思想力量。我想说的是，从上述文章便可大致看出《社会科学论坛》所做出的可贵学术努力，为重新建立中国的学术传统以及坚持独立的学术品格诸方面，均做出了巨大的贡献。另外，恕我直言，其实眼下国内最好的学者基本都是历史—阐释类型的历史学者，比如陈平原、汪晖、秦晖、许纪霖等，当然也包括厦大的周宁、谢泳，《社会科学论坛》最强大的作者阵容显然也是由历史学者构成的，哪怕刊物中的相关主持人也大都为历史学者，这大概跟参与刊物改版策划的杨玉圣也是历史学者大有关系吧。

无须讳言，中国的理论仍然处于"山寨版创新"阶段，除了极少数学者能够进入反思性阶段并可能做出突破性的贡献，幸运的话形成相应的学术传统进而形成不同的学术共同体或学派进行互动外，恕我直言，在较短时期内几乎很难会有根本意义上的改观，但如前所述，对"我们自身的经验"（中国）研究方面，历史学者们却是大有可为。按照哈耶克的看法，人类文明发展中最大的贡献恰恰是累积性的而并非建构性的。换个角度看，即便是我们真的一样是处于"后现代性"时刻，"地方性知识"其实也有着无可辩驳的合法性。更何况在特殊主义转向普遍主义的种种诉求之中，许章润先生在《身份认同、世俗化与世界体系——"软实力"语境下回看三十年汉语思想线索》一文中所指出的"国家理性"实则事关主体性中国形象的重建。因此，笔者在这里重谈许君发表在《社会科学论坛》上的这篇文章——顺便说一句，许章润近期也兼任《社会科学论坛》"学术对话"栏目的主持人，若不看其所从事的历史法学的专业研究，就看其扎实的历史学底色以及古文功底，也能见出其意气风发之中的文采风流，尽管其研究的常常是法学在历史中的特殊表现以及特定语境中的特定位置。我的意思是说，许章润是个才子，而且可能还是个大才子。也许恰是因为才子的原因罢，许君"笔锋常带感情"，而且在一些观点上还颇带有"调和"色彩（请原谅我借用了人们评说梁任公的说法）。当然必须承认，许君最近关注的均是当下中国最为前沿和迫切的思想问题，诸如国家理性或哲学、中国文化本位、核心价值、世界体系、亚洲文明想象、再政治化以及世俗化、民族主义、历史命运和国族理想，尤其是"中国之中国""世界之中国""中国之世界"三步骤的梁启超判断与理想，等等。也许我们还是应该大段引用一下许君的表述：
"市场化三十年使中国财富获得了极大增长，综合国力和一般民众的生活水
准亦有较大提升。政治精英、经济精英和学术精英不仅是改革的参与者，而
且是改革红利不同程度的分享者。'事事不如人'这一鸦片战争之后一直缠
绕着中国人的梦魇，至此在中国成长这一破晓朝阳的照耀下遁入暗夜。正是
基此背景，晚近十多年来，中国人的文化自信心多所恢复，其表现，一方面
文化悲情意识逐步淡化，过去常常引发强烈民族主义情绪的'1840 情结'，
不再居于主导地位；另一方面，愤青式的激烈反传统思潮同样渐失话语主导
能力，极端文化保守主义和极端民族主义早已成为边缘。一些新儒学论者倡
言原教旨主义式的'王道'，申说其较诸以市场为背景的法治之道的优胜，
虽然对于知识界和思想界并无真切的影响，在社会现实层面更是无所用力，
但从文化传播角度来看，却幸而不幸地扭曲为一种新兴都市化的思想时尚，
酝酿出更多的是一种社会思潮和社会运动的民间'传统文化热'，而与晚近
十多年间逐渐出现的文化记忆复兴潮流恰相呼应……正是在此背景下，传统
文化记忆渐渐复苏，中国文化元素开始在社会政治生活的各个层面获得有限
的现代性阐释和运用，知识界和一般国人的中国文化与中国文化子民的身份
认同感普遍增强。"[1] 按说，其表述是十分精彩的，理论现实与社会现实的
层次表述也相当清晰。问题的歧异性在于，中国的文化自信与本真性认同可
能还不敢如此乐观，我们今天这个"市场化三十年使中国财富获得了极大增
长，综合国力和一般民众的生活水准亦有较大提升"很难跟文化自信归
属于因果关系，因为托的是"全球化"的福，托的是"世界之中国"的福，
此其一；其二，我们国家似乎"富强"了，人民生活就真的幸福么，尤其
是我们的人民包括我们自己活得真的有尊严了么？其三，"1840 情结"确实
淡化了很多，但"1949 情结"就不见得化解了很多，尤其是"中西对抗"
意识至今顽固，一旦有个风吹草动就动辄打砸抢烧，恐怕不好说极端民族主
义已经成为边缘；其四，这可能是最重要的，身份认同感直接涉及了"社
会动员"——身份认同不仅包括文化本真性认同，更是包括个体利益受到
保护的共同体身份认同，由于众所周知的传统社群（血缘、亲缘、地缘等）
并未向现代意义上的行业、公会共同体社群真正转型，我们的身份认同大多

---

① 许章润：《身份认同、世俗化与世界体系——"软实力"语境下回看三十年汉语思想线
索》，载《社会科学论坛》（学术评论卷）2009 年第 7 期，第 51 页。

时候还是传统意义上的（比如一旦个人出了什么事儿，大多时候是往老家跑，似乎只有老家那里才会有真正的安全感等），如果仅仅是组织意义上的"社会动员"，更多地带有"命令色彩"，而并非自觉自愿的本真性认同，认同感则会大打折扣。

毋庸讳言，许君在"世界体系"的表述当中多少受到了汪晖的"新亚洲主义想象"和赵汀阳提出的"天下主义"的分析单位的一些影响，尽管据我观察，在此之前他其实有所保留，比如："除非民族国家这一人世政治—法律格局在可见的未来遽然改变或者消失，而为一种新的料理人事而规制人世的理性能力的涌发扬鞭开道，提供历史机遇，同时，并出现一个新的'法学枢纽时代'，否则，不可能出现类如十九世纪那样蕴育伟大法典的时代氛围、社会条件和学术基础。而恰恰在此，不管是全球化还是国际化，也不论是对于'帝国'秩序言之凿凿的预言，抑或关于'全球法律秩序'的悲哀警告，均未能使我们信服地得出在可见的未来出现这一人世景象的结论，也没有如同春雷一声震天响那般，诞生一个新的'法学枢纽时代'的可能性。"①（坦率地讲，许君的《论现代民族国家是一个法律共同体》一文当是我们重新建构现代性民族国家理论的一篇重要文献，笔者不仅看重，还在即将出版的拙著《思想中国》一书中多次加以征引。）然而过了不是太久，许君的立场似乎开始有了点动摇，而且有点明显的趋于"调和"。事实上，无论是汪晖还是赵汀阳，首先遇到的均为究竟是"传统帝国的自我转化"还是"现代性民族—国家重构"的根本问题这个瓶颈——而且，无论是前者的"新亚洲主义想象"还是后者的"天下主义"均属难以检测和检验的建构，且各有各的问题，几乎很难调和。其实，"传统帝国的自我转化"与"现代性民族国家重构"二者之间，还需要有一个中间性概念或谓桥梁架设予以打通，遗憾在于许君仅是采用历史人文主义立场以及与此相关的逻辑认知——这个逻辑认知显然直接涉及了他所阐述的"民主需要软着陆"和"世界体系中的中国问题"以及"中国文化重建的五个方面"等。

窃以为，无论是汪晖的"新亚洲主义想象"还是赵汀阳的"天下主义"都有其本身的内在逻辑可能在根本上反对和拒绝他们自己所主张的制度创新

---

① 许章润：《论现代民族国家是一个法律共同体》，爱思想网，http：//www. aisixiang. com/data/28589. html，2009 年 7 月 2 日。

和理论创新，前者以朝贡体系与亚洲革命为主要想象根据，如果说"朝贡体系"对解决国内问题尤其是少数民族与边疆地区的严峻问题仍有重要的借鉴意义的话，对世界体系互动的可能性真是不敢乐观；而"亚洲革命"的那种分权与"民主"假如不说其使命已经基本完成，可资利用的思想资源其实也已相当有限。后者的"天下主义"可能更严峻，首先无法绕开的核心问题恐怕仍然是"夷夏之辨"，亦即在"礼乐文化"这样的核心价值里面，雍容大度，大国风范，尤其是面子第一，其他都好商量；其次不能绕开的问题是如何"君临天下"：在当下的世界结构之中，谁为君而谁又为臣？哪怕是"卫星国"或者"某（联）盟"也大都是见利忘义的主儿，一不小心就会给你来狠的，比如"排华"，比如琉球、钓鱼岛问题，以及有丰富资源的南海岛礁说占就占，即便当下世界潮流真的是以"帝国秩序"反对"民族－国家"，美帝国主义意识形态也确实受到不同地区和国家的不同程度地抵制，欧洲联合成一体叫"欧盟"，东亚也有所谓"东盟"等其实完全是想象的共同体——假如我们重新奉行"天下主义"的文化建构，所谓"民主需要软着陆"恐怕又要一厢情愿。更何况，究竟是"代议制民主"，还是"人民主权"的"有领导的民主集中制"或者"商议性民主"或者梁启超、汪晖意义上的"分权与民主"？至今仍是一笔糊涂账。但不管怎样，我们不得不承认，我们的秩序原理至今仍在帝国的自我转化当中，而所谓现代性民族－国家其实始终并没有被真正建立起来。也便是在此意义上，我特别赞赏许君"民族国家是一个法律共同体"的说法和论证以及正在讨论着的其新作中"再政治化"主张。

所谓"再政治化"的问题，细究起来，其实需要追问的还是我们几千年来先哲们所做的那样追问，何为"自然正当"？因为所谓政治以及道德，一如哈耶克所指出均是累积性进化出来的。这一点窃以为汪晖所做的详尽研究相当有说服力①，我甚至觉得张远山《庄子奥义》所做的贡献也堪称重要。一如许君所言："无论是何种立法，也不论其运行于何种场域，天道自然总是实在之法的上位规则，民族国家接受自然之法的规训是恪尽自己世俗权能的政治正义前提。"② 但是立法的问题毕竟是致力于公法需要，如果我

---

① 参见汪晖《中国现代思想的兴起》，生活·读书·新知三联书店，2008。

② 许章润：《论现代民族国家是一个法律共同体》，爱思想网，http://www.aisixiang.com/data/28589.html，2009 年 7 月 2 日。

们必须打通天道自然与法治民主的通道，窃以为庄子的"齐物论"若能超出后人阐释的藩篱并突出"齐物民主"，尤其是像张远山所做的有效阐释那样，所谓立法应当遵循且必须遵循"与天为徒"的路径，除了摒弃悖道文化，顺道文化也一样要向"造化"趋近，往"天道""南溟"方向超越。尽管"不断超越而无限趋近，但永远不能完全抵达的道极"（张远山语）可望而不可即，但起码，我们应该醒悟到"齐物"是所有权力的唯一来源，那么，我们所有的制度演进就应该围绕在像"造化"那样公平地实现"吹万不同"的终极目标上，做努力趋近乃至无限趋近。与此同时，我们不能忘记对"齐物民主"从传统本体论意义上向社会本体论与个体本体论超越，亦即公法的讨论还特别需要公共领域的开拓，尤其需要公共平台的搭建，个体的权利以及"吹万不同"才可能在制度性的演进过程中得到有效保障——因为说到底立法应该是出于公众"意见"而绝不可以是出于个人"意志"，否则，就像希特勒那样的法西斯头子也能出于"国家意志"的立法而取得所谓"法治国"的合法性的。因此，我们不能忘记哈耶克的深刻提醒以及对"自然法"与"法律实证主义"的追究，关于前者哈耶克说道："自然法的倡导者们认为，仅用理性的力量，人们能够发现一个理想的法律体系。因此很自然，他们力图系统地规划出各种各样的自然法的规则和原则，并将它们纳入一部法典之中。"① 关于后者，邓正来指出："法律实证主义正是经由这种形式法治国的主张而使法治国成了所有国家的特性。在哈耶克看来，这种观点尤可见之于'纯粹法律理论'所提出的这样一个骇人听闻的主张，即人们根本就无力对法治处于支配地位的法律体系与不存在法治的法律体系进行界分，因此每一种法律秩序，甚至包括权力机构拥有完全不受约束之权力的那种法律秩序，都是法治的一个实例。"② 所幸许君始终并没有真正明确"法典化"要求，而其所主张的自然法也接近于"中世纪经院主义哲学家强烈倾向于把自然法的范围局限在一些首要原则和基本要求之内"③，从而区别于建构论唯理主义的"自然法"，从这个意义上说，许君的自然法认同更接近上述汪晖所一再论证的传统先哲们一再追问的何为"自然正当"，而"实在"之法也并非来自法律实证主义未加追问的"人造的法

---

① 转引自邓正来《哈耶克法律哲学》，复旦大学出版社，2009，第 77 页。
② 转引自邓正来《哈耶克法律哲学》，复旦大学出版社，2009，第 82 页。
③ 转引自邓正来《哈耶克法律哲学》，复旦大学出版社，2009，第 76 ~ 77 页。

律即'实证法'",而是以天道自然为上位规则的未阐明规则。因此,许君特别提出了中国文化重构性阐释的五大问题:一是对于传统"天下观"予以现代重构性阐释;二是对于"中国形象"的文化合法性阐释与"文化中国"图景的建构;三是在重建中国的意义秩序和国家理性的意义上,经由重构性阐释而重建国家哲学;四是对于中国伦理智慧、道德理想的发掘和道义力量的涵养;五是族群政治、公民团结与分享的公共空间。其中多个问题笔者已在上述做了一些简单的讨论,继续讨论的是"三"中的问题。许君说道:"需要挖掘中国文明的人文主义心性资源及其超越禀性,包括'以德抗位'的道德主体性,仁爱礼智信的价值信念和精神追求,形成中国的自然法理论体系,剥夺世俗权力天然合法性的独断论述,形成'有法有天'的人间秩序,提炼超越意义的汉语学思,重缔中国的意义秩序。由于超越本体的重构性阐释必然牵扯到信仰世界及其自由选择的问题,因此,需要重申的是,信仰自由是每一个体提升自己精神独立性的必由之路,也是造就公民和政治的前提,任何公共权力不应介入,也无法介入。信守信仰自由,既是世俗权力恪守本分,对于精神尊严的应有承诺,也是建构中国文明超越本体的制度前提,有待努力者既烦且重。若说所谓'主流价值',则皈依处在此。"坦率地说,许君的论述十分准确,亦即我前文反复强调的"道统",许君进一步论述为"政教分离",许君的用意可谓深刻。但许君以为:"'国家哲学'是中国意义秩序中的重要内涵。在重建中国的意义秩序和国家理性的意义上,经由重构性阐释而重建国家哲学,应当提上官学两方的议事日程。事实上,晚近十多年来,官学双方均已于有意无意间开始了这一进程。不仅对于儒学的倡导和'中华民族传统美德'的弘扬属于这一努力的表达形式,而且,对于民族精神的强调和民族主义的借重,所谓'新三民主义'与'执政为民'这一带有政治和解意味的政治纲领的提出等等,实际上均属于这一进程的阶段性努力。学术思想界有关自由主义政治理念与共和理想的阐释,乃至于'新左'和自由主义阵营的论战,同样是基此目的而表现的学理形式。尽管致思方向和达成的结论不同,对于相关原理的理解有别,但是,对于诸如国族意识与民族理想、文化自觉与国家认同、宪法政治与公民文化、和平文化与全球视野、德性政治与有效政治、社会关怀和社会理想等等主要指标和内涵,应当成为国家哲学与国家理性的必要充分,已然具有相当的共识。"这显然就有点过于乐观了。因为许君的"调和"显然缺乏相关的制度平台,而这个制度平台无疑就是公共领域和公共空间的有效开拓,否则许君所言"相当的共识"恐就无法附丽了。

也就是说，应该是包括道德进化、法律进化、政治进化在内的文化进化的进化论理性主义，而不是建构论唯理主义继续成为当下中国文化重建的知识论支撑，否则中国的现代性以及国家哲学就仍可能像一百多年来数代知识分子所努力的那样无处着落。尤其是市场经济正在往纵深发展的当下中国，所谓国家哲学根本无法回避我们当下的"生活世界"，尤其是个体的未来和民族共同体的未来，除了需要一种全新的伦理总体性予以调和并做全新的置换外，同时确实需要公共领域的进一步开拓。唯有如此，"唯我论"的"伪个人主义"就将自觉退场，由此而出的各个领域和行业在获得独立性的同时，"真个人主义"就能为自身的生存与发展提供了足够大的并具有足够弹性的空间，"'道德规则并不是我们的理性所能得出的结论'，休谟对此论证说，我们的道德信念既不是先天意义上的自然之物，也不是人之理性的一种刻意发明，而是一种特殊意义上的'人为制品'；休谟在这个意义上所说的'人为制品'，也就是我们所称之为'文化进化的一种产物'。在这种文化进化的过程中，那些被证明有助益于人们做出更有效努力的规则存续了下来，而那些被证明只有助于人们做出较为低级努力的规则被其他的规则取代了或淘汰了"。①（邓正来语）学术积累的事情道理相同，要真正避免"知识的重复和复述"从而"提升附加值"，唯有通过"更有效努力的规则"自然淘汰"较为低级努力的规则"。在市场经济里面更是如此，成功的行业与企业自然取得了品牌效应，其不仅取得榜样的力量而且可以领导新潮流，创新机制与竞争机制由此形成，职业伦理也一样会得以健康循环发展，比如道德"诚信"问题也就迎刃而解，除非愿意面临的是淘汰出局，否则诚信就是起码的要求。很显然，各行各业的生存与发展均可作如是观。换个角度说，也只有在健康的公共领域里面，私人领域的发展才能得以良性循环，社会本体论与个体本体论的合法性也才能得到根本保障，个体合法性尤其是私法发展的可行性，特别是个人的正当权利的保障也才能真正落到实处，财富的积累也就成了可能——"天花板现象"从此方可得以破解。更为雄辩的是，真正具备彻底冲决了"天花板现象"的文化重建，也才可能迎来中华民族生机勃勃的未来和制度创新以及知识创造的真正曙光。这就是说，无论怎样，国家哲学必须进入更深一层的智性与逻辑层面做深度

---

① 邓正来：《哈耶克社会理论》，第234页。

追问，以获得更为根本的知识支撑和制度环境。只有在这个基础上，重新建构出来的主体性中国形象，也才能具备真正意义上的国家理性，进而在全球理性的呼吁和互动之中，提供以中国视角和问题为出发点的全球社会理论，才可能重新确立起真正的"文化自信"，也才可能具有真正的"战斗力"和软实力——甚至具有自然而然地让人模仿（而不是处心积虑于"输出"却怎么也输不出）的那种软实力。

——2010 年 1 月 31 日完稿，2 月 5 日修改（在厦门大学人文学院（2009）"学术期刊与学术发展"研讨会上的发言，扩写稿）

图书在版编目（CIP）数据

文与学反思录/吴励生著. -- 北京：社会科学文
献出版社，2016.11
（学术共同体文库）
ISBN 978 - 7 - 5097 - 9643 - 6

Ⅰ.①文… Ⅱ.①吴… Ⅲ.①中国文学 – 文学研究
Ⅳ.①I206

中国版本图书馆 CIP 数据核字（2016）第 205465 号

· 学术共同体文库 ·

**文与学反思录**

著　　者／吴励生

出 版 人／谢寿光
项目统筹／张晓莉　张倩郢
责任编辑／孙以年　樊学梅

出　　版／社会科学文献出版社 · 人文分社（010）59367215
　　　　　　地址：北京市北三环中路甲 29 号院华龙大厦　邮编：100029
　　　　　　网址：www. ssap. com. cn
发　　行／市场营销中心（010）59367081　59367018
印　　装／三河市东方印刷有限公司

规　　格／开 本：787mm × 1092mm　1/16
　　　　　　印 张：22　字 数：382 千字
版　　次／2016 年 11 月第 1 版　2016 年 11 月第 1 次印刷
书　　号／ISBN 978 - 7 - 5097 - 9643 - 6
定　　价／139. 00 元

本书如有印装质量问题，请与读者服务中心（010 - 59367028）联系